Schwarze Elbe

Heike Denzau, Jahrgang 1963, ist verheiratet, hat zwei Töchter und lebt in dem kleinen Störort Wewelsfleth in Schleswig-Holstein. Diverse Kurzgeschichten wurden in Anthologien veröffentlicht. Ihr Kriminalroman »Die Tote am Deich« war nominiert für den Friedrich-Glauser-Preis 2012 in der Sparte Debüt. Im Emons Verlag erschienen außerdem die Kriminalromane »Marschfeuer« und »Tod in Wacken« sowie der Mysterythriller »Todesengel von Föhr«.
Mehr über die Autorin unter www.heike-denzau.de.

Dieses Buch ist ein Roman. Handlungen und Personen sind frei erfunden. Ähnlichkeiten mit lebenden oder toten Personen sind nicht gewollt und rein zufällig.

HEIKE DENZAU

Schwarze Elbe

KRIMINALROMAN

emons:

Bibliografische Information der Deutschen Nationalbibliothek
Die Deutsche Nationalbibliothek verzeichnet diese Publikation
in der Deutschen Nationalbibliografie; detaillierte bibliografische
Daten sind im Internet über http://dnb.d-nb.de abrufbar.

© Emons Verlag GmbH
Alle Rechte vorbehalten
Umschlagmotiv: photocase.com/marieanne
Umschlaggestaltung: Tobias Doetsch
Gestaltung Innenteil: César Satz & Grafik GmbH, Köln
Lektorat: Hilla Czinczoll
Druck und Bindung: CPI – Clausen & Bosse, Leck
Printed in Germany 2015
ISBN 978-3-95451-502-8
Originalausgabe

Unser Newsletter informiert Sie
regelmäßig über Neues von emons:
Kostenlos bestellen unter
www.emons-verlag.de

Die Zukunft des Kindes ist das Werk seiner Mutter.

Napoleon

EINS

Carola von Ahren setzte die Marzipanrose auf den letzten freien der zwölf Buttercremekleckse und trat einen Schritt vom Tisch zurück. Zufrieden betrachtete sie das süße Kunstwerk. Auf der Marzipandecke der Torte prangte eine Siebzehn aus Schokolade, darüber der Namenszug »Pauline«.

Zwei warme Hände legten sich auf ihre Schultern, und sie lächelte, als ihr Mann sagte: »Line wird begeistert sein. Eine Geburtstagstorte, perfekt wie ihre Mutter.« Er küsste zärtlich ihren Hals. »Manchmal finde ich deine Perfektion fast beängstigend.«

Carola drehte sich herum und gab ihrem Mann einen Kuss. »Nein, du genießt sie, weil du dich dann zu Hause um nichts kümmern musst.«

»Wie recht du hast«, lachte er. Dann wurde er ernst. »Ohne dich an meiner Seite wäre ich nicht da, wo ich heute bin.« Er nahm ihre Hand und zog sie aus der offenen Küche zu der dreiflügligen Terrassentür im Esszimmer und deutete nach draußen. Sanft abfallend zog sich die Rasenfläche hinunter an die Grundstücksgrenze und offenbarte einen Panoramablick auf die Elbe, die graublau Richtung Hamburger Hafen floss. Wie Miniaturen wirkten zwei Segelboote auf dem Wasser. An den Seiten wurde das weitläufige Grundstück von lichten Büschen begrenzt. Verschiedene Beete, in denen Sommerstauden ihrer Blüte noch entgegenwuchsen, boten mit Schwertlilien und Pfingstrosen bunte Farbtupfer.

Robert von Ahren legte seinen Arm um Carolas Schulter. Sein Blick ruhte auf dem langhaarigen blonden Mädchen, das mit einem Hund auf dem Rasen herumtollte. »Du und Pauline seid die Ruhepole in meinem Leben. Mir ist bewusst, dass es manchmal nicht einfach für euch ist. Die langen Zeiten, in denen −«

»Ich wünschte, Pauline wäre momentan ein Ruhepol«, unterbrach Carola ihn. Robert hatte oft genug um Entschuldigung für seine langen Abwesenheitszeiten gebeten. Aber das musste er gar nicht. Sie hatte gewusst, auf welchen Lebensstil sie sich einließ, als sie ihn heiratete.

Robert von Ahren war Anwärter auf den höheren Auswärtigen Dienst an der Bonner Akademie, als sie ihn auf einer Gartenparty bei Freunden in Hamburg kennengelernt hatte. Liebe auf den ersten Blick war es gewesen, als der damals Vierunddreißigjährige sie, die acht Jahre Jüngere, am Büfett versehentlich anrempelte und sein Krabbencocktail auf ihrem Seidenkleid landete und es ruinierte. Innerhalb eines Jahres hatten sie geheiratet.

Vier Jahre hatte Robert als Abteilungsleiter bei der niedersächsischen Senatskanzlei gearbeitet, bevor die Ernennung zum Botschafter in Malawi erfolgte. Carola war mit ihm nach Afrika gegangen. Nach drei Jahren Malawi folgten weitere Jahre in Togo. Als Sozialpädagogin hatte sie selbst sich in den Armenvierteln engagiert. Zehn Ehejahre, in denen sie sich sehnsuchtsvoll ein Kind gewünscht hatten, aber von Monat zu Monat enttäuscht wurden, ohne dass medizinische Gründe bei einem von ihnen vorgelegen hätten. Als Carolas Regel mit siebenunddreißig ausblieb, hatte sie im ersten Moment an eine früh einsetzende Menopause gedacht. Die Freude, schwanger zu sein, war schließlich unermesslich gewesen.

Carola schluckte. Heute vor siebzehn Jahren, am zweiten Mai, hatte sie Pauline geboren.

Robert winkte seiner Tochter, die auf ihre Eltern aufmerksam geworden war, durch die Scheibe zu. »Gönn ihr den Spaß, mit Fidus zu toben. Sie hat schließlich die ganze Woche gelegen, und es scheint ihr doch besser zu gehen.«

»Nein«, widersprach Carola. »Die Gliederschmerzen wollen nicht verschwinden. Ich hätte ihr den Ausritt auf Fengur gestern Abend verbieten müssen. Ihr Gesicht war wieder ganz heiß, aber sie wollte ja partout kein Fieber messen … Das Antibiotikum scheint überhaupt nicht anzusprechen. Ich werde Montagmorgen mit ihr zu Joachim gehen. Er soll sie vernünftig durchchecken. Das ist doch keine normale Halsentzündung.«

»Die Übermutter sieht wieder Gespenster«, lästerte Robert,

und Carola ärgerte sich darüber. Sie ging zurück zum Küchentresen und arrangierte siebzehn Geburtstagskerzen in der Torte. Dann stellte sie die Torte auf dem Mahagoni-Sideboard im Esszimmer ab, auf dem verschiedene mit großen Schleifen versehene Geschenkpakete aus buntem Glanzpapier lagen. Die beiden hölzernen afrikanischen Skulpturen hatte Carola beiseitegeschoben. Andenken aus ihrer Zeit in Afrika, die lange zurücklag. Ihr Zuhause war seit nun fast achtzehn Jahren diese Villa an der Elbchaussee in Blankenese.

Robert trat neben Carola. »Was sie wohl zu ihrem Hauptgeschenk sagen wird?« Dann deutete er zur Zimmerdecke. »Ist das da oben eine Spinne?«

Carola blickte hoch, aber die Decke erstrahlte in reinstem Weiß. Keine Spinnwebe war auszumachen. Frau Klottmann leistete gründliche Arbeit.

»Wie kommst du …?« Sie stockte, weil sie Robert mit einem Grinsen im Gesicht kauen sah. Ihr Blick glitt zur Torte. »Robert!« Eine Marzipanrose fehlte. »Das ist Lines Geburtstagstorte. Und ich hab kein Röschen mehr. Wie sieht das denn jetzt aus!«

»Sie war so makellos, dass Line denken könnte, du hättest sie gekauft.« Robert strich zärtlich über Carolas Nase. »Aber du hast recht«, sagte er, »so sieht es komisch aus.« Bevor Carola es verhindern konnte, pulte er die gegenüberliegende Rose von dem Cremespritzer und ließ sie in seinem Mund verschwinden. »Jetzt ist die Symmetrie wiederhergestellt.«

Carola schüttelte lachend den Kopf. »Du bist unmöglich. Wehe, du machst das nächste Woche, wenn der Minister aus Togo mit seiner Frau zum Abendessen kommt.«

»Würde ich das jemals wagen?« Robert nahm Carolas rechte Hand in seine. »Willst du denn wirklich das ganze Dinner wieder allein zubereiten? Lass uns doch einen Caterer anrufen und –«

Carola legte ihm ihren Finger auf den Mund. »Du weißt doch, dass ich mir niemals ein Lob entgehen lasse. Und bisher waren alle Gäste begeistert von meiner Kochkunst. Frau Klottmann geht mir zur Hand. Zum Servieren wird eine Hilfe da sein.«

Robert von Ahren nickte. »Wenn du meinst. Mein Sekre-

9

tariat hat die Infomappe für dich übrigens schon zusammengestellt. Montagabend bringe ich sie mit. Schließlich weiß ich, wie sehr du es hasst, wenn du dich erst im letzten Moment auf Gesprächsthemen vorbereiten kannst. Auf jeden Fall aber solltest du diesmal das Thema Menschenrechte ausklammern.«

Carola schob ihren Mann lächelnd Richtung Terrassentür. »Mit Ebola haben wir momentan genug Gesprächsstoff. Aber ich möchte heute nichts mehr aus dem Büro hören. Auch nicht, wenn es mich betrifft. Geh und hol das Geburtstagskind. Line brennt darauf, ihre Geschenke auszupacken.«

Sie nahm das bereitliegende Feuerzeug und zündete die Kerzen an. Dann ging sie zur Tür und sah Robert hinterher, wie er die Rasenfläche herunterging, die Arme weit ausgestreckt. Deutlich schallten seine Worte ins Haus. »Line-Maus, komm zu Papi! Mama hat den Geschenketurm im Esszimmer aufgebaut. Er wartet darauf, zum Einsturz gebracht zu werden.«

Carola atmete tief durch und presste eine Hand auf ihr pochendes Herz, als Pauline sich in die Arme des Vaters warf und von ihm herumgewirbelt wurde. Eng umschlungen, von dem Cockerspaniel begleitet, kamen Vater und Tochter zum Haus hinaufgelaufen.

»Gott, wie ich euch liebe«, flüsterte Carola, bevor sie die Terrassentür aufriss und rief: »Tadaaaa! Bitte eintreten, Geburtstagskind. Hier warten ein paar Kleinigkeiten auf dich.«

Pauline von Ahren sah zu dem Sideboard und umarmte Carola. »So viele Geschenke! Danke, Mamutsch. Und danke, Papa.«

Carola lächelte. Mamutsch. Diesen Kosenamen hatte Pauline aus einem Kinderbuch übernommen, aus dem sie ihr vor vielen Jahren vorgelesen hatte. Ab und an gebrauchte sie ihn noch, und Carola gefiel es. Sie drückte einen Kuss auf Paulines Haar, das nach ihrem Lieblingsshampoo duftete. Limette und Vanille.

»Und die Torte ist toll. Auch mit weniger Marzipanröschen.« Pauline lächelte ihrer Mutter zu. »Papa hat gebeichtet.«

Carola verdrehte schmunzelnd die Augen, während sie nach Paulines Hand griff. »Möchtest du erst auspacken, Schatz, oder wollen wir zuerst frühstücken?« Sie deutete auf den großen ovalen Esszimmertisch, der festlich eingedeckt war. Kleine gläserne Marienkäfer lagen um den Teller verteilt auf Paulines Platz. Gekochte Eier, Schinken und Melone, eine mit dunklen Trauben dekorierte Käseplatte, frische Brötchen, Croissants und verschiedene Marmeladen füllten den Tisch.

Carola betrachtete Paulines blasses Gesicht. »Ich habe dir einen frischen Obstsalat gemacht, damit du wieder fit wirst. Du gefällst mir heute gar nicht, Line. Deine Augen glänzen schon wieder fiebrig. Du hättest nicht mit dem Hund toben sollen.« Pauline erwiderte nichts, sondern nickte nur. Ein Umstand, der Carola mehr erschreckte, als die erwartete patzige Antwort es getan hätte. Es ging ihr wirklich nicht gut.

»Drama-Mama hat natürlich recht«, bemerkte Robert von Ahren. »Aber vor dem Frühstück packst du zuerst dein Hauptgeschenk aus.« Er zwinkerte Pauline zu. »Ich kann sonst das Frühstück nicht genießen. Ich bin schon ganz hibbelig.«

Drama-Mama! Carola kniff die Lippen zusammen. Sie hasste es, wenn Robert ihre Fürsorge ins Lächerliche zog. Um den Geburtstag nicht zu verderben, schluckte sie eine scharfe Antwort hinunter.

»Komm, Maus, dazu müssen wir hinausgehen.« Robert zog seine Tochter hinter sich her. Carola folgte den beiden aus dem Esszimmer über die mit glänzenden dunklen Marmorplatten ausgelegte Eingangshalle zur doppelflügligen Haustür.

Carola war sich sicher, dass Pauline von dem cremefarbenen Mini Cooper, dessen Dach eine riesige rote Schleife schmückte, begeistert sein würde. Sie rechnete nicht mit einem eigenen Auto, obwohl sie seit zwei Wochen ihren Führerschein besaß. Robert und sie waren immer darauf bedacht gewesen, Pauline nicht über Gebühr mit käuflichen Dingen zu verwöhnen, trotz des vorhandenen Vermögens. Hanseatische Bescheidenheit hatte von jeher im Hause von Ahren gegolten.

»Überraschung!«, rief Robert fröhlich, während er die edle Holztür aufriss.

Als Pauline ihre Hand in Roberts Arm krallte, glaubte Carola im ersten Moment, dass es vor Aufregung um das Auto war, aber das geflüsterte »Papa, ich …« erschreckte sie.

11

Robert konnte gerade noch zugreifen, bevor der Körper seiner Tochter auf den Fliesen aufschlug.

»Pauline!«, schrie Carola und ging neben ihrer Tochter, die Robert langsam auf den Boden gleiten ließ, in die Knie.

»Line-Maus!« Erschrocken patschte Robert von Ahren leicht Paulines Wange.

Sie schlug die Augen auf. »Mir ... mir geht's nicht gut. Kannst du mich in mein Bett bringen, Papa?« Sie richtete sich mit Hilfe von Carola und Robert langsam auf.

»Nein.« Carolas Stimme hallte laut durch die Eingangshalle. »Es reicht jetzt! Geburtstag hin oder her. Wir fahren sofort zu Joachim. Du wirst jetzt vernünftig durchgecheckt. Basta!«

***

»Und wenn er jetzt stirbt?« Sophie hockte im Schneidersitz auf der Terrasse und presste den zitternden Hund an sich. »Von einem Trauma kann man bestimmt sterben.«

Der Blick, der Lyn dabei traf, war ein einziger Vorwurf.

»Ein Wort zu Opa, und du kannst dir die Außer-der-Reihe-Chucks von B & H abschminken. Für die nächsten hundert Jahre!« Lyn steckte das Ende des Verlängerungskabels in die Außensteckdose neben der Terrassentür, ging vor Sophie und dem Boxer in die Knie und stellte den Föhn auf Höchststufe an.

»Nicht auf Stufe drei«, fauchte Sophie ihre Mutter an, als der Hund zu winseln begann und versuchte, der heißen Luft zu entkommen.

Lyn wedelte mit dem Föhn hektisch über das Fell. »Für Wellness ist keine Zeit. Opa trudelt jeden Moment ein ... Boah!« Lyn ruckte mit der Nase näher an den Hund heran. »Riecht Sabbermaul etwa nach ...?« Sie stellte den Föhn ab und grölte Richtung Fenster im Obergeschoss: »Charlotte Hollwinkel! Hast du den Hund mit meinem neuen Duschgel abgeseift, das Hendrik mir zum Geburtstag geschenkt hat?«

Charlottes Kopf tauchte im Dachfenster ihres Zimmers auf. »Das Dolce & Gabbana? Kann sein. Ich hab einfach irgendeins gegriffen. Wenn dir das nicht passt, hättest du Barny selbst abduschen können. Ich hab schließlich noch eine Verabredung und muss mich sputen. Ich verschwinde jetzt unter der Dusche.«

»Ich hatte wohl mit der Autoreinigung genug zu tun«, giftete Lyn zurück. »Und beeil dich im Bad. Krümel und ich müssen auch noch duschen, bevor Opa kommt und blöde Fragen stellt.« Sie stellte den Föhn wieder an. Im selben Moment wand sich der Hund mit freudigem Winseln aus Sophies Armen, warf Lyn um und stürmte auf den Mann zu, der hinter Lyn um die Hausecke bog.

Sophies gequältes »Hallo, Opa!« erklang, noch bevor Lyn sich wieder aufgerappelt und den Föhn abgestellt hatte.

Henning Harms streichelte mit der Linken seinen Hund, der wild an ihm hochsprang. Seine rechte Hand war mit den Fingern einer blonden Frau um die sechzig verschränkt, die ein »Hallöchen, meine Lieben« flötete.

Meine Lieben? Lyns Hals zog sich zusammen. Salvatore durfte sie so nennen, weil sie Stammkunden waren und drei-, viermal pro Woche zu seinem Eiswagen eilten, wenn die Hupe in der Schulstraße quäkte. Aber nicht diese dauerlächelnde Tubenblondine, die ihr Vater ihr in der vergangenen Woche als seine neue Freundin vorgestellt hatte. »Hallo, Vera«, gab sie daher kurz angebunden zurück.

Henning Harms musterte mit zusammengezogenen Augenbrauen Tochter und Enkelin. »Da stelle ich doch mal gleich die erste blöde Frage: Was ist hier los? Wart ihr zur Wattolympiade in Brunsbüttel? Oder warum seht ihr aus wie die Schweine?«

»Das waren drei Fragen«, murmelte Lyn, den Blick von der perfekt gestylten Vera abwendend, die sie von oben bis unten musterte.

Sie zupfte an ihren strähnigen Haaren, dann an dem feuchten Laufshirt. Die kurze Laufhose gab den Blick auf ihre elbschlickverschmierten Waden frei. Die dreckigen Sportschuhe lagen auf der Terrasse.

Henning Harms löste die Hand aus Veras Fingern und ging vor Barny in die Knie. »Ja, mein Junge! Jaaa, ist ja gut! Herrchen ist zurück aus dem Urlaub. Jaaa!« Mit einem unterdrückten

Ächzen richtete er sich wieder auf. »Also, Sophie, welche blöden Fragen soll ich nicht stellen?«

Sophie vermied es, Lyn in die Augen zu sehen. »Wenn ich es erzähle, krieg ich die neuen Chucks nicht.«

»Herrje, so ein Drama war es jetzt auch nicht«, stieß Lyn genervt aus. »Wir sind zum Joggen an die Elbe gefahren. Der Hund war schwimmen. Und dabei sind wir alle ein bisschen nass und dreckig geworden.«

Henning Harms verzog das Gesicht. »Aber Anfang Mai ist das Wasser doch noch viel zu kalt. Barny wird sich erkälten.« Er legte dem Boxer die Hand auf die Stirn, als wolle er seine Temperatur erfassen.

»Hallo, Opa!«, erklang es im selben Moment an der Terrassentür. Charlotte trat aus dem Wohnzimmer und umarmte ihren Großvater. »Hast du schon gehört, dass Barny fast ertrunken wäre?«

Aufstöhnend ließ Lyn sich auf die Gartenliege fallen.

Sophie sprang auf. »Dann darf ich es jetzt erzählen, oder, Mama? Also: Wir sind mit dem Auto an die Elbe gefahren. Mama ist gejoggt, Lotte und ich haben mit Barny am Strand gespielt. Wir haben Stöckchen geschmissen. Er war schon ganz aus der Puste, als Mama wiederkam und sich in den Sand gesetzt hat. Die war auch aus der Puste. Und dann ist Barny zu ihr gelaufen und hat sich geschüttelt, und sein Sabber ist auf Mamas Shirt gelandet. Und dann ...« Sie warf einen kurzen Blick zu Lyn, die nur apathisch mit der Hand in der Luft wedelte. »Dann hat Mama den Stock genommen und ihn in die Elbe geworfen. Aber viel zu weit. Barny ist hinterhergeschwommen, und dann ... hat ihn die Strömung erwischt.«

»Mein Gott!« Henning Harms ging wieder in die Knie und tätschelte seinen Hund.

»Ich bin ins Wasser gelaufen«, fuhr Sophie fort, »aber Mama hat mich zurückgeholt. Und dann haben wir zugeguckt, wie Barny immer weiter die Elbe runtergetrieben ist. Nur sein Kopf war noch zu sehen. Ich hab voll geheult, Charlotte hat geschrien. Und Mama hat ihre Kollegen von der Wasserschutzpolizei angerufen.«

Ungläubig starrte Henning Harms seine Enkelin an. »Die Wasserschutzpolizei hat Barny aus der Elbe gefischt?«

Sophie schüttelte den Kopf. »Nein. Die hatten einen Einsatz und wären erst in zwei oder drei Stunden da gewesen. So lange hätte Barny bestimmt nicht durchgehalten. Aber Lotte hatte eine tolle Idee. Sie hat Tjark angerufen. Der ist aus ihrer Clique. Und der hat im Wewelsflether Hafen seinen Jetski zu Wasser gelassen und ist zur Elbe gebraust. Es war ablaufendes Wasser, und Barny war schon fast in Brokdorf. Dass er ihn überhaupt im Wasser entdeckt hat, ist ein Wunder, sagt Mama.«

Sophie legte die Arme um den Hund und zog ihn an ihre Brust. »Und dann bist du das erste Mal in deinem Leben Jetski gefahren, nicht wahr, Barny? Tjark hat gesagt, er hat noch nie einen Hund gesehen, der so doll gezittert hat.« Sophie sah ihren Großvater an. »Über eine Stunde ist Barny geschwommen. Das war bestimmt sein Rekord, oder? Beim nächsten Aufpassen werfen wir aber kein Stöckchen mehr ins Wasser.«

Lyn hob den Kopf von der Liege und sah ihren Vater an. »Ich vermute, es wird kein nächstes Mal geben?«

»Eher schreibt Goethe im Jenseits vampirpornografische Lektüre, als dass ich dir meinen Hund noch einmal anvertraue, Gwendolyn Harms.«

»Hendrik Wolff, nimm die Finger aus meinem Ausschnitt!« Lyn zerrte – mit panischem Blick zur offenen Bürotür – Hendriks Hand aus ihrer Bluse und drehte ihren Bürostuhl so, dass er nicht mehr hinter, sondern neben ihr stand.

Oberkommissar Hendrik Wolff nahm ihren Kopf zwischen die Hände und küsste sie. »Das sind Entzugserscheinungen. Schließlich habe ich dich eine ganze Woche nicht gesehen. Und: Ich habe noch nie einer zukünftigen Hauptkommissarin in die Bluse gefasst. Das musste ich nachholen.«

Lyn verdrehte die Augen. Seit Hendrik glaubte, aus einem Gespräch mit ihrem Chef Wilfried Knebel herausgehört zu haben, dass der Lyn für eine Beförderung zur Hauptkommissarin vorschlagen wolle, ließ er das Thema nicht ruhen.

»Erstens: Noch bin ich nicht Hauptkommissarin«, sagte Lyn.

»Zweitens: Es beruhigt mich, dass Kollegin Karin noch nicht in den Genuss gekommen ist.«

»In welchen Genuss bin ich noch nicht gekommen?«, erklang eine fröhliche Stimme in der Bürotür. Hauptkommissarin Karin Schäfer hatte ihren Kaffeebecher mit dem »Oma ist die Beste«-Aufdruck in der Hand.

Lyn fühlte, wie ihre Wangen sich färbten. Wehe, du sagst ihr das mit der Bluse, signalisierte der Blick, den sie Hendrik zuwarf.

Hendrik blieb gelassen. »In den Genuss von Birgits Kaffee. Sie hat heute aromatisierten Kaffee mitgebracht. Bio und irgendwas mit Nüssen. Schmeckt so, wie die Pullis vom Kollegen Bernhard von der Sitte riechen. Ich habe ihn umgehend in den Ausguss befördert und eine neue Kanne aus dem Altbestand gekocht. Jetzt muss es uns nur noch irgendwie gelingen, den Inhalt der Kaffeedose auszutauschen.«

»Ich mach es aber nicht«, winkte Karin ab. »Ich hab mir letzte Woche schon einen Anschiss eingefangen, als ich Birgit einen Tipp gab, wie ihre Haferflockenkekse lockerer werden. Die waren ja ungenießbar.« Sie sah zur Uhr. »In zehn Minuten beginnt die Frühbesprechung, ihr Lieben. Bis dann. Ich bin heute allerdings nur ein Viertelstündchen dabei. Ich muss noch zu Dr. Helbing in die Rechtsmedizin.« Mit einem Winken verabschiedete sie sich.

»Oh, apropos Doktor!«, stieß Lyn aus. »Ich hab um halb zwölf meinen Krebsvorsorgetermin in Heiligenstedten. Das darf ich nicht vergessen.«

»Gehen wir danach zusammen mittagessen?«, fragte Hendrik. Er küsste sie und ging zur Tür. »Dann kannst du mir berichten, wie du dich entschieden hast. Schließlich hattest du eine Woche Bedenkzeit.« Er sah sie an, als erhoffte er bereits eine schnelle Antwort, aber diesen Gefallen konnte Lyn ihm nicht tun.

Vor zehn Tagen hatte er sie mit seinem Wunsch, so schnell wie möglich zusammenzuziehen, überrascht. Im Grunde hatte er sie damit sogar kalt erwischt. Zusammenzuziehen war eine Option, die Lyn für sich überhaupt noch nicht in Erwägung gezogen hatte. Für sie lief es so, wie es war, perfekt.

Die gemeinsame Zeit verbrachten sie zum größten Teil in Lyns

Haus in Wewelsfleth. Zwangsläufig, weil die Kinder dort waren. Nur wenn die Mädchen in den Ferien bei ihrem Vater in Franken waren, übernachteten sie in Hendriks Itzehoer Wohnung. Seine Argumente für eine gemeinsame größere Wohnung in Itzehoe waren nicht von der Hand zu weisen. Sie arbeiteten beide in Itzehoe, die Mädchen gingen dort zur Schule. Und natürlich wäre es schön, ein Arbeitszimmer zu haben. Sie verstand sogar seinen Unmut über das kleine Bad, das bei drei Frauen, dusch-, föhn- und schminktechnisch betrachtet, dauerbelegt war.

Lyn seufzte. Sie liebte ihr gemütliches kleines Heim am Wewelsflether Friedhof. Und auch Charlotte, die die morbide Atmosphäre – die Leichenhalle grenzte direkt an den Garten – anfangs verflucht hatte, hatte sich eingewöhnt und Freunde in Wewelsfleth gefunden. Sophie war von Anfang an begeisterte Friedhofsanhängerin gewesen.

Ein Umzug, das musste Lyn sich selbst eingestehen, war allerdings nicht der Hauptpunkt auf ihrer Bedenkenliste. Es war vielmehr ein Gefühl in ihrem Inneren, ein Ziehen in der Bauchdecke, ein nicht zu definierendes Unwohlsein bei dem Gedanken, die momentane Situation zu verändern. Sophies Abneigung gegen Hendrik hatte sich zwar deutlich abgeschwächt, tendierte aber im Moment eher im Bereich Gleichgültigkeit als zu freundschaftlicher Zuneigung.

Lyn war froh, als ein Blick zur Uhr verriet, dass es Zeit war, in den Besprechungsraum zu gehen, denn sie durfte sich nicht vormachen, dass es nur Sophies pubertäre Befindlichkeiten waren, die sie als Argumente anführen konnte.

Sie selbst hatte immer wieder an der Tatsache zu knabbern, dass Hendrik neun Jahre jünger als sie war. Ihr vierzigster Geburtstag hatte sie in ihrem Bemühen zurückgeworfen, diese Tatsache entspannt zu betrachten. Sie wusste, dass Hendrik sie liebte, und sie spürte bei jeder seiner Berührungen, wie sehr er sie begehrte, und dennoch steckte dieser Stachel in ihr. Klein, aber eisig. Wochenlang konnte er unbemerkt bleiben, um dann in irgendeiner Situation mit einem Pikser zu sagen: Hier bin ich, und du wirst mich niemals loswerden. Wenn die winzigen Fältchen um ihre Augen bei Stress tiefer wirkten und sie sich alt und müde fühlte, wenn Hendrik alberne Bemerkungen machte, die sie nicht witzig fand, wenn er mit Charlotte in ihrem Zimmer Musik hörte, bei der es Lyn gruselte.

»Na, du eine meiner beiden Lieblingskolleginnen«, begrüßte Kriminalhauptkommissar Thilo Steenbuck sie, als sie ihr Büro verließ. Kameradschaftlich legte er seinen Arm um ihre Schulter und grinste, während sie über den Flur Richtung Besprechungsraum gingen. »Dich und Hendrik brauche ich wohl nicht zu fragen, ob ihr heute Abend mit in die Lauschbar kommt, um ein Feierabendbierchen zu zischen. Klein-Wölffchen kann es bestimmt nicht erwarten, nach einer Woche Arrest aus dem Zwinger gelassen zu werden.«

»Thilo Steenbuck!« Lyn schüttelte seinen Arm ab. »Du bist doch krank.«

»Ganz im Gegenteil. Bei meinem letzten Arztbesuch hatte ich Werte wie ein Zwanzigjähriger. Die Chancen stehen für Tessa also eher schlecht, dass sie frühzeitig mit Witwenrente auf Malle die Sau rauslassen kann.«

»Ja, wunderbar, Frau Harms.« Mit geübtem Griff tastete die Frauenärztin Lyns linke Brust und die Lymphknoten der Achselhöhle ab. Sie wechselte zur rechten Seite. »Alles weich, alles, wie es sein soll«, kommentierte sie weiter, während sie drückte und tastete.

»Schön«, sagte Lyn dankbar. Auch wenn sie keine großen Ängste bezüglich eines Knotenfunds verspürt hatte, war die Mitteilung, dass alles in Ordnung war, doch erleichternd.

»Dann dürfen Sie sich obenherum wieder anziehen und unten frei machen«, sagte die Ärztin mit einem Lächeln und deutete zur Kabine.

Die anwesende Arzthelferin assistierte, als Lyn auf dem Untersuchungsstuhl Platz genommen hatte. »Das sieht alles gut aus«, kommentierte die Ärztin und nahm einen Abstrich. »Wir machen jetzt noch die Sonografie, dann sind Sie schon fertig.«

»Das ging flott«, sagte Lyn lächelnd, »da kann ich in meiner Mittagspause tatsächlich noch etwas Schnelles essen gehen.«

Bevor die Ärztin die Sonde einführte, drehte sie den Bildschirm so, dass Lyn ihren Ausführungen folgen konnte. »Da haben wir die Blase. Und das ist die Gebärmutter. Und …« Sie stockte. »Moment, was haben wir denn da?« Sie bewegte die Sonde, um dann an einer Stelle zu verharren.

Lyns Herz begann schneller zu schlagen. »Ist etwas nicht in Ordnung?«, fragte sie und versuchte, im Gesicht der Gynäkologin zu lesen.

»Das würde ich so nicht sagen«, sagte die Ärztin nach einem weiteren Moment der Konzentration auf den Bildschirm. Sie sah Lyn an. »Sie sind schwanger. War Ihnen das noch nicht bekannt?«

Die Worte der Ärztin klangen sirrend in Lyns Kopf nach. Ihr Mund war schlagartig so trocken, dass sie glaubte, würgen zu müssen, als sie zu sprechen versuchte. »Schw… Schwanger?« Sie wollte schlucken, aber es misslang. Sie starrte auf das Sonografiebild, das für sie nur aus Schatten bestand. »Das … das kann nicht sein. Ich nehme die Pille.«

»Aber Sie haben mir doch angegeben …«, schaltete die Assistentin sich ein und griff nach dem Patientenblatt auf dem Beistelltisch, »dass Ihre letzte Regel sieben Wochen zurückliegt.«

»Ja, aber doch nur, weil ich die Pille durchgenommen habe. Aus … äh … privaten Gründen.« Lyn spürte, wie ihre Wangen sich röteten. Sie hatte keine Pillenpause gemacht, weil sie eine Regelblutung vermeiden wollte, denn sie hatte zu der Zeit mit Hendrik ein langes Wochenende im Harz verbracht. »Und darum hatte ich keine Regelblutung.«

Die Ärztin musterte Lyn. »Tja, da konnten Sie natürlich keine Schwangerschaft vermuten. Aber das hier«, sie deutete auf den Bildschirm, »zeigt uns einen winzigen Embryo. Fünfte bis sechste Woche, würde ich sagen.«

»Aber ich habe doch gerade Urin abgegeben«, stammelte Lyn. »Sie haben gesagt, er sei in Ordnung. Sie hätten doch sehen müssen, dass ich schwanger bin.«

»Auf Schwangerschaft testen wir nur, wenn dafür Anhaltspunkte bestehen, Frau Harms. Also, herzlichen Glückwunsch.«

★★★

Carola von Ahren hatte weder einen Blick für den Marco-Polo-Tower zu ihrer Rechten noch für die ferne Sicht auf den Hamburger Hafen, als sie im Büro ihres Bruders vor den schmalen, hohen Fenstern auf und ab lief. Ihre Finger strichen fahrig über die Rückenlehne des Sessels, in dem ihr Mann saß, ohne dass sie das feine schwarze Leder unter ihren Fingerkuppen wahrnahm. Der Duft des Leders lag noch in der Luft, weil das Mobiliar gerade erst in das vor wenigen Monaten bezogene Gebäude in der Überseeallee geliefert worden war.

»Wo bleibt Joachim?« Carola blieb stehen und sah Robert an. Ihre Stimme klang zittrig. »Ich habe Angst, Robert.« Sie atmete tief durch.

Seit drei Tagen lag Pauline jetzt in Joachims Privatklinik in der Hamburger Hafencity. Er hatte noch keine konkrete Diagnose gestellt, hatte rumgedruckst, dass noch ein Testergebnis ausstehen würde. Und anscheinend war es jetzt da. Vor zwei Stunden hatte er sie angerufen und gebeten zu kommen. Dass Joachim sich geweigert hatte, ihr die Diagnose am Telefon mitzuteilen, hatte sie in höchste Alarmbereitschaft versetzt.

Als ihr Handy klingelte, zuckte sie zusammen. Sie nahm es aus der Handtasche und sah auf das Display. »Das Flüchtlingszentrum«, murmelte sie auf Roberts fragenden Blick. Sie stellte das Handy aus. »Ich kann jetzt nicht telefonieren. Sie müssen sich jemand anderen suchen.«

Carola hatte einige Jahre für das Flüchtlingszentrum Hamburg gearbeitet, bevor sie sich vor drei Jahren entschieden hatte, ihre ehrenamtliche Tätigkeit neu auszurichten. Doch ab und zu wurde sie vom Flüchtlingszentrum als Dolmetscherin um Hilfe gebeten.

»Joachim wird bestimmt jeden Moment hier sein. Trink einen Schluck Tee, Liebling.« Robert von Ahrens Stimme klang wie immer, aber Carola sah am Zittern seiner Finger, als er mit der kleinen Zange Kluntjes in Carolas Tasse gab, dass er ebenfalls unruhig war.

Joachims Assistentin hatte ihnen den schwarzen Assamtee vor einer Viertelstunde serviert. Mit einem Lächeln und dem Hinweis »Professor Ballmer ist in einer Minute bei Ihnen« hatte sie die feine Porzellankanne auf dem Stövchen abgestellt.

Carola setzte sich. Sie musste die Teetasse mit beiden Händen halten, weil sie so stark zitterten. Sie setzte die Tasse klirrend ab, als ihr Bruder mit einem »Entschuldigt, dass ihr warten musstet« den Raum betrat. Seine Stimme verriet den Hanseaten. Professor Dr. Joachim Ballmer küsste seine Schwester auf die Wange, seinem Schwager gab er die Hand, zusätzlich klopfte er ihm mit der anderen Hand auf die Schulter.

»Was ist mit Pauline?« Carola versuchte, im Gesicht ihres Bruders zu lesen. Es war ein kantiges Gesicht mit einem eckigen Kinn und schmalen Lippen. Das Blond seines Haars war einen Tick dunkler als ihres und lichtete sich über der Stirn. Joachims Brille steckte in der oberen Tasche seines gestärkten weißen Kittels. Was sie in seinen hellblauen Augen sah, ließ sie schlucken.

Joachim Ballmer setzte sich Carola und Robert gegenüber. Er atmete tief aus, lehnte die Unterarme auf seine Schenkel und faltete seine Finger ineinander. »Es sind leider keine guten Nachrichten, die ich für euch habe … Carola, bitte bleib ruhig und hör mich an«, sagte er, als Carola ein Wimmern nicht unterdrücken konnte. »Pauline leidet an einer akuten myeloischen Leukämie. Die Knochenmarkpunktion, die ich bei ihr durchgeführt habe, hat meine Befürchtungen leider bestätigt.«

Carolas Aufschrei mischte sich mit dem »Mein Gott!« von Robert, dessen Hautfarbe milchig wurde.

»Das ist ein Schock, und ich kann ihn euch nicht abnehmen.« Joachim Ballmer sprach mit ruhiger Stimme, der aber die eigene Erschütterung anzumerken war. Er stand auf und setzte sich auf die Armlehne von Carolas Sessel. Er nahm ihre Hand in seine Hände und streichelte sie. »Aber ich verspreche euch, dass alles gut werden wird. Ihre Behandlung läuft bereits an. Wir schöpfen sämtliche uns zur Verfügung stehenden Möglichkeiten aus. Ich habe mich bereits mit einem Kollegen in Köln abgestimmt, einer Koryphäe auf dem Gebiet der Leukämiebehandlung bei Kindern und Jugendlichen.«

Joachims Worte flossen wie Stromschnellen an Carola vorbei. Klar, aber rasend, beißend, das Glück verschlingend. Ihr Magen verkrampfte sich. Mit vorgebeugtem Oberkörper presste sie die Arme auf den Unterleib. »Sie wird sterben, oder?« Sie sah ihren Bruder an und schrie. »Oh Gott, Achim, sag, dass sie nicht sterben wird!«

»Carola!« Joachim Ballmers Stimme blieb ruhig, aber er wurde eine Nuance lauter. »Sie wird nicht sterben! Ich verspreche es dir. Euch verspreche ich es«, fügte er mit Blick auf seinen erschütterten Schwager hinzu.

»Oh Gott, was sagen wir nur Pauline?«, flüsterte Carola unter Tränen. »Wir ... wir sagen ihr noch nichts. Oder, Joachim?« Ein flehender Blick traf ihren Bruder. »Das ... das würde sie nicht überstehen!«

»Ach, Carola, es war mir klar, dass du das sagen würdest.« Joachim schüttelte milde lächelnd den Kopf. »Aber Pauline weiß es bereits. Und selbstverständlich werden wir nichts vor ihr verbergen. Ganz im Gegenteil. Ich habe sie genauestens aufgeklärt über das, was mit ihr geschieht. *Sie* ist die Betroffene. Es ist *ihre* Krankheit, und es ist *ihre* Gesundheit, um die wir gemeinsam kämpfen werden.«

Weinend sprang Carola auf. »Meine Kleine. Ich muss sofort zu ihr.«

Joachim stand auf und zog Carola zurück zum Sessel. »Pauline hat es mit bewundernswerter Ruhe aufgenommen, Carola. Natürlich hat sie geweint, aber sie hat eine so starke Natur und einen eisernen Willen ... Setz dich noch einen Moment, bevor ihr zu ihr geht. Lasst mich die Situation genauer erklären. Bitte.« Er drückte Carola in den Sessel.

»Was ... was passiert jetzt mit Line?« Robert von Ahren knetete seine Finger ineinander. »Leukämie ... das kann man nicht operieren. Welche Behandlung schlägst du vor? Wir müssen sie in diese Klinik nach Köln bringen. Zu deinem Kollegen, der darauf spezialisiert ist. Du musst alles tun, Joachim, damit sie gesund wird! Egal, was es kostet. Wenn sie ins Ausland muss, dann veranlasse das! Ich könnte auch meine Kontakte spielen lassen, wenn du mir sagst, wo die Behandlung stattfinden soll.«

Carola griff nach der Hand ihres Mannes und nickte bei jedem seiner Worte. Jeden Cent würden sie hergeben, um Pauline zu retten.

»Ihr Lieben!« Joachim Ballmers Stimme klang ruhig und fest, als er sich wieder in seinen Sessel setzte. »Ich habe Pauline den Vorschlag unterbreitet, in die Kölner Klinik zu wechseln, aber das hat sie – wie erwartet – vehement abgelehnt. Sie will auf jeden Fall hier in Hamburg bleiben. Und ich kann das auch gutheißen. Letztendlich liegt die Entscheidung natürlich bei euch. Trefft sie in Ruhe, gemeinsam mit Pauline.«

Robert sah seinen Schwager an. »Wir werden das befolgen, wozu du uns rätst. Wenn nicht dir, wem sonst würden wir Paulines Leben anvertrauen. Wenn du sagst, dass hier alles für sie getan wird, dann …« Die Stimme brach ihm weg.

Joachim nickte zuversichtlich. »Pauline ist bei mir in den besten Händen. Sämtliche Behandlungsmethoden können wir hier in der Onkologie durchführen. In einer anderen Klinik würde nichts besser und nichts anders gemacht werden. Und hier in Hamburg hat sie euch und ihre Freunde. Ein nicht zu unterschätzender Aspekt, der der Heilung dienen kann. Zeit dürfen wir allerdings keine verlieren. Sobald die behandlungsvorbereitenden Untersuchungen zur Gänze abgeschlossen sind, muss umgehend mit der Chemotherapie begonnen werden. Sie ist unsere zentrale Waffe gegen die bösartigen Zellen. Wir werden in verschiedenen Schritten vorgehen. Da bei Pauline die Zahl der Leukämiezellen im Blut sehr hoch ist, beginnen wir mit einer medikamentösen Vortherapie, um Komplikationen zu vermeiden, bevor wir mit der intensiven Chemotherapie beginnen.«

»Sehr hoch, sagst du? Sie hat mehr von diesen Leukämiezellen als andere?« Carola presste ihre Hände auf die Sessellehne, um das Zittern unter Kontrolle zu bringen.

»Ja«, beantwortete ihr Bruder die Frage ehrlich. »Wenn wir es uns als Pyramide vorstellen, bildet Pauline nicht die Spitze, aber weit davon entfernt ist sie nicht. Aber das soll uns jetzt nicht mehr schrecken als nötig, denn es kommt nur darauf an, dass die Chemotherapie anschlägt. Und da stehen die Chancen gut. Laufende Blutuntersuchungen werden uns sehr schnell Aufschluss darüber geben, dass die bösartigen Zellen sich den Zytostatika ergeben.«

Carolas Stimme war dünn. »Und wenn nicht?«

»Sollte all das nicht anschlagen, wovon wir nicht ausgehen, gibt es die Möglichkeit der Stammzelltransplantation. Ein Spender muss in den meisten Verträglichkeitsmerkmalen des Gewebes mit dem Empfänger übereinstimmen. Zu einem großen Teil findet man Spender in der Familie. Aber es gibt auch eine weltweite Datenbank. Ihr habt bestimmt schon von der DKMS, der Deutschen Knochenmarkspenderdatei, gehört. Dort haben sich Millionen Menschen typisieren lassen. Das heißt, wir können sehen, ob irgendwo auf der Welt ein Mensch Paulines Gewebemerkmale hat und ihr somit Stammzellen zur Verfügung stellen kann.«

Robert sprang auf. »Transplantation? Ich lege mich sofort auf deinen Tisch. Nimm, was du für Pauline brauchst.«

In Carolas Kopf begann es zu sirren. In ihrem tiefsten Inneren begann sich etwas zu regen. Etwas Monströses, das in siebzehn langen Jahren zu einem Nichts geschrumpft war. In einem Teil ihrer Seele, in den sie gehofft hatte, niemals wieder blicken zu müssen.

Sie presste die Handflächen an die Schläfen und stöhnte. Das Monster war vielleicht geschrumpft, aber es war da. Und jetzt und hier begann es, sich den Weg aus ihr herauszufressen.

»Wir müssen nicht in Panik verfallen, Robert.« Joachims Stimme klang beruhigend. »Wir schöpfen zuerst alle anderen Möglichkeiten aus. Aber euer Blut werden wir schon testen. Dann wissen wir, ob eure Gewebemerkmale mit Paulines übereinstimmen.«

»Unser Blut?« In Carolas Kopf überschlugen sich die Gedanken. »Und … wenn die Merkmale übereinstimmen, was … was passiert dann?«

»Dann gibt man für einen Bestätigungstest noch einmal Blut ab, und es wird eine virologische Untersuchung vorgenommen, um alle Risikofaktoren für Empfänger und Spender auszuschließen. Bei einem positiven Befund kann dann die Transplantation der Stammzellen erfolgen.«

Joachim strich über die Hand seiner Schwester. »Aber die Einzelheiten dazu müssen euch jetzt nicht interessieren. Dazu wird es mit Sicherheit nicht kommen. Trotzdem können wir die Blutentnahme bei euch vorsorglich in den nächsten Tagen durchführen. ... Geht jetzt erst einmal zu Pauline. Sprecht mit ihr, weint mit ihr, und dann tröstet sie und sprecht ihr Mut zu. Ich verspreche euch, dass alles gut wird.«

★★★

»Hallo? Captain Kirk an Enterprise, jemand da?« Hendrik wedelte mit seiner Hand vor Lyns Gesicht herum. »Du hörst mir gar nicht zu, oder? Und Appetit scheinst du auch nicht zu haben.« Er deutete auf ihren Teller. »Was ist denn los, Liebling?«

Sie saßen an einem Zweiertisch im Itzehoer Prinzeßhof-Restaurant, vor sich die bestellte Pizza. Hendrik hatte seine Calzone schon zur Hälfte aufgegessen, Lyns Funghi war fast unberührt.

»Bei Ihnen alles in Ordnung?«, fragte im selben Moment die Bedienung. Ihr Blick blieb ebenfalls an Lyns Pizza hängen.

Lyn setzte ein Lächeln auf. »Alles bestens, danke. Mein Appetit ist heute nur nicht der größte.« Sie schluckte. Was hätte sie auch sonst sagen sollen? Etwa: Nein, bei mir ist gar nichts in Ordnung! Mir bleibt das Essen im Hals stecken, weil ich gerade erfahren habe, dass ich ein Kind bekomme!

Als die Bedienung mit einem freundlichen Nicken ging, legte Lyn das Besteck zur Seite und sah Hendrik an. »Mir geht es nicht gut. Vielleicht brüte ich eine Grippe aus. Ich werde gleich nach Hause fahren.«

»Heute Morgen war doch noch alles in Ordnung.« Hendrik musterte ihr Gesicht.

»Du weißt doch: So etwas kommt angeflogen.« Lyn quälte sich. Sie hatte das Gefühl, aufspringen und hinausrennen zu müssen. Um vor ihren Gedanken zu fliehen. Vor Hendrik.

»Schade.« Enttäuscht sah er sie an. »Ich hatte mich so auf heute Abend gefreut.«

Dann strich er kopfschüttelnd über ihre Hand. »Ich bin ein grässlicher Egoist. Dir geht es schlecht, und ich bedaure mich. Entschuldige.« Er zwinkerte ihr zu. »Aber nach einer Woche mit

25

den Handballkumpels freut *Mann* sich auf das Weib zu Hause.«
Seine Stimme wurde leiser. »Ich hab dich wahnsinnig vermisst,
Lyn.«

In Lyns Kopf begann es zu dröhnen. »Lass uns bitte bezahlen,
Hendrik. Ich muss hier raus.« Sie griff nach ihrer Tasche, sprang
auf und stürmte die Treppe hinauf nach draußen. Tief atmend
blieb sie auf dem sandigen Vorplatz zum Restaurant stehen.
Sie konnte es Hendrik einfach noch nicht sagen. Sie begriff
es ja selbst noch nicht. Sie hätte nicht einmal sagen können,
welchen Weg sie vom Polizeihochhaus bis hierher genommen
hatten. Es war nur noch wattiger Nebel in Lyns Kopf. Sie wusste
weder, wie sie von der Heiligenstedtener Arztpraxis in ihr Büro
zurückgekommen war, noch hätte sie ein einziges Wort von
dem wiedergeben können, was Hendrik auf dem Weg zum
Restaurant gesagt hatte. Sie war nur dankbar gewesen, dass er
ihr »Ich bin gesund« auf seine Frage, was die Ärztin gesagt habe,
ohne ein weiteres Wort hingenommen hatte.

Als Hendrik kam, versuchte Lyn ein Lächeln. »Entschuldige,
ich musste einfach raus.«

Er legte den Arm um ihre Schulter, als sie losgingen. Besorgt
musterte er ihr blasses Gesicht. »So hab ich dich ja noch nie
erlebt. Kannst du überhaupt fahren? Soll ich dich nach Hause
bringen?«

»Nein, es geht schon.«

»Ich komme heute Abend zu dir und verwöhne dich ein
bisschen. Heiße Zitrone und ein warmes Bad wirken Wunder,
sagt meine Oma immer.«

»Nein!« Lyn fühlte sich noch schlechter, als sie in Hendriks
Augen blickte. Ihre laute Ablehnung hatte ihn verletzt. »Bitte
nicht. Ich möchte einfach nur schlafen«, schob sie sanft hinterher. »Aber wenn es mir morgen noch nicht besser geht, musst
du natürlich vorbeikommen.« Sie legte ihren Kopf für einen
Moment an seine Schulter.

»Morgen Abend bin ich der Sitte zugeteilt«, sagte Hendrik.
»Die brauchen Verstärkung. Muschi-Manni hat mächtig Stress
mit den Bulgaren vom Kiez, weil er seine Nutten jetzt über die
Rumänen bezieht. Letzte Nacht wurde versucht, seine Villa in

Ecklak in Brand zu stecken. Die Abhöranlagen laufen heiß. Und dann scheint auch noch eine Mädchenlieferung aus Bulgarien bevorzustehen, aber die Bulgaren kommen nicht so richtig mit Auskünften rüber. Die Arschgeigen werden immer vorsichtiger am Telefon. Scheinen zu ahnen, dass sie abgehört werden.«

»Okay.« Es gab nichts, was Lyn im Moment weniger interessierte als die hausgemachten Probleme von Manfred Lebschies alias Muschi-Manni. Aber sie war nicht undankbar, dass sie Hendrik auch morgen nicht in die Augen sehen musste.

Auf der Heimfahrt nach Wewelsfleth hielt Lyn am Hotel Adler und kaufte in der Adler-Apotheke einen Schwangerschaftstest, nachdem sie sich vergewissert hatte, dass außer ihr niemand im Laden war. Zu Hause nahm sie sich nicht die Zeit, die Jacke auszuziehen. Sie warf nur die Handtasche neben die Kommode im Flur und ging schnurstracks ins Bad. Mit zitternden Händen fingerte sie das Stäbchen aus der Hülle, zog Jeans und Slip herunter und urinierte auf das Stäbchen.

Mit zusammengepressten Augen blieb sie auf der Toilette sitzen, wartete die Minuten ab, bis der Test sein Ergebnis präsentierte. Sie hatte jeden Abend die Pille genommen. Es konnte einfach nicht sein, dass sie schwanger war. Die Schatten auf dem Ultraschallbild waren vielleicht gar kein Kind.

Zehn Minuten später lag sie auf ihrem Bett. Weinend, das Teststäbchen in der verkrampften Hand, nicht fähig, einen klaren Gedanken zu fassen. Sie durfte nicht schwanger sein! Sie hatte ihr Leben als alleinerziehende Mutter gerade erst in den Griff gekriegt. Hatte verdaut, dass Bernd Hollwinkel, mit dem sie geglaubt hatte, nach sechzehn Jahren immer noch eine glückliche Ehe zu führen, sie für eine andere Frau verlassen hatte, mit der er mittlerweile verheiratet war. Und sie war so froh, dass Hendrik und Sophie sich ein wenig nähergekommen waren.

Hendrik.

Lyn drehte sich auf den Rücken und strich mit ihrer Rechten über den flachen Bauch. Hier drin sollte sein Kind sein? Wieso hatte sie es nicht gespürt? Wieso war ihr nicht übel? Ihr war immer übel gewesen. Bei Charlotte und bei Sophie.

»Mama, du bist ja schon da.«

Lyn schrak hoch, als sie Charlottes Stimme im Hausflur hörte. Fußgetrappel auf der Treppe folgte. Hektisch strich Lyn über Augen und Wangen, um die Tränenspuren zu entfernen. Wieso war Charlotte schon zu Hause? Sie hatte doch nachmittags noch Unterricht!

Der Hauch eines Klopfens erklang gleichzeitig mit dem Aufstoßen der Schlafzimmertür. »Hi, Mama, was ist los? Bei mir ist Bio ausgefallen.«

Lyn schwang sich vom Bett hoch, ohne Charlotte anzusehen. »Sag mal, spinnst du?«, fauchte sie und drehte ihr den Rücken zu. »Kannst du nicht warten, bis ich Herein sage?« Sie begann in der Nachttischschublade nach einem Päckchen Papiertaschentücher zu wühlen.

»Na, das sagt ja die Richtige! Wer platzt denn gern in Zimmer, in denen die Tochter mit dem Freund rummacht? Mit dem *Ex*freund«, verbesserte sie sich sofort.

Unter anderen Umständen hätte Lyn jetzt laut gelacht. Die Szene mit Charlottes halb nacktem langmähnigen Exfreund Max stand deutlich vor ihren Augen. Aber ihr war nicht nach Lachen. Ganz im Gegenteil. Sie schluckte und versuchte, die Tränen, die sich ihren Weg wieder suchten, zurückzuhalten.

»Ich bin krank«, murmelte sie nur.

»Sag mal, weinst du?« Charlotte trat ans Bett und zog Lyn an der Schulter herum. Sie erschrak. »Mama, was ist denn? Ist was passiert? Mit Krümel? Oder Papa?«

Lyn schüttelte nur den Kopf. Die Tränen flossen wieder. »Alles gut, Lotte. Ich hab nur —« Sie kam nicht dazu, den Satz zu beenden, denn Charlotte griff mit einem Aufschrei nach etwas auf Lyns Bett.

»Mama!« Sie starrte auf das Schwangerschaftsteststäbchen, das Lyn in der Hektik auf die Bettdecke gelegt hatte, dann sah sie Lyn ungläubig an. »Ist das *das*, wofür ich es halte?«

»Gib das her!«, schrie Lyn auf, riss Charlotte das Stäbchen aus der Hand, warf es in die offene Nachttischschublade und schob sie lautstark zu.

»Ich dreh durch! Du kriegst ein Kind?« Auf Charlottes Gesicht dehnte sich ein breites Grinsen aus. »Das ist ja … das ist ja …«

»Der Horror«, beendete Lyn den angefangenen Satz ihrer Tochter, presste ihr Kopfkissen vor das Gesicht und weinte hemmungslos. Sekundenlang hörte Lyn nur ihr eigenes Weinen, dann spürte sie Charlottes Hand auf ihrem Rücken, ihrem Arm.

»Mama! Das … das ist doch nicht so schlimm. Das … das … Was sagt denn Hendrik?«

»Der weiß es noch nicht«, schluchzte Lyn in das Kissen. »Ich weiß es doch selbst erst seit heute Morgen. Durch Zufall bei der Krebsvorsorge. Es ist noch ganz am Anfang.«

»Mama, hör auf zu weinen, bitte! Du musst keine Angst vor Hendrik haben. Glaub mir. Der wird vor Freude ausflippen! Ich sag dir, der dreht durch.«

Lyn riss sich das Kissen vom Gesicht. »Das ist es ja, Lotte. Ich … wir … wir wohnen noch nicht einmal zusammen. Und ich muss arbeiten. Ich bin alleinerziehend. Ich kann kein Kind kriegen.« Sie brach verzweifelt ab.

»Oh.« Charlotte starrte ihre Mutter an. »Aber, wie konnte das denn passieren? Hast du die Pille vergessen?«

»Nein, das ist es ja! Ich habe sie nicht vergessen.« Lyn war sich sicher. »Und ich hatte auch keine Magen-Darm-Grippe. Dann hätte ich schon andere Vorsichtsmaßnahmen getroffen.« Sie schniefte. »Das kannst du mir glauben.«

»Magen-Darm nicht«, sagte Charlotte nach einem Moment des Überlegens, »aber gekotzt hast du trotzdem. Ich weiß ja nicht, ob das zeitlich passt, aber als du vor ein paar Wochen zu dieser Leiche von der Oma in Hohenlockstedt gerufen wurdest, hast du doch dein Abendbrot wieder ausgekotzt.«

Lyn nickte. Während einer Bereitschaft hatte sie die Wohnung einer alleinstehenden Frau durch einen Schlüsseldienst öffnen lassen, weil der aus dem Urlaub zurückkehrende Untermieter einen unerträglichen Geruch im Haus bemerkt hatte. Zwei Wochen lang hatte die Leiche der Vierundachtzigjährigen im Bad gelegen. Niemand hatte die alte Dame vermisst. Lyn hatte es nicht einmal mehr nach draußen geschafft. Noch im Hausflur hatte sie sich übergeben.

»Das muss ungefähr fünf Wochen her sein«, murmelte sie und zählte an den Fingern die Wochen zurück. »Und es war zwischen zwanzig und einundzwanzig Uhr, als wir dort eintrafen.« Sie sah Charlotte mit weit aufgerissenen Augen an. »Und ich nehme die Pille immer gegen zwanzig Uhr. Oh Gott! Ich hab sie wieder ausgekotzt!«

Charlotte nickte vorsichtig. »Und nun? Ich meine, was ... was nun, Mama?«

Lyn presste die Handflächen gegen die Schläfen. »Ich kann nicht klar denken, Lotte. Ich bin wie betäubt.« Sie nahm die Hände runter und sah Charlotte an. »Ich weiß nur eins: noch kein Wort davon zu irgendjemandem! Das musst du mir versprechen, Lotte. Nicht zu Krümel, nicht zu Papa oder Opa. Und auf keinen Fall zu Hendrik. Ich muss das erst verdauen. Ich brauche ein, zwei Tage, um es ... um es zu realisieren. Versprich es mir, Lotte!«

Charlotte nickte zögerlich. Sie deutete auf Lyns Bauch. »Du ... du würdest es doch nicht ... ich meine, du wirst es doch nicht ...« Sie brach ab.

Lyn ließ ihren Oberkörper auf das Bett zurückfallen und starrte an die Decke. »Ich war noch in meiner Ausbildung zur Kommissarin, Lotte, als ich mit dir schwanger wurde. Dein Vater und ich waren, nett formuliert, wenig begeistert, aber nicht einen Moment ist mir der Gedanke gekommen, das Kind in mir, dich, abzutreiben.«

Sie schloss die Augen und legte beide Hände auf ihren Unterleib. »Mach dir keine Sorgen, Lotte. Es wird schon alles gut. Ich habe keine Ahnung, wie, aber es wird schon werden.« Sie zog die Bettdecke über sich. »Und jetzt möchte ich einfach nur eine Weile hier liegen. Allein.«

Ohne ein weiteres Wort zog Charlotte leise die Tür hinter sich ins Schloss.

ZWEI

Carola von Ahrens Kopf ruhte an der Schulter ihres Mannes. Sie saßen auf der karamellfarbenen ledernen Wohnlandschaft und starrten auf den Fernseher, der an der gegenüberliegenden Wand angebracht war. Judith Rakers moderierte die Tagesschau, aber Carola hätte nicht sagen können, welche Themen sie bisher angesprochen hatte. Dass auch Robert mit seinen Gedanken nicht bei der Sache war, obwohl er auf den Bildschirm sah, bewiesen seine Worte.

»Du hast noch kein Blut abgegeben, Carola. Mach es bitte. Es würde mich beruhigen, wenn wir die Ergebnisse zeitnah haben. Ich muss wissen, ob wir als Spender für Pauline in Frage kommen. Wenn nicht, muss Joachim umgehend mit der Suche nach einem passenden Spender beginnen. Sollte Pauline die Stammzellen nicht benötigen, weil die Therapie anschlägt, umso besser, aber ich möchte einfach keinerlei Verzögerungen.«

Carolas Herz begann zu rasen. Abrupt löste sie sich von ihrem Mann und sah ihn an. »Du hast bereits dein Blut abgegeben? Wann?« Sie versuchte, die Panik aus ihrer Stimme zu bannen.

»Als du heute Nachmittag mit Line Karten gespielt hast und ich mit Joachim gesprochen habe.« Er schaltete den Fernseher aus und sah seine Frau mit einem Stirnrunzeln an. »Ist eine Blutentnahme so ein Drama für dich? Du bist doch sonst nicht so empfindlich.«

»Natürlich ist es kein Drama.« Carolas Stimme klang hölzern. »Ich mag es einfach nur nicht, wenn wir … Dinge … nicht besprechen, die Pauline betreffen. Du hättest es mir gleich sagen können, dass du Blut abgegeben hast.«

»Herrje, ich wollte nicht davon sprechen, als ich in Paulines Zimmer zurückkam. Ihr wart gerade so vergnügt. Ich habe es dir jetzt gesagt, drei Stunden später. Ich weiß also nicht, warum du so gereizt reagierst, Carola.« Er schwang sich aus der Sitzlandschaft hoch. Seine Stimme hatte einen schärferen Ton angenommen. »Nicht nur du bist in Sorge um unser Kind,

Carola. Auch ich leide. Aber ich versuche, es mir nicht zu sehr anmerken zu lassen.«

Er atmete tief durch und setzte sich wieder. Er griff nach Carolas Hand und presste seine Lippen darauf. Als er seinen Mund löste, sagte er: »Entschuldige. Wir sollten uns versprechen, es uns nicht übel zu nehmen, wenn wir in der kommenden Zeit das eine oder andere Mal gereizt miteinander umgehen. Wir sind keine Übermenschen.«

Carola nickte, während ihr die Tränen in die Augen schossen. Sie presste ihren Kopf an die Brust ihres Mannes. »Ich habe Angst, Robert.«

»Ja, Liebes, ich auch.«

Carola lauschte seinem Herzschlag, der in seiner Regelmäßigkeit Geborgenheit versprach. Sie presste die Augen zusammen. *Deine Angst ist nichts gegen meine.*

»Ich werde meine Reise nach Gabun absagen«, murmelte Robert in Carolas Haar. »Die Delegation muss nächste Woche ohne mich fahren. Das ist zwar denkbar ungünstig, aber der Außenminister muss Verständnis für unsere Situation aufbringen.«

Carolas Gedanken überschlugen sich. Nach einem weiteren Moment des Überlegens sagte sie, weiterhin an seine Brust gelehnt: »Weißt du, Robert, ich denke, du solltest fahren. Es sind nur zehn Tage. Und in dieser Zeit wird Pauline weiterhin bei Joachim im Krankenhaus therapiert. Du kannst im Grunde nichts tun ... Außer natürlich, da zu sein«, fügte sie schnell hinzu, als er aufbegehren wollte.

Sie setzte sich auf und nahm seine Hand in ihre. »Aber vielleicht brauchen Line und ich dich zu einem späteren Zeitpunkt mehr als jetzt. Und darum wäre es besser, wenn du nach Gabun fährst und danach bei uns sein kannst.« Sie strich über seinen Arm. »Wir können jeden Tag telefonieren. Und wenn etwas Unvorhergesehenes – wovon wir wirklich nicht auszugehen brauchen – eintritt, kannst du innerhalb weniger Stunden zurück sein.«

»Hmm.« Robert musterte seine Frau. »Ich hatte den gleichen Gedanken, aber ich habe nicht erwartet, dass du es befürwortest. Andererseits möchte ich jetzt bei Pauline und dir sein.«

»Ich weiß.« Carola strich zart über seine Wange, auf der die Bartstoppeln leicht zu spüren waren. »Ich werde dich auch unendlich vermissen, aber wir sollten bei aller Angst doch die Vernunft walten lassen. Und Pauline würde es vielleicht erschrecken, wenn du nicht fährst. Es würde ihrer Krankheit ein Gewicht verleihen, das sie nicht spüren sollte. Was meinst du?« Carola lächelte zuversichtlich, während sie angespannt auf seine Antwort wartete. *Fahr! Bitte fahr!*

Robert von Ahren griff nach der Teetasse auf dem Tisch und trank den kalt gewordenen Tee in einem Schluck aus. Als er die Tasse absetzte, seufzte er. »Also gut, wenn du dir zutraust, die Tage so durchzustehen, werde ich fahren.« Er legte seine Hand auf Carolas Bein. »Bist du denn wirklich sicher, Liebes, dass du allein mit der Situation fertigwirst?«

»Mach dir um mich keine Sorgen. Wie sagst du doch immer? Aus jeder Prüfung kommt man stärker heraus, als man hineingegangen ist.«

Als er traurig lächelte, wandte Carola den Kopf ab und schenkte Tee nach. So beiläufig wie möglich stellte sie die Frage, die in ihr bohrte. »Hat Joachim dir gesagt, wie lange es dauert, bis dein Blutergebnis vorliegt?«

»Frühestens Anfang bis Mitte nächster Woche. Er musste es ja nicht – wie bei Pauline – dringlich machen.« Robert stand auf. »Ich geh ins Bad. Kommst du auch gleich ins Bett?«

Carola nickte stumm.

Hand in Hand lagen sie nach einem zärtlichen Gute-Nacht-Kuss eine halbe Stunde später stumm nebeneinander im Ehebett. Carola war dankbar, dass Robert kein Gespräch mehr zu führen versuchte. Er hoffte wahrscheinlich, dass sie schnell einschlafen würde. Sie versuchte, ruhig zu atmen. An seinen Atemzügen merkte Carola, dass er selbst auch noch nicht schlief.

Sie starrte an die dunkle Decke, während sie sich mühte, den Hauch einer Ordnung in ihre wirre Gedankenwelt zu bekommen. Hier und jetzt, in der Dunkelheit des Schlafzimmers, erschreckte der Gedanke sie, der seit Tagen ihr Denken bestimmte. Der jetzt, wo sie wusste, dass Roberts Blutergebnis in Kürze vorliegen würde, so präsent war wie nie.

Sie schloss die Augen. Vielleicht würde alles gut werden. Bestimmt sogar. Bestimmt würde die Therapie bei Pauline anschlagen. Ihre Augen öffneten sich wieder. Und dennoch: Es war besser, vorbereitet zu sein. Sie musste einen Plan entwickeln für den Fall der Fälle. Und es musste ein perfekter Plan sein. Es ging um … alles.

Fidus sprang vom Rücksitz, nachdem Carola den Audi in der Garage geparkt und die hintere Wagentür geöffnet hatte. Sie hatte den Hund mitgenommen, als sie heute Morgen zum ehemaligen Klinikgelände ihres Bruders in Wedel gefahren war. In dem leer stehenden Gebäude waren mehrere Räume mit ausgedienten Krankenhausbetten, Nachttischen und diversen anderen Utensilien und Kleinmaterial vollgestellt. Joachim hatte Carolas Wunsch, das Mobiliar einem Krankenhaus in Afrika zu schenken, gern zugestimmt. Sie kümmerte sich um die Abwicklung. Die Sachen würden in Containern verschifft werden.

Der Termin mit der Firma, die die Verschiffung übernehmen würde, hatte nicht lange gedauert. Sie hatte ihn nicht absagen wollen, obwohl ihre Gedanken ständig um Pauline kreisten.

Ihr Blick fiel auf Roberts Wagen, den er bereits aus der Garage gefahren und auf der breiten Auffahrt geparkt hatte. Er würde gleich zu Pauline fahren. In diesem Moment öffnete sich auch schon die Eingangstür. Robert winkte, als er sie mit dem Hund näher kommen sah.

»Wie lief die Krankenhausaktion?«, fragte er und trat zur Seite, um sie hereinzulassen.

Carola legte ihren Schlüsselbund auf das Sideboard im Flur, den Krankenhausschlüssel in die Schublade. »Alles läuft perfekt. Zwei Container werden ausreichen, um die Sachen nach Togo zu bringen. Allerdings wird die Verschiffung erst im Spätsommer oder Herbst stattfinden.«

»Das spielt doch keine Rolle«, sagte Robert und tätschelte Fidus. »Der Abriss des Gebäudes ist sowieso verschoben. Da kann das Zeug ruhig noch eine Weile im Keller rumstehen.«

Carola nickte. Die ehemalige Klinik lag in Wedel an einem brachliegenden Grundstück an der Grenze zu Hamburg. Der

Businesspark Elbufer würde dort in Kürze entstehen. Für Joachim, der schon seit mehreren Jahren mit dem Gedanken gespielt hatte, die Klinik zu verlegen, war das Angebot der Investoren des Businessparks wie gerufen gekommen. In einem halben Jahr würden Gebäude und Grundstück an die zukünftigen Eigentümer übergehen.

»Ich fahre dann mal.« Robert schlang die Arme um seine Frau und küsste sie zärtlich.

»Bis später, Liebling.« Mit einem weiteren Kuss verabschiedete Carola ihren Mann an der Haustür. »Sag Line, dass ich ihr Milchreis koche.«

»Da wird sie sich freuen. Ihr Appetit scheint ein wenig mehr zu werden. Das ist ein gutes Zeichen.«

Genauso wie sie Robert mit positiven Äußerungen aufzumuntern versuchte, handhabte er es. Carola sah ihm nach, als er zu seinem silberfarbenen BMW 7er ging.

Ob ihre Aufmunterungsversuche ihn genauso wenig überzeugten wie die seinen sie? Seufzend schloss sie die Tür. In den vergangenen Tagen hatten sie ihre Besuche bei Pauline aufgeteilt. Robert fuhr morgens, sie nachmittags. So war ihre Tochter selten allein und verfiel nicht in Grübeleien.

Im Flur fiel Carolas Blick auf die Anrichte. Ein in Glanzpapier gewickeltes Päckchen lag dort. Sie griff danach und riss die Haustür wieder auf. »Robert! Du hast Lines Geschenk vergessen.« Sie lief ihm hinterher und gab ihm das Päckchen. »Es ist der sechste Teil von Harry Potter. Die ersten vier hat sie verschlungen, den fünften liest sie gerade.«

»Du hättest es ihr doch heute Nachmittag mitnehmen können.«

»Hätte ich«, lächelte Carola. »Aber ich weiß, wie du dich freust, wenn sie sich freut.«

Robert sah Carola an, während er nach dem Buch griff. Er schluckte. »Ich habe in meinem Leben nichts weniger bereut, als dir mit einem Krabbencocktail ein Kleid versaut zu haben.« Ohne ein weiteres Wort stieg er ein und fuhr los.

»Oh Liebling …«, kam es gequält über Carolas Lippen, während sie dem Wagen hinterhersah, bis er auf die Straße abbog. Die weißen Kiesel knirschten unter ihren Schuhen, als sie langsam zum Haus zurückging. Ihre Brust war ein einziger Schmerz, und als sie im Haus war, ging sie an der geschlossenen Haustür in die Knie und ließ den Tränen ihren Lauf. Sie weinte laut, fast schreiend. Was hatte sie verbrochen? Was gestattete dem Schicksal immer wieder, diese filigrane gläserne Blüte, die Glück hieß, mit einer Keule zu zerschmettern?

Sie rappelte sich hoch, als im hinteren Teil des Hauses Geräusche zu hören waren. Frau Klottmann war durch die seitliche Tür hereingekommen und pfiff im Hauswirtschaftsraum ein Lied. Carola flüchtete die Treppe hinauf ins Bad. Sie musste sich erst beruhigen, bevor sie ihrer Haushälterin unter die Augen trat.

Sie kühlte ihr Gesicht mit einem feuchten Waschlappen und starrte sich im Spiegel an. Der am Morgen aufgetragene Mascara und der Lidschatten waren unter den Augen zu einer grauen Masse verlaufen. Sie strich über ihre geschwollenen, geröteten Lider, dann über die blassen Wangen hinunter zu den perfekt geschwungenen Lippen, die Robert so gern küsste.

Carola wusste um ihre Wirkung. Sie war mit ihren vierundfünfzig Jahren immer noch eine schöne Frau. Das verdankte sie zu achtzig Prozent ihren Genen. Die restlichen zwanzig teilten sich die Kosmetikerin, das Fitnessstudio und ihre Disziplin. Sie ernährte sich gesund, trank kaum Alkohol, rauchte nicht und joggte jeden Tag vor dem Abendessen an der Elbe.

Seufzend griff sie in den Behälter mit den Wattepads und nahm ihre Reinigungslotion zur Hand. Nachdem sie sich komplett neu geschminkt und das halblange blonde Haar gebürstet hatte, ging sie hinunter, um Frau Klottmann zu begrüßen. Anweisungen für die Hausarbeit musste sie der Angestellten nicht erteilen. Frau Klottmann war seit fünfzehn Jahren bei ihnen und wusste, wann was zu erledigen war.

Die Haushälterin war dabei, die Fenster im Wohnzimmer von innen zu putzen, als Carola hinunterging und ihr einen guten Morgen wünschte.

Frau Klottmann ließ die Hand mit dem Putztuch sinken. »Guten Morgen, Frau von Ahren. Nun sagen Sie mir bloß: Wie geht es dem Mädel? Hat das Paulinchen meinen Apfelkuchen gemocht?«

»Sie hat sogar ein zweites Stück genommen, Frau Klottmann«, sagte Carola und zwang ein Lächeln auf ihre Lippen. »Und ich soll Ihnen einen herzlichen Gruß ausrichten.« Frau Klottmann nickte und ließ das Putztuch in den Wassereimer fallen. »Das arme Mädel. So jung und dann diese schreckliche Krankheit. Aber der Herr Professor wird sie uns schon quietschfidel zurückbringen.« Sie sah Carola mit einem aufmunternden Lächeln an.

Carolas Miene versteinerte sich. Sie hatte heute nicht die Kraft, mit ihrer Perle über Pauline zu sprechen. Und Frau Klottmann schien es zu registrieren, denn ihr Lächeln verschwand. Leider machte sie sich nicht wieder an die Arbeit, sondern kam näher. Sie legte ihre Hand auf Carolas Arm.

»Nun malen Sie sich mal nicht immer aus, was Schlimmes passieren kann, Frau von Ahren. Haben Sie ein bisschen Vertrauen. Der liebe Gott sorgt schon dafür, dass unser Paulinchen gesund wird.«

Carolas Hand glitt über die Hand der Haushälterin. »Natürlich, Frau Klottmann. Und jetzt werde ich in mein Arbeitszimmer gehen. Kochen Sie sich später nur Ihren Kaffee. Ich werde heute nicht zum Plaudern dazukommen.«

Ihre Mundwinkel rutschten nach unten, während sie die Treppe hinauf Richtung Arbeitszimmer ging. Gott? Der hatte seine Chance gehabt und auf ganzer Linie versagt. Sie würde sich nicht auf Gott verlassen, sondern nur auf sich selbst. Mit aufrechtem Rücken setzte sie sich an ihren Schreibtisch und schaltete den Laptop an.

»To-do-Liste«, tippte sie in das Worddokument. Ihre Finger glitten wie von selbst über die Tasten und ließen die nächtlichen Gedanken in Form von Buchstaben Gestalt annehmen. Als sie fertig war, lehnte sie sich im Bürostuhl zurück und las, was sie geschrieben hatte. Eine Gänsehaut jagte von ihrem Nacken bis in die Arme. Schwarz auf weiß das geschrieben zu sehen, was sie vorhatte zu tun, falls …

»Falls! Es ist nur, falls, Carola. Du wirst es nicht tun müssen.

Ganz bestimmt nicht«, murmelte sie, speicherte das Dokument ab und drückte den Deckel des Laptops hastig hinunter. Sie stand auf und legte eine CD in den Player auf dem Sideboard ein. Als Puccinis »La Bohème« erklang, öffnete sie die Balkontür, die zum seitlichen Garten lag. Ihr Blick wanderte über die bunte Blumenpracht und blieb an dem Rosenbusch hängen, dessen dunkle Blüten sich bald öffnen würden. Abrupt wandte sie sich ab.

Mit wenigen Schritten war sie am Schreibtisch und klappte den Deckel des Laptops wieder auf. Jetzt und sofort würde sie Punkt eins der Liste abarbeiten. »Perücken«, gab sie in die Suchmaschine ein und wartete auf die Ergebnisse. Es musste Echthaar sein. Keine dieser künstlichen Dinger, denen man sofort ansah, dass es eine Perücke war. Sie scrollte sich durch verschiedene Anbieter und blieb schließlich an einer dunkelbraunen Perücke hängen – ein kinnlanger Bob mit langem, leicht gefranstem Pony.

»Frau von Ahren, wegen diesem Afrikaner, der da mit seiner Frau zum Essen kommen soll … Findet das denn jetzt statt?«

Carola schrak so heftig zusammen, als die Stimme der Haushälterin neben ihr erklang, dass ihr Herz einen Takt aussetzte. Sie fuhr herum. »Frau Klottmann! Sie haben mich erschreckt.«

Als sie bemerkte, dass der Blick der Haushälterin kurz auf dem Laptop verharrte, veränderte Carola ihre Position so, dass ihr Oberkörper den Bildschirm verbarg. Ihre Stimme war kühl. »Klopfen Sie nicht mehr, wenn Sie mein Arbeitszimmer betreten?«

»Aber das hab ich doch, Frau von Ahren. Das haben Sie nur nicht gehört, weil Sie die Musik so laut gestellt haben. Aber das ist recht so. Das lenkt Sie ab. Ich versteh ja immer nur die Hälfte von dem, was die Opernsänger da so trällern, aber schön isses. Ich hab's mehr mit Operetten. Aber das wissen Sie ja. Ihre Karten für ›Das Land des Lächelns‹ waren ja ein so schönes Geschenk. Was hab ich mich gefreut. Ich krieg immer 'ne Gänsehaut, wenn ich das schöne Lied hör. Sie wissen schon …« Die Haushälterin begann mit tiefer Stimme zu singen: »Dein ist mein ganzes Herz, wo du nicht bist, kann ich nicht …«

38

»Das Essen mit dem Minister aus Togo hat mein Mann unter den gegebenen Umständen abgesagt, Frau Klottmann«, unterbrach Carola den kläglichen Gesang. »Entschuldigen Sie bitte, dass ich es Ihnen noch nicht gesagt habe. Sie können den Abend anders verplanen. Und es wäre schön, wenn Sie der Servierhilfe auch absagen könnten.«

Frau Klottmann winkte ab. »Aber das mach ich doch gern. Sie haben ja nun weiß Gott andere Gedanken. Aber glauben Sie, dass unserm Paulinchen so eine dunkle Perücke stehen wird? Es gibt doch heutzutage schon Perücken, die genauso aussehen wie das richtige Haar. Diese Schiet-Chemotherapie! Dass davon auch die Haare ausfallen müssen. Als wenn man nicht genug mit der Schiet-Krankheit zu tun hätte.«

Carolas Mund wurde schlagartig trocken. »Ich schaue nur, was es so gibt«, sagte sie, um Lässigkeit bemüht. »Falls Pauline eine Perücke wünscht, was ich bezweifle, bin ich vorbereitet. Und nun entschuldigen Sie mich bitte, Frau Klottmann. Ich muss noch einige Briefe für den Lions Club verfassen.«

»Natürlich.« Die Haushälterin sammelte zwei Flusen vom Teppich, bevor sie die Tür hinter sich schloss.

Carola wandte sich wieder ihrem Laptop zu und gab die Onlinebestellung auf. Knapp siebenhundert Euro kostete die Perücke. Sie gab ihr Konto bei der Haspa für die Zahlung an. Robert interessierte sich nicht für die Umsätze darauf. Sie hatte völlige Handlungsfreiheit, weil er wusste, dass sie größere Ausgaben mit ihm diskutierte. Er würde nichts von dem Perückenkauf erfahren.

Tief durchatmend lehnte sie sich im Stuhl zurück, um der Stimme Placido Domingos zu lauschen, aber die Unruhe in ihr ließ nicht zu, dass sie lange verweilte. Zuerst mussten die Vorbereitungen abgeschlossen sein. Entschlossen rief sie im Internet die Seiten von Leihwagenfirmen in Hamburg auf und notierte die Adresse einer Firma in der Innenstadt auf ihrem Smartphone. Anschließend gab sie noch eine Bestellung mit farbigen Kontaktlinsen auf. Dann fuhr sie den Rechner herunter und klappte den Deckel des Laptops zu.

Sie drehte ihren Bürostuhl so, dass sie aus dem Fenster in den blauen Himmel sehen konnte. Ihr Blick verharrte in einem Sonnenstrahl, der sich im Fenster brach. Millionen Staubkörnchen flirrten darin. Außerhalb des Strahls blieb der Staub unsichtbar. Carola schloss die Augen. Ein gleißender Strahl, heiß und brennend, war auch in ihr Leben zurückgekehrt und zerrte das Dunkle ans Licht.

***

Lyn schob den Stuhl im Besprechungszimmer zurück und fiel damit in das allgemeine Stühlescharren der Kollegen ein. Wilfried hatte die Frühbesprechung rasch beendet. Da es keinen aktuellen Mordfall zu untersuchen gab, konnten sich die Kommissare auf das Abarbeiten der letzten Akten konzentrieren.

Lyn und Oberkommissar Lukas Salamand waren von Wilfried kurzerhand dem K2 zugeteilt worden. Das Kommissariat für Bandenkriminalität brauchte dringend Unterstützung im Muschi-Manni-Fall. Eine von Manfred Lebschies' Luxuskarossen war vor zwei Tagen vor einem seiner Hamburger Bordelle das Ziel von Brandbomben geworden, er selbst bekam fast im Stundentakt telefonische Morddrohungen. Die Auswertung der Telefondaten blieb allerdings erfolglos, weil die Teilnehmer am anderen Ende durchweg Prepaidhandys benutzten. Aber langsam zeigte Muschi-Manni Nerven. Er hatte die Polizei um Schutz gebeten und dafür Informationen zu den Mädchenlieferungen der Kiezbulgaren in Aussicht gestellt. Woher sein Wissen über die Lieferung von angeblich zwölf minderjährigen Bulgarinnen stammte, galt es noch herauszufinden.

»Lyn?« Hendrik hielt sie am Arm zurück, als sie vor ihm das Besprechungszimmer verlassen wollte. Sie beide waren die Letzten gewesen.

Sie sah ihn an.

»Irgendwas stimmt doch nicht mit dir«, sagte er leise und musterte ihr Gesicht. »Bist du sicher, dass du nicht mehr ins Bett gehörst?« Seine Finger strichen eine Strähne ihres halblangen braunen Haars aus der Stirn.

Lyn schluckte. Zwei Tage war sie nach der Baby-Nachricht

zu Hause geblieben. Seitdem waren wieder einige Tage vergangen, ohne dass sie Hendrik über die Schwangerschaft informiert hatte. Jeden Morgen, wenn sie aufwachte, hatte sie sich vorgenommen, es ihm endlich zu erzählen, und letztendlich jedes Mal, wenn sie ihn sah, kapituliert. Die Worte »Hendrik, wir bekommen ein Baby« wollten einfach nicht über ihre Lippen.

»Es ist alles gut«, sagte sie leise. Ihr Blick war tief, bevor sie ihn zärtlich küsste.

Er riss die Augen auf, als sie sich von ihm löste. »Jetzt machst du mir wirklich Angst, Gwendolyn. Du küsst mich doch im Polizeigebäude sonst nur hinter deiner verschlossenen Bürotür.«

»Manchmal bin auch ich für eine Überraschung gut«, murmelte Lyn.

»Gerne wieder«, grinste Hendrik.

Lyn zögerte kurz, dann sagte sie: »Ich koch uns heute Abend etwas richtig Schönes.« Und dann sage ich dir, dass du Papi wirst ...

Es war die beste Gelegenheit. Sophie wollte bei ihrem Opa übernachten, und Charlotte würde erst spät vom Taekwondo-Training und anschließenden Plausch mit ihren Trainingskollegen nach Hause kommen.

»Hm, was richtig Schönes?« Hendrik strich sich über seinen Bauch, während sie den Flur zu ihren Büros entlanggingen. »Das klingt nach Einkaufsbummel in der Schlachterabteilung des Frauen-Marktes. Für ein medium gebratenes Rumpsteak mit Pilzen und Zwiebeln würde ich morden.«

Lyn knuffte ihn in die Rippen. »Morden musst du nicht. Dir fällt vielleicht eine bessere Belohnung ein?«

»Ooh«, stöhnte Hendrik leise. »Du bist eindeutig wieder fit! Steak *und* Sex! Was Besseres gibt es nicht.«

Auflachend schob Lyn ihn in sein Büro. »Jetzt wird erst mal gearbeitet.« Sie schloss die Tür hinter ihm und ging in ihr Büro. Sie setzte sich an den Schreibtisch, drehte den Stuhl aber Richtung Fenster. Es war ein schöner Tag. Lächelnd glitt ihre Hand über ihren Unterleib. Und es würde ein schöner und besonderer Abend werden.

»Lyn?« Lukas Salamand erschien im Türrahmen, seinen Leinenblazer schwenkend. »Auf geht's. Kollege Haack vom K2 hat eben durchgeklingelt. Die Freundin von Manfred Lebschies hat gerade aus seinem Haus in Ecklak angerufen. Sie sagt, sie hat Geräusche an der Terrassentür gehört und ein verdächtiger Kleinbus ist zweimal am Grundstück vorbeigefahren. Sie ist allein im Haus und völlig hysterisch. Anscheinend hat sie sich im Bad verbarrikadiert. Haack bittet uns, den Kollegen von der Schutzpolizei mal hinterherzufahren.«

Lyn schwang sich aus dem Bürostuhl hoch, ging an den Schrank, nahm ihre Waffe samt Holster heraus und legte es um. »Dann wollen wir Muschi-Mannis Nutte mal erlösen und die Gegend checken. Das ist doch bestimmt 'ne Nutte, oder?« Bilder aus ihrer Zeit bei der Bamberger Sitte erschienen vor ihrem inneren Auge.

»Ex-Nutte, vermute ich mal.« Lukas ging in das Büro der Kommissariatssekretärin voraus, um den Schlüssel für einen Dienstwagen zu holen. »Oder glaubst du, Muschi-Manni lässt zu, dass seine Lebensabschnitts-Herzallerliebste noch andere bedient außer ihm?« Er blieb vor dem Schreibtisch der Sekretärin stehen und hielt die Hand auf. »Moin, Birgit. Ich brauch den Schlüssel für den Mondeo.«

Lyn schmunzelte, als sie sah, wie sein Blick dabei über die Sekretärin glitt. Birgit hatte anscheinend mal wieder einen Eigenversuch in Sachen selbst entwickelte Hautcreme auf Naturbasis gestartet. Es war ihr neuestes Hobby, Kräuter, Pflanzensäfte und ominöse, aus dem Gartenbeet gesiebte Peelingzusätze in eine Basiscreme zu mengen und deren Eigenschaften auf ihrer Haut auszutesten. Birgits Stirn und Wangen zeigten eine fleckige Röte, die man sonst nur bei ihren notorischen Wutanfällen sah.

Zu jucken schien es nicht, denn sie strahlte Lukas fröhlich an. »Guten Morgen, Lurchi! Möchtest du hier hineingreifen, bevor ihr startet?« Sie öffnete den Deckel einer Keramikdose und hielt sie ihm hin.

Misstrauisch lugte der Oberkommissar hinein. »Hast du die Schokolade, äh, selbst gemacht?«

Birgit schüttelte den Kopf. »Nein, die ist von Frau *Arko*.«

Sie kicherte über ihren Witz. »Aber jetzt, wo du es sagst … Ich könnte mal wieder Pralinen machen.«

Lukas griff beruhigt zu und log, ohne rot zu werden: »Diese Schokolade kommt zwar nicht annähernd an dein Selbstgemachtes heran, aber man kann sie essen. Danke.« Er stopfte das Schokostück in den Mund und griff gleich noch einmal in die Dose.

Birgit legte den Deckel wieder darauf und fingerte den Autoschlüssel aus der oberen Schublade.

»Ach, und ich krieg keine Schoki?« Lyn machte ein gespielt beleidigtes Gesicht. Jetzt, wo sie wusste, dass keine Gefahr bestand, sich zu vergiften, lockte der Inhalt der Dose schon ein wenig.

Birgit schaute an ihr herunter. »Na, ich dachte, du verzichtest lieber.«

»Warum?«

»Du hast schon ein bisschen zugelegt in letzter Zeit, oder? Wehret den Anfängen, sage ich nur. Aber natürlich darfst du auch gern zulangen.« Sie schob den Behälter zu Lyn herüber. »Bitte sehr.«

Lyn schnappte nach Luft. Diese blöde Pute! Und sie hatte auch noch recht. Ihre Hosen zwickten tatsächlich ein wenig. Die gemütlichen Kochabende zu Hause, das Grillen am Wochenende und die häufigen Stippvisiten im Wilsteraner Eiscafé Rialto machten sich langsam bemerkbar.

»Liegt aber nicht nur am Essen, Lyn«, setzte Birgit noch einen drauf. »Bei uns Frauen über vierzig ist das normal. Hormonrolle nennt man das. Da kannst du noch so viel zur Elbe rennen. Oder joggst du nicht mehr?«

Dieses Mal musste Lyn das beleidigte Gesicht nicht spielen. »Im Gegensatz zu dir, liebe Birgit, bewege ich mich für mein Leben gern. Und glaub mir, mit *meinen* Hormonen ist alles in Ordnung.« Wie du in den nächsten Monaten sehen wirst!

Und darum kam es jetzt auf ein Stück Schokolade mehr oder weniger nicht an. Beherzt griff Lyn zu. »Danke schön.«

Lyn stand neben dem geöffneten Kofferraum des Mondeo und zog genau wie Lukas die schusssichere Weste an. Zusammen gingen sie den gepflasterten Weg hinunter, der früher einmal ein Feldweg gewesen sein mochte. Zwei Streifenwagen parkten direkt vor dem Haus von Manfred Lebschies. Einer der Beamten stand am Wagen.

Lyn sah sich um. Die elegante weiße Villa wirkte in der ländlichen Pampa außerhalb des kleinen Örtchens Ecklak genauso fehl am Platz wie eine Gucci-Tasche auf einem Aldi-Grabbeltisch. Was mochte Muschi-Manni bewogen haben, sein Luxusdomizil hier aufzuschlagen? Vielleicht der herrliche Blick auf den Kanal?

»Moin, Herr Krabbe«, begrüßte Lukas den Kollegen von der Schutzpolizei. »Und, wie sieht's hier aus?«

»Alles ruhig.« Polizeimeister Krabbe deutete zum Haus. »Die Kollegen checken Garten und Grundstück in einer zweiten Runde. Keine Verdächtigen in Sicht. Ich versuche Frau Morrath allerdings schon eine Weile zu erreichen.« Seine Stirn legte sich in Falten. »Sie soll uns ins Haus lassen. Aber sie geht nicht an ihr Handy. Und das verwundert natürlich, nachdem sie vorher in ihrer Hysterie die Einsatzleitstelle belagert hat.«

»Haben Sie alle Eingänge gecheckt? Fenster, Terrassentüren?«, fragte Lyn.

Krabbe nickte. »Selbstverständlich. Alles geschlossen. Keinerlei Hinweise auf Fremdeinwirkung.«

»Und was ist mit dem Kleinbus, den sie gesehen hat?«

»Wir sind die Wege abgefahren. Keine Spur von einem Bus. Vielleicht waren das Angler, die den Kanal weiter hochgefahren sind.«

»Ich schau mir mal die Rückseite an«, sagte Lukas und ging den gepflasterten Weg entlang. »Ist schon ziemlich einsam hier.«

»Eigenartig, dass sie sich nicht meldet«, meinte Lyn und sah zu den vorderen Fenstern hinauf. »Wissen wir, wo sich das Badezimmer befindet, in dem sie sich eingeschlossen hat?«

Polizeimeister Krabbe schüttelte den Kopf. »Nee.« Er drückte erneut die Wahlwiederholung auf seinem Handy und ließ es klingeln. Im selben Moment erklang ein schriller Schrei aus dem Inneren des Hauses. Deutlich war er durch die oberen geschlossenen Fenster zu hören.

»Scheiße!«, stieß Krabbe aus und starrte die Hausfront hinauf.
Lyns Herzschlag nahm Fahrt auf.

»Habt ihr das gehört?« Lukas kam mit zwei jungen uniformierten Kollegen um die hintere Hausecke geeilt.

Einen Moment lang lauschten sie in die Stille. Es kam kein weiterer Schrei, kein Geräusch.

Lyn sah die Männer an. »Wir rufen das SEK.«

»Nein. Das dauert viel zu lange, bis die hier sind.« Lukas Salamand griff unter seine Jacke und zog die SIG Sauer aus dem Holster. Er entsicherte die Waffe. »Wir gehen rein … Sie und Ihr Kollege bleiben hier vorn, Herr Krabbe. Und wir anderen gehen hinten durch die Terrassentür rein.« Er sah die anderen beiden Schutzpolizisten an. »Wir suchen uns irgendetwas, womit wir die Scheibe zertrümmern können.«

Die jungen Schutzpolizisten nickten. Entschieden zu begeistert, wie Lyn fand. Sie packte Lukas' Arm. »Wir rufen das SEK, Lurchi!«

Lukas schüttelte ihren Arm ab, indem er einfach loslief, gefolgt von den beiden Schutzbeamten.

»Ätzend!«, zischte Lyn. Sie sah Krabbe und dessen Kollegen an. »Rufen Sie das SEK, Herr Krabbe! Ich hole die drei Musketiere zurück.«

Als Lyn um die Hausecke bog, rammten die uniformierten Kollegen bereits gemeinsam einen riesigen Blumenkübel durch die Terrassentür. Das Glas zersprang klirrend, der Kübel polterte über einen Echtholzparkettboden. Ein erneuter Schrei drang aus dem oberen Stockwerk, dieses Mal sehr viel besser zu hören. Ein Schrei, der nackte Angst signalisierte.

»Scheiße! Wir müssen uns gegenseitig Deckung geben.« Lukas trat mit dem Fuß hektisch das verbliebene Glas aus dem Rahmen.

»Leute!« Lyn packte Lukas erneut am Arm. »Wir wissen nicht mal, ob da oben außer der Frau noch jemand ist. Die schreit jetzt euretwegen. Wegen des Lärms, den eure bescheuerte Aktion hier ausgelöst hat.«

»Das werden wir gleich sehen«, murmelte Lukas, während sein Blick durch das kombinierte Ess- und Wohnzimmer schweifte. »Für mich ist das hier Gefahr im Verzug. Und ich werde mir nicht vorwerfen lassen, ein Menschenleben nicht gerettet zu haben, obwohl ich es hätte können.«

»Oh Mann!«, seufzte Lyn auf und starrte den drei Männern hinterher, die das Wohnzimmer mit gezückten Pistolen Richtung Flur verließen. »Ich werde niemals Hauptkommissarin werden«, murmelte sie, nachdem sie ihre Waffe gezogen hatte und den Kollegen folgte.

Kitschiger Prunk zog sich durch die Räume: schwarzes Leder, Kissen und Decken im Leopardenmuster und vergoldete Figuren auf weißen Sideboards. Lyn nahm es wahr, obwohl ihre Sinne auf Vorsicht gepolt waren. Sie folgte den Kollegen die weiß-marmornen Treppenstufen hinauf. Vereinzelt hockten schlanke Leoparden aus edlem Porzellan auf den Stufen. Über allem lag ein Duft von Mandeln und etwas Fruchtigem. Muschi-Mannis Nutte schien auf Aromaöle zu stehen.

Lyn hielt vor einer der weißen Türen im oberen Stockwerk inne, weil Lukas ihr ein »Halt« signalisierte. Ein weicher weißer Teppichboden zog sich über einen langen Flur und gewährleistete geräuschloses Gehen. Die Wandabschnitte zwischen den Türen zierten schwarz glänzende Säulen, auf denen exotische Figuren wie Tempeltänzerinnen und Buddhas standen.

Sich gegenseitig sichernd, huschten die beiden Schutzpolizisten an zwei geöffneten Türen vorbei. Es war der Moment, in dem Lukas hektisch wurde und – in seinen ausgestreckten Händen die Waffe haltend – mit einer ruckartigen Bewegung in Richtung des ersten Zimmers herumschnellte. Mit dem Arm streifte er dabei eine Figur auf der Säule neben sich. Instinktiv nahm er die linke Hand von der Waffe, um nach der fallenden Figur zu greifen. Allerdings löste diese Aktion das Gegenteil von dem aus, was sie bewirken sollte, denn seine Hand stieß die Figur gegen die Säule, sodass sie mit einem lauten Klirren zerbrach. Gleichzeitig mit seinem Fluch erklang hinter der Tür, vor der Lyn stand, ein schriller Schrei.

»Frau Morrath«, rief Lyn und klopfte gegen die Tür. »Es ist alles in Ordnung. Öffnen Sie bitte die Tür. Wir sind von der Poli…«

Der Knall aus dem Inneren des Raumes erfolgte für Lyn zeitgleich mit dem Geräusch eines dumpfen Knirschens. Die Geräusche wiederholten sich zweimal – innerhalb von Sekunden.

»Lyyyn!«

Sie hatte Lukas' Schrei im Ohr, während sie versuchte zu atmen. Versuchte, den Schmerz auf ihrer Brust, in ihrem Bauch zuzuordnen. Ihr Blick war nach wie vor auf die Tür vor ihr gerichtet, irritiert, weil wie aus dem Nichts drei hässliche dunkle Löcher, wie von großen Holzwürmern herausgefressen, in der weißen Tür aufgetaucht waren.

»Lyn!«

Während ihre Knie einknickten, fühlte sie sich von Lukas zur Seite gerissen.

»Oh Gott!«, hörte sie Lukas wie durch Watte, während er sie über den Teppich in ein Zimmer schleifte. Dann änderte sich sein Tonfall. »Passt auf, dass die Irre nicht aus dem Bad kommt! Scheiße! Verdammt, wer ahnt denn, dass die da drinnen 'ne Pistole hat. Und ruft einen Notarzt! Sofort! Einen Rettungswagen!«

»Lurchi, was …?« Ein brachialer Schmerz breitete sich in ihrem Unterkörper aus, ließ die Brustschmerzen an Intensität weit hinter sich. Sie presste ihre Hände auf den Bauch, der zu brennen schien. Aber das brachte keine Linderung. Sie fühlte nur diesen feurigen Schmerz und klebrige Wärme an ihren Fingern.

»Halt durch, Lyn! Halt jetzt ja durch«, hörte sie Lukas schreien.

Lukas' Stimme wurde leiser.

»Lyn … Hörst du …?«

Immer leiser.

…

DREI

Carola von Ahren begrüßte Joachims Sekretärin mit einem Lächeln. »Ist mein Bruder in seinem Büro, Frau Bender?«, fragte sie und nickte in Richtung der geschlossenen Tür.

»Ja. Gehen Sie gern hinein, Frau von Ahren. Ich habe ihm gerade fünf Minuten freigeschaufelt, damit er in Ruhe einen Tee trinken kann.«

Carola klopfte und öffnete die Tür.

Joachim Ballmer sah auf. Seine Augenbrauen, die sich wegen der Störung zusammenzogen, entspannten sich wieder. »Hallo, Schwesterherz.« Er stand auf und umarmte sie.

Carola genoss den Augenblick der Wärme in den Armen des Bruders. Seit Kindertagen waren sie einander tief verbunden. Carola war zwei Jahre älter und hatte Joachim gern bemuttert, und er hatte es sich genauso gern gefallen lassen. Er hatte sich bei ihr ausgeheult, als er mit dreizehn seinen ersten Liebeskummer durchlitt, und sie war seine Vertraute gewesen, als er seinerzeit einen inneren Kampf ausfocht, weil er seine Verlobung mit einer Hamburger Reederstochter lösen wollte. Wegen Maja, einer Frau, die er gerade einmal zwei Monate gekannt und die wie ein Wirbelsturm sein Gefühlsleben in Aufruhr gebracht hatte.

Die Auflösung der Verlobung mit der Reederstochter kurz vor der Hochzeit war damals ein Skandal gewesen. Doch Carola hatte es nie bereut, ihren Bruder in dieser Entscheidung bestärkt zu haben. Maja war auch heute noch seine große Liebe. Die beiden waren seit sechsundzwanzig Jahren glücklich verheiratet und Eltern von zwei wunderbaren Söhnen, die mittlerweile selbst junge Männer waren.

Jetzt allerdings fühlte Carola sich nicht als die Stärkere. Sie mochte sich kaum aus Joachims Armen lösen. Jetzt brauchte sie ihn. In jeder Beziehung.

»Tee?«, fragte Joachim und deutete auf die Ledercouch.

Carola lehnte ab und setzte sich auf die vorderste Kante. Sie konnte sich jetzt nicht entspannt zurücklehnen.

»Paulines neues Leukozytentestergebnis liegt noch nicht vor«, sagte Joachim, als er sich ihr gegenübersetzte. »Aber ich denke, heute Nachmittag wissen wir mehr. Ich weiß, dass das Warten auf jedes einzelne Ergebnis eine enorme Belastung ist, aber ich forciere schon die Laborarbeiten. Mehr geht nicht.«

»Ich weiß, dass du dein Bestes gibst. Aber ich bin jetzt nicht wegen Paulines Ergebnissen hier.« Carola schluckte. Ihre Augen suchten die des Bruders. »Achim … wenn dir Roberts Blutergebnis vorliegt, dann …« Sie holte tief Luft. »Bitte: Sag ihm nichts! Du musst mir hoch und heilig versprechen, dass du kein Wort sagst.«

»Roberts Blutergebnis?« Irritiert schüttelte Joachim Ballmer den Kopf. »Wovon soll ich ihm nichts sagen? Wovon sprichst du, Carola?«

Mit einem kläglichen Laut schloss Carola für einen Moment die Augen. Als sie sie wieder öffnete, sah sie, dass Joachim dämmerte, was sie meinte. Sie sah die Erkenntnis in seinen Augen, das Erstaunen, den Unglauben.

»Carola. Du … du willst doch nicht sagen, dass du … dass Pauline nicht …« Joachim starrte seine Schwester an, als habe er sie noch nie gesehen. »Robert ist nicht Paulines Vater?«

Carola sah ihn nur stumm an.

Ein kurzes, ungläubiges Lachen kam aus Joachims Mund. »Das kann ich nicht glauben. Ihr wart doch immer *das* Paar. Genau wie Maja und ich.«

Carola stand auf und hockte sich auf die Lehne des Sessels, auf dem Joachim saß. Sie griff nach seinen Händen. Ihre Lippen zitterten. »Wir *sind das* Paar, Joachim. Und ich möchte nur eines: dass es so bleibt.« Sie versuchte nicht, die Tränen aufzuhalten, die sich aus ihren Augen lösten. »Ich sterbe, wenn ich meine Familie verliere! Ich liebe Robert und Pauline über alles. Sie sind mein Leben.« Sie knetete die Finger ihres Bruders. »Und darum, bitte: Sag ihm nichts, Achim. Bitte, bitte. Sag ihm einfach, dass sein Blut nicht passt. Dass es keine Übereinstimmung der Gewebemerkmale gibt. Tust du das für mich? Bitte!«

Joachim löste seine Hände aus denen seiner Schwester. Einen kurzen Moment musterte er ihr aufgelöstes Gesicht, dann zog er sie in seine Arme. »Hab keine Angst, Carola. Ich verspreche dir, ihm nichts zu sagen.«

Als Carola erlöst aufweinte, hielt er sie eine Zeit lang, schließlich schob er sie ein Stück von sich, um ihr in die Augen blicken zu können. »Wer um Himmels willen ist denn der Vater? Ich meine … ich hätte niemals erwartet, dass du eine Affäre –«

»Bitte!« Carola hob abwehrend die Hände und sprang auf.

»Bitte nicht.« Sie ging zum Fenster und starrte hinaus. Sie nahm das riesige Containerschiff nicht wahr, das Richtung Hafen fuhr. Sie drehte sich wieder um. »Ich kann es dir nicht sagen, Joachim.«

Noch nicht. Und ich hoffe, ich bete inständig darum, dass ich es nie sagen muss, dass einfach ein Stammzellspender gefunden wird.

Joachim Ballmer stand auf. »Du kannst mir alles sagen, Carola, das weißt du, aber wenn du mir nicht vertraust …«

Carola ging zu ihm und strich zart über seine Wange. »Du weißt, dass ich dich liebe und dir vertraue, Achim. Aber manchmal geschieht es aus Liebe, wenn man etwas *nicht* sagt.«

Ein leises Klopfen an der Tür holte sie aus dem innigen Blick, den sie einander schenkten. Frau Bender steckte den Kopf ins Büro. »Herr Professor, darf ich Sie daran erinnern, dass Ihre Studenten Sie in der Uni erwarten?«

»Natürlich, danke.« Joachim Ballmer nickte seiner Sekretärin zu, bevor sie die Tür wieder schloss. Er zog Carola noch einmal in die Arme. »Es wird alles gut. Robert wird nichts erfahren.« Er löste sich von seiner Schwester und griff nach einer Mappe auf dem Schreibtisch.

»Allerdings fällt er jetzt natürlich als Spender weg. Und das ist definitiv nicht gut. Ein Grund mehr, dass du deine Blutprobe so schnell wie möglich abgibst, Carola. Lass es in den nächsten Tagen machen. Ich muss mich jetzt leider sputen.« Er sah Carola an. »Kommst du klar so weit? Oder kann ich im Moment noch irgendetwas für dich tun?«

Carola winkte ab. »Sieh zu, dass du wegkommst. Und … danke, Achim.«

Er schüttelte den Kopf. »Du warst bisher nie für Überraschungen gut, Carola. Aber warum nicht jetzt?« Er musterte sie noch einmal ungläubig, bevor er die Tür aufzog.

Carola zupfte kurz an dem Mundschutz, der an der Wange kitzelte. Sie hielt sich streng an die Vorsichtsmaßnahmen – Mundschutz, steriler Kittel und Überschuhe –, um keine Keime zu ihrer immungeschwächten Tochter zu tragen, obwohl sie das Vlies in ihrem Gesicht hasste. Sie wollte Paulines Haut an ihrer spüren, wenn sie sie umarmte.

»Hallo, Mama.« Paulines Stimme klang erfreut und verunsichert zugleich. »Wieso kommst du schon vormittags? Ich dachte, Papa kommt. Dann hätte er dich vorwarnen können. Wir ... wir wollten gerade anfangen.« Der Blick aus den blauen Mädchenaugen suchte nach einer Reaktion.

Carola brauchte ein paar Sekunden, um zu verarbeiten, was sie sah. Hinter ihrer Tochter saß ein Mädchen – ebenfalls in steriler Kleidung und Mundschutz – breitbeinig auf dem Bett. Carola erkannte das Mädchen an den Augen, die sie jetzt ebenfalls unwohl musterten. Es war Kim, Paulines beste Freundin. Pauline saß aufrecht zwischen Kims Beinen, mit dem Rücken zu dem Mädchen, das in der rechten Hand eine Schere hielt und in der linken eine dicke Strähne von Paulines langem Haar.

Hölzern ging Carola die paar Schritte zum Bett und ließ die Tasche mit frischer Wäsche und kleinen Mitbringseln einfach fallen. Ihr Blick fiel auf den Rasierer neben Paulines Bein. »Mein Gott«, murmelte sie, während ihre Finger zart über Paulines Schläfe glitten. Tränen schossen ihr in die Augen. »Ist es so weit, mein Schatz?«

Pauline nickte unter Tränen, die ihr jetzt, genau wie bei Carola, über die Wangen strömten und im Vlies des Mundschutzes versickerten.

»Kimmi schwänzt für mich die Schule«, schluchzte Pauline. »Ich wollte, dass sie es macht.«

Carola presste ihre Tochter an sich. Pauline hatte sofort nach dem Beginn der Chemotherapie angekündigt, dass sie sich die Haare umgehend abschneiden werde, sobald der Haarausfall begann. Carola hatte dem nicht widersprochen. Wie konnte sie auch? Es wäre grässlich, mit ansehen zu müssen, wie Paulines schönes Haar büschelweise auf dem Kopfkissen lag oder in der Haarbürste hing. Wie sich lichte Stellen auf ihrem Kopf bildeten. »Ich bin stolz auf dich, mein Schatz«, presste Carola hervor. »Sehr stolz. Du bist so tapfer.« Sie ließ Pauline los und hockte sich auf das Bettende. Mit der Linken wischte sie energisch ihre Tränen fort. »Dann mal los, Kim.« Sie nahm Paulines Hände in ihre Hände. »Es ist nicht für immer, mein Schatz. Irgendwann ist dein Haar wieder so lang wie heute. Und dann ist all das Schlimme lange vergessen.«

Zwei Stunden später verließ Carola das Krankenhaus. Mit hastigen Schritten lief sie die wenigen Schritte zum Parkhaus Überseequartier, ohne die Menschen um sich herum wahrzunehmen. Sie spürte weder die Sonnenstrahlen auf ihrer Haut, noch roch sie die Abgase in der Tiefgarage, als sie den Audi aufschloss. Sie warf die Tasche mit Paulines Schmutzwäsche auf den Rücksitz und stieg ein. Beide Hände um das Lenkrad gekrallt, verfiel sie in hysterisches Schluchzen. Hier, in der Anonymität des Parkhauses, gestattete sie sich diesen Moment der Schwäche. Hier musste sie nicht die starke Mutter spielen, die Trösterin, den Clown.

»Es wird alles gut.« Sie löste die Hände vom Lenkrad und wischte sich über die Wangen. »Es wird alles gut«, murmelte sie. »Du musst jetzt alles richtig machen, Carola. Du musst funktionieren.« Beim Versuch, das Bild Paulines zu verdrängen, schüttelte sie sich vor Kummer. Ihr blasses, glatzköpfiges Kind mit den rot geränderten Augen wollte nicht aus ihren Gedanken verschwinden.

Carola war fast dankbar, als der Wagen neben ihr geöffnet wurde und zwei junge Pärchen lachend und plappernd einstiegen. Sie tat, als suche sie etwas in ihrer Handtasche, als die Frau auf dem Beifahrersitz kurz zu ihr herüberblickte. Als der Wagen davonfuhr, atmete Carola tief durch.

Jetzt reiß dich zusammen!

Sie startete den Wagen und verließ das Parkhaus.

Die Fahrt zu einem Altonaer Autoverleih dauerte eine Viertelstunde. Sie fuhr an dem Betrieb vorbei und suchte nach einer Parkmöglichkeit in der Nähe. In einer Seitenstraße wurde gerade eine Lücke frei. Durchatmend nahm sie ihre Handtasche, stieg aus, öffnete den Kofferraum und zog eine Leinentasche unter einem Reiseplaid hervor.

Bevor sie das Büro des Autoverleihers betrat, verriet ein Blick auf ihre goldene Armbanduhr, dass sie gut in der Zeit lag. Robert erwartete sie nicht vor dem Abendessen zurück. Die Strecke nach Itzehoe würde sie also ohne Zeitdruck hin- und zurückfahren können.

Fünfzehn Minuten später saß sie in einem dunkelblauen VW Golf. Sie lenkte den Leihwagen über die Holstenstraße und die Max-Brauer-Allee Richtung Parkhaus des Bahnhofs in Altona. Sie fuhr bis auf das oberste Deck, obwohl eine Etage tiefer bereits Parkplätze frei waren. Aber hier oben war sie ungestört.

Ihre Hände waren eiskalt, als sie die Perücke aus der Leinentasche nahm und auf ihren Schoß legte. Sie vergewisserte sich, dass kein Mensch in der Nähe war, bündelte ihr Haar auf dem Kopf und stülpte die Perücke nach einem letzten Blick in den Rückspiegel hastig darüber. Gewissenhaft stopfte sie jede noch hervorblinzelnde Strähne unter die Perücke. Ein Blick in den mitgebrachten Handspiegel bestätigte, dass nichts Blondes mehr zu sehen war. Das dunkelbraune Haar wirkte fremd und ließ ihr Gesicht noch blasser wirken.

Gut so!

Sie setzte die überdimensional große Sonnenbrille auf, die sie über das Internet geordert hatte. Die braunen Kontaktlinsen, die sie ebenfalls bestellt hatte, um das auffällige Grün ihrer Augen zu verbergen, waren nur für den Notfall brauchbar, weil ihre Augen damit unentwegt tränten. Bedauerlich, aber dann durfte sie die Sonnenbrille eben nicht abnehmen.

Carola startete den Golf. »Itzehoe, Karnberg«, tippte sie in das Navigationssystem ein. Konzentriert lenkte sie den Wagen schließlich durch den Stadtverkehr, bevor sie sich auf der A 23 einfädelte. Fünfundvierzig Minuten später meldete die unpersönliche Navi-Stimme:»Das Ziel befindet sich auf der rechten Seite.«

Ihr Herz raste, als sie langsam das rot geklinkerte Einfamilienhaus passierte. Sie fuhr die Straße weiter entlang, dann wendete sie an einer Einfahrt und fuhr langsam zurück. Zehn Meter vor dem Grundstück blieb sie stehen und stellte den Motor ab. Zu ihrer rechten Seite reihten sich Wohnblöcke aneinander. Ihr Blick glitt zu dem Einfamilienhaus auf der linken Seite, dann über den Carport, in dem kein Auto stand. Im Vorgarten blühte ein üppiger Goldregen.

Als eine junge Frau mit einem Buggy aus dem benachbarten Haus trat und im Vorübergehen neugierig zu ihr in den Wagen blickte, nahm Carola ihr Handy aus der Tasche und tat so, als spräche sie. Jetzt konnte sie noch ein Weilchen das Grundstück beobachten, ohne aufzufallen. Jeder würde vermuten, dass sie auf jemanden aus den Blöcken wartete. Mehr als zehn Minuten bewegte sie ihre Lippen, ohne ein Wort zu sagen. Ihre Augen hatten mittlerweile jedes Detail des Hauses und des Gartens aufgenommen.

Irgendwann legte Carola das Smartphone auf den Beifahrersitz und lehnte ihren Kopf an die Nackenstütze. Sie massierte den Punkt an der Nasenwurzel, auf dem die ungewohnte Sonnenbrille auflag.

Wohnten sie überhaupt noch hier? Oder hatten sie das Haus verkauft und lebten längst in einer anderen Stadt? Geflohen vor den Erinnerungen? Sie seufzte. Wenn sie weiterhin die dichte Berberitzenhecke oder die weißen Kunststofffenster mit den innen liegenden Sprossen anstarrte, würde sie es nicht herausfinden. Ihre Finger trommelten auf das Lenkrad. Sie brauchte Gewissheit.

Sie konnte einfach einen Blick auf das neben der Eingangstür angebrachte Namensschild werfen. Sollte sie dabei überrascht werden, würde sie behaupten, sie habe sich verfahren.

Um vorbereitet zu sein, nahm sie erneut ihr Handy zur Hand und rief die Straßenkarte Itzehoes auf. Schließlich öffnete sie die Wagentür und stieg aus. Sie schloss den Wagen ab und ging über die Straße. Kein Mensch war zu sehen. Ein Kribbeln breitete sich in ihrem Bauch aus, als sie das Grundstück betrat. Ihr Schritt verlangsamte sich, als sie den Aufgang zur Haustür erreichte. Das Kribbeln breitete sich bis in die Arme aus, zog bis in die Fingerspitzen. Alles in ihr *wollte*, dass die Tür sich öffnete. Dabei gab es keinen rational erklärbaren Grund dafür. Im Gegenteil. Gefährlich war es.

Der Blick auf das Namensschild bestätigte, dass sie noch hier wohnten. Carolas rechter Zeigefinger legte sich wie ferngelenkt auf den Klingelknopf über dem Schild. Sie schluckte. Was sollte schon passieren?

Nichts. Denn die schlafenden Hunde, die geweckt werden könnten, waren vollkommen ahnungslos.

Anne Jever schlüpfte gerade in den ersten Laufschuh, als es an der Tür klingelte. »Mach mal auf, Thore! Das ist Tina«, rief sie aus dem Hauswirtschaftsraum, während sie die Schnürsenkel band. Ihr Blick fiel dabei auf die Armbanduhr. Tina war früh dran. Eigentlich hatte sie noch die verblühten Osterglocken und Tulpen am Terrassenbeet abschneiden wollen, bevor sie mit der Freundin ihr tägliches Laufpensum absolvierte.

Als keine Antwort aus der Küche kam, richtete Anne sich auf. »Thore?«

Den zweiten Laufschuh in der Hand haltend, ging sie über den Flur und warf einen Blick in die Küche. Sie war leer. Musikfetzen drangen aus dem oberen Stockwerk nach unten. Sie ging zur Eingangstür und zog sie auf. »Bin gleich fer… Oh!« Anne sah die Frau vor der Tür überrascht an. »Entschuldigung, ich erwarte meine Freundin und dachte, sie wäre es.«

Einen Moment lang herrschte Stille. Die Frau vor der Tür sagte nichts. Fast sah sie ein wenig erschrocken aus, aber so genau konnte Anne das nicht einschätzen, denn die Augen der Fremden hinter der Sonnenbrille waren nicht zu sehen.

»Was kann ich für Sie tun?«, fragte sie, als die Frau immer noch nichts sagte.

»Oh, Verzeihung.« Die Fremde lächelte jetzt. Ein perfektes weißes Gebiss schimmerte hinter zart geschminkten Lippen. »Ich … ich hoffe, Sie verzeihen mir die Störung. Ich … suche den Albert-Schweitzer-Ring, aber irgendwie lande ich immer wieder in dieser Straße. Mein Navi scheint ein Update zu benötigen.« Sie deutete mit der Hand zu einem blauen Wagen am gegenüberliegenden Straßenrand.

Anne lächelte. »Ja, die verflixte Technik. Segen und Fluch zugleich.« Sie trat neben die Frau vor die Tür und deutete, mit dem Laufschuh in der Hand, rechts die Straße entlang. »Sie müssen wenden, dann fahren sie in die zweite Straße rechts. Das ist die Alte Landstraße. Und dann ist es wieder die zweite rechts.«

»Vielen Dank. Dann will ich Sie nicht weiter stören. Sie scheinen auf dem Sprung zu sein?« Ihr Kopf senkte sich.

»Ja.« Anne spürte den musternden Blick, der über ihre schlanken Beine in der kurzen Laufhose glitt.

Die Fremde zupfte an einer Strähne ihres dunklen Haars und ließ sie plötzlich wieder los, als habe sie sich daran verbrannt. »Hier … äh … gibt es wohl gute Trainingsmöglichkeiten?«

»Ja, allerdings.« Anne blieb freundlich, obwohl sie keinerlei Lust verspürte, das Gespräch mit der Fremden weiter auszudehnen.

Die andere schien das zu spüren. »Entschuldigen Sie meine Neugier. Das ist eigentlich gar nicht meine Art, aber … ich plane, mit meiner Familie nach Itzehoe zu ziehen, und da ich auch leidenschaftliche Läuferin bin, sind gute Laufmöglichkeiten natürlich ein Pluspunkt.«

Anne schenkte ihr ein Lächeln, das herzlicher ausfiel. »Was das angeht, sind Sie in Itzehoe genau richtig. Ich jogge fast täglich. Direkt gegenüber der Einfahrt in den Albert-Schweitzer-Ring geht es in den Wald.«

Die Fremde nickte.

Anne fragte sich, ob die Frau überhaupt verstanden hatte, was sie gerade gesagt hatte. Ihre Hand glitt automatisch über ihr dichtes Blondhaar. Sie hatte das Gefühl, dass die Frau darauf starrte. »Ja, dann … Gute Fahrt.« Sie trat wieder ins Haus zurück.

»Vielen Dank, Frau Jever.« Die Fremde wandte sich ab und ging mit federnden Schritten zu ihrem Wagen.

Die Schuhe und die Kleidung der Frau sahen schick aus. Schick und teuer. Anne sah ihr von der Tür aus nach. Sie drehte sich um, als hinter ihr die Stimme ihres Sohnes erklang.

»Wer war das?«

»Keine Ahnung. Sie hatte sich verfahren. Wollte wissen, wo der Albert-Schweitzer-Ring ist.« Sie sah dem Blondschopf, der sie um zwanzig Zentimeter überragte, in die blauen Augen.

»Ach so.« Thore ging in die Küche und zog den Kühlschrank auf. »Ich dachte, du kennst die, weil sie dich mit Namen angesprochen hat.« Er holte eine angebrochene Packung Apfelsaft aus dem Fach an der Tür und stellte sie auf den Küchentisch. Es folgten eine Packung Salami und ein Glas Mayonnaise, bevor er den Brotkasten aufklappte.

»Stimmt«, sagte Anne und drehte sich zur Eingangstür, als stünde die Fremde noch davor. »Hm, sie hat unseren Namen wohl auf dem Türschild gelesen.« Kopfschüttelnd sah sie schließlich zu, wie ihr Sohn begann, Mayonnaise auf vier Toastscheiben zu schmieren. »Du kannst doch unmöglich schon wieder hungrig sein. Wir haben vor gerade mal zwei Stunden mittaggegessen.«

»Ich wachse.« Thore grinste seine Mutter an und legte je vier Salamischeiben auf zwei der Toasts und klappte die anderen Brotscheiben darüber.

»Mit neunzehn ist man ausgewachsen, Sweety. Und eins neunzig reichen ja wohl auch. Sonst brauchen die Mädels zum Knutschen 'ne Leiter.« Sie zwinkerte ihm zu und nahm eine Halbliterflasche Mineralwasser aus dem Sixpack neben dem Kühlschrank. Sie füllte ein Glas mit Wasser und trank es in kleinen Schlucken. »Von dem ungesunden Pappzeug wirst du aber nicht satt. Leg wenigstens noch ein paar Gurkenscheiben drauf oder iss beim nächsten Mal lieber ein Schwarzbrot.«

»Mann, Mama!« Er verzog genervt das schmale Gesicht mit dem flaumigen Kinnbärtchen. »Kümmer dich doch mal um deinen Kram. Ich hab Urlaub, und ich hab Appetit auf Mayo und fettige Wurst auf pappigem Toast.«

»Blablabla«, lachte Anne. Sie bückte sich und schlüpfte in den zweiten Laufschuh. »Ich meine es doch nur gut. Ich denke an die Gesundheit meines Kindes.«

Thore blieb in der Küchentür stehen und drehte sich um. »Denk lieber an deine Gesundheit. Hast du deine Tablette genommen?«

Annes Schultern versteiften sich. »Ja, hab ich. Wie jeden Tag. Ich habe sie nicht vergessen! Ihr braucht nicht jeden Tag dreimal nachzufragen.«

Seine Wangen hatten einen leichten Rotton angenommen. »Ist ja gut. Wir ... wir machen uns eben auch Sorgen. War ja echt nicht lustig beim letzten Mal.« Ohne ihre Antwort abzuwarten, ging er die Treppe hinauf. »Viel Spaß beim Laufen.«

Anne band die Schnürsenkel fest zu und stand auf. Ruhig durchatmend lockerte sie ihre Arme und Beine. Ärger manifestierte sich bei ihr umgehend in der Muskulatur. Zumindest hatte sie dieses Gefühl. »Sie meinen es ja wirklich nur gut«, murmelte sie ihrem Spiegelbild zu, als sie im Flur ihr schulterlanges Haar mit beiden Händen im Nacken zusammennahm und zu einem Pferdeschwanz band. Sie massierte die Falte über der Nasenwurzel mit dem Mittelfinger. Dann streckte sie sich die Zunge im Spiegel heraus. Die Falte war nun mal da. Genau wie die Krähenfüße um ihre Augen. Na und? Sie war sechsundvierzig. Da durften ein paar Fältchen da sein.

Aber ... Noch einmal glitt ihr Finger über die Stirnfalte. Hätte das Leben auch so tief in ihre Haut gegraben, wenn ...? Sie unterbrach den Gedanken, weil es an der Tür klingelte.

Mit einem fröhlichen »Auf geht's!« und einem breiten Grinsen wurde Anne von ihrer Freundin Tina Rudolf begrüßt, als sie die Tür aufzog.

»Sofort«, sagte Anne, »ich hol nur schnell mein Wasser.« Sie ging in die Küche, gab einen kleinen Schuss Apfelsaft in die halb volle Mineralwasserflasche und nahm sie in die Hand.

Die rothaarige Tina lief auf der Straße, Anne auf dem Bürgersteig Richtung Alte Landstraße. Die Außentemperatur bot perfektes Laufwetter. Eine warme Maisonne schien und ließ die blonden Härchen auf Annes Armen noch heller erscheinen.

»Ist irgendwas?«, fragte Tina, als sie Richtung Waldparkplatz abbogen.

Anne musterte die langjährige Freundin kurz. Da sie dreimal in der Woche gemeinsam liefen, schwiegen sie sich beim Laufen durchaus auch über längere Zeiträume an, aber Tina schien zu spüren, dass sie mit den Gedanken woanders war.

»Ach, ich bin nur ein bisschen empfindlich seit meinem letzten Anfall. Thore hat mich gerade gefragt, ob ich meine Tablette genommen habe. Und das hat mich geärgert. Klar, ich war in der Vergangenheit manchmal nachlässig, weil ich ewig keinen Anfall hatte, aber nach dem letzten Mal bin ich wirklich kuriert. Ich lasse keine einzige Tablette mehr weg. Dafür hab ich selbst viel zu viel Angst.«

Tina nickte. »Deine Männer beruhigen sich schon wieder. Aber ich kann verstehen, dass ihnen der Schreck noch in den Gliedern sitzt. Schließlich hab ich vor Ewigkeiten auch mal einen deiner Anfälle miterlebt.«

»Ich gestehe ihnen ihre Angst ja auch zu«, sagte Anne. »Aber manchmal nervt die Fürsorge eben.« Gedankenverloren starrte sie auf den unebenen Waldboden, der ihre Schritte schluckte.

Fast zehn Jahre hatte sie keinen epileptischen Anfall mehr gehabt, bevor im März ein Grand-Mal-Anfall die über die Jahre stabil gewordene Wand der Zuversicht zum Einsturz gebracht hatte. Jetzt galt es, sie mühsam zu flicken. Durch kontinuierliche Einnahme der Medikamente, durch eine vorsorgliche fetthaltige, kohlenhydratarme Ernährung.

Der Krampfanfall im März war der heftigste gewesen, den sie je gehabt hatte. Ihr feines Gespür, eine Ahnung, dass etwas nicht stimmte, hatte sie auf Sylt mitten in der Fußgängerzone in Westerland noch in die Knie gehen lassen, bevor ihr Körper Sekunden später in Krämpfe verfallen war. Sie selbst hatte von den Zuckungen, den Bissen in die Zunge und dem reflexartigen Entleeren der Blase nichts mitbekommen.

Mehr oder weniger hilflos hatten ihr Mann Rainer und die Kinder – Thore und sein zwei Jahre älterer Bruder Sören samt Freundin – neben ihr ausharren müssen, bis der Notarzt kam. Das Einzige, was sie für sie tun konnten, war, dafür zu sorgen, dass ihr Kopf und Körper während der ruckartigen Bewegungen keine zusätzlichen Schäden erlitt, indem sie um sie herum Kleidungsstücke ausbreiteten. Das Notfallmedikament hatte zu Hause im Badezimmerschrank gelegen. Nicht einen Gedanken hatte Anne nach den langen anfallsfreien Jahren daran verschwendet, es in den Kurzurlaub nach Sylt mitzunehmen.

Sie seufzte. Schockiert, betroffen und wütend über ihre Nachlässigkeit, hatte Rainer geschworen, dass in seiner Gegenwart niemals wieder ein Anfall so lange dauern und so heftig ausfallen werde. Er führte jetzt ständig eigene Notfalltropfen für sie bei sich.

»Ich fahre nachher noch zu ›Frauen‹«, sagte Tina, die gerade hinter Anne lief, weil ihnen zwei Walker entgegenkamen. »Soll ich dich mitnehmen?«

»Nein danke«, lehnte Anne ab. »Thore hat gestern schon den Wocheneinkauf erledigt ... Das ist ja auch etwas, was mich so richtig zurückwirft. Nicht Auto fahren zu dürfen. Rainer würde ausflippen, wenn ich den Wagen auch nur hundert Meter bewege. Dabei ist wirklich alles gut. Jetzt, wo ich meine Medikamente regelmäßig nehme, passiert nichts. Aber mach ihm das mal klar!«

»Du musst Geduld haben, Anne«, sagte Tina, während sie dem kurvigen Weg durch den Wald folgten. »In ein paar Wochen wird er wieder ruhiger, und dann fährst du auch wieder. Aber zu deiner eigenen Sicherheit und der anderer solltest du damit wirklich noch warten.«

»Ja, ich weiß«, nickte Anne und wich einem Hundehaufen aus. »Aber ich weiß auch, dass dieser Anfall die Ausnahme war.«

Die Freundin erwiderte darauf nichts. Anne sah sie von der Seite an. Wenn nicht mal Tina daran glaubte, wie schwierig war es dann erst für Rainer?

VIER

Feuerwerkskörper explodierten. Irgendwo. Aber da war nichts
Buntes, nichts Schönes. Nur lautes Knallen und ein dunkler Himmel. Da war … etwas. Es war kalt und schwarz und
schmerzhaft.
Lyn versuchte, die Augen zu öffnen, dem eigenartigen Traum
zu entrinnen.
Dieser Schmerz, diese Schwärze …
Als sie die Augen aufschlug, verschwand die Dunkelheit. Der
Schmerz blieb. Und Übelkeit.
Ich bin im Krankenhaus. Ich bin verletzt. Ihre Hände tasteten
über die Decke auf ihrem Bauch, wo der Schmerz saß. Sie hob
den Kopf und spürte dabei etwas an ihrem Hals. Als ihre Finger
dort hinaufwanderten und das störende Objekt ertasteten, wurde
ihr klar, dass man ihr einen Zugang gelegt hatte. Der Schlauch
führte von einem Infusionsständer neben dem Bett zu ihrem
Hals.
Sie begann sich dumpf zu erinnern. Charlotte hatte an ihrem Bett gesessen und geweint. War das gestern gewesen? Das
Gesicht ihres Vaters tauchte schemenhaft auf. War er hier bei
ihr gewesen? Lyn versuchte, sich zu erinnern.
Hendrik! Er war da gewesen.
Sie versuchte, sich aufzusetzen. Ihr Kopf wurde zusehends
klarer.
Sie hat auf mich geschossen. Die Nutte hat auf mich geschossen!
Diese Erkenntnis holte sie gänzlich in die Wirklichkeit zurück. Ihr Blick fiel auf das benachbarte Bett am Fenster, in dem
eine Frau schnarchte.
Wie spät war es? War es morgens oder abends? Während sie
versuchte, ihren Körper mit den Armen ein Stück in die auf-
rechte Position zu stemmen, kam mit dem Schmerz ein weiteres
Gefühl. Ihr Herz begann zu rasen. Sie gab den Versuch auf, sich
aufzusetzen. Ihre Hände glitten panisch über die Decke.

»Oh Gott … Oh Gott!« Lyn griff mit der Rechten nach der Decke und riss sie weg.

Es war der Moment, in dem sich die Tür öffnete und eine Krankenschwester das Zimmer betrat.

»Oh, wie schön, Frau Harms, Sie sind wach.« Die junge blonde Frau trat an Lyns Bett. »Nach der Narkose gestern hatte der Schlaf Sie völlig im Griff. Sie wollten ja gar nicht richtig wach werden.«

»Das Baby!« Lyn begann zu weinen, während sie mit den Händen auf ihrem Bauch herumtastete. »Was ist mit dem Baby?«

Das Lächeln auf dem Gesicht der Schwester verschwand. »Frau Harms … erinnern Sie sich gar nicht an das Gespräch mit dem Arzt gestern Abend?«

Lyn starrte sie an. »Gespräch? Nein, ich …« Ganz dunkel tauchten Gestalten in weißen Kitteln in ihrer Erinnerung auf. »Doch, da war wohl jemand.«

Die Hand der Schwester glitt kurz über Lyns Unterarm. »Ich hole Dr. Bertold. Er wird gleich bei Ihnen sein, Frau Harms.« Das professionelle Lächeln kehrte auf ihre Lippen zurück, bevor sie das Zimmer eilig verließ.

Lyns Kopf sank in das Kissen zurück. Ohne etwas wahrzunehmen, starrte sie an die weiße Zimmerdecke.

Es gab kein Baby mehr. Sie wusste es.

Sie schloss die Augen und lauschte in sich hinein. Hendriks und ihr Baby war … weg. Es war weg, bevor es überhaupt angekommen war. In ihrer Gefühlswelt, in ihrem Leben. Bevor Hendrik überhaupt wusste, dass es da gewesen war.

Der Schmerz im Unterleib trat zurück, als in ihrer Brust eine kalte Pranke zu graben begann.

★★★

Joachim Ballmer lenkte den schwarzen VW Phaeton in Hamburg-Rissen vom Tinsdaler Heideweg in die Straße Am Leuchtturm. Als er nach sechzig Metern in den Leuchtturmweg abbog, fühlte er sich wie in einer anderen Welt, fernab von Stress und Hektik. Die Großstadt war nah und doch verborgen hinter altem Baumbestand, Pferdekoppeln, dem nahen Elbstrand. Er passierte das »Gestüt IDEE« des Kaffeekönigs Darboven und bog gleich darauf auf die Auffahrt zu seinem Haus ab. Er und Maja hatten das alte Gutshaus, das schon im Besitz seiner Großeltern und Eltern gewesen war, vor zwanzig Jahren renoviert und modernisiert, ohne die altertümliche Gediegenheit zu ruinieren. Carola und er waren hier aufgewachsen. Sie hatten das Leben an der Elbe und die Ursprünglichkeit der Landschaft geliebt. Seine Schwester hatte sich gefreut, als er und Maja nach dem frühen Tod des Vaters beschlossen, in das Haus ihrer Kindheit zu ziehen. Ihre Mutter Helen Ballmer hatte es in ihre Heimat Florida zurückgezogen, nachdem feststand, dass Joachim die erfolgreiche Klinik seines Vaters weiterführen würde. Allerdings trieb die Sehnsucht nach ihren Kindern und Enkeln sie zwei-, dreimal im Jahr nach Deutschland zurück.

Als Joachim über das Kopfsteinpflaster auf den Hof fuhr und den Wagen zu den Garagen lenkte, sah er, dass die Tür zum Stall weit geöffnet war. Draußen angebunden stand gesattelt Majas Oldenburger Stute Freyja.

Er seufzte. Er hatte sich auf ein Abendessen und ein Glas Wein auf der Terrasse gefreut, um anschließend ins Bett zu fallen. Seit zwei Nächten hatte er kaum ein Auge zugemacht. Aber Maja würde ihm – wie es aussah – einen Strich durch die Rechnung machen.

Die Bestätigung bekam er, als er die Garage verließ. Maja führte gerade Odin aus dem Stall. Der Rappe war ebenfalls gesattelt.

»Hallo, Liebling.« Seine Frau kam mit dem Pferd am Halfter auf ihn zu. »Du hast genau zehn Minuten Zeit zum Umziehen. Dann erwarte ich dich hier beim Stall.« Sie drückte ihm einen Kuss auf die Lippen und strich über seine Wange.

»Aber –«

»Psst«, unterbrach sie ihn und legte ihm einen Finger auf die Lippen. »Kein Aber, Liebling. Mir ist klar, dass du groggy bist, aber vertrau mir. Ich weiß, was dir guttut. Wir wissen es«, sie strich dem Oldenburger über die breite Blesse, »nicht wahr, Odin?«

Als Joachim fünfzehn Minuten später in Reithose und -stiefeln aus dem Haus trat, war von Maja nichts zu sehen. Er ging an den beiden Pferden vorbei in den Stall hinein. Nach dem Sonnenschein mussten sich seine Augen erst an das Dämmerlicht gewöhnen. Im selben Moment ertönte leise Musik. Gitarrenklänge. Er erkannte das Lied sofort. »The Gypsy's Wife«. Maja liebte Leonard Cohen.

Kopfschüttelnd trat er auf seine Frau zu, die ihm ein Glas Champagner entgegenhielt. Sein Blick fiel auf die Silberplatte auf der staubigen Futterkiste. Käse, Schinken, Früchte, in einem Körbchen duftendes Brot.

Ein breites Lächeln erschien auf seinen Lippen. »Du bist verrückt.« Er nahm das Glas und stieß an ihres.

Maja nahm ihm das Glas ab, nachdem er einen großen Schluck getrunken hatte, und stellte es auf der Futterkiste ab. Sie schlang ihre Arme um seinen Nacken, legte den Kopf an seine Halsbeuge, und gemeinsam begannen sie, sich im Takt der langsamen Musik auf dem mit Strohhalmen und Heu bedeckten Stallboden zu bewegen.

»Du bist verrückt«, murmelte Joachim noch einmal in ihr Haar.

Maja lachte leise. »Ich liebe dich auch«, flüsterte sie an seinem Hals.

Joachim nickte und presste sie an sich. Er spürte die Weichheit ihrer Brüste, ihrer Hüften. Maja lag in ständigem Kampf mit ihrer Figur, die er so liebte, wie sie war.

Als der Song endete, küsste Joachim Maja lange und zärtlich. »Du weißt immer, was mir fehlt«, sagte er. Dann nahm er mit einem Grinsen ein Stück Käse von der Platte und steckte es zusammen mit einer Weintraube in den Mund.

»Du bist so abgespannt«, sagte Maja, nahm eine Scheibe Brot, zupfte Stückchen davon ab und ließ sie im Mund verschwinden. Sie rollte eine Scheibe Schinken auf und hielt sie Joachim hin. Er biss ab, die zweite Hälfte steckte sie sich in den Mund. »Also dachte ich, dass heute ein kleiner Imbiss reicht, damit du noch ein bisschen Waldluft schnuppern kannst. Mit mir und Odin und Freyja.«

Eine halbe Stunde später trabten sie über die Wege des Klövensteener Forsts, ließen den Frühsommerduft des Waldes und seine Geräusche auf sich wirken. Irgendwann verfielen sie in Schritt.

»Pauline macht dir Sorgen.« Es war keine Frage, sondern eine Feststellung Majas.

Joachim sah seine Frau von der Seite an. Im Gegensatz zu ihm trug Maja keinen Reithelm, und er hatte es längst aufgegeben, sie zu ermahnen. Ihr kurzes dunkles Haar glänzte, wenn es den Strahlen der langsam untergehenden Sonne gelang, durch die Bäume zu brechen.

Bilderbuchwetter.

Was hätte er für Bilderbuchgefühle gegeben.

»Paulines letzter Bluttest ist niederschmetternd schlecht ausgefallen. Von einer Remission sind wir weit entfernt. Ich hatte so sehr auf eine positive Meldung gehofft«, sagte er. Seine Hand strich geistesabwesend über Odins Hals. »Und … Roberts Blutergebnis ist negativ ausgefallen. Es gibt keine …«, er unterbrach sich, »sein HLA-Typ gleicht nicht dem von Pauline.«

»Oh, verdammt! Wie hat er es aufgenommen?«

Joachim blickte starr geradeaus. »Er hat sich zusammengerissen, aber die Erschütterung war ihm deutlich anzusehen. Und die Angst um Pauline stand ihm überdeutlich in den Augen.« Joachim quälte sich in der Erinnerung an diesen Moment, als er seinem Schwager mitgeteilt hatte, dass sein Blut Pauline nicht helfen konnte. Er hatte seinen Schwager in den Arm genommen und sich dafür gehasst, dass er ihn belügen musste, obwohl die Aussage an sich nicht einmal eine Lüge gewesen war.

»Dann bleibt nur noch Carola.«

»Ja. Ich habe ihr noch einmal ans Herz gelegt, nicht länger mit der Blutabgabe zu warten.«

Maja seufzte. »Ich kann verstehen, dass sie es hinauszögert.«

»Tatsächlich?« Erstaunt sah Joachim sie an. »Warum?«

»Weil sie fürchterliche Angst hat. Weil es jetzt allein an ihr hängt. Ihr Blut *muss* passen. Und sie hat Angst vor einem negativen Ergebnis. Lieber schiebt sie es vor sich her, als sich dem Unvermeidlichen zu stellen.« Maja schüttelte sich. »Es ist grässlich. Pauline tut mir so leid. Und Carola und Robert. Wenn ich mir vorstelle, einer unserer Jungs …« Sie beugte sich vom Pferd zu ihm herüber, strich über seinen Arm. »Ihr seid erst am Anfang der Therapie, Achim. Die Chemo wird die kranken Zellen vernichten. Ich weiß es.«

»Ja, daran müssen wir glauben. Allerdings hatte ich gehofft, bei Pauline erst später mit der Intensivierungstherapie beginnen zu müssen.« Er sah Maja an. »Lass uns umdrehen.«

Sie wendeten und blieben im Schritt. Maja hielt ihr ernstes Gesicht mit geschlossenen Augen der Abendsonne entgegen.

Joachim war einen Moment in Versuchung, ihr von Carolas Beichte zu erzählen, von Roberts Blutergebnis, das heute eingetroffen war und eine eindeutige Sprache gesprochen hatte. Nicht mehr überraschend, aber deshalb nicht weniger irritierend. Er hätte seine rechte Hand für Carola ins Feuer gelegt. Für ihre Treue zu ihrem Mann. Aber er zögerte, mit Maja zu sprechen, obwohl er niemals Geheimnisse vor ihr hatte.

Eigentlich. Nur in diesem besonderen Fall … Er musste erst noch einmal mit Carola reden, denn im Grunde wusste er nichts. Carola war so verstört gewesen, hatte nicht über den Grund sprechen wollen. Einem Gespräch am nächsten Tag war sie ausgewichen. Auch gestern war sie nach ihrem Besuch bei Pauline sofort verschwunden, ohne mit ihm zu reden.

Morgen würde er sie abfangen. Denn seit den Grübeleien der letzten Nacht ließ ihn ein Gedanke nicht los. Was, wenn Carola gar nicht untreu gewesen war? Was, wenn ein Mann seiner Schwester Gewalt angetan hatte?

War Pauline das Resultat einer Vergewaltigung? Hatte Carola ein grausiges Verbrechen an sich selbst vor Robert und der Welt geheim gehalten?

Je länger er darüber nachdachte, desto wahrscheinlicher erschien es ihm. Carola war von Natur aus darauf bedacht, alles Schlimme von der Familie fernzuhalten. Harmonie*süchtig* hatte Maja sie einmal genannt. Ja, es würde zu Carola passen, dass sie eine Vergewaltigung nicht angezeigt, sondern verdrängt hätte, um ihrem Mann Schmerz zu ersparen. Oder einem Vorwurf zu entgehen?

Joachims Finger krallten sich in das Halfter. Nein, Carola war sicher nicht untreu gewesen. Tiefes Mitleid mit ihr legte sich auf seine Brust. Sie litt so sehr. Und er konnte ihr nicht eine positive Botschaft überbringen. Gerade in Bezug auf Paulines Werte.

Es lief nicht gut. Und dass die DKMS keinen passenden Spender in ihrer Datei hatte, war definitiv schlecht. Eine Datei, in der Millionen Menschen weltweit erfasst waren, von denen nicht ein einziger Paulines Gewebemerkmale aufwies. Die Wahrscheinlichkeit, dass bei Registrierungsaktionen für die Spenderdatei, die Carola bereits gedanklich plante und mit ihm besprochen hatte, ein passender Spender für Pauline auftauchte, war verschwindend gering.

Ein Spender innerhalb der Familie war die größte Hoffnung. Die hing jetzt an Carola.

Joachim atmete tief durch. Natürlich gab es noch eine Person, die Hoffnung versprach. Paulines leiblicher Vater. Wer auch immer er war.

***

Das aufgesetzte Lächeln, mit dem Carola nach einem kurzen Klopfen Paulines Krankenzimmer betrat, verlor sich noch in der Tür. Ihr Herz sandte körperlichen Schmerz in ihre Brust, als sie ihr Kind sah.

Seitlich auf einen Arm gestützt, erbrach Pauline in eine Nierenschale. Oder versuchte, zu erbrechen. Es war anscheinend nichts in ihrem Magen, das noch den Weg nach draußen hätte finden können.

Ein kaum hörbares »Mama …« kam über Paulines weiße Lippen, bevor sich ihr Körper in einem weiteren Würganfall krümmte.

»Ach, Schatz.« Carola war in wenigen Schritten am Bett und hielt die Schale für Pauline. »Liebling …« Carola kämpfte die Tränen erfolgreich nieder. Eine weinende Mutter half Pauline jetzt nicht. Zart strich ihre Hand über den kahl rasierten Schädel. Die Geste wurde von Pauline mit einem Wegziehen des Kopfes abgewehrt. Carola nahm es ihr nicht übel. Jede Berührung war zu viel, während Paulines Körper mit den Nebenwirkungen der Zytostatika kämpfte.

»Mama«, weinte Pauline, nachdem sie weitere Minuten krampfhaft gewürgt und sich letztlich zurück in ihr Kissen hatte fallen lassen. »Mama, mir ist so schlecht. … Es tut so weh.« Sie krümmte sich und versuchte, sich wieder aufzurichten. Liegend schien es ihr noch schlechter zu gehen.

Carola stützte sie. »Ich hole Joachim, Liebes. Er muss dir irgendetwas geben, damit diese verdammte Übelkeit verschwindet.«

Pauline machte eine abwehrende Handbewegung und ließ sich wieder fallen. Die Beine an den Körper gezogen, lag sie wie ein Fötus im Mutterleib auf dem Bett. »Hat er schon. Das hilft nicht wirklich.«

»Irgendetwas muss es doch geben.« Als Carola aufsprang, um ihren Bruder zu holen, öffnete sich die Tür, und Joachim Ballmer trat ein.

»Tu etwas, Joachim«, begrüßte Carola ihn verzweifelt. »Gib ihr etwas, das hilft.«

Er strich beruhigend über Carolas Arm, bevor er sich auf die Bettkante hockte und mit der Hand über Paulines Schulter glitt. »Ich weiß, dass es grausam ist, Linchen, und keiner von uns kann es dir abnehmen. Aber du musst dir immer wieder sagen, dass dein Körper es aushält. Dass du es aushältst. Stell dir vor, wie die Medikamente in deinen Körper ausschwärmen. Such dir ein Bild.«

Er überlegte kurz. »Stell dir vor, die Zytostatika, die wir dir verabreichen, sind alle kleine Harry Potters, kleine Rons, kleine Hermines. Tausendfach geklont. Winzige Zauberer, die mit ihren Zauberstäben bewaffnet in jede Ecke deines Körpers ausströmen. Mit den wirksamsten Flüchen, die die Zauberwelt zu bieten hat. Auf der Suche nach den Feinden. Nach Voldemort und seinen Todessern.«

Carola starrte ihren Bruder entsetzt an. Todesser! Was für ein schreckliches Wort. Wie konnte er Pauline gegenüber nur einen Begriff, der das Wort »Tod« enthielt, wählen?

Doch Pauline schien sich nicht daran zu stören. Im Gegenteil. Joachim hatte ihre ganze Aufmerksamkeit. Verwundert fragte sie: »Bist du etwa auch Harry-Potter-Fan, Onkelchen? Du kennst dich ja richtig gut aus.«

»Ich habe die Bücher vor Jahren mit Theo und Paul gelesen. Deine Cousins waren auch begeisterte Fans.«

Carola schluckte herunter, was sie sagen wollte. Eigentlich war es ein perfektes Bild. Die Krebszellen waren der Tod.

»Die kleinen Zauberer gelangen in jeden Winkel deines Körpers, Pauline«, fuhr Joachim fort. »Und keiner von Voldemorts Anhängern entkommt ihnen. Jedem einzelnen brennen sie ihren Fluch auf den Pelz. Bis sie zu einem Nichts verdorren … Allerdings mag dein Körper diese vielen Zauberstabfunken überhaupt nicht. Er wird sauer und lässt es dich mit diesen fiesen Übelkeitsattacken spüren.«

Er griff nach Paulines durchscheinender Hand. »Das ist mehr als dumm vom Körper, denn eigentlich sollte er dankbar sein, dass er Unterstützung durch die Zauberer bekommt. Denn mit seiner eigenen Armee hat er es schließlich nicht geschafft, Voldemort und seine Todesser zu bekämpfen.«

Pauline schnitt eine Grimasse. Sie presste die Hände auf ihren schmerzenden Leib. »Du meinst also, dass Harry in mir schwer am Zaubern ist? So übel, wie mir ist, hat er gerade eine ziemlich große Horde von Todessern vor sich.«

»Ja«, nickte Joachim. »Und ich sage dir: Er kriegt sie alle am Arsch.«

Bei diesen Worten aus dem Mund ihres Onkels musste Pauline lachen, wenn auch gequält. »Ja«, flüsterte sie, hob ihre Hand, als hielte sie darin einen Zauberstab, den sie auf ihren Bauch richtete. »Wir kriegen dich am Arsch, Voldemort!«

★★★

Langsam einen Fuß vor den anderen setzend, tappte Lyn in Hauslatschen über den Flur des Itzehoer Klinikums zu ihrem Zimmer zurück. Sie trug ihre älteste Sporthose, weil deren loser Bund nicht so stramm auf der frischen Naht auflag. Sie hatte Charlotte, Sophie und ihren Exmann Bernd Hollwinkel bis zur

Treppe begleitet, nachdem die drei mehr als zwei Stunden bei ihr im Krankenzimmer verbracht hatten.

Bernd hatte sich umgehend in Nürnberg in ein Flugzeug gesetzt, als Charlotte ihm am Telefon weinend die Nachricht von Lyns Bauchschuss mitgeteilt hatte. Das war vor vier Tagen gewesen. Die Ärzte am Itzehoer Klinikum hatten ihr eine Kugel aus dem Darm entfernt. Die anderen beiden Schüsse waren glücklicherweise von der schusssicheren Weste abgefangen worden. Lyn spürte noch den Druck auf der Brust, aber er war nichts im Vergleich zu dem Druck *in* ihrer Brust. Die Gebärmutter war unverletzt geblieben, aber sie hatte ihr Kind durch das Bauchtrauma verloren.

Nach der Operation selbst hatte es keine Komplikationen gegeben. Die Nachwirkungen der Narkose waren verschwunden, sie durfte aufstehen und kleine Wege gehen. Natürlich schmerzte die Wunde noch, aber es war mit den entsprechenden Schmerzmitteln auszuhalten. Lyn seufzte. Zumindest waren die Mädchen und ihr Ex jetzt so weit beruhigt, dass sie sie guten Gewissens für die nächste halbe Stunde allein ließen. Dann würde Hendrik Feierabend haben und kommen.

Lyn war froh, noch ein bisschen Zeit für sich zu haben. Deutlich spürte sie im Gehen die vaginale Blutung. Gerade als sie die Türklinke zu ihrem Zimmer herunterdrückte, erklang Hendriks Stimme hinter ihr. »Lyn.«

Sie wandte sich um. Er war früher als erwartet da. Ihr Blick glitt über seine schlanke Figur, während er näher kam. Er trug Jeans und ein weißes Hemd, die Jacke hielt er in der Hand. Seine Atmung verriet, dass er die Treppe genommen hatte. Sie versuchte, in seinen Augen zu lesen, versuchte, etwas zu entdecken, das ihr Hoffnung gab, dass ihre Liebe dieses Elend überleben würde.

Denn es war elendig, dass sie Hendriks Kind verloren hatte. Es war elendig, dass er hier im Krankenhaus von einer völlig aufgelösten Charlotte – im Beisein von Henning Harms – über die Schwangerschaft unterrichtet worden war, während sie auf dem OP-Tisch gelegen hatte.

Und es tat fürchterlich weh, den Schmerz darüber in seinen grauen Augen zu sehen. Nicht ein einziger Vorwurf war in den vergangenen Tagen über seine Lippen gekommen, jedes Wort von ihr über die Schwangerschaft und den Verlust des Kindes hatte er abgeblockt. Im Grunde war die Zeit, die er bei ihr im Krankenhaus verbracht hatte, für sie beide quälend gewesen.

»Du läufst schon flotter«, sagte er jetzt.

Lyn nickte. »Der Schmerz ist auszuhalten.«

Sie sahen sich an. Hendrik machte keine Anstalten, sie zu küssen, und Lyn erwartete es auch nicht. Eine unsichtbare Mauer stand zwischen ihnen. Ein wabernder dunkler Schatten, der kalt und freudlos war.

Sie gab der Tür des Krankenzimmers einen Stoß. »Wir können hier reden«, sagte sie, ohne den Blick von Hendrik zu lösen. »Meine Bettnachbarin ist in die Cafeteria gegangen.«

Als er tief durchatmete, setzte sie hinzu: »Wir können dieses Gespräch nicht weiter aufschieben, Hendrik. Ich weiß, was du fühlst. Und ich will, dass du es aussprichst. Ich werde es aushalten können. Dein Schweigen ist unerträglich.«

»So«, sagte er, »du weißt also, was ich fühle.« Seine Stimme klang mühsam beherrscht. Er deutete mit der Hand in das Zimmer.

Lyn ging zum Bett und setzte sich langsam. Vorsichtig hob sie das rechte Bein auf die Matratze, dann das linke. Hendrik stand unbeholfen daneben. »Kann ich dir helfen?«

Lyn biss die Zähne zusammen. »Danke, es geht.« Die Bewegungen im Sitzen und Liegen schmerzten noch.

Als sie in der bequemsten Position saß – das Rückenteil des Bettes hatte sie hochgefahren –, sah sie ihn an. »Lass mich dir endlich sagen, wie unendlich leid es mir tut, dass du … so … von der Schwangerschaft erfahren hast. Ich … ich wollte es dir an dem Abend sagen. Ich wollte uns etwas Schönes kochen und dann … dann wollte ich es dir sagen.« Sie begann zu weinen.

»*Dann* wolltest du es mir also sagen.« Hendrik schüttelte den Kopf. Voller Unverständnis, ungläubig. »Und warum, verdammt, hast du es mir nicht schon vorher gesagt? Warum nicht dann, als du es erfahren hast?«

Lyn spürte, dass er sich bemühte, die Stimme nicht zu erheben, aber es gelang nicht. Es brach aus ihm heraus.

»Charlotte weiß es. Aber ich, der Vater, erfahre es, als mein Kind weg ist. Weggeballert!« Er drehte den Kopf zum Fenster, dann sah er Lyn wieder an. Seine Stimme war leiser. »Warum, Lyn? Warum warst du nicht in der Lage, es mir zu sagen?«

»Ich weiß es doch auch nicht«, sagte sie unter Tränen, die Augen verzweifelt auf Hendrik gerichtet. »Ich … ich konnte es dir einfach nicht früher sagen. Ich brauchte diese Tage für mich. Um es zu verstehen.«

»Aber Charlotte hast du es erzählt.«

»Nein, sie hat es herausgefunden, weil sie das Teststäbchen entdeckt hat. Ich hätte es ihr niemals vor dir gesagt.«

Hendrik musterte ihr Gesicht, und es war Lyn, als müsse er sich ihre Züge einprägen, um sie nicht zu vergessen.

»Das glaube ich dir sogar«, sagte er. »Aber weißt du, was dein Problem ist? Was *unser* großes Problem ist? Etwas, das seit dem ersten Moment unsere Beziehung begleitet hat. Unterschwellig, aber doch immer präsent. Deine Unfähigkeit, dich rückhaltlos an den Menschen zu binden, den du vermeintlich liebst … Lass mich ausreden«, bremste er ihren einsetzenden Protest ab, unterstrichen von einer abwehrenden Handbewegung.

»Jeden Fortschritt habe ich mir erkämpfen müssen, Lyn. Deine immerwährende Angst, du könntest zu alt für mich sein, die lange Zeit, die es dauerte, bis du bereit warst, mich deiner Familie und der Welt als deinen neuen Partner vorzustellen, dein Zögern in Bezug auf eine gemeinsame Wohnung … All das habe ich hingenommen, weil ich dich liebe. Weil du der Mensch bist, mit dem ich mein Leben teilen möchte. Aber ich bin dieser Mensch nicht für dich.« Er schluckte. »Und ich glaube, dass ich die Hoffnung, ich könnte es jemals sein, begraben muss.«

»Hendrik …« Lyn fühlte einen Schmerz in ihrer Brust, der ihr fast den Atem raubte, als sie die Tränen in seinen Augen sah.

»Wir hatten ein Baby, Lyn.« Wie einsame Wanderer liefen zwei Tränen über seine Wangen. »Und ich wünschte, ich hätte die Tage gehabt, die du hattest. Ich hätte so gern dieses Gefühl spüren wollen, Vater zu werden. Diese unendliche Freude dar-

über, mit dir ein Kind zu haben.« Mit beiden Händen wischte
er die Tränen fort. »Auch wenn es nur kurz gewesen wäre.«
Lyn versuchte, etwas zu sagen, aber das Weinen steigerte sich
zu einem Weinkrampf. Ihr Körper schüttelte sich unter Tränen.
Hendrik legte eine Hand auf ihren Rücken und strich darüber.
»Ich …«, Lyn hatte vor lauter Tränen Mühe beim Sprechen,
»… liebe … dich, Hendrik.«
»Ja. Es ist die Liebe, die du mir geben kannst.« Seine Stimme
war ganz mild, während er weiter ihren Rücken streichelte.
»Aber es ist nicht alles, was wirklich an Liebe in dir ist. Das wollte
ich bisher nur nie wahrhaben. … Es fehlt dir an Vertrauen. An
Vertrauen zu mir und meiner Liebe zu dir. Ganz tief in dir drin
glaubst du nicht, dass es funktioniert. Du hast Angst vor einer
erneuten Enttäuschung.« Er hörte mit der Berührung auf. »Du
bist nicht in der Lage, dich ganz zu geben, Lyn. Du erwartest
eine Sicherheit, die es niemals geben kann. Wenn dir ein Mann
sagt, dass er dich bis in alle Ewigkeit liebt, dann bleibt dir nichts
anderes übrig, als darauf zu vertrauen. Er wird es dir niemals im
Vorwege beweisen können.«
Hendrik ging vor dem Bett in die Knie, um ihr in die Augen
sehen zu können. »Ich kann es dir nicht beweisen, Lyn. Liebe
braucht Vertrauen.«
Lyn griff nach seiner Hand. »Lass mich … nicht allein.«
Hendrik seufzte. »Ich denke, das ist das einzig Richtige, was
ich tun kann. Dich allein lassen. Damit du zu dir selbst finden
kannst, zu dem, was du wirklich willst und brauchst. Denn das
weißt du nicht.«
Sanft entzog er ihr seine Hand.

★★★

Anne Jever versuchte, den zügigen Tritt beizubehalten, als sie
an der Edendorfer Grundschule vorbeiradelte. Am Lenker bau-
melte ein Leinenbeutel mit Brötchen aus dem Backshop von
Bäcker Carstens, der Korb auf dem Gepäckträger war gefüllt mit
frischen Champignons, Paprika und einer Packung Küchen-
rollen, die Thore beim Wocheneinkauf vergessen hatte. Das

Einkaufen im Sky-Markt hatte länger gedauert als eingeplant. Nun, dann würde Tina einen Moment warten müssen. Die Sachen würden schnell verstaut und sie schnell umgezogen sein.

Während Anne die Obere Dorfstraße entlangfuhr, ging sie noch einmal die Zutaten für das Fondue durch, das sie für morgen geplant hatte. Sie hatte nichts vergessen. Bei dem Gedanken an den morgigen Tag, den zwanzigsten Mai, legte sich eine Klammer auf ihre Brust. Tief durchatmend versuchte sie, sich von dem Druck zu befreien. Ob es jemals gelingen würde?

Nein, gab sie sich selbst die Antwort, als sie den Karnberg erreichte. Sie konnte hundert Jahre alt werden, und doch würde die Presse, die um ihre Brust lag, sie niemals aus ihren eisernen Krallen entlassen, auch wenn der Druck Jahr für Jahr ein wenig nachzulassen schien.

Kurz vor ihrem Haus fiel ihr Blick auf einen dunkelblauen Wagen auf der anderen Straßenseite. Er stand gut zwanzig Meter von ihrem Grundstück entfernt. Sie stutzte. Die Fremde, die in der vergangenen Woche vor ihrer Tür gestanden hatte, hatte solch ein Auto gefahren. Oder nicht? Anne kannte sich mit Wagentypen nicht aus.

Die blendende Sonne machte es unmöglich, zu erkennen, ob jemand im Wagen saß. Die dunklen Scheiben gaben kein Gesicht preis. Blödsinn, dachte sie, warum sollte die Frau erneut hier am Karnberg stehen? Sie fuhr die Auffahrt zum Haus hinauf, schob das Rad in den Schuppen und betrat das Haus durch den Seiteneingang.

»Hi, Mama«, begrüßte Thore sie, noch bevor sie ihre Einkäufe auf dem Küchentisch abgestellt hatte. In T-Shirt und Boxershorts kam er die Treppe herunter, das Haar verwuschelt, die Augen noch verquollen vom Schlaf.

Anne sah auf die Küchenuhr, die dreizehn Uhr fünfundfünfzig anzeigte. »So gut möchte ich es auch mal haben, du Schlafmütze. Warst wohl ewig lange im Cheyenne Club?«

»Bis halb vier«, griente er. »Und ich wäre noch nicht hoch, wenn mein lieber Bruder mich nicht wach geklingelt hätte. Sören hat von einem Kumpel drei Karten für die Freezers abgestaubt. Ich ruf gleich mal Papa im Büro an, ob er mitwill.«

»Bestimmt.« Anne öffnete den Kühlschrank und begann die Einkäufe zu verstauen. »Eishockey für lau lässt Papa sich nicht entgehen. Wann ist das Spiel?«

»Morgen Abend. Wir fahren los, sobald Papa aus dem Büro hier ist.«

Anne hielt inne. Langsam legte sie zwei Paprikaschoten auf der Arbeitsfläche ab. Sie drehte sich zu Thore um. »Morgen? Aber morgen ist der Zwanzigste. Gretas ...« Sie zögerte, das Schreckliche auszusprechen, und sagte nur: »... Tag. Ich habe gerade alles für ein Fondue eingekauft. Das liebt ihr doch.«

»Ach so.« Thore sah sie an.

Anne sah, dass er noch etwas hinzufügen wollte, es aber im letzten Moment hinunterschluckte. Seine Augenbrauen hatte er allerdings nicht so unter Kontrolle wie seinen Mund. Sie blieben ärgerlich zusammengezogen.

»Wir haben es immer so gehalten«, sagte Anne, und sie hörte selbst, dass ihre Stimme flehend klang. »Ihr ... ihr könnt an einem anderen Tag zu den Freezers fahren. Oder?«

»Aber«, Thore sah seine Mutter nicht an, als er weitersprach, »vielleicht könnten wir ja mal eine Ausnahme machen und das Fondue übermorgen essen? Wir haben doch gerade vor fünf Wochen zusammengesessen und ihren Geburtstag gefeiert. Ich meine ... reicht das nicht?« Jetzt sah er sie an.

Reicht das nicht. Anne durchströmte es heiß. So, wie Thore es gesagt hatte, klang es wie »Es reicht!«.

Als es am Küchenfenster pochte und Tinas fröhliches Gesicht zur Scheibe hereinblickte, war Anne dankbar; und Thore auch, wie es aussah.

»Wir besprechen das nachher«, sagte Anne ernst, während sie Tina zur Tür winkte. »Ich muss mich jetzt umziehen.«

Fünfzehn Minuten später berichtete Anne ihrer Freundin im Wald von dem Gespräch. Tina hörte schweigend zu. Dann schien sie nachzudenken. Nur ihr gedämpfter Laufschritt auf dem Waldboden und einige singende Amseln waren in den Kiefern, Lärchen und Eichen zu hören.

»Es ist ja nicht nur Thore«, fügte Anne noch an. »Sören hat

anscheinend auch nicht daran gedacht. Ansonsten hätte er ja nicht wegen der Freezers-Karten angerufen. Und dabei habe ich ihn doch bei unserem letzten Telefonat vor ein paar Tagen noch daran erinnert.«

»Anne«, Tina sah sie von der Seite an, »du darfst ihnen das nicht übel nehmen. Seit siebzehn Jahren essen sie und Rainer an Gretas Geburtstag deine Schokocremetorte. Und seit genauso vielen Jahren zelebrierst du am zwanzigsten Mai dieses Abendessen, das ich schon immer grässlich fand. Das weißt du. Dieser Tag ist doch kein Grund zum Feiern.«

Anne sah stur geradeaus, während sie lief. »Du weißt genau, dass der morgige Tag für mich kein Feier-, sondern ein Gedenktag ist. Und ich könnte diesen Tag niemals so verbringen, als sei nichts geschehen. Daran ändern auch die Jahre nichts.«

Tina blieb stehen. Sie lehnte sich an den Zaun, der ein kleines Areal der Stadtwerke umgrenzte, eines von mehreren ausgewiesenen Wasserschutzgebieten im Wald.

Anne stoppte ebenfalls und ging die paar Schritte zu Tina zurück. Mit Tränen in den Augen sagte sie: »Ist das so schwer zu verstehen? Ich bin ihre Mutter. Ich … ich kann nicht leben, als hätte es sie nie gegeben. Und schon gar nicht morgen.«

Tina zog Anne in ihre Arme. »Das sollst du doch auch nicht, Ännchen.« Ihre Hand strich tröstend über den Rücken der Freundin. »Und dein Rainer wird das auch nie. Aber erwartet nicht die gleichen Gefühle bei Sören und Thore. Vielleicht ist es wirklich an der Zeit, ihnen für diesen Tag die Wahl zu lassen, ob sie an deinem Abendessen teilnehmen möchten oder nicht. Ohne dass du dann böse auf sie bist. Ihr habt so tolle Jungs! Sie lieben euch über alles.«

Anne löste sich von Tina und wischte die Tränenspuren von den Wangen. Sie atmete tief durch, legte den Kopf in den Nacken und sah über die Baumspitzen in den bewölkten Himmel. »Glaubst du, ich weiß das nicht? Sie sind wundervoll. Und gerade weil sie so wundervolle Kinder sind, macht es mich unendlich traurig, dass ihre Schwester immer nur ein Phantom für sie sein wird. Ein Bild, von mir in ihre Köpfe gepflanzt, seit sie vier und zwei Jahre alt waren.«

Traurig schloss sie die Augen. »Ein unfertiges Bild. Nur ein paar flüchtig hingekritzelte Linien, weil ich keine Chance hatte, das Gesamtbild kennenzulernen.«

Sie öffnete die Augen und sah Tina an. »Fünf Wochen alt war sie. Fünf Wochen war sie nur bei uns. Bei mir. Fünf Wochen Liebe, die siebzehn Jahre Schmerz nach sich gezogen haben. Ich werde niemals die Wahl haben, was ich am zwanzigsten Mai mache.«

FÜNF

Carola betätigte den elektronischen Garagentoröffner. Während das Tor sich langsam hob, sah sie, dass Roberts BMW schon in der Garage stand. Er war also schon aus dem Krankenhaus zurück. Sie vermied es, den Mini Cooper neben der Garage anzuschauen. Es war so schmerzhaft, den kleinen Wagen, den Pauline nicht einmal gefahren hatte, zu sehen.

Ein Blick auf die Armbanduhr verriet, dass sie spät dran war. Sie fuhr sich – mit Blick in den Rückspiegel – noch einmal mit den Händen durch das blonde Haar, nachdem sie neben dem BMW geparkt hatte. Jedes Mal, wenn sie die Perücke getragen hatte, hatte sie Stunden später noch das Gefühl, sie immer noch auf dem Kopf zu haben.

Die feinen Kiesel knirschten unter ihren Pumps, während sie mit zwei Taschen in der Hand zum Haus ging. Frau Klottmann hatte die Fenster von außen geputzt. Die großflächigen Scheiben spiegelten die Abendsonne wider, die durch die Wolken strahlte. Hoffentlich hatte die Haushälterin den Einkaufszettel gesehen, den sie für sie geschrieben hatte. Carola verspürte zwar keinerlei Lust, jetzt noch zu kochen, aber es war Roberts letzter Abend vor der Abreise nach Berlin. Von dort würde er am Sonntag mit der Delegation nach Gabun fliegen, und sie durfte sich nicht anmerken lassen, wie fertig sie war. Die täglichen Besuche bei Pauline im Krankenhaus, ihr Zustand, die negativen Ergebnisse … all das war so schwer zu ertragen. Ihre täglichen Fahrten nach Itzehoe, immer verbunden mit Wagentausch und Verkleidung, schlauchten ihre angegriffenen Nerven zusätzlich. Carola war flau im Magen, ihre Hände zitterten.

Wenigstens hatten die Beobachtungen Anne Jevers eine Konstante ergeben, die von Nutzen sein konnte. Sie joggte jeden Tag um vierzehn Uhr im nahen Wald, dreimal in der Woche wurde sie dabei von einer Freundin begleitet. Fünfundvierzig bis fünfzig Minuten brauchte sie, bis sie wieder zurück war.

Carola atmete tief durch. Morgen würde Teil zwei der Planung starten. Ihr lief die Zeit weg. Sie musste handeln.

Bevor sie die Haustür erreichte, kam der Gärtner um die Ecke. Carola hatte seinen Pritschenwagen schon an der Straße stehen sehen. Er tippte mit dem Zeigefinger gegen seine grüne Schirmmütze. »Tach, Frau von Ahren. Wir sind grad mit dem Vertikutieren fertig geworden. Nun kann der Rasen wieder atmen. Und mit Ihr'm Mann hab ich geschnackt wegen dem Ausbringen von Mulch. Er sagt, das kann losgehen.«

Carola nickte geistesabwesend. »Ja, sehr schön, Herr Marek. Machen Sie einfach, wie Sie meinen.«

»Heut hab ich meinen Sohn dabei.« Der Gärtner deutete zum rückwärtigen Teil des Grundstücks, das an der Elbseite lag. »Der soll ja mal die Gärtnerei übernehmen. Ausgelernt hat er grad. Nun steigt er mit ein. Also, wenn Sie in Zukunft einen rothaarigen jungen Mann in Ihren Beeten arbeiten sehen … das ist mein Axel.«

»Ja, sehr schön«, nickte Carola. »Aber ich muss rein, Herr Marek.« Carola konnte jetzt nicht mit ihm plaudern, wie sie es sonst gern einmal tat. Die Gärtnerei Marek war seit mehr als zehn Jahren für den Garten zuständig und lieferte gute Arbeit ab. Sie musste sich – genau wie bei ihrer Haushälterin – um nichts kümmern. Und das war gerade momentan eine große Erleichterung.

»Dann einen schönen Abend für Sie«, verabschiedete sich Herr Marek und ging die Auffahrt zu seinem Wagen hinunter.

Carola stellte eine Einkaufstüte ab und steckte den Schlüssel ins Schloss, als ihr ein Gedanke kam, bei dem sich die Härchen in ihrem Nacken aufrichteten.

»Herr Marek!«, rief sie dem Gärtner hinterher und ging die Eingangsstufen wieder hinunter, ihm entgegen. »Sie … Sie haben Ihrem Sohn hoffentlich gesagt, dass die Rosen tabu sind?« Sie zwang sich zu einem Lächeln.

Der Gärtner winkte lachend ab. »Keine Sorge, Frau von Ahren, das hab ich Axel gleich gesagt, dass er die Finger davon lassen soll. Die Rosen, die versorgt die Frau von Ahren höchstpersönlich, hab ich gesagt. Ist ihr Steckenpferd. In den

Rosenbeeten haben wir nix verloren, Sohnemann, hab ich gesagt.«

»Na, dann …« Carola nickte. »Vielen Dank und einen schönen Feierabend.«

Sie betrat das Haus, schloss die Tür hinter sich und lehnte sich einen Moment dagegen. Drinnen war kein Laut zu hören. Die Stille jagte ihr erneut einen Schauder über den Rücken. Paulines Lachen fehlte. Das Kläffen des Hundes, wenn sie mit ihm durch das Haus tobte. Die laute Musik aus ihrem Zimmer. Warum hatte sie sich jemals darüber beschwert? Diese Stille war so viel schwerer zu ertragen als die Songs der aktuellen Chartliste, die Pauline rauf und runter hörte.

Carola löste sich von der Tür und stellte die Tüten neben einer afrikanischen Standfigur ab. »Liebling?«, rief sie ins Obergeschoss hinauf, weil Robert mit Sicherheit in seinem Arbeitszimmer saß. »Ich bin zu Hause.«

Noch während sie die Jacke auszog, öffnete sich oben eine Tür. Robert kam die Treppe herunter. Der Cockerspaniel überholte ihn auf den letzten Stufen und kam schwanzwedelnd zu ihr gelaufen. Carola ging in die Knie und streichelte ihn. »Lieber Fidus«, murmelte sie und drückte ihre Wange kurz an den Kopf des Hundes, um das weiche Fell zu spüren.

»Du bist spät dran«, sagte Robert. Er zog sie in die Arme und hielt sie einen Moment. »Bist du beim Yoga eingeschlafen?«

Carola kuschelte sich in seine Wärme. Seit Paulines Diagnose hielten sie sich noch öfter im Arm als üblich. Sie gaben sich gegenseitig Kraft. Sie ließ ihren Kopf an seinem Hals, froh, ihn nicht anschauen zu müssen, weil er die Lüge vielleicht in ihren Augen entdecken würde. Er hatte ihr natürlich geglaubt, als sie ihm sagte, dass sie für die Nachmittage Yogastunden gebucht hätte, um dem Nervenstress standzuhalten. Niemals würde er vermuten, dass sie ihn anlog. Und dass sie es tun musste, quälte sie unendlich. Sie hatte das Gefühl, dass die Lügen ihr genauso viel Lebenskraft raubten wie die grässliche Sorge um Pauline.

»Ich war noch spazieren nach dem Yoga«, murmelte sie an seinem Hals. »Ich brauchte frische Luft.« Dann löste sie sich von ihm. »Wie ging es Line heute Nachmittag?«

»So lala. Die Übelkeit hat stark nachgelassen, aber sie war schwach. Kurz bevor ich gegangen bin, kamen noch Kim und ein anderes Mädchen aus ihrer Klasse. Da lebte sie noch einmal auf.« Mit einem Lächeln schüttelte er den Kopf. »Ihre blassen Wangen bekamen sogar richtig Farbe, als Kim sie von einem gewissen Till grüßte. Kim sollte Pauline fragen, ob er sie besuchen dürfe. Als ich dann nachhakte, wer denn dieser Till sei, wurden ihre Wangen noch röter, und die drei haben mich quasi rausgeschmissen.«

»Na, so was!«, sagte Carola erstaunt. »Da hake ich morgen doch gleich mal nach.« Ein winziges Lächeln stahl sich auf ihre Lippen. »Unser Paulinchen ist vielleicht verliebt.«

»Das wäre wundervoll«, nickte Robert. »Das kann doch nur helfen bei der Heilung. Was gibt es Motivierenderes, als gesund zu werden, um jemanden lieben zu können?« Er strich über ihre Wange. »Du bist so schrecklich blass. Carola ... jetzt, wo ich als Spender nicht mehr in Frage komme, ist es umso wichtiger, zu wissen, ob du ...« Er brach ab. »Joachim hat mit mir gesprochen, Liebling. Er glaubt, dass du Angst vor einem negativen Ergebnis hast.« Er drückte sie wieder an sich. »Aber hab keine Angst. Bitte, lass dich bald testen. Was auch passiert, wir stehen es gemeinsam durch ... Ganz tief in mir drinnen fühle ich, dass unser Kind leben wird. Glaub mir.«

Carola brachte nur ein leises »Ja« heraus. Sie sammelte sich einen Moment, dann löste sie sich. »Du hast recht, wir müssen den Tatsachen in die Augen blicken.«

Als der Hund an ihr hochsprang, nahm sie ihn auf den Arm und kraulte ihn hinter den Schlappohren. »Ich bereite jetzt das Abendessen vor. Du möchtest bestimmt zeitig ins Bett. Ich hoffe, Frau Klottmann hat deine Hemden aus der Reinigung geholt?«

Robert nickte. »Ich habe heute noch mal mit dem Minister gesprochen und ihm unsere Situation geschildert. Ich denke, ich werde mich nach fünf Tagen absetzen und nach Hause fliegen. Paulines Zustand lässt mir einfach keine Ruhe. Ich will nicht so lange weg sein.«

Carola setzte Fidus ab. »Das klingt gut«, sagte sie, als sie wieder hochkam.

Und es war ein Grund mehr, in Sachen Anne Jever nicht länger zu zögern. Wie ferngesteuert ging sie in die Küche.

★★★

Anne Jever hatte die schmale Lichtung mit den Strommasten hinter sich gelassen. Sie bremste ihren Laufschritt an einem kleinen Abhang und setzte vorsichtig einen Fuß vor den anderen, um auf den wieder breiter werdenden Waldweg zu gelangen. Sie wandte sich nach links und atmete die würzige Waldluft tief ein. Sie versuchte, nicht auf die Tannenzapfen zu treten, denn ein Band war schnell gerissen, wenn man umknickte. Nachdem sie den Hundeübungsplatz und die beiden Waldhäuser passiert hatte, kamen ihr zwei bekannte Gestalten entgegen.

»Hallo, Herr Günther, hallo, Seppi«, grüßte sie den alten Herrn, der ihr – seinen Dackel an der Leine führend – langsam auf dem Waldweg entgegenkam. »Was haben wir wieder für ein Glück mit dem Wetter.«

Als er stehen blieb, brachte sie es nicht übers Herz, einfach weiterzulaufen, obwohl sie solche unfreiwilligen Pausen nicht schätzte. Aber der Rentner war Witwer und immer dankbar für einen kleinen Wortwechsel. Er gehörte, genau wie sie, zu den Leuten, die täglich den Waldweg nutzten. Die meisten Spaziergänger und Läufer aber sah man am Wochenende, und insbesondere bei so schönem Wetter wie heute.

Während sie mit dem alten Herrn über das Wetter sprach, kam hinter ihnen eine weitere Joggerin angelaufen. Anne war sich sicher, sie hier noch nie gesehen zu haben.

Als Herr Günther thematisch vom Wetter zu seinen Gichtbeschwerden wechselte, wurde sie ungeduldig. Zu oft schon hatte sie seine Klagen angehört. »Nehmen Sie's mir nicht übel«, sagte sie darum, »aber mir wird kalt, Herr Günther. Lange Pausen sind beim Joggen ungünstig.«

»Na, dann los mit Ihnen«, sagte der Rentner und machte eine vorantreibende Handbewegung. »Ich will nicht schuld sein, wenn Sie sich erkälten.« Sein Blick fixierte dabei die dunkelhaarige Frau, die rasch näher kam und jetzt fast auf gleicher

Höhe mit ihnen war. Mit einem letzten freundlichen Nicken zu Anne ging er weiter.

Da die Frau schneller lief als sie, wollte Anne sie noch vorbeilassen, bevor sie sich in Bewegung setzte, aber in dem Moment blieb die auch schon stehen. »Ach, hallo!«, sagte sie. Jetzt erkannte Anne die Braunhaarige mit der großen Sonnenbrille. Dieses Mal trug sie eng anliegende Laufkleidung, aber es war eindeutig die Fremde, die vor anderthalb Wochen bei ihr an der Haustür nach dem Albert-Schweitzer-Ring gefragt hatte. Ihre Wangen waren vom Laufen leicht gerötet und hoben sich von ihrer blassen Gesichtshaut ab, ihrer Atmung war das Laufen allerdings kaum anzumerken. Sie schien trainiert zu sein. Aber das hatte sie ja auch erwähnt.

»Hallo«, erwiderte Anne ihren Gruß. »Das ist ja schnell gegangen mit dem Umzug. Wohnen Sie jetzt im Albert-Schweitzer-Ring?«

Die Braunhaarige stockte einen Moment. »Äh, ja, ja, wir sind umgezogen. Aber nicht in den Albert-Schweitzer-Ring.«

Anne wartete ein paar Sekunden ab, aber anscheinend verspürte die Fremde keine Lust, ihr zu sagen, wohin sie denn letztendlich gezogen war. Dann eben nicht. »Nun, viel Spaß beim Laufen«, sagte Anne. »Ich will auch weiter.«

»Auf Wiedersehen«, lächelte die andere freundlich. »Bestimmt treffen wir uns jetzt des Öfteren hier.« Mit einem Nicken lief sie los und bog an einer Schranke links ab. Es war derselbe Weg, den Anne immer wählte.

Annes Ziel war der Schlangenbaum. So hatten ihre Söhne die Buche immer genannt, weil der Stamm sich in riesige Äste teilte, die wie ineinander verschlungen aussahen. An diesem Baum legte sie immer eine kurze Rast ein, bevor sie den Rückweg antrat.

Als sie bei der Buche ankam, stellte sie die Wasserflasche wie gewohnt auf einem vermoosten Vorsprung am Stamm ab und machte ein paar Dehnübungen. Die Dunkelhaarige hatte sich noch nicht so weit von ihr entfernt, wie sie gedacht hatte. Sie schien ihr Lauftempo gedrosselt zu haben. Als Anne mit den Übungen fertig war, sah sie, dass die Frau umgedreht hatte und auf sie zulief.

»Mir reicht's«, rief sie Anne zu, die nach der Wasserflasche griff. »Schließlich ist der Weg zurück genauso lang.« Sie blieb erneut stehen.

Anne nickte und trank einen Schluck. »Ich drehe immer hier um. Vorher ein paar Dehnübungen und eine halbe Flasche Wasser. Die brauche ich.«

»Ich sollte auch Wasser mitnehmen«, sagte die Dunkelhaarige und blickte auf die Flasche. »Aber ich habe keine Lust, es mitzuschleppen.«

»Es gibt Laufgürtel mit Trinkflaschenhalter«, sagte Anne.

»Die sind allerdings nichts für mich. Mich nervt dieser Gürtel am Bauch beim Laufen. Da halte ich lieber die Flasche. Und auf dem Rückweg hat sie ja auch kein Gewicht mehr.« Sie hob die Flasche und trank sie leer.

»Ja dann, Frau Jever«, die andere lächelte, während sie über der Brille an ihrem Pony herumzupfte, »bis zum nächsten Mal.«

»Sie haben sich meinen Namen gemerkt.« Anne war überrascht. »Beachtlich. Ich glaube nicht, dass ich das jemals gemacht habe, wenn ich fremde Leute nach dem Weg gefragt habe.«

Die Dunkelhaarige verharrte im Schritt und wandte sich langsam um. »Ich ... konnte mir schon immer gut Namen merken. Dafür habe ich es nicht mit Telefonnummern.«

»Ah ja.« Anne musterte die Frau. Ihre Gesichtsfarbe wirkte im Schatten der Bäume fast grau. Krank sah sie in diesem Moment aus. Die Augen waren wieder hinter der Brille verborgen und ließen keine weiteren Schlussfolgerungen zu. »Nun, falls wir uns jetzt wirklich öfter begegnen, verraten Sie mir doch auch Ihren Namen.«

»Oh ja, natürlich. Wie unhöflich von mir.« Sie zupfte erneut an ihrem Haar. »Mein Name ist Schmitz. Vanessa Schmitz.« Nach einem letzten Gruß setzte sie sich in Bewegung.

Anne wartete noch eine Minute, bevor sie loslief. Dieses Mal entschwand Vanessa Schmitz ihren Blicken mit beachtlicher Geschwindigkeit.

Anne blieb bei ihrem langsamen Laufschritt, den sie sich vor Jahren – nach ihrem ersten epileptischen Anfall – angewöhnt hatte, obwohl aus ärztlicher Sicht nichts gegen eine schnellere Geschwindigkeit sprach, solange sie ihrem Körper ausreichend Flüssigkeit zuführte. Aber ihre Kondition war sehr gut. Warum also Stress machen? Bewusst tief atmete sie die Waldluft ein und aus.

Ihre Gedanken wanderten den Weg voraus zu ihrer Familie. Sören und seine Freundin Kathrin waren vor zwei Stunden eingetroffen. Die beiden lebten mit einem weiteren Kommilitonen in einer WG in Hamburg, wo sie BWL studierten. Als sie losgelaufen war, hatten die beiden es sich gemeinsam mit Thore im Wohnzimmer gemütlich gemacht, um eine DVD zu gucken. Heute Abend würden sie dann das Fondue machen, das sie ursprünglich für den zwanzigsten Mai geplant hatte.

Nach dem Gespräch mit Tina über die Bedeutung dieses Tages für sie hatte sie sich im Schlafzimmer eingeschlossen und geweint wie lange nicht mehr. Sie hatte sich von der Vorstellung, dass ihre Söhne ihr latent vorhandenes Leid teilten, endgültig verabschiedet. Und sie hatte es ohne Gram getan. Es war an der Zeit gewesen, wieder ein Stück von Greta loszulassen.

Die Jungen waren zum Eishockey gefahren, nachdem sie sie herzlich dazu aufgefordert hatte. Rainer hatte – wie immer, wenn der Zwanzigste auf einen Arbeitstag fiel – Urlaub gehabt und den Tag mit ihr begonnen und beendet. Allerdings hatten sie ihn in diesem Jahr völlig anders verbracht. Sie waren an die Nordsee gefahren und hatten sich in St. Peter-Ording bei einem langen Strandspaziergang eine frische Brise um die Nase wehen lassen, bevor sie im Strandhotel einen leckeren Fischteller genossen hatten. Ein Tag mit Erinnerungen an Greta war es gewesen, mit guten Gesprächen über Gott und die Welt, mit Tränen, aber auch viel Lachen und der Erkenntnis, dass das Loslassen half, sich dem Leben hinzugeben.

Anne fühlte sich frei, als sie sich dem Ende des Waldwegs näherte.

Als sie ihr Haus durch die seitliche Tür zum Wirtschaftsraum betrat, hörte sie aus dem Wohnzimmer einen spitzen Aufschrei von Kathrin, gefolgt vom Lachen ihrer Söhne. Anne schüttelte den Kopf, während sie die Laufschuhe auszog. Anscheinend war es einer dieser grässlichen Splatterfilme, die Thore so liebte, der dem Mädchen Entsetzensschreie entlockte.

Auf dem Weg ins Bad linste Anne durch die Wohnzimmertür. Kathrin hielt ihren Kopf mit geschlossenen Augen an Sörens Arm gepresst. »Na, was gibt es hier zu sehen? ›Zombies‹ oder ›Freitag der 13.‹, Teil neunundneunzig?«

Thore winkte ab. »Wir gucken ›127 Stunden‹. Das ist quasi ein Dokumentarfilm. Na ja, à la Hollywood eben. Aber das ist echt passiert. Aron Ralston gibt es wirklich. Ein Bergsteiger, der in eine Felsspalte gestürzt ist und sich seinen Arm eingeklemmt hat. Er hatte keine Chance, sich zu befreien.« Thores Stimme klang begeistert. »Und jetzt komm rein oder mach die Tür zu, Mama. Denn das ist die geilste Szene. Er schneidet sich gerade seinen Arm ab.«

»Was?« Anne verzog entsetzt den Mund und trat ein, um einen Blick auf den Bildschirm zu werfen. Fasziniert und angeekelt zugleich sah sie zu, wie ein junger Mann in T-Shirt und Cargoshorts unter erstickten Schmerzensschreien begann, seinen rechten Unterarm abzutrennen. Mit einem Taschenmesser.

»Was für ein Schwachsinn«, murmelte Anne und tippte sich gegen die Stirn.

»Das ist echt passiert, Mama«, sagte Sören. »Aron Ralston hat ein Buch darüber geschrieben. Dies ist die Verfilmung. Nach fünf Tagen, da war er fast verdurstet und verhungert, hat er sich mit seinem stumpfen Taschenmesser seinen Arm abgeschnitten. Und dann noch zwanzig Meter abgeseilt.«

»Kaum zu glauben«, murmelte Anne, »aber ansehen muss ich mir das trotzdem nicht. Wie sieht's aus, Kathrin, möchtest du mir helfen, eine Quarkspeise zuzubereiten? Ich geh nur schnell duschen.«

Kathrin sprang dankbar auf. »Ich fang schon mal an.«

Im Bad fiel Annes Blick auf die Schminkutensilien auf dem kleinen Badezimmerschränkchen. Kathrin hatte sie aus ihrer Kulturtasche genommen, die gewohnheitsmäßig auf der Fensterbank stand, wenn sie in Itzehoe übernachtete. Anne betrachtete den Lippenbalsamstift, das dunkle Puder, den Mascara. Sie stammten alle von einer Marke, die die jugendlichen Mädchen bevorzugt kauften, weil sie günstig war.

Es war schön, ein Mädchen im Haus zu haben, einen anderen Parfümduft zu riechen als den eigenen, eine quietschpinke Jacke zwischen den dunklen Männersachen an der Garderobe zu sehen.

Anne wandte sich ab und zog sich aus. Unter der Dusche vermischten sich ihre Tränen mit dem Wasser, das über ihr Gesicht lief. Auch wenn sie wieder ein Stück weit losgelassen hatte … Greta würde immer fehlen.

Es wäre schön gewesen, ein Mädchen im Haus zu haben.

***

Bernd Hollwinkel verstaute seine Reisetasche im Kofferraum von Lyns rotem Beetle, der vor dem grünen Eisentor der Wewelsflether Kirche geparkt war. Charlotte saß bereits hinter dem Steuer, Sophie schnallte sich auf dem Rücksitz an.

»Ein komisches Gefühl, Lotte hinter dem Steuer zu sehen«, sagte er zu Lyn, die neben dem Wagen stand. »Wieso ist sie plötzlich achtzehn? Hatten wir sie nicht gerade erst eingeschult?«

Lyn erwiderte sein Lächeln. »Ja, so kommt es mir auch manchmal vor … Andererseits ist viel passiert seitdem.«

Sie wussten beide, dass sie mit dem Nachsatz vor allem die Scheidung meinte, und weil sie nicht als bissige Ex dastehen wollte, fügte Lyn hinzu: »Grüß Miriam von mir. Beim nächsten Besuch ist sie ja vielleicht wieder dabei.«

Bernd Hollwinkel trat auf Lyn zu und zog sie in die Arme. »Und du bist ganz sicher, dass ich fahren kann? Ihr kommt klar?«

»Natürlich. Ich muss ja nicht gleich einen Frühjahrsputz starten. Vielen Dank, dass du für die Kinder da warst.« Sie atmete seinen Geruch ein, während er sie hielt. Auch nach der langen Zeit der Trennung roch er vertraut.

»Ich dachte weniger an dein körperliches Befinden«, murmelte er, während er sie losließ und musterte.

Lyn spürte, wie sich ihre Muskeln zusammenzogen. Bernd Hollwinkel war der Letzte, mit dem sie ihre psychischen Befindlichkeiten diskutieren würde. »Keine Sorge, ich komm schon klar.«

Ihre Stimme klang spröde, und sie war froh, als Charlotte den Wagen startete und die Seitenscheibe herunterfuhr. »Wenn du deinen Zug nach Hamburg kriegen willst, Papa, musst du langsam mal einsteigen. Der Flieger wartet nicht auf dich.« »Ihr solltet wirklich fahren.« Lyn grinste. »Lotte hält sich Gott sei Dank noch an sämtliche Geschwindigkeitsbegrenzungen. Und die gibt es reichlich zwischen hier und dem Glückstädter Bahnhof.«

Während Charlotte den Beetle in Schlangenlinien rückwärts aus dem kurzen Weg zwischen Supermarkt und Alfred-Döblin-Haus auf die Dorfstraße lenkte, kollidierte sie dabei fast mit einem Wagen, der den Weg hineinfahren wollte.

Lyn seufzte, als der unbekannte Wagen in ihre Richtung gefahren kam. Der silberweiße Haarschopf auf dem Fahrersitz und der braunfellige Beifahrer verrieten, wer zu Besuch kam. Sie hatte sich auf einen Augenblick Ruhe gefreut. Nichtsdestotrotz winkte sie ihrem Vater zu, als er den Wagen auf dem Sandstreifen neben dem Literatenhaus parkte.

»Hallo, Vater«, begrüßte sie Henning Harms, der den Hund über den Fahrersitz nach draußen zog.

»Hallo, Lyn«, erwiderte er und bückte sich zu dem Boxer. »Ich halte ihn lieber am Halsband fest. Sonst springt er dich an, und ich möchte nicht, dass er dir wehtut. Am besten, du streichelst ihn, während ich ihn halte … Dann bist du zufrieden, nicht, Barny-Junge?« Er tätschelte seinen Hund kräftig.

Lyn verdrehte die Augen. Das fehlte noch, dass Sabbermaul seine Pfoten auf ihre frische Narbe rammte. Es war sowieso ein Phänomen, dass der Hund sie immer so stürmisch begrüßte. Schließlich verabscheute sie ihn.

»Was ist das für ein Wagen?«, fragte Lyn, nachdem sie ihren Vater umarmt und Barnys Rücken kurz berührt hatte.

»Veras«, antwortete er. »Meiner ist in der Werkstatt. Inspektion.«

»Weiß sie, dass Barnys Sabber zwischen seinen tausend verlorenen Haaren in ihrem Beifahrersitz versickert?«

Henning Harms ignorierte ihre Bemerkung und klappte den Fahrersitz zurück, um einen Blumenstrauß vom Rücksitz zu nehmen. Er wickelte das Papier ab und drückte Lyn den Strauß in die Hand. »Mit lieben Grüßen von Vera. Und von mir natürlich. Vera hat einen Migräneanfall und konnte mich nicht begleiten.«

»Schade«, log Lyn. »Sag ihr vielen Dank für die schönen Blumen.« Der Strauß war wirklich schön. In dem weiß-fliederfarbenen Gebinde vereinten sich Anemonen, Margeriten, Rosen und Maiglöckchen mit hübschem Grün. Allerdings – so mutmaßte Lyn nach einem Blick auf den Aufkleber – gebührte der Dank für dieses geschmackvolle Arrangement wohl eher dem Heiligenstedtener Blumenladen »Blatt und Blüte« als Veras floralem Geschick.

»Wie geht es dir?« Henning Harms musterte ihr Gesicht, das, wie sie sich bewusst war, unter dem leichten Make-up blass und abgespannt aussah.

»Immer besser«, sagte sie und strich über ihren Bauch unter der Strickjacke. »Einige Bewegungen schmerzen noch, aber der Arzt ist sehr zufrieden mit dem Heilungsverlauf.«

Henning Harms hielt seinen Blick weiter auf ihr Gesicht gerichtet. »Wenn die Seele nur auch so schnell heilen könnte, nicht wahr, mein Kind?«

Seine ungewohnt sanften Worte und die unbeholfene Handbewegung, als er über ihre Wange strich, überraschten sie vollkommen. War es so offensichtlich, dass es ihr im Grunde dreckig ging? Dass sie Hendrik mit jeder Faser ihres Körpers vermisste? Dass sie mit dem gewaltsamen Ende der Schwangerschaft mit jedem Tag schlechter anstatt besser zurechtkam? Ihr schossen die Tränen in die Augen. Hatte sie in ihrem Leben jemals so viel geweint?

Hendriks Geburtstag am Freitag war verstrichen, ohne dass sie ihn gesehen hatte. Sie hatte ihn morgens angerufen und um ein Treffen gebeten. Nein, sie hatte nicht gebeten, sie hatte eigentlich gefleht. Aber er hatte es abgelehnt. Nicht barsch, eher traurig. Mutlos.

So wenig hoffnungsvoll.

»Ich weiß, dass ich nicht dein bevorzugter Gesprächspartner bin, wenn es um dein Inneres geht, Kind, aber …« Henning Harms griff nach ihrer Hand. »Zieh dir eine vernünftige Jacke und bequeme Schuhe an, Lyn, und lass uns ein Stück laufen. Bis zum Hafen schaffst du es doch, wenn wir langsam gehen?« Lyn nickte und wischte eine Träne fort.

»Na, dann los. Zieh dich an. Die frische Luft wird dir guttun, und ich werde dir ein paar Worte sagen, die lange fällig sind. Ich bereue es, dass ich es nichts längst getan habe. Dann würde ich mich jetzt weniger schuldig fühlen.«

Lyn starrte ihren Vater an. »Du? Schuld? Woran solltest du Schuld haben?« Sie schluckte. »Das, was mich quält, habe ich mir alles selbst eingebrockt. Ich wäre nicht angeschossen worden, wenn ich auf das SEK gewartet hätte, ich hätte Hendriks und mein Kind nicht verloren. Und ich hätte Hendrik nicht verloren, wenn ich ihm sofort gesagt hätte, dass er Vater wird.«

Henning Harms' Zeigefinger deutete auf Lyns kleines Häuschen direkt neben dem Friedhof. »Jacke. Schuhe. Sofort.«

Fünfzehn Minuten später ging Lyn neben ihrem Vater und Barny, den er an die Leine genommen hatte, die Deichreihe entlang Richtung Hafen.

»Wie nett die Wewelsflether sind«, sagte Henning Harms, nachdem Lyn auf dem kurzen Weg bereits zweimal angesprochen und mit Genesungswünschen bedacht worden war.

»Dorfleben«, kommentierte Lyn. »Jeder weiß von jedem alles. Oder denkt es zumindest. Aber glaub mir, Vater, auch in dieser Idylle spielen sich hinter Türen Dinge ab, bei denen sich dir die Nackenhaare sträuben würden.«

»Typisch Polizistin«, murmelte Henning. »Du bist verkorkst, vermutest überall Schmutz und Verkommenheit.«

»Jetzt gerade vermute ich eher, dass ich gleich wieder angesprochen werde.« Sie deutete Richtung »Ebbe und Flut«. Vor der Kneipe genossen einige Wewelsflether an kleinen Tischen Kaffee oder Bier in der Sonne. »Und darum wechseln wir jetzt die Straßenseite.«

Sie zog ihren Vater über das knubbelige Kopfsteinpflaster. Sie durchquerten die Stöpe und traten ans Flussufer. Dort, wo eine

Fähre die Menschen über die Stör gebracht hatte, bis im Jahr 1975 das Sperrwerk errichtet worden war. Barny schnüffelte den Boden ab, während sie einer kleinen Segelyacht nachblickten, die mit Motorkraft gegen die Strömung Richtung Elbe tuckerte.

»Du hast einen großen Fehler gemacht, Lyn«, sagte Henning Harms in das Plätschern der Wellen, die sanft am Ufer ausrollten. »Du hast Hendrik sehr verletzt.«

Lyn verzog die Lippen. Mit bitterer Miene musterte sie ihren Vater von der Seite. »Ach. Das ist mir ja gar nicht bewusst! Schön, dass du es mir auch noch sagst. Da fühle ich mich gleich viel besser.«

Henning Harms ließ Barny von der Leine. »Das war kein Vorwurf, sondern eine nüchterne Feststellung. Und ich habe meinen Teil dazu beigetragen, dass es so ist.« Er blickte dem Hund hinterher, der zu einem einbetonierten orangegelbem Schiffsmast lief und dort im Sand herumschnüffelte.

»Was soll das, Vater?« Lyn ließ ihrer Aggression freien Lauf. »Mutierst du zur Sphinx? Lass diese Andeutungen und komm zur Sache.«

Er lächelte traurig. »Seit der Beerdigung deiner Mutter hast du mich nie wieder Papa genannt. Ab diesem Zeitpunkt war ich für dich ›Vater‹.«

Verwirrt sah Lyn ihn an. »Was …? Ich nenne dich Vater, seit ich erwachsen bin. Das ist völlig normal.«

»Nein, es ist nicht normal. Es ist das Ziehen einer Mauer. Du bist auf Distanz gegangen. Und der Grund dafür war, dass ich nicht an ihrem Bett war, als sie starb.«

Lyns innere Aggression nahm zu. »Lass diese alten Kamellen. Das alles haben wir doch lange hinter uns gelassen. Wir haben beide nicht gewusst, dass sie an diesem Morgen einschlafen würde. Denn sonst hätte ich mich nicht von dir zur Schule schicken lassen, und du wärst nicht mit dem Hund Gassi gegangen.«

Henning Harms nickte. »Das ist *ein* Punkt. Dass ich wollte, dass du zur Schule gehst. Du wolltest die Tage eigentlich zu Hause bleiben, bis sie … bis zu ihrem letzten Atemzug.«

»Ja, das war grässlich. Und es macht mich immer noch traurig, wenn ich daran denke, dass sie ganz allein war, als sie starb. Aber ich weiß doch auch, dass du es nur gut meintest. Du wolltest, dass ich mich in der Schule ablenke, dass ich meine Gedanken in eine Richtung lenken muss, die mir helfen würde, die Kraft zu behalten. Selbst der Arzt hatte doch nicht damit gerechnet, dass es so schnell gehen würde. Das haben wir alles besprochen.«

»Aber du hast nur dir verziehen, Lyn.« Henning Harms lächelte. »Mir nie. Und zwar einzig und allein aus dem Grund, weil ich mit unserem Hund damals nicht allein unterwegs war. Das hättest du mir verziehen. Aber du hast mich dafür gehasst, dass Ruth Kerstner dabei war.«

Etwas in Lyns Brust zog sich zusammen. »Oh Vater, hör auf! Ich will diese alten Geschichten nicht wieder aufwärmen.« Vor ihrem inneren Auge tauchte ein Bild auf. Klar und deutlich, als sei es gestern und nicht vor über zwanzig Jahren – wenige Wochen vor dem Tod ihrer Mutter – gewesen. Das Bild, in dem ihr Vater, umschlungen von den Armen der Nachbarin, auf dem Sofa saß. Seinen tränennassen Kopf von ihrem Hals löste und seinen Mund auf ihre Lippen presste. Ein gieriger Kuss, erwidert voller Leidenschaft. Abrupt beendet durch das Schluchzen einer Siebzehnjährigen an der offen stehenden Wohnzimmertür.

Lyn spürte die Hand ihres Vaters auf ihrem Arm.

»Es gab nur diesen einen Kuss, Lyn.« Seine Worte bewiesen, dass er die gleiche Szene vor Augen hatte. Nur aus der anderen Perspektive. »Es gab nie mehr zwischen Ruth und mir. Sie war mir eine große Hilfe bei der Pflege deiner Mutter, und es war ein Moment tiefster Verzweiflung, in dem sie mich in die Arme nahm und tröstete und … wir uns hinreißen ließen. Das habe ich dir damals wieder und wieder gesagt, aber … Ich habe dir nie übel genommen, dass du mir nicht glaubtest. Und heute kann ich ehrlich sein: Hättest du uns nicht überrascht, wäre vielleicht mehr passiert. Vielleicht.«

»Nicht vielleicht. Es wäre.« Lyns Stimme klang bitter. »Ein tröstender Kuss sieht anders aus. Und entschuldige, dass ich kein Verständnis hatte, dass du mit dieser Frau spazieren gingst, während Mama mutterseelenallein gestorben ist.«

Henning Harms blieb ruhig. »Ich weiß nicht, worunter ich damals mehr gelitten habe, Lyn. Unter meinen Schuldgefühlen oder unter unserer Entfremdung. Weißt du …«, seine blauen Augen unter den buschigen weißen Augenbrauen sahen sie an, »ich habe damals nicht nur Mama verloren, sondern auch einen Teil von dir. Einen Teil deiner Liebe.«

Als Lyn zum Sprechen ansetzte, hob er abwehrend die Hand. »Wir haben uns ja wieder angenähert, Lyn. Ich weiß, dass du mich liebst. Aber ich habe damals für einen Riss gesorgt. Einen Riss in dein Vertrauen in eine Partnerschaft. Das ist mein Teil der Schuld. Einen anderen Teil trägt Bernd Hollwinkel. Du bist innerlich noch so wahnsinnig verletzt über das, was er dir angetan hat. Über seinen Vertrauensbruch. Er hat dich betrogen und so tief verletzt, dass die Wunde noch gar nicht ausgeheilt ist.«

Er wehrte Barny ab, der an seinem Bein hochsprang. »Die beiden wichtigsten Männer in deinem Leben haben dir das Vertrauen genommen. Und Hendrik muss das gerade ausbaden.«

SECHS

»Du siehst gut aus, mein Schatz«, sagte Carola, als sie am späten Nachmittag Paulines Krankenzimmer betrat. »Viel besser als heute Morgen.« Sie meinte, was sie sagte. Pauline saß, ihr Smartphone in der Hand haltend, auf dem Bett und sah aus dem Fenster. Ihr Zimmer lag am Überseeboulevard mit Blick auf den Durchgang zur Osakaallee. Carola stellte sich an das Fenster. Ein Teil der Elbarkaden und des Fleets waren einsehbar. Das weiter links liegende Maritime Museum war nicht zu sehen.

Pauline hob ihre Beine ins Bett und lehnte sich gegen das hochgestellte Kopfende. Sie strahlte eine Lebendigkeit aus wie lange nicht mehr, und Carola war unendlich froh darüber. Sie strich Pauline zärtlich über den Kopf, dessen Kahlheit unter einem Tuch in verschiedenen Blautönen verborgen war, das Carola ihr geschenkt hatte. »Fühlst du dich auch etwas besser?«

Pauline nickte und legte das Handy auf den Nachttisch. »Heute ist ein guter Tag, Mamutsch.« Sie deutete auf den Beutel mit einer rötlichen Flüssigkeit, der an dem Infusionsständer hing und sich durch einen Schlauch Tropfen für Tropfen in Paulines Vene entleerte. »Ich krieg mal wieder eine neue Ladung rote Blutkörperchen. Oder Blutplättchen. Ich frag schon nicht mehr nach.«

»Aber du frierst«, bemerkte Carola mit Blick auf den schwarzblauen Schal, der um Paulines Hals geschlungen war. Sie griff nach dem Ende des Schals und erkannte die Raute darauf. »Ein HSV-Schal? Wer hat dir denn den geschenkt? Ich wusste ja nicht mal, dass du Fan bist.«

Pauline zupfte an der Bettdecke herum. »Till war heute Nachmittag hier und hat ihn mir mitgebracht. Till ist … ein Schulfreund.« Jetzt sah sie ihre Mutter an.

»Nun, mit einem Geschenk von Till kann ich natürlich nicht mithalten«, sagte Carola mit einem Augenzwinkern. Pauline würde schon mehr von diesem Jungen berichten, wenn sie dazu bereit war. Carola würde sie auf jeden Fall nicht drängen.

»Bitte schön.« Sie gab Pauline ein hübsch verpacktes Geschenk in die Hand. Es enthielt einen kleinen Silberstern für Paulines Bettelarmband.

»Danke, Mama. Aber du musst mir nicht andauernd etwas schenken. Und danke vor allem, dass du heute noch einmal gekommen bist.«

Carola lächelte und hockte sich auf die Bettkante. »Eigentlich bin ich ja nicht deinetwegen hier. Ich will bloß meine Revanche für heute Morgen. Du weißt, dass ich beim Uno ein schlechter Verlierer bin.«

»He!« Pauline lachte. »Für die fiesen Sprüche ist Papa zuständig.«

»Er ist nicht da. Also muss ich ihn vertreten.«

Pauline kicherte. »Papa hat mir gerade gesimst, dass er mir ein tolles Geschenk aus Gabun mitbringt. Und ich habe ihm zurückgeschrieben, dass es hoffentlich nicht die dreihundertste Holzskulptur ist. Er soll lieber eine glatzköpfige Voodoopuppe mitbringen. Um die tanzen wir dann herum und vertreiben die bösen Geister. Und schwupps bin ich wieder gesund.«

»Ich wünschte, es wäre so einfach«, murmelte Carola. »Dann müsstest du dich nicht so quälen.« Ihre Hand strich über Paulines. »Habe ich dir eigentlich schon gesagt, dass du das tapferste Mädchen in ganz Hamburg bist?«

»Jeden Tag, Mama«, grinste Pauline. »Und ich weiß, dass es nicht stimmt. Nebenan liegt ein kleines Mädchen im Grundschulalter mit der gleichen pflegeleichten Frisur wie ich. Marie heißt sie. Ich habe die noch nicht ein Mal weinen gesehen.«

»Du hast recht, mein Schatz. Es gibt unendlich viele Kinder, die tapfer Krankheit und Chemo ertragen. Und sie alle werden es vergessen, wenn sie wieder zu Hause und gesund sind.«

»Oder tot.« Paulines Stimme klang sachlich.

Carola stellten sich die Nackenhärchen auf. »Du wirst nicht sterben, Line. Du wirst den Krebs besiegen.« Sie presste die schmale Hand ihrer Tochter an ihre Lippen, die hinter dem Mundschutz verborgen waren. »Du darfst niemals aufhören, daran zu glauben. Verstanden?«

»Wenn du dir da wirklich sicher wärst, Mama, würdest du

nicht so fertig aussehen, wie du aussiehst.« Sie stockte und lehnte den Kopf an das Kissen zurück. »Hast du manchmal auch so viel Angst wie ich? Ich … ich kann das manchmal immer noch nicht richtig glauben. Oder begreifen. Meistens habe ich vor dem Einschlafen diese schrecklichen Gedanken. Ich … kann doch noch nicht sterben, Mama. Da … da fehlt noch so viel.« Von einer Sekunde auf die andere brach sie in Tränen aus. »Ich will Till küssen. Und ich will wieder Haare haben und mit den anderen ins ›Docks‹ oder auf die Reeperbahn gehen. Ich will wieder auf Fengur durch den Wald reiten. Und ich will bei dir und Papa sein. Und Weihnachten mit euch feiern. Und nicht tot sein.« Ihr Körper schüttelte sich vor Schluchzen. »Ich will nicht einfach weg sein, Mama. Ich w-will auch hier sein. Mit euch.« Sie warf sich in die Arme ihrer Mutter.

»Das wirst du, mein Schatz, das wirst du.« Carola wiegte Pauline sachte im Arm und ließ sie weinen. Sie selbst hatte keine Tränen. Sie spürte nur Leere und gleichzeitig diese immense Liebe für Pauline. »Es wird alles gut. Alles. Und was ich dazu tun kann, das werde ich tun.«

Carola zog die Tür von Paulines Krankenzimmer ins Schloss und straffte die Schultern. Sie konnte sich nicht länger drücken. Mit festen Schritten ging sie den Flur entlang Richtung Schwesternzimmer, das gleichzeitig die Anmeldung für Besucher der Station war.

Zum ersten Mal nahm sie bewusst die Bilder an den cremefarbenen Wänden wahr. Wie sie Joachim und Maja kannte, hatten die beiden sie mit Sicherheit selbst ausgesucht und die Auswahl nicht dem Innenarchitekten überlassen. Es waren die Bilder einer Hamburger Künstlerin, wie ein Blick auf die Signatur verriet.

Joachim liebte das, was er tat. Er war der geborene Arzt, wollte heilen, nicht nur Geld verdienen. Diese Onkologie war das Paradebeispiel dafür. Anstatt sich auf die gewinnbringendere Schönheitschirurgie zu spezialisieren, hatte Joachim auch bei dem Neubau der Klinik den Fokus auf die Onkologie gelegt.

Carola riss sich los, obwohl sie am liebsten vor jedem einzelnen Bild stehen geblieben wäre, um den nächsten Schritt ihres Plans nicht ausführen zu müssen. Dabei war dieser Schritt noch einer der leichteren.

Vor der gläsernen Trennscheibe der Anmeldung blieb sie stehen. Der Schwesterntresen war unbesetzt, auch der kleine Raum dahinter war leer. Die Schwestern hielten sich vermutlich in den Patientenzimmern auf. Vielleicht sammelten sie das Abendbrotgeschirr ein. Carola wartete mit klopfendem Herzen. Sie war froh, als sich eine der Türen auf dem Gang öffnete, Oberschwester Betty herauskam und raschen Schrittes auf sie zulief.

»Frau von Ahren. Was kann ich denn für Sie tun?« Die Grübchen auf den Wangen der dunkelblonden Schwester vertieften sich, als sie Carola anlächelte.

»Ich möchte, dass Sie mir Blut abnehmen. Mein Bruder sagte, dass ich mich jederzeit an Sie wenden könne. Er hätte Sie informiert.«

»Ich weiß Bescheid«, nickte Schwester Betty. »Das können wir gleich im Untersuchungszimmer erledigen, Frau von Ahren.«

Sie ließ Carola den Vortritt, nachdem sie die paar Schritte zur gegenüberliegenden Tür gegangen waren, und sagte: »Nehmen Sie bitte auf dem Stuhl Platz. Ich werde zuerst einmal Ihren Blutdruck messen.« Ihr Blick wanderte zu Carolas rechtem Arm und der dünnen taubenblauen Strickjacke, die sie über einem weißen Top trug. »Möchten Sie die Jacke ausziehen? Oder können Sie den Ärmel –?«

»Ich kann ihn hochziehen«, fiel Carola ihr ins Wort, schob den Ärmel über den Ellbogen nach oben und hielt den Arm der Schwester entgegen. Während die Druckmanschette ihre Arterien zusammenpresste, wartete Carola auf den Piepton des Blutdruckmessgerätes.

»Hundertsechzig zu hundert«, sagte die Schwester schließlich. »Der Wert ist sowohl systolisch als auch diastolisch zu hoch, Frau von Ahren. Sie –«

»Ich habe immer einen hervorragenden Blutdruck gehabt«, fiel Carola ihr abermals ins Wort. »Der erhöhte Wert ist der

97

momentanen Aufregung geschuldet.« Und das war nicht einmal gelogen. Sie schenkte der Schwester ein klägliches Lächeln. »Ich bespreche das mit meinem Bruder, Schwester Betty.« Hauptsache, er oder einer der anderen Ärzte tauchte jetzt nicht gerade hier auf.

Die dunkelblonde Frau nickte. »Natürlich. Dann entnehme ich Ihnen jetzt ein wenig Blut.« Sie lächelte ihr nettes Schwesternlächeln. »Das wird auch nicht schwierig. Ihre Venen sind prall und fest.«

Jetzt konzentriere dich, mahnte Carola sich, und ihre Augen folgten den Aktionen der Schwester. Schwester Betty zog eine Schublade auf und entnahm ihr eine steril verpackte Kanüle, aus einer weiteren Schublade holte sie mehrere Blutentnahmeröhrchen.

Kanüle: zweite Schublade, linkes Schränkchen, prägte Carola sich ein. Röhrchen: rechter Schrank, obere Schublade. Sie schloss die Augen und rief die Informationen noch einmal ab. Zweite Schublade links, obere Lade rechts.

Als Carola die Augen Sekunden später öffnete, sagte Schwester Betty: »So, dann lege ich Ihnen jetzt den Stauschlauch an, Frau von Ahren.«

Carola hob automatisch den Arm, damit die Schwester das elastische Textilband um ihren Oberarm legen und stramm ziehen konnte. Stauschlauch. Auch das musste sie bedenken. Ein Gürtel würde sich vielleicht anbieten.

Schwester Betty desinfizierte die Haut großflächig in der Armbeuge. Als ihr Blick auf Carolas zitternde Hand fiel, sagte sie: »Keine Angst, jetzt kommt der kleine Piks.« Sie nahm die Kanüle.

Es war der Moment, in dem Carola aufsprang. »Nein, ich … mir wird gerade übel. Bitte …« Sie zerrte an dem Stauschlauch und hielt der Schwester den Arm hin.

»Soll ich den Herrn Professor rufen?«, fragte die Schwester, Carolas Gesicht musternd, während sie das Textilband mit geübtem Griff löste.

»Nein.« Carola schüttelte den Kopf. »Entschuldigung. Ich … wir verschieben die Entnahme.« Sie presste die Hand vor den

Mund und stürzte in das Besucher-WC. Dort nahm sie die Hand herunter und starrte sich im Spiegel an. Schwester Betty hatte ihr zweifellos ihre Übelkeit abgenommen, weil es im Grunde keine Lüge gewesen war. Ihr war schlecht. Und ihr käsiges, gestresstes Gesicht unterstützte diese Aussage.

Sie ließ kaltes Wasser über ihre Handgelenke laufen und wartete ein paar Minuten, bis sich ihr Herzschlag beruhigte. Schließlich ging sie zurück zum Schwesterntresen. Vielleicht hatte sie Glück, und er war nicht besetzt. Aber ihre Hoffnung wurde enttäuscht. Oberschwester Betty war zwar nicht zu sehen, aber eine andere Schwester saß an dem kleinen Schreibtisch der Anmeldung und nahm eine Eintragung in ein Patientenblatt vor. Als die junge Frau aufblickte, erkannte Carola sie. Es war eine der Schwesternschülerinnen, »Hanna« stand auf ihrem Namensschild.

Carola überlegte nicht lange. »Hanna«, sprach sie die junge Frau an, »neben dem Zimmer meiner Tochter habe ich ein Kind weinen gehört. Vielleicht könnten Sie einmal nach dem Rechten schauen?«

Die Auszubildende sah ein wenig verwirrt aus, stand aber gleich auf. Zweifellos hielt sie es für ratsam, einer Bitte der Schwester des Chefs zu folgen. Darauf hatte Carola gebaut. Als Hanna mit schnellen Schritten zum Zimmer der kleinen Marie eilte, warf Carola einen Blick in beide Richtungen des Ganges. Niemand war zu sehen.

Sie ging in das Untersuchungszimmer. Zweite Schublade links. Sie zog sie auf, griff nach einer der verpackten Kanülen und steckte sie in die Tasche ihrer Designerjeans. Sofort wandte sie sich der oberen Schublade des rechten Einbauschränkchens zu. Sie erschrak, als sie sah, wie viele kleine Kartons mit Blutentnahmeröhrchen darin verwahrt waren. Es gab kleinere und größere Röhrchen mit verschiedenen Farbmarkierungen. Sie schluckte. Sie durfte jetzt keinen Fehler machen. Die Farben schienen dem Labor zu signalisieren, welche Proben durchgeführt werden sollten. Schwester Betty hatte zwei rot markierte und ein gelbes genommen. Und ein violettes. Oder war es schwarz gewesen? Nein. Aber waren es nicht vielleicht sogar drei rote gewesen?

Carola zuckte zusammen, als dunkle Stimmen auf dem Krankenhausflur erklangen. Eine der Stimmen gehörte Joachim. Mit zitternden Fingern nahm sie aus fünf Kartons drei rote und vier andersfarbige Röhrchen und ließ sie in den hinteren Hosentaschen verschwinden. Gerade noch rechtzeitig, um die Schublade wieder zu schließen.

»Carola!«, hörte sie die erstaunte Stimme ihres Bruders, als die Tür sich öffnete. »Was machst du denn hier?«

Der schwarzhaarige Arzt neben ihm grüßte sie freundlich. Carola lächelte die Männer an und ging ihnen entgegen. »Hallo. Ich ... ich dachte, Schwester Betty wäre hier. Ich wollte noch kurz mit ihr sprechen, weil ...«, Carola entschied sich für einen Teil der Wahrheit, denn Schwester Betty würde Joachim sowieso von der Aktion berichten, »weil mir während der Blutabnahmeprozedur übel wurde. Ich wollte ihr sagen, dass wir es morgen oder übermorgen wiederholen werden. Ich hatte heute einfach einen wahnsinnig anstrengenden Tag.«

Joachim legte einen Arm um ihre Schulter. »Bravo, Carola. Auf ein paar Tage kommt es nicht an.« Er ließ sie wieder los. »Ich sehe dich gleich noch bei Line? Ich muss nur noch etwas mit Dr. Rahmani besprechen.«

Carola nickte. Überdeutlich spürte sie die Utensilien in ihren Hosentaschen, als sie zurück zu Pauline ging.

Sie spielten eine Runde Uno, als Carola wie beiläufig fragte: »Sag mal, Line, du hast doch im letzten Schuljahr von deinen beiden Mitschülern berichtet, die zum Thema Liquid Ecstasy ein Referat gehalten und sich ordentlich Ärger eingehandelt haben, weil sie doch in diesen komischen Spelunken waren, wo sie tatsächlich K.-o.-Tropfen beschafft haben.« Carola hatte den Blick auf den Kartenstapel gerichtet und zog. »Wie hießen die Läden noch?«

Pauline sah ihre Mutter erstaunt an. »Warum willst du das denn wissen? Du hast dich doch selbst fürchterlich über Steffen und Lukas aufgeregt, weil die das gemacht haben.«

Carola nickte. In der Tat hatte sie, im Gegensatz zu Pauline und deren Klasse, die Meinung der Lehrer geteilt, die das Vorgehen der Jungen verurteilt hatten. »Ach, ich habe da gestern

100

in so einen Fernsehbeitrag reingeschaltet, wo es um Hamburger Lokale ging, in denen irgendwelche Typen mit Rauschgiften und ebendiesen komischen Tropfen handelten«, log Carola. »Und ich frage mich, ob vielleicht diese Läden dabei waren.«

»Hm.« Pauline nahm eine Karte vom Stapel auf ihrem Bett. »Steffen und Lukas waren in irgendeinem Schuppen auf der Reeperbahn.« Sie überlegte. »Da weiß ich nicht mehr, wie der hieß … Und in einer Kneipe, die Fatzke hieß. In Wilhelmsburg.« Sie sah ihre Mutter an. »Waren das die Kneipen im Fernsehen?«

Carola schüttelte den Kopf. »Nein, die hießen anders. Na ja, ist nicht wichtig.« Sie legte eine Karte auf Paulines Karte. »Vier aufnehmen, meine Süße … Ich glaube, ich gewinne tatsächlich.«

★★★

Lyn sah auf ihre Armbanduhr, während sie die Zehn im Fahrstuhl des Itzehoer Polizeihochhauses in der Großen Paaschburg drückte. Normalerweise nahm sie die Treppe, doch dazu fühlte sie sich zu schlapp. Sie war noch krankgeschrieben, aber sie musste ihre Aussage zu ihrem eigenen Fall machen.

Da sie selbst Angehörige des K 1 war, das einen Fall wie den ihren eigentlich übernommen hätte, hatte ihr Chef Wilfried Knebel die Kollegen aus Kiel gebeten, die Aufklärung zu übernehmen. Die Kieler hatten angeboten, zu Lyn nach Hause zu kommen, aber das hatte sie abgelehnt. Sie war froh, das Haus mit einem Ziel verlassen zu können – und vor allem mit der Hoffnung, Hendrik zu sehen.

Auf dem Flur des K 1 kam ihr Hauptkommissarin Karin Schäfer entgegen. Der leere Kaffeebecher in ihrer Hand verriet, dass sie auf dem Weg in die kleine Küche war, um Nachschub zu holen.

»Lyn! Wie schön, dich zu sehen.« Karin umarmte sie lange. Als sie sie wieder losließ, musterte sie Lyns Gesicht. »Ich müsste jetzt wohl fragen, wie es dir geht. Aber ich werde es nicht tun. Weil ich es mir vorstellen kann. Du siehst zwar schon erheblich besser aus als im Krankenhaus, aber …«

Lyn nickte nur. Sie wusste selbst, dass sie alles andere als frisch und fröhlich aussah. Dabei hatte sie sich mit dem Make-up besonders viel Mühe gegeben. Hatte die dunklen Augenringe mit einem Concealer übertüncht und die blassen, schmaler gewordenen Wangen mit Rouge getönt.

»Die Psyche braucht ihre Zeit, Lyn … Also sag mir nur: Kann ich irgendetwas für dich tun? Außer dich weiterhin zu besuchen?«

»Ach, Karin.« Lyn versuchte gar nicht erst, den Seufzer zu unterdrücken. Die Kollegin hatte schon immer in ihr Innerstes gucken können. Also konnte sie sich Floskeln und Drumherumreden sparen. Sie deutete den Flur hinunter zu Hendriks Büro. »Ist er da?«, fragte sie mit gesenkter Stimme.

Karin verneinte. »Er ermittelt in Schenefeld. Eine Messerstecherei unter Besoffenen. Alle sind ausgeflogen. Ich bin als Einzige hier, von den Kielern mal abgesehen.« Sie führte Lyn in die Küche, nahm einen zweiten Becher aus dem Hängeschrank und füllte beide mit Kaffee auf.

»Hendrik sieht nicht viel besser aus als du.« Sie schüttelte betrübt den Kopf, während sie ein wenig Milch in ihren Becher goss. Sie sah Lyn an. »Er hat uns gebeten, ihn nicht auf dich anzusprechen. Ihr bräuchtet eine Auszeit, und wir sollen das bitte respektieren … Ich habe natürlich trotzdem versucht, mit ihm zu reden, aber er blockt jedes Gespräch ab.«

Lyn schluckte. Auszeit.

Aus.

»Ich muss los.« Ihre Stimme klang brüchig. »Sind die Kieler im Besprechungszimmer?«

»Nein, Wilfried hat sie in Jochens Büro einquartiert. Der ist zu seinem jährlichen Campingurlaub aufgebrochen.«

Lyn griff nach ihrem Kaffeebecher, aber ihre Hand zitterte so stark, dass die Flüssigkeit überschwappte. Sie stellte ihn wieder ab, umarmte Karin noch einmal und ging in das Büro von Jochen Berthold.

Die beiden Kieler Kollegen nahmen die Befragung vor. Eine Routineangelegenheit. Lyn hatte bereits an ihrem zweiten Krankenhaustag von Hendrik erfahren, dass die Sachlage ziemlich eindeutig war. Der Staatsanwalt würde mit allergrößter Wahrscheinlichkeit das Verfahren einstellen. Der Anwalt von Tamara Morrath plädierte auf Putativnotwehr, und die würde Muschi-Mannis Nutte zugebilligt werden. Denn schließlich beruhten die Schüsse, die sie abgegeben hatte, tatsächlich auf der irrigen Annahme einer Bedrohung.

Staatsanwalt Meier hatte Wilfried Knebel bei einer ersten Bestandsaufnahme mitgeteilt, dass »seine Gurkentruppe vor dem Haus ja nur die Polizeisirene hätte anstellen müssen, um der hysterischen Nutte zu signalisieren, dass Polizei im Anmarsch war«. Stattdessen hatte das Klirren der zerberstenden Terrassentürscheibe, als Lurchi und die beiden Schutzpolizisten den Blumenkübel durch das Glas geworfen hatten, die Frau vollends in Panik versetzt und glauben lassen, dass sie überfallen wurde.

Nachdem Lyn sich von Karin verabschiedet hatte, nahm sie den Fahrstuhl nach unten. Mit geschlossenen Augen lehnte sie sich gegen die Fahrstuhlwand. Lurchi und die beiden Kollegen von der Schutzpolizei konnten sich auf die Annahme von Gefahr im Verzug berufen. Ihnen würden glücklicherweise keine beruflichen oder straf- und zivilrechtlichen Konsequenzen drohen. Tamara Morrath würde Notwehr zugebilligt werden. Aber Lyn hatte durch dieses ganze verdammte Dilemma ihr Baby und den Mann, den sie liebte, verloren. Das Schicksal fand Gefallen an grausamen Spielchen. Oder hatte sie es durch ihr ewiges Zögern herausgefordert? Durch ihre Unfähigkeit, ihr Leben ohne Wenn und Aber mit Hendrik zu teilen?

Lyn fühlte sich elend, als sich die Fahrstuhltür öffnete. Sie stieß sich von der Wand ab und lief in einen Mann hinein, der die Kabine gerade betreten wollte. »Entschuldigung«, murmelte sie und erkannte im selben Moment, wer sie da an den Oberarmen hielt.

»Lyn.« Thomas Martens starrte sie an.

Sie spürte seine warmen Hände durch die leichte Leinenjacke hindurch, während seine braunen Augen über ihr Gesicht wanderten. Intensiv und warm.

»Thomas, ich … Hallo.« Sie versuchte zu lächeln, aber es wurde nur ein schiefes Grinsen ohne jede Fröhlichkeit.

Der Oberkommissar des Sachgebiets 1 ließ sie los. »Wie geht es dir, Lyn?« Seine Stimme klang unsicher.

Lyn atmete tief durch. Natürlich hatte er – genau wie die übrigen Mitglieder aller Kommissariate – gehört, was ihr widerfahren war. Mit Sicherheit wusste er auch, dass sie ihr und Hendriks Baby verloren hatte.

»Es ging mir schon besser.« Dieses Mal schenkte sie sich den Versuch eines falschen Lächelns.

»Ich ...«, er zögerte, »wusste nicht, wie ich mich verhalten sollte, Lyn. Als ich hörte, was passiert ist, hab ich mich sofort bei Hendrik nach dir erkundigt, aber er war wenig auskunftsfreudig. Höflich ausgedrückt. Karin Schäfer hat mir dann irgendwann gesagt, dass du über den Berg bist.« Er steckte seine Hände in die Hosentaschen, um sie gleich wieder herauszuziehen. Fast verlegen sagte er: »Ich hätte dich gern besucht, aber ich habe mich nicht getraut ... Ich habe jeden Tag an dich gedacht.«

Gemischte Gefühle breiteten sich in Lyn aus, während er sie schweigend ansah und auf Antwort wartete. Seine Anteilnahme, die von Herzen kam, wie sie deutlich spürte, tat unendlich gut. Aber sie konnte ihm nicht sagen, wie sie sich fühlte. Nicht Thomas Martens.

»Er baggert dich an. Er steht auf dich.« Wütend hatte Hendrik dies mehr als einmal zu ihr gesagt, und sie hatte es lachend dementiert. Obwohl Hendrik nicht ganz unrecht hatte. Lyn wusste, dass Thomas sich sehr zu ihr hingezogen fühlte. Spielerisch, mit Worten, hatte er sie das eine oder andere Mal in eine innere Verlegenheit gebracht. Ihr Verhältnis zu ihm war ein anderes als zu den übrigen Kollegen. Worauf dies gründete, konnte Lyn nicht benennen und wollte es momentan schon gar nicht.

Sie suchte nach den richtigen Worten. »Ich danke dir, Thomas. Und ich weiß das zu schätzen ... Ich brauche noch ein bisschen Zeit, dann kann ich wieder arbeiten.« Sie grinste noch einmal schief. »Und ich muss eine neue schusssichere Weste beantragen.«

»Das ist nicht witzig. Du hättest tot sein können.«

»Wenigstens hätte ich einen kurzen Umzugsweg gehabt. Direkt vor meinem Küchenfenster ist ein sonniger Platz frei.«

Jetzt lächelte er doch. »Du und dein Friedhofshaus. Unglaublich.«

»Mach's gut, Thomas.« Lyn löste ihren Blick aus seinem.

»Wir … sehen uns.« Sie spürte seinen Blick im Rücken, während sie zum Ausgang ging.

Sie war schon an der Tür, als er rief: »Lyn?«

Sie drehte sich um.

»Wenn du …«, verlegen steckte er wieder seine Hände in die Taschen der Jeans, »wenn du mal einen Freund brauchst, jemanden, der dir einfach nur zuhört, wenn du traurig bist … ruf mich an. Ich kann zuhören. Und schweigen.«

Lyn nickte.

Als sie zum Parkplatz ging und ihren roten Beetle öffnete, ließ sie sich seine Worte noch einmal durch den Kopf gehen. Er wusste es. Wie jeder hier. Er wusste, dass sie Hendrik verloren hatte.

★★★

Carola hörte ihr Herz im Ohr klopfen, als sie das Fatzke im Hamburger Stadtteil Wilhelmsburg betrat. Ihr Blutdruck musste enorme Höhen erreicht haben. Sie atmete tief durch, während ihr Blick unsicher durch den dunklen, nur mäßig beleuchteten Raum wanderte. Es war kurz nach einundzwanzig Uhr, und die Tische waren spärlich besetzt. In einer Ecke wurde an zwei Tischen Karten gespielt. Am Tresen hatten sich eine Handvoll Männer niedergelassen, drei Barhocker waren unbesetzt.

Carola versuchte, ruhiger zu atmen, als sie langsam zum Tresen ging. Biergeruch lag in der muffigen Luft. Sie setzte sich auf den äußersten Barhocker und schob nervös ihre Sonnenbrille ein Stückchen höher. Natürlich war es affig, hier die Brille zu tragen, aber für kein Geld der Welt würde sie sie abnehmen. Oder machte sie sich damit gerade verdächtig? Ihr Magen verkrampfte sich, wie so oft in letzter Zeit. Vielleicht wäre es doch besser gewesen, den Weg über das Internet zu gehen, aber die Angst, dort irgendwie registriert zu werden, hatte sie diesen Weg wählen lassen.

Sie versuchte, die neugierigen Blicke der beiden Männer, die ihr am nächsten saßen, zu ignorieren. Versoffen und ungepflegt sahen sie aus. Bierschaum klebte im Rauschebart des Älteren. Die anderen drei Männer am Tresen waren jünger, trugen Motorradkluft und waren in ein Gespräch vertieft. Alle hatten einen Halbliterkrug Bier vor sich stehen. Den alten Countrysong, der aus zwei staubigen Lautsprechern tönte, schien keiner von ihnen wahrzunehmen.

Der Wirt löste sich vom Zapfhahn, an dem er drei Krüge vorschenkte. Sein Schmerbauch stieß gegen die Arbeitsplatte, als er sich zu Carola vorbeugte. Seine von Haarwasser öligen grauen Strähnen glänzten im Licht der Thekenbeleuchtung. »Was darf's sein?«

»Ich ... äh ... ein Wasser, bitte.«

»Wasser«, wiederholte er laut und sah grinsend zu den beiden ungepflegten Männern. »Die Lady will sich wohl die Hände waschen.« Ohne Carola noch einmal anzublicken, ging er zu einem Kühlschrank und nahm eine Flasche Mineralwasser heraus. Er holte ein Glas aus dem Holzregal, griff mit bloßen Fingern in einen Behälter neben dem Zapfhahn und ließ zwei Eiswürfel in das Glas fallen. Zusammen mit der Flasche stellte er es vor Carola auf den klebrigen Tresen. »Ein Wasser. Zitrone ist aus.«

»Danke«, murmelte Carola.

»Ich könnt ja nie wat trinken, wo Fische Sex drin haben«, sagte der Rauschebart und erntete Gelächter von seinem Kumpan und dem Wirt.

Carolas Mund war trocken. Sie ignorierte das Glas, griff nach der Flasche und trank daraus, nachdem ihre Hand kurz über die Öffnung gewischt hatte. Sie blieb einfach hocken und sah auf ihre Hände. Irgendwann wurden die Männer am Tresen es müde, sie anzustarren. Sie zog eine Tablettenpackung aus der Tasche ihrer kurzen schwarzen Lederjacke, darauf achtend, dass die Männer es nicht bemerkten. Tranquilizer, von Joachim verschrieben. Sie drückte eine der angstlösenden Beruhigungstabletten aus dem Blister und schluckte sie mit ein wenig des sprudelnden Wassers hinunter. Dann atmete sie tief durch und hob den Arm.

Der Wirt kam. »Noch'n Wasser?«

Carola schüttelte den Kopf. »Ich möchte gleich zahlen. Aber vorher ...« Sie senkte ihre Stimme. »Ich ... ich habe gehört, dass Sie etwas verkaufen. Also ...« Sie sah noch einmal zu den anderen Männern, bevor sie flüsterte: »Ich möchte K.-o.-Tropfen kaufen. Ich ... bezahle jeden Preis.«

Das Grinsen verschwand aus dem Gesicht des Kneipenwirts. Er beugte sich so weit vor, dass sie seinen Bieratem riechen konnte. Er flüsterte ebenfalls. »Ich hör ja wohl nicht richtig, Lady. K.-o.-Tropfen? Das ist illegal. Ist verboten in Deutschland.«

»Aber ...«

»Nix aber.« Er musterte sie. »Was bist du für eine? Bullerei? Oder einfach 'ne Tussi, die Vatti mal so richtig flachlegen will?«

Das Rauschen in Carolas Kopf nahm zu. Sie musste hier raus. »Entschuldigung«, murmelte sie und fingerte ihr Portemonnaie aus der Jackentasche. »Was ... was bekommen Sie für das Wasser?«

»Nimm mal die Brille ab.«

»Wie bitte?« Verwirrt sah sie auf.

»Du sollst die Brille abnehmen, damit ich deine Augen sehen kann. Und dann überleg ich mir, ob ich dir«, er beugte sich wieder näher zu ihr, »einen richtig guten Felgenreiniger verkaufe. Denn du willst doch Felgen putzen, nicht wahr?«

Carola schluckte. Felgenreiniger. So wurde GBL im Internet angeboten. GBL hatte beim Menschen die gleiche narkotisierende Wirkung wie GHB. Mit dem Unterschied, dass es nicht illegal war.

»Ja, ich ... ich will Felgen putzen.« Sie nahm die Brille ab. Für einen Moment tauchten ihre Blicke ineinander, bevor sie die Brille hastig wieder aufsetzte.

Seine Stimme wurde noch leiser. »Fünfhundert. Is'n besonders guter Felgenreiniger.«

Carola zögerte. Im Internet bekam man das Zeug für einen Bruchteil der Summe. Aber Geld spielte in diesem Fall keine Rolle, und dafür schien er einen Riecher zu haben. Sie nickte. »Aber ich muss wissen, wie viele ... also wie viele Tropfen ich höchstens nehmen darf. Ich möchte die ... Felge ja nicht ...«

Sie brach ab. Tief durchatmend flüsterte sie: »Die Person muss nach der Einnahme noch laufen können.«

»Anleitung bei Lieferung. Komm morgen Abend wieder.« Als sie ihr Portemonnaie zückte, winkte er ab. »Zahlen kannst du morgen, Lady.« Er grinste. »Nicht dass du denkst, ich bescheiß dich. Und das Wasser geht aufs Haus.«

***

Prüfend glitt Carolas Blick am Freitagmorgen über die bereitgelegten Utensilien auf dem Schreibtisch in ihrem Arbeitszimmer: die Kanüle, die Blutentnahmeröhrchen, ein dünner Stoffgürtel und das Fläschchen mit den K.-o.-Tropfen. Die Übergabe und Einweisung durch den Wirt des Fatzke hatten am Vorabend reibungslos geklappt. Carola hatte ihm wortlos fünf Hundert-Euro-Scheine in die Hand gedrückt und mit rasendem Herzen die Kneipe verlassen.

Sie steckte die Kanüle, die Röhrchen und den Gürtel in eine große Lederhandtasche. Die Tropfen nahm sie mit in die Küche und stellte sie auf der Arbeitsfläche ab. Neben den Sechserpack Mineralwasser, den sie gestern in einem Itzehoer Supermarkt gekauft hatte. Die Marke, die Anne Jever trank.

Carola bückte sich zu dem Cockerspaniel hinunter, der aus dem Hauswirtschaftsraum getapst kam, wo Carola ihm sein Frühstück in den Napf gefüllt hatte. »Bist du schon satt, Fidus?« Sie streichelte ihn hinter seinen Schlappohren. »Ich muss jetzt auch etwas essen. Obwohl ich überhaupt keinen Appetit habe. Aber ich muss, weil ich sonst zusammenklappe. Und das darf ich nicht. Paulines Leben hängt davon ab. Und meines.«

Als die dunklen Hundeaugen sie ansahen, kamen Carola die Tränen. Sie stand auf und griff nach einer Banane aus der reich bestückten Obstschale neben dem Kaffeeautomaten. Sie verzichtete auf Kaffee und presste stattdessen drei Orangen in der elektrischen Saftpresse aus.

Während sie den frischen Saft in kleinen Schlucken trank, quälte sie sich die Banane hinunter. Schließlich griff sie nach der Tablettenpackung auf der marmornen Arbeitsfläche und schluckte hastig eine der Beruhigungstabletten. Ein Blick zur Uhr verriet, dass sie sich sputen musste. Gleich würde Frau Klottmann kommen, und bis dahin musste sie die Vorbereitungen abgeschlossen haben.

Sie steckte das letzte Stück Banane in den Mund und griff nach einer der Halbliterflaschen Mineralwasser. Sie öffnete sie und goss die Hälfte des Wassers in den Ausguss. Anne Jevers Flasche war immer nur halb gefüllt, wenn sie an dem Baumstumpf Rast machte. Das hatte Carola schnell herausgefunden. Dann griff sie nach dem Apfelsaftpaket, das sie in demselben Supermarkt gekauft hatte. In der Hoffnung, dass es der Saft war, den Anne Jever in ihr Wasser mixte. Die Farbe in Anne Jevers Flasche hatte verraten, dass sie einen Schuss Apfelsaft dazutat. Aber wie viel genau?

Carola gab etwas Saft in die halb leere Flasche und starrte die Flüssigkeit an. Nein, das war zu viel. Anne Jevers Schorle war heller. Sie schüttete Wasser aus einer der anderen Flaschen dazu, bis sie glaubte, die richtige Mischung zu haben. Dann schüttete sie davon erneut ein wenig in den Ausguss, bis die Flasche etwa halb voll war.

»Perfekt«, murmelte sie schließlich. Ihre Hand griff nach dem Fläschchen mit den K.-o.-Tropfen. Sie tröpfelte exakt die Menge, die der Wirt ihr genannt hatte, in die Plastikflasche und schraubte sie zu.

Langsam schwenkte sie die Flasche in ihrer Hand. Der leicht seifenartige Eigengeschmack der Tropfen würde von dem Saft kompensiert werden. Dennoch überfielen sie Zweifel. Reichte diese minimale Dosis an Tropfen wirklich aus? Sollte sie sich darauf verlassen? Schließlich hatte sie nur diesen einen Versuch. Ihre Hand griff nach dem Fläschchen mit den Tropfen, aber sie öffnete sie nicht wieder, sondern steckte sie in ihre Hosentasche. Sie wollte sich an die Anweisungen des Wirts halten. Ein Zuviel hätte schlimmere Folgen als ein Zuwenig. Sie musste es darauf ankommen lassen.

Ein Blick aus dem Fenster signalisierte ihr die Ankunft der Haushälterin. Und er offenbarte eine für ihr Vorhaben positive Wetterlage. Es war ein trüber Tag mit wolkenverhangenem

Himmel. Wenn das schlechte Wetter sich bis heute Nachmittag hielt, würde der Waldweg nicht von vielen Menschen bevölkert sein. Ein unabdingbares Muss.

Als Frau Klottmann die Küche betrat, trug Carola bereits ihre Jacke. Sie begrüßte die Haushälterin freundlich und griff nach der Handtasche. »Ich fahre jetzt zu Pauline, Frau Klottmann. Danach gehe ich einkaufen und zum Yoga. Wir sehen uns heute also nicht mehr.«

»Gottchen, der ganze Stress bekommt Ihnen aber gar nicht, Frau von Ahren«, sagte die Haushälterin und musterte Carola. »Sie sehen gar nicht wohl aus. Da denkt man doch, dass das Yoga mal was bringen müsste … Sie sind doch jeden Tag da.« Sie tätschelte Carolas Arm. »Nix für ungut, dass ich das einfach so sag, aber … vielleicht sollten Sie am Nachmittag lieber mal die Füße auf der Terrasse hochlegen und ein bisschen den Vögeln lauschen? Ruhe wirkt ja Wunder.«

Carola strich über die Hand der Haushälterin. »Es kommen auch wieder bessere Tage, Frau Klottmann.«

»Soll ich noch die Betten beziehen? Ihr Mann kommt doch morgen wieder?«

Carola nickte. »Ja, machen Sie das.« Sie ging in den Hauswirtschaftsraum und nahm die Hundeleine vom Haken. »Komm, Fidus. Heute darfst du mich begleiten.«

»Na, da wird das Paulinchen sich aber freuen«, rief Frau Klottmann aus der Küche.

Carola erwiderte nichts darauf. Mit dem schwanzwedelnden Hund an ihrer Seite verließ sie das Haus. Sie öffnete den Audi und klopfte auf den Rücksitz. »Platz, Fidus.« Sie streichelte ihn und warf die Leine in den Fußraum. »Leider darfst du nicht mit zu Pauline. Du musst im Wagen auf mich warten. Aber dann machen wir beide einen schönen Spaziergang.«

Sie war im Begriff, einzusteigen, als ihr Blick noch einmal gen Himmel ging. Heute würde sie mit Sonnenbrille auffallen. Vielleicht war es besser, die farbigen Kontaktlinsen mitzunehmen. Sie ging noch einmal ins Haus zurück. Sie konnte sich keinen Fehler erlauben.

SIEBEN

»Schietwetter«, murmelte Anne, bevor sie den Reißverschluss ihrer Regenjacke hochzog und nach der Wasserflasche griff. Der feine Nieselregen legte sich auf ihr Haar, während sie lief. Ab und zu strich sie mit der Hand über ihre Wangen, um die Feuchtigkeit fortzuwischen. Wenigstens würde der Regen die leichte Schwüle vertreiben, die sie so hasste.

Natürlich war es verlockend gewesen, einfach zu Hause zu bleiben. Tina joggte freitags nicht mit ihr, also hätte sie sich auch mit einem Buch aufs Sofa legen können. Aber das tägliche Laufen gehörte mittlerweile einfach zu ihrem Leben dazu wie Essen und Trinken. Und die frische Luft tat nach ihrem vormittäglichen Bürojob bei der Volksbank einfach gut. Außerdem lag ein langer Nachmittag vor ihr. Rainer, der freitags eigentlich schon um fünfzehn Uhr Dienstschluss hatte, musste heute länger arbeiten. Also würde auch das Kaffeetrinken mit dem leckeren Kuchen, den Rainer immer von der Konditorei Ramm mitbrachte, ausfallen.

Die wenigen Leute, die ihr auf dem Weg Richtung Wald entgegenkamen, hatten trotz des nur leichten Regens einen Schirm dabei. Anne atmete bewusst, als sie von der Alten Landstraße in den Waldweg einbog. Bei Feuchtigkeit roch der Wald anders als an trockenen Tagen. Intensiver. Im gleichbleibenden Rhythmus lief sie dahin und genoss die Ruhe. In dem Nistkasten an der Kiefer, die sie passierte, herrschte schon seit Wochen Ruhe. Die Blaumeisen waren ausgeflogen. Sie war das eine oder andere Mal gern stehen geblieben, um das Fütterungstreiben des Blaumeisenmännchens in der Brutzeit zu beobachten.

Kein Mensch begegnete ihr hier, wie immer an Regentagen. Nur Herrn Günther würde sie wahrscheinlich gleich überholen, oder er würde ihr entgegenkommen, je nachdem wie lange sein Mittagsschläfchen gedauert hatte. Er und sein Dackel ließen sich, genau wie sie, nicht von Wind und Wetter abschrecken. Und Vanessa Schmitz würde sich auch nicht abhalten lassen.

Die Frau lief auch fast jeden Tag. Nur am Wochenende hatte Anne sie hier noch nie gesehen.

Kurz vor dem Hundeübungsplatz tauchte Herr Günther in Annes Blickfeld auf. Mit einem freundlichen Gruß zog sie an dem alten Herrn vorbei, um kurz darauf neben einem kleinen Brennnesselfeld stehen zu bleiben. Der Regen hatte aufgehört, und sie zog die Regenjacke aus und band die Ärmel um ihre Hüfte. Ein paar Minuten später, kurz vor dem Schlangenbaum, an dem sie ihre Pause machte, stutzte sie. Es war doch noch jemand unterwegs, eine Frau mit Hund. Als Anne den Baum erreichte, erkannte sie, wer die Frau in dem beigefarbenen Softshellmantel war, die ihr aus der anderen Richtung entgegenkam.

»Nanu, Frau Schmitz«, rief Anne. »Heute mit Hund? Und ohne Laufkleidung?« Und ohne deine hässliche Sonnenbrille, fügte sie in Gedanken hinzu. Sie blickte der blassen Frau in die Augen, als sie vor ihr stand. Braun waren sie also. Tränte das linke Auge? Oder war es ein Regentropfen, der langsam neben der Nase herablief? Vielleicht trägt sie deshalb immer ihre Sonnenbrille, dachte Anne, weil sie empfindliche Augen hat.

Vanessa Schmitz schien ihren Blick bemerkt zu haben. Sie wischte die Träne aus dem Gesicht. »Ich habe so eine dumme Allergie. Lichtempfindliche Augen. Darum trage ich eigentlich immer eine Sonnenbrille. Ich hätte sie aufsetzen sollen, trotz der Wolken.« Dann lächelte sie. »Ich habe Schmerzen im Knie. Darum jogge ich heute lieber nicht.«

Anne ging die paar Schritte vom Weg zum Baum, stellte die Mineralwasserflasche auf dem moosigen Stammfuß ab und ging in die Hocke, um den Hund zu streicheln. »Na, du bist ja ein Hübscher. Ein Cocker, nicht wahr? Wie heißt du denn?« Sie sah zu Vanessa Schmitz hoch.

Die fummelte in ihrem nassen Haar herum, bevor sie die Tasche, die sie über der Schulter trug, neben der Flasche abstellte. Anne wunderte sich darüber. Schließlich waren der Boden und die Baumwurzeln feucht, und die Tasche sah teuer aus.

»Er heißt …«, Vanessa Schmitz stockte kurz, »Rocky.« Sie trat hinter Anne und blickte ihr über die Schulter. »Was hat er denn da an der Pfote? Hat er sich verletzt?«

»Wo?« Anne betrachtete die Vorder-, dann die Hinterpfoten des Hundes. »Ich sehe nichts.« Sie stand auf.

Vanessa Schmitz bückte sich zu ihrem Hund und fummelte an einem Hinterbein herum. »Ach, nein, es ist nichts. Sein Fell ist nur nass.«

Anne nahm die Wasserflasche vom Baumstamm, öffnete sie und nahm zwei tiefe Schlucke. Sie stellte die Flasche zurück und begann mit ihren Dehnübungen. »Dann gute Besserung für Ihr Knie«, sagte sie.

»Danke«, murmelte Vanessa Schmitz und setzte ihren Weg fort.

Zwei Minuten später, Anne hatte mit Elan die nächsten Bewegungen gemacht, kroch eine leichte Übelkeit in ihr empor. Sie hielt inne und griff nach der Wasserflasche. Ihr Körper brauchte wohl mehr Flüssigkeit. Sie leerte die Flasche, aber das mulmige Gefühl blieb. »Oh Gott«, murmelte sie und ging in die Knie, als Schwindel sie erfasste. *Kein Anfall! Bitte kein Anfall!*

Sie presste eine Hand auf ihr Herz, das zu rasen begann.

»Oh Gott«, wimmerte sie noch einmal. Die Angst raubte ihr fast die Atemluft. Doch genau diese Angst irritierte sie auch. Bei den letzten Anfällen war für Angstgefühle gar keine Zeit gewesen. Sie war sofort in Krämpfe verfallen, hatte sich an nichts erinnern können. Der Schwindel nahm zu. Anne wandte den Kopf. Vanessa Schmitz. War sie noch in der Nähe? Die Frau musste zurückkommen. Ihr helfen.

»Frau Schmitz!« Sie hörte ihre eigene Stimme wie durch Watte. »Frau Schmitz!«

Verschwommen nahm Anne wahr, wie Vanessa Schmitz wieder hinter der scharfen Biegung auftauchte, hinter der sie eben verschwunden war.

»Okay, Carola, bleib jetzt ruhig. Alles wird gut«, murmelte Carola von Ahren vor sich hin, während sie langsam auf Anne Jever zuschritt, die auf allen vieren neben dem Baum hockte.

»Sitz!«, wies sie den Hund an, als sie vor Anne stehen blieb. Sie band die Leine locker an die Zweige eines Busches. »Frau Jever? Ist Ihnen nicht gut?« Sie wartete auf die Antwort.

Anne versuchte aufzustehen, aber es wollte nicht gelingen. »Ein Anfall …«, murmelte sie, »mir ist … so übel.«

Carola blickte sich hektisch um, während sie Anne Jever mit beiden Händen am Arm packte und hochzog. Kein Mensch war zu sehen. »Ich helfe Ihnen, Frau Jever. Sie sind gestolpert. Gleich wird es besser.

»Ich … ich bin … nicht gestolpert.« Anne fasste sich an den Kopf. »Schwindlig … ich bin so … schwindlig.«

»Kommen Sie«, sagte Carola. »Ich bringe Sie zu meinem Wagen und fahre Sie nach Hause. Ich parke auf dem Waldparkplatz.« Sie löste die Hundeleine aus dem Unterholz und stopfte sie in ihre Jackentasche, nachdem sie den Hund von der Leine gelassen hatte. Schnüffelnd lief der Cockerspaniel ein Stück davon. Carola griff nach der leeren Wasserflasche und steckte sie in ihre Tasche. Die halb volle Flasche von Anne Jever nahm sie im Gegenzug heraus, öffnete sie und schüttete das Wasser auf den Waldboden. Die leere Flasche legte sie neben den Baumstamm.

Carola geriet ins Schwitzen, als sie Meter um Meter auf dem knubbligen Waldboden zurücklegten, die apathische Frau fest eingehakt. Anne Jever durfte nicht stürzen. Sie würde sie dann vielleicht nicht mehr hochbekommen.

Sie hatten ungefähr die Hälfte des Weges zurückgelegt, als ein schwaches Bellen Carola zusammenzucken ließ. Sie starrte den Waldweg entlang. Das musste dieser alte Mann mit seinem Dackel sein. Gleich würde er hinter der Biegung auftauchen. »Still!«, wies sie Fidus an, als der dem anderen Hund mit einem lauten Kläffen antwortete.

Anne krümmte sich. »Schlecht … mir ist … übel …«

Carola wischte sich hektisch einen dicken Wassertropfen, der von einem Zweig gefallen war, von der Nase und sah sich um. Der alte Mann war noch nicht in Sicht, aber es konnte sich nur noch um Sekunden handeln. Sie ging in die Knie und krallte die Finger ihrer linken Hand in den feuchten Waldboden. Sie rieb den Dreck hektisch über Annes Unterarme und die Handinnenflächen. Dann nahm sie eine weitere Handvoll des Nadel-Erde-Gemischs und strich ein wenig davon über Annes rechte Wange und Schläfe. Jetzt sah es eher nach einem Sturz aus.

»Sie sind böse gestürzt, Frau Jever«, sagte sie noch einmal, während sie Anne weiterzog. »Ich habe Ihnen aufgeholfen.«

»Gestürzt«, wiederholte Anne emotionslos die Worte.

Es dauerte noch einen Moment, bis der alte Mann mit dem Dackel in Sicht kam. Fidus lief dem anderen Hund entgegen. Die beiden beschnüffelten sich ausgiebig, als Carola mit Anne dazukam.

»Nanu, Frau Jever«, sagte Herr Günther, die beiden Frauen neugierig musternd. »Was ist denn passiert?«

»Frau Jever stolperte und fiel ganz unglücklich«, sagte Carola. »Zum Glück war ich gleich zur Stelle. Sie hat sich den Kopf angeschlagen und macht auf mich einen etwas verwirrten Eindruck. Ich fahre sie nach Hause. Mein Wagen steht gleich hier vorn an der Straße.«

Erschrocken musterte der alte Mann Anne Jever, die noch keinen Ton gesagt hatte, sondern mit ihrer freien Hand an ihrem Kopf herumtastete. »Sie sollten gleich zum Arzt fahren«, sagte er.

»Herr Günther«, murmelte Anne, »… übel … mir ist so übel.«

Carola wurde heiß. »Ja, Frau Jever. Darum fahren wir jetzt zu einem Arzt. Vielleicht haben Sie eine Gehirnerschütterung. Kommen Sie.«

»Ja, ja.« Herr Günther trieb sie mit einer wedelnden Handbewegung weiter. »Nur schnell. Nicht dass uns die gute Frau Jever hier noch einmal umkippt.«

Carola war schweißnass unter ihrem Kurzmantel, als sie endlich am Wagen ankamen. Sie riss die Beifahrertür auf und bugsierte Anne Jever auf den Sitz. Die Angst, sie würde auf dem Waldweg zusammenbrechen, war unendlich groß gewesen, aber Anne hatte die Strecke geschafft und sich sogar mit ihr unterhalten. Zum Teil in klaren Sätzen, dann wieder wirr daherredend.

Carola ließ den Hund auf dem Rücksitz Platz nehmen und stellte sich so vor die Beifahrertür, dass Anne nicht zu erkennen war, denn zwei Spaziergänger näherten sich. Carola erwiderte deren Gruß freundlich, als die beiden in den Waldweg einbogen.

»Ist das … ein Anfall?«, fragte Anne erneut, als Carola sich hinter das Steuer setzte und den Wagen startete.

»*Hingefallen* sind Sie«, log Carola zum hundertsten Mal. Hier musste sie weg. »Ich fahre Sie jetzt nach Hause.« Was redete die Frau andauernd von einem Anfall? Sie fuhr los. Nach wenigen Kilometern bog sie auf einen Feldweg außerhalb der Stadtgrenze ab, den sie schon vor Wochen ausgespäht hatte.

Anne Jever waren bereits nach dem ersten Kilometer die Augen zugefallen. Eine Tatsache, die Carola einen Hauch der enormen Anspannung nahm. Bis jetzt hatte alles geklappt.

»Bitte, lass es so bleiben«, murmelte sie ins Nichts, als sie den Motor schließlich abstellte. Sie öffnete die Fahrertür, stieg aus und riss sich den Mantel von ihrem schwitzenden Körper. Sie warf ihn über den Sitz neben Fidus, lehnte sich schließlich mit dem Rücken gegen die hintere Tür und starrte über das weite Feld vor sich. Außer den in der Ferne vorbeirauschenden Autos und dem Surren einiger Insekten war nichts zu hören.

»Jetzt nicht schlappmachen, Carola«, machte sie sich selbst Mut, während die Schwüle ein entspannendes tiefes Atmen erschwerte. Sie nahm eine Shoppingtasche aus dem hinteren Fußraum, zog die Beifahrertür auf und stellte die Tasche neben sich ab. »Frau Jever?« Carola sprach laut, während sie an Annes rechtem Arm zog. »Frau Jever?«

Es kam keine Regung.

Carola öffnete die Tasche, nahm den Stoffgürtel heraus und band ihn zügig um Annes rechten Oberarm. Sie zog den Gürtel so fest sie konnte zusammen und machte einen Doppelknoten. Hektisch glitt ihr Blick über Annes Armbeuge. Sie schluckte, während sie die Kanüle und die Blutentnahmeröhrchen aus der Tasche holte, die Folienverpackungen aufriss und die Utensilien gemeinsam mit einem Pflasterstück und einigen Wattepads auf ihre Tasche legte. Sie sprühte ein Desinfektionsmittel auf Annes Unterarm und wischte mit einem Pad den Dreck fort. Wo, verdammt, sollte sie die Kanüle mit dem ersten Röhrchen ansetzen? Zwei dünne blaue Äderchen lagen ein wenig erhaben unter Anne Jevers Haut. Sie stach zu, ohne lange zu überlegen, und drückte die Kanüle ein Stück in die Vene hinein.

Anne Jever zuckte zusammen, und ein Wimmern kam ihr über die Lippen, aber sie öffnete ihre Augen nicht. Carola hatte erschrocken in der Bewegung verharrt. Ängstlich behielt sie dabei die in der Vene steckende Kanüle im Auge. »Ich bringe Sie gleich nach Hause«, sagte sie, obwohl Anne sich nicht mehr regte. Carolas Herzrasen nahm zu. Hoffentlich stimmten die Angaben zur Wirkungsweise der K.-o.-Tropfen, die sie im Internet recherchiert hatte. Demzufolge dürfte Anne Jever sich später an nichts mehr erinnern, was hier gerade passierte.

Langsam zog sie am Kolben und sah zu, wie sich das Röhrchen mit Blut füllte. Sie legte es in die Plastikdose auf ihrer Tasche, die sie zu diesem Zweck mitgenommen hatte. Die Röhrchen zu tauschen war schwieriger, als sie gedacht hatte.

Mit dem sechsten blutgefüllten Röhrchen zog sie die Kanüle heraus. »Verdammt«, fluchte sie verzweifelt und löste mit fahrigen Händen den Stoffgürtel an Anne Jevers Oberarm. Blut floss am Arm herab. Sie legte das Röhrchen samt Kanüle in die Dose und griff nach einem Wattepad, rollte es zusammen und drückte es auf die Vene. Hoffentlich stoppte die Blutung gleich.

Ihr Blick glitt panisch über den Feldweg, während sie drückte. Wenn nur niemand kam! Carola nahm das Wattepad herunter. Die Blutung hatte aufgehört. Trotzdem erschrak sie, denn um das Einstichloch bildete sich ein Hämatom. Die bläuliche Verfärbung der Haut war bereits deutlich zu sehen. *Verdammt!* Das hatte sie nicht eingeplant.

Und nun? Ihre Hände begannen zu zittern. Sie konnte jetzt unmöglich die Kanüle noch einmal einführen. Sie musste die Aktion abbrechen. Das siebte Röhrchen war jetzt zwar leer, aber Carola hoffte, dass es dasjenige war, das sie nicht benötigen würde. Sie schloss die Dose mit den gefüllten Röhrchen und legte sie vorsichtig in ihre Handtasche. Das Wattepad und der Stoffgürtel folgten.

Ihr Blick streifte erneut den Bluterguss. »Okay, okay, das regeln wir anders«, murmelte sie schließlich und sah sich um. Kleinere und größere Steinchen lagen überall auf dem Feldweg. Sie griff nach zwei größeren Steine mit scharfen Kanten.

Sie rief sich Paulines Bild – die glatzköpfige, hemmungslos

weinende Pauline – ins Gedächtnis, als sie nach Annes Arm griff und mit den Steinen grob über deren Armbeuge fuhr. Wieder und wieder. Mit der anderen Hand hielt sie den Arm fest gepackt, denn Anne bewegte sich stöhnend. Blutige Kratzer zogen sich bis auf deren Unterarm.

Tief durchatmend fuhr Carola mit der Kante eines Steins schließlich noch zweimal über Annes mit Waldbodenerde verschmutzte rechte Schläfe. Dieses Mal zuckte Anne mit einem Stöhnen zusammen und versuchte, den Kopf abzuwenden.

»Alles ist gut, Frau Jever.« Carola strich ihr über die Wange, während sie die blutigen Schrammen am Kopf musterte. Ja, so war es besser. Jetzt sah es so aus, als seien die Schrammen und das Hämatom durch den Sturz entstanden. Sie verstaute die Shoppingtasche wieder im hinteren Fußraum.

Dem Hund, der sie erwartungsvoll ansah, tätschelte sie kurz den Kopf. »Es wird alles gut, Fidus.« Es tat gut, die Worte – auch wenn sie aus dem eigenen Mund kamen – zu hören.

Anne Jever rührte sich nicht, als sie den Wagen startete.

Als Carola zehn Minuten später in den Itzehoer Karnberg einbog, glitt ihr Blick hektisch über die Auffahrt der Jevers. Sie atmete auf. Rainer Jevers Auto war noch nicht in Sicht. Und auch der weiße Kastenwagen mit dem Firmenlogo des Computerladens, in dem der Sohn arbeitete, stand nicht an der Straße. Carola hatte in den vergangenen Wochen beobachtet, dass er den Wagen des Öfteren fuhr und auch mit nach Hause nahm. Auf jeden Fall war es gut, dass niemand zu Hause war. Es ersparte Erklärungen. Jetzt konnte sie Teil zwei des Plans starten.

Sie fuhr den Mietwagen rückwärts die Auffahrt hinauf, bis sich die Beifahrertür direkt auf Höhe des Seiteneingangs befand. Sie stieg aus, ging zur Vorderseite des Hauses und klingelte an der dortigen Tür, weil der Sohn eventuell doch im Haus sein konnte. Aber niemand öffnete. Schnellen Schrittes ging sie zum Wagen zurück.

Jetzt kam der gefährliche Teil der Aktion. Sie musste die bewusstlose Anne Jever vom Beifahrersitz durch die Seitentür ins Haus schleifen. Zwei Meter nur. Aber zwei Meter, auf denen sie von Nachbarn oder Spaziergängern, die gerade die Auffahrt passierten, gesehen werden konnte.

Carolas Observation hatte ergeben, dass Anne das Haus immer durch diese Seitentür verließ. Sie öffnete die Beifahrertür und tastete die Taschen von Annes Regenjacke ab, die sie nach wie vor um den Bauch geschlungen trug. Sie öffnete einen Reißverschluss, nahm den Schlüssel heraus und schloss auf. Sie stieß die Tür auf und öffnete die Beifahrertür.

Anne hing bewegungslos in ihrem Sitz. Mit einem Blick die Auffahrt hinunter packte sie die Bewusstlose unter den Armen. Es war niemand zu sehen. Weder auf der Straße noch auf den beiden einsehbaren Grundstücken. Ohne weiter nachzudenken, bündelte sie ihre Kräfte und zerrte Anne vom Sitz auf die Auffahrt. Sie keuchte vor Anstrengung, die um ein Vielfaches größer war, als sie erwartet hatte. Sie schleppte den schlaffen Körper durch die Tür hindurch, legte ihn dahinter ab und schloss die Tür umgehend.

Carola gestattete sich nur ein kurzes Durchatmen, dann packte sie Anne erneut unter den Armen und schleifte sie nach einem kurzen Blick der Orientierung ins Wohnzimmer. Dort rückte sie einen Sessel beiseite, bevor sie den leblosen Körper vor das Sofa zog. Anne auf das Sofa zu hieven war der schwierigste Teil der Aktion. Carola stöhnte und fluchte, aber es gelang schließlich. Sie stopfte zwei der bunten Kissen unter Annes Kopf, zog ihr schließlich die Laufschuhe aus und stellte sie vor das Sofa.

Anne rührte sich nicht. Nichts deutete darauf hin, dass sie sich nicht selbst auf das Sofa gelegt hatte. Perfekt.

Schwer atmend verließ Carola das Wohnzimmer. An der Tür zum Flur erstarrte sie. Auf einer Kommode standen gerahmte Kinderfotografien. Blonde Jungen in verschiedenen Altersstufen. Doch das Babybild in der Mitte hielt ihren Blick gefangen, bis sie ihn abrupt löste. Ihr gesamter Körper bebte, während sie auf dem kleinen Flur wartete. Würde Anne Jever liegen bleiben und schlafen?

Fluchtartig verließ sie Minuten später das Haus der Jevers, startete den Wagen und fuhr davon. Hinter Itzehoe ließ sie den

119

Golf am Straßenrand ausrollen und brach in hysterisches Weinen aus.

Was hatte sie getan? Das würde nie und nimmer gut gehen. Rainer Jever würde seine Frau zum Arzt fahren, wenn er sie auf dem Sofa im Tiefschlaf liegend vorfinden würde. Mit blutigen Schrammen im Gesicht und am Arm. Und vielleicht würde Anne Jever sich doch an alles erinnern. Vielleicht wirkten die Tropfen bei ihr nicht. Vielleicht war die Mischung zu schwach gewesen. Sie musste sich doch an den Einstichschmerz erinnern. Daran, wie sie ihr mit den Steinen Schmerz und Schrammen zugefügt hatte. Was müsste das für ein Teufelszeug sein, das diese schlimmen Dinge in Vergessenheit geraten lassen sollte!

Carola angelte die Tasche vom Rücksitz, legte vorsichtig die Dose mit den Blutröhrchen zur Seite und wühlte nach den Beruhigungspillen, die Joachim ihr verschrieben hatte. Sie schluckte eine davon hinunter. Die Wirkung setzte fast umgehend ein. Sie spürte, wie ihr Herzschlag ruhiger wurde, obwohl sie sich nach wie vor elend fühlte.

GBL und GHB waren Teufelszeug. Umsonst wurde nicht so eindringlich vor K.-o.-Tropfen gewarnt. »Du musst dich darauf verlassen, Carola«, murmelte sie ihrem geisterhaften Bild im Rückspiegel zu, »das Zeug wird wirken. Sie wird sich an nichts erinnern.«

Sie fuhr nach Hamburg zurück. Den Mietwagen parkte sie – wie gewohnt – in der obersten Etage des Parkhauses Speicherstadt. Sie griff sich die Tasche und ging mit Fidus zwei Etagen tiefer, wo ihr Audi stand. Die Idee, sofort ins Krankenhaus zu gehen, hatte sie bereits verworfen, nachdem sie im Mietauto die Perücke vom Kopf gerissen hatte und sich durch die Haare gefahren war. Sie musste sich zu Hause erst einmal sammeln. Dann die feuchte, verschmutzte Kleidung wechseln und neues Make-up auflegen. Und vor allen Dingen musste sie ruhiger werden. Der Stress war noch nicht vorüber.

Carola grüßte die beiden Schwestern, als sie auf dem Weg zu Pauline am Stationsempfang vorbeilief. Ihre Hoffnung, Schwester Betty allein vorzufinden, hatte sich nicht erfüllt. Das Abendessen war vorbei und das Geschirr bereits wieder eingesammelt. Sie hätte doch auf direktem Weg herkommen sollen.

Nun war es zu spät, und sie musste auf einen günstigen Augenblick hoffen. Ihre Handtasche an sich pressend, ging sie zum Zimmer ihrer Tochter.

Carola war kaum in der Lage, Paulines Worten zu folgen, als sie bei ihr saß. Nach zehn Minuten stand sie auf. »Ich komme gleich wieder, mein Schatz. Ich will nur kurz schauen, ob dein Onkel noch da ist.« Sie griff nach der Handtasche und ging hinaus. Doch schon auf dem Weg zum Schwesterntresen hörte sie Stimmen und Lachen aus dem kleinen Raum. Anscheinend waren jetzt nicht nur die Schwestern, sondern auch noch ein Arzt anwesend. Sie ging in den Toilettenraum und blieb dort einige Minuten.

Verdammt, es musste heute sein! Schließlich wusste sie nicht, ob das Blut morgen noch frisch genug wäre.

Carola startete ihren zweiten Versuch eine halbe Stunde später. Ihr Herz begann zu rasen, als sie Oberschwester Betty allein am Schwesterntresen vorfand. Jetzt. Schnell musste es passieren. Bevor eine weitere Person dazukam.

»Schwester Betty!« Carola trat neben den Schreibtisch. »Ich sehe, dass Sie beschäftigt sind, aber vielleicht können wir jetzt mit meiner Blutabgabe starten? Sofort, bevor mir wieder schlecht wird?«

Die Oberschwester stand mit einem Lächeln auf. »Natürlich, Frau von Ahren. Kommen Sie.«

Carola folgte ihr in den Untersuchungsraum und setzte sich, die Handtasche auf dem Schoß haltend. Ihre Erleichterung war enorm, als die Schwester die Blutentnahmeröhrchen aus der Schublade nahm und auf dem kleinen Beistelltisch ablegte. Auch das violette war bei den farbig markierten Röhrchen dabei. Also genau die sechs, mit denen sie Anne Jever das Blut entnommen hatte.

Als Schwester Betty zum Blutdruckmessgerät griff, winkte Carola ab. »Nein, bitte nicht. Ich weiß, dass mein Blutdruck gerade wieder in ungeahnten Höhen liegt. Es würde nicht helfen, es in Zahlen zu hören. Ganz im Gegenteil. Also nehmen Sie mir bitte einfach das Blut ab.«

Die Oberschwester nickte und legte stattdessen den Stauschlauch um Carolas Oberarm. Nachdem sie ihn festgezogen hatte, steckte sie die Kanüle auf das erste Röhrchen, desinfizierte Carolas Arm und stach vorsichtig in die Vene.

Carola sah mit Herzrasen zu, wie ihr Blut rot in das Röhrchen floss. Geschickt wechselte die Schwester das Röhrchen und legte das volle auf das Beistelltischchen.

Carolas Stimme klang dünn, als sie beim letzten Röhrchenwechsel herauspresste: »Oh Gott, mir wird wieder schlecht. Machen Sie schnell.« Und wie beim letzten Mal war es auch dieses Mal nicht gelogen. Ihr war übel vor Aufregung. Sie musste jetzt die Nerven behalten und die Schwester aus dem Raum schaffen, bevor sie die Röhrchen etikettieren würde.

»Mir geht es nicht gut«, wiederholte sie noch einmal klagend ihre Worte.

»Jetzt haben Sie es geschafft.« Schwester Betty löste den Stauschlauch, zog die Kanüle aus Carolas Arm und presste ein kleines Pad auf die Einstichstelle. »Bitte fest drücken«, forderte sie Carola auf und legte das sechste mit Blut gefüllte Röhrchen neben die anderen fünf.

Carola stieß ein Wimmern aus. »Ich … ich brauche Hilfe. Ich möchte meinen Bruder sprechen. Ich weiß, dass er noch hier ist.« Carola sah der Schwester an, was sie dachte, doch die behielt ihre Liebenswürdigkeit bei.

»Frau von Ahren, legen Sie sich doch einen Moment hin.« Sie deutete auf die mit Vlies bedeckte Liege. »Wir erleben hier viele Menschen, die sich nach einer Blutentnahme unwohl fühlen. Aber ich versichere Ihnen, dass es gleich besser wird. Und falls nicht, hole ich natürlich gern Ihren Bru–«

»Sofort!« Carolas Stimme war laut und unbeherrscht. »Sie holen ihn jetzt sofort!«

Schwester Betty war zusammengezuckt. »Natürlich«, sagte sie mit steinerner Miene und verließ das kleine Zimmer.

Sie war kaum um die Ecke, als Carola ihre Handtasche aufriss, mit zittrigen Fingern die Dose öffnete und die sechs Röhrchen mit Anne Jevers Blut herausholte. Mit der anderen Hand griff sie nach den Röhrchen, die ihr eigenes Blut enthielten, und ließ sie in der Dose verschwinden. Ihr Blick hastete über die Anne-Jever-Röhrchen, die sie exakt an die Stelle legte, wo Schwester Betty die anderen sechs abgelegt hatte.

Sie schluckte. Sie hatte Anne Jever ein wenig mehr Blut abgenommen als die Schwester ihr. Aber der Unterschied war minimal. Da die Schwester im Gegensatz zu ihr keinen Vergleich hatte, würde sie es nicht bemerken, wenn sie wieder zurück war.

Carola blieb mehrere Minuten allein. Auch die andere Krankenschwester ließ sich nicht blicken. Carola war dankbar dafür. Und sie war über alle Maßen erleichtert. Die Tauschaktion hatte geklappt.

Schwester Betty erschien in der Tür. Allein.

»Ihr Bruder ist bereits zu Hause, Frau von Ahren. Aber ich habe Dr. Rahmani informiert. Er ist in wenigen Minuten bei Ihnen.«

Carola stand auf. »Es tut mir sehr leid, Schwester Betty, dass ich gerade so hysterisch war. Sie hatten recht. Mir geht es jetzt schon viel besser.« Sie schenkte ihr ein herzliches Lächeln. »Wenn Dr. Rahmani kommt, sagen Sie ihm bitte, dass ich bei Pauline bin und er nicht mehr nach mir sehen muss. Entschuldigen Sie noch mal. Es geht mir gut.«

Die Schwester nickte ihr wohlwollend zu. »Ich habe Verständnis für Ihre Lage, Frau von Ahren.« Sie tippte etwas in einen Computer ein und ging zu einem Drucker auf einem Beistelltischchen. Sie sah Carola an. »Jetzt haben Sie es geschafft. Ich wünsche Ihnen von Herzen, dass Ihre Merkmale mit Paulines übereinstimmen. Sollte es überhaupt zu einer Stammzellspende kommen müssen.«

»Danke schön.« Zufrieden sah Carola zu, wie die Schwester Aufkleber ausdruckte und auf die Röhrchen klebte. Dann fiel ihr siedend heiß ein, worum sie Joachim vor wenigen Tagen gebeten hatte. »Hat mein Bruder Sie informiert, dass mit diesem Blut im Labor auch gleich der Bestätigungstest und der virologische Test durchgeführt werden sollen? Sie müssen es unbedingt vermerken, Schwester Betty.«

Die Krankenschwester hatte einen ähnlichen Ausdruck im Gesicht wie Tage zuvor Joachim, als sie ihn um diese Maßnahme

123

gebeten hatte. Beide konnten nicht fassen, dass sie bei einer Blutentnahme so einen Aufstand veranstaltete und eine zweite Entnahme so vehement scheute. Nur behielt Schwester Betty ihre Gedanken für sich. Joachim hatte natürlich gebohrt, aber sie hatte ihn mit Bitten und Flehen vertröstet. Er würde alle Antworten auf seine Fragen bekommen. Bald.

Carola war ihm unendlich dankbar für seine Rücksichtnahme, die ihn seine brennenden Fragen zurückstellen ließ. Er vertraute ihr. Und das gab ihr einen Stich ins Herz, als sie nun zu Pauline zurückging. Ihre Erleichterung über das Gelingen der Bluttauschaktion wurde von der Sorge um das, was sie Anne Jever angetan hatte, aufgefressen.

Wenn Anne Jevers Erinnerung intakt war, hatte sie ein riesengroßes Problem.

★★★

Anne knurrte unwillig. Wer rief sie so laut? Es war mitten in der Nacht. Warum schlief derjenige nicht? Warum war er nicht müde wie sie? Zentner schienen auf ihren Lidern zu liegen. Zu schwer, um sie zu öffnen.

»Anne! Anne, wach auf. Hörst du mich?«

»Lass … das«, presste sie heraus, als ihr jemand an die Wange patschte. Sie wollte doch einfach nur schlafen.

»Anne. Mein Gott. Wach auf, hörst du?«

Sie schaffte es erst, die Lider zu öffnen, als jemand sie an den Oberarmen packte und schüttelte. Sie blinzelte. Es war gar nicht Nacht. Es war hell. Stöhnend bewegte sie sich, während ihr Blick auf ihrem Mann ruhte. War er blass? Oder ließ der dunkle Vollbart seine Wangen so bleich erscheinen? Warum blickte Rainer sie so verstört an? Und … wieso lag sie hier im Wohnzimmer auf dem Sofa?

»Was … was ist denn?«, sagte sie und leckte über ihre Lippen. Der ganze Mund fühlte sich trocken an. Und ihr Kopf schmerzte. Brennend und dröhnend zugleich.

»Anne.« Rainers Stimme klang gleichzeitig erleichtert und besorgt.

»Was ... ist ... passiert?« Sie versuchte sich aufzurichten, aber ihr wurde schwindlig, und so ließ sie sich auf das Kissen zurückfallen.

»Das frage ich dich. Hattest du einen Anfall?« Er drehte vorsichtig ihren Kopf. »Du bist verletzt.« Seine Finger strichen über ihren Schädel. »Kannst du aufstehen? Ich werde dich ins Krankenhaus fahren.«

Anne fühlte sich mehr als elend, aber das Wort »Krankenhaus« verdrängte jeden körperlichen Schmerz. »Verletzt?« Erneut versuchte sie, sich aufzurichten. Dieses Mal zwang sie sich, sitzen zu bleiben, obwohl sich alles zu drehen begann. Auf keinen Fall wollte sie ins Krankenhaus.

Sie starrte an sich hinunter. Ihre Laufhose war verdreckt. Vor allem aber war ihre rechte Armbeuge blau unterlaufen, dazwischen das dunkle Rot getrockneten Blutes. Mit den Fingern ihrer Linken strich sie über die Schrammen.

Was um Himmels willen war ihr passiert? Sie starrte auf ihren Arm, traute sich nicht, Rainer anzusehen, der wieder ihren Namen rief.

Sie versuchte aufzustehen und stieß mit dem Fuß gegen ihre Laufschuhe, die vor dem Sofa standen. Verzweifelt suchte sie in ihrem Kopf nach etwas Greifbarem, nach der Erinnerung daran, warum sie verletzt war. Warum sie hier in Laufkleidung auf dem Sofa lag. Was war nur geschehen?

»Anne!«

Sie hob den Kopf. Der Schwindel ließ nach. »Das ... war kein Anfall«, sagte sie zu Rainer. »Das ... das passt einfach nicht. Dann hätte ich mir nicht die Schuhe ausziehen und mich hier auf das Sofa legen können.« Sie schüttelte den Kopf. »Aber ich muss mich hierhingelegt haben.« Sie sah auf die Kissen am Sofaende, auf denen ihr Kopf gelegen hatte. Ein wenig Blut haftete daran.

»Ich liege immer andersherum«, murmelte sie. »Ich liege niemals mit dem Kopf an diesem Ende.«

»Ein Zeichen mehr, dass du nicht bei dir warst«, stieß Rainer aus. Seine Stimme klang harsch. »Kannst du aufstehen? Ich werde dich jetzt ins Krankenhaus fahren.«

»Nein!« Anne war auch lauter geworden. »Mir ... geht es gut. So weit. Es ... es war kein Anfall. Wirklich nicht.«

»Dann sag mir endlich, was passiert ist.«

Anne schluckte. Sie konnte ihm nicht sagen, was passiert war. Noch nicht. Aber gleich würde sie sich erinnern. Es konnte doch nicht sein, dass sie sich nicht erinnerte. Sie war verletzt. Und es tat weh. Man musste sich doch daran erinnern, wie das passiert war!

»Nicht ins Krankenhaus«, sagte sie leise. Ihre Finger wanderten zu ihrer brennenden Schläfe. »Aber ... vielleicht fährst du mich zu Dr. Maler? Er kann sich meinen Kopf ansehen.« Ihr Hausarzt war ein Vertrauter für sie. Dr. Maler würde sie nicht gleich ins Krankenhaus schicken. Er würde erkennen und bestätigen, dass es kein Anfall gewesen war.

»Dr. Maler?« Rainer schüttelte den Kopf. »Der hat lange Dienstschluss. Es ist gleich zwanzig Uhr.«

Ihr Blick wanderte zu der Wanduhr aus Keramik. Neunzehn Uhr achtundvierzig zeigte sie an. Unglaublich. So viele Stunden.

»Widerrede lasse ich nicht gelten«, sagte Rainer bestimmt. »Wir fahren in die Ambulanz. Die sollen sich das mal anschauen.«

»Ich ... ich geh kurz ins Bad«, sagte Anne. Ihr Kopf fühlte sich seltsam dumpf an. Dem Zustand nach einem Anfall nicht unähnlich, und dennoch ... Sie war sich sicher, dass sie keinen Anfall gehabt hatte.

Ihr Spiegelbild über dem Waschbecken des Gäste-WCs erschreckte sie. Bis auf die Wange zogen sich von der rechten Kopfseite über die Schläfe krustige Blutspuren und Schrammen.

Das Klingeln der Türglocke riss sie aus ihrer Betrachtung. Sekunden später hörte sie Rainer an der Tür sprechen. Mit einem Mann. Darauf ließ die dunkle Stimme schließen. Anne griff zu einem der kleinen fliederfarbenen Handtücher, die gefaltet auf einem weißen Kunststoffregal lagen, und befeuchtete es. Vorsichtig strich sie mit dem Tuch über die Schläfe, als Rainer die Tür zum Gäste-WC öffnete.

»Kommst du bitte mal, Anne? Da draußen steht Herr Günther und möchte wissen, wie es dir geht. Weil du ja im Wald gestürzt bist und dir den Kopf angeschlagen hast.«

»Was?«

»Eine Spaziergängerin hat dir geholfen und wollte dich zu einem Arzt bringen. Sagt er.«

Anne schwieg betroffen.

Sie war gestürzt? Beim Joggen? Eine Frau hatte ihr geholfen, und sie wusste es nicht mehr?

Sie ließ das Handtuch im Waschbecken liegen und ging an die Tür. »Hallo, Herr Günther.«

Der alte Mann sah sie erschrocken an. »Na, Sie sehen ja noch schlimmer aus als heute Nachmittag. Sind Sie doch nicht beim Arzt gewesen? Die nette Dame wollte sie doch dorthin fahren.«

»Hat … hat sie das gesagt?« Anne versuchte verzweifelt, sich an eine Frau zu erinnern, die sie im Wald getroffen haben musste, aber sie konnte sich nicht einmal daran erinnern, dass sie überhaupt im Wald gewesen war.

»Aber ja doch«, nickte Herr Günther. »Sie sagte, Sie sind gestolpert und auf den Kopf gefallen und Sie seien etwas verwirrt. Und das waren Sie ja wirklich. Darum dachte ich, wo ich doch noch meine Runde mit Seppi drehe, ich schau noch mal bei Ihnen rein, um zu gucken, wie es Ihnen geht.«

»Das ist sehr nett von Ihnen«, sagte Rainer. »Wir würden Sie ja hereinbitten, aber ich möchte meine Frau noch zum Arzt fahren.«

Als Rainer die Tür hinter dem alten Mann schloss, sagte Anne: »Jetzt erinnere ich mich. Wie konnte ich denn das vergessen? Ich bin einem Hundehaufen ausgewichen, und dann war da diese Baumwurzel. Und irgendwie war es feucht vom Regen. Plötzlich lag ich auf dem Waldboden … und der Kopf schmerzte. Und dann hat mir eine … Frau aufgeholfen.« Sie versuchte zu lächeln.

Würde Rainer die Lüge schlucken? Ihr abkaufen, dass sie sich wieder erinnerte? Dass sie nur ausschmückte, was sie eben von Herrn Günther gehört hatte? Es hörte sich auf jeden Fall plausibel an. Rainer würde beruhigt sein und das Thema Anfall endlich ruhen lassen.

»Sie hat mich nach Hause begleitet. Zum Arzt wollte ich nicht, weil es mir wieder besser ging. Ich wollte einfach nur

127

liegen. Dann bin ich eingeschlafen, bevor ich mich umziehen konnte. Ja, und dann hast du mich aus dem Tiefschlaf geweckt.«

Rainer hatte ihr mit zusammengezogenen Augenbrauen zugehört, während seine Finger durch seinen Bart strichen. »Trotzdem fahren wir jetzt. Dein Kopf muss geröntgt werden. Vielleicht hast du eine Gehirnerschütterung.«

Sie saßen über eine Stunde in der Ambulanz, bevor Anne an der Reihe war. Die Röntgenaufnahme zeigte, dass ihr Schädel unverletzt war. Eine Gehirnerschütterung wollte der Arzt allerdings nicht ausschließen.

Ein weiterer Arzt versorgte ihre Schrammen am Kopf und am Arm. »Da sind sie aber sehr eigenartig gefallen, Frau Jever. Bei Stürzen dieser Art zieht man sich eigentlich Schürfwunden an Händen und Ellbogen oder Unterarmen zu. Diese Blutergüsse in der Armbeuge ...« Er hielt ihren Arm und fuhr noch einmal mit den behandschuhten Fingern darüber. »Merkwürdig. Sind Sie in ein Gebüsch oder Unterholz gefallen? Dann könnten dornige Zweige dafür verantwortlich sein.«

Anne spürte Rainers Blick auf sich. »Gut möglich. Ich bin über Stock und Stein gelaufen, um dem Hundekot auszuweichen.«

Rainer behielt seinen prüfenden Blick auch, als sie wieder zu Hause waren. Anne hasste es. Gemeinsam bereiteten sie sich um zweiundzwanzig Uhr in der Küche ein spätes Abendessen.

Während sie das Käsebrot und den Tee am Küchentisch verzehrten – Anne ohne jeden Appetit, weil sie sich immer noch benommen fühlte –, versuchte sie, sich nicht anmerken zu lassen, wie sehr der Blackout sie beschäftigte. Rührte das wirklich vom Sturz her? Oder nahm die Epilepsie eine neue grässliche Form an? Sie musste unbedingt mit Herrn Günther sprechen, wer die Frau gewesen war, die ihr geholfen hatte. Sie würde ihr mehr sagen können. Mit diesem Gedanken fiel sie in einen tiefen Schlaf, sobald ihr Kopf das Kissen berührte.

★★★

»Mama!« Sophie hatte rote Wangen, als sie um das Haus gelaufen kam und ihren Schulrucksack vor die Terrassentür warf. »Tolle Mega-Neuigkeiten!«

Lyn saß auf der kleinen Holzbank unter dem Apfelbaum und war froh, dass der Sechzehn-Uhr-Bus ihre Jüngste von der Schule nach Hause gebracht hatte. Endlich war wieder Leben im Haus.

»Hallo, Krümelchen.«

Sophie warf sich neben Lyn auf die Bank und umarmte sie.

»Rate, Mama!«

»Du hast eine Vier in Mathe.«

»Viel besser. Und viel wichtiger.«

Lyn grinste schief. »So ganz unwichtig finde ich das mit deiner Fünf im Zeugnis nicht … Aber nun sag schon: Was ist es?«

Sophie setzte sich aufrecht hin. »Ich … habe …«, sie machte aus dramaturgischen Gründen nach jedem Wort eine kleine Pause, »meine … Regel! Heute Morgen in der ersten Stunde. Mitten in Bio. Voll passend, oder? Zum Glück hatte ich ja den Ersatzslip dabei.« Sie strahlte über beide Wangen.

»Oh mein Schatz!« Lyn umarmte Sophie. »Willkommen im Club.«

Sophie hatte bereits seit über zwei Jahren darauf gelauert, nachdem anscheinend alle Mädchen ihrer Klasse körperlich reifer waren.

Lyn freute sich für sie. Endlich hatte Sophie das Döschen mit Tampon und Slip öffnen können, das sie immer bei sich getragen hatte. Lyn drückte Sophie einen dicken Schmatzer auf die Wange. »Ist aber auch ein kleines bisschen schrecklich. Jetzt bist du nicht mehr meine Kleine.«

»Doch, bin ich. Ich mag noch kuscheln.« Sophie zog die Beine an den Körper und drückte sich an Lyn. So saßen sie einfach da. Schweigend.

Lyn genoss die Wärme an ihrer Seite, den Geruch ihrer Tochter. Sie zwang die aufsteigenden Tränen zurück. Sie konnte nicht schon wieder heulen! Aber die Assoziationen mit dem verlorenen Baby kamen einfach. Immer wieder. Hätte sie noch eine Tochter gehabt? Oder einen Sohn? Einen kleinen Hendrik mit den strahlenden grauen Augen seines Vaters?

Sophie hatte wohl das krampfhafte Schlucken bemerkt, mit dem Lyn gegen die Tränen kämpfte. Sie streichelte über Lyns Hand und fragte, ohne den Kopf zu heben: »Bist du noch sehr traurig, Mama?«

Lyn entschied sich für die Wahrheit und gluckste ein schwaches »Ja« heraus.

»Und … und Hendrik kommt jetzt gar nicht mehr?«

Lyn konnte nur die Schultern heben. Ein Kloß saß im Hals fest.

Die streichelnde Hand hielt inne. »Vielleicht … vielleicht bin ich auch schuld? Weil ich so garstig zu ihm war?« Sophie sah Lyn unsicher an. »Jetzt tut mir das echt leid, Mama. Nicht unbedingt wegen Hendrik. Aber weil … weil du so traurig bist.«

Nach Sophies letzten Sätzen musste Lyn unwillkürlich lachen. »Du bist wenigstens aufrichtig, Krümel … Aber keine Angst, mein Schatz. Du bist nicht schuld. Das ist ganz allein ein Problem zwischen Hendrik und mir. Und jetzt komm …« Sie stand auf und zog Sophie an der Hand von der Bank hoch. »Du hast doch bestimmt Hunger. Ich habe Kartoffelsalat gemacht. Und Frikadellen.«

»Lecker!« Sophie griff im Vorbeigehen nach der grau getigerten Katze, die unter der hohen Hecke, hinter der sich Wewelsfleths Leichenhalle verbarg, hervorgekrochen kam. »Hallo, Garfield. Ich hab endlich meine Regel. Wie findest du das?«

Die Katze begann auf Sophies Arm zu schnurren.

Lyn lächelte, als sie Sophie sagen hörte: »Ja, so fühle ich mich auch.«

In der Küche aß Sophie munter drauflos. Nach der zweiten Frikadelle fragte sie: »Ist die letzte für Lotte, oder kann ich die auch noch essen? Wo steckt die eigentlich? Die hatte doch heute früher Schluss.«

»Sie ist mit dem Fahrrad nach Glückstadt gefahren. Eis essen mit Jana.«

»Mit Jana?« Sophie hielt beim Kauen inne. »Garantiert nicht. Die war eben im Bus.«

»Ach.« Lyn sah Sophie erstaunt an.

Sophie warf der Katze ein Stückchen des gebratenen Hackfleischs zu, Lyns tadelnden Blick ignorierend. »Die hat dich fett angelogen. Die trifft sich bestimmt mit Mister X. Du musst mit ihr sprechen und sie zwingen, dir zu sagen, wer er ist.« Ihre Augen leuchteten. »Ihr habt doch in eurem Vernehmungsraum bestimmt diese grellen Lampen, mit denen im Krimi den Verdächtigen immer in die Augen geleuchtet wird, damit sie die Wahrheit ausspucken. Die kannst du doch mal mitbringen. Dann ketten wir Lotte hier an den Küchenstuhl und strahlen sie an, bis sie die Wahrheit sagt.«

Mit der Gabel spießte sie die dritte Frikadelle auf. »Die langweilige Variante wäre: Sie ist wieder mit diesem Hobbit, diesem Max, zusammen und traut sich nicht, es uns zu sagen. Oder«, ihr Grinsen wurde noch breiter, »es ist ein Mann. So ein richtig alter. Fünfundzwanzig oder so. Und er ist verheiratet.«

»Und er hat vermutlich fünf Kinder?« Lyn tippte sich lächelnd an die Stirn. »Deine Phantasie möchte ich haben, Krümel.«

Sophie nickte. »Stimmt. Phantasie hab ich. Dafür fehlt mir mathematisch-logisches Verständnis.« Sie grinste nur noch halbherzig. »Für 'ne Vier hat's mal wieder nicht gereicht.«

»Ach, Krümel!« Lyns Augenbrauen zogen sich zusammen. »Wozu bezahle ich eigentlich die teure Nachhilfe? Da hätte ich dich auch weiter zu Opa schicken können. Der war genauso wenig erfolgreich, hat aber wenigstens kein Geld genommen.«

Sophie stand auf, räumte den leer geputzten Teller in die Spülmaschine und griff nach der Katze. »Ich sag dir wenigstens die Wahrheit. Ich hätte dir die Fünf ja auch verschweigen können.« Erhobenen Hauptes schritt sie mit der Katze an Lyn vorbei und ging die Treppe hinauf. »Und jetzt muss ich ins Bad, Garfield. Du musst in meinem Zimmer auf mich warten.«

Kopfschüttelnd spannte Lyn ein Stück Folie über die Schüssel mit dem restlichen Kartoffelsalat und stellte sie in den Kühlschrank.

Mit der Fünf in Mathe konnte sie tatsächlich besser leben als mit der Schwindelei Charlottes. Warum hatte sie gelogen?

★★★

»Was Mama wohl sagen wird? Ich bin selbst noch so aufgeregt. Mein Herz klopft so doll, Onkelchen.« Pauline legte eine Hand auf ihre Brust, während Tränen aus ihren Augen flossen. Sie strahlte dabei über das ganze blasse Gesicht.

Joachim Ballmer, der auf einem Stuhl neben Paulines Bett saß, deutete – ebenfalls strahlend – auf das mit einer riesigen roten Schleife versehene Geschenkpaket auf dem Bett. »Was ist da drin?«

»Ein Pashmina-Schal, passend zu Mamas mokkafarbenem Wintermantel. Kimmi musste für mich einkaufen gehen. Und backen.« Sie deutete zum Nachttisch, auf dem ein Gugelhupf stand, in dem wahllos verteilt einige bunte Kerzchen steckten.

»Nun, ich schätze, deine Mutter wird diesen Schal und den Kuchen lieben, aber mit deinem dritten, uneingepackten Geschenk werden diese Dinge nicht mithalten können.«

»Nichts kann damit mithalten«, strahlte Pauline ihren Onkel an. Im selben Moment klopfte es kurz an der Tür, bevor sie sich öffnete. Pauline legte einen Finger an die Lippen und machte leise »Pst!« Richtung Joachim, der jetzt auch erwartungsvoll zur Tür sah.

Als Carola und Robert das Zimmer betraten, begannen Pauline und Joachim zu singen: »Happy birthday to you ...«

Robert stimmte mit ein, während Carola lächelnd dastand, den Blick auf die singende und strahlende Pauline gerichtet. Als die letzten Töne verklangen, brach Pauline in Tränen aus und breitete die Arme aus. »Mama! Mama!«

Carola stürzte zu ihr und presste sie an sich. »Mein Gott, Linchen ...«

Robert von Ahren sah seinen Schwager erschrocken an, aber Joachim wedelte beruhigend mit seinen Händen.

In diesem Moment schluchzte Pauline auch schon am Hals ihrer Mutter: »Ich ... ich werde gesund werden, Mama. Ich ... ich muss nicht sterben. Deine Stammzellen ... sie passen!«

»Oh Gott!«, stieß Robert aus. Sein Blick suchte noch einmal den des Schwagers.

Joachim konnte nur lächeln und nicken. Er war unendlich erleichtert, dass die Übereinstimmung der Verträglichkeitsmerkmale zwischen Carola und Pauline so hoch ausgefallen war. Bei Elternteilen keine Selbstverständlichkeit, da sie aus biologischen Gründen schon automatisch nicht in allen Merkmalen mit ihren Kindern übereinstimmten.

Robert stürzte auf Pauline und Carola zu und umarmte sie beide. Tränen liefen ihm über die Wangen. »Gott sei Dank. Gott sei Dank.«

»Na, Schwesterchen, ist das nicht ein wunderbares Geburtstagsgeschenk?« Joachim strich über Carolas Arm, der um Paulines zuckenden Rücken geschlungen war. Als sie den Kopf wandte und ihn ansah, war Joachim verwirrt. Er hatte Freude in ihrem Blick erwartet. Vielleicht noch Unglauben, aber dann pures Glück. Doch nichts von dem fand sich in ihren grünen Augen. Carola wirkte erstarrt. Emotionslos.

Pauline löste sich von ihr und presste ihr nasses Gesicht jetzt an das des Vaters. »Ich hab solche Angst gehabt, Papa. Solche Angst! Und jetzt bin ich nur noch glücklich. Als Onkel Joachim mir das Ergebnis eben gesagt hat, hab ich ein Gefühl gehabt, das ich noch niemals gefühlt habe. Ich kann das gar nicht beschreiben. Das ... das war Glück von ganz innen drin. Von so tief in mir drinnen. Ich wusste nicht, dass ich diese Stelle in mir habe.«

»Du wirst gerettet werden«, flüsterte Carola und sah von Pauline zu ihrem Mann. »*Wir* werden gerettet werden.«

Die Worte waren positiv, aber der Klang ihrer Stimme irritierte Joachim. Du bist ein Idiot, schalt er sich selbst. Sie ist einfach nur fix und fertig. Nachdem Robert als Spender nicht in Frage kam, ist diese positive Nachricht für sie wie ein Schock. Die Erleichterung wird später kommen.

Er erhob sich. »Ich lasse euch jetzt allein mit dieser frohen Botschaft. Lasst euch den Kuchen schmecken, wenn ihr euch alle beruhigt habt. Ich hole mir später noch ein Stückchen ab.«

Robert von Ahren ließ Frau und Tochter los und ging auf seinen Schwager zu, um ihn zu umarmen. »Wir sehen uns heute Abend. Wir freuen uns auf dich und Maja. Nach dieser wundervollen Nachricht wird uns der Aal noch besser schmecken, Schwager.« Dann strahlte er Pauline an. »Und die große Party wird nachgeholt, wenn du wieder zu Hause bist, mein Schatz. Eine Riesenparty!«

Der Duft von knusprigem Brot und Räucherfisch hing in der Luft, als Joachim Ballmer Stunden später das letzte Stückchen Aal mit den Zähnen vom Knochen löste und auf der Zunge zergehen ließ. Genießerisch leckte er seine Finger ab. Niemals wäre es ihm in den Sinn gekommen, einen Aal mit Messer und Gabel zu essen.

»Das war köstlich«, sagte er, während er nach der mit einer blauen Forelle bestickten Damastserviette griff und in die kleine Runde am Esstisch blickte.

»Das freut mich«, sagte Carola mit einem zärtlichen Lächeln für ihn.

Maja strich sich mit der Hand über den Bauch. »Oberlecker. Ich werde drei Tage Sport treiben müssen, um das wieder runterzukriegen.«

»Bitte keine Diätgespräche«, sagte Robert von Ahren. Er zwinkerte seiner Schwägerin zu. »Heute ist ein guter, ein hoffnungsvoller Tag. Da ist es egal, ob du einen fetten Fisch gegessen hast. Ich hole uns jetzt einen eiskalten Verteiler. Der vernichtet alle Kalorien.« Er stand auf und verließ das Esszimmer.

»Wie perfekt du wieder eingedeckt hast«, sagte Maja zu Carola und deutete auf die Tischdekoration. »Wunderschön. Dafür fehlt mir einfach das Händchen.«

Carola starrte auf das weiße Damasttischtuch, den silbernen Leuchter mit den weißen Kerzen und das selbst gesteckte blau-weiße Blumenarrangement in der silbernen Schale. Ihre Hand spielte mit dem silbernen Serviettenring. Ihr Teller war als einziger nicht leer. Von dem mit Butter bestrichenen Brot hatte sie nur ein einziges Mal abgebissen. Auch ein Aalstück war liegen geblieben.

»Ja«, murmelte sie, »ja, ich brauchte Beschäftigung.« Ihr Blick blieb auf den Tisch gerichtet. »Perfektion anzustreben ist immer besonders hilfreich, um die Gedanken zu bändigen.«

Majas Hand legte sich auf Carolas. »Jetzt gibt es einen Grund mehr, zu hoffen, Carola. Deine Gedanken werden zur Ruhe kommen. Und noch ist ja nicht einmal gesagt, dass Pauline überhaupt eine Stammzelltransplantation benötigt. Ihr müsst weiter abwarten. Aber ihr habt jetzt ein wunderbares Ass im Ärmel ... Es muss so unglaublich erleichternd für dich sein, zu wissen, dass du Pauline helfen kannst.«

Robert kam zurück. In der einen Hand hielt er eine beschlagene Flasche Aquavit, in der anderen vier gekühlte langstielige Gläser. Joachim schien es, als sei Carola dankbar für Roberts Erscheinen. Sie gab Maja keine Antwort. Stattdessen stürzte sie den Schnaps in einem Zug hinunter, nachdem Robert eingeschenkt hatte.

»Ich nehme noch einen«, sagte sie und hielt ihrem Mann das Glas erneut hin. Ihre Hand zitterte dabei.

Joachims Augenbrauen zogen sich automatisch zusammen. Er hatte seiner Schwester am Vortag ein neues Rezept für ihr Beruhigungsmittel ausgestellt. Schon wieder. Sie nahm also nicht gerade wenig davon. Und jetzt kam der Alkohol dazu. Dennoch verkniff er sich eine Bemerkung. Hier am Tisch wollte er die gelöste Stimmung nicht verderben.

Die Gelegenheit bot sich, als Carola – nachdem sie und Maja den Tisch abgedeckt hatten – mit dem Hund in den Garten ging, während Robert vor der Bücherwand einen Kunstband mit Maja diskutierte.

»Ich begleite dich«, sagte Joachim und folgte Carola und Fidus durch die Terrassentür nach draußen.

Es war noch nicht komplett dunkel, als sie den sanft abfallenden Rasenhügel hinunterspazierten. Ein Richtung Hamburg fahrendes Containerschiff warf den schwachen Schein seiner Signallampen herüber. Linker Hand blickten sie auf den Yachthafen am Mühlenberg hinunter. Weiterer Lichtschein drang vom Airbus-Werksgelände auf Finkenwerder herüber.

»Normalerweise hättest du dich jetzt bei mir eingehakt«, sagte Joachim, nachdem sie schweigend ein Stück gegangen waren. Er blieb stehen. »Was ist los, Carola? Du bist so distanziert. Abwesend. Und dazu dein hoher Konsum an Tranquilizern ... Ich weiß, dass es nicht nur die Sorge um Pauline ist.«

Er sah, wie sich Carolas Schultern versteiften, als sie stehen blieb. Sie drehte sich nicht um. »Wie schwarz die Elbe ist. Ich mag sie nicht, wenn es Nacht wird.«

»Carola.« Joachims Stimme klang sanft, als er sie zu sich umdrehte. »Du weißt, dass du mir alles sagen kannst. Bisher bist du mir immer ausgewichen, aber ... Sag mir, bist du ... bist du damals ... vergewaltigt worden?«

Carola stieß einen Laut aus, der Überraschung und Schmerz gleichzeitig ausdrückte. »Mein Gott, das denkst du?« Ungläubig sah sie ihren Bruder an, schüttelte ihren blonden Kopf und entzog sich ihm.

Langsam ging sie ihm voraus, den Blick auf den Hund gerichtet, der als dunkler Schatten in einem der Beete schnüffelte, und starrte auf den schwarzen Fluss. Ihre Stimme klang rau. »Ich bete darum − Nacht für Nacht −, dass ich es nicht tun muss, Achim. Dass ich dir nicht die Wahrheit sagen muss. Um uns alle zu schützen.« Abrupt wandte sie sich wieder zu ihm um. »Bete, Achim, dass die Chemo bei Pauline anschlägt.«

Verstört versuchte er, in der Dunkelheit ihren Blick zu deuten. Er spürte Zorn in sich aufsteigen und packte sie an den Oberarmen. »Was ist denn nur los? Rede endlich mit mir, Carola!«

Sie rührte sich nicht. »Du wirst kein weiteres Wort aus mir herausbekommen. Bete einfach. Vielleicht hat Gott für dich ein Ohr.«

Ärgerlich starrte Joachim sie an. Was bedeuteten ihre merkwürdigen Äußerungen? Er bedauerte es zutiefst, nicht mit Robert über Carolas Gemütszustand sprechen zu können. Langsam ging er seiner Schwester voraus ins Haus. Vielleicht wusste Maja Rat. Sie war so intuitiv. Er würde seine Sorgen um Carola nicht länger vor ihr verbergen.

✳✳✳

Carola war schlecht vor Angst, als sie mit weit ausholenden Laufschritten in die Schatten des Itzehoer Waldes eintauchte. Zehn Tage waren vergangen, seitdem sie Anne Jever das Blut abgenommen hatte. Mit allem, was notwendigerweise dazugehört hatte.

Zehn Tage, in denen sie bei jedem Türklingeln zusammengezuckt war. Immer in der Angst, die Polizei davorstehen zu sehen. Aber alles war ruhig geblieben. Auch die Norddeutsche Rundschau, die sie jeden Tag gekauft hatte, hatte keinen Artikel über eine betäubte und misshandelte Anne Jever gebracht. Keinen Zeugenaufruf, keine Bitte um Hinweise aus der Bevölkerung. Ein gutes Zeichen? Ein Zeichen, dass die K.-o.-Tropfen gewirkt und jede Erinnerung ausgelöscht hatten? Carola war zerrissen zwischen Angst und Hoffnung. Sie brauchte die Frau noch. Sie brauchte deren Arglosigkeit.

Ein Teil von ihr hatte sich gewünscht, dass die Gewebemerkmale Anne Jevers nicht mit denen von Pauline übereinstimmten. Ein winzig kleiner Teil. Der, der unfassbare Angst vor Entdeckung hatte. Der andere, viel mächtigere Teil war so überaus dankbar, dass es Hoffnung auf Rettung für Pauline gab. Für *ihr* Kind.

Und dafür musste sie sich jetzt der anderen stellen. Sie hatte sich bewusst für den heutigen Dienstag entschieden. Dienstags lief Anne Jever ohne ihre Freundin.

Sie ignorierte den Gruß zweier Spaziergänger, die ihr entgegenkamen. Ihr Kopf war übervoll mit Gedanken an die bevorstehende Begegnung. Würde es überhaupt eine Begegnung geben? Vielleicht lief Anne Jever gar nicht mehr?

»Verdammt«, entfuhr es ihr, als hinter einer Biegung der alte Mann mit seinem Dackel in ihrem Blickfeld auftauchte. Sie wurde automatisch langsamer. An ihn hatte sie nicht gedacht. Würde er sie erkennen und ansprechen?

Die Frage klärte sich schnell. Sie war noch nicht ganz bei ihm, als er auch schon stehen blieb. »Ach, Sie!«, sagte er und sah ihr erwartungsvoll entgegen.

Carola blieb stehen und zupfte den Pony über der Sonnenbrille zurecht. »Hallo.«

»Na, das ist ja schön, dass Sie mal wieder hier laufen. Wir haben uns schon gewundert. Also, die Frau Jever und ich. Wo die Gute doch unbedingt mit Ihnen sprechen wollte. Und sich bedanken. Ich konnte ihr ja auch nur das sagen, was Sie mir gesagt haben. Wegen des Unfalls. Die Frau Jever hat sich ja den Kopf ziemlich angestoßen.«

Er beugte seinen Kopf weiter zu ihr herüber und begann zu flüstern, obwohl keine Menschenseele in der Nähe war. »Sie war ja ziemlich verwirrt. Auch im Nachhinein. Sie hat gar keine Erinnerung an den Sturz. Darum war sie so erpicht darauf, von Ihnen Einzelheiten zu hören.«

Carola lächelte krampfhaft. Sie war dankbar, dass der alte Mann so redselig war. Zum einen, weil sie nicht antworten musste, zum anderen, weil das, was er sagte, ihr Mut machte.

»Sie ist Ihnen ein Stück voraus«, sagte der Alte und deutete in den Wald. »Da wird sie sich freuen, Sie heute zu treffen.«

Carola nickte. »Ich war verreist ... Einen schönen Tag für Sie.« Sie lächelte ihm zu und setzte ihren Weg fort. Erleichterung durchflutete sie, während sie den Blick nach vorn richtete. Alles war gut, wenn Anne Jever arglos war.

Zwanzig Minuten später stand sie ihr gegenüber. Bei dem Baum, an dem Anne wie gewohnt ihre Übungen machte.

»Frau Schmitz!« Anne hatte sie bereits von Weitem kommen sehen und ihre Übungen unterbrochen.

»Wie schön, Sie so wohlauf zu sehen, Frau Jever«, sagte Carola und zauberte ein Lächeln auf ihre Lippen. Ihre Atmung ging schnell. Vom Laufen und vor Aufregung. »Ich habe mich während unseres Urlaubs immer wieder gefragt, wie es Ihnen wohl geht. Wir sind gestern erst wiedergekommen. Sonst hätte ich mich längst bei Ihnen erkundigt.« Ihr Blick scannte jede Bewegung in Annes Gesicht, in deren Augen. Aber nichts in der Mimik ließ darauf schließen, dass die Frau in ihr ihre Peinigerin erkannte.

»Ach, Sie waren im Urlaub. Ich dachte schon ...« Anne brach ab. Sie wirkte einen Moment abwesend.

»Ja?«

»Ach, nichts. Es ... es ist nur ... Ich bin immer noch verwirrt. Ich habe keinerlei Erinnerung an den Sturz. Im Grunde kann ich mich an gar nichts erinnern. Nicht an unsere Begegnung. Nicht einmal, dass ich hier gelaufen bin. Nur durch die Beschreibung Herrn Günthers bin ich darauf gekommen, dass Sie es waren, die mir geholfen hat … Es ist, als hätte jemand aus einem Film ein Stück herausgeschnitten und die losen Enden zusammengefügt. Aus meinem Film. Und dieses Stück fehlt mir. Es ist grässlich. Tief in mir drin weiß ich, dass da etwas ist, aber … ich kann es nicht greifen.«

»Ein Filmriss?« Carola tat erstaunt und betroffen. Sie schüttelte den Kopf. »Unglaublich. Jetzt mache ich mir Vorwürfe. Ich hätte sie doch zum Arzt fahren sollen. Aber Sie bestanden so vehement darauf, es nicht zu tun … Nun, da habe ich Sie nach Hause gefahren. Wir haben uns noch ein paar Minuten unterhalten, dann wollten Sie sich hinlegen. Jetzt bereue ich, dass ich nicht noch länger geblieben bin. Sie hatten vielleicht eine Gehirnerschütterung. Vielleicht kann es da zu Erinnerungslücken kommen?« Sie beugte ihren Kopf zur Seite und starrte auf Annes Schläfe, an der die Schrammen kaum noch zu erkennen waren. »Die Kopfverletzung war ziemlich heftig.«

Anne Jever hing an ihren Lippen. »Haben Sie gesehen, wie ich gestürzt bin? Oder lag ich schon am Boden, als Sie dazukamen?«

»Ich habe es genau gesehen. Es war ein ziemlicher Schreck. Wir hatten uns hier unterhalten.« Carola deutete auf den Baumstamm. »Dann sind Sie wieder losgelaufen. Ich war hinter Ihnen, weil ich ja nicht joggend, sondern als Spaziergängerin unterwegs war. Wir hatten uns über mein schmerzendes Knie unterhalten.« Sie musterte Anne. »Daran erinnern Sie sich auch nicht?«

Anne hob die Hände in einer hilflosen Gebärde. »Nichts da.«

»Sie sind ausgerutscht. Es war ja alles feucht vom Regen. Ich bin fürchterlich erschrocken, weil Sie auf den Kopf fielen und einen Moment reglos liegen blieben. Als ich bei Ihnen war, waren Sie bei Bewusstsein, aber verwirrt.«

»Aber … ich hatte keine Krämpfe oder dergleichen?«

»Nein.« Carola wunderte sich. »Warum fragen Sie?«

Anne Jever sah sie an, und für einen Augenblick fürchtete Carola, dass ihr etwas eingefallen war. Aber dann sagte Anne nur: »Die Erinnerungslücke entsetzt mich einfach.«

»Ich hoffe, dass Ihre Erinnerung bald zurückkehrt«, log Carola mit einem Lächeln. Einem nicht gespielten Lächeln, denn sie wusste, dass das nicht geschehen würde.

»Auf jeden Fall möchte ich mich bei Ihnen für Ihre Hilfe bedanken«, sagte Anne. »Darf ich Sie in den nächsten Tagen einmal zu Kaffee und Kuchen einladen?«

In spontaner Ablehnung öffnete Carola bereits den Mund, aber sie schloss ihn wieder. Ein Treffen mit Anne Jever – allein – würde in der Zukunft vielleicht eine perfekte Ausgangslage für ihr Vorhaben sein. Nur eben nicht in der nächsten Zeit. Blitzschnell entschied sie.

»Das ist wirklich reizend, und ich nehme Ihr Angebot gern einmal an. Aber vielleicht können wir es noch verschieben? Denn wir werden uns nicht mehr jeden Tag treffen. Ich habe neue Arbeitszeiten, und da muss ich erst einmal schauen, ob und wie ich freie Zeit zum Laufen nutzen kann. Aber das eine oder andere Mal werden wir uns bestimmt hier über den Weg laufen.«

»Ach so.« Anne nickte. »Okay. Wir machen dann irgendwann einen Termin aus.«

Carola reichte Anne die Hand. »Alles Gute für Sie. Passen Sie auf sich auf.«

Du wirst vielleicht noch gebraucht!

ACHT

Carolas Hände waren schweißnass. Mit der Linken umklammerte sie die Hand ihres Mannes, mit der Rechten hielt sie Paulines kalte Finger. Jetzt war es so weit. Die Anzeichen dafür waren in den letzten Wochen immer deutlicher geworden. Hoffnungsvolle Phasen, in denen Pauline zu Hause gewesen war, waren schnell wieder von sich rapide verschlechternden Blutergebnissen abgelöst worden. Jetzt, gegen Ende des hochsommerlichen Juli, war Pauline nur noch ein Schatten ihrer selbst.

Die Vögel zwitscherten vor dem im Kipp geöffneten Krankenhausfenster fröhlich ihre Lieder. Carola nahm das so bewusst wahr, dass sie es selbst kaum glauben konnte. Warum hörte sie dieses Vogelgepiepe, während ihr Bruder vor dem Bett ihrer Tochter stand, um das Schreckliche zu verkünden? Wieso waren die Vögel nicht endlich still?

Paulines blaue Augen wirkten riesig in dem blassen, spitzen Gesicht, das ermattet auf dem Kopfkissen ruhte.

»Ihr Lieben, wir haben es mehrfach durchgesprochen in den vergangenen Tagen … Wir dürfen nicht länger warten.« Joachim kam um das Bett herum und streichelte Paulines Wange. »Die Chemo schafft es einfach nicht, Linchen. Auch der letzte Leukozytentest ist mehr als schlecht ausgefallen. Und darum werden wir jetzt die Stammzelltransplantation vorbereiten. Mamas Stammzellen werden dir helfen. Das Prozedere wird sein wie besprochen. Dein eigenes Knochenmark werden wir mittels einer hochdosierten Chemo, kombiniert mit einer Strahlentherapie, ausschalten. Konditionierung nennen wir das. Im Idealfall haben wir dann nicht nur dein Knochenmark zerstört, Line, sondern auch die Leukämiezellen. Im Anschluss werden Mamas manipulierte Stammzellen dann ganz einfach über den zentralen Venenkatheter in dein Blut geleitet.«

Carola war froh, dass Joachim mit keiner Silbe darauf einging, dass sie vehement auf der klassischen Methode der Stammzellgewinnung bestanden hatte. Ihr würde unter Vollnarkose durch eine Punktion aus dem Beckenkamm Knochenmark entnommen werden. Joachim favorisierte natürlich die inzwischen gängigere periphere Blutstammzellspende, die ohne Narkose auskam, aber Carola konnte diesen Weg nicht gehen, denn dem Spender musste dabei eine Woche lang ein Hormon gespritzt werden.

Sie wurde von Paulines schwacher Stimme aus den Gedanken gerissen. »Und wenn mein Körper Mamas Zellen abstößt?«

Robert von Ahren kämpfte um Fassung. Er presste Carolas Hand so stark, dass es sie schmerzte, aber sie entzog ihrem Mann die Hand nicht. Sie konnte nur Pauline anstarren. Ihr Kind, dem die Angst vor dem Tod in das weiße Gesicht geschrieben stand.

»Wir haben das besprochen, Linchen.« Joachim Ballmer sprach mit fester Stimme. »Die Graft-versus-Host-Reaktion ist eine häufige Komplikation im ersten Jahr nach der Transplantation. Der Gast kämpft sozusagen gegen den Wirt. Das heißt, wenn Mamas Stammzellen angewachsen sind und neue gesunde Zellen produzieren, könnten ihre Lymphozyten dich als fremd erkennen und anfangen, dich zu bekämpfen. Vorrangig an Haut, Leber und Darm. Aber ich werde dir zur Prophylaxe Immunsuppressiva verabreichen. Und wir müssen dich vor allen Infektionsherden – soweit es möglich ist – schützen.«

Seine Hand streichelte unentwegt Paulines. »Und dass deine Lymphozyten Mamas Transplantat abstoßen, wird nicht passieren. Solch eine Abstoßungsreaktion ist höchst selten. Aus genau diesem Grund findet ja die Konditionierung statt.«

Pauline nickte nur.

Carola wusste, was sie dachte. Da es keinen weiteren in Frage kommenden Spender gab, war bei einer Abstoßung die Chance einer erneuten Transplantation nicht gegeben. Und selbst wenn … Carola war sich sicher, dass Pauline eine weitere Konditionierung nicht überstehen würde.

»Hier wird nicht aufgegeben, sondern gekämpft, Linchen«, versuchte Joachim es noch einmal mit Optimismus. »Wir machen das wie Harry Potter. Um mögliche Probleme kümmern wir uns erst, wenn sie auftauchen.« Er hockte sich auf die Bettkante und nahm ihre freie Hand. »Harry hat immerhin sieben Bände gebraucht, bis er Voldemort erledigt hat.«

Paulines Miene veränderte sich nicht. Carola wusste, dass sie einfach schon zu viele Aufmunterungen gehört hatte. Jeder Hoffnungsschimmer in den letzten Wochen hatte sich am Ende in ein kaltes Nichts aufgelöst.

»Aber ich bin jetzt schon im letzten Kapitel, Onkel Joachim. Wenn die Transplantation nicht klappt ... Voldemort hat so viele tolle Menschen getötet, die hätten gerettet werden müssen. Ganz tief in mir drin wartet er. Auf mich.«

Einen Moment lang war es ruhig. Dann riss Robert sich von Carola los und stürzte weinend aus dem Krankenzimmer.

Pauline wandte sich Carola zu. »Wenn ich sterbe, musst du Papa trösten, Mama. Du weißt doch, er ist unser Familienweichei. Harte Schale, weicher Kern.«

Alles in Carola schrie danach, Pauline zu widersprechen. Ihr zu sagen, dass sie nicht sterben würde. Aber sie schluckte die Worte hinunter. Die Zeit der schalen Phrasen war vorbei. Es gab keine Garantie, dass Pauline leben würde. Und sie wusste es. Und es war ihr verdammtes Recht, über den Tod zu sprechen.

Unter Tränen presste sie ein Lächeln heraus, während sie sich auf die andere Bettseite hockte. Seite an Seite mit ihrem Bruder hielt sie Paulines Hände.

Pauline hatte keine Tränen. Sie sah ihren Onkel an. »Hab ich Zeit, ein Testament zu schreiben, wenn ... wenn mein Körper Mamas Stammzellen abstößt? Ich meine ... hab ich dann noch Zeit, oder geht es dann ganz schnell? Soll ... soll ich mein Testament lieber jetzt schon schreiben?«

»Oh Line!« Carola weinte jetzt doch auf.

»Du kannst jetzt eines schreiben, Pauline, wenn es dir wichtig ist«, sagte Joachim ernst. »Das kann helfen, Anspannungen zu lösen. Aber – und ich gehe ganz, ganz ehrlich davon aus, dass es nicht eintritt – sollte dein Körper wirklich Abstoßungsreaktionen zeigen, die wir nicht stoppen können, dann hast du immer noch Zeit dafür.«

»Okay.« Pauline nickte. Dann sah sie Carola an. »Gib deine ganze Kraft in deine Zellen rein, Mama. Dann packen wir das.«

Es lief Carola eisig über den Rücken. Sie atmete tief durch. »Ich werde dir alles geben, was du brauchst, mein Schatz.«

»Lass uns ein Stück an der Elbe spazieren gehen«, sagte Robert von Ahren am Nachmittag zu Carola, als sie mit zittrigen Fingern in der Schublade des Sideboards neben der Eingangstür nach dem Schlüssel für den stillgelegten Krankenhausbau wühlte.

Carola sah ihn an. Seine Lider waren angeschwollen und gerötet. Vermutlich hatte er in der letzten Stunde, die er im Wintergarten verbracht hatte, nur seinen trüben Gedanken nachgehangen und sich mit Tränen erleichtert.

Sie fühlte, wie die Wut in ihr hochkam. Ihre gesamte Muskulatur war steif vor Anspannung, ihre Gedanken kreisten nur um das, was vor ihr lag. Sie hatte keine Zeit, ihrer Trauer nachzuspüren, ihren Ängsten Raum zu geben, sich andauernd mit Tränen zu erleichtern. Nein, sie schluckte Pillen, damit sie funktionierte. Pillen, die er ablehnte. Ein Luxus, den sie sich nicht leisten konnte. Sie wandte den Blick von Robert ab. Weil sie das Gefühl hatte, ihn sonst in sein trauriges Gesicht schlagen zu müssen.

»Ich habe keine Zeit zum Spazierengehen. Ich fahre noch mal für ein Stündchen nach Wedel raus. Ich will die Liste für Afrika noch einmal durchgehen, bevor die Sachen verschifft werden. Beim letzten Mal war ich so unkonzentriert.« Sie warf die Schlüssel in ihre offen stehende Handtasche. »Diese stille Arbeit lenkt mich ab. Und es tut mir gut, ein wenig mit mir allein zu sein«, fügte sie schnell hinzu, bevor Robert auf die Idee kam, sie begleiten zu wollen.

»Dann mach das, Liebling.« Seine Finger strichen durch ihr feines blondes Haar. »Ich werde vielleicht noch einige Telefonate führen.« Robert streckte sich. »Ich darf mich nicht so hängen lassen. Ich muss mir an dir ein Beispiel nehmen. Du bist in all deiner Traurigkeit und Angst trotzdem stark. Ich bewundere dich dafür.«

Schwäche kann ich mir nicht leisten, lag es Carola auf der Zunge, aber sie schluckte den Satz hinunter. Sie griff nach ihrer Handtasche. »Geh bitte noch mal mit Fidus raus. Zum Abendessen bin ich zurück.«

Die Fahrt zum ehemaligen Krankenhausgebäude an der Elbe dauerte fünfzehn Minuten. Kurz hinter dem Ortsschild Wedel bog Carola vom Schulauer Weg nach links in den Grenzweg ab. An der rechten Seite wucherte kniehohes Gras auf Brachland. Ein riesiges Schild wies auf den Bau des neuen Businessparks Elbufer hin. Nach dem Verkauf des alten Klinikgeländes hatte Joachim Herzblut und ein enormes Vermögen aus Verkaufserlös und privater Tasche in die neue Klinik in der Hafencity investiert. Die Tatsache, dass Joachims und Majas jüngster Sohn Theodor mit Leidenschaft Medizin studierte, hatte die Entscheidung maßgeblich beeinflusst. Die Ballmer-Klinik würde in Familienhand bleiben.

Hinter dem Brachland lag das jetzt verlassene Klinikgrundstück. Das Hauptgebäude verdeckte einen Teil des Heizkraftwerks, dessen Schornsteine den Blick von allen Seiten des Ortes auf sich zogen. Carola fuhr ihren Audi bis zu der Schranke, die zum rückwärtigen ehemaligen Angestelltenparkplatz der Klinik führte. Sie nutzte ihren Kartenschlüssel, um die Schranke zu öffnen. Hier hinten war es menschen- und autoleer. Auf den vorderen Klinikparkplätzen parkten unerlaubterweise gern einmal Touristen, wenn der kleine öffentliche Parkplatz belegt war. Der Weg von hier zum Elbstrand war kurz und lockte Fahrradfahrer und Spaziergänger.

Carola parkte direkt vor der cremefarbenen Metalltür an der Rückseite. Als sie ausstieg, wehte der Wind Fetzen von Musik herbei. Carola kümmerte sich nicht darum. Die Schiffsbegrüßungsanlage Willkomm-Höft am Schulauer Fährhaus an der Elbe dudelte täglich etliche Hymnen. Für jedes große Schiff die Hymne seines Herkunftslandes, dazu Informationen über das Schiff. Bei Nordwestwind konnte man die Lautsprecherdurchsagen und die Musik bis hierher hören.

Sie öffnete die Tür mit dem Gebäudeschlüssel und sperrte innen wieder ab. Es war ein seltsames Gefühl, durch die leeren Gänge zu gehen, vorbei an offenen und geschlossenen Türen. Der Geruch in der ehemaligen Klinik war ihr vertraut. Zielgerichtet öffnete sie eine der Türen im Erdgeschoss. Dicht an dicht standen vier metallene Krankenhausbetten und zwei hölzerne Pflegebetten in dem Raum. Auf den in Folie verpackten Matratzen auf den Betten lagerten Kleinmöbel wie Nachttische und Stühle.

»Dann wollen wir mal«, murmelte sie, stellte ihre Tasche auf einem der Betten ab und begann von dem ihr am nächsten stehenden Holzbett mit geteiltem Seitengitter zwei Stühle herunterzuheben. Es folgten zwei leichtere Regale und ein Stapel Spiegel, die wohl aus den Badzellen stammten. Sie lagerte die Sachen auf dem Flur. Das Bett aus dem Raum zu bugsieren erwies sich als schwierig, weil sie kaum Platz zum Rangieren hatte.

»Scheißding!«, fluchte sie und riss am Fußende. Letztendlich musste sie zwei der anderen Betten ein Stück zur Seite rollen, um das Bett frei zu bekommen. Als sie es endlich auf den Flur gezogen hatte, atmete sie tief durch. Sie musste ruhiger werden. Eine Lächerlichkeit wie ein festgekeiltes Bett durfte sie nicht aus der Ruhe bringen. Es würden noch ganz andere Probleme auftauchen. Sie musste unbedingt die Nerven behalten. Sie ging in das ehemalige Krankenzimmer zurück und nahm einen Blister aus ihrer Handtasche. Sie drückte eine Beruhigungstablette heraus und schluckte sie hinunter.

»Weiter geht's«, murmelte sie, verließ den Raum, ließ das nächste Zimmer aus, weil sie wusste, dass es ebenfalls Betten und Mobiliar enthielt, und ging zwei Räume weiter. Um die zwanzig Umzugskartons lagerten hier neben Infusionsständern, einem gynäkologischen Untersuchungsstuhl und diversen mit Bettdecken und Kissen prall gefüllten Plastiksäcken. Carola las die Beschriftungen auf den Kartons. Leider waren sie nicht sehr detailliert. Aber sie wusste, dass das, was sie suchte, in einem der Kartons war. Schließlich hatte sie beim Aussortieren und Verpacken der Materialien für das Krankenhaus in Togo viele Stunden geholfen, und sie war sich sicher, die Fixierungsmanschetten gesehen zu haben.

Seufzend griff sie nach dem ersten Karton, hob ihn von den anderen dreien herunter und öffnete ihn. Einige chirurgische

Werkzeuge wie Skalpelle, Zangen, Wundhaken und -spreizer lagen in durchsichtigen Plastikboxen obenauf. Im sechsten Karton wurde sie fündig. Erleichtert zog sie eine gepolsterte Armmanschette unter zwei Stapeln verschieden großer Nierenschalen hervor. Allerdings blieb es die einzige Manschette in diesem Karton.

Nachdem sie weitere acht Kartons erfolglos durchforstet hatte, kamen ihr vor Wut die Tränen. Waren die Manschetten etwa im letzten Karton? Ihre Schultern schmerzten bereits vom schweren Heben. Musste sie tatsächlich noch alle anderen Kartons herunterheben und kontrollieren, um eine weitere Manschette zu bekommen?

Nein, entschied sie. Sie würde eine andere Lösung finden.

Sie schloss den Karton und schob ihn zurück. Dann wandte sie sich den Säcken mit dem Bettzeug zu. Die Foliensäcke waren mit Kabelbindern geschlossen worden und somit nicht von Hand zu öffnen. Der Ärger darüber erlosch so schnell, wie er aufgeflammt war, denn ihr fiel ein, wie sie den Kabelbinder durchtrennen konnte. Sie öffnete noch einmal den ersten Umzugskarton, nahm ein Skalpell aus der Plastikbox und schnitt damit das Hartplastik entzwei. Während sie ein Kissen und eine Bettdecke aus dem Sack zog, kam ihr eine Idee. Robert hatte Kabelbinder im Geräteschuppen. Abgepolstert würden sie eine perfekte Fixierung sein. Sie warf das Bettzeug und die Manschette auf das Bett auf dem Flur und holte anschließend das Skalpell. Damit konnte sie die Kabelbinder kürzen, wenn es so weit war.

Anschließend schob sie das Bett Richtung Fahrstuhl. Sie wusste, dass er funktionierte, weil sie wegen der Räumaktion darauf bestanden hatte, dass er in Betrieb blieb. Als sich die Fahrstuhltür mit einem leichten Rasseln öffnete, schob sie das Bett hinein und drückte den Schalter mit dem Buchstaben U.

Der Fahrstuhl fuhr langsam nach unten und öffnete seine Tür im Untergeschoss. Als Carola das Bett hinausschob, schlug ihr abgestandene Luft entgegen. Sie drückte den Lichtschalter und schob das Bett den kahlen Gang entlang. Ihre Schritte hallten auf dem schäbigen Linoleumboden. Im Untergeschoss war in

Betriebszeiten die Küche untergebracht gewesen. Außerdem ein Labor, verschiedene Lagerräume, Dusch- und Umkleideräume für die Angestellten und ein kleiner Kühlraum, in dem Verstorbene bis zur Abholung durch einen Bestatter untergebracht werden konnten.

Carola wusste genau, wohin sie wollte. Sie öffnete die Tür zu der großen Küche, in der noch vereinzelt metallene Schränke an den Wänden standen oder hingen. Sämtliche Elektrogeräte waren von einer sozialen Einrichtung ausgebaut und abgeholt worden. Sonnenstrahlen, die durch die niedrigen Fenster im oberen Viertel des Raums gelangten, offenbarten in den entstandenen Lücken Spinnweben, die in den Ecken klebten. Einige der hellen Fußbodenfliesen wiesen Risse und abgesprungene Ecken auf.

Carola öffnete eine weitere Tür, die in einen kleinen Nebenraum führte. Sie drückte den Lichtschalter. Der fensterlose Raum, der als Speisekammer gedient hatte, war um die zehn Quadratmeter groß und länglich geschnitten. Sämtliche Regale waren abgebaut und ebenfalls abgeholt worden. Die zweite Tür im Raum, die auf den Flur hinausführte, war von jeher verschlossen. Die Klinke war abmontiert, und einer von zwei metallenen Vorratsschränken stand davor.

Carola ließ die Tür zur Küche weit offen stehen, als sie den Vorratsraum betrat, denn hier war die Luft noch schlechter. Abgestanden, leicht durchdrungen von dem Duft nach einem Gewürz, das Carola gleich zuordnen konnte, weil sie es für den von Robert geliebten Lammbraten verwendete. Thymian. Vielleicht war irgendwann ein Behälter mit dem Gewürz ausgekippt? Ihr Blick wanderte zu dem verdreckten Fußboden. Niemand hatte die Krankenhausräume nach dem Umzug und den Abbauarbeiten gereinigt.

Sie seufzte. Wenigstens hier musste sie eine Grundreinigung vornehmen. Was sie dazu benötigte, würde sie von zu Hause mitbringen. Ansonsten war der Raum perfekt. Es gab kein Tageslicht, nichts, woran Anne Jever sich würde erinnern können, sollte die Sedierung aus unerfindlichen Gründen nicht perfekt gelingen. Bei diesem Gedanken überlief es Carola heiß.

Übelkeit setzte sich in ihrer Brust fest, sodass sie in die Küche zurückgehen musste und sich dort auf das Bett setzte.

Anne über mehrere Tage betäubt zu halten erschien Carola als die größte Herausforderung. Und es würden mehrere Tage sein. Sie konnte es sich nicht erlauben, die Aktion bis zum letzten Moment hinauszuzögern. Es gab viel zu viele Unwägbarkeiten.

Carola versuchte, tief in den Bauch zu atmen, der Übelkeit entgegen. Die Frau musste in den Tagen, die sie hier sein würde, unbedingt ruhiggestellt werden. Und darum war es wichtig, Joachim sofort einzuweihen, sobald sie Anne Jever hierhergebracht hatte.

Eine erneute Übelkeitswelle überfiel Carola, als ihr bewusst wurde, dass ihr Bruder die viel größere Herausforderung sein würde. Mit ihm fiel oder stand die Aktion. Mit ihm fiel oder stand ihr Leben.

Ohne Zweifel würde er die Stammzellen entnehmen, um Pauline zu retten. Aber würde er es heimlich tun? In einem dunklen, unsterilen Keller? Bei einer Frau, die von seiner Schwester betäubt und entführt und hierhergeschafft worden war? Er müsste alles aufs Spiel setzen. Seinen untadeligen Ruf als Mediziner. Sein Ansehen, das seiner Familie.

Würde seine Liebe zu ihr ausreichen, um das zu tun, was sie von ihm aus tiefster Seele erhoffte? Würde er ihr Leben retten? Ihr Leben mit Robert und Pauline? Würde er verstehen, dass es ihr nicht um ihren Ruf ging? Nicht um den Roberts. Nicht um den Wohlstand. Sondern einzig um ihr kleines glückliches Leben mit ihrem Kind und ihrem Mann?

Carola krümmte sich und rollte sich auf die Seite. Sie spürte nicht die dünne Folie, die um die Matratze gewickelt war. Sie spürte nur, was sie Joachim mit ihrer Forderung antun würde.

Wie würde er sie ansehen, wenn sie es ihm sagte? Wie würde er sie bis in alle Zukunft ansehen?

Carola schnellte hoch und erbrach sich vor dem Bett.

★★★

»Lyn?«

»Wie?« Lyn zuckte zusammen. Sie starrte ihren Chef Wilfried Knebel an, die Blicke der Kollegen auf sich spürend, weil sie gedanklich mal wieder weggetreten war. Wilfried hatte ihr anscheinend eine Frage gestellt.

»Entschuldige, ich war gerade nicht bei der Sache. Was ...?« Über seine Brille hinweg musterte er sie. Seine Stimme blieb freundlich. »Ich hatte gefragt, was die Zeugenvernehmung bei dem Brunsbütteler Tötungsdelikt ergeben hat. Du warst doch bei dem Nachbarn?«

Aus dem Augenwinkel nahm Lyn wahr, dass Hendrik, der wie üblich in der Frühbesprechungsrunde neben ihr saß, sie als Einziger nicht ansah. Lyn schluckte, bevor sie Wilfried antwortete, und er nickte. Ihre Gedanken kreisten ständig um Hendrik und die unmögliche Situation, in der sie beide sich befanden.

Seit sie vor vier Wochen wieder angefangen hatte zu arbeiten, vermied er jedes Aufeinandertreffen, soweit es nur ging. Und das war definitiv nicht einfach, denn das K1 war ein Team. Zusammenarbeit gehörte zu ihrem Job wie der Wind zur Mühle. Ohne das lief die Maschinerie nicht.

Lyn war sich bewusst, dass die Situation auch für die anderen Kollegen alles andere als einfach war. Das fröhliche Miteinander war inzwischen ein verkrampftes. Lukas Salamand war seit zwei Wochen wegen psychischer Probleme erneut krankgeschrieben. Lyn mutmaßte, dass die Atmosphäre im Kommissariat für ihn unerträglich geworden war. Ihn quälte, dass sie und Hendrik keinen Zugang mehr zueinander fanden und das gesamte Kollegium unter der Anspannung litt. Lukas fühlte sich definitiv schuldig. Da konnten all ihre Beteuerungen, dass dies nicht so sei, nichts ausrichten. Und sie wusste, dass sie genauso gefühlt hätte. Lukas tat ihr leid, aber sie hatte keine Ahnung, wie sie ihm helfen konnte. Sie konnte sich selbst nicht helfen.

Im Grunde fühlte sie sich wie ein Wrack. Die Tage, an denen sie sich aus dem Bett zwingen musste, wurden mehr. Charlotte und Sophie machten sich Sorgen, beobachteten sie. Sie spürte es, und es war beängstigend, dass sie dabei eine gewisse Gleichgültigkeit zu empfinden begann. Ihr fehlte mehr und mehr die

Kraft, auf die Sorgen der Kinder einzugehen. Manchmal musste sie sich regelrecht zusammenreißen, um ihnen zuzuhören.

Als die Runde sich auflöste, blieb sie bis zuletzt sitzen, sah den anderen nach. Hendrik hatte einen Außentermin und holte nur seine Jacke aus seinem Büro. Dann ging er, ohne noch einen Blick in das Besprechungszimmer zu werfen. Irgendwann stand sie auf. Als sie zu Hendriks Bürotür kam, blieb sie davor stehen.

Gegen jede Gewohnheit schloss er neuerdings seine Tür. Lyn war es egal. Dann war sie eben zu. Was hätte sie auch sagen sollen, wenn sie offen gestanden hätte? Sie waren nicht mehr in der Lage, miteinander zu sprechen. Da war diese dunkle, neblige Wand zwischen ihnen. Und sie war in ihrem Kopf, aber das war nicht schlimm. Der schwarze Nebel machte das Denken einfacher. Er erstickte es irgendwie.

»Lyn, kann ich dich bitte mal sprechen?«

Wieder zuckte sie zusammen. Wilfried stand in seiner Bürotür und wies mit der Hand hinein.

»Ja.« Sie ging an ihm vorbei und setzte sich auf den Besucherstuhl vor seinem Schreibtisch.

Er schloss die Tür und nahm auf seinem Drehstuhl Platz. Mit gefalteten Händen, die beiden Daumen umeinanderdrehend, sah er sie einen Moment lang wortlos an.

Sie blickte stumm zurück. Was sollte sie auch sagen? Ihr fiel nichts ein.

»Lyn, ich … also wir alle hier machen uns ein wenig Sorgen um dich. Wir freuen uns natürlich, dass du wieder arbeitest und bei uns bist, aber …« Er stockte.

Lyn sah ihn weiter an.

Wilfried schob seine Brille hoch und lehnte sich zurück. »Allein die Tatsache, dass du jetzt nichts sagst, dass du nicht widersprichst … All das ist nicht die Lyn, die wir kennen. Ich … wir wissen natürlich, was du momentan … äh … durchmachst. Aber ich bin mir nicht sicher, ob du nicht zu früh wieder angefangen hast, Lyn. Körperlich magst du wieder genesen sein, aber …« Er atmete tief durch. »Herrje, ich hasse solche Gespräche! Nun, ich muss dir als dein Chef sagen, dass wir alle denken, dass du Hilfe brauchst. Hast du schon mal darüber nachgedacht, einen Therapeuten aufzusuchen?«

»Nein.« Lyn schluckte. »Ich komme klar, danke.«

»Ich denke, das ist ein Trugschluss, Lyn.« Wilfrieds Stimme klang jetzt bestimmt. »Du bist ständig geistig abwesend. Du vergisst Termine, deine Berichte sind unvollständig. Du weichst uns allen aus. Du scheinst ein völlig anderer Mensch zu sein. Ich bin kein Fachmann, aber … das scheinen mir Anzeichen einer Depression zu sein, Lyn. Und du solltest diese Anzeichen nicht verdrängen, sondern dich ihnen stellen. Du rutschst sonst immer tiefer hinein. Du brauchst Hilfe.«

Lyn surrte der Kopf. Ihr wurde heiß. »Ich … ich …« Sie spürte, wie die Tränen kamen. Sie konnte sie nicht zurückhalten. Sie weinte auf. »Ich brauche keine Hilfe. Ich brauche Hendrik.« Der Weinkrampf übermannte sie, und sie beugte sich auf dem Stuhl vornüber.

Sie hörte kaum, wie Wilfried aufsprang, die Tür aufriss und über den Flur rief: »Karin? Karin, komm. Ich brauch dich hier.«

Es dauerte eine Viertelstunde, bis Lyn sich wieder beruhigt hatte. Auf dem Fußboden ihres Chefs hockend, umfangen von den Armen ihrer Kollegin Karin Schäfer.

Wilfried hatte sie allein gelassen.

»Ich rufe jetzt deinen Vater an«, sagte Karin bestimmt, während sie Lyn beim Aufstehen half. »Ich könnte dich auch nach Hause fahren, aber ich möchte, dass jemand bei dir bleibt. Und dann will ich dich hier nicht eher wiedersehen, bis du in psychiatrischer Behandlung bist. Ein Antidepressivum wirkt Wunder. Dafür muss man sich nicht schämen. Und du bist eine starke Frau, Lyn. Du wirst diese Phase überwinden, aber ohne eine medikamentöse und therapeutische Behandlung scheint es mir nicht machbar.«

»Ach, Karin.« Lyn schluchzte und wischte sich die Nässe von den Wangen. Sie sah sich um, starrte auf den Fußboden, auf dem sie eben gehockt hatten. »Wie peinlich. Wie schrecklich. Was denkt Wilfried nur? Und die anderen …«

Karin lächelte. »Wilfried war in der Tat etwas überfordert. Aber die anderen haben nichts mitbekommen. Mach dir keine

Sorgen. Nicht darüber.« Sie zog Lyn noch einmal an sich. »Darf ich jetzt deinen Vater anrufen?«

Lyn nickte an ihrem Hals.

»Und das ist wirklich so für euch in Ordnung?« Lyns Blick wanderte von Charlotte zu Sophie, die die Katze auf dem Arm hielt. Sie saßen in der kleinen Küche und hatten Abendbrot gegessen. Henning Harms hatte sich kurz vorher verabschiedet.

Charlotte rollte entnervt die Augen. »Das hast du jetzt hundertmal gefragt, Mama. Und wir haben hundertmal gesagt, dass es völlig okay ist. Krümel und ich wären doch sowieso zu Papa gefahren. Dass es für Krümel jetzt eine Woche länger ist, ist doch egal. Und ich freu mich, dass ich hier mal meine Ruhe habe. Ich bin achtzehn. Ich bin in der Lage, zwei Wochen für mich selbst zu sorgen.«

Sie atmete tief aus und lächelte, bevor sie vom Hocker aufstand, ihre Arme um Lyn legte und sie an sich presste. »Unter anderen Umständen hätte ich mich natürlich megamäßig mehr gefreut«, murmelte sie an Lyns Ohr. »Werde schnell gesund, Mama.« Sie hatte Tränen in den Augen, als sie sich von Lyn löste. »Ich hab dich lieb.«

Sophie setzte die Katze auf den Boden, umarmte Lyn von hinten und drückte ihre Wange an die ihrer Mutter. »Ich hab dich auch lieb, Mama.« Ihre Stimme klang unsicher, als sie hinterhersetzte: »Dir … dir geht's doch dann wieder besser, wenn du wieder hier bist?«

Lyn legte alles an Optimismus, was in ihr war, in ihre Stimme. »Ja.« Erstaunt stellte sie fest, dass es ihr selbst Mut machte. Ja, es würde ihr besser gehen, wenn sie aus St. Peter-Ording zurückkam. Es lag an ihr, dafür zu sorgen, dass es so war. Sie hatte zwei wundervolle Töchter, für die sie da sein musste. Und sie hatte einen wundervollen Vater.

Henning Harms hatte sie am Morgen aus dem Polizeigebäude abgeholt und nach Hause gefahren. Es waren noch viele Tränen geflossen, aber es hatte auch ein gutes Gespräch gegeben. Letztendlich hatte ihr Vater sie überzeugen können, eine psychosomatische Klinik aufzusuchen. »Und wir werden

153

nicht wochenlang warten. Ich weiß, dass die Kliniken übervoll sind, aber ich werde meine Kontakte zu einem alten Studienkollegen spielen lassen. Reich bitte umgehend deinen Antrag bei der Heilfürsorge ein, Lyn«, hatte Henning Harms mit einer Bestimmtheit gesagt, die sie zuletzt in ihrer Kindheit gehört hatte.

»Ich weiß, wie sehr du die Nordsee liebst, und da ist St. Peter momentan ein perfekter Ort für dich. Und wenn es mit dem Antrag zu lange dauert, zahle ich deinen Aufenthalt und die nötigen Sitzungen bei einem Therapeuten. Ich dulde nicht ein einziges Wort des Widerspruchs aus deinem Mund, Gwendolyn. Ich habe das Geld, und es gibt nichts Sinnvolleres, als es in die Gesundheit des Menschen zu investieren, den ich in dieser Welt am meisten liebe.«

Ein Kloß in Tennisballgröße hatte verhindert, dass sie auch nur ein Wort hatte antworten können. An seiner Schulter hatte sie minutenlang geweint. So lange, bis er sie mit den Worten »Mein Hemd wird schon nass, Kind. Was hast du nur an Tränen in dir?« sanft von sich gelöst hatte. »Es wird höchste Zeit für eine Luft- und Situationsveränderung.«

Und dann hatte er sich um alles gekümmert. Lyn wurde in neun Tagen in einer Klinik in St. Peter-Ording erwartet. Die Mädchen schienen einfach nur froh zu sein, dass ihrer dauerweinenden Mutter endlich geholfen werden würde. Da sie drei Wochen der Sommerferien sowieso bei ihrem Vater Bernd und Stiefmutter Miriam in Bamberg verbringen sollten, war die Versorgung der beiden kein Problem, der Aufenthalt sollte einfach um eine Woche nach hinten verschoben werden.

Bei dieser Ankündigung hatte Charlotte allerdings ziemlich rumgedruckst. Letztendlich hatte sie darauf bestanden, nur zwei Wochen bei ihrem Vater zu bleiben; die letzten beiden Wochen der Sommerferien wollte sie hier in Wewelsfleth verbringen. Allein.

Dieses Thema griff Sophie jetzt noch einmal auf, nachdem sie sich von Lyn gelöst hatte. »Du willst hier bestimmt mit deinem neuen Typ rummachen, Lotte. Darauf wette ich. Sonst würdest du doch nicht freiwillig eher bei Papa und Miri abhauen.« Ihre

154

Augen leuchteten. »Rück endlich mit der Sprache raus, wer es ist.«

Lyn musste ihrer Jüngsten recht geben. Es war höchst ungewöhnlich, dass Charlotte die Zeit in Franken verkürzte. Auch sie hätte gern gebohrt, insbesondere weil sich Charlottes Wangen nach den Worten ihrer Schwester färbten, aber sie wollte nicht drängen. Doch wenn Krümel es tat …

»Lasst mich doch damit in Ruhe«, fauchte Charlotte. »Ich sag es euch schon, wenn … wenn ich mir sicher bin.« Sie sah Lyn an. »Du hast uns das mit Hendrik auch erst gesagt, als du dir sicher warst, dass es mit euch was Festes wird.«

Lyn versuchte, den Stich zu ignorieren, der ihr durch den Körper fuhr.

»Entschuldige, Mama«, stieß Charlotte im selben Moment aus. Schuldbewusst strich sie über Lyns Arm. »Ich wollte dich nicht an Hendrik erinn–«

»Kinder«, fiel Lyn ihr mit nicht ganz fester Stimme ins Wort. Sie sah von Charlotte zu Sophie. »Wenn ich etwas nicht möchte, dann, dass ihr euch entschuldigt, wenn ihr den Namen Hendrik in den Mund nehmt. Ich … mir ist nicht geholfen, wenn wir … Hendrik ausklammern. Es ist, wie es ist. Ich werde lernen, damit klarzukommen.«

Die einsetzende Stille empfand anscheinend nicht nur sie als quälend. Lyn war Sophie mehr als dankbar, als sie sie durchbrach: »Was ist denn so Geheimnisvolles an dem Typen, Lotte? Irgendwas stimmt doch mit dem nicht, sonst würdest du uns –«

»Hör auf!«, fuhr Charlotte ihre Schwester an. »Die Stimmung hier ist schon mies genug. Da muss ich nicht noch einen draufsetzen.« Mit einem Schluchzen sprang sie auf und rannte die Treppe hinauf.

»Oh Scheiße«, sagte Sophie schuldbewusst, während im oberen Stockwerk die Zimmertür knallte. Mit großen Augen sah sie Lyn an.

»Tu mir einen Gefallen, Krümel«, sagte Lyn ernst und strich über Sophies Hand. »Hör auf mit den Sticheleien. Sie sind im Moment nicht hilfreich.«

Sophie nickte stumm. Sie stand auf und griff nach der Katze, die auf den frei gewordenen Hocker gesprungen war. »Komm, Garfield, wir besuchen Carmen.«

Lyn erhob sich ebenfalls und räumte Charlottes Teebecher in den Geschirrspüler. Den Abendbrottisch hatten die Mädchen bereits abgedeckt. Einen Moment war sie in Versuchung, zu Charlotte zu gehen, aber die hatte ja deutlich signalisiert, dass sie zum Reden nicht bereit war. Merkwürdig war ihr Verhalten schon. Es passte so gar nicht zu Charlotte. Und die Formulierung »noch einen draufsetzen« war nicht dazu angetan, das Ganze entspannter zu betrachten. Lyn seufzte. Wenn Charlotte fühlen würde, was sie fühlte, würde sie wissen, dass »einen draufsetzen« nicht möglich war. Aber gut, Charlotte würde das Geheimnis schon lüften, wenn es an der Zeit war. Oder die neue Liebe sich als Trugschluss erwies.

Und jetzt? Lyn sah sich um. Um ein Buch in die Hand zu nehmen, fehlte ihr die Konzentration. Für einen Spaziergang hatte sie zu verquollene Augen, und auf mitfühlende oder neugierige Fragen der Wewelsflether konnte sie gut verzichten. Am besten, sie setzte sich nach draußen in den Garten. Gerade als sie die Küche verließ, klingelte es. Sie öffnete die Tür und blickte in ein Paar graue Augen.

»Hendrik.« Ihr Herz nahm Fahrt auf. »Ich … Mit dir habe ich nicht gerechnet«, murmelte sie.

»Hallo, Lyn. … Darf ich reinkommen, oder ist es dir lieber, wenn ich wieder …?« Er musterte ihr Gesicht, während er sprach.

»Nein, nein«, beeilte sie sich zu sagen und trat zur Seite. »Komm rein. Ich bin nur … überrascht.« Ihr Blick fiel auf den Blumenstrauß in seiner Hand. Es war eine große Sonnenblume, hübsch in Grün eingebunden.

»Hier, bitte.« Er hielt ihr die Blume hin. »Für dich.«

»Danke.« Lyn nahm sie ihm ab und wünschte sich im selben Moment, er hätte sie nicht mitgebracht. Nicht diese fröhliche Sonnenblume, die er auch seiner Schwester oder seiner Oma zu einem Besuch mitgebracht hätte. Sie schluckte. Das Signal war deutlich. Die Zeit der roten Rosen war zu Ende.

»Ich wollte gerade in den Garten gehen«, sagte sie. »Ich … ich stelle die Blume ins Wasser. … Möchtest du etwas trinken?«

Er sagte nichts, sondern sah sie nur an.

Beide standen sie schließlich einfach da, auf dem kleinen Flur. Lyn hatte tausend Worte im Mund, die über die Lippen drängen wollten, aber sie schwieg. Die Angst, dass ein falsches Wort dabei war, dass es alle anderen absorbieren würde, war zu groß.

Er war hier. Und er sollte nicht wieder gehen.

Hendrik war es schließlich, der die Stille durchbrach, aber seine Worte waren wenig hilfreich, Lyns Gefühlschaos zu ordnen. Im Gegenteil.

»Ein Teil von mir möchte dich in die Arme reißen und nie wieder loslassen.« Seine Stimme klang rau, während er die Hand hob.

Lyn wartete darauf, dass seine Finger ihre Wange berührten, denn sein Blick verharrte darauf, aber er zog die Hand zurück.

»Aber ich habe Angst, Lyn. Angst, dass ich dich wegstoßen würde. Denn das möchte der andere Teil. Und er hat seine Kraft noch nicht verloren. Und ich weiß nicht, ob er das jemals wird.«

Lyns Brust schien sich zusammenzuziehen. »Warum bist du dann gekommen?«, fragte sie bitter.

»Karin hat mir von deinem Zusammenbruch erzählt und –«

»Verdammt!«, fauchte Lyn und ging in die Küche. Sie legte die Blume achtlos auf die Ablage der Spüle und starrte einen Moment aus dem Fenster auf den Friedhof.

Hendrik kam hinterher und blieb neben ihr stehen. »Lyn. Ich weiß, dass du leidest, und ich fühle mich schrecklich.«

»Warum hat sie dir das erzählt?« Lyn schüttelte den Kopf. Das Fünkchen Hoffnung, das in ihr aufgekeimt war, verdorrte. Es war nicht sein Mitleid, das sie wollte. »Du bist nicht schuld an dem, was mit uns passiert ist. Das ist allein meine Schuld.«

»Ich fühle mich auch nicht schuldig.« Er sah aus dem Fenster, während er das sagte. »Ich fühle Wut und Trauer. Es ist einfach so. In den letzten Wochen habe ich verstanden, warum man sagt, dass Liebe und Hass so nah beieinanderliegen. Denn das fühle ich: Liebe und etwas, das wie das genaue Gegenteil davon ist.« Sein Blick ging zu ihr. »Wenn ich dich anschaue, dann wird mir übel vor Mitgefühl. Du siehst so elend aus, so traurig,

157

Lyn. Aber … ich kann dir einfach nicht aus deiner Trauer heraushelfen. Ich bin dafür nicht die richtige Person.«

Sie fuhren beide herum, als hinter ihnen ein lautes »Oh!« erklang. Sophie stand in der Küchentür. »Hallo, Hendrik.« Ihr Blick glitt unsicher von Hendrik zu Lyn und wieder zurück zu Hendrik. »Ich … äh … Schön, dass du da bist, Hendrik.« Dann drehte sie sich um und stürmte die Treppe hinauf.

Hendrik starrte zur Treppe, ein trauriges Lächeln spielte um seine Lippen. »Was hätte ich für diesen Satz gegeben, als ich vermeintlich noch Teil eures Lebens war.«

»Sei nicht unfair«, flüsterte Lyn. »Du warst Teil unseres Lebens, nicht nur vermeintlich. Und das bist du noch.« Lyn schluckte, als er sie ansah. »Ich liebe dich, Hendrik. Und ich wünsche mir nichts weiter als eine Chance.«

Als er den Mund öffnete, legte sie ihren Zeigefinger auf seine Lippen. »Sag nichts, bitte. … Ich werde in ein paar Tagen nach St. Peter-Ording reisen und eine Therapie beginnen. Und ich kann nicht dahin aufbrechen, wenn du mir jetzt jede Hoffnung nimmst. Vielleicht bin ich in vier Wochen stark genug dazu. Aber nicht jetzt.«

»Ach, Lyn.« Hendrik trat vor und zog sie an sich.

Lyn schlang ihre Arme um seinen Oberkörper und presste ihren Kopf an seine Brust. Tief atmete sie seinen Geruch ein, hörte das schnelle Pochen seines Herzens durch das Hemd. Ihr Herz schien schwerer zu werden. Vor Liebe und Schmerz.

Seine Arme lagen wie Schraubstöcke um ihre Schultern. Seine Wange hielt er an ihr Haar gepresst. Alles in Lyn weigerte sich, ihn loszulassen, aber sie tat es. Bevor er es tat.

Sie trat einen Schritt zurück. »Ich gebe uns nicht auf, Hendrik. Ich wünsche mir, dass du mich irgendwann in deinen Armen hältst, ohne dass dieser fremde Teil in dir mich zurückstoßen möchte.«

Hendrik nickte schweigend. Den Schritt, den sie zurückgegangen war, ging er vor. Seine Finger strichen über ihre Wange. »Ich war in der vergangenen Woche bei meiner Oma. Weißt du, was sie gesagt hat? Wir sollen nicht versuchen, die Erde aus dem Graben, den wir zwischen uns gebuddelt haben, wieder zum

158

Füllen zu benutzen. Es würde immer Erde übrig bleiben. Wir sollen uns Bretter suchen. Um eine Brücke zu bauen. … Ich für meinen Teil brauche starke Bohlen, Lyn. Auf einer wackligen Brücke will ich nicht gehen. Lass uns die Wochen nutzen, um herauszufinden, wie stark die Bretter sind, die wir finden.«

Sie sah ihm durch das Küchenfenster nach, als er den Friedhof Richtung Schulstraße verließ. Die kluge Oma Wolff. Sie hatte Hendrik dreimal zu der zierlichen Frau begleitet. Nur dreimal in den vergangenen beiden Jahren. Obwohl sie wusste, wie viel die schlichte alte Dame Hendrik bedeutete. Und viel öfter war sie auch nicht bei seinen Eltern gewesen, bei seiner Schwester. Diese Menschen, die ein so wichtiger Teil von Hendrik waren, hatte sie nur zu gern ausgeklammert. Weil sie Nähe bedeuteten.

Lyn atmete verzweifelt aus. Warum hatte ihr das Angst gemacht? Warum hatte sie sich gegen diese Nähe gewehrt? Gegen die Wärme, die ihr von der Wolff'schen Seite bei den wenigen Treffen entgegengeweht war wie ein warmer Sommerwind. Warum hatte sie dieses Geschenk nicht einfach angenommen, sondern ungeöffnet vor sich abgestellt?

Eines stand fest: Sie musste eine Menge Holz sammeln.

NEUN

Anne Jever hielt ihr Gesicht der Sonne entgegen, nachdem sie
die Volksbank in der Breiten Straße verlassen hatte. Der Tag
hielt, was der Morgen versprochen hatte. Die Luft war Sommer
pur. Als zwei Schulkinder mit einer Eiswaffel an ihr vorbeiliefen,
fasste sie spontan den Entschluss, sich den mittäglichen Feierabend ebenfalls mit einem Eis von Casal zu versüßen. Sie wandte
sich nach links. Das Eiscafé war nur ein paar Häuser entfernt.
Und sie hatte Glück: Draußen war ein Tisch in der Sonne frei.
Sie streckte die nackten gebräunten Beine in dem kniekurzen
grauen Rock und den hellen Sandalen, die sie auf die kurzärme-
lige Bluse abgestimmt hatte, unter dem kleinen Tischchen aus.
Entspannt ließ sie ihren Blick über die Fassade des Stör-Carrees
gleiten. Es war schön, dass das Leben in das tote Hertie-Gebäude
zurückgekehrt war und damit in die Breite Straße. Es störte sie
auch nicht, dass drei Meter neben ihr ein Auto vorbeifuhr und
die Breite Straße keine reine Fußgängerzone mehr war.

Genießerisch löffelte sie fünf Minuten später ihren Amarena-
Becher mit einer Extraportion Sahne. Die gönnte sie sich des
Öfteren. Schließlich lief sie die Kalorien täglich wieder ab.
Während sie aß, streifte ihr Blick kurz ihre Armbeuge. Die
Schrammen und der Bluterguss waren verschwunden. Einzig
eine winzige Narbe war das Überbleibsel ihres Sturzes im Wald.
Im Grunde war alles gut. Sie hatte danach keine Probleme mehr
gehabt, keinen Schwindel, keine Übelkeit und schon gar keine
Krämpfe. Und dennoch zog eine Gänsehaut über ihre Arme.

Ihr Unfall beschäftigte sie nach wie vor. In bestimmten
Situationen glaubte sie, ein Déjà-vu zu haben. Ein Geräusch
reichte manchmal aus oder ein Geruch. So wie vorgestern, als
ein Regenschauer niedergegangen war, während sie mit Rainer
unter der überdachten Terrasse zu Abend gegessen hatte. Der
Duft, den die feuchte Luft durch den Garten geweht hatte,
hatte in ihr ein Unwohlsein ausgelöst. Genauso wie das Parfüm
einer fremden Frau, die im »Bücher-Känguruh« neben ihr an

der Kasse gestanden hatte. Der Geruch hatte ihr einen Schauer über den Rücken gejagt. Erst als sie draußen gewesen war, war ihr eingefallen, an wem sie das Parfüm gerochen hatte. An Vanessa Schmitz. Und sie hatte sich gefragt, warum der Duft so ein Unwohlsein auslöste. Die Frau hatte ihr schließlich in einer grässlichen Situation geholfen.

Diese Frage beschäftigte Anne auch jetzt, während sie das letzte Eis aus dem Becher kratzte. Warum tauchte Vanessa Schmitz immer wieder wie ein Phantom in ihrer Gedankenwelt auf? Urplötzlich. Auch wenn sie mit etwas ganz anderem beschäftigt war?

Es musste einfach an diesem Tag liegen, an dem Unglück. Daran, dass Vanessa Schmitz eine erhebliche Rolle gespielt hatte.

In den ersten Tagen nach dem Sturz hatte Anne noch gehofft, dass ihre Erinnerung zurückkehrte, wenn ihr Hirn ihr immer wieder Vanessa Schmitz präsentierte. Aber das war ein Trugschluss gewesen. Der Sturz und alles, was kurz davor und danach passiert war, blieben im Dunkeln. Es war, als stünde sie an einem trägen Fluss und versuchte, auf den Grund zu blicken. Doch da war kein Durchkommen. Der Grund lag zu tief, verborgen unter schwarzen wabernden Massen.

Rainer und die Jungen wussten nach wie vor nicht, dass sie diesen Filmriss hatte. Nur Tina hatte sie davon erzählt, dankbar, dass sie sich jemandem anvertrauen konnte, der sie deswegen nicht bei jeder Gelegenheit sorgenvoll und misstrauisch beobachten würde. Es tat gut, darüber zu sprechen. Es nahm dem unheimlichen Gefühl, bei Bewusstsein gewesen, aber ohne Erinnerung geblieben zu sein, ein wenig Macht.

Sie griff nach ihrer Handtasche und suchte das Portemonnaie heraus. Heute war ein so schöner Tag. Sie musste diese Gedanken abschütteln.

Als sie um Viertel nach drei, frisch geduscht nach dem Joggen, in einem kurzen geblümten Sommerkleid in ihrer Küche stand und Gemüse für das Abendessen putzte, zog ein leichter Schmerz durch ihren Unterleib. Ihr Herz begann sofort zu klopfen. Sie lauschte in sich hinein, während sie sich auf einen Küchenstuhl setzte. Eine Vorsichtsmaßnahme, die sie jetzt immer ergriff, sobald ihr Körper irgendwelche vermeintlich latenten Signale aussandte. Die Angst, plötzlich umzufallen, begleitete jedes ungute Gefühl. »Alles gut, Anne, alles ist gut«, redete sie sich zwei Minuten später zu. Der Unterleibskrampf war zweifellos ihrer Regel geschuldet, die am Vortag eingesetzt hatte. Anne ging zurück zur Arbeitsfläche und zerteilte den Kohlrabi in feine Streifen. Nach dem Sturz hatte sie sich wenigstens gezwungen, gleich nachdem sie wieder fit gewesen war, weiter im Wald zu joggen und keine andere Route zu wählen. Es half tatsächlich, sich dem Schrecken zu stellen. Jetzt, nach Wochen, konnte sie dort laufen, ohne dass es sie drängte, sofort wieder umzukehren.

Pfeifend stellte sie das Radio an und griff zu einer Möhre. Rainer hatte zuletzt Welle Nord gehört. Aber entgegen ihrer sonstigen Gewohnheit, auf R.SH umzuschalten, blieb sie beim NDR, weil sie den Song von Nicole Kidman und Robbie Williams liebte. Sich in den Hüften wiegend, sang sie mit, als es an der Tür klingelte. Sie legte Sparschäler und Möhre zur Seite, ging zur Eingangstür und öffnete sie schwungvoll.

»Frau Schmitz!«, stieß sie überrascht aus.

»Hallo, Frau Jever.« Die Braunhaarige trug die obligatorische Sonnenbrille und lächelte, sodass die weißen Zähne durch die rot geschminkten Lippen schimmerten. In der linken Hand hielt sie ein kleines Kuchentablett. Das Papier darum stammte von einem hiesigen Bäcker.

»Ich weiß, dass ich unmöglich bin, weil ich so unangemeldet vor Ihrer Tür stehe, aber ich hatte heute so einen Janker auf Kuchen, dass ich dachte, es sei ein guter Tag, um Ihrer liebenswürdigen Einladung zum Kaffee zu folgen.«

»Äh …« Anne war einen Moment sprachlos. War diese Frau nicht ganz normal? »Also … ich bin jetzt wirklich nicht auf Besuch eingestellt. Außerdem –«

»Oh bitte, ich kann diese leckeren Obstschnittchen doch nicht allein essen.« Vanessa Schmitz hob die Hand mit den Kuchen.

In dem Moment, in dem Anne auffiel, dass sie heftig zitterte, griff Vanessa bereits mit der zweiten Hand nach dem kleinen Tablett. »Ich habe auch nur ein halbes Stündchen Zeit. Dann habe ich noch einen Termin.«

»Also, ich bin heute wirklich nicht –«

»Ich weiß doch, wie es mir gehen würde«, fiel Vanessa Schmitz ihr ins Wort. Ihr Lächeln verkrampfte sich. »Wenn Sie mir in einer so unangenehmen Situation geholfen hätten und ich Sie zu einem Kaffee eingeladen hätte, würde ich es auch begrüßen, meine kleine Dankesschuld abgelten zu können.« Ihr verzerrtes Lächeln intensivierte sich noch einmal.

Anne spürte, wie sich ihre Muskeln verkrampften. Überfälle dieser Art mochte sie einfach nicht. Natürlich war sie Vanessa Schmitz dankbar. Sehr dankbar. Aber diese Frau hatte eine Art an sich, die es ihr unmöglich machte, sie zu mögen. Sie selbst hätte Vanessa Schmitz im umgekehrten Fall niemals so penetrant eine Dankesschuld unter die Nase gerieben.

»Also gut«, sagte sie dennoch und trat mit einem winzigen künstlichen Lächeln zur Seite und deutete ins Haus. »Dann kommen Sie herein. Vom Wohnzimmer aus geht es direkt auf die Terrasse. Ich setze schnell einen Kaffee auf.«

»Wunderbar.« Diesmal kam das Lächeln von Herzen. Vanessa Schmitz ging an Anne vorbei. »Ich bin immer nur am Arbeiten und habe hier noch keine Freundin gefunden. Sie sind die einzige nette Person, die ich in Itzehoe kenne, und darum habe ich spontan die Kuchen gekauft, in der Hoffnung, dass Sie mir ein wenig Ihrer Zeit opfern.« Sie drehte sich an der Terrassentür zu Anne um. »Meine Söhne sind aus dem Haus. Da bin ich manchmal schon ein wenig einsam.«

Anne fühlte Scham in sich aufsteigen. Ihre Abneigung schien nicht auf Gegenseitigkeit zu beruhen. Vanessa Schmitz suchte einfach nur krampfhaft Anschluss.

Wenig später dankte Anne höflich für das Lob über ihre Stauden und Beete, während sie den Kaffee einfüllte. Vanessa hatte in der Zwischenzeit das Papier vom Kuchentablett entfernt. Zwei Himbeer- und zwei Apfelkuchen befanden sich auf der Pappe.

»Ich habe die Stücke ohne Sahne genommen«, sagte Vanessa

und nahm Anne den Kuchenheber ab, den sie mitgebracht hatte. »Sicher verzichten Sie auch gern auf zusätzliche Kalorien.«

Noch ein Minuspunkt für dich, dachte Anne, nickte aber. Sie hatte keine Lust, ihre Vorlieben mit der Frau zu diskutieren.

Vanessas Hand zitterte, als sie Anne einen Kuchen auf den Teller legte, bevor sie sich selbst bediente.

Während sie die fruchtigen Himbeerschnitten aßen, verlief das Gespräch schleppend. Genauso schleppend, wie Vanessa aß. Anne hatte das Gefühl, dass sie sich jedes Häppchen Kuchen, das sie mit der Gabel in kleinsten Stückchen abteilte, herunterquälte, obwohl sie doch gesagt hatte, dass sie so einen Janker darauf hatte. Vielleicht war sie ernsthaft krank? Ihre Gesichtsfarbe war immer noch blass, trotz der Sommermonate, fast tendierte sie zum Grau. Und der grelle Lippenstift betonte die Blässe zusätzlich. Um die Lippen herum hatten sich die winzigen Fältchen vertieft.

Als Vanessa ihre Kaffeetasse mit beiden Händen zum Mund führte, kam Anne ein anderer Gedanke. War die Frau Alkoholikerin? Es gab dafür etliche Anzeichen. Das Zittern ihrer Hände, der magere Körper, das hinuntergequälte Essen, die graue Gesichtshaut.

Als Anne ihr einen Apfelkuchen auflegen wollte, winkte Vanessa ab. »Oh danke, nein. Ich glaube, das schaffe ich nicht mehr. Mein Zuckerspeicher ist wieder aufgefüllt.«

Nachdem das Thema Garten schnell erschöpft war, fühlte Anne sich genötigt, das Gespräch in Gang zu halten, um nicht unhöflich zu wirken. »Neben dem Laufen haben wir ja noch eine Gemeinsamkeit. Unsere Kinder.«

Vanessa gab einen merkwürdigen Laut von sich. Irritiert stellte Anne fest, dass sich ihre Hände um die Lehnen des Gartenstuhls krallten, während sie fragte: »Was meinen Sie?«

»Nun, Sie sagten, dass Sie auch Söhne haben«, sagte Anne.

Vanessa behielt die verkrampfte Haltung bei. »Ja. Ja, ich habe zwei Söhne.«

»Und, sind die beiden schon aus dem Haus?«

»Sie … studieren beide.«

»Welche Fachrichtungen?« Anne trank einen Schluck Kaffee und stellte die halb volle Tasse zurück auf den Unterteller.

Vanessas Blick folgte ihrer Hand und verharrte einen Moment auf der Tasse, bevor sie antwortete. »Jura.«

»Alle beide?«, fragte Anne nach.

»Wie?« Vanessa sah sie an.

»Ob Ihre Söhne beide Jura studieren«, wiederholte Anne ihre Frage.

»Ja.«

Anne unterdrückte ihren Unmut. Was war los mit dieser Frau? Warum war sie gekommen, wenn man ihr doch jedes Wort aus der Nase pulen musste? Aber den Gefallen tu ich dir nicht. Wenn du mir nichts erzählen willst, schweigen wir uns eben an.

In diesem Moment griff Vanessa Schmitz nach ihrer Handtasche, die sie neben dem Stuhl abgestellt hatte. »Darf ich Sie um einen Schluck Wasser bitten, Frau Jever? Meine Kopfschmerzen machen sich wieder bemerkbar. Heute Morgen bin ich damit aufgewacht. Ich denke, ich sollte gleich noch eine Tablette nehmen.«

»Natürlich.« Anne stand auf, ging in die Küche, befüllte ein Glas mit Leitungswasser und stellte es vor Vanessa ab. Die legte eine Tablette auf ihre Zunge und trank das Glas in einem Zug leer.

Anne bemerkte, dass ihre Hände jetzt buchstäblich flatterten, als sie das leere Glas absetzte. Eine halbe Stunde war bereits um. Sie hoffte, dass Vanessa gleich gehen würde. Sie hatte doch etwas von einem Termin gesagt.

Anne trank den nur noch lauwarmen Kaffee aus und stellte den Unterteller samt Tasse demonstrativ auf dem leeren Kuchenteller ab. Der Kaffeeplausch ist von meiner Seite aus beendet, Frau Schweigsam!

Diesen Gefallen schien Vanessa Schmitz ihr allerdings nicht tun zu wollen. Sie begann erneut ein Gespräch über den Garten, während sich ihre Hände wieder um die Lehnen krallten. Anne kam es vor, als würden die Minuten zu Stunden. Irgendetwas stimmte nicht. Mit diesem Gedanken wurden ihre Hände feucht.

»… nicht wahr, Frau Jever?«

165

»Äh … was … was haben Sie gesagt?« In Annes Kopf begann es zu surren. Jemand schien ihre Schläfen zusammenzudrücken. Sie hörte Vanessa Schmitz reden, aber wieso war die Frau plötzlich in einem Tunnel? Sie war so weit weg.

Anne starrte Vanessa an, deren Stimme jetzt wieder lauter wurde, aber in dem Tunnel blieb. Wie eine Schnecke in ihr Haus zog sich die Lautstärke langsam wieder zurück.

Annes Mund wurde trocken, ihr Herz begann zu rasen. »Ich … ich …«

»Kommen Sie, Frau Jever, wir waschen jetzt das Kaffeegeschirr ab«, sagte die Stimme aus dem Tunnel.

»Ja.« Anne folgte der Stimme. Übelkeit breitete sich in ihr aus, langsam, aber mächtig. Wie die Tentakel eines gewaltigen Polypen schlängelte sie sich in jede Zelle ihres Körpers und erstickte in ihrer Intensität das andere Gefühl. Angst.

Carola von Ahrens Hose und Bluse klebten an ihrem Körper, als sie die Haustür der Jevers öffnete und auf die Straße blickte. Der Stress ließ den Schweiß aus allen Poren strömen.

Sie hatte den Mietwagen auf der gegenüberliegenden Seite geparkt, damit er in Fahrtrichtung stand und sie gleich losfahren konnte. Suchend wanderte ihr hektischer Blick über die Straße. In den Vorgärten links und rechts war niemand zu sehen. Kinderkreischen war zwischen den Blöcken gegenüber zu hören, aber die Kinder waren nicht zu sehen.

»Einen Moment noch«, stieß sie aus, als ein jugendlicher Radfahrer in Sicht kam. Sie zog die Tür ins Schloss und sah Anne an, die hinter ihr stand, um ihrem Kommando »Sie steigen jetzt mit mir in einen Wagen ein, Frau Jever« zu folgen.

Carola öffnete die Haustür Sekunden später wieder. Als niemand in Sicht war, zog sie Anne am Arm aus dem Haus. Sie hatte die Menge der Tropfen, die sie Anne in den Kaffee getan hatte, genauso bemessen wie an dem Tag der Blutentnahme. Schließlich hatte sich die Dosis damals als genau richtig erwiesen. Anne war auch jetzt hörig und willenlos und würde sich später an nichts erinnern. Mit der behandschuhten rechten Hand wischte Carola kurz über den Klingelknopf.

In den letzten fünfzehn Minuten hatte sie im Haus und auf der Terrasse über alles gewischt, was sie berührt hatte. Die Stuhllehnen, die Türklinken. Das Geschirr hatte sie abgewaschen, Kuchenpapier und -pappe in die Handtasche gestopft. Wenn Rainer Jever nach Hause kam, sollte er keine Anzeichen dafür vorfinden, dass seine Frau Besuch gehabt hatte. Die lethargische, zeitweise wimmernde und stöhnende Anne Jever hatte sie einfach auf einen Küchenstuhl gedrückt und ihr mit dem Hinweis, so vergehe die Übelkeit, verboten aufzustehen. Und sie hatte ihr gehorcht, während Carola abwusch, und auf Nachfrage sogar auf die Schranktür gedeutet, hinter der das Kaffeegeschirr deponiert war. Unheimlich war es gewesen. Was war das für ein unglaubliches Zeug, das Menschen Dinge tun ließ, an die sie sich nicht mehr erinnern konnten? Teufelszeug? Nein. Für sie war es ein Gottesgeschenk. Es gab ihr – wenn alles gut ging – die Möglichkeit, ihr Kind und ihr Glück zu retten.

Sich immer wieder umsehend, ging Carola neben Anne zur Straße. Natürlich bestand die Gefahr, dass Nachbarn sie aus dem Fenster sahen, aber dies musste sie in Kauf nehmen. Ihr blieb keine Wahl. Das Risiko, am Ende entlarvt zu werden, war sowieso enorm, obwohl sie versuchte, so gründlich und so spurlos wie möglich zu arbeiten.

Anne blieb stehen und krümmte sich leicht.

»Gleich sind wir da, Frau Jever. Wir gehen zum Arzt. Und dann können Sie schlafen.« Sie ließ noch ein Auto passieren, bevor sie Anne auf die Straße zog. »Gehen Sie weiter!«

»Schlafen …«, murmelte Anne, machte zwei Schritte und blieb erneut stehen. Sie starrte Carola an. »Rainer?«

»Rainer arbeitet. Kommen Sie!« Grob schob sie Anne mit der behandschuhten Hand auf deren Rücken Richtung Wagen. Ohne Rücksicht darauf, ob jemand sie dabei sah. Dies war nicht der Moment der Rücksichtnahme.

Dieses Mal würde die dunkelhaarige Frau mit der großen Sonnenbrille möglicherweise in Verdacht geraten, mit dem Verschwinden von Anne Jever zu tun gehabt zu haben. Denn wenn Anne in einigen Tagen wieder zu sich kommen würde – ausgesetzt an einem noch zu bestimmenden einsamen Flecken –,

167

würde sie sich vielleicht an den Besuch von Vanessa Schmitz erinnern. Und selbst ein einfältigerer Mensch würde nicht zweimal an einen Zufall glauben, wenn zwei Blackouts mit ihr in Verbindung gebracht wurden.

Von innen her überlief es Carola heiß. In wenigen Tagen würde die furchtbare Zeit des Wartens beginnen. Das Warten darauf, ob und wie stark Paulines Körper Abwehrreaktionen zeigen würde, wenn die Stammzellen transplantiert waren. Ob ihre Werte sich besserten. Ob ihr junges, wunderbares Leben gerettet werden würde. Pauline lag jetzt wartend in ihrem keimfreien Einzelzimmer, bekam Antibiotika gegen Darmkeime und keimarme Kost. Da sie sowieso nur noch wie ein Vögelchen aß, weil ihre Mundschleimhaut wund und Magen und Darm durch die starke Bestrahlung und Chemo geschädigt waren, spielte es sowieso keine Rolle, was man ihr gab. Auch ihre Nierenwerte hatten sich drastisch verschlechtert.

Carola schluckte schwer. Zeitgleich würde das Warten auf Entdeckung beginnen. Das schon jetzt in Etappen nach ihr griff und ihr zeitweise die Luft zum Atmen raubte. Buchstäblich.

Carola hielt sich strikt an jede Verkehrsregel und fuhr nicht zu schnell. Bis zur Autobahn war es nicht weit. Die Chancen, dass jemand in Itzehoe Anne Jever in diesem fremden Wagen als Beifahrerin erkannte, waren gering. Und diesen Wagen würde auch niemand Vanessa Schmitz zuordnen. Sie hatte den silberfarbenen Seat am Morgen bei einer weiteren Autovermietung in Hamburg gemietet.

Anne Jever schlief kurz hinter der Störbrücke ein. Etliche Kilometer später sah Carola sich gezwungen, den Rastplatz Steinburg anzufahren, denn Anne war in sich zusammengesackt. Ihr Körper hing schlaff im Gurt, der Kopf seitlich auf der Brust. Das war zu auffällig, es sah nicht nach Schlaf aus. Carola parkte von dem einzigen weiteren Fahrzeug auf dem Rastplatz so weit entfernt wie möglich. Sie wartete mit dem Aussteigen, bis das Auto – nach einer gefühlten Ewigkeit – weiterfuhr. Hastig umrundete sie den Seat und drehte die Rückenlehne des Beifahrersitzes so weit es ging hinunter, dass Anne in eine liegende Position kam.

Carola war vorbereitet. Aus einer Tasche auf dem Rücksitz nahm sie eine Decke und breitete sie bis über den Kopf über Anne aus. Auf den Körper legte sie ihre Handtasche und die Tasche vom Rücksitz. Jetzt sah es so aus, als transportiere sie auf dem Beifahrersitz einfach irgendwelche Dinge. Eine Vorsichtsmaßnahme, denn sie war gezwungen, auf dem Weg nach Wedel an Ampeln zu halten, und es bestand die Gefahr, dass Menschen in ihr Auto sahen.

Carola war mehr als dankbar, als sie in Wedel das Ytong-Werk und den Toyota-Händler passierte und endlich vom Tinsdaler Weg in den Grenzweg zur ehemaligen Ballmer-Klinik abbiegen konnte. Sie hielt noch einmal am Straßenrand, um den Sitz der Decke zu überprüfen, weil es Leute geben könnte, die an der Elbe spazieren gehen wollten, das Betreten-verboten-Schild ignorierten und auf dem ehemaligen Besucherparkplatz parkten. Auf dem Parkplatz standen tatsächlich einige Fahrzeuge, deren Besitzer aber nicht zu sehen waren.

Zügig fuhr sie um die Ecke des Gebäudes, hielt vor der Schranke zum Angestelltenparkplatz und war erleichtert, als die Schranke sich wieder hinter ihr schloss. Es erschien ihr wie ein Wunder, dass sie tatsächlich bis hierher gekommen war. Als sie den Motor des Seat auf dem rückwärtigen menschenleeren Parkplatz des ehemaligen Krankenhausgebäudes ausstellte, lehnte sie die Stirn gegen das Lenkrad und verharrte so. Ihr gesamter Körper begann zu beben. Fröhliches Vogelgezwitscher von außen konkurrierte mit einem einzigen weiteren Geräusch. Dem Klappern ihrer Zähne.

Irgendwann – es schien eine Ewigkeit vergangen zu sein – schaffte sie es, den Kopf zu heben, die Hände vom Lenker zu lösen und nach rechts zu schauen. Die Decke hob und senkte sich leicht. Sie warf die Taschen auf den Rücksitz und zog die Decke schließlich zurück. Ein dünner Speichelfaden rann aus Anne Jevers Mund Richtung Kinn. Ihre Atmung war ruhig und schwer. Ein Spaghettiträger des geblümten Kleids hatte sich verschoben, der weiße BH-Träger lag locker auf der gebräunten Schulter auf.

Carola löste ihren Sicherheitsgurt und zog die Decke zurück

über die Bewusstlose. Dann griff sie nach ihrer Handtasche auf dem Rücksitz. Sie brauchte unbedingt noch eine Tablette.

»Okay«, murmelte sie nach der Einnahme und wischte die schweißnassen Hände an der Hose ab. Jetzt galt es, das erste eingeplante Problem anzupacken: die bewusstlose Anne Jever aus dem Wagen in einen Rollstuhl zu hieven. Carola schloss den Wagen ab und betrat das Gebäude. Sie fuhr mit dem Fahrstuhl in das Untergeschoss und eilte durch den Gang in die Küche zu der ehemaligen Speisekammer. Sie hatte die vergangene Woche genutzt und den Raum gereinigt. Das Bett hatte sie vorgestern bezogen. Hinter das Bett hatte sie einen Nachttisch geschoben, vor dem Bett einen Klapptisch aufgestellt. Außerdem boten die beiden Metallschränke Abstellfläche. Joachim würde also genug Platz haben, um seine Instrumente ablegen zu können.

Joachim. Carola versuchte, den Gedanken an ihn auszublenden. Sie konnte sich jetzt keinen Weinkrampf leisten, der unweigerlich folgen würde, wenn es ihr nicht gelang, die Gedanken an ihren Bruder auszuklammern.

Gestern hatte sie ihn in seinem Büro aufgesucht und flehentlich gebeten, heute nach Feierabend zwei, drei Stunden für sie da zu sein. Aus geschwisterlicher Liebe, ohne nachzufragen, worum es ginge. Ihre eigenen Worte klangen noch nach in ihrem Kopf.

»Ich kann es dir erst morgen sagen! Bitte, Achim, bitte! Mach einfach nur, worum ich dich bitte. Morgen erfährst du es.«

Natürlich hatte er gebohrt. Zuerst voller Sorge und Mitgefühl, zuletzt wütend, weil sie ihm keine befriedigenden Antworten geben wollte. Das Gespräch hatte damit geendet, dass er sein eigenes Büro – türknallend – verlassen hatte, während sie weinend auf der Couch hocken geblieben war. Und natürlich hatte sie ihn verstehen können. Sie hätte genauso reagiert. Die Sorge um ihn hätte sie aufgefressen. Und dieser Gedanke gab ihr Hoffnung, dass er ihr helfen würde. Denn sie hätte es für ihn getan.

Aber jetzt musste sie erst einmal die Frau hier runterschaffen, weg von dem Parkplatz. Sie zog den Rollstuhl aus der Nische zwischen den beiden Schränken und klappte ihn auseinander. Sie hatte ihn im Internet bestellt, weil es im Gebäude keinen einzigen Rollstuhl mehr gab. Die gebrauchsfähigen hauseigenen waren, sofern sie nicht mit zur Hafencity gegangen waren, an hiesige Seniorenheime verschenkt worden.

Als Carola den Fahrstuhl verließ und den Rollstuhl hastig über den einsamen Flur rollte, überlief es sie erneut heiß. Es schien ihr, als lauerte hinter den geschlossenen Türen etwas. Als hätte das riesige leere Gebäude ein Eigenleben. Augen, die sie beobachteten, unsichtbare Arme, die sich von hinten näherten, um sie zu greifen. Das Gefühl war so stark, dass sie sich umdrehte, während sie immer schneller lief, den Rollstuhl vor sich herschiebend.

Aber da war nichts.

»Dreh jetzt nicht durch, Carola«, murmelte sie, während sie mit fahrigen Fingern aufschloss und die Tür zum Parkplatz aufdrückte. Der Sonnenschein und das Zwitschern der Vögel verjagten die Geister. Sich nach allen Seiten mit Blicken absichernd, ließ sie die Tür weit offen stehen, ging zum Wagen und schloss auf. Achtlos warf sie die Decke in den Fußraum. Sie schüttelte Anne ein wenig. »Frau Jever?«

Aber wie erwartet kam keine Reaktion. Die Frau war weit weg, würde erst in Stunden zu sich kommen. Und genau das musste Joachim verhindern. Er musste Anne Jever sedieren. Für die Tage, die bis zur Stammzellentnahme vergehen würden. So, dass sie nichts mitbekam. Weder von der Entnahme noch von ihrem Aufenthalt in der dunklen Kammer. Wenn sie erwachte, musste ihre letzte Erinnerung die an den heutigen frühen Nachmittag sein.

Carola seufzte. Wenn sie richtig viel Glück hatte, würde sich Anne Jever nicht an ihren Besuch erinnern. Sie wagte kaum darauf zu hoffen. Andererseits: An ihr Gespräch und Treffen im Wald vor der Blutentnahme hatte sie sich auch nicht mehr erinnern können.

Anne war schlank und nicht übermäßig groß, dennoch hatte Carola sich darauf eingestellt, dass es nicht einfach sein würde, sie in den Rollstuhl zu kriegen. Ein lebloser Körper half nun mal nicht mit. Aber schließlich war es ihr ja auch gelungen, sie auf das Sofa zu hieven.

Sie zog Anne seitlich ein Stück vom Beifahrersitz und packte sie unter den Armen. Doch jetzt fehlte der dritte Arm, um den neben ihr stehenden Rollstuhl heranzuziehen. Sie löste eine Hand, um den Rollstuhl zu greifen. Die Bremsen hatte sie zwar angezogen, aber sie nahm ihren linken Fuß trotzdem zu Hilfe, um den Rollstuhl am Wegrutschen zu hindern. Sie packte den leblosen Körper wieder, aber bei dem Versuch, Anne in den Stuhl zu bugsieren, ging der Rollstuhl zur Seite weg.

»Verdammt«, weinte Carola auf. Annes Füße waren noch im Auto, der restliche Körper hing außerhalb des Wagens schwer in Carolas Armen. Wenn jemand sie sah! Panisch vor Angst zog sie Anne schließlich aus dem Wagen und schleppte sie Richtung Tür.

Durch das Schleifen über den Parkplatzasphalt löste sich zuerst die Sandale von Anne Jevers linkem Fuß, gleich darauf die vom rechten. Carola zog sie weiter. Die Schuhe würde sie gleich einsammeln. Als sie Anne in das Gebäude geschleppt hatte, legte sie sie vorsichtig auf dem Boden ab, eilte nach draußen und griff die Sandalen. Sie lief zum Wagen, holte die beiden Taschen heraus, schloss die Beifahrertür, warf die Taschen und die Sandalen auf den Rollstuhl und schob ihn hektisch in das Gebäude. Weinend zog sie die Gebäudetür zu, schloss ab und lehnte ihren verschwitzten Rücken an die Tür. Die Kälte des Metalls drang durch die dünne Bluse, während sie langsam in die Knie ging, sich die Perücke vom Kopf riss und neben sich warf. Es tat gut, einfach dazusitzen, einen Halt im Rücken zu haben.

Carola wischte mit dem Handrücken über ihr Gesicht, das nass von Schweiß und Tränen war, während ihre Arme von der Kraftanstrengung zitterten. »Reiß dich zusammen. Reiß dich zusammen, verdammt!« Ihr Blick fiel auf Annes Füße. Das Schleifen hatte die Haut an den Fersen wund gescheuert.

Egal. Sie würde Pflaster mitbringen. Die Frau spürte das Brennen an den Füßen sowieso nicht. Carola streckte ihre Beine aus und blieb fünf Minuten auf dem Fußboden sitzen. Vielleicht war diese ganze Aktion sowieso für die Katz. Denn die größte Herausforderung stand noch bevor: Joachim.

Carola hatte sich in schlaflosen Nächten alle möglichen Versionen vorgestellt, wie er reagieren würde. Sie presste beide Hände an die Brust und atmete tief durch. Seine brüderliche Liebe war der Joker in diesem Spiel um ihr Leben mit ihrer Familie.

»Sei mit mir gemeinsam stark, Achim«, flüsterte sie in den leeren Gang. »Zusammen schaffen wir es. Und alle können ihr Leben danach so weiterleben wie bisher. Du und Maja, Robert und ich mit Pauline und … sie.« Ihr Blick glitt zu Anne Jever. Sie lag mit der linken Wange auf dem Fußboden, der Mund war nach wie vor leicht geöffnet.

Ein wenig ruhiger stand Carola auf. Sie schob den Rollstuhl neben Anne gegen die Wand, nachdem sie die Taschen und Sandalen heruntergenommen hatte. Zusätzlich stellte sie die Bremsen fest. Dann bückte sie sich und packte die Bewusstlose unter den Armen. Mit ein wenig Hin und Her schaffte sie es, den Körper in Sitzhaltung vor den Rollstuhl zu bringen. Sie ließ sich erneut zwei Minuten Zeit für den größten Kraftakt, Anne aus dieser Position in den Stuhl zu setzen. Von der Seite her klappte es nicht. Sie stellte sich breitbeinig über den Körper. Mit ihren Ellbogen unter Annes Achseln hievte sie sie unter Stöhnen in den Sitz.

Carola kippte den Rollstuhl ein Stück nach hinten, bevor sie losschob. So vermied sie, dass der Körper herunterrutschte. Sie musste Kraft aufwenden, als sie ihn Richtung Fahrstuhl schob, aber jetzt war es fast wohltuend, zu spüren, wie die Muskeln in ihren Oberarmen hart wurden. Es ging voran.

Der Optimismus erschöpfte sich, als Carola mit der bewusstlosen Anne im Untergeschoss in der hergerichteten schmalen Speisekammer vor dem Bett stand. Carola startete keinen zweiten Versuch, Anne mit purer Armkraft vom Rollstuhl in das Bett zu hieven, nachdem der erste kläglich gescheitert war. Das würde nur unnütze Kraftverschwendung bedeuten. Nachdem sie einige Minuten verzweifelt überlegt hatte, kam ihr eine Idee. Mit mehreren schräg gegen das Bett gelehnten Matratzen könnte sie eine Art Rampe bauen, um den schlaffen Körper in das Bett zu schieben.

Entschlossen zerrte sie Annes Oberkörper ein gutes Stück seitlich über die Lehne des Rollstuhls, damit die nicht herausrutschte, während sie die Matratzen herbeischaffen würde.

Im Erdgeschoss musste Carola diverse Kleinmöbel und Materialien von den Betten heben und im Flur abstellen, um an die in Folie eingeschweißten Matratzen zu gelangen. Sie war fix und fertig, als sie drei Betten leer geräumt hatte und die erste Matratze endlich in den Fahrstuhl zog. Die Muskeln in den Oberarmen zitterten mit dem restlichen Körper um die Wette. Die Bluse klebte an ihrem Rücken, Schweiß rann zwischen ihren Brüsten Richtung Bauchnabel und versickerte im Textil.

In der Speisekammer lehnte sie die Matratze an den hinteren Metallschrank. Ein Blick auf Anne verriet, dass sie sich nicht gerührt hatte. Ihr dickes Blondhaar lag wie ein Vorhang um ihren nach unten hängenden Kopf. Auf dem Fußboden unter ihrem Kopf hatte sich eine kleine Speichelpfütze gesammelt. Carola machte sich sofort wieder auf den Weg Richtung Erdgeschoss. Zwei Matratzen mussten noch heruntergeschafft werden.

Auf dem Flur im Erdgeschoss lief sie zunächst an der Tür des Krankenzimmers vorbei, in dem die Matratzen standen. Ihr war hundeübel, und ihre Kehle war trocken. Mit zittrigen Knien ging sie zu ihren Taschen, die nach wie vor bei der Eingangstür standen. Sie musste unbedingt etwas trinken. Aus der großen Shoppingtasche nahm sie eine 0,7-Liter-Glasflasche aus dem häuslichen Bestand heraus. Sie hatte sie gewählt, damit ihr keine Verwechslung mit der kleineren Plastikflasche in der Tasche passierte.

Gierig trank sie. Sie stieß einen ärgerlichen Schrei aus, als ihre bebenden Finger nicht in der Lage waren, den Verschluss auf den Flaschenhals zurückzudrehen. Sie zog die Handtasche heran, suchte nach den Tabletten und spülte eine davon mit einem weiteren Schluck Wasser hinunter. Als sie die Tablettenpackung in die Tasche zurücklegte, fiel ihr Blick auf die Perücke, die sie achtlos auf den Boden geworfen hatte. Vielleicht war es besser, sie wieder zu tragen. Die Wahrscheinlichkeit, dass Anne Jever erwachte, ging zwar gegen null, aber sie wollte kein Risiko eingehen. Sie schüttelte das braune Haar aus, sortierte zwei über den Scheitel gefallene Strähnen zurück und stülpte sie über ihr Haar. Dann nahm sie ihre beiden Taschen und brachte sie nach unten. Erst als auch die dritte Matratze unten in der Kammer war, gestattete sich Carola einen Moment des Atemholens. Schließlich legte sie die drei Matratzen übereinander. Sie packte Anne unter den Armen und ließ deren Oberkörper darauf fallen. Dann griff sie die Beine an den schlanken Fesseln und zog den Körper gerade.

Anne in das Bett zu schaffen war dann einfacher als zunächst gedacht, denn es gelang Carola, sich auf die unteren beiden Matratzen zu stellen, um dann die obere mit Arm- und Rückenkraft hochzudrücken. Anne rutschte in das Bett. Ihr Kopf stieß dabei an die hochgeschobene hölzerne Bettseitenstütze an der Wand. Aber nicht einmal das zog irgendeine Reaktion nach sich. Carola erschrak darüber. Hatte sie doch einen Tropfen zu viel in den Kaffee getan?

Sie packte die Matratze und warf sie in die Küche. Die anderen beiden folgten, damit sie Platz vor dem Bett hatte. Sie griff nach Annes Handgelenk, um den Puls zu fühlen. Die Atmung schien normal. »Sie ist einfach nur im Reich der Träume, Carola«, beruhigte sie sich selbst, packte Annes Schultern und begann sie zu drehen, damit sie längsseits im Bett zu liegen kam.

Carolas Atmung ging hastig, als sie endlich zufrieden war. Anne Jever lag im Bett, den Kopf auf dem untergeschobenen Kissen, die Arme links und rechts neben dem Körper. Am Fußende hatten die aufgescheuerten Fersen kleine Blutflecken auf dem Laken hinterlassen.

»Okay, okay«, murmelte Carola und fuhr noch einmal mit dem Fahrstuhl ins Erdgeschoss hinauf. Sie trug die von den Betten geräumten Kleinmöbel und Gerätschaften vom Flur zurück in den Raum. Zuletzt schob sie zwei Nachtschränke in das Zimmer hinein. Jetzt ließ die Tür sich nicht mehr schließen, aber ihr fehlte die Kraft, die Sachen auf die Betten zu heben. Sie war vollkommen erschöpft.

Sie bemerkte selbst, dass ihre Schritte schleppend waren, als sie zum Fahrstuhl ging. Die Luft schien noch muffiger geworden zu sein, erschwerte das Atmen. Und ... jemand schien sie an unsichtbaren Gummibändern an ihrem Rücken festzuhalten. Am Gehen zu hindern. Langsam drehte sie ihren Kopf, blickte über die Schulter. Wo steckte dieser Jemand?

Die Knöpfe im Fahrstuhl verschwammen kurz vor ihren Augen, als sie das U drückte. Sie schüttelte den Kopf und klatschte sich mit den Fingern selbst an die Wangen, während der Fahrstuhl nach unten ruckelte. »Hör auf zu spinnen, Carola von Ahren«, flüsterte sie. »Du siehst Gespenster.« Sie war dehydriert. Sie brauchte Wasser und frische Luft.

Zurück in der Kammer zog sie zuerst die gläserne Wasserflasche aus der Shoppingtasche und trank, bevor sie an das Bett trat. Ihr Blick wanderte von links nach rechts, von Anne Jevers Füßen bis zum Kopf. Die Frau lag da, wie sie sie verlassen hatte, hatte sich keinen Millimeter bewegt. Carola griff Annes linkes Handgelenk, zog den Arm hoch und ließ ihn zurückfallen. Nichts. Eine Puppe. Eine Marionette, deren Fäden sie in der Hand hielt.

»Aber ich muss die Bühne noch herrichten, bevor ich den Mitspieler benachrichtige.« Carola sprach zu dem ausdruckslosen Gesicht, das zur Hälfte von Haar verborgen war. »Damit er mitspielt. Das Stück kann nur *mit* ihm gespielt werden. Und er wird nicht mit einer Puppe spielen wollen, die kaputt aussieht. Darum kommst du zuerst dran, und dann erst die Bühne.« Sie zwang sich, das dichte Blondhaar anzufassen, es aus dem Gesicht zu streichen.

Paulines Haar.

Carola musste ein Würgen unterdrücken. Als hätte sie sich verbrannt, ließ sie die Strähne los und trat einen Schritt vom Bett zurück. Aber nur für einen Moment. Während sie wieder vortrat, schossen ihr die Tränen in die Augen.

»*Ich* bin ihre Mutter«, weinte sie auf. »Ich habe sie gestillt. Ich habe sie in den Armen gehalten und getröstet, wenn sie sich das Knie aufgeschlagen hat. Mit mir ist sie in andere Welten abgetaucht, wenn ich ihr Märchen und Geschichten erzählt und vorgelesen habe. Über meine Pfannkuchengesichter hat sie gelacht. Ich bin ihre Mamutsch. Nicht du, du …« Sie krallte ihre Finger in Anne Jevers Schultern und zog sie Sekunden später erschrocken zurück. Sie presste die Handflächen gegen ihre Schläfe und verharrte so einen Moment. Sie half Pauline nicht, wenn sie jetzt durchdrehte.

Mit beiden Händen griff sie schließlich Annes Kopf und drehte ihn gerade. Sie strich das Haar aus dem bewegungslosen Gesicht und ordnete es auf dem Kissen. Auf Annes linker Wange klebte Dreck vom Fußboden oben im Flur. Carola öffnete den vorderen Metallschrank und nahm die dort deponierte Plastikschüssel und einen Waschlappen heraus. Der Schrank war vollgestellt mit Dingen, von denen sie glaubte, dass sie gebraucht werden würden. Hygieneartikel, Handtücher, Wechselbettwäsche, drei Sechserpacks Wasser in Halbliterflaschen.

Was fehlte – Joachim würde es ihr sagen –, könnte sie jederzeit mitbringen. Sie würde mindestens zweimal täglich hierherfahren. Und Joachim auch. Schließlich musste die Sedierung lückenlos überwacht werden. Das A und O der Aktion, bis die Stammzellentnahme in drei Tagen erfolgen konnte. Und Joachim musste natürlich für das medizinische Equipment sorgen, das er benötigte. Bei dem Gedanken daran löste sich erneut ein Wimmern aus Carolas Kehle. Es gab schon im Vorwege so viel zu tun – bevor überhaupt an die Stammzellentnahme zu denken war. Er musste Anne Jever einen Blasenkatheter legen und einen Tropf für die Versorgung. Das Wichtigste war, sie ruhigzustellen. Vielleicht konnte er sie in eine Art künstliches Koma versetzen.

Einen Moment lang bereute Carola, die Frau nicht erst einen Tag vor der Entnahme hergebracht zu haben. Aber das Risiko wäre einfach zu groß gewesen, so lange zu warten. Wer weiß, ob die Aktion zwei Tage später auch so reibungslos geklappt hätte. Nein, es musste einfach so gehen, auch wenn die Tage puren Stress für Joachim und sie bedeuteten.

Carola gab etwas Duschgel in die Schüssel, löste eine Wasserflasche aus einem Sechserpack und schüttete das Wasser in die

Schüssel. Da das Wasser im Haus abgestellt war, musste sie sich so behelfen. Sie stellte die Schüssel auf dem Nachttisch hinter dem Bett ab und tränkte den Waschlappen darin. Sie wusch Annes Gesicht, schließlich deren Arme und Hände, bis alles sauber war. Dann tränkte sie den Lappen erneut und säuberte die Füße von Blut und Dreck. Sie warf den Waschlappen in die Schüssel und atmete tief durch, weil erneut die Übelkeit in ihr aufstieg. Nicht schlappmachen!

Sie griff nach einer der beiden Verbandsrollen im Schrank. Daran hatte sie gedacht, aber nicht an Pflaster. Sie wickelte die Baumwolle so um Annes linken Fuß, dass die wunde Ferse bedeckt war. Die Schürfstellen am rechten Fuß waren nicht so gravierend. Kopfschüttelnd stellte sie fest, dass sie auch keine Schere hier hatte. Warum hatte sie an so naheliegende Dinge nicht gedacht? Dann fiel ihr das Skalpell ein. Sie öffnete den anderen Metallschrank, nahm es heraus, trennte den Verband großzügig durch und stopfte das lose Ende am Knöchel in die Bandage.

Schließlich zog sie das geblümte Sommerkleid um Annes Beine herum gerade, richtete die Träger und trat einen Schritt zurück. Ja, so würde Joachim zufrieden sein. Die Puppe sah nicht mehr kaputt aus.

Der Gedanke an ihren Bruder ließ sie nach ihrem Smartphone greifen. Wie spät war es eigentlich? Ein eisiger Schreck jagte durch ihre Glieder. Neunzehn Uhr achtunddreißig! Wieso hatte sie so lange gebraucht? Wo waren die Stunden geblieben? Hektisch drückte sie Joachims Handynummer.

»Verdammt«, fluchte sie. Sie hatte kein Netz. Sie rannte in die Küche, wobei sie über eine der achtlos hingeworfenen Matratzen stolperte und der Länge nach auf eine weitere stürzte. Sie rappelte sich auf und trat mit dem Smartphone an die Wand mit den oben liegenden Fenstern. Ein kleiner Balken erschien auf dem Display, dann ein weiterer. Dieses Mal klingelte es am anderen Ende, als sie Joachims Nummer drückte.

»Achim?«, schrie sie erleichtert in den Hörer, als sie seine Stimme hörte.

Seine ärgerliche Stimme, die sie anherrschte: »Carola! Wo

bleibst du, verdammt noch mal? Erst tust du so geheimnisvoll. Jetzt hocke ich hier und warte auf dich und –«

Sie unterbrach ihn. »Achim, ich bin aufgehalten worden. Bitte … Ich bin in circa einer Stunde bei dir. Vielleicht wartest du am besten vor dem Krankenhaus auf mich. Ich fahre dich an … an einen Platz, und … und dann wirst du verstehen. Dann bekommst du endlich die Antwort auf deine Fragen. In einer Stunde. Vor dem Krankenhaus.« Sie drückte den Ausknopf und tappte über die Matratzen hinweg zurück in die Kammer. Sie durfte keine Zeit mehr verschwenden.

Aus der Shoppingtasche holte sie eine Halbliterflasche Wasser und stellte sie auf dem vorderen Metallschrank ab. Wasser, versehen mit K.-o.-Tropfen, gedacht für den Fall, dass Anne Jever vorzeitig zu sich kam. Mit einem skeptischen Blick musterte sie Annes Gesicht. Wie lange würde die Wirkung der Tropfen noch anhalten? Jetzt, in diesem Zustand, konnte sie der Frau jedenfalls keinen Schluck des präparierten Wassers einflößen. Sie patschte leicht an Annes Wangen. Es kam keine Regung.

»Püppchen, du wirst auch in zwei Stunden noch schlafen«, flüsterte sie zufrieden. Dennoch …

Carola öffnete den zweiten Schrank, in dem nichts mehr lag außer der Fixierungsmanschette und einem Hundehalsband. Das Halsband bestand aus stählernen Kettengliedern und hatte sich für Fidus als Fehlkauf erwiesen. Seitdem hatte es im Schuppen gelegen. Sie war bei ihrer Suche nach Kabelbindern darauf gestoßen und hatte es als für ihre Zwecke dienlich gefunden. Sie nahm die Sachen heraus und legte sie neben Anne auf das Bett. Sie beugte sich über die Bewusstlose, griff deren rechtes Handgelenk, legte es in die gepolsterte Manschette, zog sie stramm und drückte den Dorn in eines der Löcher.

War das zu stramm? Skeptisch versuchte Carola, ihren Finger zwischen Manschette und Handgelenk zu bohren. Es wollte nicht gelingen. Sie löste den Gurt und drückte den Dorn in das Loch davor.

Wieso waren die Löcher so weit auseinander? Jetzt schien es fast zu locker. Sie konnte ihren Finger gut darunterschieben. Trotzdem, es war trotzdem eng genug, beschloss sie. Sie befestigte die Manschette mit der ledernen Vorrichtung stramm an der Bettseitenstütze an der Wandseite. Leichter Schwindel überfiel sie in der gebückten Haltung. Die Manschette begann kurz zu verschwimmen.

»Alles gut, alles gut«, murmelte sie und atmete tief ein und aus. Dann schob sie die beiden Teile der vorderen Bettseitenstütze hoch, legte das Hundehalsband um Annes Handgelenk und zog es stramm. Sie drückte Annes Unterarm an die Stütze, wickelte die Kette mehrfach um die untere Latte und Annes Handgelenk und verband schließlich zwei Glieder mit dem Vorhängeschloss. Ihr lief die Zeit davon.

Ihre Finger glitten noch einmal über das Handgelenk. Sie hatte das Halsband sehr stramm gezogen. Hoffentlich schnürte es das Blut nicht zu sehr ab! Aber für den Moment musste es so gehen. Joachim konnte eine andere Fixierungsmanschette besorgen.

Während sie das Verbandsmaterial und das Skalpell vom Bett sammelte und auf dem Nachttisch ablegte, ließ sie ihren Blick noch einmal durch den schmalen Raum gleiten. So weit war alles gut. Jetzt hieß es, das größere Problem anzugehen. Carola hängte sich die Handtasche über die Schulter, die Shoppingtasche nahm sie in die Hand.

Sie löschte das Licht in der Kammer und sah zum Bett. »Du wirst dich nicht an der Dunkelheit stören, Anne Jever. Puppe. Denn du bist sowieso im Dunkeln.«

Sie schloss die Tür und eilte durch die Küche. Einen Schlüssel für die Kammer gab es nicht, aber für die Küchentür. Sie schloss ab und steckte das Schlüsselbund in die Tasche. Glücklicherweise betrat der Sicherheitsdienst, der das Gebäude jeden Abend gegen einundzwanzig Uhr von außen nach Schäden an Fenstern und Türen absuchte, nicht die Innenräume. Es gab hier absolut nichts zu holen für Einbrecher. Joachim legte nur Wert darauf, dass kontrolliert wurde, dass niemand in das Gebäude eindrang, um darin zu nächtigen oder zu randalieren.

Als Carola aus dem Gebäude trat, war es immer noch angenehm warm. Der Wind hatte nachgelassen. Einen Moment lauschte sie, aber kein Ton irgendeiner Nationalhymne vom Schulauer Fährhaus verlor sich hierher.

Neben dem Seat stritten zwei Saatkrähen um einen pelzigen Kadaver. Immer wieder hackte die eine hinein und versuchte im selben Moment, die andere fernzuhalten. Weitere Krähen krächzten auf einigen Eschen am Rande des Knicks, der das Krankenhausgrundstück vom dahinterliegenden Feld abgrenzte. Das laute Krah-Krah der schwarzen Vögel jagte eine Gänsehaut über Carolas Arme. Nach der Stille in dem leer stehenden Gebäude schien dieses Gekrächze lauter als sonst.

Schnellen Schrittes ging sie zum Wagen. Während sie die Tür öffnete, sah sie kurz zu der streitlustigen Krähe, die nicht wegflog, sondern erneut auf ihre Beute einpickte. Eine Bisamratte. Dann hob die Krähe in einer abgehackten Bewegung den Kopf. Carola schien es, als durchleuchte der schwarze Vogel sie mit seinen glänzenden dunklen Augen.

Hastig ließ sie sich auf den Sitz fallen. Durch die Scheibe stierte sie noch einmal zu dem Vogel. Zwei weitere Krähen waren dazugekommen, eine starrte zu ihr herüber. Hektisch startete Carola den Wagen. Mit mehr Gas als nötig fuhr sie rückwärts, bevor sie in den ersten Gang schaltete, das Lenkrad drehte und zur Schranke fuhr. Im Rückspiegel sah sie, dass die Krähen davonstoben.

»Drehst du jetzt völlig durch?«, mahnte sie sich selbst und fuhr die Scheibe herunter, um die Schranke zu öffnen. Das war kein Horrorfilm. Sie brauchte ihre Kraft für Joachim. Und dazu musste sie zweifellos ruhiger werden.

Sie griff nach ihrer Handtasche, löste eine Tablette aus der Packung und schluckte sie hinunter. Dann öffnete sie die Schranke und vergewisserte sich im Spiegel, dass die hinter ihr wieder herunterging.

Ihre Hände wurden feucht, während sie das Lenkrad umklammerte und von der Krankenhauszufahrt auf die Straße abbog. Sie musste sich beeilen. Die Zeit rannte davon. Wenn sie mit Joachim hier ankam, musste er checken, was er für die Sedierung brauchte. Sie würden die ganze Strecke noch einmal fahren müssen. Oder würde er einfach weitere Tropfen verabreichen? Vielleicht war das für heute die bessere Lösung. Alles Weitere konnte dann morgen in Angriff genommen werden.

Sie war erst wenige Minuten unterwegs, als ihr einfiel, dass sie Robert anrufen musste. Sie hatte ihm gesagt, dass sie nach dem Yoga eine alte Schulfreundin besuchen wollte – um vor der Stammzellentnahme einfach einmal auf andere Gedanken zu kommen. Er war erstaunt gewesen, hatte es aber mit den Worten »Schön, wenn dir das gelingt, mein Herz« hingenommen. Dass sie nun vermutlich nicht vor Mitternacht zu Hause sein würde, musste sie ihm erklären. Doch was sollte sie ihm sagen?

Das Denken fiel ihr schwer. Zum Glück war der Feierabend-verkehr längst vorüber. Die Sülldorfer Landstraße war Richtung Hamburg nur wenig befahren. Sie blinzelte und stierte auf die Straße. Hob sich da vor ihr die Asphaltdecke? Nein, das mussten Wolkenschatten sein. Sie plinkerte mit den Augen und beugte sich weiter vor. Da. Die Straße hob sich und schlingerte. Sie riss das Steuer herum. Sie musste auf der Straße bleiben!

»Nein!«, schrie sie, als der Seat mit der Fahrerseite gegen die Leitplanken an der linken Straßenseite knallte, zurück nach rechts über die zweispurige Fahrbahn schoss und über den rechten Grünstreifen raste. Sie riss das Lenkrad erneut herum, schoss über das Grau der Straße und prallte wieder gegen die Leitplanken. Erstaunen und Angst hielten sich die Waage, als sie flog. Der Seat hob einfach ab. Für einen weiteren Schrei blieb Carola keine Zeit. Der Aufprall ging ihr in die Knochen, die Welt drehte sich und wirbelte um sie herum, begleitet von den Geräuschen splitternden Glases und quietschenden Blechs.

Wie ein schützender Mantel umfing die Dunkelheit sie.

★★★

Joachim Ballmer starrte aus seinem Bürofenster in der Hafen-city auf den riesigen vierrohrigen Schornstein des Vattenfall-Heizwerks, ohne ihn wahrzunehmen. Seine Sorge um Carola war nach ihrem Anruf von Ärger abgelöst worden. Er nahm die Brille ab, klappte sie zusammen und steckte sie in die Brusttasche seines Hemdes. Seinen Arztkittel hatte er schon vor einer Stunde ausgezogen, gleich nachdem er seinen Abendbesuch bei Pauline beendet hatte. Das tapfere Mädchen! Hoffnung und Angst wechselten sich bei ihr ab. Vor drei Tagen hatten sie mit der Konditionierung begonnen. Ihr Körper nahm die Hochdosis-Chemo und die Ganzkörperbestrahlung verhältnismäßig gut an.

Von ihrem Vater hatte Pauline am Nachmittag erfahren, dass Carola sich mit einer ehemaligen Schulfreundin treffen wollte und sie daher heute Nachmittag nicht besuchen würde. Joachim hatte gespürt, dass Pauline darüber traurig gewesen war, auch wenn sie es nicht ausgesprochen hatte. Im Gegenteil. »Mama braucht auch mal ein bisschen Abwechslung. Und sie war ja heute Morgen schon bei mir«, hatte sie gesagt.

Joachim hatte nichts darauf erwidert, weil er spürte, dass Carola gelogen hatte. Unter Garantie ließ sie keinen Besuch bei ihrem todkranken Kind ausfallen, um sich mit einer Freundin zu treffen. Es hatte etwas damit zu tun, was sie ihm heute berichten wollte. Nur konnte er das natürlich weder Pauline noch Robert sagen. Er musste einfach abwarten, was Carola ihm gleich offenbaren würde.

Was fiel ihr nur ein? Was war mit ihr los? Er konnte sich auf ihr Verhalten absolut keinen Reim machen. Wohin wollte sie mit ihm fahren? Er seufzte, fuhr mit dem Mittelfinger einige Male über die Nasenwurzel und spürte umgehend, wie sich die ärgerlich zusammengezogenen Brauen entspannten. Es blieb ihm nichts anderes übrig, als abzuwarten. Ein Blick auf die Uhr verriet, dass er noch über eine halbe Stunde Zeit hatte.

Er ging an den Schreibtisch zurück, aber seine Gedanken schweiften immer wieder von der Patientenakte ab, die er am Computer aufgerufen hatte. Nach zwanzig Minuten fuhr er den PC schließlich runter. Er nahm sein Sakko aus dem Schrank und griff nach seiner Aktentasche, die er bereits gepackt hatte. Gerade als er vom Schreibtisch die Autoschlüssel und das Smart-phone aufnahm, klingelte das Handy. Auf dem Display leuchtete ihm die Festnetznummer von Carola und Robert entgegen.

Der Ärger brach sich erneut Bahn. Wieso war seine Schwester jetzt zu Hause? Sie hatte doch gesagt, dass sie ihn vor dem Krankenhaus abholen wollte.

»Carola!« Seine Stimme war laut, als er das Gespräch annahm. »Was zum Teufel soll –?« Er brach ab. »Robert. Entschuldige.

Ich … Was? Oh mein Gott!« Er stellte die Tasche ab und ließ das Sakko einfach fallen, während er seinem Schwager zuhörte. »Okay, Robert. Versuche, ruhig zu bleiben, und nimm dir bitte ein Taxi zum Krankenhaus. Zum Fahren bist du zu aufgeregt. Ich komme auch dorthin. Und dann sehen wir weiter. … Ja, bis gleich.« Er legte auf und wählte in der nächsten Sekunde Majas Nummer.

»Liebling, ich bin's«, sagte er, als sie abnahm. »Robert hat mich gerade angerufen. Carola hatte einen Autounfall. Laut Polizei ist sie auf dem Weg ins Krankenhaus Rissen oder vielleicht inzwischen auch schon da. … Nein, ich habe noch keine Ahnung, wie schwer sie verletzt ist. Ich habe Robert gesagt, dass ich ihn dort treffe. … Natürlich, Liebling. Ich melde mich, sobald ich Weiteres weiß.« Er stockte.

Die Erkenntnis, dass es nicht nur um Carolas Gesundheit und Leben ging, fuhr ihm regelrecht in die Knochen. Seine Knie begannen zu zittern, und er ließ sich in den Chefsessel fallen. »Bete, Maja, dass es nur leichte Verletzungen sind. Ich darf gar nicht darüber nachdenken, falls nicht … Paulines Immunsystem ist quasi nicht mehr vorhanden. Ohne Carolas Stammzellen …« Er brach erschüttert ab. »Ich melde mich, Liebling.«

Er drückte den roten Hörer und starrte einen Moment lang aus dem Fenster in den Abendhimmel. So grausam konnte doch das Schicksal nicht sein? Es würde doch Pauline nicht die Mutter nehmen, von der ihr Leben abhing?

»Halt ja durch, Carola«, murmelte er, als er seine Sachen nahm und aus dem Büro stürmte.

***

»Für dein Grünzeug übernehm ich aber keine Garantie.« Carmen Schnitzel deutete auf Lyns mit Margeriten und Strohblumen bepflanzte Schale vor der Haustür. »Weder drinnen noch draußen. Ich hab nur einen fetten Daumen, keinen grünen.« Sie lachte ihr dunkles Lachen.

Lyn hatte ihre Nachbarin und Freundin Carmen gebeten,

während ihrer Abwesenheit die Blumen zu gießen und den Postkasten zu leeren. Das kleine Rasenstück hinter dem Haus würde Henning Harms mähen.

»Tschüs, Blümchen«, sagte Lyn mit einem kleinen Lachen Richtung Schale. »Wir sehen uns wohl nicht wieder.«

Es hatte gutgetan, mit der chronisch gut gelaunten Carmen auf der Terrasse zu plaudern und einen eisgekühlten Kakao zu trinken. Die Mädchen waren nach Franken abgereist, sie selbst würde am nächsten Morgen Richtung Nordsee starten.

»Ui«, stieß Carmen im selben Moment aus, »da naht ein Dreibein, Typ Aftershave-Model, auf zwei Uhr. *Hot*, wenn ich drauf stehen würde. Will der etwa zu dir?«

Lyn drehte sich um. Wenn die erzlesbische Carmen einen Mann heiß fand, war das denkwürdig. Als sie sah, wer sich von rechts näherte, blieb Lyn zunächst vor Überraschung stumm. Thomas Martens. In schwarzer Motorradkluft. Die Lederjacke trug er geöffnet, darunter ein weißes T-Shirt, das sich über einer muskulösen Brust spannte. In der Hand hielt er einen schwarzen Motorradhelm. »Äh … der will wohl zu mir«, murmelte Lyn schließlich. »Ist ein … Kollege.«

»Ziemlich viel Gestammel, Frau Nachbarin.« Carmen zwinkerte ihr zu. »Ich bin dann mal weg.« Mit ihren großen Händen zog sie Lyn an sich und drückte sie. »Sieh zu, dass die Fischköppe dich aufpäppeln und ein bisschen mästen. Bist viel zu dürr geworden. Lass die Sorgen mit Wind und Wellen davonziehen, Lyn … Und lass dir nicht nur so 'nen labberigen Tee verabreichen. Zisch mal 'n schönes Pils. Da kommen die Lebensgeister in Wallung.« Sie wuschelte noch einmal kräftig durch Lyns braunes Haar, bevor sie mit einem fröhlichen »Moin, Moin« an Thomas Martens vorbeimarschierte.

»Tschüs, Carmen, und danke! Grüß Andrea«, rief Lyn ihr hinterher. Thomas Martens' Auftauchen verwirrte sie. Sie fuhr sich über ihr zerzaustes Haar, als er vor ihr stehen blieb. »Hallo, Thomas. Das … ist jetzt wirklich eine Überraschung.«

»Hallo, Lyn …« Er fuhr sich ebenfalls mit der linken Hand durch das dunkle, grau durchwirkte Haar. »Ich bin so 'n bisschen durch die Gegend gefahren, in Beidenfleth über die Fähre. Und da ich schon mal in der Nähe war, dachte ich, ich könnte dir ja vielleicht mal schnell Hallo sagen.«

Lyn verfluchte Carmen, die hinter Thomas' Rücken irgendwelche ominösen Handzeichen machte, die Lyn lieber nicht deuten wollte. »Da hast du aber Glück, dass du heute und nicht morgen zufällig in der Gegend bist. Denn ich fahre morgen für ein paar Wochen nach St. Peter-Ording«, sagte sie. »Urlaub«, fügte sie schnell hinzu. Es ging Thomas nichts an, dass sie dort therapeutische Hilfe in Anspruch nehmen würde.

»Ja«, sagte Thomas, während er den Helm in die andere Hand wechselte, »ich habe von Karin Schäfer gehört, dass du ... Urlaub machst.«

In Lyn begann es zu brodeln. »Die winzige Pause, die du eben gemacht hast, Thomas, macht mich gerade richtig, richtig sauer. Karin Schäfer ist ein verdammtes Plappermaul!« Sie verschränkte die Arme vor der Brust. »Du weißt also, dass ich klapsmühlenreif bin. Na prima. Gibt es irgendwelche Kommissariate, die sich noch nicht das Maul darüber zerreißen?«

Betroffen sah Thomas Martens sie an. »Ich, äh ...« Er brach ab. Seine Stimme veränderte sich. »Okay, ich habe gelogen. Ich bin nicht zufällig in der Gegend. Ich wollte dich einfach sehen, nachdem Karin Schäfer endlich mit der Sprache rausgerückt ist. Ansonsten weiß niemand irgendetwas. Es gibt nur die üblichen Gerüchte und Mutmaßungen.« Er setzte ein schiefes Grinsen auf. »Sei nicht böse, sie hat es mir wirklich nicht leicht gemacht. Aber ich kann stur sein, wenn ich ein Ziel vor Augen habe.«

Lyn wusste nicht, was sie sagen sollte. Hatte sie nur das Gefühl, dass alles, was er sagte, doppeldeutig war?

»Ich kann dir ein einziges alkoholfreies Bier anbieten. Mehr habe ich nicht im Haus«, sagte sie, um überhaupt etwas zu sagen, und deutete auf die Holzbank neben der Haustür.

»Perfekt.« Er strahlte sie an.

Diese braunen Augen. Lyn wurde klar, als sie in die Küche ging und das Bier holte, dass sie es Karin nicht übel nehmen durfte, geplaudert zu haben. Ob Thomas überhaupt bewusst war, dass seine Augen viele Worte überflüssig machten? »Mit

Sicherheit«, murmelte sie, schlug die Kühlschranktür wieder zu und öffnete die Flasche.

Als sie sich zu ihm auf die Bank setzte und ihm die Flasche reichte, wusste sie auch, dass es ein Fehler gewesen war, ihn nicht nach hinten auf die Terrasse zu bitten. Er war zu nah.

»Trinkst du nichts?«, fragte er.

Lyn schüttelte den Kopf.

»Fühlst du dich gerade von mir belästigt?«

»Puh.« Sie sah ihn an. »Das nenne ich mal eine direkte Frage. Du hättest wenigstens noch zwei Worte über das Wetter verlieren können.«

Er lächelte. »Lyn, wenn ich etwas nicht will, dann, dass du dich unwohl fühlst. Ich weiß, dass du weißt, dass ich andere Kolleginnen … nun, sagen wir mal, mit anderen Augen betrachte. Sie sind mir … egaler. Du –«

»Thomas«, unterbrach Lyn ihn mit fester Stimme, »hör mir zu. Ich weiß, dass *du* weißt, dass deine tollen braunen Augen mich nie gänzlich unbeeindruckt gelassen haben. Aber wenn ich etwas im Moment nicht brauche, dann einen Mann, der … nun, sagen wir mal, dem ich nicht so egal bin wie andere Kolleginnen.«

Er nickte, beugte sich nach vorn, die Unterarme auf die Oberschenkel gestützt, und begann, die Flasche in seinen Händen zu drehen. »Da glauben wir also beide, eine Menge voneinander zu wissen.« Er sah sie von der Seite an. »Ich würde mich niemals aufdrängen wollen, Lyn, aber …« Er kam wieder hoch. »Ich möchte dir meine Freundschaft anbieten. Platonische Zuneigung. Einfach von Mensch zu Mensch, ohne dass es eine Rolle spielt, dass du eine Frau bist und ich ein Mann. Ich verspreche dir, dich nicht anzuflirten.« Ernst sah er sie an. »Das kann ich nämlich, trotz der Augen.«

Lyn hielt seinen Blick. »Ich liebe Hendrik.«

»Das weiß ich. Aber ich weiß auch, dass Hendrik nicht da ist. Er ist nicht bei dir. Und ich biete dir ein Ohr zum Zuhören, eine Schulter zum Ausheulen und den neuesten Klatsch aus dem Polizeigebäude. Ohne Hintergedanken. Einfach nur, weil ich dich sehr, sehr mag, Lyn Harms.« Er hielt ihr das Bier hin.

»Danke.« Sie nahm die Flasche, trank einen Schluck und gab sie ihm zurück. »Auch für dein Angebot.« Sie versuchte ein Lächeln. »Es ist wahnsinnig verlockend. Der neueste Klatsch über die Kollegen … Aber ich kann nicht deine Freundin sein, Thomas, weil wir beide wissen, dass es nicht das ist, was du wirklich willst.«

»Da gibt es einen kleinen, feinen Unterschied, Lyn. *Du* kannst vielleicht nicht *meine* Freundin sein, weil deine aufgewühlte emotionale Situation das momentan gar nicht zulässt, dass du jemandem eine Freundin bist. Aber ich kann das schon. Dir ein Freund sein, ohne eine Gegenleistung zu erwarten. Denn mir geht es gut.«

Er stellte die Flasche auf dem Boden ab und stand auf. »Ich wünsche dir eine gute Zeit in St. Peter, Lyn. Du hast meine Handynummer. Wenn du anrufst, bin ich für dich da. Immer.«

Er ging, ohne sie zum Abschied zu berühren. Nur mit einem Lächeln.

ZEHN

Als sie ihr eigenes Stöhnen wahrnahm, war Anne erleichtert. Wach. Endlich wach. Ihr Körper hatte sie dem dunklen Traumreich des mitleidlosen Herrschers wieder einmal entrissen. Sie stöhnte noch einmal und versuchte, sich über die trockenen Lippen zu lecken, aber es schien, als fehle Feuchtigkeit im Mund. Ihr Herz raste, und ihr Kopf fühlte sich an, als läge ein Ziegel auf ihrer Stirn. Warum konnte man sich an Alpträume nicht gewöhnen? Warum reagierte ihr Körper nach all den alptraumbehafteten Jahren noch immer gleich? Sie brauchte immer einige Minuten, bis sie sich wieder beruhigte, bis ihr Herzschlag sich normalisierte, doch heute dauerte es länger. Fast schien es, als versuche der Alp, sie zurückzuziehen.

»Alles ist gut, Anne, alles gut. Nur ein Traum.«

Tausende Male hatte sie diese Worte in die Dunkelheit ihres Schlafzimmers geflüstert. Oft gefolgt von Rainers müder Stimme: »Nur ein böser Traum, Schatz. Schlaf weiter.« Heute sagte er nichts. Er schlief wohl fest.

»Nur ein Traum«, flüsterte Anne noch einmal und spürte dem Nachtgespenst nach. Sie war durch den Wald gelaufen, allein, auf der Suche nach Tina, die sich in dem fremden Wald verirrt hatte. Die Bäume standen viel dichter als im Itzehoer Wald. Durch einige Stämme hatte sich Anne hindurchquetschen müssen, und als sie Tina endlich sah, an Annes Büroschreibtisch im Wald, war es nicht mehr vorangegangen. Tina war zum Greifen nah gewesen, doch Anne hatte keinen Fuß mehr vor den anderen setzen können. Ein riesiger Magnet zog an ihrem Energiefeld, hatte das Fortbewegen verhindert, und dann … dann war der Baum gekommen. Er war direkt auf sie zugestürzt. Und sie konnte nicht entkommen. Er fiel und fiel, sie hatte die Arme ausgestreckt, und der Baum stoppte tatsächlich unter ihren Händen. Aber er wurde schwerer und schwerer, ihre Arme schmerzten unter der Last, und sie wusste, dass sie gleich sterben würde.

Und genau wie die anderen tausendmal war sie nicht gestorben, sondern aufgewacht. Anne öffnete die Augen. Stockfinster war es. Nacht. Aber selbst wenn es Nacht war …

Etwas stimmte nicht.

Auch in den dunkelsten mondlicht- und sternenlosen Nächten war es in ihrem Schlafzimmer niemals so schwarz, denn das Licht der Straßenlaterne fand seinen Weg immer durch die Ritzen des Rollos. Aber noch bevor Annes Augen sich auf die Suche nach dem verlorenen Licht machten, registrierte sie den Schmerz. Ihre Arme. Was war mit ihren Armen? Wieso taten sie so weh? Der Traum war doch vorüber. Sie versuchte, den linken Arm zu heben, eine Sekunde später den rechten.

»Was …?« Die Erkenntnis, dass die Arme nicht frei waren, dass irgendetwas verhinderte, sie zu bewegen, traf sie wie ein Keulenschlag und brachte das Herzrasen zurück. Und nun registrierte sie auch den Pelz, der um ihre Zunge zu liegen schien. Dieser stechende Kopfschmerz. Dieser brennende Durst in ihrer Kehle. Das … das war anders als sonst, wenn sie erwachte.

»Rainer?« Sie hob ihren Kopf, um nach links zu schauen, um Rainers Umrisse auszumachen, doch da war nur Finsternis. Kaltes Schwarz.

Wild begann sie, all ihre Kraft in die Arme zu legen, um sie frei zu bekommen. Gleichzeitig strampelte sie wild mit den Beinen die Decke weg. »Raaaiiiner!« Gellend klang ihr Schrei zu ihr zurück. Sie zerrte, spürte, dass etwas ihre Handgelenke mit eisernen Klauen festhielt. »Raaaiiiner!« Sie hob ihren Oberkörper, warf ihn hin und her, so weit es ging, und schrie, wie sie noch nie geschrien hatte. Etwas Furchtbares war passiert.

Sie wusste nicht, was. Sie wusste nicht, wieso. Sie wusste nur, dass es dem Alp gelungen war, sein grausiges Traumreich zu verlassen. Er war hier.

★★★

War es der unfassbar starke Kopfschmerz, der sie geweckt hatte? Oder waren es die Geräusche neben ihr? Der Schmerz vervielfachte sich, als Carola den Kopf drehte, um die Laute zu identifizieren. »Aah ...« Der Schmerzschrei, der über ihre Lippen drang, stoppte die Geräuschkulisse.

Für einen winzigen Moment glaubte Carola, wieder in Afrika zu sein, wo sie in Krankenhäusern gearbeitet hatte. Eine junge schwarzhäutige Frau in einem kurzen Kittel sah sie mit großen, dunklen Augen an. Aber es war kein Chichewa oder Ewe, das die Frau sprach, sondern stark akzentuiertes, gebrochenes Deutsch.

»Sie Schmerzen haben?«, kam es über die vollen Lippen der Schwarzafrikanerin.

Carola versuchte, den Raum einzuordnen. Das Bild schien vertraut aus der Zeit in Afrika. Dies war ein Krankenhaus. Aber eindeutig ein deutsches, stellte sie fest, als ihr Blick die Einzelheiten des Raumes aufnahm. Die Frau schien hier zu putzen.

Sie presste die Augen zusammen und öffnete sie umgehend mit einem erneuten Schmerzlaut. Was war mit ihrem Kopf? Warum lag sie hier? Was war passiert?

Die Reinigungskraft lehnte den Feudel, mit dem sie wohl beim Wischen des Bodens die Geräusche verursacht hatte, gegen das leere zweite Bett im Raum und trat neben Carola. Sie deutete auf die Klingel. »Sie drucken hier. Dann Schwester kommt.«

»Wo bin ich? Ist das ... die Ballmer-Klinik?«, flüsterte Carola. Im selben Moment durchlief es sie heiß. Pauline!

»Oh Gott«, wimmerte Carola, und sie riss den Kopf herum, trotz der Schmerzen. Ihr wurde übel. »Meine Tochter! Die ... die Transplantation«, schrie sie der Putzfrau entgegen. »Was ist hier los? Warum bin ich hier? Wurden ... Oh Gott, nein. Das darf nicht ... Wo ist Pauline? Wo ist mein Bruder?«

Die Dunkelhäutige starrte sie erschrocken an.

»Dr. Ballmer?«, schrie Carola sie an. »Wo ist Dr. Ballmer?« Sie versuchte, den Oberkörper zu heben, doch eine neue Übelkeitswelle durchflutete sie. Sie begann zu würgen.

»Ich Schwester holen.« Die Putzfrau eilte aus dem Raum.

Carola glaubte, nicht mehr atmen zu können. Ein eisiger Ring legte sich um ihre Brust. Warum lag sie in einem Krankenhaus? Dafür konnte es nur einen Grund geben. Joachim hatte ihr die Stammzellen entnommen. Sie versuchte zu schreien, aber kein Ton wollte aus ihrer Kehle kommen. Etwas, irgendetwas war verkehrt gelaufen! Sie hatten sie operiert, ohne dass sie mit Joachim gesprochen hatte. Ohne dass er wusste, dass er die Stammzellen austauschen musste, bevor er sie Pauline transplantierte. Auf keinen Fall durfte Pauline *ihre* Stammzellen bekommen.

Endlich löste sich der Schrei. Carola hörte nicht mehr auf zu schreien.

»Frau von Ahren, beruhigen Sie sich«, hörte sie irgendwann eine fremde Stimme neben sich, »es ist alles in Ordnung. Sie hatten gestern Abend einen Verkehrsunfall.«

Das unbekannte Gesicht nahm sie kaum wahr, sie konnte nur schreien. »Die Stammzellen! Sie dürfen sie Pauline nicht geben! Oh bitte! Es sind die falschen. Sie stirbt!«

»Frau von Ahren! Beruhigen Sie sich. Ihrer Tochter geht es gut. Sie sind hier im Krankenhaus Rissen. Hören Sie mich? Sie hatten einen Unfall.«

»Pauliii…«, Carola erbrach sich mitten im Wort. Der rasende Kopfschmerz überwältigte sie gemeinsam mit der Angst.

»Zehn Milligramm Diazepam vorbereiten«, hörte sie die fremde Stimme sagen, während eine stützende Hand sie hielt, als sie erneut würgte. Den Einstich der Spritze – irgendwann, Ewigkeiten später, als das Erbrechen vorbei war – nahm sie wahr, aber nicht als Schmerz. Er war nichts im Gegensatz zu dem Schmerz in ihrem Kopf. Ihr Kopf platzte. Und die Dunkelheit, die sie umfing, musste der Tod sein. Erlösend.

★★★

Anne hatte aufgehört, nach Rainer zu rufen. Weil er nicht hier war. Niemand war hier. Sie hatte geschrien. Unendlich geschrien. Bis kein Ton mehr durch ihre trockene Kehle wollte. Sie war wieder eingeschlafen, wieder aufgewacht, hatte weitergeschrien. Annes Zeitgefühl war verschwunden. In den ruhigen Momenten hatte sie versucht, sich zu erinnern. Was war passiert? Sie hatte noch keine Antwort darauf gefunden.

Aber sie hatte Puzzlestücke zusammengesetzt, nachdem sie in der ersten Panik nicht einmal sicher gewesen war, welches Jahr es war. Inzwischen war sie sich sicher, dass es Juli war. Doch welcher Tag? Ihr Mund öffnete und schloss sich, die pelzige Zunge suchte im Mund nach Feuchtigkeit. Ihr war übel vor Durst. Sie atmete tief ein, obwohl es nicht gut war. Sie durfte nicht in den Bauch atmen. Nicht in Richtung Blase. Weil sie dann loslassen musste. Sie war in der Hölle. Ihr Körper war die Hölle.

Der Schmerz in Schultern und Armen wurde unerträglich. Im Wechsel verrückte sie ihren Oberkörper um die wenigen Zentimeter, die möglich waren, von der linken auf die rechte Seite, dann wieder zurück. Um dem jeweiligen Arm ein wenig Entlastung zu geben. Das Bewegen der Finger gelang nur noch an der rechten Hand, links hatte sie das Gefühl, dass die Finger zu Würsten angeschwollen waren. Dicke Blutwürste, die aus ihrer Pelle platzen wollten. Ihre Kehle war trocken wie ein Schwamm in der Sonne. Oben lechzte sie nach Flüssigkeit, die nicht da war. Unten produzierte ihr Körper Flüssigkeit, die ihre Blase zu sprengen drohte.

Irgendwann, es mussten Stunden vergangen sein, hatte sie geweint. Warum hatte sie nicht versucht, die Tränen mit der Zunge aufzufischen? Wie hatte sie das kostbare Wasser einfach in dem Kissen versickern lassen können? Sie drehte den Kopf und roch noch einmal an dem Kissen. Es roch nach Waschmittel. Frisch. Ein Duft, der ihr fremd war, nicht ihrer.

Wer hatte es bezogen? Diese Frage kreiste in ihrem Schädel. Kreiste und kreiste und fand keinen Anfang und kein Ende.

Auf jeden Fall lag sie in einem Bett, nicht auf einem Sofa oder einer Matratze auf dem Boden, denn mehr als einmal hatte sie bereits mit Beinen und Füßen den kleinen Radius, den sie so erreichen konnte, erkundet. Es war ein Bett mit Latten, rechts und links, an die ihre Arme gefesselt waren. Das Bett stand rechts an einer Wand, die nur verputzt schien. Eine Tapete hätte sich anders angefühlt. Nach links war Luft, darum hatte sie ihre Blicke dorthin konzentriert. Irgendwann musste die Dunkelheit doch Umrisse freigeben. Ein Trugschluss.

Wo war sie? Wie war sie hierhergekommen? Und warum? Hatte sie wieder einen Anfall gehabt? Lag sie in einem Krankenhaus, an das Bett gefesselt, um sich selbst nicht zu verletzen? Aber es roch hier nicht nach Krankenhaus. Ganz im Gegenteil. Der Duft eines Gewürzes, das Anne nicht zuordnen konnte, hing in der Luft.

Und warum war es so dunkel? Hätte nicht längst eine Schwester oder ein Arzt nach ihr gesehen, wenn dies ein Krankenhaus war? Oder befand sie sich noch mittendrin in einem epileptischen Anfall? Hatte sie Wahnvorstellungen?

Jede Frage, die sich in den vielen Stunden – oder waren es schon Tage? – stellte, warf eine neue auf.

Ihre größte Angst, dass sie sich in den Händen eines Perversen befand, kehrte brachial zurück, als ihr Gefühl ihr sagte, dass dies kein Krankenzimmer war, sondern ein Verlies. In einem Krankenhaus hätte man sie nicht mit zwei unterschiedlichen Materialien an das Bett gefesselt. Rechts war es ein weicheres Material, links wohl eine eiserne Kette. So viel hatte sie mit den linken Fingerrücken erfühlen können.

In diesem Moment spürte sie, wie eine klebrige Feuchtigkeit zwischen den Schenkeln Richtung Po floss. Bahnte sich der Urin seinen Weg, obwohl sie ihn krampfhaft zurückhielt?

Nein. Das war kein Urin. Es war Blut.

Sie menstruierte. Und der Tampon nahm das Blut nicht mehr auf. Mit der warmen Nässe in ihrem Schoß kam die Erinnerung an das Datum zurück.

»Siebenundzwanzigster Juli«, murmelte sie. An diesem Tag hatte sie ihre Regel bekommen. Und am Tag danach hatte sie gearbeitet. War das erst heute gewesen? War heute der achtundzwanzigste oder, was wahrscheinlicher war, schon der neunundzwanzigste oder dreißigste Juli?

Gleichzeitig mit dieser Erkenntnis drang noch etwas anderes in ihr Bewusstsein. Das Schwarz um sie herum schien sich in dunkles Anthrazit zu verwandeln und … gab Umrisse frei.

Dort vor ihr. War das eine Tür? Und dort auf der linken Seite, das konnten die Umrisse eines Schrankes sein. Eine Art hohes Sideboard? Oder bildete sie sich das ein? Aufgeregt hob Anne den Oberkörper so weit es ging an und blinzelte ein-, zweimal mit den Augen, um sicherzugehen.

Ihr Herz begann zu klopfen. Ja, es gab eine Tür. Sie war in der Wand vor ihr. Sie konnte sie erkennen, weil an ihrem unteren Ende durch einen schmalen Spalt Helligkeit in den Raum kroch. Keine satte, strahlende Helligkeit, sondern ein mageres graues Licht. Aber es war ein Hoffnungsschimmer. Licht war Hoffnung.

Die Minuten verrannen, während Anne auf den Spalt unter der Tür starrte, dann wieder in den Raum. Immer wieder legte sie sich kurz auf die Matratze zurück, um im nächsten Moment wieder zu versuchen, mehr Details im Raum zu erkennen. Es war kein Lampenlicht, das durch den Spalt drang, sondern Tageslicht, das stärker wurde. Vor diesem dunklen Raum gab es einen Raum, in den das Licht eines beginnenden Morgens strahlte.

Anne legte den Kopf auf das Kissen. Sie hatte also mindestens den gesamten gestrigen Nachmittag, den Abend und die Nacht hier gelegen, ohne dass sie sich daran erinnern konnte. Sie kam wieder hoch. Dort, der Schatten auf dem Schrank, es sah aus wie … eine Wasserflasche. Der Pelz um ihre Zunge schien mit dieser Erkenntnis an Umfang zu gewinnen, schien den Mund aufzublähen. Wasser. So nah. Aber unerreichbar.

Der Hauch Hoffnung löste sich auf wie Eis in der Sonne, rann ihr durch die Finger, verschluckt von den grauen Schatten, die sie umgaben.

»Hilfeee!« Sie schrie, heiser, aber aus Leibeskräften. »Ist denn keiner da? … Hilfeee!« Mit der Zunge fuhr sie immer wieder über ihre trockenen Lippen. »Ich brauche Wasser! … Hallooo!« Weinend brach sie ab.

Ihr Kopf dröhnte, während sie begann, wild an den Fesselungen zu reißen. An der linken Seite gab es nicht den Hauch einer Chance, die Hand zu drehen und zu bewegen, aber an der rechten Seite hatte sie ein wenig Spiel um das Handgelenk herum. Wieder und wieder schob sie ihr Gelenk das kleine Stückchen hin und her, her und hin. Bis der Wundschmerz der aufgescheuerten Haut sie innehalten ließ.

Panik und Schwindel erfassten sie. Sie schrie erneut, bäumte ihren Oberkörper auf und ließ sich wieder zurückfallen. Ein Weinkrampf stoppte sie. Anne glaubte, nicht mehr atmen zu können, so sehr schüttelte sie der Krampf. Das Schwarz schien wieder zuzunehmen. Die Dunkelheit, die nach ihr griff, erschien ihr erlösend. Sie ließ sich fallen. Der Krampf löste sich. Sie ließ los. Alles. Sie spürte dem warmen Strahl des Urins nach, der sich zwischen ihren Beinen ergoss. Gleichzeitig spürte sie, wie auch der Tampon nach außen drang. Es war grauenvoll. Grauenvoll und demütigend und befreiend zugleich.

Welcher Mensch tat ihr das an? Wer war so grausam, sie hier in ihren Ausscheidungen verrecken zu lassen? Und ... warum? Warum nur?

***

»Danke, dass du mich abgeholt hast, Liebling.« Joachim Ballmer hatte den Kopf gegen die Kopfstütze des Beifahrersitzes gelehnt und lächelte Maja müde an. »Mich jetzt nicht auf den Feierabendverkehr konzentrieren zu müssen ist schon ein kleiner Luxus.«

Er schloss die Augen. Wie gern würde er entspannt auf seiner Terrasse sitzen, mit einem Glas Elbling und einer Scholle mit Pellkartoffeln und Dillsoße, fernab von allen Problemen der Familie und der Welt. Doch sie steckten in der Autoschlange, die sich wie ein Bandwurm durch Hamburgs Innereien fraß. Auf dem Weg zu Carola in die Klinik in Hamburg-Rissen, in die sie am Vorabend eingeliefert worden war.

»Übertreib nicht«, lachte Maja auf. Aber sie wurde schnell wieder ernst. »Das ist das wenigste, was ich tun kann. Du hast einen anstrengenden OP-Tag hinter dir. Und ich möchte Robert gern ein wenig Mut zusprechen.«

Joachim öffnete die Augen und nickte. »Das kann er wahrhaftig gebrauchen. Der Arme war gestern Abend mit den Nerven am Ende.«

»Was man ihm nicht verübeln kann.« Maja bremste vor einer roten Ampel. »Seine Frau liegt schwer verletzt im Krankenhaus, seine todkranke Tochter braucht innerhalb der nächsten zwei Tage die Stammzellen ihrer Mutter.«

Sie strich beruhigend über Joachims Bein, als der ein unbeherrschtes »Nun fahr schon los, du Idiot!« gegen die Scheibe schrie, weil der Wagen vor ihnen noch stand, obwohl die Ampel auf Grün geschaltet hatte.

»Glaubst du denn wirklich, dass die Transplantation stattfinden kann?« Maja gab Gas und lenkte den Phaeton auf die linke Spur.

»Carola war gestern Abend stabil, nicht in Lebensgefahr. Und das lässt hoffen, dass wir die Entnahme wie geplant durchführen können. Ich habe gleich ein Gespräch mit dem behandelnden Arzt. Ich möchte sie bei mir in der Klinik haben, was kein Problem werden sollte. Ich hätte das gern heute Morgen schon alles abgeklärt, aber ich konnte nur einen meiner OP-Termine an Dr. Rahmani abgeben. Zwei Mastektomien musste ich selbst durchführen. Gewünschte Chefarztbehandlungen.«

»Wird Carola denn jetzt wach sein?« Maja warf Joachim einen kurzen Blick zu. Wie erwartet zogen sich seine Augenbrauen bei der Frage zusammen, denn Carola hatte gestern Abend kaum registriert, wo sie sich befand, geschweige denn wie es dazu gekommen war.

»Das will ich hoffen. Robert hat mich gegen Mittag angerufen. Heute Vormittag war Carola wohl noch völlig neben der Spur.« Ärger klang deutlich durch seine Stimme. »Der Bluttest war katastrophal. Vollgepumpt mit Beruhigungsmitteln hat sie sich! Kein Wunder, dass sie kaum ansprechbar war.« Er schüttelte den Kopf. »Da gebe ich mir eine Mitschuld. Ich habe bei der Rezeptausstellung natürlich gemerkt, dass sich ihr Bedarf erhöht hat, doch ich wollte ihr diese momentane Stütze nicht nehmen. Carola ist vernünftig, dachte ich, sie wird die Einnahme wieder reduzieren, wenn es Pauline besser geht. Aber in den letzten Tagen muss sie die Dosierung so gesteigert haben … Unglaublich.«

»Zum Glück war kein anderer an dem Unfall beteiligt. Stell dir vor, sie wäre in einen anderen Wagen gerast.«

»Allerdings. Da war ein Schutzengel im Spiel. Mit dem Führerscheinentzug wird sie leben müssen.«

Maja nickte. »Das wird nicht Carolas Sorge sein. Die Hauptsache ist, dass der Stammzellentnahme nichts im Weg steht.«

»Sie ist ja nicht lebensgefährlich verletzt. Und ganz ehrlich«, er sah Maja an, »in diesem ganz besonderen Fall würde man Carola sogar im Koma die Stammzellen entnehmen, um Pauline zu retten. Der Eingriff ist unspektakulär.«

»Das ist alles so gruslig«, sagte Maja.

Sie schwiegen einvernehmlich, bis sie das Krankenhaus erreichten, jeder mit seinen Gedanken beschäftigt. Joachim grübelte darüber nach, warum Carola einen Mietwagen gefahren hatte. Auch Robert hatte sich dies am Vorabend nicht erklären können.

Er selbst ahnte, dass es etwas mit dem zu tun hatte, was Carola ihm so aufgelöst hatte mitteilen wollen. Darum hatte er Maja auch noch nichts von der mysteriösen Mietwagensache gesagt.

Auf dem Flur vor Carolas Zimmer trafen sie auf Robert von Ahren, der blass und zitternd an der Wand lehnte.

»Was ist los?«, stieß Joachim statt einer Begrüßung alarmiert aus. »Ist etwas mit Carola?«

Robert nickte. »Sie … sie schreit die ganze Zeit … und phantasiert. Und sie hat nach dir gerufen und mich angeschrien, dass ich dich holen soll. Ich habe versucht, sie zu beruhigen, aber sie hat immer mehr geschrien. Es war furchtbar. Ich habe die Schwester geholt und die den Arzt, und … sie haben mich rausgeschickt.« Er deutete zur Tür. »Sie sind jetzt drinnen, und …«, er hielt inne und lauschte, »sie ist jetzt ruhig. Endlich ruhig.«

Die Art, wie er es sagte, jagte Joachim einen Schauer über den Rücken. Carola musste in einem fürchterlichen Zustand gewesen sein.

Roberts Stimme drückte pure Verzweiflung aus, als er von Maja zu Joachim blickte. »Ist das ein Delirium oder was? Gegen die starken Kopfschmerzen bekommt sie Schmerzmittel. Zu all den Beruhigungstabletten, die sie … ja, die sie gefressen hat! Warum habe ich nicht reagiert? Ich habe doch gesehen, wie sie sich davon abhängig gemacht hat.«

»Robert«, Joachim zog seinen Schwager von der Wand weg in seine Arme und tätschelte ihm den Rücken, »dieses Ausmaß war nicht vorhersehbar. Oder glaubst du, ich hätte ihr dann weiterhin ein Rezept ausgestellt? Mich trifft nicht weniger Schuld. Und ganz ehrlich, einen Missbrauch habe *ich* ihr nicht angemerkt.«

Robert löste sich von Joachim und wischte über seine feuchten Wangen. »Wie soll das jetzt weitergehen? Line hat heute Morgen schon immer nach Carola gefragt. Wir ... wir müssen es ihr jetzt sagen, nicht wahr, dass Carola hier liegt und ...« Er begann wieder zu weinen.

Joachim verständigte sich mit Maja durch einen Blick. Sie würde sich um Robert kümmern. »Ja, Robert«, sagte Joachim, »aber das machen wir gemeinsam. Pauline wird sich sehr erschrecken, aber ich werde ihr die medizinischen Zusammenhänge erklären, damit sie versteht, dass alles gut wird und dass die Transplantation problemlos stattfinden kann. Es ist unsere oberste Pflicht, gerade bei ihr Optimismus zu verbreiten.« Innerlich wand sich Joachim. Hoffentlich würde Pauline den Schock überstehen. Was musste sie nur alles erdulden!

Maja hakte ihren Schwager unter. »Komm, Robert, du bist nicht allein. Wir gehen jetzt frische Luft schnappen und einen Kaffee trinken, während Joachim mit dem Arzt spricht. Das gibt dir Zeit, dich zu sammeln. Ein Lächeln wird Pauline guttun.«

Er nickte zögerlich. »Aber ich muss Carola noch einmal sehen, bevor wir zu Pauline fahren. Ich muss wissen, dass es ihr besser geht.«

Joachim nickte. »Kommt in einer Viertelstunde wieder hoch. Dann weiß ich mehr.«

»Verlassen Sie bitte das Zimmer«, wurde Joachim von einer Schwester aufgefordert, als er ohne zu klopfen das Krankenzimmer betrat. Ein Arzt stand neben Carolas Bett und hantierte am Infusionsständer. Joachim trat ans Bett, den giftigen Blick der Schwester ignorierend. Carola lag mit geschlossenen Augen ruhig da. Auf ihrer linken Wange klebte ein Pflaster. Die kleine Schnittwunde war am Vorabend genäht worden.

»Ich bin Dr. Ballmer, der Bruder der Patientin.« Er sah den Arzt an. »Dr. Mahler-Bork? Wir haben heute Morgen telefoniert.« Während er sprach, griff er nach Carolas Arm und tastete nach dem Puls. Auf seine Ansprache kam keinerlei Reaktion von ihr. Sie war zweifellos sediert. »Was ist hier los?«, fragte er. »Guten Tag, Herr Kollege.« Der Arzt reichte Joachim die Hand. »Ich bin Justus Mahler-Bork. Ich musste Ihrer Schwester gerade noch einmal Diazepam verabreichen, um sie ruhigzustellen.« Er nickte der Schwester zu, die ihn fragte, ob sie noch gebraucht werde. »Nein danke, Schwester Gudrun.«

Er sah Joachim an und deutete auf den Besucherstuhl. »Das zweite Bett wird frühestens morgen belegt. Wir können hier sprechen oder in mein Büro gehen.«

Joachim griff sich den Stuhl und setzte sich so, dass er Carola im Blick hatte. Sie würde von dem Gespräch kein Wort mitbekommen. Dr. Mahler-Bork nahm ihm gegenüber an dem kleinen Tisch Platz.

»Ich musste so hoch dosieren«, rechtfertigte der Arzt die Tatsache, dass Carola nicht ansprechbar war. »Ihre Schwester war hochgradig erregt. Heute Morgen war sie ansprechbar, konnte sich aber an den Unfall und den Zeitraum davor nicht erinnern. Sie wissen selbst, dass eine retrograde Amnesie nicht ungewöhnlich und ein typisches Symptom für ein Schädel-Hirn-Trauma ersten Grades ist. Sie ist dann auch gleich wieder eingeschlafen. Am frühen Nachmittag wurde sie wach, und die Erinnerung schien zurückzukommen. Sie geriet in einen Zustand höchster Erregung und begann zu phantasieren. Wir haben die Medikation dann noch einmal erhöht. Aber gerade eben«, er deutete zum Bett, »als Ihr Schwager eintraf, zeigten sich erneut Anzeichen höchster Erregung und Verwirrtheit.«

»Inwiefern?«, hakte Joachim nach.

»Nun, ich wusste ja von meinem Kollegen, der gestern Abend Dienst hatte, über die geplante Stammzellentnahme bei Ihrer Schwester Bescheid. … Wie geht es denn der Tochter? Wie hat sie die Nachricht vom Unfall ihrer Mutter verkraftet?«

Joachim winkte ab. »Sie weiß es noch nicht. Es bestand noch keine zwingende Notwendigkeit, es ihr zu sagen. Ich wollte Ihre endgültige Diagnose abwarten.«

»Nun, Frau von Ahren schrie nach Ihnen, sprach von Krähen und —«

»Von Krähen?«, fiel Joachim dem Arzt kopfschüttelnd ins Wort.

Der hob die Schultern. »Ja. Die Krähen würden sie angucken und verfolgen. Und immer wieder fiel Ihr Name, Herr Dr. Ballmer, im Wechsel mit dem Namen Pauline und dass sie die Stammzellen brauche. Ich habe versucht, sie zu beruhigen, und gesagt, dass sie sich keine Sorgen machen soll. Dass die Stammzellentnahme trotz des Unfalls vorgenommen werden kann. Als sie begann, um sich zu schlagen, und die Flexüle herausreißen wollte, musste ich allerdings handeln.« Er machte eine kurze Pause, bevor er fortfuhr.

»Wahnvorstellungen, hervorgerufen durch den Medikamentenmissbrauch und die Schmerzmittelgabe. Die Krähen sind wohl ein Sinnbild ihrer Ängste, was ich durchaus verstehen kann bei der Situation, in der sich die Familie von Ahren befindet ... Um die Entzugserscheinungen zu mindern, werden wir die Medikation langsam herabsetzen. Der Stammzellentnahme sollte aber nichts entgegenstehen.«

»Ja, das ist gut. Allerdings hatten mein Schwager und ich gehofft, meine Schwester umgehend in meine Klinik verlegen lassen zu können. Und es wäre schön, wenn Sie mir Einblick in die Akte verschaffen könnten. Die Diagnose bezüglich der äußeren Verletzungen hat sich nicht verändert?«

»Das SHT ist, wie gesagt, ersten Grades. Keine Brüche, aber starke Prellungen an der linken Körperhälfte und die Schnittwunde an der linken Wange.«

»Sehr bedauerlich, dass sie jetzt nicht ansprechbar ist«, sagte Joachim. »Ich hätte mir gern selbst ein Bild gemacht. Ihr Verhalten erscheint mir trotz der überdosierten Tranquilizer merkwürdig.«

Er ging an das Bett und streichelte über Carolas schlaffe Hand. »Ich wäre Ihnen dankbar, Dr. Mahler-Bork, wenn Sie mich morgen früh anrufen, wenn sie aufwacht. Ich werde einen meiner OP-Termine verschieben. Dann sehen wir weiter. Die Verlegung in meine Klinik kann hoffentlich bald erfolgen.«

»Ihr Schwager sagte, die Transplantation ist für übermorgen angesetzt?«

Joachim nickte nur.

Der Arzt stand auf und gab Joachim die Hand. »Dann wünsche ich Ihnen das Allerbeste für Ihre Nichte, Herr Kollege. Und ich hoffe sehr, dass Frau von Ahren mit ihrer Spende das Leben ihrer Tochter retten kann.« Er lächelte ihm aufmunternd zu. »Es wird bergauf gehen.«

»Danke, Dr. Mahler-Bork.« Joachim sandte ein freudloses Lachen hinterher. »Noch tiefer bergab kann es auch kaum gehen.«

***

»Thore?« Anne wollte ihn halten. Er sollte bleiben, nicht wieder verschwinden. »Thore!« Mit dem Schrei wollte sie die Arme hochreißen, um schmerzhaft daran erinnert zu werden, dass sie sie nicht bewegen konnte.

Das Traumbild verschwand und mit ihm die Hoffnung. Thore hielt sie gar nicht in den Armen. Er trug sie nicht zu Rainer und Sören, die auf der Terrasse saßen und sich lachend unterhielten. Die nicht gesehen hatten, dass der Grill brannte und mit ihm das Fleisch darauf. Ein Feuer, das nach ihren Armen gegriffen hatte, weil Thore keinen Schritt weitergegangen war. Er hatte nicht bemerkt, dass sie brannte. Obwohl sie so fürchterlich schrie.

Also, warum war sie nicht froh, dass der Alptraum vorbei war?

Weil er nicht vorbei war. Ihr Bewusstsein kehrte zurück – wieder einmal. Sie hob ihren dröhnenden Kopf, um nach dem Lichtspalt unter der Tür zu schauen. Wie lange hatte sie geschlafen?

Lange. Es gab kein Licht mehr. Es war Nacht.

Sie zitterte am ganzen Körper, während sie unter sich die Feuchtigkeit spürte. Der Geruch ihres Urins hing in der Luft. Vermischt mit dem Regelblut nässte er ihren Rücken und Po. Sie fror entsetzlich. Wacher werdend begann sie, mit dem rechten Bein nach der Decke zu angeln, um sie über sich zu werfen. Nach mehreren Versuchen waren Beine und Unterleib halbwegs bedeckt.

Annes Blick wanderte nach links zu dem Schrank, auf dem sie geglaubt hatte, die Umrisse einer Flasche auszumachen. Jetzt – ohne den Lichteinfall – war nichts zu sehen. Nicht einmal die Umrisse des Schranks. Sie lag da und starrte in die Dunkelheit. Mit wunder Kehle und einer Zunge, die ihre Mundhöhle komplett auszufüllen schien.

Durst. Anne bröselte das Wort mit schwacher Stimme auf.

»D-u-rrr-ßßß-t.« Der Klang des Wortes war nicht lieblich.

»H-ooo-n-iii-g.« Honig war ein schönes Wort. Es war lieblich. Und süß. Sie spürte der Erinnerung an den Geschmack nach. Es dauerte, bis es gelang.

»L-aa-w-ä-nn-d-e-ll.« Lavendel war auch ein schönes Wort. Weich und duftig. Anne wollte die Luft tief einsaugen, eine Erinnerung einsaugen.

»D-u-rrr-ßßß-t.« Da war es wieder. Das Wort war penetrant. Immer wieder drängte es die lieblichen Worte zurück. Es war hässlich, aufdringlich, beißend, hart. Es war wie das Gefühl. Durst.

Anne begann zu kichern. Sie hatte tatsächlich geglaubt zu wissen, was Durst sei. Sie hatte oft Durst gehabt. Nach dem Laufen, nach salzhaltigem Essen. Sie hatte *das* tatsächlich für Durst gehalten.

»W-a-ßßß-ä-rr.« Wasser hätte einen lieblicheren Klang verdient gehabt. War es nicht die Königin der Worte? Gab es ein Wort, das ihm glich? Nein.

»Wasser, Wasser, Wasser«, Anne konnte nicht aufhören, »Wasser, Wasser … Wasssssseeerrrrr!«

Sie zog die Beine mitsamt der Decke an den Körper. Ihr Bauch schmerzte so sehr. Und ihr Rücken. Ihr Körper war ein einziger Schmerz. Und doch war er nichts gegen die Erkenntnis, die ihr jetzt, in diesem Moment, die Luft nahm.

Es war der Tod, der sich im Raum ausbreitete. Ihn füllte mit Kälte und Schmerz. Sie lauschte in die Dunkelheit. Flüsterte er nicht ihren Namen?

Anne … Komm, Anne, komm! … Anne …

»Nein! Nein, nein, nein … Verschwinde! Ich … will … noch nicht …« Sie schrie und schrie, riss und zerrte an dem, was ihre

Handgelenke hielt und sie so dem hungrigen Tod zum Fraß anbot. »Ich will nicht sterben!«

Sie riss den Mund auf und bemühte sich, ruhig Luft zu holen. Konzentriert atmete sie ein und aus. Aus und ein. Links schien ihre Hand abgestorben. Aber rechts war immer noch ein wenig Spiel an der Fesselung. Bisher hatte sie die Versuche, die Hand herauszuwinden, aufgegeben, wenn der Schmerz zu stark geworden war oder die leichte Schwellung der wund geriebenen Stelle ein Hindurchkommen sowieso unmöglich gemacht hatte. Sie hatte aufgegeben, weil der Schmerz es ihr diktiert hatte. Und die Hoffnung, dass jemand kommen würde, um sie zu erlösen, hatte das Aufgeben erleichtert.

Aus Annes Kehle kam ein Wimmern. Es würde niemand kommen, der sie hier herausholte. Sie würde sterben.

Sie war überwältigt von dem, was diese Erkenntnis in ihr auslöste. Ihr Herzschlag setzte einmal aus. Sie – würde – sterben. Das Leben loslassen. Tot sein.

Eine Erleichterung nie erlebten Ausmaßes durchströmte Anne. Wo war die Angst hin?

Weg. Auf und davon.

Sie würde sterben. Und das tat gar nicht weh. Schmerzhaft war doch nur der Weg dahin. Der Rest Leben schmerzte nur. Es war das Leben, das sie quälte, das ihren Körper mit Schmerz folterte.

Anne atmete noch einmal tief ein und aus. Gegen den Tod musste sie gar nicht kämpfen. Sie musste gegen sich selbst kämpfen. Denn noch lebte sie. Sie musste den Schmerz überwinden, aushalten. Es war ihre letzte Chance. Ihr Hirn würde bald aufgeben, die Klarheit der Gedanken würde immer öfter aussetzen, weil sie austrocknete.

Sie schloss die Augen. Wie oft hatte sie zu Hause auf der Sportmatte gelegen und ihre Muskelentspannungsübungen gemacht? Tausendmal. Zehntausendmal? Dieses Mal würde sie mit der Konzentration gegen den Schmerz in ihrem rechten Handgelenk antreten. Sie würde ihn wahrnehmen und analysieren, sie würde ihm nachfühlen in seiner ganzen Tiefe und ihm damit seine Macht nehmen.

Aus der Erinnerung kramte sie die sanfte, einschmeichelnde Stimme auf der Entspannungs-CD hervor. »Lenken Sie Ihre Aufmerksamkeit nun auf Ihren rechten Arm … den Oberarm, den Ellbogen, den rechten Unterarm, Ihre rechte Hand, die Finger der rechten Hand …«

Anne atmete die Luft tief ein. Mit allem, was darin war. Sie versuchte, den Geruch von Blut und Urin mitzunehmen, genau wie die Stille, die vom Rauschen in ihren Ohren übertönt wurde.

»Lassen Sie alle Spannung entweichen …«

Anne schaltete um.

»Lenken Sie Ihre Aufmerksamkeit auf Ihren rechten Daumen. Pressen Sie den rechten Daumen in die Handfläche. Ihre Hand ist schmal. Sie pressen die Finger Ihrer rechten Hand zusammen. Ihre Hand wird immer schmaler …«

Dunkelheit und Kälte verschwanden. Anne blieb bei sich. Langsam und konzentriert drehte sie ihre schmal gestreckte Hand so weit in der rechten Fesselung zurück, bis das Material unterhalb des Gelenkes die Bewegung stoppte.

Sie begann, die Hand zu drehen. Hin und her. Her und hin. Ziehend. Sie spürte, wie das Leder ihre Haut erneut aufriss. Sie spürte dem Schmerz nach, während sie drehte und zog. Es war ein Brennen. Ein Brennen nach innen. Und es zog sich in das Gelenk, aber gar nicht so weit. Und es zog auch nicht in ihre Finger.

Es brannte die Haut weg.

Anne atmete tief. Und ruhig. Dann brannte es eben die Haut weg. Das war gut. Sie drehte und zog. Zog und drehte. Die Haut brannte. Immer tiefer drang das Feuer ein. Irgendwann kam das Blut.

Blut. Anne begann flacher zu atmen. Vor Freude. Blut war Leben. War dieser Satz jemals mit mehr Wahrheit behaftet gewesen? Blut! Sie begann stärker zu ziehen. Schmerzmäßig war der Punkt, an dem sie bisher aufgehört hatte, längst erreicht. Doch jetzt fing sie gerade erst an, ihre Hand aus dem Gefängnis zu befreien.

Blut war flüssig. Wie ein Gleitmittel. Blut war Leben.

Sie spürte dem Schmerz wieder nach. Er wurde stärker, das Brennen heißer, grässlicher.

Ja! Ja! Immer wilder begann sie die Hand zu drehen und zu ziehen. Es gab jetzt kein Zurück. Dies war der letzte Versuch. Wenn er misslang ... Sie schob den Gedanken weg, konzentrierte sich auf den Schmerz, ließ ihn zu. Sie stemmte die Füße in die Matratze, rutschte weg, stemmte wieder, presste ihren Oberkörper in die Matratze, während sie die Hand drehte, zog, drehte, zog.

Blut, Blut ...

»Lenken Sie Ihre Aufmerksamkeit auf Ihren rechten Daumen. Pressen Sie den rechten Daumen in die Handfläche. Ihre Hand ist schmal. Sie pressen die Finger Ihrer rechten Hand zusammen. Ihre Hand wird immer schmaler ...«

Vor ihrem inneren Auge erschienen die Umrisse der Flasche auf dem Schrank. Wasser.

Wasser, Wasser, Wasser.

Der Schmerz hatte die Finger längst erreicht, er fraß sich von der brennenden Haut ihrer Hand in den Unterarm, wollte ihn am Zerren und Drehen hindern. Mit dem lieblichen Versprechen, sich aufzulösen, wenn sie innehielt.

»Nei-hein!« Annes Stimme klang dunkel und triumphierend. »Ich krieg dich, Schmerz. Nicht du mich.«

Das Gefühl, ihre Hand zu häuten, ließ sie schreien. Vor und zurück, drehen, vor und zurück, drehen ... Aber der Schmerzschrei war nichts gegen den, den sie ausstieß, als das Wunder passierte. Als der Widerstand – ihre eigene Hand – der Fesselung nachgab. Die Hand rutschte ein winziges Stückchen hindurch.

Anne stemmte sich erneut in die Matratze, legte ihre Kraft in den Arm und wand ihn wie eine Schlange, fortwährend ziehend, genährt von Hoffnung.

Als die Hand hindurch war – von einem Moment zum anderen – und der Schwung ihren Arm nach hinten riss, war sie komplett überfordert. Sekundenlang blieb sie unbeweglich liegen. Dann hob sie den Arm. Ängstlich wimmerte sie. Sie träumte bestimmt. Sie träumte, dass sie ihren Arm frei bekommen hatte. Gleich würde sie aufwachen. Gleich würde sie den Widerstand spüren.

Aber da war kein Widerstand. Sie hob ihren Arm. Hob und hob und hob. Er war leicht und schwer zugleich. Als ihre Finger ihr Gesicht berührten, kamen die Tränen. Nicht langsam, sondern mit solch einer Wucht, dass sie ihrer nicht Herr wurde. Tränen des Glücks, der Erleichterung, des Dankes, des Unglaubens flossen aus ihr heraus. Der Staudamm ihres inneren Gefängnisses brach. Spülte die Angst, die sich verkrochen hatte, fort, riss die Hoffnungslosigkeit mit sich.

Weinend und schreiend vor Glück kämpfte Anne sich hoch. Als sie saß, so gerade und aufrecht wie möglich, in der Nässe ihrer Ausscheidungen, war sie überwältigt von ihren Gefühlen. Ungläubig bewegte sie ihren Arm. Er schmerzte, er brannte, aber sie konnte ihn und die wunde Hand bewegen. Ihre Finger strichen die klebrigen Strähnen aus dem Gesicht, berührten die eingerissenen trockenen Lippen, die tränenden Augen, bevor sie weiterwanderten. Sie griff nach der Decke und warf sie von sich, löste das feuchte Kleid aus dem Schambereich, fuhr sich über die Beine, betastete schließlich die Wand neben sich.

W-a-ßßß-ä-rrr. Ihr Kopf ruckte herum, was den Schwindel verstärkte. Mit der freien Hand begann sie schreiend, an der Fesselung ihrer linken zu ziehen und zu drücken. Es war eine Kette, wie sie schon erfühlt hatte. Fahrig glitt ihre Hand darüber, suchte nach einem Ende, das sie lösen konnte. Zitternd tastete sie über den Stahl und erfühlte schließlich etwas, das nicht gut war. Ein Vorhängeschloss.

»Gott, nein …«, wimmerte sie, den Blick in die Dunkelheit gerichtet. Dorthin, wo die Flasche stand. Das Wasser. Ihr Leben.

Sie konnte den gefesselten Arm nicht einen Zentimeter von der Innenseite des Bettes lösen. Sie war weiterhin im Bett gefangen, obwohl ihr rechter Arm jetzt frei war. Anne hob ihren Oberkörper so weit über das Bett, wie es die Fessel an der unteren Latte zuließ, streckte den freien Arm, doch sie konnte noch nicht einmal den Schrank berühren.

So nah und doch unerreichbar.

Gleißende Blitze durchbrachen die Dunkelheit, wurden zu Strudeln im Schwarz. Sie bemühte sich, den Kopf ruhig zu halten, und wartete. Als der Schwindel etwas nachließ, reckte sie sich noch einmal, holte jeden Millimeter aus ihrem Oberkörper, dem ausgestreckten Arm, der greifenden Hand. Vergeblich. »Nein«, flüsterte sie und begann wie wild auf dem Bett herumzutasten. »Nein, nein, nein …« Gab es nicht irgendetwas, mit dem sie die Flasche heranziehen konnte? Ihre Hand fuhr über Laken und Decke, über die Wand an ihrer rechten Seite. Sie streckte den Arm nach hinten in der Erwartung, auch dort den Widerstand einer Wand zu ertasten, aber ihre Hand griff ins Leere. Das Bett stand nicht in einer Ecke.

Vor Schwäche und Schwindel konnte sie die Spannung im Oberkörper nicht länger halten. Sie ließ sich auf die Matratze zurückfallen und fingerte mit dem ausgestreckten Arm hinter sich herum.

Was war das?

Ihre Hand fühlte oberhalb des Kopfendes des Betts etwas. Noch ein Sideboard? Ein Schränkchen? Es musste so sein, denn sie konnte eine kalte Fläche berühren, die nur wenig höher war als das Bett.

Mit neuer Energie hob sie ihren Oberkörper ein Stück, um den Arm besser strecken zu können. Ja, da war eine Ablagefläche! Und da. Was war das, was ihre zitternden Finger gerade berührten? Sie betastete den glatten Gegenstand und verschob ihn dabei ein winziges Stück.

Erschrocken zog sie die Hand zurück. Was auch immer es war, sie durfte es nicht von sich wegschieben. Alles konnte helfen. Sie legte sich noch einmal zurück, um Kraft zu tanken und das Sirren in ihrem Kopf zu dämpfen. Aber vor Ungeduld hob sie schon Sekunden später ihren Oberkörper wieder an. Soweit es die Kette an ihrem Handgelenk zuließ, dehnte sie sich zurück, ließ ihre Finger über den Gegenstand tasten und in ihn hinein …

»Oh Gott.« Aus dem Flüstern wurde ein Schreien. »Oh Gott!« Ihre Finger fühlten Feuchtigkeit, Nässe.

Es war ein Behälter. Mit …? Anne zog die Hand zurück, presste die mit der Flüssigkeit befeuchteten Finger an die Nase, um sie in derselben Sekunde an die Lippen zu drücken. Es war Wasser.

Sie weinte auf, schrie. »Wa-sserr!« Ihre zitternden Finger waren schon wieder in dem Behälter, fischten herum, versuchten, leicht gewölbt und zusammengepresst, das Wasser herauszuschöpfen. Das Beben ihres Armes und der Hand verhinderten, dass auch nur ein Schluck ankam, als sie den Arm zurückzog, um gierig die Lippen in die zusammengedrückten Finger zu pressen. Ein paar Tropfen nur, aber … Tropfen. Ihre pelzige Zunge glitt gierig über die benetzten Lippen, der Arm wanderte sofort wieder nach hinten, damit die Finger erneut eintauchen konnten. Jedes Mal brachte ihre zitternde, wunde Hand auf dem kurzen Stück Weg eine Winzigkeit Leben zurück. Es spielte keine Rolle, dass es muffiges Wasser war. Eine Tatsache, die ihr Geschmackssinn sehr viel später registrierte, als das Wasser ihre blutigen, verdreckten Finger sauberer gespült hatte. Es schmeckte trotzdem köstlich.

Wie viel Zeit vergangen war, bis der Lichtschein durch den Türschlitz drang, wusste Anne nicht. Aber das Licht vervielfachte die Hoffnung und den Mut, die Wassertröpfchen für Wassertröpfchen zurückgekehrt waren. Vor Anstrengung hatte sie immer wieder Pausen einlegen müssen. Sie hatte ihren Oberkörper zurückgelegt, versucht, den rechten Arm, der nur noch aus Schmerz zu bestehen schien und ununterbrochen zitterte, zu entspannen, um immer wieder neu nach dem Wasser fischen zu können.

Sie starrte durch die Bettlatten an ihrer linken Seite zu dem schummrigen Licht unterhalb der Tür. Es wurde wieder Tag. Aber war das wirklich ein Grund für Hoffnung?

»Nein, Anne, nein«, murmelte sie. »Keine negativen Gedanken. Nicht jetzt.«

Der Schwindel hatte ein wenig nachgelassen, die Flüssigkeitszufuhr zeigte Wirkung. Sie rappelte sich auf und rückte ihren Po so weit es ging nach hinten. Vorsichtig bewegte sie ihren rechten Arm. Vielleicht konnte sie den Behälter jetzt greifen und zu sich ins Bett holen? War ihr Körper, ihr Arm jetzt stark genug dazu? Einen Versuch hatte sie bereits abgebrochen. Und sie konnte sich keinen Fehlversuch leisten. Die Vorstellung, das kostbare Wasser zu verschütten, ließ sie zögern. Aber einzelne Tröpfchen zu fischen war so unendlich anstrengend.

Der Behälter war eine Plastikschüssel mit einem kleinen, nach außen gebogenen Rand, so viel hatte sie bereits ertastet. Aber die Schüssel war nicht klein, und es war – glücklicherweise – nicht wenig Wasser darin, wie das Gewicht verraten hatte. Sie konnte ihr leicht aus der Hand kippen, wenn ihre Kraft nicht ausreichte. Aber das Verlangen, endlich, endlich einen richtigen Schluck trinken zu können, war zu groß. Die tropfenweise Zufuhr schien ihren Körper nur noch gieriger nach dem Wasser gemacht zu haben.

Sie beugte ihren Oberkörper zurück. Die Schüssel hatte sie bereits an den vorderen Rand des Schränkchens gezogen. »Einen Versuch, Anne …« Die Finger ihrer wunden Hand legten sich um den Schüsselrand. Vorsichtig hob sie den Arm. Er begann sofort unkontrolliert zu zittern, als die Last der Schüssel daran hing.

Absetzen, schrie eine Stimme in ihr, absetzen! Du kannst sie nicht halten!

Aber da war auch die andere Stimme. Du schaffst das, Anne. Du schaffst das.

Du legst alle Kraft in deinen rechten Arm. Du hältst die Schüssel, du hältst die Schüssel. Du hast Kraft. Du hältst die Schüssel. Du hast Kraft. Langsam herunter, langsam …

Ein fast unmenschlicher Schrei entfuhr ihr, als ihr Arm die Schüssel seitlich hinter ihr auf dem Bett abstellte. Für zwei Sekunden blieb ihre Hand um den Rand der Schüssel gekrampft.

Sie hatte es geschafft. Das Denken setzte aus. Mit aller Kraft hob sie die Schlüssel, presste sie gegen die Brust, und mit einem Schrei der Erleichterung und Gier senkte sie ihren Kopf in die Schüssel, die gerade groß genug war, um ihn zu fassen. Wie ein Hund schlürfte und sog sie das kostbare Nass mit Zunge und Lippen in ihre Mundhöhle, spürte gleichzeitig die wunderbare Feuchtigkeit an ihrer Haut.

Sie hob den Kopf nur kurz, um einmal zu atmen, bevor sie weitertrank und schlürfte und die Nässe an der Haut genoss. Sie konnte nicht aufhören, das muffige Wasser zu trinken. Kurz kam ihr der Gedanke, aufzuhören. Sparsam zu sein. Doch der Geist unterlag dem Fleisch, der Verstand ergab sich der Gier.

Irgendwann lag sie einfach da, den Kopf neben der Schüssel, an die Decke starrend. Warum gab es kein Wort für dieses Gefühl? Wenn der Hunger gestillt war, war man *satt*. Was war man, wenn der Durst gelöscht war?

Tränen liefen ihr über die Wangen. Vielleicht gab es kein Wort dafür, weil man dieses Gefühl nicht in Worte fassen konnte. Weil kein Wortschöpfer jemals gefühlt hatte, was es bedeutete, wirklichen, wahrhaftigen Durst zu löschen.

Mit der freien Hand wischte sie die Tränen von den Wangen und setzte sich auf. Sinnlose Gedankenspiele brachten sie nicht weiter. Sie musste die wiedergewonnene Kraft nutzen. Ihre Hand wanderte in die Wasserschüssel und nahm das Stück Frottee hoch, das sie beim Trinken mit der Nase erspürt hatte. Zweifellos ein Waschlappen. Sie entschied, ihn in die Schüssel zurückzulegen. Der Versuchung, ihn auszuwringen und damit ihren Unterleib zu säubern, gab sie nicht nach. Jeder Tropfen Wasser war lebenswichtig. Ihre Finger berührten den Grund der Schüssel, fuhren durch die glitschig-schmierige Ablagerung.

Anne nahm die Hand heraus und verteilte die Nässe an ihren Fingern im Gesicht. Hatte sie Putzwasser getrunken? Oder schmutziges Waschwasser?

Es tauchten immer mehr Fragen auf. Was konnte sie tun, um Antworten zu erhalten?

Zunächst einmal nur Kleinigkeiten, entschied sie. Mit der freien Hand zog sie ihren feuchten Slip mitsamt Tampon aus und warf ihn ans Bettende. Dann griff sie nach der Bettdecke und zerrte sie, den Po hochstemmend, unter ihren Unterkörper. Sie atmete tief aus. Es war so wohltuend, die Trockenheit unter sich zu spüren. Sekunden später rappelte sie sich wieder hoch. Was konnte sie noch tun? Sie beugte ihren Oberkörper noch einmal so weit wie möglich zurück und begann das Tischchen, auf dem die Wasserschüssel gestanden hatte, abzufingern. Sie hatte nicht erwartet, tatsächlich fündig zu werden. Umso überraschter griff sie nach dem, was ihr da in die Finger kam.

»Aah!« Ihr Schmerzensschrei schien von den Wänden zurückzuhallen, nachdem sie das kalte, harte Etwas gegriffen und sofort wieder fallen gelassen hatte. Sie presste ihre schmerzende

Hand an die Brust. Verdammt! Dieses Ding hatte ihr tief in den Daumen geschnitten.

Sie spürte das warme Blut an ihrer Hand herunterlaufen. Ein rasierklingenscharfes Messer? Oder was war das? In den Schmerz und die Wut mischte sich Hoffnung.

Ein Messer!

Anne ließ ihre blutenden Finger erneut nach hinten wandern. Vorsichtig tastete sie über den metallenen Gegenstand. Es schien tatsächlich ein Messer zu sein. Sie fühlte eine kurze Schneide und einen Griff. Das Pochen in ihrem Daumen ignorierend, nahm sie es am Griff auf und legte es neben sich auf der Bettdecke ab. Dann ließ sie die Hand noch einmal zu dem Tisch hinter sich zurückwandern. Aber es gab nichts mehr zu ertasten.

Sie setzte sich so gerade auf, wie die Fesselung an der linken Seite es zuließ, und griff wieder nach dem Messer. Noch einmal glitten ihre Finger vorsichtig darüber. Es war kein normales Messer, die Schneide war viel zu kurz. Ein Skalpell? War sie doch in einem Krankenhaus? Fragen, Fragen …

Als der Griff fest in ihrer Hand lag, setzte sie die Klinge am Bügel des Vorhängeschlosses an, den sie ertastet hatte. Der Bügel war dünner als die Kettenglieder. Doch schon während sie begann, mit dem Messer wild auf dem Metallbügel hin- und herzufahren, wusste sie, dass es sinnlos war. Niemals würde sie das Metall durchschneiden können. Sie begann zu weinen, während sie trotzdem weitermachte. Was sollte sie auch sonst tun?

Holz, kam es ihr in den Sinn. Holz ist weicher als Metall. Sie hörte abrupt auf und legte das Skalpell wieder zur Seite. Ihre Finger glitten über die untere hölzerne Latte, an die sie gefesselt war. Könnte es ihr gelingen, die Latte mit dem Messer zu durchtrennen?

Um ihren schmerzenden, verkrampften Rücken zu entlasten und Kräfte zu sammeln, legte sie sich wieder hin.

Die Latte ist viel zu dick, Anne!

»Geh weg«, schrie sie in die Dunkelheit. »Geh weg! Ich brauch dich nicht!«

Aber die lautlose Stimme ließ sich nicht aus ihrem Inneren

vertreiben. Und sie wusste, dass sie recht hatte. Die Latte war zu dick.

Fünf Minuten später versuchte sie es trotzdem. Direkt neben der Kette setzte sie die Klinge an. Und das Holz war tatsächlich nachgiebig. Das Messer bohrte sich hinein. Ein winziges Stückchen. Und noch ein Stückchen. Dann wurde das Holz härter. Es schien sich zusammenzupressen und die Klinge festzuhalten. Anne konnte nicht mehr schneiden. Panisch versuchte sie, die feststeckende Klinge zu lösen. Sie zog und zerrte am Griff und hatte irgendwann Glück. Mit einem Ruck löste sich das Messer.

Noch einmal führte sie es an der Schnittstelle ein und begann zu schneiden, doch auch dieses Mal setzte sich die Klinge fest. Weinend ließ Anne sie stecken und warf sich auf die Matratze zurück. Es war sinnlos. Mit diesem Messer konnte man Obst und Brot und Fleisch schneiden, aber kein Holz. Und schon gar kein Metall.

Sie überließ sich ihrem Schmerz. Dem körperlichen und dem seelischen. Das bitterliche Weinen ging in Schreien und Hilferufe über. Ihr Kopf dröhnte, als ein Wort in ihr Bewusstsein zurückdrang.

Fleisch.

Das Messer würde Fleisch schneiden.

Der damit verbundene Gedanke raubte ihr für einen Moment den Atem. Ihre zitternde rechte Hand ging zu ihrer linken. Mit den wunden rechten Fingern tastete sie über die tauben linken. Die Kette umschloss fest das Handgelenk.

Wimmernd fuhr sie mit den Fingern über den linken Daumen und seinen Ballen. Fleisch.

ELF

»Frau von Ahren. Guten Morgen.«

Eine unbekannte Stimme drang zu Carola durch, ließ die dünne Wand, die Schlaf und Bewusstsein trennte, bröseln.

»Wir müssen einmal Blutdruck messen.«

Blut…druck? Carola ließ die Augen geschlossen. Wer weckte sie?

»Frau von Ahren!« Dem singenden Klang folgte eine Berührung.

Jemand streichelte über ihren Arm. Carola hob die Lider, die tonnenschwer schienen. Benommen spürte sie dem Kopfschmerz nach. »Was …?« Mit dem Blick in ein munter lächelndes Gesicht, das zu einer blonden Frau in einem Schwesternkittel gehörte, kehrte das Bewusstsein zurück. Sie war im Krankenhaus!

»Was … was ist mit Pauline? Oh Gott!« Nackte Angst klang durch ihre schwache Stimme. Mit jeder Sekunde, die sie wacher wurde, blähte sich die Furcht auf.

»Ihrer Tochter geht es gut, Frau von Ahren. Bitte regen Sie sich nicht wieder auf. Es ist alles gut. Dies ist das Krankenhaus in Rissen. Sie hatten einen Autounfall. Erinnern Sie sich? Sie sind auf der Sülldorfer Landstraße kurz hinter Wedel verunglückt. Sie haben sich überschlagen.«

»Ein Unfall?« Carola hob die Hände, starrte auf die Flexüle in ihrer linken Hand. Ihre Rechte glitt zum Kopf.

»Sie haben eine Gehirnerschütterung, Frau von Ahren. Und Prellungen. Aber es ist nichts Lebensbedrohliches. Sie waren gestern nur etwas verwirrt. Wie stark sind die Kopfschmerzen jetzt?«

Carola starrte die Schwester an. »Oh Gott … Oh Gott! In Wedel, sagen Sie?« Ihre Gedanken überschlugen sich. Wie konnte das sein? Sie war doch gerade noch in der alten Klinik gewesen. Sie hatte doch gerade Anne Jever … Die Angst ließ sie aufschreien.

»Ich muss hier raus! Ich … ich muss zu meinem Bruder.« Sie hob den Oberkörper und stemmte die Ellbogen in die Matratze, um sich aufzurichten. Der Kopfschmerz war heftig, aber sie ignorierte ihn.

»Frau von Ahren«, die Schwester klang bestimmt. »Sie müssen unbedingt liegen bleiben. Bei Ihrer Gehirnerschütterung ist das unerlässlich. Ansonsten treten Komplikationen auf und …«

»Ich will sofort meinen Bruder sprechen! Haben Sie mich verstanden?« Carola hatte ihren Oberkörper so weit aufgerichtet, dass sie sich auf ihren linken Ellbogen stützen konnte. Mit der rechten Hand hatte sie den Arm der Schwester gepackt. »Rufen Sie ihn an. Sofort!«

Das Nicken der Schwester begleitete ein professionelles begütigendes Lächeln. »Aber natürlich. Dr. Mahler-Bork hat den Auftrag, Ihren Bruder zu informieren, sobald Sie wach sind. Der Doktor ist in einer halben Stunde hier. Dann schicke ich ihn sofort zu Ihnen, und Sie besprechen das weitere Vorgehen.«

Die Stimme der Schwester wurde mütterlich, obwohl sie nur halb so alt war wie Carola. »Sie müssen sich wirklich keine Sorgen machen, Frau von Ahren. Wir sind natürlich über die Umstände informiert. Der Doktor hat Ihnen doch gestern schon zugesagt, dass die Stammzelltransplantation morgen plangemäß durchgeführt werden kann.«

»Was …? Wieso morgen? Die OP soll doch erst am Einunddreißigsten stattfinden.«

Die Schwester nickte. »Morgen ist der Einunddreißigste, Frau von Ahren. Heute ist der dreißigste Juli. Den Tag gestern haben Sie quasi … äh … verschlafen.«

Eine eisige Hand strich von Carolas Nacken über ihren Rücken. Ihr Herz begann zu rasen, der Druck im Kopf wollte ihren Schädel platzen lassen. Krampfhaft versuchte sie, sich zu erinnern. Und die Erkenntnis war grauenhaft. Sie hatte Anne Jever am achtundzwanzigsten Juli an das Bett gekettet! Und heute war der dreißigste.

Anne Jever lag seit fast zwei Tagen in der alten Klinik. Angekettet. Nicht fähig, sich zu bewegen. Zweifellos wach. Und genauso zweifellos schrie sie sich die Seele aus dem Leib! Carola versuchte, ein Würgen zurückzuhalten. Wenn jemand sie schreien hörte! Vielleicht … vielleicht hatte sie schon jemand gefunden.

Aber niemand betrat das Gebäude. Und die Kammer hatte kein Fenster und keine Außenwand. Es konnte sie niemand schreien hören. Oder doch?

»Möchten Sie einen Schluck trinken, Frau von Ahren?« Die Schwester hielt ihr ein Wasserglas hin. »Bis zum Frühstück dauert es noch ein wenig. Und ich würde dann auch gern den Blutdruck messen.«

Carola starrte auf das Glas in der Hand der Schwester.

Wasser.

Trinken.

»Oh Gott«, schrie sie auf. »Holen Sie meinen Bruder her! Rufen Sie ihn sofort an! Hören Sie! Wir können nicht auf den Arzt warten. Wo … wo ist mein Handy? Geben Sie mir meine Tasche. Ich rufe ihn an. Oh Gott … zwei Tage … Zwei Tage!«

★★★

Joachim Ballmer blickte auf die Breitling an seinem linken Handgelenk. Majas letztjähriges Weihnachtsgeschenk. Auf teure Sportwagen konnte er verzichten, aber edle Armbanduhren übten eine magische Anziehung auf ihn aus. Zehn Uhr dreißig.

Mit hastigen Schritten nahm er die Treppenstufen zu der Station, auf der Carola lag. Zweimal hatte das Krankenhaus angerufen, während er selbst in einer Operation stand, die er extra auf sieben Uhr morgens vorgezogen hatte, um vormittags bei Carola sein zu können. Carola selbst hatte mehrfach in dieser Zeit auf die Mailbox … geschrien. Ja, anders konnte man es nicht nennen.

Vor dreißig Minuten hatte er sie zurückgerufen, um zu sagen, dass er auf dem Weg war. Sie hatte ihm hysterisch in den Hörer geschluchzt, dass er nicht eine einzige Minute verschwenden sollte.

Was war nur los mit ihr? War es ihre Angst um Pauline? Um die kurz bevorstehende Transplantation? Er würde sie beruhigen können. Alles war vorbereitet. Er war gestern Nachmittag noch einmal mit seinem Team den unspektakulären Ablauf durchgegangen.

Als er die Tür zu ihrem Krankenzimmer öffnete, schrie sie seinen Namen laut heraus. Unendliche Erleichterung lag darin. »Carola, mein Gott, was ist denn nur los?« Er trat an ihr Bett, griff nach ihren Händen, die sie ihm laut weinend entgegenstreckte, und küsste sie zart auf die Stirn.

»Achim ... du ... musst ... sofort ... sofort, hörst du, in die ... alte ... Klinik fahren.« Ihre Stimme überschlug sich vor Panik und Schluchzen. Joachim hatte Mühe, ihren Worten zu folgen.

»In die alte Klinik?« Er ließ ihre Hände los und hockte sich auf die Bettkante. »Aber, Carola, was redest du denn da?«

»Pauline! Die Stammzellen! Pauline stirbt ... wenn du nicht ...« Sie brachte vor Hysterie keinen Ton mehr heraus.

»Pauline liegt bei mir in der Hafencity, Carola. Es geht ihr so weit gut. Ich habe ihr gesagt, dass du ganz schnell gesund wirst und dass wir überhaupt keine Probleme mit der Stammzellentnahme haben werden. Alles ist gut, Schwesterherzchen. Alles läuft wie geplant. Eure Pauline wird bald gesund sein. Und du auch.«

»Nein!« Carola schrie. »Nein! Du ... du verstehst das nicht. Ich ... ich habe ...« Sie brach erneut ab und weinte.

»Du brauchst ein Beruhigungsmittel, Carola.« Joachims Stimme klang bestimmt. Er griff nach der Klingel.

»Warte!« Sie schüttelte sich bei der Anstrengung, ihr Weinen unter Kontrolle zu bringen. »Warte. Ich ... ich darf nicht wieder ...« Sie deutete auf ihre Handtasche. »Gib mir ... eine von deinen ... bitte. Die Tablette ... wird helfen, dann ... dann sag ich dir ... alles.«

Seufzend griff er nach ihrer Handtasche neben dem Bett. »Also gut.« Er löste eine Beruhigungstablette aus dem Blister und gab sie ihr in den Mund. Dann nahm er das Wasserglas und hielt es an ihre Lippen.

»Ach, Achim«, weinte Carola, während sie den Kopf vorsichtig zurück auf das Kissen legte. Sie griff nach seiner Hand und presste sie, als wolle sie ihn nie wieder loslassen. Er ließ sie gewähren und wartete.

Nach zwei Minuten wurde sie ein wenig ruhiger. Nickend setzte sie zum Sprechen an. »Kannst du ... mir zuhören, ohne mich ... zu unterbrechen?«

»Natürlich, ich –«

Sie winkte ab. »Ich habe etwas ... getan, Achim. Etwas, das du nicht verstehen wirst. Aber ich musste es tun. Für Pauline. Für mein Kind. Und jetzt ... ist es an dir ... zu entscheiden, ob ... ob du mir hilfst oder nicht.« Sie begann erneut zu weinen und zu schluchzen. »Ich ... ich kann dir jetzt nicht alles sagen ...«, die Worte flossen nun wie ein Strom über ihre Lippen, schnell und reißend, »... denn sie stirbt, wenn du nicht sofort in die alte Klinik fährst. Und dann stirbt Pauline auch ... Sie braucht Wasser! Sie braucht so dringend Wasser!«

Joachim hob hilflos die Hände. »Carola, ich verstehe kein Wort. Die alte Klinik steht leer. Niemand ist dort. Wer soll denn Wasser brauchen? Pauline?« Er starrte seine Schwester an. Welches Medikament hatte sie nur so verwirrt? Trieb die Sorge um Pauline sie in einen Wahn?

Carola holte sich seine Hand zurück. »Hör mir zu! Robert ist nicht Paulines Vater, das weißt du.«

»Ja, aber ...«

»Ich bin auch nicht ihre Mutter. Da... darum habe ich so lange gezögert ... mit meiner Blutabgabe.«

Joachim wusste nicht, was er sagen sollte. Er versuchte, Carolas Worte einzuordnen.

»Ich habe das Blut ausgetauscht, Achim. Das Labor hat das Blut von Paulines ... von der Frau, die Pauline geboren hat, untersucht.« Sie ließ seine Hand los und starrte an die Decke. Ihre Haut war aschfahl, die Lippen zitterten, als sie weitersprach. »Und diese ... Frau ... liegt seit zwei Tagen in deiner alten Klinik. Neben der Küche. Im Vorratsraum. Ich habe sie betäubt und ... gefesselt. Ich ... ich kam von dort, als ... als ich den Unfall ...«

Ihre Stimme begann sich wieder zu überschlagen. »Du musst sofort hinfahren, Achim! Du musst ihr Wasser geben! Sie ... sie hat seit zwei Tagen kein Wasser … Pauline stirbt, wenn sie tot ist. Du musst jetzt«, sie griff wieder nach seinen Händen und drückte ihn von sich,»dorthin. Rette sie, Achim! Untergeschoss, Küche … Abstellraum.«

Joachim hatte zum ersten Mal in seinem Leben das Gefühl, nicht in dieser Welt zu sein. Er war sich bewusst, dass es kein Traum war. Doch genauso wenig konnte er glauben, was sie da von sich gab. Er musste irgendetwas übersehen, überhört haben. Dies konnte nicht die Realität sein.

Ein inneres Feuer schien durch Carolas grüne Augen zu dringen, als sie ausstieß:»Du musst … dieser Frau … dort … in der alten Klinik … die Stammzellen entnehmen und dann … meine durch ihre ersetzen, nachdem du mir auch die Stammzellen entnommen hast. Denn du musst sie mir entnehmen, damit niemand etwas merkt.«

Er schüttelte den Kopf. Das … das war …

»Sie wird wach sein, Achim. Du musst ihr aus der Flasche auf dem Schränkchen zu trinken geben. Es sind K.-o.-Tropfen darin. Sie … sie darf sich an nichts erinnern.«

Joachims Mund war staubtrocken. Er stand auf. Carola war verrückt! Psychisch gestört. Er musste den Arzt holen. Sie musste in die Psychiatrie verlegt werden. Rückwärts ging er zur Tür, er konnte den Blick nicht von seiner Schwester lösen, deren grüne Diamantaugen ihn verfolgten.

»Niemand darf es erfahren, Achim. Niemand! Dann sind wir alle verloren. Und nun fahr dorthin, in Gottes Namen! Sonst … sonst ist es zu spät!«

Er riss die Tür auf und rannte in Dr. Mahler-Bork hinein.

»Ah, Herr Dr. Ballmer.« Der Arzt schloss die Tür zum Krankenzimmer.»Schön, dass Sie da sind. Der Zustand Ihrer Schwester macht uns noch ein wenig Sorgen. Vielleicht wird sie tatsächlich ruhiger, wenn sie bei Ihnen in der Klinik ist. Die Verlegung könnte noch heute Mittag …«

Das Blut rauschte durch Joachims Ohren. Er musste dem Arzt sagen, dass seine Schwester phantasierte, denn sie konnte unmöglich das getan haben, was sie ihm eben gesagt hatte. Es war so unfassbar, so undenkbar.

Aber … Dieses kleine Wörtchen klebte wie Harz in seinem Hirn.

»Entschuldigung.« Joachim versuchte, ruhig zu bleiben. »Ich … ich muss dringend in meine Klinik zurück, Herr Kollege. Ein … ein Anruf. Gerade eben. Ich melde mich heute Nachmittag wieder.«

Joachim spürte in seinem Rücken den fragenden Blick des Arztes, während er zur Treppe lief. Noch einmal ging sein Blick zur Armbanduhr. Für die Strecke zur alten Klinik brauchte er höchstens fünfzehn Minuten.

★★★

»Ich ka-hann nicht. Ich ka-hann das ni-cht.« Ein erneuter Weinkrampf schüttelte Anne. Ihre bebende rechte Hand entfernte sich von ihrer gefesselten linken Hand. Wieder und wieder hatte sie in den letzten Stunden das Skalpell, um dessen Griff sich ihre Finger verkrampft hatten, in der Mulde zwischen Daumen und Zeigefinger angesetzt. Mit ihren zitternden Fingern hatte sie dabei bereits die Haut geritzt. Doch der Mut hatte sie immer verlassen. Diese kleine brennende Wunde verursachte schon Schmerz. Um wie viel mehr würde es schmerzen, wenn sie sich den Daumen abtrennte?

Natürlich war es unsinnig, darüber nachzudenken, denn die bloße Vorstellung würde der Wirklichkeit nicht standhalten. Man konnte sich nichts vorstellen, was man nicht erlebt hatte. Nicht im wahrhaftigen Ausmaß.

Sie hatte sich gesagt, dass sie drei Kinder geboren hatte. Sie hatte den enormen Geburtsschmerz ertragen. Sie würde auch diesen Schmerz ertragen. Aber jedes Mal hatte die Angst gesiegt, und sie hatte das Skalpell zurückgezogen.

Damit die Durchblutung des Arms wieder funktionierte, löste sie das längliche Stoffstück, das sie mit dem Skalpell aus der Bettdecke herausgeschnitten hatte, vom linken Oberarm. Dann betastete sie – zum hundertsten Mal – die Glieder des Daumens, drückte in den Ballen. Nerven und Sehnen würde sie mit der Klinge durchtrennen können. Aber Knochen? Andererseits, fasste es sich nicht wie ein Hühnerbeinchen an? Unterhalb des Gelenks könnte es gelingen.

Sie musste den Daumen komplett entfernen, wenn sie ihre Hand durch die Kettenfesselung hindurchziehen wollte. Nur so würde sie schmal genug sein. Doch welche Adern würde sie dabei verletzen? Vielleicht würde sie innerhalb kürzester Zeit verbluten. Die Angst raubte ihr erneut den Atem. Obwohl …

Immer wieder hatte sie an den Film gedacht, den ihre Kinder vor ein paar Wochen geguckt hatten. An den Mann, den jungen Amerikaner, dessen Name ihr nicht einfiel. Er hatte sich seinen Arm in einer Felsspalte eingeklemmt und Tage später, nachdem er wusste, dass keine Hilfe kommen würde und seine Wasserflasche leer war, seinen Arm mit einem stumpfen Taschenmesser abgetrennt. Hatte er sich anschließend nicht sogar noch abgeseilt?

Anne schluckte. Ein ganzer Arm. Mit einem stumpfen Taschenmesser. Und er lebte.

Ein Daumen. Mit einem noch halbwegs scharfen Skalpell – ihre Holzschneideaktion hatte die Klinge eindeutig stumpfer gemacht. Doch sie hätte eine Chance auf Leben.

»Oh Gott, hilf mir doch. Bitte, bitte, hilf mir doch«, schluchzte sie in die Stille.

Hilf dir selbst, dann hilft dir Gott. Wieder und wieder kam dieser Gedanke zurück. Sie nahm das Skalpell erneut auf. War das die Hilfe Gottes? War dieses Messer sein Geschenk an sie? Damit sie, wenn sie es benutzte, eine Chance auf Leben hatte? Auf eine Rückkehr zu ihrer Familie? »Ich will zu euch zurück«, schluchzte Anne.

Wo waren sie nur? Wo waren Rainer, Sören und Thore? Suchten sie sie verzweifelt? Sie mussten verrückt vor Sorge sein. Was sollte sie tun?

Stunde um Stunde war verronnen. Mindestens zwei Tage waren vergangen. Keine Menschenseele hatte auch nur ein Geräusch verursacht. Sie war allein. Mutterseelenallein. Niemand half ihr. Niemand würde kommen.

Anne bemühte sich, tief zu atmen, ruhiger zu werden. Dann griff sie nach dem langen Stoffstück. Fünf Mal hatte sie es bereits um ihren linken Oberarm gewickelt und so stramm wie möglich gezogen, um den Arm abzubinden. Und fünf Mal wieder gelöst, als der Mut sie verlassen hatte.

»Nun … denn …« Sie wickelte so schnell wie möglich, nahm ein Ende zwischen die Zähne und zog mit der Hand am anderen Ende. Sie griff nach dem Skalpell.

Vielleicht würde sie verbluten. Vielleicht würde sie es vor Schmerz auch gar nicht schaffen, den Daumen ganz abzutrennen. Was, wenn sie dabei ohnmächtig wurde, gar nicht mehr agieren konnte? Aber … war es nicht besser, innerhalb weniger Minuten zu verbluten, dem Elend ein Ende zu bereiten, als langsam und grauenvoll zu krepieren? Ihr Bauch, ihr gesamter Körper war jetzt schon ein einziger Schmerz. Wenn das Dreckwasser alle war, würde das Verdursten beginnen, das elende Verrecken.

Die Tränen liefen erneut, als sie das Skalpell auf dem Hautstück zwischen Daumen und Zeigefinger ansetzte. »Bitte, Gott, hilf mir. Lass mich nicht allein … bitte.«

Sie schloss die Augen, atmete tief ein, und mit einem geschrienen »Nein« fuhr sie mit dem Skalpell durch die Haut, durch ihr Fleisch, durch Muskeln. Der Schmerz war so brachial, so unerwartet grauenhaft, dass sie einen noch entsetzlicheren Schrei ausstieß. Aber sie ließ das Skalpell nicht los. Sie schnitt weiter, nahm das schmatzend-schneidende Geräusch, dann ein leichtes Knacken wahr.

Nicht ohnmächtig werden. Nicht ohnmächtig werden.

Sie schrie und schrie, während ihre rechte Hand schnitt. Hin und her. Hin und her. Dem Widerstand entgegen. Ein Hühnerbein. Ein Hühnerbein. Sie musste es brechen.

Und das tat sie. Mit der zur Faust geballten rechten Hand, die das Skalpell nicht losließ, weil sie noch schneiden musste. Das grässliche Geräusch, verbunden mit dem Schmerz, ließ ihren Körper über den Geist siegen. Dunkelheit kam erlösend über sie.

Doch es war derselbe Schmerz, der sie die Augen wieder aufschlagen ließ. Sie wusste intuitiv, dass kaum Zeit vergangen war. Das Adrenalin jagte noch durch ihre Adern.

Nicht überlegen, Anne. Nicht überlegen.

Ohne zu zögern, setzte sie das Skalpell wieder an. Irgendwo, weil sie nichts sah, schnitt Anne einfach mitten in den grausigen Schmerz hinein.

Sie wusste, dass sie niemals wieder so schreien würde wie in dem Moment, als der Widerstand weg war. Abgeschnitten. Beseitigt.

Sie wartete nicht. Keine Sekunde. Sie begann ihre Hand durch die Kette zu zerren. Der Schmerz wurde nicht größer, weil er nicht größer werden konnte. Er raubte den Atem, er brannte sich durch den Arm in jede Zelle, aber er wurde von einem so wahnsinnig großen Glücksgefühl – wahrhaftigem, nie gefühltem Glück – überdeckt, als sie hindurch war. Anne wusste nicht, ob sie vor Schmerzen schrie oder vor Erleichterung.

Sie setzte sich gerade auf. Zum ersten Mal mit gerade gestrecktem Rücken und einer nie da gewesenen Leichtigkeit in den Armen, trotz der Tatsache, dass ihre linke Hand taub vor Schmerz schien. Der Schwindel nahm zu, als sie versuchte, sich auf die Knie zu hocken. Sie wartete kurz. Sie würde nicht umkippen, nicht ohnmächtig werden.

Sie stützte sich mit dem rechten Arm an der oberen Latte ab, während sie zuerst das linke Bein, dann das rechte aus dem Bett schwang. Mit beiden Beinen gleichzeitig kam sie auf. Die Knie drohten einzuknicken, aber Anne blieb auf den Beinen. Sie stützte sich mit beiden Armen auf dem Seitengitter ab und atmete tief in den Bauch.

Sekunden später machte sie, den linken Unterarm an die Brust gepresst, zwei wacklige Schritte Richtung Tür. »Oh bitte, bitte …« Weinend tasteten die Finger ihrer Rechten wie wild über das Türblatt, bis sie die Klinke fanden. Als sie sie herunterdrückte und die Tür nach innen öffnete, schrie, weinte und lachte sie gleichzeitig. Sie war geblendet von dem Licht, stolperte vorwärts, die Arme tastend ausgestreckt. Als ihre Füße an ein Hindernis stießen, fiel sie vornüber. Aber sie landete weich.

Weinend legte sie die rechte Hand vor die Augen, um das grelle Licht abzuschirmen. Warum dauerte das so lange? Warum brauchten ihre Augen so lange, um sich an die Helligkeit – diese unglaubliche Helligkeit – zu gewöhnen? Sie setzte sich auf und versuchte, ihre Umgebung zu erkennen. Als die gleißende Blindheit nachließ, rappelte sie sich auf.

»Oh Gott …« Sie starrte auf die in Folie verpackten Matratzen zu ihren Füßen, auf die Metallschränke und die schmutzigen Fliesen, die Kacheln an den Wänden. Wo war sie hier? Sie drehte sich langsam um ihre eigene Achse, die linke Hand wieder nach oben haltend. Dort. Zwei breite, kaum dreißig Zentimeter hohe Fenster im oberen Teil der Wand, die der Tür ihres Verlieses gegenüberlag. War sie in einem Kellerraum? Und dort … Wieder aufweinend wankte sie zu der einzigen weiteren Tür des Raums. Wohin führte sie? Sie drückte die Klinke herunter, zog, drückte, zog wieder. Sie war verschlossen.

»Nein!« Mit der rechten Hand begann sie, dagegenzutrommeln. »Hilfe! Hilfe! Ich … brauche … Hilfe!«

Sie löste sich von der Tür und stakste zu den Fenstern. Sie musste sich recken, um den Hebel zu erreichen, den sie hochdrückte und damit das Fenster im Kipp öffnete. »Hilfe! Bitte! Ich brauche Hilfeee!« Ihr Schrei endete in einem Hustenanfall.

Was war das? Sie versuchte, den Husten zu unterdrücken, um das Geräusch von außen deuten zu können. Eine Stimme. Seltsam verzerrt, von weit her. Ein Lautsprecher! Sie hustete noch einmal und lauschte wieder. Sie hörte keine Stimme mehr, aber … Ja, das war Musik. Bruchstücke eines Liedes. Anne wusste, dass sie es schon gehört hatte, aber sie konnte es nicht zuordnen. Jetzt war es wieder weg. Sie horchte. Sekunden später drangen die Töne noch einmal an ihre Ohren. Dann war Stille.

»Hilfeee! Polizei! Ich brauche die Polizei! Hilfeee!«

Die Antwort war ein fernes Vogelkrächzen.

Annes Blick glitt hektisch umher. Sie brauchte etwas, um das Fensterglas zu zerschlagen. Sie öffnete die Türen der metallenen Schränke im Raum, doch sie waren leer.

Ihr Verlies. Langsam näherte sie sich der Tür. Ganz deutlich waren durch den Lichteinfall jetzt Einzelheiten zu erkennen. Angezogen wurde ihr Blick von der Wasserflasche, die auf dem Schrank stand.

Ihre Schritte wurden schneller. Als sie den Raum betrat, tastete ihre rechte Hand nach einem Lichtschalter und wurde fündig. Anne schluckte, als ihr Blick auf das Bett fiel, auf die Blutflecke, die Wasserschüssel. Auf … ein blutiges Etwas. Ihr Blick glitt zu ihrer linken Hand, sah die klaffende Wunde, wo der Daumen sein sollte. Zu sehen, was sie getan hatte, raubte ihr für einen Moment die Sinne. Der Schmerz in der Hand schien sich zu verdoppeln, das Sirren in ihrem Kopf nahm zu, der Schwindel wurde heftig. Sie taumelte zum Bett und stützte sich mit der intakten Hand ab.

Nicht hinsehen, Anne, nicht hinsehen. Sie widerstand dem Impuls, ihren Blick zu ihrer Hand zurückzulenken. Es ist alles gut, Anne. Der Blutverlust hielt sich in Grenzen.

Trinken. Sie musste trinken. Sie durfte jetzt nicht umkippen. Sie musste die Scheibe zerschlagen. Sie stieß sich vom Bett ab und ging den Schritt zu dem Metallschrank, auf dem die Wasserflasche stand. Sie klemmte die Halbliterflasche zwischen Oberarm und Brust, öffnete den Verschluss mit der rechten Hand und setzte die Flasche an die Lippen. Die Kohlensäure sprudelte in ihrem Mund, während sie trank. Es war köstlich. So köstlich.

Sie setzte die Flasche ab und sah sich wieder um. Gab es irgendetwas, womit sie die Scheibe zerschlagen konnte? Sie nahm einen weiteren Schluck Wasser, weil der Schwindel nicht nachließ. Schließlich öffnete sie die Tür des Schrankes, vor dem sie stand.

»Oh!« Überrascht starrte sie auf die Dinge darin. Weitere Wasserflaschen, Handtücher, Hygieneartikel. Sie griff nach einem dünnen Geschirrhandtuch, faltete es auf und wickelte es so stramm sie konnte um die Wunde an ihrer linken Hand.

Die Flaschen. Sie griff nach dem Sixpack, in dem eine Flasche fehlte. Die, aus der sie getrunken hatte. Die Finger in die Folie gekrallt, trug sie das Paket in den anderen Raum Richtung Fenster. Würde es ihr gelingen, so viel Schwungkraft aufzuwenden, um mit der Packung die Scheibe zu zertrümmern? Sie umrundete die Matratzen und blieb stehen. Der Schwindel nahm zu. Sie atmete tief ein und aus, aber das half nicht. Im

225

Gegenteil. Im nächsten Moment sackten ihr die Beine weg. Sie fiel auf die Knie. Aus dem auf den Boden gefallenen Sixpack hatten sich zwei Flaschen gelöst und rollten ein Stück über den Boden.

»Nein, nein«, wimmerte Anne und krabbelte auf Knien und auf die rechte Hand gestützt über den Boden. Sie brauchte das Gewicht aller Flaschen zusammen. Der Boden begann sich zu drehen, die Flaschen verschwammen vor ihren Augen, während die Krämpfe in ihrem Bauch zunahmen.

Was passierte? Wimmernd kroch sie zu den Matratzen. Sie musste sich eine Minute hinlegen. Dann würde es ihr besser gehen. Nur eine Minute. Nur eine.

***

Joachim Ballmer ließ die Eingangstür seiner ehemaligen Klinik hinter sich ins Schloss fallen und lauschte in die Stille. Kein Ton war zu hören. Er eilte zu der Tür, die zum Hauptflur führte und blieb auch dort kurz stehen. Alles war ruhig.

Aber das bedeutete nichts. Untergeschoss, Küche, hatte Carola gesagt. Eine der Türen auf dem Flur stand offen. Als er hineinblickte, sah er, dass es einer der Räume war, in denen die Sachen für das afrikanische Krankenhaus lagerten. Zwei Nachttische blockierten die Tür. Seine Schritte wurden langsamer, während er sich der Treppe näherte. Er musste sich zwingen, die Stufen hinunterzugehen.

Wie Maschinengewehrsalven waren die Gedanken während der Fahrt durch sein Hirn gerattert. Er hatte Hinweise gesucht, die Carolas Worte ad absurdum führen mussten, und doch genau das Gegenteil gefunden.

Die ewig lange Verzögerung, ihr Blut abzugeben, ergab Sinn, wenn sie tatsächlich nicht Paulines Mutter war. Und auch ihre verzweifelten Aktionen, mit denen sie versucht hatte, Stammzellspender für die DKMS zu akquirieren. Vielleicht war es nicht nur die Hoffnung einer liebenden Mutter gewesen, einen Spender zu finden, sondern die Hoffnung einer Frau, die wusste, dass sie selbst nicht als Spenderin in Frage kam.

Und es würde erklären, warum sie so vehement die periphere Blutstammzellspende abgelehnt hatte. Doch allem voran stand ihre Verzweiflung, mit der sie ihn seit Wochen angefleht hatte, nicht in sie zu dringen. Was hatte sie noch gesagt? »Bete, Achim, dass ich dir nicht die Wahrheit sagen muss. Um uns alle zu schützen.« Aber ... das musste bereits alles Teil ihres Wahns gewesen sein. Er selbst hatte Carola von Pauline entbunden. Sie hatte ein Kind geboren. Wie konnte Pauline nicht dieses Kind sein? Das ergab einfach keinen Sinn.

Die abgestandene Luft im Untergeschoss schien Joachims Luftwege zu blockieren. Er hatte das Gefühl, nicht atmen zu können, während er sich langsam der Tür zur Küche näherte. Sie war geschlossen. Er war noch fünf Schritte von der Tür entfernt, als er es hörte. Das, wovor ihm gegraut hatte, was er sehnsüchtig gehofft hatte nicht erleben zu müssen: ein qualvolles Stöhnen hinter der Tür.

»Gott im Himmel«, stieß er aus und blieb stehen.

Das Stöhnen wiederholte sich.

»Was hast du getan, Carola? Was hast du getan?«, flüsterte er, während er zur Tür stakste und mit zittrigen Fingern den Generalschlüssel in das Schloss steckte.

Was er sah, als er der Tür einen vorsichtigen Schubs gab, ließ seine Knie weich werden. »Gott!«

Eine Frau lag zusammengekrümmt auf einer von mehreren Matratzen, ihr blutverschmiertes, feuchtes Kleid klebte an den Schenkeln. Mit der rechten Hand presste sie den linken Unterarm an ihren Oberkörper, um die Hand war ein Tuch gewickelt. Auch dort leuchtete ihm das frische Rot noch nicht geronnenen Blutes entgegen.

Blut. Überall war Blut. Auf dem Boden, auf der Matratze.

Mit einem verzweifelten Laut stürzte er zu der Frau, deren Augen geschlossen waren. »Alles ist gut. Hören Sie mich? Hallo?«

Er strich die feuchten blonden Strähnen aus ihrem fahlen Gesicht, das von Tränen und trockenem Blut verschmiert war. Sein Blick wanderte über ihren Körper, auf der Suche nach den Verletzungen. Das dünne Kleid war über dem Busen, an den sie den Arm gepresst hielt, blutdurchtränkt. Vorsichtig löste er das

Handtuch von ihrer linken Hand. Er starrte auf eine bläuliche Verfärbung. Nacktes, blutendes Fleisch, eine Sehne, ein offen liegender Knochen, dort, wo der Daumen hätte sein müssen. Der Geruch von Blut und Urin drang in seine Nase. Er war jetzt ganz Arzt. Was zählte, war einzig das Leben vor ihm.

Sein Blick erfasste das Stück Stoff an ihrem Oberarm, mit dem der Arm abgebunden war. Wie lange mochte sie hier schon liegen? Der Unterarm und die Hand wiesen bereits bläuliche Verfärbungen auf. Mit zittrigen Fingern löste er das Stoffband von ihrem Arm, um die Durchblutung zu gewährleisten. Er beobachtete die Blutung an der Hand. Sie schien zum Stillstand gekommen zu sein, und der Blutverlust war nicht zu stark.

Joachim patschte leicht an die Wange der Frau. »Hallo! Können Sie mich hören?«

Das Stöhnen wurde von einem Jaulen abgelöst. Er wusste, dass sie grausame Schmerzen in ihrer Hand aushielt. Und Gott wusste, wo noch.

»Ich rufe einen Rettungswagen.«

In diesem Moment öffnete sie ihre Augen. Sie verharrten auf seinem Gesicht. Joachim holte tief Luft. Es waren Paulines Augen, die ihn anstarrten.

»Können Sie mich verstehen?« Joachim stellte die Frage laut und deutlich, denn ihre Augen sahen nicht aus, als sei sie in dieser Welt, obwohl sie ihn ansah.

»Ver…stehen«, wiederholte sie das letzte Wort.

»Sagen Sie mir Ihren Namen.« Joachim zog vorsichtig das feuchte Kleid von ihren Schenkeln, um zu sehen, woher das Blut an den Beinen stammte.

»Na…men.«

»Wie heißen Sie?« Seine Augen scannten dabei ihre Schenkel und den Unterleib. Warum trug sie keinen Slip? Ihr Kleid war nass von Blut und Urin.

Ein schwach gemurmeltes »Polizei …« ließ ihn aufblicken. Sie hielt die Augen geschlossen, während sie weiter stöhnte: »Hilfe … brauche Hilfe … Polizei …«

Polizei. Joachims Nackenhaare richteten sich auf. Sein Blick hastete durch den Raum und blieb an der Tür zur ehemaligen Speisekammer hängen. Sie stand weit offen. Er sah ein Bett. Wie ferngesteuert stand er auf und ging die paar Schritte dorthin. An der Tür verharrte er. Was er sah, war so unglaublich unfassbar, dass es ihn schüttelte. Langsam ging er zum Bett. Hier war der Geruch nach Urin viel stärker als an der Frau selbst. Er sah die Kette an dem Bett, ein blutiges Laken … und den Daumen.

Das alles sollte Carola getan haben? Seine fürsorgliche große Schwester, der er vertraute wie kaum einem anderen Menschen? Die ihre Familie über alles liebte und umsorgte und alles für sie tun würde?

Alles. Joachim schluckte. Wie vereist wandte er sich langsam um, starrte die Frau an, die ihre Augen jetzt geschlossen hielt und verstummt war. Seine Schwester *hatte* alles getan.

Sie hatte etwas Fürchterliches getan. Etwas, das so unvorstellbar war, dass sein Gehirn Mühe hatte, es zu begreifen.

Noch einmal wanderten seine Augen über das versiffte Lager. In der Bettecke lag der zusammengeknäulte Slip. Ein Tampon lugte darunter hervor.

Gott sei Dank. Wenigstens die vaginale Blutung rührte anscheinend nicht von einer Verletzung her.

Sein Blick streifte den offenen Schrank mit den Hygieneartikeln. An der geöffneten Flasche auf dem Schrank blieb er haften. Das musste die mit K.-o.-Tropfen präparierte Flasche sein, von der Carola gesprochen hatte. Sie war zur Hälfte geleert.

Mit langsamen Schritten ging er zu der Frau zurück. Sie hatte daraus getrunken. Sie hatte sich quasi selbst k. o. gesetzt.

Sie. Diese Frau. Paulines Mutter?

Er ging vor ihr in die Knie. Mit zittriger Hand nahm er eine Strähne ihres dicken Blondhaars und zwirbelte sie zwischen seinen Fingern. Paulines Haar. Carolas blondes Haar war viel heller und feiner.

Einen Rettungswagen, Joachim, du musst einen Rettungswagen rufen!

Sein Blick suchte ihre verletzte Hand. Dort, wo der Daumen fehlte, hatte die Blutung ein wenig zugenommen, weil er den Stoffstreifen gelöst hatte. Er schüttelte seinen Kopf, der keinen klaren Gedanken fassen konnte. Carola hatte geglaubt, er würde dieser Frau, dieser entführten und misshandelten Frau, Stammzellen entnehmen, um sie Pauline einzupflanzen? Er stand auf und presste sich die Handballen gegen die Stirn. Du musst einen Rettungswagen rufen, Joachim. Jetzt. Er zog sein Smartphone aus der Hosentasche. Carola hatte mehrfach versucht, ihn anzurufen. Natürlich. Sie musste vor Angst verrückt werden. Sie hatte dieses Unfassbare – sein Blick glitt wieder über die Frau, über die Blutspuren, zu der Kammer – getan. Pauline! Ihm wurde heiß. Was tat sie Pauline an? Pauline würde das nicht überstehen. Und die Stammzellen. Er war nicht fähig, einen klaren Gedanken zu fassen. Zu viel prasselte auf ihn ein.

Er wählte und presste das Handy ans Ohr.

»Maja!«, sprach er Sekunden später atemlos hinein. »Maja, du musst sofort in die alte Klinik kommen. Sofort, hörst du? Ich ... ich brauche deine Hilfe. ... Nein, nein, mir geht es gut. Aber ... es ist etwas Schreckliches passiert. Carola ... sie hat etwas Grauenvolles getan. Bitte, ich ... ich kann es dir nicht am Telefon sagen. Lass alles stehen und liegen und komm her. Und zu niemandem ein Wort. Ich lasse dich am hinteren Personaleingang rein.« Er drückte ihre aufgeregte Stimme weg.

Er ging erneut neben der Frau in die Knie und fühlte ihren Puls. Er war sehr schnell, aber nicht bedrohlich. Die Verfärbung des Arms ging bereits zurück, die der Hand nicht. Joachim stand auf und eilte in die Kammer, in der er in dem offenen Schrank Handtücher gesehen hatte. Er nahm eines der sorgfältig gefalteten und gebügelten Geschirrhandtücher und wickelte es der Frau straff um die Wunde an der Hand. Dann verharrte er eine Weile neben ihr.

Maja würde höchstens zehn Minuten benötigen, bis sie hier war. Er stand auf, ging in die Vorratskammer zurück, nahm sich ein weiteres Geschirrhandtuch und griff damit den abgetrennten Daumen, den Tampon und den blutigen Slip und wickelte alles in ein weiteres Handtuch, das er im Schrank verstaute. So würde er Maja zumindest diesen Anblick ersparen.

Schließlich verließ er die Küche, ging langsam den Flur entlang, die Treppe hinauf. Seine Gedanken überschlugen sich dabei. Was war passiert? Wieso war diese Frau Paulines Mutter? Was war mit dem Baby, mit der richtigen Pauline geschehen, die er entbunden hatte? Hatte es einen Kindstausch gegeben? Unbeabsichtigt? Beabsichtigt? Aber das ergab doch alles keinen Sinn. Diese Frau war gegen ihren Willen hier. Carola hatte sie betäubt und entführt!

Die Konsequenz daraus raubte ihm für einen Moment den Atem. Er blieb stehen. Carola würde verhaftet werden. Pauline würde die Stammzellen der fremden Frau bekommen, ihrer wahren Mutter. Aber würde sie den Schock überleben? Die Tatsache, dass ihre Mutter gar nicht ihre Mutter war, das, was Carola getan hatte … All das würde Pauline den Rest geben. Ihre Kraft würde nicht ausreichen.

Heiß schossen Joachim die Tränen in die Augen, als er weiterging. Was passierte hier nur? Und … was war seine Rolle? Carola war auf dem Weg zu ihm gewesen, als sie verunfallte. Sie hätte ihn hierhergebracht, hätte gewollt, dass er der Frau hier die Stammzellen entnahm, sie mit ihren eigenen austauschte und Pauline implantierte. Und dann? Was war Carolas Plan gewesen? Dann hätte sie die betäubte Frau wieder zurückgebracht an den Ort – wohin auch immer –, von dem sie sie entführt hatte?

»Sie ist verrückt«, murmelte er in die Stille, während er das Erdgeschoss Richtung Eingangstür durchschritt, und doch wusste er, dass sie es nicht war. Nein, sie war nicht verrückt. Sie war verzweifelt. Verzweifelt vor Liebe zu Pauline. Er wischte zwei Tränen von seinen Wangen. Und ihn hatte sie auserkoren, ihr zu helfen. Sie vertraute ihm. Sie hatte geglaubt, er würde ihr helfen. Sie hatte es geglaubt, weil sie wusste, wie sehr er seine große Schwester liebte.

Und genauso sehr liebte sie ihn. Ja, sie war brutal gewesen, hatte etwas Schreckliches getan. Sie hatte keine Rücksicht genommen. Sie hatte sie alle getäuscht. Ihren Mann, ihr Kind, ihn … Aber sie liebte. Heiß und innig. Es gab nicht einen Tag in ihrem Leben, an dem sie nicht fürsorglich gewesen war. An dem sie zuerst an sich gedacht hatte. Sie war darauf erpicht, dass es ihrer Familie gut ging. Dass es allen Menschen in ihrer Nähe gut ging.

Aus genau diesem Grund war es auch so unvorstellbar, was er hier vorgefunden hatte. Wie verzweifelt musste Carola gewesen sein in den letzten Wochen? Warum nur hatte sie sich ihm nicht anvertraut?

Joachim öffnete die Tür nach draußen. Maja war noch nicht da. Er schloss die Tür und ging daneben in die Knie, den Rücken an die Gebäudewand gelehnt. In dieser Haltung saß er noch da, als Maja zehn Minuten später um die Ecke gelaufen kam.

»Was ist los, Achim?« Sie ging vor ihm in die Hocke, sein Gesicht ängstlich musternd. »Mein Gott, nun sag schon … Was ist mit Carola?«

Joachims Stimme klang in seinen eigenen Ohren fremd, als er sagte: »Carola ist nicht Paulines Mutter. Paulines richtige Mutter liegt da unten. Verletzt. Bewusstlos. Entführt und hierher verschleppt von Carola.«

Maja Ballmer zog die Stirn kraus und rückte ein Stück von ihrem Mann ab. »Was redest du denn da, Achim? Mein Gott, was hockst du hier? Du … du …« Ihr fehlten die Worte.

Joachim schloss die Augen. »Ich kann es selbst nicht glauben, Maja. Aber …« Er begann seinen Bericht mit dem Besuch bei Carola und endete mit den Worten: »Ich möchte, dass du jetzt mit mir da runtergehst. Ich möchte, dass du bei der Frau bleibst. So lange, bis ich zurück bin.«

Maja Ballmers Gesicht hatte die Farbe von Milch angenommen. Ihr Mund ging auf und zu, ohne dass sie ein Wort herausbringen konnte. Widerstandslos ließ sie sich mitziehen, nachdem Joachim aufgestanden war und sie hochgezogen hatte.

Als er im Kellergeschoss die Tür zur Küche aufschloss, sah er Maja in die Augen, bevor er die Tür öffnete. »Das Blut dort drinnen … Erschrick nicht zu sehr. Durch die Verletzung —«

»Hör auf!«, schrie Maja. »Das … das ist doch alles ein ekelhafter Scherz!« Sie drückte die Tür auf und stürmte in den Raum. Ihr Schrei hallte eine Sekunde später in Joachims Ohren nach. Maja prallte gegen ihn, als sie langsam zurückwich. »Oh mein Gott! Achim!« Sie fuhr herum, starrte dann wieder zu der reglosen Frau auf der Matratze.

Sie schüttelte ihn. »Ruf einen Notarzt!« Sie ließ ihn los und eilte zu der Frau.

Joachim sah Maja an. Wie sie neben der Frau in die Hocke ging. Ihre rechte Hand auf die Brust gelegt, die linke über dem Mund. Starr vor Entsetzen. Ungläubig. Genauso musste es bei ihm ausgesehen haben, als er die Frau gefunden hatte.

»Achim!« Ihr Schrei war durchdringend. »Ruf endlich den Notarzt!«

»Nein.«

Ihr Kopf, den sie gleich wieder dem Schreckensszenario vor sich zugewandt hatte, ruckte hoch. »Was?«

»*Ich* werde sie versorgen. Du bleibst hier und passt auf, falls … falls sie zu sich kommt.«

Majas Augen wirkten in ihrem blassen Gesicht noch dunkler, als sie aufstand. »Ich … verstehe nicht.« Die scharfe Betonung der Worte ließ allerdings deutlich erkennen, dass sie genau verstanden hatte, was er meinte.

Joachim war mit drei Schritten bei seiner Frau. »Du musst mir jetzt vertrauen, Maja. Ich … ich bin auch überfordert. Über alle Maßen. Ich weiß selbst nicht, was richtig ist, aber ich weiß sehr genau, was falsch ist. Und darum geht es jetzt.«

Er nahm ihre Hände in seine. »Pauline stirbt, wenn ich jetzt den Notarzt rufe. Sie wird sterben, weil wir mit der Benachrichtigung ein Fass ins Rollen bringen, das niemand mehr aufhalten kann. Der Notarzt, die Kriminalpolizei. Carola würde verhaftet werden. Das übersteht Pauline nicht. Ihr Immunsystem ist auf null heruntergefahren. Was glaubst du, was passiert, wenn sie erfährt, was Carola getan hat? Wenn sie erfährt, dass sie nicht die Tochter von Carola und Robert ist? Dass sie …«, er schluckte, »vermutlich nicht einmal Pauline heißt?«

»Aber wer ist sie dann?«, schrie Maja. »Und wer ist sie?« Sie deutete auf die Frau zu ihren Füßen.

»Das sage ich dir, wenn ich zurück bin. Ich fahre jetzt zu Carola. Sie wird mir Rede und Antwort stehen. Und danach fahre ich in meine Klinik. Dort besorge ich alles, was ich brauche. Falls die Frau aufwachen sollte, flößt du ihr das hier ein.« Er ging die paar Schritte in die Kammer, griff nach der präparierten Wasserflasche und stellte sie neben den Matratzen ab. »Es ist ein Betäubungsmittel darin … In zwei Stunden bin ich wieder hier.«

»Du besorgst alles, was du *brauchst*?« Maja sah ihn an, als sähe sie ihn zum ersten Mal. »Du ziehst doch wohl nicht einen Moment in Erwägung …«

»Lass uns ganz einfach nur nichts überstürzen«, fiel Joachim ihr ins Wort. Er presste seine Handinnenflächen gegen die Stirn. »Gib mir, gib uns die Chance zu überlegen.« Er sah zu der Frau am Boden. »Sie schläft. Ich werde ihre Wunde gleich versorgen. Und dann sehen wir weiter.«

»Deine irre Schwester hat diese Frau entführt«, schrie Maja ihn an. »Was willst du denn tun? Sie weiter hier festhalten? Und dann … dann diesen Eingriff vornehmen? Du willst einen medizinischen Eingriff an einer schwer verletzten, wehrlosen, bewusstlosen Frau vornehmen?« Sie schüttelte wild ihren Kopf. »Da mach ich nicht mit, Joachim. Und du kannst das auch nicht wirklich wollen.« Sie zerrte an seinem Arm. »Gib mir dein Handy!«

Joachim hielt es ihr hin. Als sie hektisch danach griff, sagte er: »Es ist deine Entscheidung, Maja. Und es ist vielleicht die richtige. Für diese Frau. Für ihre Angehörigen. Aber es ist die falsche für Pauline. Ruf die Polizei und den Notarzt. Aber sei dir bewusst, dass es für Line das Aus bedeutet.«

»Was tust du nur mit mir?«, weinte Maja hysterisch. Sie starrte auf das Handy in ihrer Hand, zu der Frau am Boden, zu Joachim. »Oh Gott, ich … ich wünschte, du hättest mich nicht angerufen!«

»Gib uns die zwei Stunden. Dann können wir immer noch handeln.« Joachim sah Maja durchdringend an. Sie zu berühren traute er sich nicht, weil er wusste, dass sie ihn abwehren würde.

Der Kampf, den Maja ausfocht, war ihr deutlich anzusehen. Angst und Wut spiegelten sich in ihren Augen. »Zwei Stunden«, stieß sie schließlich hervor. »Für Pauline.«

234

ZWÖLF

»Hallo, Krümelchen, störe ich dich gerade, oder hast du Zeit für einen Plausch mit deiner Mama, die dich ganz, ganz doll vermisst?« Lyn presste ihr Smartphone noch dichter ans Ohr, weil ein Pulk herumalbernder Jugendlicher, bewaffnet mit Sonnenschirmen, Strandmatten und Rucksäcken, Richtung Strand an ihr vorbeizog. Sie saß auf einer der hölzernen Bänke vor Goschs Restaurant. Eine Goldgrube an Tagen wie diesem, wenn die Touristen bei strahlendem Sonnenschein in Scharen die lange Seebrücke zu St. Peter-Ordings herrlichem Sandstrand hinunterliefen.

Lyn hatte ihren zweistündigen vormittäglichen Strandspaziergang hinter sich. Eine Woche war sie jetzt hier. Die Beine in der kurzen Hose waren braun gebrannt, die Schultern unter dem Spaghettitop waren sonnenverbrannt, weil sie jede freie Minute draußen verbrachte und der Sunblocker trotz mehrmaligen Auftragens irgendwann aufgegeben hatte. Doch die Sonne tat einfach gut.

Sie lächelte, als Sophie ihr fröhlich zusicherte, dass sie niemals störe, höchstens abends, wenn »Tatort« oder »Aktenzeichen XY … ungelöst« lief.

Lyn hasste es, dass Sophie »Aktenzeichen« guckte, aber sie hatte es ihr mit vierzehn offiziell erlaubt, nachdem Charlotte irgendwann gepetzt hatte, dass Sophie seit ihrem zwölften Lebensjahr keine Folge verpasst hatte. Wahrscheinlich war Sophie nur deshalb mit Schulfreundin Mia so dicke, weil die einen eigenen Fernseher inklusive Festplattenrekorder besaß, auf dem sie jede Folge aufzeichnete. Sophie konnte sich seit Kindergartentagen für alles Morbide begeistern. Neuerdings wollte sie Pathologin werden. Aber Lyn hatte ihr einen Dämpfer verpasst: »Mit deinen Noten ist ein Medizinstudium genauso wahrscheinlich wie die Meisterschaft für den HSV. Dir würden sie höchstens eine Salatgurke zum Sezieren anvertrauen.« Sophie hatte einen Nachmittag lang nicht mit ihr geredet.

»Ihr wart bei Oma und Opa?«, griff Lyn Sophies letztes Thema auf. Sie hatte fröhlich drauflosgeplappert.

»Ja, danke für die Grüße. Sind die beiden fit? ... Nein, Krümel, keine Panik. Man ist nicht gleich dement, wenn man seinen Hochzeitstag vergisst. Nach dreiundvierzig Ehejahren darf Opa das ruhig mal vergessen. ... Ach, Oma hatte es auch vergessen.« Lyn lachte. »Dann hätte euer Vater sie am besten nicht mit einem Blumenstrauß daran erinnert.«

Lyn ließ Sophie weiter von den fränkischen Erlebnissen berichten.

»Mit geht es gut, Schatz«, sagte sie, als sich Sophie unsicher nach ihrem Befinden erkundigte. »Besser, als ich nach einer Woche erwartet hatte«, fügte sie ehrlich hinzu. »Ja, ich mag auch wieder essen. Ich hole mir in der Fressmeile gleich ein Fischbrötchen. Die sind da oberlecker.« Dass sie morgens zum Frühstück nur ein bisschen Obst herunterbrachte, musste Sophie nicht wissen. Und zur Mittagszeit verspürte sie ja auch Appetit.

Lyn steckte das Smartphone in den kleinen Lederrucksack zurück, nachdem sie und Sophie das Gespräch mit vielen in das Handy geknutschten Küsschen beendet hatten. Die Augen hinter der Sonnenbrille geschlossen, legte sie den Kopf in den Nacken. Dreiundvierzig Ehejahre. Bernd und sie hatten nicht einmal siebzehn geschafft.

Dreiundvierzig. Sie lauschte der Stimme in ihrem Inneren, die flüsterte: Das könntest du auch noch schaffen, Lyn, wenn ... Sie blinzelte die aufsteigenden Tränen weg, griff nach dem Rucksack und stand auf.

Wenn du es nicht vermasselt hättest, fuhr sie ihrer inneren Stimme gedanklich über den Mund.

***

Als Joachim im Rissener Klinikum die Tür zum Krankenzimmer aufzog, war gerade eine Schwester dabei, Carolas Pflaster von der Wange zu entfernen. »Ich bin gleich fertig, Herr Dr. Ballmer«, lächelte sie ihn freundlich an. Es war dieselbe Schwester, die ihn zwei Tage zuvor aus dem Zimmer hatte weisen wollen.

Joachim und Carola maßen sich gegenseitig mit Blicken, während die Schwester hantierte. Die Luft im Raum lud sich mit einer enormen Spannung, knisternd, wie vor einem schweren Gewitter. Joachim war sich sicher, dass seine Mimik, seine Augen genauso ein offenes Buch für Carola waren wie die ihren für ihn, obwohl ihre Pupillen den Beruhigungsmittelkonsum verrieten. Mit Sicherheit erkannte sie seine maßlose Wut, seine Erschütterung. Mit Sicherheit las sie die tausend Fragen in seinen Augen.

Er jedenfalls sah ihr die Ängste, die Unsicherheit an und … war nicht auch Erleichterung dabei? Erleichterung, dass er zurück war, dass er ihr endlich ihre quälenden Fragen beantworten konnte, die ihr in den vergangenen Stunden schier den Verstand geraubt haben mussten?

Joachim hörte kaum, was die Schwester zu Carola sagte, während sie ihre Utensilien einsammelte. Nette, belanglose Worte. Er sah nur Carola. Wie hatte sie all das vor ihnen geheim halten können? Ein perfektes Rollenspiel. Sie war immer Perfektionistin gewesen.

»Sie lebt«, waren die ersten beiden Worte, die Carola erleichtert ausstieß, nachdem die Krankenschwester die Tür hinter sich zugezogen hatte und Joachim langsam neben ihr Bett trat. Sein Gesicht schien wirklich ein offenes Buch für sie zu sein. »Oh Gott. Das … das ist gut. Wie … wie geht es Pauline? Ich meine –«

»Du bist jetzt ruhig«, fuhr Joachim ihr mühsam beherrscht über den Mund und krallte seine Hand in ihren Unterarm. »Du sagst mir jetzt sofort, wer diese Frau ist. Wie kann sie Paulines Mutter sein? Was ist passiert, Carola?«

Carola schien ihn gar nicht gehört zu haben. »Hast du ihr Wasser gegeben? War sie wach? Hat sie dich gesehen? Sie darf dich nicht erkennen! Ist … ist sie so weit in Ordnung, dass du ihr morgen die Stammzellen abneh–?«

»Carola!« Er schrie ihren Namen heraus, setzte sich auf die Bettkante und packte ihre Oberarme, ihren Schmerzlaut ignorierend, als er sie schüttelte. »Ich will jetzt wissen, was du getan hast!«

237

»Sie hatte drei Kinder.« Carola weinte auf. »Drei! Und ich keines. Es war so einfach. So unglaublich einfach. Bei Karstadt. In der Mönckebergstraße. Ich habe sie einfach aus dem Kinderwagen genommen, weil niemand auf sie aufgepasst hat. Weil ihre Mutter den Kinderwagen einem Jungen überlassen hat, der selbst einen Aufpasser gebraucht hätte. Weil es für sie wichtiger war, Kleidung anzuprobieren, als auf ihr Baby aufzupassen.«

Carola bewegte ihre Arme, um Joachims Griff zu lockern, während sie fast schrie: »Ich hätte *mein* Baby niemals eine Sekunde aus den Augen gelassen. Niemals!«

Joachim schwieg, während Carola den Kopf schüttelte, mit geschlossenen Augen. Verfangen in Erinnerungen, wie es schien. Grausigen Erinnerungen.

»Aber ich musste doch auch mal schlafen. Und sie schlief. Ich … ich konnte doch nicht wissen, dass sie … Sie war so blau.« Carola flüsterte, während die Tränen nur so strömten. »So schrecklich blau. Und kalt. Ich habe sie aus der Wiege gerissen und an mich gepresst und geschrien. Wir hatten doch so lange auf sie gewartet! Zehn Jahre. Sie … sie durfte nicht gleich wieder gehen. Sie war doch gerade erst bei uns angekommen.«

Erschüttert nahm Joachim die Hände von Carolas Armen. »Pauline … also die richtige Pauline, ist tot? Im Kindbett gestorben?« Er griff nach ihrer Hand. »Carola, habe ich dich richtig verstanden?«

Sie nickte nur.

»Und … du hast dann ein … ein Kind geraubt? Das Kind dieser Frau?« Vor seinem geistigen Auge sah er die blutende Frau im Keller vor sich. »Pauline, unsere Pauline, ist *ihre* Tochter?«

Carolas Tränenfluss stoppte. Ihre Stimme überschlug sich. »Sie hatte dieses Kind nicht verdient! Sie hat nicht darauf aufgepasst. Hätte sie es verdient gehabt, hätte Gott nicht zugelassen, dass ich es so einfach an mich nehmen kann.« Ihre grünen Augen leuchteten. »Gott hat bereut, was er mir angetan hat. Er hat gesehen, wie sehr ich litt, und seinen Fehler wiedergutgemacht. Er hat mich dorthin geführt. Noch am selben Tag. In dieses Kaufhaus, damit ich dort meine Pauline wiederbekomme.«

Fragen über Fragen türmten sich in Joachims Hirn. Sie hatte ihr totes Kind gegen das fremde ersetzt. Und niemand hatte etwas bemerkt. Er selbst nicht, der er sämtliche Früherkennungen durchgeführt hatte. Robert nicht. »Aber, wann war das? Ich meine … hat Robert denn nicht bemerkt, dass Pauline, also die wahre Pauline …«

»Sag nicht ›die wahre‹«, schrie Carola und presste die Hände an die Schläfen. »Meine Pauline ist meine wahre Pauline. Und nicht dieses … dieses blaue kalte Kind.«

Carola geriet immer mehr außer Fassung. Joachim versuchte, ruhig zu bleiben. »Wie alt war … es, als das passierte?«

»Kaum drei Wochen«, schluchzte Carola. »Drei Wochen! Was … was hätte ich denn Robert sagen sollen? Robert, unser Kind ist tot. Gestorben, während ich schlief.« Mit großen Augen sah sie Joachim an. »Er war so über alle Maßen glücklich, dass sie da war. Dass sie bei uns war. Sie hat uns und unser Glück vervollständigt. Und er war so traurig, dass er nach zwei Wochen gleich wieder in die Senatskanzlei musste und nur am Wochenende bei uns sein konnte.«

Sie schloss ihre Augen. »Er hat es nicht gemerkt. Als er kam, war sie Pauline.« Sie öffnete die Augen wieder. »Für immer und ewig unsere Pauline.«

Joachim starrte seine Schwester an. »Und du konntest einfach mit dem Kind aus dem Kaufhaus verschwinden? Niemand hat dich aufgehalten? Die Mutter, diese Frau, muss doch schnell gemerkt haben, dass ihr Kind fort ist.«

»Ich habe sie in meinen Shopper gelegt und den Reißverschluss zugezogen. Sie hat einfach weitergeschlafen. Dann bin ich mit ihr raus. Auf die Straße. In die Fußgängerzone. Zum Parkhaus. Nach Hause. Und ich habe sie in ihre Wiege gelegt und davorgestanden, bis sie aufwachte. Und sie hat mich angesehen. Und ich habe meine Bluse geöffnet und sie hochgenommen.«

Carola stockte und sah ihn an. Dann lächelte sie. »Wie gierig sie ihren kleinen, warmen Mund um meine Brustwarze schloss und daran sog. Ihre warmen Händchen kneteten meine Brust, bis sie satt war. So satt und zufrieden. Mit jedem Schluck hat sie meine Liebe eingesogen, Achim. Tag für Tag, Woche für Woche. Und die hat sie uns doppelt und dreifach zurückgezahlt.«

Carola war plötzlich ganz ruhig. Sie nahm seine Hand in ihre. »Glaub nicht, dass ich nicht weiß, was ich von dir verlange, Joachim. Es quält mich, seit ich … seit ich diesen Plan gefasst habe. Aber ich hoffe so auf deine Liebe zu uns, Achim. Zu mir, zu Pauline, zu Robert. Bitte! Bitte, bitte, bitte sag mir, dass du mir hilfst. Dass du Anne Jever entnimmst, was Pauline braucht. Und dann … dann bringen wir sie zurück. Sie wird aufwachen und sich an nichts erinnern. Sie wird ihr Leben weiterleben wie bisher.«

»Anne Jever«, stieß Joachim aus. Die blutverschmierte Frau hatte einen Namen. Natürlich. Aber dass er ihn jetzt kannte, machte die Situation nicht einfacher. Im Gegenteil.

Carolas Augen bohrten sich in Joachims, während sie ihre Finger in seinen Arm krallte. Ihre Stimme wurde fest. »Wir nehmen ihr nichts, was sie vorher hatte, Achim. Seit siebzehn Jahren lebt sie ihr Leben ohne … ohne Tochter. Sie kennt kein anderes Leben. Wenn du jetzt nicht mitspielst, muss Pauline zu dieser Familie! Zu ihr fremden Menschen. Sie würden sie uns wegnehmen, sie würden mich ins Gefängnis stecken. Was, glaubst du, passiert dann mit Line?«

»Nur aus diesem Grund bin ich hier, Carola.« Seine Stimme klang hart. Er entzog ihr seinen Arm und stand auf. »Nur um Paulines willen. Eigentlich dürfte ich nicht eine Sekunde zögern, sondern müsste die ganze grausige Angelegenheit auffliegen lassen. Dann würde diese Frau morgen trotzdem ihre Stamm- zellen für Pauline hergeben. Ganz bestimmt. Und irgendein fähiger Arzt würde sie Pauline transplantieren. Das alles würde geschehen, um Paulines Leukämie zu stoppen. Das ist nicht das, was ich fürchte. Nein, ich fürchte, dass Pauline aus genau den Gründen, die du eben aufgeführt hast, trotz erfolgreicher Transplantation eingehen würde. Verwelken wie eine Blume, die man aus der Erde herausgerissen hat.«

»Tu es, Achim. Bitte!« Sie stöhnte auf, weil sie Schmerzen litt. Die Gehirnerschütterung verlangte Ruhe. Ihr Kopf war hingegen in ständiger Bewegung.

In einer hilflosen Geste hob er die Hände. »Selbst wenn ich es wollte … Soll ich dir was sagen? Diese Frau hat sich den Daumen mit einem Skalpell abgeschnitten, um aus der Fesselung zu kommen. Sie liegt schwer verletzt und bewusstlos in der ehemaligen Küche.« Dass Maja bei ihr war, behielt er für sich, weil er sich nicht sicher war, wie Carola darauf reagieren würde. Noch ein hysterischer Anfall wäre alles andere als hilfreich.

»Und dann die Tatsache, dass sie dort in diesem unsterilen Loch liegt. Es gäbe so viel zu bedenken und zu tun, wenn ich tatsächlich …« Er brach kopfschüttelnd ab.

»Aber es ist möglich«, stieß Carola aus.

»Ja, aber —«

»Das ›Aber‹ ist das Restrisiko, das du eingehen musst, Achim. Es ist machbar. Ich habe es tausendmal bis ins kleinste Detail durchdacht.«

Joachim wusste nicht, ob er dankbar oder wütend sein sollte, als es klopfte und Robert von Ahren das Krankenzimmer betrat. Carola erwiderte den Gruß ihres Mannes nicht, sie sah nur Joachim an.

»Ich muss los«, presste Joachim hervor und ging ohne ein weiteres Wort an seinem verwirrt dreinblickenden Schwager vorbei. Er war jetzt nicht in der Lage, auch nur ein einziges Wort mit Robert zu wechseln, ohne mit der Wahrheit herauszuplatzen.

Auf Carolas verzweifeltes »Achim!« hin drehte er sich an der Tür noch einmal um. Ihre Augen waren eine einzige Frage. *Die* Frage.

Seine Antwort war ein Nicken.

Joachim Ballmer schluckte, als er die Küche im Keller des ehemaligen Wedeler Krankenhauses betrat. Maja hatte die Frau auf der Matratze mit der Decke aus dem anderen Zimmer zugedeckt und hielt deren Unterarm, der mit dem Ellbogen auf der Matratze auflag, hoch.

»Hat die Blutung zugenommen?«, fragte er und stellte eine Kiste mit Utensilien neben den Matratzen ab. Er wickelte das Handtuch von der verletzten Hand und betrachtete die Wunde.

Sie sah nicht schlimmer aus als vorher, aber so musste er wenigstens seiner Frau nicht in die Augen sehen.

Majas Blick ruhte auf der Kiste, wie er aus dem Augenwinkel sah. »Du hast dich also entschieden«, sagte sie emotionslos. »Du willst diese geschundene Frau hier weiterhin misshandeln, ihr die Stammzellen rauben, um deine wahnsinnige Schwester nicht ans Messer zu liefern.«

Ihm wurde übel. Die Worte aus Majas Mund trafen ihn bis ins Herz. Er musste tief durchatmen. »Bitte, hör mich an.« Er ließ kein Detail aus von dem, was Carola ihm gesagt hatte. Die Tatsache, dass Maja bei jedem Satz ein Stück weiter von ihm abzurücken schien, machte es nicht leichter.

»Es ist machbar, Maja. Ich habe aus der Klinik alles mitgebracht, was ich benötige. Morgen Nachmittag kann diese Frau wieder bei ihrer Familie sein. Und wenn Pauline mit ihren Stammzellen überlebt hat und stabil ist, werden wir weitersehen.«

»Wir werden alle untergehen, Joachim«, stieß Maja aus. »Alle. Die von Ahrens und die Ballmers. Es wird für Theo keine renommierte Klinik mehr geben, die er übernehmen kann. Weil sein Vater ein Krimineller ist. Genau wie seine Tante. Denn du kannst doch nicht ernsthaft glauben, dass das Leben danach weitergeht wie bisher? Die Kriminalpolizei wird euch jagen! Sie werden herausfinden, was mit der Frau passiert ist. Sie werden euch auf die Spur kommen.« Ihre Stimme wurde leiser. »Sie werden *uns* auf die Spur kommen.«

Joachim krabbelte zu seiner Frau. Er griff nach ihrer Hand. »Das heißt, du hilfst mir?«

»Ich tue es für dich, Joachim, so wie du es für Carola tust.« Tränen liefen ihr über die Wangen. »Ich dachte immer, was man aus Liebe tut, ist gut, ist wahrhaftig und richtig. Aber das ist es nicht. Liebe ist auch zerstörerisch ...«, ihr Blick wechselte zu der blutverschmierten Frau, »... und brutal.« Sie stand auf. »Sag mir, was ich tun soll, aber ab morgen sprich mich für die nächste Zeit nicht wieder an.«

Wortlos hatten sie gemeinsam die weiteren Sachen vom Auto in den Keller geschleppt, die Joachim aus seiner Klinik mitgebracht hatte: steriles Verbandsmaterial und Handschuhe, Desinfektionsmittel, Infusionen, Infusionsleitungen, Nahtmaterial, Nadelhalter, Schmerz- und Betäubungsmittel. Außerdem alles, was er zusätzlich für die Stammzellentnahme benötigen würde. Aus dem Raum mit den Sachen für Afrika hatte er einen Infusionsständer und eine OP-Stehlampe geholt, um für die bevorstehenden Eingriffe besseres Licht zu haben.

Sie hatten das Bett aus der Kammer in die Küche geschoben und eine neue Matratze daraufgelegt. Maja hatte von zu Hause frische Bettwäsche, Bettzeug und Kleidung geholt, während er der tief Schlafenden einen venösen Zugang an der Hand setzte, um ihr die Schmerz- und Betäubungsmittel spritzen zu können. Sie hatten sie ausgezogen und gewaschen. Maja hatte den Raum hysterisch weinend verlassen, als er der Frau mit seinen behandschuhten Fingern einen der Tampons einführte, die sie ebenfalls mitgebracht hatte.

Zwei Minuten später war sie zurückgekommen, nicht mehr hysterisch, aber weiterhin weinend. »Wir machen uns so schuldig, Achim. Wir rauben ihr viel mehr als ein paar Zellen. Wir rauben ihr ihre Würde. Wir dringen in sie ein. Nicht nur da.« Sie hatte auf den Unterleib gedeutet. »Sondern auch dort.« Majas Finger hatten über den Kopf der Frau gestrichen, waren weitergewandert zu deren Brust. »Und in ihr Herz. … Wir säen Angst und Verzweiflung.«

Joachim war es eiskalt über den Rücken gelaufen, als sie hinzufügte: »Wir können nur beten, dass wir niemals die Ernte einfahren müssen.«

Maja hatte ihm geholfen, die Frau anzukleiden. Schließlich hatten sie sie mit vereinten Kräften auf das Bett gehoben.

Die Frau. Joachim hatte ihren Namen für sich behalten. Maja hatte auch so schon jede Distanz zu Anne Jever verloren. Immer wieder hatten ihre Finger deren Wangen gestreichelt. Auch während Joachim, nachdem er Anne Jever etwas Propofol gespritzt hatte, die Wunde an der Hand genäht hatte.

Es war dunkel, als Anne Jever sauber, genäht, mit gelegtem Katheter und einer nährenden Infusion versorgt, ruhig atmend im Bett lag. Vorsorglich, falls Kot entweichen sollte, hatte Joachim ihr eine Windel umgelegt, nachdem Maja nach Hause gefahren war, um die Pferde zu versorgen. Über die Infusion erhielt sie Dormicum, mit dem in seiner Klinik die Patienten in ein künstliches Koma versetzt wurden. Sie würde nicht aufwachen. Allerdings war es wichtig, dass Maja bei ihr blieb, wenn er in die Klinik musste. Schließlich musste Anne Jevers Atmung überwacht werden.

Er war zurück in die Hafencity gefahren. Er hatte funktioniert. Als er Pauline aufgesucht hatte, um mit ihr noch einmal den Ablauf durchzugehen und ihr Mut zuzusprechen, war er allerdings an seine Grenzen gestoßen. Es hatte ihm fast übermenschliche Kraft abverlangt, seinen aufgewühlten Zustand vor ihr zu verbergen. Nur mühsam hatte er die Tränen, die heiß nach außen dringen wollten, zurückhalten können. Er hatte ihnen erst in seinem Büro freien Lauf gelassen. Um Mitternacht war er zurück nach Wedel gefahren, ohne dass er noch einmal mit Carola gesprochen hatte, deren Umzug aus dem Krankenhaus Rissen in die Hafencity problemlos geklappt hatte, wie die Schwester ihm berichtet hatte.

Maja hatte sich geweigert, nach Hause zu gehen. Gemeinsam hatten sie auf zwei nebeneinandergeschobenen Matratzen die nächsten Stunden neben der tief schlafenden Anne Jever verbracht, wissend, dass keiner von ihnen ein Auge zutun würde, obwohl es für Joachim wichtig gewesen wäre, zur Ruhe zu kommen. Ein Schlafmittel zu nehmen hatte er abgelehnt. Das Adrenalin würde ihn funktionieren lassen.

Um vier Uhr morgens standen er und Maja in OP-Kleidung, mit Mundschutz und sterilen Handschuhen neben dem Bett Anne Jevers. Zusätzlich zum Küchenlicht strahlte das Licht der OP-Lampe auf den mit sterilen Tüchern abgedeckten Unterleib der Bewusstlosen.

Als er die Nadel auf dem frei liegenden desinfizierten Hautstück ansetzte, um sie in den darunterliegenden Beckenkamm zu stechen, hörte er Majas von Tränen erstickte Stimme. Sie stand hinter Anne Jever und hatte ihre behandschuhten Hände seitlich an deren Kopf gelegt. Ihre Daumen streichelten die Wangen.

»Ich wünsche mir, dass du uns eines Tages verzeihen kannst, was wir dir angetan haben.«

★★★

»Und jetzt, Line, geht es los.« Joachim lächelte Pauline und Robert, der steril vermummt neben dem Bett seiner Tochter saß und ihre Hand hielt, zu.

Es war Joachims Arztlächeln. Für ein Onkel-Schwager-Lächeln reichte seine Kraft nicht mehr. Er war fix und fertig. Seine Finger zitterten, als er die Infusionsleitung öffnete. Drei Augenpaare starrten auf die Flüssigkeit, die sich ihren Weg durch den durchsichtigen Schlauch in Paulines Körper bahnte. Gefiltert, von Lymphozyten gereinigt, schwärmten die Stammzellen aus, hinein in Paulines Adergeflecht. Von dort würden sie sich ihren Weg in ihr Knochenmark suchen, anwachsen und neue, gesunde Blutplättchen bilden. Hoffentlich.

Joachim sah zu Robert, dessen Blick weiter unverwandt auf dem Infusionsbehälter lag. Seine Hände waren gefaltet. Betete er?

Pauline schloss ihre Augen. Ihre Lippen begannen, sich zu bewegen. Joachim musste sich anstrengen, um die Worte zu verstehen. Auch Robert hatte sich seiner murmelnden Tochter zugewandt. Wie ein Mantra wiederholte sie die Worte. »Mama, du bist jetzt in mir drin. Wachs an. Mama, du bist jetzt in mir drin. Wachs an. Mama …«

Joachim überlief es eiskalt. Wohin, in welche kalte Finsternis, verschwanden Hoffnungen und Beschwörungen, die die richtigen Worte, aber das falsche Bild beinhalteten? Pauline hatte die falsche Frau vor Augen. Nichts von Carola war in ihr drin.

Joachim atmete tief in den Bauch. Nein. Das stimmte nicht. Liebe durchdringt alles. Murmele weiter, Line. Wichtig ist nur, woran du glaubst.

»Mamas Gehirnerschütterung wird mit jedem Tag besser, Linchen«, sagte Robert mit tränenerstickter Stimme und strich seiner Tochter über die Schläfe. »Morgen darf sie aufstehen. Dann ist sie auch hier bei dir. Und ihre Zellen sind dann schon ein Stück weit in dir angewachsen. Und dann … dann wird endlich alles gut. Nicht wahr, Joachim?«

Joachim konnte nur nicken. Was hätte er auch sagen sollen? Etwa: Nein, verdammt noch mal, nichts ist gut, lieber ahnungsloser Schwager. Denn ich muss heute Nacht einen mir völlig ausgelieferten Menschen wie einen überflüssig gewordenen Hund am Straßenrand aussetzen, um dein Leben, das deiner Familie, um meines und das meiner Familie zu schützen. Feige und rücksichtslos haben wir uns ihres willenlosen Körpers bedient. Ach so, hatte ich erwähnt, dass dieser Mensch Paulines Mutter ist? Betäubt und entführt von deiner Frau? Warum? Ach so, ja, das muss ich ja auch noch erwähnen. Weil euer Kind tot ist. Falls du es suchst. Es liegt bei euch im Garten. Unter den schwarzen Rosen.

Er hatte von Carola, bevor ihr die Stammzellen entnommen wurden, weitere Details gefordert. Eines war die Frage nach dem Verbleib des toten Säuglings gewesen. Der wahren kleinen Pauline.

Sie hatte nicht einmal geweint dabei. Das tote Kind existierte nicht in ihrer Gefühlswelt. Sie hatte es vor siebzehn Jahren verbuddelt wie Abfall, als der Ersatz da war.

Joachims Finger glitten sanft über den blassen Glatzkopf. Streichelten die Schläfen.

Greta.

Das war ihr wahrer Name. Greta Jever. Ein weiteres Detail. Ein weiterer Tropfen, der den Seelenbehälter Schuld füllte.

»Ich sehe später wieder nach dir, Pauline«, murmelte er unter seinem Mundschutz.

»Gehst du jetzt zu Mama?« Pauline sah ihn an. »Dann drück sie, so doll du kannst, und sag ihr, dass ich sie lieb hab. Bis zu den Sternen.«

»Ja, ich gehe jetzt zu … deiner Mutter.« Er schluckte. »Ich sage es ihr.«

Und genau das tat er. Als er zwei Stunden später neben ihrem Bett stand, wiederholte er die Worte ihrer Tochter.

»Was tust du denn da?« Neben ihm weinte Maja verzweifelt,

während sie ungläubig von ihm zu der bewusstlosen Anne Jever und wieder zu ihm starrte. »Warum tust du das? Du weißt ganz genau, dass Pauline damit Carola meint. Das ... das ist pervers, wenn du das«, ihr Blick senkte sich auf Anne, »zu ihr sagst.« »Ich sage es ihr, weil sie es verdient hat. Weil es ihr seit siebzehn Jahren zusteht, diese Worte zu hören.« »Zu *hören*?« Maja spie die Worte aus. »Sie ist bewusstlos! Sie kann diese Worte nicht hören. Und jaaa ...«, Majas Stimme troff vor Selbstverachtung, »sie hätte es verdient. Weiß Gott hätte sie es. Ich habe die ganze Nacht versucht, mir vorzustellen, was sie in den letzten siebzehn Jahren durchlitten hat. Und ich kann dir sagen, dass schon die Vorstellung mich über alle Maßen fertigmacht. Aber nicht einmal jetzt geben wir ihr die Chance, ihre verlorene Tochter zurückzubekommen. Obwohl wir es wissen. Wir beide, Joachim Ballmer, sind nicht besser als deine wahnsinnige Schwester.«

Joachim begann zu weinen. In den vergangenen Stunden hatte sich so viel angestaut, und jetzt brachen alle Dämme. Die Schuld drückte ihn in die Knie. Auch Majas warme Arme, die sich um ihn legten, brachten keinen Trost.

»Hast du dir überlegt, wo wir sie hinbringen? Wo sie schnell gefunden wird?«, drang ihre harte Stimme irgendwann zu ihm durch. »Ich will, dass wir sofort bei Einbruch der Dunkelheit losfahren. Ich will, dass sie endlich nach Hause kommt. Zu ihrer Familie. Weg von uns feigen Hyänen.«

DREIZEHN

»Wir dürfen uns wieder zu Ihnen setzen, gell?« Die dickere der
beiden über Siebzigjährigen zog den Stuhl bereits unter dem
Tisch hervor, an dem Lyn saß.

Seit zwei Tagen zog es die beiden Schwäbinnen zur Früh-
stückszeit an Lyns Tisch, obwohl es immer einen freien Tisch
gegeben hatte. Anscheinend waren sie sich als Gesprächspartner
nicht genug. Da die beiden ununterbrochen redeten, auch während sie kauten, verwunderte es Lyn nicht. Irgendwann mussten
sie sich alles gesagt haben und suchten neue Opfer. So fühlte Lyn
sich in ihrer Gegenwart: als Opfer. Die geschwätzigen Damen
versuchten fortwährend, sie mit Fragen zu ihrem Privatleben zu
durchbohren. Als sie merkten, dass sie dabei auf Granit stießen,
hatten sie umgeschwenkt und begonnen, über andere Kurgäste
zu lästern. Lyn war nicht in der Stimmung, das noch einen
weiteren Morgen zu ertragen.

»Nein, das dürfen Sie nicht«, sagte sie daher mit ruhiger
Stimme und einem künstlichen Lächeln. »Ich möchte heute
und die folgenden Tage gern allein frühstücken. Und es sind ja
noch Tische frei.«

Die geschminkten Lippen der Fragestellerin, in denen sich
der silbrig roséfarbene Lippenstift in den Falten festgesetzt hatte,
öffneten und schlossen sich wie bei einem Karpfen. Mit einem
empörten »Also, so was!« ruckte die Frau den Stuhl bis zum
Anschlag an den Tisch zurück, schob die andere vor sich her
und steuerte einen der beiden freien Tische an.

Lyn ignorierte die Blicke und das Getuschel der beiden. Sie
war hier, um sich zu erholen und Ruhe zu finden. Nicht, um
sich das Geschwafel unsympathischer Zeitgenossen anzuhören.
Sie löffelte das Ei aus, nachdem sie den letzten Bissen ihres Mar-
meladenbrötchens hinuntergeschluckt hatte. Zufrieden schob
sie das Tablett von sich. Sie hatte vernünftig gefrühstückt. Das
war gut. Ein weiterer Schritt nach vorn.

Sehnsucht nach zu Hause erfüllte sie jeden Tag mehr. Nach

den Mädchen, nach ihrem Häuschen und dem Garten, zu dem die Stille des Friedhofs gehörte. Die Sehnsucht nach Hendrik war sowieso permanent da. Egal, ob sie hier in St. Peter oder Wewelsfleth war. Sie wollte nach Hause!

Insbesondere seit die wunderbare Therapeutin, die sie in den ersten anderthalb Wochen betreut hatte und mit der sie gute und fruchtbare Gespräche geführt hatte, in Urlaub gegangen und von einem männlichen Kollegen abgelöst worden war. Der magere Endvierziger war ihr vom ersten Moment an unsympathisch gewesen. Im Ranking kam er gleich hinter den beiden Schwäbinnen.

Lyn trank den letzten Schluck Kaffee aus und stand auf. Sie schob ihr Tablett in den Wagen für das benutzte Geschirr und ging in ihr Zimmer, um den Rucksack für den Strand zu packen, die nächste Anwendung war erst in zwei Stunden. Auf jeden Fall würde sie die drei Wochen hier durchziehen, auch wenn die Sehnsucht sie nach Hause zog. Schon ihrem Vater zuliebe, der jeden Tag, den sie hier verbrachte, als einen Schritt Richtung Genesung betrachtete, würde sie die Zähne zusammenbeißen. Vielleicht hatte er ja auch recht?

Ihre Hand wanderte zu ihrem Bauch, zu der Narbe, die sie, wenn sie sie im Spiegel betrachtete, vorrangig nicht an die Schüsse erinnerte, sondern an das Kind, das sie in sich getragen hatte. Dieser Schmerz würde auch in drei Wochen Kur nicht vergehen.

Aber Lyn war sich sicher, dass sie bereit war, in ihren Job zurückzugehen, auch wenn sie dort täglich Hendrik gegenübertreten musste. Sie *wollte* ihm gegenübertreten.

Mit dem Ziel vor Augen war es leichter, eine Brücke zu bauen.

★★★

Anne Jever stöhnte. Sie wollte weiterschlafen, nicht die Augen öffnen, aber die Stimme gab keine Ruhe.

»Frau Jever, können Sie die Augen öffnen? Frau Jever, hören Sie mich?«

Die Stimme war fremd, und das Fremde brachte im Nachklang ein vertrautes Gefühl zurück. Angst.

Ruckartig öffnete sie die Augen, starrte in ein unbekanntes männliches Gesicht. Ihr Schrei erstarb, als eine zweite, vertraute Stimme zu ihr durchdrang.

»Anne. Oh Anne!« Liebe und Verzweiflung klangen durch die Worte.

Sie drehte ihren Kopf zur Seite.

»Rai…ner.«

Ihr Mann lächelte sie mit Tränen in den Augen an. Seine Hand strich über ihre Wange. »Alles ist gut, mein Schatz. Ich bin da. Alles ist gut.«

Es war der Moment, in dem sie ganz in der Realität ankam. Ihre innere Welt fiel in sich zusammen. Sie hob die Arme hoch, starrte darauf, nahm Verbände wahr.

»Rainer?«, wimmerte sie, mit der Rechten nach seiner Hand tastend, während ihr Blick auf den Mann auf der anderen Seite des Bettes gerichtet blieb. Den Fremden. Sie registrierte seinen weißen Kittel, das helle Zimmer, in dem sie sich befand, den Infusionsständer an ihrer Seite.

Ein Krankenhaus.

Und dann schoben sich Bilder und damit verbundene Gefühle vor die Realität.

Ein Zimmer. Dunkelheit. So dunkel. So furchtbar dunkel. Ein Bett. Blut und Schmerz … Das Bett! Schmerz und Blut …

Durch ihre Schreie hindurch hörte sie die fremde Stimme, während jemand ihren Kopf hielt, weil sie ihn im Kissen hin und her warf. Und dann war Rainers Stimme wieder da. Tief und liebevoll und beruhigend. Sie hörte auf zu schreien. Sie presste seine Hand an ihre Wange und weinte. Weinte, weinte und weinte.

Es war alles gut. Nicht, weil er es ununterbrochen sagte. Sondern weil er da war. Weil es hell war.

»Lass … mich … nicht … allein«, schluchzte sie. »Geh … nicht … weg.«

»Ich bin hier, Schatz, ich bin hier.«

»Reden Sie mit ihr, Herr Jever«, sagte die fremde Stimme.

»Ich werde dem Kripobeamten sagen, dass Ihre Frau wach ist, dass er sich aber noch gedulden muss.«

Vier Stunden später – nach einem Gespräch mit dem Arzt und weiteren Untersuchungen – ging Anne langsam zu ihrem Krankenzimmer zurück, ihren Arm eingehakt in den ihres Mannes. Sie hatte ein paar Schritte laufen und nicht aus dem Untersuchungsraum herausgeschoben werden wollen.

Ja, sie fühlte sich körperlich schwach. Unterversorgung, hatte man ihr gesagt. Und in ihrer Brust hing ein Ballon, gefüllt mit Unglauben, Unwissen, Machtlosigkeit, Hilflosigkeit. Aber von Minute zu Minute veränderte sich der Balloninhalt. Wie Säure begannen andere Gefühle die vorhandenen wegzuätzen. Wut und Hass fraßen sich ihren Weg durch die Angst, durch die Hilflosigkeit. Wer hatte ihr das angetan? Welches Ungeheuer hatte sie verschleppt, angekettet, zurückgelassen? Wer hatte sie dem Tod überlassen?

Anne schüttelte den Kopf. Nein, das war nicht richtig. Wer hatte sie *fast* dem Tod ausgesetzt? Denn letztendlich hatte man sie doch aus dem Verlies entlassen. Abgelegt in einem Bushaltehäuschen an der B 5 zwischen Heide und Husum.

Sie nahm nicht wahr, dass Rainer die Zimmertür öffnete und sie zu ihrem Bett lotste. Sie war nur damit beschäftigt, den Nebel in ihrem Kopf zu durchbrechen. Irgendwo hinter den Schatten musste die Antwort liegen. Die vorrangige. Die, die noch vor dem »Wer« stand.

Warum?

In den letzten Stunden waren Erinnerungen an die vergangenen Tage zurückgekehrt. Aber es waren nur Bruchstücke. Man konnte sie nicht einmal Puzzleteile nennen, weil nicht ein einziges Stückchen zu einem anderen passen wollte. Sie konnte die Schatten hinter dem Nebel nicht greifen.

Ihr Blick wanderte zu ihrer frisch verbundenen linken Hand. Sie hatte sich den Daumen abschneiden müssen, um dem Verdursten zu entrinnen. Wieso hatte derselbe Mensch, der ihr das antun konnte, ihr dann geholfen? Er hatte sie zu dieser Bushaltestelle gebracht und den Notruf gewählt. Mit genauer

251

Ortsangabe, wo sie gefunden werden konnte. Und – sie konnte es immer noch nicht glauben, aber der Arzt hatte es gerade eben noch einmal gesagt – dieser Jemand hatte dafür gesorgt, dass ihre Wunde genäht wurde. Sie war mit der genähten Hand im Bushaltehäuschen von der Polizei gefunden worden, die knapp vor dem Notarzt eingetroffen war.

Mit krauser Stirn starrte Rainer auf ihre verbundene Hand. »Was ... ich meine ... was ist das für ein Perverser, der so was tut?« Er sah sie an. »Ich bin so dankbar, dass er wenigstens ... also ... dass er dich nicht ... dass du ...« Sich schüttelnd brach er ab.

Anne sagte nichts. Nein, sie war nicht vergewaltigt worden. Jedenfalls hatte die gynäkologische Untersuchung nichts Derartiges ergeben. Allerdings gab es eine weitere Merkwürdigkeit. Bei den Untersuchungen in den letzten Stunden war eine Hautverletzung über ihrem Becken festgestellt worden. Sie war nicht groß. Nicht dem Schmerz angemessen, den sie im Beckenknochen verspürte.

Ein Klopfen ließ Anne und Rainer Jever aufblicken. Als der Arzt in Begleitung eines dunkelhaarigen Mannes das Zimmer betrat, wusste Anne, dass es der Kriminalbeamte war, der sie befragen wollte. Sein Lächeln war offen, sein Blick mitfühlend, als er neben sie trat. Seine ausgestreckte Hand zog er wieder zurück, als er die Verbände an beiden Händen wahrnahm.

»Thomas Martens, Kripo Itzehoe«, stellte er sich vor und nickte auch Rainer zu. »Wenn ich Sie jetzt frage, wie es Ihnen geht, ist das keine Floskel, Frau Jever. Nach dem Gespräch mit Herrn Dr. Haller wissen wir, dass Sie Grauenhaftes erlebt haben. Wenn Sie sich noch außerstande sehen, Fragen zu beantworten, bin ich gern bereit, sie zurückzustellen. Aus ärztlicher Sicht würde allerdings nichts mehr dagegensprechen, und für unsere Ermittlungen zählt jede Minute, in der wir Ihre wertvollen Informationen einbringen können.«

Anne wusste, dass Kriminalhauptkommissar Thomas Martens mit Rainer in Kontakt stand, seit der sie als vermisst gemeldet hatte. Aufgrund ihrer Epilepsie war ihr Verschwinden von der Polizei anders eingestuft worden, als es bei einer gesunden Frau passiert wäre. Verschwundene Ehefrauen gehörten anscheinend zum Polizeialltag, und mehr als neunzig Prozent tauchten in der Regel innerhalb von achtundvierzig Stunden wieder auf.

»Haben Sie denn schon irgendetwas herausgefunden?« Rainers Stimme klang fordernd.

»Wir stehen am Anfang«, sagte Thomas Martens. »Fest steht: Der Anrufer war männlich. Das Telefonat kam von einem öffentlichen Fernsprecher in Heide.« Sein Blick wanderte zu Anne. »Wir brauchen jetzt jede Information, die Sie für uns haben, Frau Jever. Jede Kleinigkeit, jede winzige Wahrnehmung. Alles ist wichtig, auch wenn Sie glauben, es sei nicht bedeutsam. Alles, was Sie erinnern, was Sie gesehen haben, was Sie gehört haben, was Sie gerochen haben. Also, falls Sie in der Lage sind, uns —«

»Ich bin in der Lage.« Ihre eigene Stimme klang fremd in ihren Ohren, als sie dem Kripobeamten ins Wort fiel. »Ich will, dass Sie ihn finden. Ich will wissen, warum er das getan hat. Ich … ich brauche Antworten, sonst …« Sie hatte das Gefühl, dass ihre Brust platzte. Ihr wurde schwindlig. Sie atmete tief ein und aus. Dann bat sie Thomas Martens, seine Fragen zu stellen, um einen Anfang zu finden, einen Faden, an dem sie anknüpfen konnte.

»Das Letzte am achtundzwanzigsten Juli, an das ich mich erinnere?«, murmelte sie, als er seine erste Frage gestellt hatte. Der achtundzwanzigste Juli. Der Tag ihres Verschwindens. Vier Tage lag er nur zurück. Wären es hundert Tage gewesen, es wäre ihr wahrscheinlicher erschienen. »Ich … ich weiß, dass ich in der Bank war. Ich habe gearbeitet. Ich weiß, dass ich das Datum auf mehrere Auszahlungsbelege geschrieben habe. Und ich habe ein Eis bei Casal gegessen. Einen Amarenabecher mit einer doppelten Portion Sahne. Die Sonne schien so schön. Und dann bin ich nach Hause, habe mich umgezogen und bin joggen gegangen.«

Sie wusste von Rainer, dass der Polizei diese Tatsachen bekannt waren. Sie hatten es bei den Recherchen nach ihrem Verbleib herausgefunden. Ihr selbst waren all diese Erinnerungen noch im Verlies nach und nach gekommen.

Thomas Martens nickte wie erwartet.

»Ich habe geduscht und mich umgezogen«, fuhr Anne fort.

»Mein Sommerkleid mit den Blümchen«, murmelte sie.

»Sie trugen ein Kleid?«, fragte Thomas Martens noch einmal.

»Als sie im Bushaltehäuschen gefunden wurden, trugen sie eine graue Sporthose und ein einfaches weißes T-Shirt in Größe vierundvierzig.«

Anne sah ihn erstaunt an. »Das … das sind … waren nicht meine Sachen. Ich habe keine graue Sporthose. Ich mag kein Grau. Und ich trug mein Kleid, als ich … als ich mich befreit hatte. Ich bin raus aus der Dunkelheit, aus diesem … schrecklichen Verlies, und … alles war hell. Ich konnte zuerst gar nichts sehen. Es lagen Matratzen dort, und … ich bin ans Fenster und habe um Hilfe geschrien. Und an die Tür. Sie war verschlossen, und ich habe geklopft und geschrien.«

Wie ein Wasserfall sprudelte alles aus Anne heraus. Sie versuchte, die einzelnen Erinnerungssegmente in die richtige zeitliche Abfolge zu bringen. Sie sah weder auf das Diktiergerät noch auf die Hand von Thomas Martens, die ununterbrochen einen Stift über einen Block führte. Sie sprach aus, was ihr einfiel, und der Beamte ließ sie gewähren. Führte sie nur ab und an durch eine klare Frage zurück, wenn sie die Richtung verlor.

Als sie geendet hatte, blieb es einen Moment ruhig im Raum.

Thomas Martens hakte nach: »Und Sie können sich an kein Gesicht erinnern?«

Anne konnte nur den Kopf schütteln. »Es war niemand da. All die Zeit, in der ich bei Bewusstsein war. Ich erinnere mich nur noch, dass ich in diesem Raum war. Mit den Matratzen. Es war ein kalter gefliester Raum mit metallenen Schränken. Eine alte, große Küche, würde ich sagen. Kein Wohnraum oder so etwas. Und dann, dann ist wieder nur Nebel in meinem Hirn.« Sie presste die verbundenen Handflächen an die Stirn.

Thomas Martens sah auf seine Notizen. »Sie sagten, Sie hätten aus einer Wasserflasche getrunken. Da Sie vorher über einen langen Zeitraum bei Bewusstsein waren, könnte das bedeuten, dass Sie entweder mit diesem Wasser ein Betäubungsmittel zu sich genommen haben, oder aber jemand hat Ihnen ein Mittel verabreicht.« Sein Blick wanderte dabei zu Dr. Haller.

»Aber dann würde meine Erinnerung doch erst danach aussetzen«, stieß Anne verzweifelt aus. »Dann hätte ich denjenigen doch sehen müssen, wenn er mir etwas gegeben hat.«

»Leider ist das nicht so, Frau Jever«, erklärte der Arzt. »Bei Konsum von GHB oder GBL zum Beispiel, im Volksmund K.-o.-Tropfen genannt, betrifft das fehlende Erinnerungsvermögen – die retrograde Amnesie, der Blackout – bei sehr vielen Opfern schon die Zeit *vor* der Einnahme.«

Ein Geist schien durch den Raum zu streifen. Kalt strich er über Annes Arme, stellte ihre Härchen auf. Fröstelnd zog sie die Schultern zusammen. »Blackout«, murmelte sie. Die Gänsehaut zog bis in den Nacken. Etwas war bei diesem Wort aus dem Schatten getreten. Ein Gefühl. Sie war noch dabei, es zu deuten, als ein Gesicht vor ihr aufblitzte. Nur einen winzigen Moment lang, aber lange genug, um es zu erkennen.

»Vanessa Schmitz«, flüsterte sie. Sie versuchte, das Bild des Gesichts mit der Sonnenbrille zurückzuholen. Und es kam tatsächlich. Kurze Sequenzen flackerten auf wie Blitzlichter. Vanessa Schmitz beim Joggen. Vanessa Schmitz vor ihrer Tür. Ein Stück Kuchen auf einem Teller. Vanessa Schmitz auf der Terrasse, ihr gegenüber. Und diese Sonnenbrille, diese hässliche Sonnenbrille über blassen Wangen, ein leidender Zug um einen schmalen Mund.

»Frau Jever«, hörte sie Thomas Martens' Stimme, »können Sie sich an etwas erinnern? Reden Sie mit uns. Bitte.«

»Vanessa Schmitz«, sagte Anne, jetzt mit klarer Stimme, und sah die Männer an. »Diese Frau … Ich hatte erst vor einigen Wochen einen Blackout. Ich … es war so merkwürdig. Sie behauptete, ich sei im Wald beim Joggen gestürzt, aber … ich kann mich bis heute nicht daran erinnern. Und diese Vanessa Schmitz hat mir geholfen. Sie hat mich wohl nach Hause gebracht. Aber ich erinnere das alles nicht. Und …« Anne sah Thomas Martens an. »Sie war da. Sie saß am Achtundzwanzigsten bei mir auf der Terrasse. Wir haben Kuchen gegessen. Ich bin mir sicher.«

»Aber du hast doch gesagt, du kannst dich an den Sturz im Wald wieder erinnern«, sagte Rainer.

»Das habe ich gesagt, damit ihr mich in Ruhe lasst.« Anne merkte selbst, wie schrill ihre Stimme klang. »Weil du keine Ahnung hast, wie unheimlich, wie unbeschreiblich es sich anfühlt, wenn dir etwas fehlt. Wenn da, wo eine Erinnerung sein sollte, nur Grau ist, nur Nebel.«

Thomas Martens schaltete sich ein. »Sagen Sie mir, an was Sie sich erinnern. Schildern Sie mir bitte die Begegnungen mit Vanessa Schmitz, Frau Jever. Wer ist die Frau? Woher kennen Sie sie? Haben Sie eine Adresse für mich?«

Anne ließ nichts aus, was ihr in diesem Moment bezüglich der Frau in den Kopf kam. Immer wieder zog eine Gänsehaut über ihren Körper, denn mit jedem Satz, den sie aussprach, mit jeder Frage, die der Beamte stellte, wurde klarer, dass Vanessa Schmitz den wenigen persönlichen Fragen, die Anne ihr gestellt hatte, immer ausgewichen war. Je mehr Anne darüber nachdachte, je mehr ihr einfiel, desto mehr Adrenalin schien ihren Körper und ihren Geist zu durchdringen.

»Sie war bei mir, bevor meine Erinnerung aussetzt«, stieß sie aus. Es hielt sie nicht mehr im Bett. Sie schwang die Beine auf den Boden, wehrte Rainers Hand ab, der sie stützen wollte, und stand auf. Sie zwängte sich an dem Arzt vorbei und ging vor dem Bett auf und ab. Vor Thomas Martens blieb sie schließlich stehen. »Finden Sie diese Frau! Sie muss der Schlüssel sein.«

»Ihre Nachbarin hat am Tag Ihres Verschwindens einen silberfarbenen Wagen vor Ihrer Auffahrt stehen sehen, Frau Jever. Das Kennzeichen konnte sie nicht sehen, weil sie den Wagen aus ihrem Wohnzimmerfenster nur von der Seite gesehen hat. Könnte es der Wagen von Vanessa Schmitz gewesen sein?«

Anne überlegte. »Ein silberfarbener Wagen? Vor meiner Auffahrt?« Der Gürtel um ihre Brust zog sich weiter zusammen. Nichts. Wieso konnte sie sich nicht daran erinnern?

Sie schüttelte den Kopf. »Nein ... nein, ich glaube nicht. Bei unserer ersten Begegnung, als sie nach der Straße fragte, fuhr sie einen dunkelblauen Wagen. Einen Golf oder so. Ich kenne

mich mit Automarken nicht gut aus. Ich … ich weiß nicht, welchen Autotyp sie fuhr. Aber er war nicht silberfarben.«
»Okay, Frau Jever, vielen Dank.« Thomas Martens stand auf. »Ich lasse den Namen Vanessa Schmitz überprüfen. Wir werden die Ergebnisse, ob und wo wir die Frau befragen können, schnell haben.« Er hielt einen Moment inne, schien etwas sagen zu wollen, unterließ es dann aber.

»Ich weiß, was Sie denken«, sagte Anne und sah ihn an. »Und ich sage Ihnen, dass Sie recht haben.« Sie lachte bitter auf. »Schmitz. Ein Allerweltsname. Ausgedacht. Wenn das ihr richtiger Name ist, können Sie mir den anderen Daumen auch noch abhacken.«

Betroffen sahen alle auf ihre verbundene Hand.

Thomas Martens ging auf ihre Bemerkung nicht ein. »Wir informieren Sie über jede neue Erkenntnis, Frau Jever. Sie haben uns mit Ihren Angaben enorm geholfen.« Er legte seine Hand auf ihren Oberarm. »Ich verspreche Ihnen, dass wir herausfinden, wer das getan hat. Und warum. Sie notieren bitte alles, was Ihnen noch einfällt, und kontaktieren mich oder mein Kommissariat dann umgehend.«

Er legte ein Visitenkärtchen auf dem Nachttisch ab, dann wandte er sich dem Arzt zu. »Dr. Haller, Sie sagten, dass die Wunde an Frau Jevers Hand professionell genäht wurde. Das bedeutet, jemand mit chirurgischer Ausbildung hat dem Täter geholfen. Er wird Frau Jever, zumal sie bewusstlos war, nicht in ein Krankenhaus oder eine Arztpraxis gebracht haben.«

Thomas Martens wandte sich den Jevers zu. »Natürlich telefoniert ein Kollege bereits sämtliche Krankenhäuser und Arztpraxen in der Gegend ab, wir versprechen uns aber wenig Erfolg.«

»Vielleicht hat derjenige nicht dem Täter geholfen«, murmelte Anne. »Vielleicht *ist* er der Täter.«

»Für diese These spricht eine weitere Auffälligkeit«, klinkte der Arzt sich ein. »Die Wunde oberhalb des Beckenkamms von Frau Jever ist typisch für eine Knochenmarkpunktion. Genauso typisch wie die muskelkaterähnlichen Schmerzen, die Frau Jever dort verspürt.«

Anne war zu irritiert, um etwas sagen zu können. Auch Rainer sah den Arzt verwirrt an.

Thomas Martens fragte: »Eine Knochenmarkpunktion? Wozu dient das genau?«

»Bei einer Knochenmarkpunktion wird mit einem Skalpell eine kleine Öffnung in die Haut gestochen, von dort wird eine Punktionsnadel bis an den hinteren Beckenkamm vorgeschoben, dann durch die Knochenschicht bis ins Mark. Dort entnimmt man Gewebeproben. Das kann der Absicherung einer Diagnose bei Verdacht auf Erkrankungen des Knochenmarks oder des blutbildenden Systems dienen.«

»Was sollte das für einen Sinn haben?« Thomas Martens sprach aus, was alle dachten. »Warum sollte jemand das Knochenmark von Frau Jever daraufhin untersuchen wollen?«

»Meine Frau hat keine solchen Erkrankungen. Das ... das war ein Irrer!«, stieß Rainer Jever hervor, während er mit großen Augen vom Arzt zu Anne starrte. »Ein Irrer hat irgendwelche perversen Experimente an dir ... Oh Gott ...« Tränen traten ihm in die Augen.

Anne ging zurück zum Bett. Kraftlos setzte sie sich auf die Kante. »Ich verstehe das alles nicht.« Sie begann zu weinen. »Ich will endlich wissen, was los ist.«

Dr. Haller sah Thomas Martens an. »Die Art der Verletzung und die Schmerzen würden auch zu einer Stammzellspende passen, wie sie klassischerweise durchgeführt wurde, bevor man die periphere Entnahme, eine Blutwäsche, präferierte. Die Vorgehensweise ist die gleiche wie bei der Diagnoseabsicherung. Nur entnimmt man mit der Hohlnadel das Knochenmark-Blut-Gemisch, das später dem Empfänger der Stammzellen zugeführt wird.«

»Wer wären der oder die Empfänger in diesem Fall?«, fragte Thomas Martens.

»Patienten mit bösartigen Erkrankungen des Blutes. Leukämien, angeborene schwere Immundefekte, Stoffwechselstörungen.« Dr. Haller hob die Schultern. »Aber das würde in diesem Fall ebenso wenig Sinn machen. Man hat ja schon von Entführungen gehört, bei denen den Opfern Organe geraubt und teuer verkauft wurden. Aber mit einer Stammzellentnahme ist kein Geld zu machen.«

»Warum?«

»Die Wahrscheinlichkeit, dass Frau Jever als Stammzellspenderin für einen anderen Menschen außerhalb ihrer Familie in Frage kommt, liegt zwischen eins zu zwanzigtausend bis eins zu mehreren Millionen, da die Gewebemerkmale zu fast einhundert Prozent übereinstimmen müssen.«

»Das können wir dann in der Tat ausschließen«, sagte Thomas Martens. Mit einem warmen Lächeln wandte er sich an Anne. »Ich gehe davon aus, dass Sie keinen verfeindeten Onkel oder Schwager haben, der auf Ihre Stammzellen angewiesen sein könnte?«

»Natürlich nicht«, sagte Rainer Jever.

Anne war dankbar, als er sich zu ihr auf die Bettkante setzte und sie in den Arm nahm. Ihr Kopfbrummen nahm unaufhörlich zu.

»Schwager scheidet sowieso aus«, sagte der Arzt nüchtern. »Selbst einem blutsverwandten Onkel würde Frau Jever nicht helfen können. Einem Bruder oder einer Schwester vielleicht. Im besten Falle noch ihren Kindern. Und auch dort ist die Wahrscheinlichkeit schon geringer, weil die Kinder auch die Gewebemerkmale ihres Vaters tragen.«

Anne hörte daraufhin Thomas Martens sprechen, aber sie hörte nicht, was er sagte. Weil etwas anderes die Kontrolle in ihrem Gehirn übernahm. Dieses Etwas schaltete das Gehör aus, knipste die Welt außerhalb ihres Körpers aus. Es war ein Gedanke, ein Gefühl, das ihren gesamten Körper mit einer Gänsehaut überzog. Es war eisig und unheimlich und … unfassbar!

»Oh mein Gott!«, flüsterte sie. Und dann ließ dieses Etwas sie schreien. »Oh mein Gott! Oh mein Gott!«

Anne hörte die beruhigenden Worte des Arztes und den erschrockenen Ausruf ihres Mannes nicht. Sie wehrte Rainers Arme ab, die des Arztes, schlug um sich und schrie und schrie.

»Sie hat sie! Ich weiß, dass sie sie hat! Oh mein Gott! Sie lebt!«

Irgendwann drang Rainers verzweifelte Stimme zu ihr durch.

259

Irgendwann nach dem Piks in ihren Arm. Sie starrte auf die Spritze in der Hand des Arztes, in das erschrockene Gesicht des Kripobeamten.

»Anne, es wird doch alles gut!«, streifte Rainers Stimme ihr Ohr. »Ich bin da. Gleich schläfst du, dann wird alles gut.«

Schwerfällig drehte sie ihren Kopf, die Gedanken verwischten sich. »Du musst ... sie suchen, Rai...ner ... Vanessa Schmitz. ... Sie hat sie. ... Du musst ... sie finden. ... Sie hat ... Gre...ta!«

Annes Augen fielen zu. Die Frage des Arztes rauschte mit in die wohltuende Dunkelheit.

»Wer ist Greta?«

VIERZEHN

»Jetzt ist schon Tag vier, und … und es wird … gar nicht … besser.« Pauline weinte so bitterlich, dass sie kaum zu verstehen war. »Im Gegenteil. Es wird immer schlimmer.«

Carolas Magen zog sich vor Liebe und Mitleid schmerzhaft zusammen. Zu krampfhaften Durchfällen und einem grässlichen Juckreiz, der Paulines gesamten Körper befallen hatte, war noch eine Gelbsucht hinzugekommen. Joachim hatte es eben bestätigt. Unnötigerweise, da selbst einem Laien der gelbliche Stich in Paulines Haut auffallen musste.

»Ach, Linemaus«, sie streichelte sanft mit ihrer behandschuhten Hand über Paulines Kopf, »es wird besser werden. Glaub es bitte. Bitte, bitte. Das ist diese Reaktion deines Immunsystems auf die fremden Zellen, die Graft-versus-Host-Erkrankung, auf die Joachim uns schon vorbereitet hat. Das Cortison wird dir helfen. Verliere jetzt nicht den Mut, mein Schatz. Es wird ganz, ganz bald nur noch bergauf gehen. Dein Onkel hat es dir doch eben noch einmal erklärt.«

Carola wandte sich ihrem Bruder zu, der hinter ihr an Paulines Bett stand. »Sag es ihr noch einmal, Joachim.«

Joachim Ballmers Augen blitzten sie ärgerlich über den Mundschutz an. »Pauline ist nicht taub, Carola. Sie hat mich verstanden. Und sie hat es auch begriffen. Nur kann sie es nicht glauben, weil es ihr dreckig geht.« Sein Ausdruck veränderte sich, als er Pauline anblickte. »Ich würde es auch nicht glauben können, Linchen. Aber sobald die Symptome abklingen, wird das, was du jetzt durchmachst, in Vergessenheit geraten.«

»Und du … lügst mich auch wirklich nicht an?« Paulines Augen scannten Joachims Gesicht, während sie schniefte.

Carola atmete tief in ihren Mundschutz. Wie oft hatte Pauline diese Frage schon gestellt? Hundertmal?

»Nein, Linchen«, bestätigte Joachim mit fester Stimme. »Ich habe dir versprochen, immer ehrlich zu sein. Gibt es einen Grund, jetzt daran zu zweifeln?«

»Ich weiß nicht. Ihr ... ihr seid so merkwürdig. Ihr freut euch gar nicht.«

Carola versuchte, sich nichts anmerken zu lassen. Sie unterließ es, ihren Bruder anzusehen, wissend, dass er es genauso hielt, um Paulines Misstrauen keine zusätzliche Nahrung zu geben. Obwohl sie es am liebsten herausgeschrien hätte, um ihrem Kind die Angst zu nehmen.

Du hast recht, mein Schatz. Wir sind merkwürdig. Aber dass wir keine Freude zeigen können, liegt nicht daran, dass wir dich anlügen – denn das tun wir nicht –, sondern dass wir vor Angst zugrunde gehen. Vor Angst vor dem, was passieren könnte. Mit uns. Und vor allem mit dir.

»Mama leidet einfach mit dir, Line«, übernahm Joachim das Wort. »Wie soll sie sich da freuen können? In ein paar Tagen, wenn es dir besser geht, plumpst auch Mama der Stein vom Herzen, der euch beide und Papa noch drückt. Nicht zu vergessen der Unfall, der Mama noch in den Gliedern steckt. Und ich bin momentan einfach etwas überarbeitet. Solltest du irgendwann einmal in Erwägung ziehen, Ärztin zu werden, spezialisiere dich auf Schönheitschirurgie, und das möglichst in Florida. Da schaufelst du Kohle mit Doppel-D-Brüsten und Promi-Gesichtsstraffungen, und das Ganze bei ganzjähriger Sonne, die du ab dem Nachmittag genießen kannst, weil du pünktlich Feierabend hast.«

Pauline antwortete nicht, aber Carola war dankbar, dass deren Tränen versiegten. Dass ihr Onkel in die Zukunft blickte und sie in einem Beruf sah, schien beruhigend auf sie zu wirken.

»Mit den Immunsuppressiva schwächen wir die neuen Lymphozyten, bis sie sich an deinen Körper gewöhnt haben«, sagte Joachim – wohl auch zum hundertsten Mal –, und mit einem Augenzwinkern fügte er hinzu: »An einen so hübschen und sportlichen Körper gewöhnen sie sich besonders gern und schnell. Du wirst schon in den nächsten Tagen eine Besserung spüren.«

Auch Carola sog die Worte auf. Sie konnte nicht oft genug hören, dass es bald bergauf gehen würde. Dass Pauline wieder lachen würde, Pläne machen würde, auch wenn der Weg für sie noch beschwerlich war. Spätestens nach zwanzig Tagen würden die Stammzellen in Paulines Knochenmark angewachsen sein, und sie würden beginnen, neue Blutzellen zu bilden. Die Leukozytenuntersuchungen würden dann zeigen, ob die Transplantation erfolgreich war. Und in der Beziehung hatte Joachim allergrößte Hoffnungen. Carola atmete tief durch. Daran wollte sie sich halten.

»Hübsch und sportlich?« Paulines Stimme klang verächtlich.

»Ich dachte, du lügst nicht, Onkel. Ich bin ein kotzendes gelbes Skelett mit Glatzkopf.«

»Ich habe nicht gelogen. Wenn du nicht so sportlich wärst, hätte dein Körper die Strapazen noch schlechter weggesteckt, Line. Und«, seine Stirn legte sich in Falten, »Schönheit liegt immer im Auge des Betrachters. Alles, was man mit Liebe betrachtet, ist schön, Line. Und das tun wir. Auch du wirst schnell lernen, dich und deinen Körper wieder zu lieben. Die Gelbsucht kriegen wir schnell in den Griff, dein Darm braucht ein wenig länger. Spätestens wenn du deine erste Kurzhaarfrisur stylen kannst, wirst du an meine Worte denken. In null Komma nichts verrenken sich die Jungs wieder den Hals nach dir.«

Carola bewunderte Joachim für seine Stärke. Wie war es nur möglich, dass ihm immer und überall die richtigen Worte zur richtigen Zeit einfielen? Was war er nur für ein unglaublicher, liebevoller Mensch? Ihr traten Tränen in die Augen. Was hatte ihr Bruder nur alles für sie getan? Ihre Liebe zu ihm überwältigte sie für den Moment.

Pauline holte sie in die Realität zurück. Ihre Stimme klang mutlos.

»Ach ja? Wann muss ich den Jungs eigentlich sagen, dass ich keine Kinder kriegen kann, weil mir die Strahlen alles weggeätzt haben? Macht man das gleich am Anfang, wenn man sich verliebt? Dann denkt der: Ist die'n Freak oder was? Was kommt die gleich mit Kindern? Dann ist der schneller weg, als ich gucken kann. Aber …«, sie starrte unentwegt die Decke an, »ich kann doch nicht warten, bis wir richtig, richtig verliebt sind. So für immer und ewig. Dann sagt er: Warum sagst du mir das erst jetzt? Und dann geht er, weil …«

Sie drehte den Kopf und sah Carola an. »Jeder will doch ein Kind, oder? Du sagst doch auch, dass ich das Beste bin, was euch passiert ist. Und ich ... ich kann das nie.«

»Oh mein Schatz, das steht doch noch gar nicht fest. Und selbst wenn ...« Carola streichelte über Paulines Hand. »Es gibt so viele Möglichkeiten, ein Kind zu bekommen, ohne dass es das leibliche ist. Adoptionen oder Leihmüt...« Sie brach ab, weil Joachim neben ihr einen Laut von sich gegeben hatte, bei dem es ihr kalt über den Rücken lief. Er war noch blasser geworden und starrte sie an.

Und erst jetzt wurde ihr bewusst, was sie gesagt hatte. *Es gibt so viele Möglichkeiten, ein Kind zu bekommen.*

Carola war mehr als erleichtert, als die Tür sich nach einem kurzen Klopfen öffnete und eine weitere steril vermummte Person den Raum betrat. »Hallo, Maja«, sagte sie. »Wie schön, dass du Line besuchst.«

»Oh, ich wusste nicht, dass ihr alle hier seid«, sagte ihre Schwägerin, wobei sie Carola ins Gesicht sah.

Carola hielt Majas Blick, und erneut zog sich ihre Haut im Nacken zusammen. Was sah sie da in Majas Augen? Mund und Nase waren durch den Mundschutz verdeckt, allein ihr Blick gab ihre Empfindungen preis. Als Carola klar wurde, welcher Ausdruck darin lag, begann ihr Herz zu rasen. Ihr Kopf ruckte zu Joachim herum.

Joachims Reaktion war Bestätigung genug. Auch er hatte diesen Blick wie sie interpretiert, denn er griff nach ihrem Arm und sagte an Pauline gewandt: »Jetzt, wo Maja hier ist, schnapp ich mir deine Mama für eine weitere Untersuchung in Sachen Gehirnerschütterung. Maja leistet dir solange Gesellschaft, nicht wahr, Liebling?« Er sah seine Frau an.

Maja erwiderte seinen Blick nicht, sondern trat an Paulines Bett. »Schau, was ich dir mitgebracht habe, du ober-super-megatapferes Mädchen: die neuesten Fotos von Fengur. Eingeschweißt, desinfiziert und garantiert keimfrei. Er vermisst dich, Pauline, und wartet darauf, dass du ihn endlich wieder reitest. Gott, ich freu mich schon so darauf, dich endlich wieder im Stall zu sehen und mit dir ausreiten zu können.« Sie legte einen

Packen Fotos auf die Bettdecke und zog sich einen Stuhl heran. »Und dein Onkel hat mir allergrößte Hoffnungen gemacht, dass es bald so weit ist.«

Pauline setzte sich auf und griff nach den Fotos. »Oh danke, Maja. Theo hat mir gesimst. Er kommt am Wochenende und hat gefragt, ob er Fengur dann wieder reiten darf. Ich habe ihm zurückgeschrieben, dass er das natürlich darf. Und dass er nicht mehr mein Cousin ist, wenn er weiter so blöde Fragen stellt.«

Majas dunkles Lachen erklang. »Hat mein lieber Sohn dir auch erzählt, dass Fengur ihn vor vier Wochen fast abgeworfen hätte? Nein? Das dachte ich mir. Das hat ihn in seiner Reiterehre gekränkt. Am besten, du erwähnst es nicht, wenn er dich am Samstag besuchen kommt.«

Bevor Joachim die Tür schloss und sie vor sich herschob, hörte Carola Pauline leise auflachen. »Klar sag ich ihm das. Er ärgert mich schließlich auch immer«, sagte sie.

»Bist du wahnsinnig?«, zischte Carola Joachim zu, als sie ein Stück den Flur hinuntergegangen waren. »Du hast es ihr erzählt! Hast du gesehen, wie sie mich angesehen hat?«

»Warte, bis wir in meinem Büro sind«, kam es gepresst über Joachims Lippen, nachdem er den Gruß einer Krankenschwester erwidert hatte.

Carola nahm nicht wahr, was er sagte. Ihre zitternde Hand lag auf ihrer Brust, während sie die Treppe zum höher gelegenen Stockwerk nahmen. »Und ich wundere mich noch, warum sie nicht einmal bei mir reingeguckt hat.« Ihr Kopfbrummen nahm zu. »Oh Gott, sie wird uns alle verraten. Sie hasst mich. Ich wäre tot, wenn ihr Blick töten könn…«

»Carola!« Joachims Stimme klang jetzt lauter. Ein Pfleger, der einen Patienten im Rollstuhl an ihnen vorbeischob, sah seinen Chef erstaunt an.

Carola liefen die Tränen über das Gesicht, als sie endlich in Joachims Büro waren. Frau Bender, seine Sekretärin, hatte dezent weggeguckt, als sie an ihrem Schreibtisch vorbeigegangen waren. Ob sie die Tränen auf Paulines Krankheit schob oder nicht, war Carola momentan egal. Sie fingerte die Beruhigungstabletten aus ihrer Handtasche und wollte eine Tablette herausdrücken, als Joachim sie ihr aus der Hand schlug.

»Hör verdammt noch mal endlich auf, diese Dinger zu fressen!«, herrschte er sie an.

»Wie konntest du es Maja sagen!«, schluchzte sie und beugte sich im Stehen vornüber, weil ihr Magen ein einziger Krampf war. »Wie konntest du? Sie wird uns verraten. Wir … ich … werde Pauline verlieren.«

»Wie konntest du, wie konntest du …«, äffte Joachim sie aufgebracht nach. »Was bildest du dir eigentlich ein?« Seine Stimme wurde laut, aber mit Blick auf die Tür zu seinem Vorzimmer drosselte er sie umgehend wieder. Er packte Carolas Oberarme und zog sie hoch.

»Hast du bei dieser ganzen verdammten Scheiße auch nur einmal an mich oder Maja gedacht? An *unsere* Familie?« Seine Stimme kippte. »Wir haben auch eine Familie. Wir haben auch zwei Kinder. Kinder, die uns lieben und uns vertrauen und die niemals darüber hinwegkommen würden, wenn herauskommt, dass ihre Eltern sich an einem unfassbaren Verbrechen beteiligt haben.«

»Natürlich weiß ich das.« Carola weinte auf. »Ich weiß ganz genau, was wir dir zu verdanken haben. Aber du hättest Maja nicht —«

»Glaubst du, ich hätte das alles allein geschafft?«, fuhr Joachim ihr über den Mund. »Ich führe im Gegensatz zu dir eine Ehe, in der wir uns alles sagen. Alles! Ohne Maja bin ich nichts.«

Er ließ sie los und trat an das Fenster. Sein Blick schweifte zu den Hafenkränen. »Sie hat mir geholfen, und sie wird uns nicht verraten. Aber ich zahle einen hohen Preis dafür, dass ich dir geholfen habe, Carola. Maja spricht nicht mehr mit mir. Sie ist aus unserem Schlafzimmer ausgezogen und wird nur am Wochenende, wenn Theo kommt, kurzfristig wieder einziehen, um keinen Verdacht zu erregen.«

Er drehte sich um. »Was hast du uns nur angetan? Uns *allen*.« Sein Blick tat ihr bis ins Herz weh.

Carola hielt sich die Ohren zu. Sie wusste, er meinte damit auch Anne Jever. Sie ging in die Knie und krabbelte schließlich zu der Sitzgruppe, weil sie unter dem Sessel den Blister entdeckt hatte. Sie musste jetzt eine Tablette schlucken, sonst würde sie verrückt werden!

»Oh mein Gott!«

Carola zuckte zusammen. Ihr erbärmliches Krabbeln hatte ihn wohl zu diesem Ausruf veranlasst. Dann aber sah sie ihn vor dem Schreibtisch, eine aufgeschlagene Zeitung in der Hand.

»Was ist los?« Mit den Tabletten in der Hand stand sie auf.

Joachim winkte wortlos ab, während er las. Dann rannte er zur Tür und riss sie auf. »Frau Bender«, er bemühte sich, ruhig zu sprechen, »wer … hat die Zeitung auf meinen Schreibtisch gelegt?«

»Ihre Frau war in Ihrem Büro. Und sie hatte eine Zeitung in der Hand, als sie kam. Haben Sie sie nicht getroffen? Sie wollte zu Ihrer Nichte.«

»Doch, doch, danke, Frau Bender.« Er schloss die Tür wieder.

»Was ist los, Achim?« Carolas Herz raste bis zum Hals. »Was … was steht in der Zeitung?« Sie streckte die Hände danach aus.

Joachim warf die Zeitung auf den Schreibtisch und ließ sich in seinen Sessel sinken. Sein Blick war so emotionslos wie seine Stimme. »Die Jagd ist eröffnet.«

Carolas Finger zitterten so stark, dass das Papier in ihren Händen raschelte, als sie die Zeitung nahm und auf das Phantombild starrte. Eine Frau. Mit halblangem dunkelbraunem Haar und Sonnenbrille.

»›Wer kennt diese Frau?‹«, las Carola die Überschrift halblaut, wie erstarrt. Sie war nicht in der Lage, den Artikel zu lesen, weil sie den Blick nicht von dem Bild abwenden konnte. Die Sonnenbrille war perfekt getroffen. Und auch ihr Mund. Einzig die Nase sah merkwürdig aus. Oder waren es die zu hohen Wangenknochen, die den Gesamteindruck verwischten?

Carola begann zu wimmern. Ihre Finger drückten automatisch eine Tablette aus dem Blister und ließen sie in ihrem Mund verschwinden. Die Buchstaben verschwammen vor ihren Augen, als sie den Text neben dem Phantombild lesen wollte.

»Lies es mir vor. Ich kann nicht.« Sie schob ihrem Bruder die Zeitung zu und setzte sich auf einen der beiden Besucherstühle gegenüber seinem Schreibtisch. Vornübergebeugt, die Stirn auf die Tischplatte gelehnt, lauschte sie seiner monotonen Stimme.

Mitten im Text stoppte er. »Hast du gehört, was ich gerade vorgelesen habe?«, zischte er und rüttelte an Carolas Schulter. »Sie ist Epileptikerin.«

Ruckartig kam sie hoch. »Was bedeutet das für die Stammzellen?« Nackte Angst stand in ihren Augen. »Ist … ist Pauline jetzt gefährdet?«

Wütend schüttelte Joachim den Kopf. »Die DKMS hätte sie als Fremdspender abgelehnt. Um *sie* zu schützen. *Sie* war gefährdet. Sie hätte krampfen können … Wir hatten mehr Glück als Verstand.«

»Aber … aber für Pauline besteht keine Gefahr?«

»Nein.« Er las weiter.

Als er geendet hatte, fühlte Carola sich erleichtert, obwohl die Polizei nach ihr fahndete, vielmehr nach der Frau auf dem Phantombild, die sich Vanessa Schmitz nannte. Die vermutlich eine Perücke trug und wahrscheinlich in den Entführungsfall Anne Jever verwickelt war. Gemeinsam mit einer männlichen Person.

»Es steht nichts von Pauline da«, sagte Carola. Sie sah Joachim mit weit aufgerissenen Augen an. »Das ist gut, oder? Sie ahnen nichts. Sie sehen den Zusammenhang nicht. Sie wissen nichts! Sie … sie werden nicht auf mich kommen. Nicht auf dich.«

Joachim sah grau aus, als er aufsprang. »Nicht auf mich? Hast du nicht gehört, was ich gerade vorgelesen habe? Die Kripo hat eine kostenlose Telefonnummer geschaltet, auf der mein Anruf bei der Notrufzentrale abgehört werden kann. Jemand könnte meine Stimme erkennen.«

»Aber du hast gesagt, du hast sie verstellt!«

»Ja … ja, aber …« Joachim griff noch einmal nach der Zeitung und las den Artikel erneut. »Spätestens morgen wärmt die Presse den Entführungsfall von … von Greta wieder auf.

Das ist für die doch ein gefundenes Fressen. Erst wird ein Baby entführt, siebzehn Jahre später unter ominösen Umständen die Mutter des Kindes.«

»Aber sie kennen den Zusammenhang nicht!« Carolas Stimme wurde fester.

»Carola, ich bitte dich! Anne Jever wurde natürlich ärztlich untersucht. Jeder halbwegs kompetente Arzt wird die Punktion erkennen. Und daraus ließe sich durchaus ein Zusammenhang herstellen. Eine Ahnung würde schon reichen, um die Polizei in diese Richtung ermitteln zu lassen. Ich gebe uns noch ein paar Tage. Dann haben sie uns.«

Carola spürte, wie sie ruhiger wurde. Die Tablette tat ihre Wirkung. »Ich glaube, dass das Schicksal auf Paulines Seite ist. Es wird uns helfen. Es wird ihr helfen.« Sie stand auf und atmete tief durch. »Ich habe alles getan, was ich für mein Kind tun konnte. Die größte Gefahr droht uns wohl im Moment von anderer Seite … Joachim, sorg dafür, dass deine Frau uns nicht alle an den Pranger bringt.«

»Sag mal!« Joachim stand ruckartig auf. »Hast du mir gerade gedroht? Wie redest du denn? Ohne Maja wärst du bereits hinter Schloss und Riegel!«

»Achim, oh bitte, Achim, es tut mir leid«, fiel Carola ihm weinend ins Wort. Sie stürzte um den Schreibtisch herum, schlang die Arme um ihn und presste ihren Kopf an seine Schulter. »Bitte. Natürlich war es keine Drohung. Es tut mir leid.«

Joachim packte sie an den Schultern. »Jetzt beruhige dich. Oder willst du so aufgebracht zu Pauline zurückgehen? Sie erwartet dich zurück. Also reiß dich zusammen. Und hör verdammt noch mal auf, deinen Beruhigungsmittelkonsum wieder hochzufahren. Es ist wenig hilfreich, wenn du durchdrehst.« Er ging zum Fester zurück. »Alles in mir schreit danach, die Polizei anzurufen und zu gestehen. Dass ich es nicht tue, ist einzig dem Umstand geschuldet, dass Pauline daran zugrunde gehen würde. Und jetzt geh bitte, Carola. Ich muss allein sein, sonst drehe *ich* durch.«

Carola griff nach ihrer Tasche. Wie ein Roboter setzte sie einen Schritt vor den anderen, verließ sein Büro, durchschritt das Vorzimmer, ohne den Abschiedsgruß der Sekretärin zu erwidern.

Du musst jetzt ruhig bleiben, Carola. Du musst den Überblick behalten. Die anderen sind schwach. Majas hasserfüllter Blick tauchte für einen winzigen Moment vor ihrem inneren Auge auf.

Vor allem sie. Sie bedeutet Gefahr.

***

»Noch achtundvierzig Stunden«, murmelte Lyn, während sie die Treppe zum Frühstücksraum hinunterlief. »Das schaffst du noch.«

Das gestrige Telefonat mit ihrem Vater hatte sie darin bestärkt, auch noch die letzten beiden Tage in St. Peter-Ording auszuharren, obwohl sie einen Tatendrang verspürte, der sie wie magisch nach Hause zog.

Aber Henning Harms hatte ihren Beteuerungen, dass sie sich erheblich besser fühlte, schon bei einem Besuch am Wochenende nicht glauben wollen. »Nimm die restlichen Tage noch mit, Lyn«, hatte er sie gebeten. »Viel hilft viel.« Und sie hatte ihm versprochen, die Kur nicht vorzeitig abzubrechen. Nicht eine Minute.

»Guten Morgen, Frau Harms.« Eine der Masseurinnen der Klinik kam um die Ecke gebogen. »Was haben Sie gesagt?«

»Oh, äh, ich führe Selbstgespräche.« Sie lächelte die kleine Schwarzhaarige an. »Also, ausnahmsweise. Nicht dass Sie denken —«

Die Masseurin unterbrach Lyn. »Keine Panik, das kommt hier öfter vor, als Sie denken.«

»Äh, ja. Aus genau dem Grund möchte ich gern klarstellen, dass es bei mir eine Ausnahme ist.«

»Natürlich.« Die Masseurin ging mit einem Lächeln weiter.

Die Art, wie sie das Wort betonte, sagte alles. »Du mich auch«, murmelte Lyn, als sie die Tür zum Frühstücksraum öffnete. Sie steuerte direkt auf das Büfett zu, nachdem ihr Blick erfasst hatte, dass nur noch an einem der großen Tische Platz war. Aber sie könnte sich dort an das Tischende setzen. Da würde sie ihre Ruhe haben.

Lyn stellte gerade ein Schälchen mit Obstsalat auf ihr Tablett, als eine Angestellte der Klinik ihr von hinten auf die Schulter tippte. »Frau Harms, es ist Besuch für Sie da. Er wartet seit einer halben Stunde auf der Terrasse. Ich sollte Sie nicht anrufen, bevor Sie zum Frühstück runterkommen.«

»Wer?« Lyns Herz begann stärker zu klopfen. War es möglich …?

Die Klinikangestellte lächelte breit. »Gut aussehende Männer soll man ja bekanntlich nicht warten lassen. Soll ich ihn hereinbitten, damit er mit Ihnen frühstücken kann?« Sie zwinkerte Lyn zu. »Ich würde es auch nicht berechnen.«

»Nein. Nein, ich gehe raus.« Lyn stellte das Tablett einfach auf der Fensterbank ab. Ihre Schritte wurden immer schneller. Als sie die Terrasse betrat, glitt ihr Blick hastig über die wenigen Personen an den kleinen runden Tischen. Die Raucher zogen sich nach dem Frühstück gern hierher zurück.

»Lyn!«

Als sie die Stimme hörte, wurden ihr die Knie wacklig. Vor Enttäuschung.

Thomas Martens stand von einem Tisch auf und kam lächelnd auf sie zu.

Lyn ging ihm mit zaghaften Schritten entgegen. »Thomas. Was machst du denn hier?«

»Gut, ich hatte keine stürmische Umarmung erwartet …« Er hatte seiner Stimme einen scherzhaften Klang verliehen, aber sein Blick signalisierte Enttäuschung, als er vor ihr stehen blieb.

Lyn fühlte sich schuldig, als sie in die braunen Augen blickte. Als sie ihn nun anlächelte, war es ehrlich gemeint. »Du hast mich einfach zu sehr überrascht. Ich freue mich, dich zu sehen.« Ohne zu überlegen, umarmte sie ihn.

Dass sie ihn genauso schnell wieder losließ, lag nicht an seinem »Ich bin geneigt, dir zu verzeihen«, sondern an dem Duft seiner Haut. Er roch gut. Aber es war nicht der Duft, den sie wollte.

Sie senkte den Blick auf seine Kleidung, während sie einen

Schritt zurücktrat. Er war mit dem Motorrad da. »Möchtest du mit mir frühstücken?«

»Ich hatte gehofft, dass du das fragst. Ich habe die Frühbesprechung sausen lassen, und mein Koffeinspeicher ist leer.« Er drehte sich um, ging zu dem kleinen Tisch zurück, schulterte eine Lederjacke und griff nach einem Helm, den er auf einem der Stühle abgelegt hatte.

»Frühbesprechung?« Lyn sah ihn erstaunt an. »Jetzt sag nicht, du bist im Dienst. Was machst du dann hier?«

»Ich verbinde Nützliches, sprich Dienstliches, mit Angenehmem.« Er zwinkerte ihr zu. »Nämlich, mit einer Freundin zu plaudern.«

»Mit einer befreundeten Kollegin«, verbesserte Lyn ihn, »die sich gerade nicht sicher ist, ob das eine gute Sache ist, weil der Kollege seine Augen nicht unter Kontrolle hat.«

Thomas schüttelte lächelnd den Kopf. »Ich freue mich, dich so reden zu hören, Lyn. Du wirkst gefestigt, fast die alte Lyn. Deine ganze Ausstrahlung«, er musterte ihr Gesicht ohne jede Anzüglichkeit, »ist vitaler. Du machst auf mich den Eindruck, als könntest du morgen wieder im Büro sein. Täuscht mich da einfach nur deine Sonnenbräune, oder geht es dir wirklich viel besser?«

»Es geht mir besser«, bestätigte Lyn. »Jedenfalls sehr viel besser als vor drei Wochen. Auch wenn es noch lange nicht gut ist.«

»Dazu fehlt jemand?«

Lyns Lächeln verlor sich. »Ich möchte mit dir nicht über Hendrik sprechen.« Sie öffnete die Terrassentür. »Aber du kannst mir beim Frühstück von den Kollegen berichten. Ich kann gut ein wenig Abwechslung gebrauchen.« Sie grinste. »Ich höre nämlich seit drei Wochen nur Tratsch-, Lebens- und Krankheitsgeschichten. Ganz zu schweigen von den Gesprächen mit dem Ersatz-Therapeuten. Wenn ich noch eine Woche bleiben müsste, würde ich die Seiten wechseln. Also, die von Gut und Böse. Die Husumer Kollegen müssten mich dann wegen Mordes einlochen.«

»So schlimm?« Thomas lachte, während er Lyn in den Frühstücksraum folgte.

Lyn griff nach ihrem Tablett auf der Fensterbank und ging gemeinsam mit Thomas zurück an das Büfett. »Er trägt Socken zu Sandaletten. Sein Fuß liegt auf seinem Knie, und er zupft Fusselknötchen von seinen Socken, während er mir gegenübersitzt und erwartet, dass ich ihm persönliche Dinge anvertraue«, sagte Lyn, während sie ein Brötchen aus dem Korb nahm. »Und er trägt khakigrüne Cordhosen.« Sie hielt inne. »Wenn der Husumer Beamte, der mich nach dem Mord festnimmt, weiblich ist, würde ich erst gar nicht verhaftet werden.«

Thomas lachte laut. »Schön, dir geht es wirklich wieder besser.«

Auch Lyn lachte. Ja, es war schön, wieder zu lachen. Es war gut, dass Thomas hier war.

»Und nun erzähl, was dich hertreibt«, forderte sie ihn auf, als sie am Tisch Platz genommen hatten.

»Der Entführungsfall Anne Jever. Eine Itzehoerin. Du hast bestimmt in der Presse davon gelesen?«

»Ja, natürlich. Klang alles sehr ominös. Und es hat mich erschüttert, als ich dann am nächsten Tag las, dass dieser Familie vor siebzehn Jahren ihr Baby geraubt wurde. Ich meine …«, Lyn trank einen Schluck Kaffee und setzte die Tasse wieder ab, »… was treibt das Schicksal für elende Spielchen? Warum trifft es immer dieselben Menschen?«

Thomas Martens biss in seine Brötchenhälfte, die er mit Pute und Käse belegt hatte. »Der Teufel …«, er kaute beim Sprechen, »… scheißt immer auf den … größten Haufen.«

»Danke. Nun ist mein Kopfkino aktiviert.« Lyn ließ den Löffel mit dem Obstsalat wieder sinken. »Jetzt weiß ich aber immer noch nicht, warum du in St. Peter bist. Gibt es Erkenntnisse, die hierherführen?«

»Nein, aber Anne Jever hält sich mit ihrem Mann hier in St. Peter im Strandhotel auf. Sie hat das Krankenhaus auf eigenen Wunsch verlassen. Die Ärzte wollten eigentlich ihre Hand noch einmal feinchirurgisch behandeln, aber sie hat es vorerst abgelehnt. Sie sagte, sie muss raus dem Krankenhaus, sonst dreht sie durch.«

»Die Frau hat sich tatsächlich den Daumen abgeschnitten?«, hakte Lyn nach.

Thomas nickte. »Und der Täter oder ein Helfershelfer oder vielleicht auch ein ominöser Retter hat dann die Wunde genäht. Und zwar, laut ärztlicher Auskunft, durchaus fachmännisch, aber – vielleicht wegen Zeitmangels – nicht perfekt. Darum wollen sie noch einmal operieren. Anne Jever will den Eingriff aufschieben. Sie war zwei Tage zu Hause, dann ist sie mit ihrem Mann hierher an die Nordsee geflüchtet.« Er hob die Schultern. »Wer will es ihr verdenken? Die Frau hatte Todesangst. Sie flieht vor den Schatten.«

»Gibt es schon konkrete Hinweise?«

»Nichts Greifbares. Niemand kennt die Phantomfrau Vanessa Schmitz. Natürlich gab es Hinweise auf Personen, aber keiner hat sich als haltbar erwiesen. Es fehlen einfach die Augen auf dem Bild. Anne Jever hat sich wirklich bemüht, aber sie hatte immer nur die Sonnenbrille der Frau vor Augen. Sie kann sich nicht erinnern, sie auch nur einmal ohne Brille gesehen zu haben.«

»Und das Motiv für die Tat?«

»Jaaa«, Thomas lehnte sich zurück, »Anne Jever glaubt es zu kennen. Ihr Mann hält es für ein Hirngespinst. So wie wir am Anfang auch, aber bei längerer Überlegung und nach Informationen durch weitere Ärzte neigen wir dazu, Anne Jevers Theorie bei unseren Ermittlungen absolut in Erwägung zu ziehen.«

»Was glaubt sie?« Lyn lehnte sich vor. Sie war ganz Ohr.

»Sie glaubt, dass Vanessa Schmitz die Frau ist, die vor siebzehn Jahren ihre Tochter entführt hat.«

»Was?« Lyn riss die Augen auf. »Wieso? Weshalb? Warum?«

Thomas erläuterte, welcher Art die Verletzungen Anne Jevers waren, als sie gefunden wurde, erwähnte den Punktionsverdacht der Ärzte und die daraus zu ziehenden Schlussfolgerungen auf die alles beherrschende Frage: Warum?

»Sie hat Anne Jever entführt, um an Knochenmark für die Tochter zu gelangen?« Lyn schüttelte ungläubig den Kopf.

Thomas nickte. »Ich weiß, dass es nach einem wilden RTL-

Thriller klingt, aber gerade weil diese ganze Entführungsge-
schichte so unglaublich merkwürdig ist, könnte der Hintergrund
der sein, dass dieses Mädchen, Greta, tatsächlich schwer krank
und auf familiäre Stammzellen angewiesen ist.«
»Aber die Phantomfrau wird kaum in der Lage sein, Stammzellen zu transplantieren. Es sei denn, sie ist Ärztin.«
»Anne Jever hat sich mit einem Skalpell den Daumen abgetrennt. Bei wie vielen Entführern liegt so was rum? Die Frau ist
vielleicht wirklich Ärztin. Oder ihr Mann. Denn der Anrufer
war ein Mann. Und wenn man die Stammzellen erst einmal
hat, ist die Zuführung nicht mehr das Problem, sagen die Ärzte.
Dafür braucht man keinen OP-Saal mit Riesen-Team.«
Thomas köpfte ein Ei und griff nach dem Salzstreuer auf dem
Tisch. »Ich habe keine Kinder, aber ich könnte mir vorstellen,
dass man für das Kind, das man liebt, bereit ist, alles zu tun.
Wenn das Szenario stimmt, haben sie Greta seit siebzehn Jahren.
Sie ist *ihre* Tochter. Und das Kind weiß von nichts.«
»Mal abgesehen von der Tatsache, dass man völlig krank
sein muss, um einer Mutter ihr Kind zu stehlen … Wenn diese
falschen Eltern *ihr* Kind wirklich so lieben, hätten sie sich gestellt, damit dem Kind geholfen werden kann, und nicht so
einen abartigen Plan gefasst. Kein Mensch würde das umsetzen
können, was du mir gerade geschildert hast. Da müssten so viele
Faktoren zusammenkommen … Es erscheint mir zu genial. Das
ist wirklich RTL.«
»Nun, wir beginnen auf jeden Fall damit, alle Krankenhäuser und Kliniken im weiteren Umkreis anzuschreiben und
abzuklappern. So viele siebzehnjährige Mädchen, die auf Knochenmark angewiesen sind, kann es ja nicht geben. Allerdings
müssen wir davon ausgehen, dass wir wahrscheinlich nur von
einem Bruchteil der Krankenhäuser eine Auskunft erhalten. Die
kommen uns doch wieder mit ihrer verschissenen ärztlichen
Schweigepflicht.« Thomas verzog das Gesicht. »Entschuldige
meine Ausdrucksweise, aber Ärzte und Krankenhäuser gehen
mir immer so was von gegen den Strich, wenn sie damit kommen.«
»Grundrechte sind manchmal wirklich lästig.« Lyn griente.

»Ich drücke euch die Daumen. Vor allem für Anne Jever ... Du fährst jetzt gleich zu ihr?«

»Ja, ich möchte zwei Dinge abklären. Zum einen werde ich mit ihr Autokataloge durchblättern. Wie es aussieht, hat die Phantomfrau verschiedene Wagentypen benutzt. Anne Jever hat sie in einem Wagen gesehen, aber keine Ahnung von Wagentypen. Eine Nachbarin hat am Entführungstag einen Wagen vor der Auffahrt stehen sehen, eine weitere Nachbarin eine Frau, auf die die Beschreibung passt, in einem dunkelblauen Golf in der Straße, wo das Haus der Jevers liegt. Allerdings schon vor Wochen. Das Ganze sieht nach einem ziemlich ausgetüftelten Plan aus. Und der zweite Grund ist eine vage Erinnerung, die Anne Jever wohl gestern gekommen ist. Ihr Mann rief an und teilte mit, dass sie dort, wo sie eingesperrt war, Musikfetzen gehört haben will, die von außen hereindrangen. Da will ich noch mal ein bisschen bohren.«

Lyn spielte mit der Serviette neben ihrem Teller, während sie Thomas ansah. »Du ... äh ... würdest nicht zufällig gern eine Kollegin zu Anne Jever mitnehmen? Eine Kollegin, die hier vor Frust umkommt und, ehrlich gesagt, ein wenig Blut geleckt hat.«

Seine Stirn legte sich in Falten. »Lyn, du bist krankgeschrieben. Du bist nicht im Dienst und nicht in meinem Kommissariat.«

»Ja, aber das weiß das Ehepaar Jever nicht. Bitte, nimm mich mit, dann kann ich den Sockenpuler schwänzen. Ansonsten bist du mitschuldig, wenn ich ihn abmurkse.«

Thomas' Seufzer war Antwort genug.

»Super.« Lyn sprang auf. »Ich hol nur schnell meine Jacke. Auf dem Motorrad wird's mir sonst zu frisch.«

»Nix Motorrad.« Thomas stand auf. »Mangels zweiten Helms werden wir laufen. Sind nur zwei Kilometer von hier.«

»Du bist ja ein Spießer.« Lyn grinste.

Thomas' Blick wurde ernst. »Nein, ich hänge seit der Krebserkrankung nur ziemlich an meinem Leben. Und da ich dir meinen Helm geben würde, wenn ich in Erwägung zöge, mit nur einem Helm zu starten, könnte ich bei einem Unfall schlechte

Karten haben. Und weil meine Karten in der Vergangenheit mies genug waren, laufen wir. Und jetzt mach nicht so ein betretenes Gesicht.« Er lächelte. »Schließlich beschert mir das Laufen weitere Zeit mit meiner … befreundeten Kollegin.«

Eine Stunde später saßen Lyn und Thomas am Fenstertisch im Restaurant des Strandhotels dem Ehepaar Jever gegenüber – nach Absprache mit dem Inhaber. Alle Frühstücksgäste des Hotels hatten das Restaurant verlassen, das erst am Spätnachmittag wieder öffnen würde.

Thomas Martens stellte Lyn als seine Kollegin vor. Anne Jever musterte sie kurz, dann sah sie Thomas an. »Sie haben doch Neuigkeiten! Es geht doch nicht wirklich nur um diese Autos?« Ihre Hand wischte desinteressiert über die Kataloge, die Thomas auf den Tisch gelegt hatte.

»Es tut mir leid. Ein Durchbruch ist noch nicht in Sicht. Der nächste Schritt ist, alle Krankenhäuser nach siebzehnjährigen auf Knochenmark angewiesenen Mädchen abzufragen. Ermittlungen sind wie ein Puzzle, Frau Jever. Jedes Teilchen ist wichtig. Und wenn genug Teile aneinandergefügt sind, kann man das Bild erkennen. Genau darum müssen Sie jetzt mit mir diese Kataloge anschauen. Über die Autos könnten wir einen Schritt vorankommen. Wir werden herausfinden, wer Ihnen das angetan hat.« Er deutete auf ihre verbundene Hand.

Anne Jever begann hastig zu atmen. Urplötzlich sprang sie auf. »Glauben Sie, es geht mir um meine Hand? Ich würde Sie mir ganz abhacken, wenn ich dafür mein Kind wiederbekommen würde. Finden … Sie … unser … Kind!«, schrie sie Thomas an und rannte weinend aus dem Raum.

»Entschuldigung.« Rainer Jever stand auf. »Sie steht völlig neben sich. Im Grunde gehört sie in die Psychiatrie …« Er sah verzweifelt aus. »Was soll ich denn machen? Sie will nicht. Aber zu Hause hält sie es auch nicht aus. Sie schläft nur ein, wenn ich neben ihr liege. Und sie hat furchtbare Angst, dass ich nicht da sein könnte, wenn sie aufwacht. Und hier in St. Peter ist es auch nicht besser. Ihre Gedanken kreisen nur noch um Greta. Ich … ich muss ihr hinterher.«

»Gehen Sie nur«, sagte Thomas. »Ich lasse Ihnen die Kataloge hier. Sehen Sie sie mit Ihrer Frau in Ruhe durch. Und geben Sie mir dann bitte Nachricht, ob sie etwas wiedererkennt. Außerdem interessieren uns die Musikfetzen, an die Ihre Frau sich erinnert.«

»Sie sagt, dass es eine Melodie war, die sie schon gehört hat, aber sie weiß nicht, welche. Sie grübelt und grübelt, aber sie kommt nicht drauf. Und selbst wenn …« Er schürzte die Lippen. »Was soll das schon bringen? Jedermann hört Musik. Es kann aus einem Wagen mit offenem Fenster gekommen sein oder aus einer Wohnung in der Nähe.«

Thomas nickte. »Ich bitte Sie trotzdem, uns zu informieren, wenn Ihrer Frau noch etwas dazu einfällt.«

»Natürlich. Und jetzt …« Rainer Jever deutete zu der Tür, durch die seine Frau verschwunden war. »Es tut mir leid«, entschuldigte er sich noch einmal und verließ den Raum.

Lyn sah Thomas an. »Du hast gesagt, er glaubt nicht an die Theorie, dass die vermeintliche Entführerin auch die Kindsräuberin ist. Warum wohl?«

»Er ist ein gebranntes Kind in der Beziehung«, sagte Thomas. Er schenkte sich einen Rest Mineralwasser in sein Glas. »Frau Jever hat vor vierzehn Jahren schon einmal Himmel und Hölle in Bewegung gesetzt, weil sie glaubte, in einem Bus ein dreijähriges Mädchen als Greta erkannt zu haben. Die Kleine hatte wohl eine ziemliche Ähnlichkeit mit einem der Söhne. Anne Jever hat die Frau bis nach Hause verfolgt und dann die Polizei gerufen. Die Kollegen haben damals schnell geklärt, dass das Kind eindeutig nicht Greta war. Allerdings ging Frau Jevers Hysterie so weit, dass sie der Polizei keinen Glauben schenkte und das Haus der Familie beobachtete. Sie hörte damit erst auf, nachdem die Familie einem Bluttest zugestimmt hatte, der die Sache endgültig klärte.«

Thomas trank das Wasser aus. »Herr Jever sagte mir, dass seine Frau alle blonden Mädchen, die ihr begegneten, mit Blicken gescannt hat. Über Jahre, so lange, bis sie einen Nervenzusammenbruch erlitt und für eine lange Zeit in therapeutischer Behandlung war. Danach wurde es dann besser. Die Therapie zeigte Wirkung.«

Lyn lehnte sich betroffen im Stuhl zurück. »Ich kann ihn verstehen, aber ich kann auch sie verstehen. Ein unheimlicher Fall.« Sie sah Thomas an. »Ihr braucht nicht zufällig Unterstützung von anderen Kommissariaten bei eurer Arbeit? Falls ja, bittet Wilfried, dass er Montag einen Kollegen abstellt. Ich würde das gern übernehmen.«

Thomas stand auf. »Junge, da steckt ja wirklich Tatendrang in dir. Aber das ist Sache meines Chefs. Ich kann ihm schlecht vorschreiben, was er zu tun und zu lassen hat.«

»Schon gut.« Lyn lächelte. »Vielleicht hat *mein* Chef eh was anderes für mich zu tun. Wilfried kann vielleicht niemanden entbehren. Auf jeden Fall ist alles besser als noch eine weitere Woche hier.«

Und sie würde Hendrik wiedersehen. Es würde eine Entscheidung geben. Ihr Magen krampfte sich für einen Moment zusammen. Die Sehnsucht nach ihm konnte nicht stärker werden.

Als sie an der Klinik anlangten und vor Thomas' schwarz glänzendem Motorrad stehen blieben, sagte Lyn: »Schickes Teil. Ist die schnell?«

»Das ist meine Suzi.« Thomas strich mit der Hand über den Tank. »Eine Suzuki GSX1250. Und sie ist schnell genug.« Er zögerte kurz, bevor er weitersprach. »Vor meiner Krebserkrankung habe ich eine Hayabusa gefahren. *Die* war schnell. Mehr als das. Aber – wie du ja weißt, hänge ich neuerdings an meinem Leben. Ich habe sie verkauft. Und meine GSX ist immer noch schnell genug, um Adrenalin durch die Adern zu jagen.«

Er sah sie an. »Möchtest du gern mal Motorrad fahren? Dann mach ich dir einen Vorschlag: Lass dein Gepäck am Freitag nach Hause liefern. Ich mache mittags Feierabend und hol dich am Nachmittag mit meiner Maschine ab. Einen Helm organisiere ich dir, eine Jacke liegt noch von einer … äh … Freundin bei mir rum. Hat sie nie abgeholt. Was hältst du davon?«

Lyn zog die Augenbraue hoch. »Von einer Äh-Freundin also.«

Thomas strahlte sie an. »Ich werde nicht rasen. Du wirst nicht wieder absteigen wollen, wenn du erst draufsitzt.«

»Tja, ich weiß nicht«, murmelte Lyn.

»Dann ist es abgemacht. Ich hol dich ab.«

★★★

Joachim Ballmer saß an seinem Schreibtisch und starrte durchs Fenster in den Himmel. Eigentlich hätte er im OP stehen sollen, aber seine Hände hatten zu sehr gezittert. Er hatte die Operation an einen seiner Oberärzte abgegeben.

Er atmete tief durch. Die Versuchung, seine Unruhe mit Tranquilizern zu mindern, wurde immer stärker. Aber zu sehen, was die Beruhigungsmittel aus Carola machten, hielt ihn zurück. Auch sie hatte gedacht, den Umgang damit im Griff zu haben.

Andererseits, er drehte sich im Sessel wieder Richtung Schreibtischplatte, sie war keine Ärztin. *Er* würde die Sache im Griff haben. Eine halbe Tablette würde schon reichen. Dann würde er die Darmoperation am Nachmittag selbst durchführen können. Er stand auf, setzte sich aber wieder, weil seine Sekretärin mit der Unterschriftenmappe hereinkam.

»Es sind nur drei Unterschriften, Herr Professor, und die Post ist auch schon in die Mappe einsortiert. Möchten Sie noch einen Tee dazu?«

Joachim setzte sich, die erste Seite der Mappe aufschlagend. »Ja, gern«, sagte er, obwohl er keinen Teedurst verspürte. Aber im anderen Fall würde Frau Bender so lange neben ihm stehen bleiben, bis er die Unterschriften geleistet hatte. Und dann würde sie das Zittern seiner Hände bemerken. Sie würde keine Frage nach seinem Befinden stellen, so gut kannte er sie. Aber sie würde es wahrnehmen, und die Vorstellung, dass sie ihn weiter beobachtete – auch wenn es aus Sorge war –, bereitete ihm zusätzliches Unbehagen.

Als sie hinausging, setzte er seine Unterschrift unter die Briefe. Er blätterte die weiteren Pappseiten auf die Schnelle durch, die Abarbeitung der Post erledigte er immer nach dem Mittagessen. Frau Bender hatte seit Jahren freie Hand bei der Verteilung der eingehenden Post. Er konnte sich darauf verlassen, dass sie ihm das vorlegte, was er sehen wollte und musste, und alles, was sie darüber hinaus nicht selbst bearbeitete, an die kaufmännische Abteilung, die Ärzte oder Stationen weiterleitete.

Mit dem flüchtigen Durchsehen hatte es ein Ende, als sein Blick auf einen Briefkopf fiel, der sein Herzklopfen beschleunigte. »Polizeidirektion Itzehoe«, stand dort. Gehetzt flogen seine Augen über den Text. Sein Hals wurde eng, als seine Hand mit dem Brief kraftlos auf die Tischplatte sank. Er schloss die Augen, konnte nicht schlucken, weil er wusste, dass soeben die Schlinge um seinen Hals ein Stück zugezogen wurde.

»Ganz ruhig bleiben«, murmelte er nach einem Moment des Überlegens und las den Text noch einmal.

Als Frau Bender Minuten später mit dem Teetablett das Büro betrat, hatte er seine Stimme unter Kontrolle, als er wie beiläufig, ohne von der Post aufzublicken, sagte: »Der Brief von der Polizeidirektion Itzehoe ist ja mal wieder ein Ding. Als wenn die noch nie etwas von Persönlichkeitsrechten und ärztlicher Schweigepflicht gehört hätten.«

Er sah auf und lächelte die Mittvierzigerin an. »Wie oft bekommen wir polizeiliche Anfragen im Jahr? Drei-, vier-, fünfmal?« Er sah wieder auf die Mappe und blätterte eine Seite um. »Schreiben Sie denen das übliche Blabla: dass wir aus blabla Gründen, Sie formulieren das viel besser als ich, Frau Bender, keine Auskünfte erteilen.«

Innerlich voller Anspannung erwartete er die Antwort seiner Sekretärin. Sie hatte diesen Brief gelesen. Wusste, dass die Kripo Itzehoe um Auskunft bat, ob in der Ballmer-Klinik gegenwärtig oder in jüngster Vergangenheit siebzehnjährige Mädchen in Behandlung waren, deren Erkrankung mit einer Knochenmarkspende in Verbindung zu bringen sei. »Um einen in der Vergangenheit liegenden Kindsraub aufklären zu können, bitten wir um Ihre Mithilfe«, lautete der Eingangssatz der Polizei. Weitere Details waren nicht genannt.

»Das mach ich, Herr Professor. Kindsraub. Ist das nicht unglaublich? Da fragt man sich doch, was das mit einer Knochenmarkspende zu tun haben kann.« Frau Bender nahm Joachim die Mappe ab, die er ihr hinhielt. »Und ausgerechnet jetzt, wo

Ihre Nichte hier liegt. Sie ist doch auch siebzehn, oder? Nun stellen Sie sich einmal vor, wir würden der Polizei diese Auskunft erteilen. Dann haben Sie oder Pauline womöglich noch unnötige Diskussionen. Das arme Kind hat schon Aufregung genug.«

Joachim lächelte Frau Bender an. »Da ich meine Nichte höchstpersönlich entbunden und nicht geraubt habe«, er zwinkerte, »haben wir uns wenigstens keine unterlassene Hilfeleistung vorzuwerfen, wenn wir keine Auskünfte erteilen. Und weitere Mädchen in dem Alter haben wir – glücklicherweise – zurzeit nicht bei uns.« Er sah auf seine Armbanduhr. »Herrje, noch nicht einmal elf Uhr. Und mein Magen knurrt schon. Vielleicht sollte ich vor der OP noch etwas essen gehen.«

Erleichtert stellte er fest, dass seine Sekretärin völlig ahnungslos war. Sie ging nur auf seinen angeblichen Hunger ein. »Ich habe noch zwei Äpfel und eine Banane in der Schale. Wie wäre es damit als Erste Hilfe?«

Joachim strahlte sie an. »Wunderbar.«

Als sie draußen war, atmete er tief aus. Eins stand fest: Das Eis, auf dem sie sich bewegten, war dünn. Sehr dünn.

✳✳✳

»Au! … Aah!« Carola schmiss das Messer zur Seite und hielt sich mit der rechten Hand die linke. Sie hatte sich beim Durchschneiden der Apfelsine in die Fingerkuppe geschnitten. Das scharfe Messer war tief eingedrungen. Rot quoll das Blut aus der Wunde. Sie hatte die Apfelsine doppelt gesehen, hatte alles doppelt gesehen, seit sie aufgestanden war. Alles war so weit weg. Oder hatte es an ihren zitternden Händen gelegen, dass das Messer abgeglitten war?

Sie hob die unverletzte Hand und starrte auf die zitternden Finger. Rote Fäden liefen an der linken Richtung Handteller. Sie musste noch eine Tablette nehmen. Aber sie hatte doch gerade eine genommen. Oder nicht? Der pochende Schmerz in ihrem Finger vertrieb die Glocke um ihren Kopf.

Sie wandte sich von der marmornen Platte des Küchentresens

ab, auf der die elektrische Saftpresse stand, mit der sie sich einen frischen Saft hatte zubereiten wollen. Mit drei Schritten war sie an der Spüle und ließ kaltes Wasser über den Finger laufen. »Verdammt! Verdammt, verdammt, verdammt!«

Ihre Nerven lagen blank. Der stechende Schmerz war nur das i-Tüpfelchen. Sie brach in haltloses Schluchzen aus. »Frau Klottmann!«, schrie sie nach der Haushälterin. »Frau Klottmann!«

Zeitgleich mit der Haushälterin kam auch Robert von Ahren in die Küche gerannt.

»Carola, mein Gott, was ist denn?« Er stürzte zu seiner weinenden Frau, starrte in die Spüle, wieder in ihr Gesicht.

Carola nahm ihn gar nicht wahr. »Wo sind Pflaster, Frau Klottmann? Sie werden doch wohl irgendwo hier Pflaster haben!« Ihre Stimme klang hysterisch. »Ansonsten holen Sie sie aus dem Bad. Ich brauche ein Pflaster!«

»Herrje«, sagte Frau Klottmann ungerührt und tätschelte Carolas Oberarm. »Wie haben Sie denn das hingekriegt, Frau von Ahren?« Sie ging ein Stück zur Seite, öffnete eine Schranktür der glänzend weißen Einbauküche und griff nach einem der Dutzende gebügelter und gefalteter Geschirrhandtücher. »Das drücken Sie gleich mal drauf«, sagte sie und legte es neben die Spüle. »Ich hol mal Verbandszeug. Ein Pflaster reicht wohl nicht.« Mit raschen Schritten ging sie aus der Küche.

»Meine Güte, Carola«, sagte Robert schließlich in ihr lautes Weinen hinein. »Ich dachte, dir ist sonst was passiert! Liebling, du hast dir nur in den Finger geschnitten. Natürlich tut das weh, aber … musst du so weinen? Und Frau Klottmann so anschreien? Hier …« Er stellte den Wasserhahn ab. »Press mal das Handtuch auf die Wunde.«

Carola fegte ihm mit der Rechten das Tuch aus der Hand. »Ich weine …«, sie hatte sich ihm zugewandt, schlug mit beiden Händen auf seine Brust ein und schluchzte, »und schreie … wie es mir … passt! Ich bin … nicht so … ein Eisklotz … wie du!«

Robert war einen Moment so perplex, dass er sie gewähren ließ. Schließlich wich die Starre. »Carola!« Er griff nach ihren

Händen und drückte sie herunter. Auf seinem Hemd verteilten sich Blutflecken. »Bist du wahnsinnig? Du ... deine Nerven sind ja völlig runter! Ich habe weiß Gott Verständnis gehabt in den letzten Wochen und Monaten, aber ... sieh dich doch nur mal an! Du bist ja nicht mehr du selbst!«

Er schob sie von sich. »Andere Mütter haben auch todkranke Kinder, Carola, aber ich bezweifle, dass sie solch ein Verhalten an den Tag legen. Reiß dich ganz einfach mal zusammen! Du leidest nicht allein. Und hör auf, diese Tabletten zu schlucken! Merkst du denn nicht, dass sie das Gegenteil auslösen von dem, was du dir erhoffst?«

»Hör auf!«, schrie Carola und presste die Hände an die Ohren. Dieser Idiot. Dieser Ignorant. Nichts wusste er. Nichts! Natürlich halfen die Tabletten. Aber wenn man ein Saubermann war, dann brauchte man sie natürlich nicht.

»Was bildest du dir eigentlich ein?«, schrie sie weiter und nahm die Hände wieder herunter. Ihr Blut spritzte mit jeder Bewegung auf die Fliesen. Ihre Stimme überschlug sich. »Schleichst mit deiner hanseatischen Contenance weinerlich durch die Räume und betest und hoffst, dass ein gnädiger Gott dir dein Kind nicht nimmt! ... Und ich bin jetzt die Böse? Die Schwache? Ich habe das für dich getan! Für dich und für uns! Und ...«

»Mein Gott, Carola!« Robert von Ahren wich einen Schritt zurück. »Du ... du fletschst ja die Zähne! Was ... was redest du da nur für wirres Zeug? Ich rufe jetzt Joachim an. Du bist ja nicht bei Sinnen.«

Hilflos starrte er von seiner Frau zu der Haushälterin, die mit dem Verbandsmaterial in der Hand die Küche betrat und unwohl von einem zum anderen blickte. »Ich leg es hierhin, Herr von Ahren«, sagte sie und sah Robert an. »Oder?«

»Schon gut.« Robert hatte seine Stimme wieder unter Kontrolle. »Danke, Frau Klottmann. Ich verbinde meine Frau. Danke.«

»Das mach ich schon selbst«, schrie Carola und riss das Verbandszeug an sich. »Ich verlasse mich nur auf mich.« Aufweinend rannte sie den Flur entlang zur Treppe. Im Obergeschoss schloss sie sich im Bad ein, legte einen der Gazestreifen um die Wunde und klebte mit fahrigen Fingern zwei Pflaster darum.

Sie stürmte die Treppe wieder hinunter, hinaus in den Garten. »Lass mich einfach«, rief sie Robert zu, der an der Terrassentür ihren Namen rief.

Sie rannte bis an die Grundstücksgrenze und sah auf die Elbe hinunter. Wolken hatten sich vor die Sonne geschoben. Grau und träge floss das Wasser dahin. Der Fährkatamaran Halunder Jet, der täglich um neun Uhr nach Helgoland fuhr, hatte an den Landungsbrücken pünktlich abgelegt. Elbaufwärts kam ihm ein Containerdampfer entgegen.

Carola wandte sich ab. Sie hatte die Elbe noch nie gemocht, wenn die Sonne nicht schien und sie dunkel dahinfloss. Mit zügigen Schritten ging sie Richtung Gartenhaus, das Lagerraum für die Gartengeräte war und im Winter als Stellplatz für die Korbmöbel diente. Sie nahm wahr, dass sie beim Gehen wankte. Die Glocke um ihren Kopf war wieder da.

»Ihr kriegt mich nicht«, murmelte sie, während sie in den Plastikkästen, die ordentlich aufgereiht in den seitlichen Regalen des Holzhäuschens standen, zwischen den Gartenutensilien und Werkzeugen herumwühlte.

Mit der Rosenschere lief sie schließlich zum seitlichen Gartenbeet. Sie hatte keinen Blick für die Rosen in Weiß und Hellrosa. Schnurstracks ging sie auf den Strauch mit den dunkelpurpurnen Blüten zu. »Schwarze Rose« nannte der Gärtner sie, obwohl sie nicht schwarz war. Es gab keine schwarzen Rosen.

»Weg damit. Weg, weg, weg«, murmelte Carola, während sie nach einem der Zweige griff und ihn abschnitt. Sie warf den Zweig hinter sich und nahm den nächsten. Zuerst schnitt sie die dünnen Zweige ab, dann waren die dickeren an der Reihe. Sie spürte weder die Dornen, noch störte sie sich an den weiteren Wunden an ihren Fingern, die sie hinterließen.

Sie musste alle Kraft aufwenden, um den unteren, knorrigen Teil des Strauchs zu bearbeiten. Als sie mit der Schere nicht weiterkam, warf sie sie fort und trat mit dem Fuß gegen den Rosenstumpf. Die hellen Sneaker verfärbten sich graugrün, als sie immer weitertrat.

»Carola!«

Roberts laute Stimme ließ sie zusammenfahren. Seine Hände legten sich auf ihre Schultern. Sein Blick irrte hilflos von ihr zu den abgeschnittenen Rosenzweigen. Er griff nach ihren blutigen Händen.

»Ich … ich …« Carola starrte ihn an. Der Schmerz kehrte zurück. Weinend warf sie sich an seine Brust. »Es tut mir leid, Liebling. Es tut mir leid. Ich will doch nur …«

»Komm ins Haus.« Seine Stimme klang sanft. »Es wird alles gut. Komm mit mir. Du nimmst jetzt noch eine halbe Tablette. Dann rufen wir Joachim an. Einverstanden?«

Carola konnte nur nicken. »Die Rosen … es tut mir leid. Ich bringe das in Ordnung.« Ihre Stimme wurde höher. »Hier fasst keiner etwas an! Versprich mir, dass keiner hier etwas anfasst.«

»Natürlich nicht.« Roberts Stimme blieb gleichbleibend ruhig. »Es ist alles gut, Liebling.«

Es war stockdunkel, als Carola um zwei Uhr nachts über den Rasen zum Gartenhaus schlich. Die Wolkendecke hatte sich verdichtet, und kein Stern war am Himmel zu sehen. Auf der schwarzen Elbe war kein Positionslicht eines Schiffes auszumachen, nur die Lichter des Airbus-Werks auf Finkenwerder leuchteten in der Dunkelheit.

Sie schaltete die Taschenlampe an, als die durch die Bewegungsmelder aktivierte Beleuchtung am Haus endlich ausging. Die abgeschnittenen Rosenzweige waren weggeräumt. Das hatte sie schon am Abend festgestellt, nachdem sie den Nachmittag tief schlafend verbracht hatte. Joachim hatte ihr eine Spritze gegeben, nach der sie wunderbar ruhig, aber auch todmüde geworden war. Nur noch verschwommen erinnerte sie sich an seine mahnenden Worte bezüglich ihres Tablettenkonsums, die er im Beisein Roberts an sie gerichtet hatte.

Wütend schüttelte Carola den Kopf, als sie das Gartenhaus öffnete. Joachim hatte sich geweigert, ihr das neue Rezept, das er dabei ausgestellt hatte, zu geben. Er hatte es Robert in die Hand gedrückt. Mit Worten, die keineswegs verschwommen waren. Klar hörte sie noch Joachims Stimme. »Du übernimmst ab sofort die Tablettengabe, Robert. Ansonsten stelle ich kein Rezept mehr aus. Zwei pro Tag, allerhöchstens eine dritte zur Nacht.«

Was bildeten sich die beiden ein? War sie etwa nicht mehr Herrin ihrer Sinne? »Oh doch«, murmelte sie, »mehr denn je.« Sie griff nach dem Spaten, der mit Harken, Hacken und diversen anderen Geräten in einer großen hölzernen Kiste in der Ecke stand, und nahm beim Herausgehen ihre Gartenhandschuhe aus dem Regal.

Vor dem Rosenbeet blieb sie stehen und leuchtete den Stumpf an, den sie am Morgen nicht weiter hatte bearbeiten können. Ihr Schreck, als sie am Abend aufgewacht war, war riesig gewesen. Hatte Robert sein Versprechen gehalten, oder hatte er den Strauch entfernt? Wie von Sinnen war sie nach draußen geeilt, und ihre Erleichterung war immens gewesen, als sie gesehen hatte, dass er zwar die Zweige weggeräumt, aber den Stumpf nicht angerührt hatte. Wie hatte sie so unvorsichtig sein können, den Rosenstrauch mitten am Tag entfernen zu wollen?

»Jetzt ist es doch viel besser«, murmelte sie, legte die Taschenlampe so auf den Rasen, dass sie den Rosenstumpf anstrahlte, und streifte die Gartenhandschuhe über. Sie stach den Spaten in die Erde, trat fest darauf und begann, die Erde um den Stumpf zu entfernen. Es machte Mühe, denn die Erde war trotz kurzer Regenschauer noch fest von der lang anhaltenden Schönwetterperiode. Sie stellte sich mit ihrem gesamten Körpergewicht auf das Spatenblatt, um das Gerät in den Boden zu stemmen.

Carola war außer Puste, schweißnass, trotz der kühlen Nachtluft, und schwindlig vor Anstrengung, als sie endlich die Wurzel des Stumpfes so weit freigelegt hatte. Sie hackte mit dem Spaten die größten Dornen ab, fasste den Stumpf und zog mit aller Kraft. Es gelang schließlich, ihn herauszuziehen, nachdem sie noch mit dem Fuß dagegengetreten hatte.

Sie warf den erdigen Klumpen zur Seite und atmete einige Male tief ein und aus, bevor sie nach der Taschenlampe griff und in das Loch im Beet leuchtete. Sie schluckte. Selbst wenn

Robert den Strauch entfernt hätte, hätte er nichts entdeckt. Vielleicht gab es auch weiter unten nichts mehr zu entdecken? Ihre Hoffnung erfüllte sich nicht. Als sie vorsichtig mit dem Spaten tiefer grub und die Erde beiseiteschaufelte, offenbarte sich, was sie vor über siebzehn Jahren dort vergraben hatte. Sie ging vor dem Loch in die Knie und leuchtete auf die Überreste.

Sie hatte keine Tränen für die bleichen kleinen Knochenreste und den winzigen Schädel, den sie mit der behandschuhten Hand einfach packte und zu den bereits eingesammelten Knochenteilen in die Plastiktüte legte.

Warum auch sollte sie weinen? Dieses ... Etwas ... war nicht ihr Kind. Ihr Kind war warm und weich, war voller Liebe für sie. Und es würde wieder lachen und gesund werden und glücklich sein.

Sie entfernte die Reste der Babydecke aus der Erde, deren Polyesteranteil überdauert hatte. »Niemand kann mir irgendetwas beweisen«, murmelte sie. »Niemand.«

Carola schaufelte die Erde zurück in das Loch, glättete sie mit dem Spaten und legte den Stumpf samt Wurzel auf das Beet. Morgen würde sie ihn entsorgen und das Beet harken. Ganz früh, damit Robert dachte, sie hätte am Morgen den Rest des Strauches entfernt.

Nachdem sie den Spaten und die Handschuhe in das Gartenhaus zurückgebracht hatte, griff sie nach der Plastiktüte mit den Knochen. Sie würde sie im Fluss versenken. Nicht heute, aber in einer der nächsten Nächte. Die schwarze Elbe würde die Überreste für immer verschlucken.

Warum nur hatte sie Joachim von dem Beet erzählt? Von dem, was darin verborgen gewesen war? Er selbst war keine Gefahr, kein Wort würde über seine Lippen kommen, aber ... wenn sie es ihm nicht verraten hätte, müsste sie jetzt keine Angst haben, dass Maja es vielleicht auch wusste.

Fünfzehn Minuten später suchte sie auf dem Dachboden des Hauses ein Versteck für die Tüte. Letztendlich entschied sie sich für einen Karton mit abgelegter Kleidung. Sie stopfte die Tüte auf den Boden des Kartons und verteilte die Kleidungsstücke darüber. Das musste vorerst reichen.

Es war nach vier Uhr, als sie wieder im Bett lag. Sie zitterte an Händen und Füßen, obwohl sie gerade eine halbe Beruhigungstablette genommen hatte. Sie musste sich den restlichen Vorrat in ihrer Handtasche gut einteilen, damit sie noch ein paar Tage die von Robert kontrollierte reduzierte Ration ausgleichen konnte.

Eine halbe Stunde später stand sie auf und schluckte die andere Hälfte. Aufgestützt auf das Waschbecken starrte sie sich im Licht des Spiegels an.

»Alles deine Schuld, Maja Ballmer. Wie soll ich zur Ruhe kommen, wenn ich weiß, dass du alles kaputtmachen kannst?«

FÜNFZEHN

Lyn war mit ihren Gedanken bei Charlotte, während sie ein gutes Stück vom Spülsaum entfernt den Nordseestrand entlangspazierte. Es herrschte Ebbe, und sie ging zügig über den glatt gespülten, festen Sand, der in sechs Stunden wieder überflutet sein würde. Nur wenn es matschig wurde, wich sie ein Stückchen höher auf den weicheren Sand aus.

Charlotte hatte bei dem Telefonat am Vorabend angespannt gewirkt. Auf Lyns Nachfrage, was los sei, hatte sie geantwortet, es sei alles in Ordnung.

»Wenn du mir nicht sofort sagst, was los ist, bin ich in anderthalb Stunden zu Hause und nicht erst übermorgen«, hatte sie geantwortet, denn an Charlottes Stimme war deutlich zu erkennen gewesen, dass nicht alles in Ordnung war.

»Oh Mann, Mama, bleib cool«, hatte Charlotte maulig geantwortet. »*Genau das* ist ja los. Du kommst wieder. Und darum bin ich aufgeregt, weil ich … Ach, was soll's: Ich stelle ihn euch am Wochenende vor. Ihr lernt meinen neuen Freund kennen. Und du kannst jetzt noch tausendmal fragen, Mama, du kriegst kein Wort mehr aus mir raus. Übermorgen siehst du ihn, und dann wirst du hoffentlich verstehen, warum ich mir erst über meine Gefühle im Klaren sein wollte.«

Lyn seufzte, während sie in einen Haufen mit Schwertmuscheln trat, die knackend unter ihren Laufschuhen zerbrachen. Wenn sie ihn sah, würde sie Charlotte verstehen? Das bedeutete vielleicht, dass sie ihn schon kannte und aus allen Socken fallen würde. Oder er war aussätzig, außerirdisch oder … zwanzig Jahre älter. Letzteres schloss sie aus – so gut kannte sie ihre Tochter.

Sie wich einem Tangknäuel aus, als eine überraschte Stimme an ihr Ohr drang.

»Frau Helms!«

Sie sah zur Seite. Keine drei Meter entfernt stand Anne Jever und sah sie an. Lyn hatte die Frau mit der hochgekrempelten

Jeans und der pinkfarbenen Regenjacke wahrgenommen, aber nicht erkannt. Das dichte Blondhaar umspielte ihre Wangen in der leichten Brise, die von landwärts kam.

»Harms, nicht Helms«, sagte Lyn und trat auf Anne Jever zu.

»Guten Morgen, Frau Jever.«

»Ach so, entschuldigen Sie. Ich bin momentan nicht so aufnahmefähig. Sie … Suchen Sie mich?«

»Kein Problem, Sie haben mein volles Verständnis«, sagte Lyn. Sie fühlte sich äußerst unwohl. Anne Jever wähnte sie mit ihrem Fall beschäftigt. Was sollte sie ihr jetzt auf ihre erstaunte Frage antworten?

Lyn entschied sich für die Halbwahrheit. »Ich bin beziehungsweise war hier in St. Peter zur Kur, könnte man sagen. Morgen fahre ich nach Hause. Am Montag bin ich wieder im Büro. Und darum hat mein Kollege mich … äh … gestern zu Ihnen mitgenommen, damit ich mich schon mal mit der Materie vertraut machen kann.«

»Mit der Materie.« Anne Jever verzog geringschätzig den Mund. »Bei mir heißt sie Greta.«

Lyn atmete geräuschvoll aus. »Frau Jever, ich verstehe Sie sehr gut. Aber zum einen steht noch gar nicht fest, dass Ihre Entführung mit Ihrer Tochter zusammenhängt. Und zum anderen können Sie sich darauf verlassen, dass wir alles Menschenmögliche tun, um den Fall zu klären. Nur gehen wir natürlich nüchtern und nicht mit Ihrer Emotionalität an die Tatsachen heran. Und genau das ist hilfreich bei der Aufklärung. Eine distanzierte, objektive Auswertung aller Fakten und Hinweise, um schnell zu einem Ergebnis zu gelangen.«

»Ja, natürlich.« Anne Jever klang nicht überzeugt.

Lyn konnte es ihr nicht verübeln. Schließlich hatte die Polizei ihre Tochter nie gefunden. Sie sah suchend zu den Strandkörben. »Sind Sie ohne Ihren Mann hier?«

»Er kommt gleich nach. Er wollte noch mit seiner Firma telefonieren. Er fehlt dort. Der jetzige Urlaub war nicht eingeplant, aber allein werde ich verrückt. Ich habe so eine unfassbare Unruhe in mir. Ich halte es nicht mal fünf Minuten allein im Strandkorb aus.«

»Wollen wir uns einen Moment setzen?«, fragte Lyn. »Dann können Sie mir etwas über die Musik sagen, die Sie gehört haben. Wenn Ihnen noch etwas dazu eingefallen ist.«

Als Anne Jever nickte und zu einem der Strandkörbe deutete, fühlte Lyn sich noch unwohler. Was genau tat sie hier gerade? Sie hatte gar nichts zu ermitteln. Wenn der Kommissariatsleiter des Sachgebiets 1 von den Jevers hörte, dass sie hier Fragen zum Fall gestellt hatte, bekam nicht nur sie großen Ärger, sondern auch Thomas. Lyns Magen krampfte sich zusammen. Warum war sie nicht einfach weitergegangen?

»Wie kommen Sie klar?«, lenkte sie das Gespräch von den Ermittlungen weg und deutete auf Annes verbundene linke Hand.

»Ohne Daumen? Beschissen.« Annes Mundwinkel verzogen sich nach unten. Ihre Stimme klang hämisch. »Das darf man sagen, wenn man sich den Daumen abschneiden musste, um zu überleben, oder? Versuchen Sie mal, ohne den Daumen ein Besteck zu halten. Auch das Anziehen ist eine neue Herausforderung. Überhaupt irgendetwas zu halten oder zu greifen. Glauben Sie mir, Sie ahnen gar nicht, was Ihr Daumen alles leistet. Das merkt man erst, wenn es plötzlich anders ist.«

Lyn fühlte sich unwohl. »Was Sie mitgemacht haben, wage ich kaum, mir vorzustell…«

»Das können Sie auch nicht«, fuhr Anne ihr über den Mund. »Niemand, der nicht in einer solchen Situation war, kann sich vorstellen, wie es ist. Ja, man kennt solche Filme, solche Bücher und gruselt sich, aber die Realität ist so … so unglaublich anders … Eines weiß ich jetzt: Wer verdurstend zu Tode kommt, hat die Hölle hinter sich. Und dann diese unendliche Demütigung! Ein fremder Mensch, ein Monster, hat meinen Körper verletzt und ihm etwas entnommen. Und«, sie schüttelte sich, »er hat ihn … überall … berührt. Mir eine Windel umgelegt. Ich fühle mich so … so besudelt.«

Lyn schwieg betroffen. Was hätte sie auch sagen sollen?

»Ich kann die Melodie einfach nicht zuordnen«, wechselte Anne Jever das Thema, als sie im Strandkorb Platz genommen hatten. »Es waren auch nur Fetzen, vom Wind herübergeweht.

Kein Schlager. Da bin ich mir sicher. Ich dachte schon an eine Opernmelodie, aber … ich komme einfach nicht drauf.«

»Ich weiß, dass es einfacher gesagt als getan ist«, sagte Lyn, »aber versuchen Sie, den Gedanken daran abzuschütteln, nicht so verkrampft danach zu suchen. Dann kommt die Lösung meist von allein.«

»Das ist wirklich leichter gesagt als getan«, murmelte Anne Jever und starrte auf die Nordsee. »Haben Sie Kinder?«, fragte sie im selben Moment.

Lyn überlief es heiß. »Ja, ich … ich habe zwei Kinder.« Automatisch glitt ihre Hand zum Bauch. Nur zwei.

Anne Jever lehnte den Kopf an die aufrecht gestellte Rückwand des Strandkorbs. »Wenn mich jemand fragt, wie viele Kinder ich habe, zieht sich mein Bauch jedes Mal schmerzhaft zusammen. Auch heute noch. Nach siebzehn Jahren. Denn ich sage natürlich drei. Dabei habe ich Greta nur fünf Wochen gehabt … Sie kam vier Wochen zu früh auf die Welt.«

Sie sah Lyn an. »Vielleicht war das ihr Geschenk an mich, damit ich sie wenigstens diese Wochen haben konnte. Aber andererseits sage ich mir dann wieder: Wäre sie nicht so früh geboren worden, wäre sie erst eine Woche alt gewesen an diesem … diesem Tag, und dann wäre ich bestimmt nicht mir ihr und den Jungs nach Hamburg gefahren. Nicht an diesem Tag.«

Sie schloss die Augen. »Weil ich außer Kinderkleidung nach all den weiten Schwangerschaftssachen unbedingt eine enge Jeans kaufen wollte, habe ich mein Kind verloren. Ich habe den Kinderwagen einfach neben der Umkleidekabine abgestellt. Die Jungs waren ja da, und Greta schlief tief und fest. Drei Hosen habe ich anprobiert. Keine zehn Minuten. Aber diese Minuten haben unser Leben aus der Bahn geworfen.«

Sie öffnete die Augen. »Die Jungs haben zwischen den Ständern herumgetobt, sich in den anderen Kabinen versteckt. Ich habe es gehört und doch nicht richtig wahrgenommen. Jedenfalls nicht so, dass ich dachte, Greta sei gänzlich unbeaufsichtigt oder sogar in Gefahr.«

Jetzt sah sie Lyn an. »Wer … wer denkt denn an so was? Natürlich habe ich auch Filme gesehen, in denen ein Kind

geraubt wird. Einfach so. Aber doch nicht im wahren Leben!«
Sie wandte den Kopf wieder ab. Ihre Stimme klang dunkel. »Ich
wurde eines Besseren belehrt. Ich wurde grausam belehrt. Und
bestraft. Ich habe für zehn Minuten Nachlässigkeit eine Strafe
bekommen, die nicht härter hätte sein können. Und mein Mann
und meine Söhne mussten mit mir büßen. Obwohl sie keine
Schuld traf. Sören war vier Jahre alt, Thore zwei. Niemand
konnte erwarten, dass sie den Kinderwagen im Auge behielten.
Sie waren selbst klein.«

»Keiner von Ihnen ist schuldig. Tausende Mütter machen
jeden Tag genau das, was Sie gemacht haben«, sagte Lyn. »Die
Schuld liegt einzig bei der Person, die Ihre Tochter geraubt hat.«

Anne Jever lachte unfroh auf. »Ja, das habe ich nach langen
Jahren und einer Therapie auch endlich akzeptiert. Obwohl ...
ganz abschütteln kann ich das Schuldgefühl nicht. Gelegenheit
macht Diebe, heißt es. Ich hätte einfach keine Gelegenheit
bieten dürfen.«

»Jede Mutter würde sich mit Vorwürfen zerfleischen«, sagte
Lyn.

»Und wenn ich mir jetzt vorstelle, dass unsere Tochter, unsere
kleine Greta, so schwer krank sein soll, dass sie Knochenmark
braucht ...« Anne Jevers Kopf ruckte verzweifelt hin und her.
»Und diese Frau ... diese schreckliche Frau ist bei ihr. Und
nicht ich. Das ... das geht über meinen Verstand, über meine
Gefühle.« Ihre Augen glühten förmlich, als sie weitersprach.
»Sie hätten sie sehen sollen! Dieses verlogene, grausame Biest!
Mit ihrer Freundlichkeit ... so falsch, so aufgesetzt.«

Anne Jever schüttelte wieder den Kopf. »Wieso habe ich es
nicht vorher gemerkt? Obwohl, das stimmt so nicht. Sie kam
mir ja von Anfang an merkwürdig vor. Sie wirkte unecht,
künstlich. Ihr Verhalten, ihr Äußeres. Und sie hat sich verändert
in den Wochen, in denen ich sie traf. Sie sah immer blasser
aus, immer eingefallener, kränklich. Ich dachte, sie sei Alkoholikerin. Aber ich sagen Ihnen: Sie war fix und fertig mit den
Nerven. Und das Schlimmste daran ist: Ich denke nicht, dass
sie so fertig war, weil sie ihren Plan mit mir ausführen musste,
sondern ...«, Anne traten die Tränen in die Augen, »... weil

sie sich um mein Kind sorgte. Weil sie es liebt. Sie liebt *mein*
Kind! Und wenn das wirklich alles so stimmt, wie ich es mir
ausmale, dann liebt mein Kind diese Frau genauso. Das ... das
ist so ungeheuerlich.«
Lyns Hand strich automatisch über Annes Unterarm.
Sie registrierte Lyns mitfühlende Geste nicht. Sie starrte weiter auf das graue Nordseewasser. »So habe ich es mir ja immer
vorgestellt. Seit siebzehn Jahren hoffe ich, dass sie noch lebt.
Den Gedanken, sie könnte tot sein, habe ich immer verdrängt.
Lieber wollte ich, dass sie bei einer anderen Frau ist. Einer Frau,
die sie liebt und bei der es ihr gut geht. Aber jetzt ...«
Lyn erschrak über den Ausdruck in Anne Jevers Gesicht. War
es Wut? Hass? Sie schluckte. Was es auch war, es hatte wohl
seine Berechtigung, nach allem, was sie mitgemacht hatte.
»Jetzt, wo diese Frau ein Gesicht hat, ein so ... so hässliches
Gesicht, ertrage ich diesen Gedanken nicht mehr. Greta, meine
Greta, soll bei dieser Frau sein? Bei einer Frau, die mich in
meinen Ausscheidungen, in Blut und Urin, ohne Wasser, ohne
Licht, fast verrecken lässt?« Ihr Körper schüttelte sich. »Wie soll
diese Frau mein Kind geliebt haben? Sie ist zu Liebe nicht fähig.
Sie ... sie ist ein Monster.«
»Ich möchte Sie wirklich nicht verletzen«, sagte Lyn leise,
»aber steigern Sie sich bitte in dieses Szenario nicht zu sehr
hinein. Wir werden herausfinden, wer diese Vanessa Schmitz
ist, aber es kann durchaus sein, dass ganz andere Gründe diese
Frau und ihren oder ihre Helfershelfer bewogen haben, Sie
zu entführen und zu misshandeln. Es kann durchaus sein, dass
Vanessa Schmitz mit dem Raub Gretas gar nichts zu tun hat.«
Anne Jever stieß verächtlich Luft durch die Nase aus. »Oh
doch, das hat sie. Auch wenn niemand mir glaubt, weil mein
Gefühl mich vor Jahren einmal getrogen hat. Dieses Mal liege
ich richtig. Ich weiß es einfach.«
Lyn stand auf. »Sie werden bezüglich der Ermittlungen auf
dem Laufenden gehalten, Frau Jever. Durch den Kollegen Martens.« Der Nachsatz schien Lyn angebracht, damit Anne Jever
nicht auf den Gedanken kam, bei Nachfragen beim Sachgebiet 1
ihren Namen zu nennen. »Und ich wünsche Ihnen, dass Sie

recht behalten. Von Herzen. Denn das würde bedeuten, dass wir, wenn wir Vanessa Schmitz fassen, auch Ihre Tochter finden.«

»Ja.« Anne nickte. »Diesen Zeitpunkt sehne ich herbei, und gleichzeitig fürchte ich ihn wie nichts anderes. Ich fürchte mich unendlich vor Gretas Reaktion, denn in ihr ist nichts von der Sehnsucht, die ich in mir trage. Für mein Kind, um das ich seit siebzehn Jahren trauere, bin ich eine Fremde. Ein Eindringling in ihre Welt. Bestenfalls ein Nichts.«

Lyn schluckte. »Aber genau diese Gedanken machen Sie zu ihrer Mutter. Mit dieser Einfühlsamkeit werden Sie es meistern, wenn der Zeitpunkt kommen sollte. Daran sollten Sie sich festhalten.«

***

»Du willst was?« Rainer Jevers Stimme verriet sein Unverständnis, während er auf Anne im Strandkorb herunterblickte. »Wir sind gerade einmal zwei Tage hier! Wir haben doch für eine Woche gebucht.«

Anne stand auf und steckte ihr Smartphone in die Seitentasche der Jacke. »Ich will nach Hause«, sagte sie mit fester Stimme. »Wir können hier doch sowieso nicht abschalten. Und zu Hause werde ich versuchen, mich den alltäglichen Dingen zu widmen. Ich kann jetzt nicht lesen. Ich muss mich beschäftigen. Putzen, bügeln, was weiß ich, was ich mit einer Hand schaffe. Und du kannst morgen und übermorgen Nachmittag ins Büro gehen. Tina wird dann bei mir sein. Ich habe gerade mit ihr telefoniert.«

Kopfschüttelnd fuhr sich Rainer mit der Hand durch den Vollbart am Kinn. »Wenn wir sowieso nach Hause fahren, könntest du aber auch die OP an deiner Hand durchführen lassen. Die Ärzte haben doch gesagt, je schneller, desto besser.«

Anne wandte sich ruckartig ab und stapfte durch den Sand Richtung Seebrücke. »Ich lasse mich nicht narkotisieren. Ich kann das noch nicht.«

Rainers Gebrumme, während er den Strandkorb mit dem hölzernen Gitter schloss, nahm sie nur entfernt war. Sie wusste, dass sie seine Nerven strapazierte, aber sie war nicht in der Lage, auch nur einen Tag im Voraus zu planen. Vielleicht bekam sie zu Hause nach zwei Tagen auch wieder einen Koller, aber hier hielt sie es auf jeden Fall nicht mehr aus. Allerdings hatte sie nicht vor zu bügeln, wie sie Rainer eben erklärt hatte. Nein, sie würde versuchen, in Krankenhäusern herauszufinden, ob dort Mädchen in Gretas Alter behandelt wurden, die auf Knochenmark angewiesen waren.

Das Gespräch mit der Kommissarin eben hatte ihr gezeigt, dass sie ihrem Bauchgefühl vertrauen musste. Das Bauchgefühl, das ihr sagte, die Sache selbst in die Hand nehmen zu müssen, wenn sie ihr Kind zurückhaben wollte. Die Kommissarin lief ja lieber am Strand herum, anstatt sich um ihren Fall zu kümmern.

Natürlich durfte Rainer nichts von ihrem Plan erfahren. Darum hatte sie Tina angerufen. Die Freundin würde morgen Mittag zu ihr kommen, und dann würde sie Tina schon überzeugen, sie nach Hamburg zu begleiten. Denn mit den Hamburger Krankenhäusern wollte sie beginnen. Schließlich hatte Vanessa Schmitz ihr in Hamburg das Baby aus dem Kinderwagen geklaut.

Anne blieb stehen, um auf Rainer zu warten. Er würde nichts dagegen haben, dass Tina die nächsten Nachmittage mit ihr verbrachte. Im Gegenteil, es würde ihn froh machen, dass seine Frau glücklich war, ein paar Stunden mit ihrer besten Freundin verbringen zu können. Und er konnte seine Arbeit machen, ohne ein schlechtes Gewissen haben zu müssen.

$$\star\star\star$$

»Bist du sicher, dass wir trocken nach Hause kommen?« Lyn blickte nicht in den grauen Himmel, weil sie versuchte, den Reißverschluss der Motorradjacke, die Thomas für sie mitgebracht hatte, zu schließen. »Hm, irgendwie will der Reißverschluss nicht.«

»Je länger wir hier rumstehen, desto größer wird die Wahrscheinlichkeit, dass wir doch nass werden«, sagte er mit einem Lächeln. Seine Finger griffen nach dem Reißverschluss und berührten Lyns dabei. Schnell zog sie die Hände weg.

»Na toll«, brummte Thomas schließlich. »Jetzt weiß ich auch, warum Dorit die Jacke dagelassen hat. Der Reißverschluss ist Schrott. Fuck!«

»Gut, dass die Jacke zwei Nummern zu groß ist. Ich schlage sie übereinander, und wenn ich den Nierengurt dann *über* die Jacke ziehe, hält sie untenherum zusammen«, sagte Lyn und war schon dabei, den Nierengurt zu lösen. »Und da ich ja hinter dir sitze, bin ich wohl geschützt genug, oder?«

Thomas sah sie skeptisch an. »Versuchen können wir es ja. Das tut mir echt leid. Da spucke ich große Töne, und dann bring ich so einen Schrott mit.«

Als Lyn die Jacke schließlich notdürftig geschlossen hatte, stülpte Thomas ihr den Helm über den Kopf und klappte das Visier hoch. »Alles klar?«

Ein flaues Gefühl überfiel sie. Warum nur hatte sie zugestimmt?

Thomas lachte. »Ich habe dir versprochen, dass Hendrik kein Wort davon erfährt. Also entspann dich und genieß die Tour. Es ist herrlich, glaub mir. Und wenn es tatsächlich zu gießen anfangen sollte, fahren wir irgendwo ran und trinken einen Kaffee.«

Seufzend klappte Lyn das Visier herunter und zog die Handschuhe an. Sie hatte Thomas am Vorabend angerufen und ihm mitgeteilt, dass sie es sich anders überlegt habe. Sie wolle mit der Bahn fahren. Er hatte sie sofort durchschaut und ihr auf den Kopf zugesagt, dass sie doch nur Angst habe, dass Hendrik es erfahren werde. »Kein Wort darüber kommt über meine Lippen«, hatte er ernst gesagt und schließlich auf sie eingeredet, bis sie wieder eingeknickt war.

»Aber nicht so schnell«, sagte sie, als sie sich hinter Thomas auf die Suzuki schwang.

»Aye, aye, Käpt'n. Und jetzt halt dich an mir fest«, erklang es unter seinem Helm. Dann warf er die Maschine an. Als der satte Ton erklang, atmete Lyn einmal tief durch und legte ihre Arme um Thomas. Das Motorengeräusch klang gut. Aufregend. Vielleicht würde sie doch ihren Spaß an der Tour haben.

Knapp eineinviertel Stunden später stellte sich dieser Gedanke als Trugschluss heraus. Der Spaß war vorbei, als es zu regnen begann, kurz nachdem sie in Brunsbüttel den Nord-Ostsee-Kanal überquert hatten. Kurz hinter Brokdorf, vier Kilometer vor dem Ziel, mussten sie schließlich rechts ranfahren, weil ein so heftiger Gewitterschauer niederging, dass jegliches Weiterfahren Selbstmord gewesen wäre.

»Scheiße!«, fluchte Thomas, nachdem er die Maschine auf eine Weidenauffahrt nahe dem Atomkraftwerk gelenkt hatte und sie beide abgestiegen waren. Er klappte das Visier hoch. Seine braunen Augen glitten über Lyn.

Sie raffte die Jacke über der Brust zusammen, aber Thomas hatte gesehen, dass ihr Shirt darunter völlig durchnässt war.

»Das tut mir so leid. Scheiße.« Thomas fluchte unentwegt, während das Wasser auf sie herabprasselte.

Lyn widersprach ihm nicht. Ihr Kopf schien vom harten Ploppen der Regentropfen auf den Helm zu vibrieren. Am liebsten hätte sie ihn abgesetzt, aber so war es wenigstens trocken. Fast zehn Minuten standen sie an der Straße, bis das Gewitter sich verzog.

»Wir können weiter«, sagte Thomas. »Zieh deine Jacke aus.«

»Warum …?« Verwirrt sah Lyn zu, wie Thomas den Reißverschluss seiner Lederjacke öffnete.

»Ich werde nicht zulassen, dass du in der kaputten Jacke noch einen Meter weiterfährst. Zieh sie aus. Du wirst meine anziehen. Ich habe noch eine Weste in der Motorradtasche. Das reicht für die letzten Kilometer.«

Lyn schüttelte den Kopf. »Du spinnst ja. Ich werde ja wohl die letzten Meter auch noch nass nach Hause schaffen. Ansonsten sind wir beide völlig durchnässt. Was noch dämlicher wäre.«

Thomas zog seine Jacke aus und legte sie über den Sitz des Motorrads. Er klappte die Tasche auf, zog eine zusammengeknüllte Jeansweste unter Lyns Tasche hervor und zog sie über sein T-Shirt und den Nierengurt. Dabei sah er sie an. »Je schneller du meine Jacke anziehst, desto weniger nass werde ich.«

»Gott«, stieß Lyn genervt aus, während sie ihren Nierengurt löste, weil sie wusste, dass Thomas nicht nachgeben würde.

»Könnt ihr Männer dieses Ritterlichkeitsgetue nicht endlich mal ablegen? Wir sind keine Prinzessinnen.«

Er kam mit seinem Helm ganz dicht an ihren heran. »Das steckt nun mal in uns. Noch lieber küssen wir die Prinzessin wach.«

Lyn überlief es kalt. So viel zu platonisch. Wie dumm war sie eigentlich? Warum war sie auf Thomas' Angebot eingegangen? Sie wusste doch im Innersten, dass es kein Platonisch zwischen ihnen gab. Und nie geben würde. Ihr traten die Tränen in die Augen. Sie wollte zu Hendrik. Zu dem Mann, dessen Kind sie verloren hatte. Was war nur los mit ihr? War sie vielleicht wirklich nicht zu tiefen Gefühlen fähig? Oder warum kutschierte sie hier mit einem fremden Mann durch die Gegend, während ihr Herz sich nach Hendrik sehnte?

»Bring mich jetzt nach Hause«, sagte sie nur und zog seine Jacke an.

»Entschuldige. Das war nur ein dummer Spruch.« Die Stimme unter dem Helm hatte ihre Heiterkeit verloren. »Ich —«

»Fahr jetzt bitte los!« Lyn schwang sich auf das Motorrad.

Die letzten vier Kilometer nach Wewelsfleth erschienen Lyn länger als die fünfundneunzig, die sie bereits gefahren waren. Als Thomas in die Schulstraße einbog und die Suzuki auf dem Parkplatz an der Friedhofsecke abstellte, stieg Lyn umgehend ab. Ihre Wut auf sich selbst vermischte sich mit Schuldgefühl, als sie seine durchnässte Kleidung sah. Sie nahmen beide ihren Helm ab.

»Lyn, ich —«

»Du kannst jetzt mit reinkommen, und dann gebe ich dir ein Handtuch und ein trockenes Shirt von Hendrik«, unterbrach Lyn ihn. »Und dann ... fährst du.«

Thomas sprach kein Wort, während er ihr die wenigen Meter zu ihrem Häuschen folgte.

»Charlotte? Bist du da?«, rief sie, als sie die Haustür aufschloss und den kleinen Flur betrat. Sie warf ihre Tasche auf die Kommode. Der vertraute Geruch ihres Hauses hieß sie willkommen, und sie atmete ihn tief ein.

Es kam keine Antwort.

Sie trat zur Seite, um Thomas Platz zu machen, und deutete in die Küche. »Warte bitte dort, ich hole die Sachen.« Sie ließ ihm keine Zeit für eine Antwort, sondern ging ins Badezimmer. »Oh Wunder«, murmelte sie, als sie die Tür des kleinen Bads öffnete und nicht das vermutete Chaos vorfand. Es war – für Charlottes Verhältnisse – aufgeräumt. Ein nasses Badehandtuch und ein kleineres hingen – natürlich übereinander – über der Duschkabinentür. Auf dem Boden lagen Charlottes Rasierer und eine zusammengeknäuelte Socke herum. Die Zahnpastareste im Waschbecken ignorierend, starrte Lyn sich einen Moment im Spiegel an, nachdem sie ein Handtuch aus dem Regal genommen hatte. Ihre Föhnfrisur hatte ihre Form durch den Helm eingebüßt. Sie widerstand der Versuchung, mit den Händen hindurchzufahren. Es gab keinen Grund, sich aufzuhübschen.

Die tropfende Lederjacke zog sie gleich wieder an, nachdem sie gesehen hatte, dass ihr durchnässtes Shirt BH und Brust durchscheinen ließ. Sie griff nach einem sauberen Handtuch für Thomas und verließ das Bad. Als sie die Küche betrat, hielt sie sekundenlang den Atem an. Thomas stand mit nacktem Oberkörper da. Durch die Nässe klebten die dunklen Härchen auf seiner Brust.

»Danke«, sagte er ernst und streckte die Hand aus.

»Wie? ...« Lyn löste ihren Blick von seinem Oberkörper.

»Ja, klar ... bitte.« Sie drückte ihm das Handtuch in die Finger. »Ich ... äh ... hole dir ein Shirt.«

Sie war froh, aus der Küche und vor allem vor seiner Wirkung auf sie nach oben fliehen zu können. Sie hasste sich erneut dafür, dass sie sich und ihn in diese Situation gebracht hatte. Eine Situation, die sich völlig falsch anfühlte und eine Intimität in sich barg, die sie abstieß.

In ihrem Schlafzimmer zog sie die durchnässten Sachen aus und schlüpfte in eine Bluse und eine alte Jeans. Sie presste ihr Gesicht in Hendriks T-Shirt, das sie aus ihrem Schrank genommen hatte. »Hendrik«, flüsterte sie dabei und sog tief den Geruch ein. Doch es roch nur nach ihrem Waschmittel. Sie wollte das Schlafzimmer verlassen, als sie einen kurzen Blick aus dem Fenster warf, weil sie eine Bewegung auf dem Friedhofsweg wahrnahm.

Sie brauchte Sekunden, um das Bild wirklich zu erfassen.

»Hendrik«, flüsterte sie noch einmal, dieses Mal voller Freude. Er war nur noch ein paar Meter vom Haus entfernt. In der Hand hielt er einen Blumenstrauß, eingewickelt in Papier. Sie versuchte, seinen Gesichtsausdruck zu deuten, als es ihr kalt über den Rücken lief.

Hendrik kam. Und in ihrer Küche stand Thomas Martens. Halb nackt.

»Oh Gott!« Sie weinte auf, vergaß zu atmen, wandte sich um, um die Treppe hinunterzurasen, und wusste doch, dass es zu spät war. Es klingelte, als sie gerade durch die Schlafzimmertür war. Stocksteif blieb sie stehen. Hendrik musste Thomas schon durch das Küchenfenster gesehen haben, als er zur Haustür ging.

Lyns Blut pochte in den Ohren, während sie darauf wartete, dass etwas passierte. Dass Hendrik die Tür eintrat. Dass Thomas die Tür öffnete. Dass das Dach über ihr einstürzte. Oder der Himmel.

Sekunden vergingen, in denen Lyn zu Stein erstarrt auf dem oberen Flur stand, Hendriks T-Shirt an die Brust gepresst. Sie hörte nur das Pochen ihres Herzens. Von unten kam kein Laut. Ein erneutes Klingeln ließ sie zusammenschrecken. Sie wartete eine Minute, dann ging sie mit hölzernen Schritten zurück ins Schlafzimmer.

Mit angehaltenem Atem sah sie aus dem Fenster zu, wie Hendrik den Weg zurückging, den er gekommen war. Er musste seinen Volvo beim Topkauf geparkt haben. Der Arm mit den Blumen hing lasch herunter. Sie wandte sich ab und presste ihren Rücken einen Moment lang an die Wand. Dann stieß sie sich ab und eilte die Treppe hinunter. Schon auf der vorletzten Stufe blieb sie stehen, weil ihr Blick in die Küche fiel.

Thomas lag lang ausgestreckt auf dem Fußboden, den Körper an die unteren Einbauschränke gepresst. Er hob seinen Kopf und sah sie an. »Ist er endlich weg? Ich frier mir hier den ... Rücken ab.«

»Oh mein Gott!« Weinend und lachend gleichzeitig sprang Lyn die letzten beiden Stufen herab und betrat die Küche.

Thomas rappelte sich auf und lehnte sich gegen die Arbeitsplatte. »Es reicht, wenn du weiterhin Thomas zu mir sagst«, kam es mit einem Augenzwinkern über seine Lippen. »Auch wenn ich dir gerade den Arsch gerettet habe und du mir zu ewiger Dankbarkeit verpflichtet sein wirst.«

»Was …? Wieso hast du …?« Lyn konnte nur den Kopf schütteln und Thomas ansehen. Sie ließ sich auf den Hocker fallen, weil ihr die Knie zitterten.

»Ich habe ihn kommen sehen«, sagte er und nickte Richtung Fenster. »Und ich hatte fünf Sekunden Zeit, mir zu überlegen, was ich tun soll. Es gab zwei Varianten. Für welche ich mich entschieden habe, hast du ja gesehen. Selbst wenn er durchs Fenster geguckt hat, hat er mich nicht entdeckt.«

Lyn begann zu weinen. »Ich … ich habe Hendrik oben durch das Schlafzimmerfenster gesehen und … und ich dachte, du würdest vielleicht …« Sie brach ab.

»Variante zwei *war*, die Tür zu öffnen«, sagte er ernst und ließ seinen Blick über ihr Gesicht gleiten. Er machte zwei Schritte vor, ging in die Knie und wischte über ihre tränenfeuchten Wangen. »Aber Freunde tun so etwas nicht.«

Lyn weinte noch mehr. »Ich weiß gar nicht, was ich sagen soll. Danke, Thomas.«

Er seufzte. »Nun gib mir endlich das T-Shirt, damit ich verschwinden kann, bevor er zurückkommt.« Er deutete auf das schwarze Shirt, das Lyn noch immer verkrampft in der Hand hielt.

Wortlos reichte sie es ihm und ging nach oben, um seine Jacke zu holen. Als er sie angezogen hatte, umarmte sie ihn fest. »Danke.«

Er ließ sie los. »Ich werde es bereuen. Ich bereue es jetzt schon. Ich hätte nur die Tür öffnen müssen, und Hendrik Wolff wäre aus dem Weg gewesen. Gut, es hätte mich vielleicht ein, zwei Zähne gekostet, aber …« Er sah sie an. »Das wäre es mir wert gewesen.«

Dieses Mal wurde Lyn nicht wütend. »Du hast es aber nicht

getan, Thomas Martens. Und *das* macht dich zu meinem Freund.«

Drei Minuten später schloss sie die Tür hinter ihm und lehnte sich mit dem Rücken dagegen. »Was für ein Tag«, murmelte sie.

Sie ging in die Küche, nahm ein Glas aus dem Schrank und füllte es mit Leitungswasser. Während sie trank, starrte sie durchs Fenster auf den Friedhof. Sie hatte Hendriks Gesicht in dem kurzen Augenblick, den sie am Fenster gehabt hatte, nicht entnehmen können, was in ihm vorging. Was hatten die drei Wochen der Trennung in ihm ausgelöst? Welche Blumen hatten sich unter dem Papier verborgen? Rote Rosen, weil er sie noch liebte? Weil er sich nach ihr sehnte? Oder irgendwelche belanglosen Blumen, die er ihr zum Abschied überreichte? Weil er in den drei Wochen gemerkt hatte, dass er ohne sie leben konnte und wollte?

Diese Option legte sich wie ein Stein auf ihre Brust. Sie kramte ihr Handy aus ihrer Tasche und stellte es aus. Das war albern und dumm, ja, aber es war die einzige Möglichkeit, Hendrik für heute daran zu hindern, es ihr am Telefon zu sagen. Morgen. Morgen würde sie sich so weit beruhigt haben, dass sie mit ihm reden und sich mit ihm treffen konnte.

Lyn legte das Handy auf die kleine Kommode neben die Kristallschale, als ein Klopfen an der Tür sie zusammenfahren ließ. Hendrik?

Als sie die Tür öffnete und Charlotte ihr um den Hals fiel, war sie einen winzigen Moment lang enttäuscht. Aber ihre Tochter ließ ihr keine Zeit für weitere Überlegungen. Sie spürte kleine Küsschen an ihrer Wange und presste Charlotte an sich.

»Ich hab deinen Schatten durch die Scheibe gesehen«, sagte Charlotte strahlend und erklärte damit, warum sie nicht ihren Schlüssel benutzt hatte. Sie musterte ihre Mutter streng. »Gut siehst du aus, Mama. Echt. Ich hatte schon Angst, dass du doch nicht so fit bist, wie du immer am Telefon gesagt hast, aber jetzt glaub ich es dir. Stimmt doch, oder?« Ein wenig Sorge klang im Nachsatz mit.

»Mir geht es viel besser, Schatz«, sagte Lyn und nahm den

Kopf ihrer Tochter zwischen die Hände und schmatzte einen Kuss auf deren Lippen. Sie griff nach Charlottes Hand, zog sie in die Küche und drückte sie auf den Hocker. »Und jetzt will ich endlich wissen, bevor wir uns irgendetwas anderes erzählen, wer dein geheimnisvoller Mister X ist.«

Gut sah Charlotte aus. Die neue Liebe bekam ihr. Und darum spielte es keine Rolle, ob der Urheber E. T. war oder ein Greis. Lyn setzte sich auf den Stuhl und strahlte sie an. »Also raus mit der Sprache, Lotte.«

Charlottes Wangen färbten sich tiefrot. Sie atmete einmal durch, bevor sie sagte: »Es ist Markus Lindmeir, Mama.«

»Markus Lindmeir«, wiederholte Lyn den Namen ohne jede Betonung. Bilder und Namen rasten in Sekundenschnelle durch ihr Hirn. Sie sah eine verkohlte Leiche auf einem Kleingartengelände vor sich, dann verschiedene Gesichter: Margarethe Jacobsen, Kevin Holzbach, Paul Lindmeir, Markus Lindmeir … Der Mordfall Hühner-Waldi. Der Mordfall Jacobsen.

»Charlotte …« Lyn konnte ihre Tochter nur anstarren. Sie fragte sich einen winzigen Moment lang, ob sie von derselben Person sprachen, und wusste doch, dass es so war. Nur darum hatte Charlotte so ein Geheimnis um ihn gemacht.

Berechtigterweise.

Lyn hatte Markus Lindmeir vor zwei Jahren zuletzt gesehen. Ein hübscher dunkelblonder Junge, kurz vor dem Abitur. Auf dem Stuhl vor ihrem Büroschreibtisch sitzend. Beichtend.

»Wo hast du ihn …? Ich meine, wie habt ihr euch …?« Lyn war nicht in der Lage, einen Satz zu beenden.

»In Itzehoe. Im Cheyenne Club. Ich war mit der Clique da, und er … er war eben auch da. Er kannte ja alle. Es war auch mal seine Clique, bevor …« Sie brach ab. »Ach, Mama. Wie du guckst! Genau aus dem Grund wollte ich vorher nichts sagen, aber …« Sie brach in Tränen aus. »Ich bin so verliebt, Mama. Er ist so süß und so lieb und … und so allein. Und jetzt hat er mich. Und wir sind«, sie wischte über ihre Wangen, »sauglücklich.«

»Ach, Lottchen.« Lyn sprang auf, ging vor Charlotte in die Knie und drückte sie an sich. »Jetzt hör auf zu weinen. Ich … ich bin schon ziemlich überrascht. Ich wusste ja nicht einmal, dass er überhaupt wieder in der Gegend wohnt. Lebt er in Glückstadt, im Haus seines … Vaters?«

»Nein.« Charlotte löste sich von Lyn und wischte noch einmal energisch die Tränen fort. »Er sagt, da kann er nicht wohnen. Die Erinnerungen erdrücken ihn da. Er hat eine kleine Wohnung in Itzehoe. Aber im Oktober beginnt sein Studium, dann zieht er nach Flensburg.« Sie atmete tief durch. »Er hat so einen Schiss vor dir, Mama. Vor dem, was du sagen wirst und … und überhaupt. Gestern Abend hat er sich übergeben, weil ihm so schlecht war.«

Charlotte musterte Lyns Gesicht, suchte nach einer Reaktion. Die Angst und Unsicherheit in ihren Augen spiegelte sich auch in ihrer Stimme. »Was sagst du dazu?«

Einen Moment lang starrten sie sich wortlos an. Dann verzogen sich Lyns Lippen zu einem schiefen Grinsen. »Traumhaft. Mein Schwiegersohn in spe kotzt, wenn er an mich denkt.«

»Ach, Mama.«

»Nun komm schon her, du Geheimniskrämerin.« Lyn stand auf und breitete die Arme aus. »Ich hab dich lieb, und ich möchte, dass du glücklich bist. Und wenn du glaubst, dass Markus Lindmeir zu deinem Glück gehört … was soll ich dann noch sagen? Außer: Es wird alles gut, Lottchen.«

Eng umschlungen standen sie da. »Habt ihr denn schon …?«, druckste Lyn irgendwann herum. »Ich meine … wie fest ist es denn zwischen euch?«

»Boah, Mama.« Charlotte löste sich von Lyn und sah sie an. »Ja, es ist superfest zwischen uns. Mit allem Drum und Dran. Ich liebe ihn. Und ich stehe zu ihm, egal was war. Wer mich liebt, muss ihn jetzt mitlieben. So.«

Lyn schluckte einen Spruch herunter, weil ihr in diesem Moment bewusst wurde, dass Charlotte recht hatte. Man liebte oder man liebte nicht. Ein bisschen lieben gab es nicht.

»Ich liebe Hendrik«, murmelte sie.

Charlotte sah sie irritiert an. »Äh, ja, ich weiß.«

Lyn seufzte. »Das war nicht für dich bestimmt. Ich … ich musste es nur einfach sagen.«

»Hast du was von ihm gehört?«

»Nein. Aber morgen werde ich. Morgen ist doch der neunte August?«
»Ja.« Charlotte musterte sie. »Was hat der Neunte mit Hendrik zu tun?«
»Ich weiß, wo er morgen Nachmittag ist. Wann kommt Krümel morgen an?«
»Sie ist um sechzehn Uhr in Hamburg.«
»Gut. Dann tu mir einen Gefallen, Lottchen. Begleite mich morgen, um sie abzuholen. Wir drei fahren dann noch weiter. Ihr müsst mir helfen.«
»Wobei?«
»Eine Brücke zu bauen.«

SECHZEHN

»Ach, Tina.« Kraftlos ließ Anne Jever sich auf eine der Holzbänke vor dem Eingang des Altonaer Kinderkrankenhauses sinken, nachdem sie das Gebäude verlassen hatten. Die Resignation war ihr deutlich anzuhören. »Ach, Anne!« Tina Rudolfs Worte klangen nicht resigniert, sondern – nur mit Mühe gezügelt – wütend. »Ich habe dir gesagt, dass es eine Schnapsidee ist. Seit«, sie blickte auf ihre Armbanduhr, »fast fünf Stunden irren wir hier durch Hamburg, blamieren uns, ja, wir machen uns sogar verdächtig. Es hätte nicht viel gefehlt, und die im Wilhelmstift hätten die Polizei gerufen, weil zwei Irre versuchen, auf die Kinderstation vorzudringen, um dort in den Zimmern nach siebzehnjährigen Mädchen Ausschau zu halten.«

»Sie hätten sie ruhig rufen können«, erwiderte Anne bockig. »Vielleicht hätte die Polizei dann mal etwas getan, um Greta zu finden. Sie sind die Polizei! Sie brauchen nur die Türen in allen Krankenhäusern einmal zu öffnen und in die Zimmer zu schauen. Irgendwo liegt Greta, das weiß ich!«

Tina öffnete ihren Lederrucksack, den sie auf die Bank neben sich gelegt hatte, und trank einen Schluck Wasser aus einer Plastikflasche. »Du weißt doch selbst, was für einen bodenlosen Unsinn du da redest«, sagte sie schließlich leise und hielt die Flasche Anne hin. Als die den Kopf schüttelte, steckte Tina das Wasser in den Rucksack zurück und griff nach der Hand der Freundin.

»Anne, der Polizei sind diesbezüglich die Hände gebunden. Und sie haben euch doch gesagt, dass sie schriftliche Anfragen an alle Krankenhäuser gerichtet haben. Aber es gibt nun einmal die ärztliche Schweigepflicht. Und ich finde das auch sehr beruhigend. In diesem Fall ist es natürlich wenig hilfreich, aber –«

Anne entzog Tina die Hand mit einer heftigen Bewegung. »Wenig hilfreich? Es ist zum Verrücktwerden. Wir haben keine

Chance mehr, wenn sie das Krankenhaus verlässt. Dann finden wir sie nie.«

Tinas Seufzer war tief. »Sie ist vielleicht gar nicht mehr in einem Krankenhaus. Vielleicht war sie auch nie dort. Und sie muss, wenn überhaupt, nicht hier in Hamburg sein. Sie kann überall leben. Vielleicht sogar im Ausland. Das, was du hier versuchst, ist tausendmal weniger effektiv, als die Nadel im Heuhaufen zu suchen. Anne!«, sie sprach schnell weiter, als die Freundin sie unterbrechen wollte, »ich verstehe deine Gründe wirklich. Ich hätte vielleicht dasselbe getan in deiner Situation, aber du musst einfach begreifen, dass das nur blinder Aktionismus ist. Fahr mal runter, damit du wahrnimmst, dass die Polizei alles tut, um Greta zu finden.«

Sie sah noch einmal auf die Uhr. »Jetzt lass uns zu Sören und Kathrin zum Abendessen fahren. Und dann fahren wir zurück nach Itzehoe.«

Anne starrte einem Paar hinterher, das einen kleinen Jungen in einem Rollstuhl Richtung Krankenhauseingang schob. Sie schluckte die harten Worte hinunter, die ihr auf der Zunge lagen. Tina fuhr mit ihr seit Stunden kreuz und quer durch Hamburg. Sechs Kinderkliniken hatten sie abgeklappert. Erfolglos. Wie sie es auch erwartet hatte, schließlich war sie nicht dumm. Aber es nicht versucht zu haben wäre nicht auszuhalten gewesen.

Um die siebzig Kliniken, inklusive der Privatkliniken, hatte Hamburg zu bieten. Gerade einmal sechs, die auf Kinder spezialisierten Häuser, hatten sie heute geschafft, ohne auch nur auf eine einzige Kinderstation gelangt zu sein.

Anne sah Tina an. »Bitte, Tina, nur noch die nächste Klinik auf meiner Liste. Es ist noch nicht einmal achtzehn Uhr. Und danach fahren wir zu Sören.« Sie zog einen DIN-A4-Zettel aus ihrer Jackentasche und strich »Kinderkrankenhaus Altona« durch. Sie hatte am Vorabend sämtliche Krankenhäuser Hamburgs gegoogelt. Die Kinderkliniken standen ganz oben auf der Liste. Danach folgten die weiteren Kliniken, die sie nach Lage sortiert aufgelistet hatte, um sich unnötige Wege innerhalb Hamburgs zu sparen.

Tina atmete lautstark ein und aus. »Wohin müssen wir?«
Anne sah auf ihren Zettel. »Die Ballmer-Klinik. Eine Privatklinik in der Hafencity.«

»Eine Privatklinik. In der Hafencity.« Tina schüttelte den
Kopf. »Da lassen sich die Millionärsgattinnen ihre schlaffen Brüste
pushen oder Botox in die Falten pumpen, Anne. Garantiert
werden da keine Knochenmarktransplantationen durchgeführt.«

»Aber die Klinik ist in der Nähe. Und vielleicht schaffen wir
danach auch noch die Klinik Fleetinsel. Die ist allerdings auf
Orthopädie spezialisiert. Vielleicht sollte ich die zurückstel-
len … Auf in die Ballmer-Klinik. Zeitlich könnten wir noch als
Besucher gelten.« Sie stand auf und griff nach Tinas Rucksack.
»Ich trag ihn auch für dich.«

»Na, dann …«, kam es spöttisch über Tinas Lippen. »Du gibst
ja doch keine Ruhe.«

∗∗∗

»Schlaf nachher schön, mein Schatz. Ich hab dich lieb.« Carola
bückte sich und drückte ihre Wange an Paulines, die das Kopfende des Bettes hochgestellt hatte und sie jetzt umarmte.

»Ich hab dich auch lieb, Mamutsch. Ganz, ganz doll. Kommst
du morgen früh wieder? Es ist viel schöner, wenn du meine
Haut einreibst und nicht die Schwester. Bei dir ist das immer
wie eine Massage.«

»Natürlich komme ich.« Als Carola sich aufrichtete, drehte
sich für einen Moment alles, und sie fasste an den Nachttisch.
Zum Glück hatten weder Pauline noch Robert bemerkt, dass
ihr schwindlig war, weil die beiden sich gerade mit einer Umarmung voneinander verabschiedeten.

»Gibst du mir noch meinen Laptop, Papi?« Pauline deutete
auf das Gerät, das sie auf dem Tisch abgelegt hatten.

Carola atmete tief, bis der Schwindel ein wenig nachließ. Sie
ging die paar Schritte um Paulines Bett herum und hakte sich
bei ihrem Mann ein. Eine vertrauliche Geste, die ihr zusätzlich
Halt gab. »Hat Tilo dir wieder geschrieben?«, fragte Carola mit
einem Lächeln.

»Till, Mama, nicht Tilo. Du bist ganz schön durch den Wind. Andauernd verplapperst du dich.« Pauline musterte Carolas Gesicht. »Ist alles gut?«

»Ja, weil es dir heute ein wenig besser geht. Dann ist bei mir auch alles gut.« Sie lächelte krampfhaft. »Und jetzt müssen wir gehen, Schatz. Papa muss doch heute Abend in Berlin sein.«

»Dann viel Spaß, Papi.« Pauline hatte den Laptop schon aufgeklappt, und ihr Blick war auf den Bildschirm gerichtet.

Carola hakte sich wieder bei Robert ein, nachdem sie die sterile Kleidung abgelegt hatten und den Flur entlang zum Fahrstuhl gingen. Robert drückte den Knopf. Während sie auf den Fahrstuhl warteten, sagte er: »Heute gefiel mir Linchen viel besser als gestern.«

Der Fahrstuhl war leer, als sie eintraten. Robert drückte die Erdgeschoss-Taste. Kaum merklich setzte sich der Fahrstuhl in Bewegung.

»Joachim hat recht gehabt«, erwiderte Carola glücklich. »Es wird besser werden. Auch wenn der Weg noch lang ist.«

»Wenn sie einen Bruder oder eine Schwester gehabt hätte, hätte sie vielleicht nicht so viel leiden müssen«, sagte Robert. »Die Gewebemerkmale hätten wahrscheinlich eine größere Übereinstimmung gehabt, und ihr Körper hätte nicht so stark auf die fremden Zellen reagiert. Aber …«, er küsste Carola auf die Wange, »wir wollen dankbar sein, dass deine überhaupt passten.« Er schluckte. »Ich bin dankbar dafür. Wir hätten Line verloren.«

Carola verkrampfte sich. Es war nicht das erste Mal, dass Robert dies sagte. Und sie hasste es. Weil er recht hatte. Weil sie Schuld fühlte. Geschwister waren die geeigneteren Spender. Aber … wären die Söhne der anderen überhaupt dafür in Frage gekommen? Carola hatte die Frage verdrängt, wann immer sie aufgetaucht war. Weil sie zerstörerisch war, denn an die Jungen wäre sie nicht so leicht herangekommen wie an Anne Jever. Es hatte nur diese Möglichkeit gegeben. Und Joachim würde die Nebenwirkungen bei Pauline in den Griff bekommen.

Die Fahrstuhltür öffnete sich. Drei Jugendliche drängelten hinein, bevor Carola und Robert heraus waren. Roberts »Ts!«

rauschte an Carola vorbei. Sie blieb abrupt stehen, kaum dass sie sich zwei Schritte vom Fahrstuhl entfernt hatten. Ihre Finger krallten sich in Roberts Arm, während es ihr gerade noch gelang, eine Hand auf ihren Mund zu pressen, um den Aufschrei zu unterdrücken.

Den Bruchteil einer Sekunde glaubte sie an einen Alptraum. Anne Jever. Keine sechs Meter von ihr entfernt stand sie an der Rezeption des Hauses. Sie sprach mit der Angestellten der Ballmer-Klinik, die ihren eigenen Bereich am linken Teil des Empfangstresens hatte. Neben Anne Jever stand die rothaarige Freundin, die sie beim Joggen begleitet hatte.

»Was ist denn?« Robert sah sie mit einem Stirnrunzeln an. »Du bist käseweiß.«

Carola wusste nicht, was sie zuerst oder zuletzt tun sollte. Sie fuhr mit der Hand in ihr Haar, streifte die blonden Strähnen über ihre Wange, presste sich an Robert und schob ihn Richtung Ausgang. »Ich brauche frische Luft«, flüsterte sie. Sie wagte nicht, noch einen einzigen Blick zur Rezeption zu werfen. Ihr Herz raste, und ihre Knie wollten nachgeben. Kurz vor der Tür fiel ihr Blick auf das Schild, das zu den Besuchertoiletten wies.

»Hol bitte das Auto«, sagte sie leise und löste sich von Robert. »Ich muss mich kurz frisch machen.« Sie drückte ihn Richtung Ausgang und ging selbst zu den Toiletten. Sie schloss die Tür des Waschraums nicht ganz, sondern spähte durch den Türschlitz ins Foyer.

Robert hatte das Gebäude verlassen. Carolas Blick war einzig auf Anne Jever und deren Freundin gerichtet. Sie begann zu wimmern, als ihr klar wurde, was das Auftauchen Anne Jevers hier bedeutete. Sie wusste Bescheid. Carola musste sich an die Wand lehnen, um nicht zusammenzusacken, während sie weiter hinausstarrte.

Was diskutierten die beiden Frauen mit der Angestellten? Und wieso war die Polizei nicht dabei? Würden die Beamten jeden Moment auftauchen? Hinter den beiden Frauen standen jetzt noch ein Mann und ein Jugendlicher, die wohl einen Besucherausweis wollten.

Carola zuckte zusammen, als sich eine der Toilettentüren

öffnete. Schnell stieß sie sich von der Wand ab, trat an eines der Waschbecken und ließ Wasser über ihre Handgelenke und Hände laufen. Die Frau aus dem WC-Raum stellte sich neben sie und wusch ihre Hände.

Carolas Herzrasen steigerte sich noch mehr. Mit zittrigen Fingern öffnete sie ihre Handtasche, drückte eine Tablette aus der silbrigen Folie und steckte sie in den Mund. Es war ihr egal, dass die fremde Frau noch neben ihr stand, ihr Haar bürstete und sie im Spiegel musterte. Mit den Händen bildete Carola eine Mulde, ließ Wasser hineinlaufen und trank. Sie zog ein Papiertuch aus der Halterung und wischte sich über den Mund, als die Frau endlich den Raum verließ.

Carola ging zur Tür zurück und öffnete sie erneut einen Spalt, um zur Anmeldung zu spähen. Im selben Moment ließ sie die Tür wieder los und sprintete in den WC-Raum. Sie hatte kaum die Kabinentür des ersten WCs hinter sich zugeworfen und verriegelt, als die Waschraumtür geöffnet wurde und die Stimmen von Anne Jever und ihrer Freundin erklangen. Mit angehaltenem Atem ließ Carola sich auf den geöffneten Toilettensitz sinken, ungeachtet der Tatsache, dass er mit Urin bespritzt war. Ihre Beine trugen sie nicht eine Sekunde länger.

»Ich geh jetzt aufs Klo, und dann verschwinden wir hier schleunigst«, erklang die ärgerliche Stimme von Anne Jevers Freundin im Waschraum. »Das war megapeinlich, Anne. Und morgen werden wir dieses völlig sinnlose Unterfangen nicht fortsetzen.«

»Dann mach ich ohne dich weiter, Tina. Wenn ich es nicht versuche, komme ich nie wieder zur Ruhe. Ich muss jede winzige Chance nutzen. Morgen beginne ich mit dem Wilhelmsburger Krankenhaus.«

Anne Jevers harte Stimme jagte Carola eine Gänsehaut über die Arme. Sie biss sich in die Fingerknöchel der linken Hand, um nicht aufzuschreien.

Die Freundin antwortete nicht. Carola hörte die Toilettentür neben ihr zuschlagen. Im Waschraum erklang das Geräusch eines laufenden Wasserhahns.

Carola rührte sich nicht. Nicht, als die Tür neben ihr sich

wieder öffnete, nicht, nachdem die Stimmen im Waschraum verklungen waren. Anne Jever wollte ins Wilhelmsburger Krankenhaus? Was bedeutete das? Wusste sie am Ende gar nicht, dass Pauline hier war? Was hatte sie hier gewollt? Erst als Roberts unruhiger Ruf »Carola? Bist du hier?« durch die Tür hallte, fiel die Schockstarre von ihr ab. Wüsste Anne Jever, dass Pauline hier war, dass *sie* hier war, dann wäre sie mit der Polizei erschienen.

»I-ich ... ja«, antwortete sie und stand auf. Sie musste sich dabei an der Wand der Kabine abstützen. »Ich komme.«

Sie ignorierte Roberts Fragen, was los sei, genauso wie seine sorgenvollen Blicke, als sie sich – an seinen Arm gekrallt – aus der Klinik führen ließ. Ihr Blick glitt nur über die Menschen um sie herum. Waren sie fort? Standen sie hier noch irgendwo?

Ihre Hand ging zu ihrem Kopf, wollte an den dunklen Strähnen ziehen, so, wie sie es im Kontakt mit Anne Jever immer getan hatte. Dann fiel ihr ein, dass sie keine Perücke trug. Sie war nicht Vanessa Schmitz. Sie war Carola von Ahren.

Und Carola von Ahren war knapp einer Katastrophe entronnen.

***

»Das war lecker. Nicht wahr, Anne?«

Anne zuckte zusammen und sah ihre Freundin Tina an, die sie mit mahnendem Blick dazu ermunterte, in das Lob für Sörens Freundin einzustimmen. Ihre rechte Hand glitt zum linken Handgelenk und presste es, als könne sie so den immer heftiger werdenden Schmerz in ihrer Hand drosseln. Sie brauchte ein stärkeres Schmerzmittel.

»Ja, Kathrin, das war wirklich lecker«, sagte sie und rang sich ein Lächeln für die junge Frau ab, die begann, die Dessertschüsseln abzuräumen. Anne musste erst einmal gucken, was sie gerade gegessen hatte. Zitronenpudding.

Ihre Gedanken kreisten immer nur um ein imaginäres Krankenzimmer. Ein Zimmer, in dem ihre Tochter lag. Eine imaginäre Greta, die kein Gesicht hatte, nur dichtes, kräftiges

Blondhaar. So wie Sören, Thore und sie selbst. Niemals hatte Greta in ihrer Vorstellung das feine aschblonde Haar ihres Mannes.

Wenn sie die Augen schloss, konnte sie immer noch den leichten hellen Flaum an ihren Lippen spüren. Sie hatte das kleine Köpfchen so oft geküsst. Oder bildete sie sich das nur ein? Konnte man nach siebzehn langen Jahren noch eine so starke Erinnerung an eine Berührung haben?

»Der Pudding war wirklich gut«, drang Kathrins stolze Stimme zu ihr durch. »Ich hatte ein bisschen Schiss wegen der Gelatine. Aber die Bolognese war zu salzig, oder?«

»Nö, war grad noch an der Grenze«, sagte Sören. »Und weil du das Salz bei den Spaghetti vergessen hast, passte es ja wieder.« Alle lachten. Nur Anne nicht.

Ihr Blick streifte die fröhlichen Gesichter. Wie konnten sie über so banale Dinge lachen? Heiß schossen ihr die Tränen ein. Im nächsten Moment sprang sie auf und verschwand mit schnellen Schritten im Bad. Sie versuchte, lautlos zu weinen, aber es wollte nicht gelingen. Laut und heftig brach es irgendwann aus ihr heraus.

»Mama.« Sörens Stimme klang traurig durch das dünne Holz der WG-Tür. »Mama, komm raus da, bitte. Wir … wir können doch reden.«

Anne versuchte, ihre Stimme unter Kontrolle zu halten. »Ich komm gleich. Lasst mich einfach.«

Als sie Minuten später an den Küchentisch zurückkehrte, musterten drei Augenpaare sie besorgt und hilflos.

»Ich weiß, dass ich nach der Nadel im Heuhaufen suche«, sagte sie mit brechender Stimme, als sie sich setzte. »Aber diese Nadel ist mein Kind. Ist deine Schwester.« Sie sah Sören mit weit geöffneten Augen an, die sich wieder mit Tränen füllten. »Und ich … ich kann nicht verstehen, dass ihr und Rainer und Thore einfach euren Alltag lebt. Was ist nur los mit euch? Es geht um Greta! Es ist vielleicht die letzte Chance für uns, sie zu finden. Uns läuft die Zeit davon. Warum geht ihr nicht in die Krankenhäuser und sucht sie? Warum helft ihr mir nicht? Warum seid ihr alle so … so gleichgültig!«

315

Sören und Kathrin schwiegen betroffen.

Tina legte ihr die Hand auf den Arm. »Du bist gerade mehr als ungerecht, Anne. Deine Familie liebt dich über alles. Ist dir überhaupt bewusst, was sie mitgemacht haben, als du verschwunden warst? Keiner wusste, was passiert ist. Ob du irgendwo hilflos liegst, ob du lebst, ob du tot bist.« Tinas Stimme klang sanft.

»Sie hatten auch Höllentage. Und zu wissen, was du mitgemacht hast, was du erlitten hast, belastet alle. Alle sehen, wie sehr du leidest, innerlich und äußerlich. Oder glaubst du, wir merken nicht, wie sehr sich dein Gesicht vor Schmerzen verzieht, wenn du deine Hand bewegst?«

Anne weinte auf. »Meine Hand ist mir egal.«

»Aber genau da liegt vielleicht der Unterschied, Ännchen: Dein Mann und deine Kinder denken nicht in erster Linie an Greta, sondern an dich. Sie versuchen, *dir* zu helfen. Für dich da zu sein. Und das tun sie, indem sie einen Alltag gestalten, in dem du Luft holen kannst und geborgen bist.«

Anne wischte mit dem Handrücken über ihre Wangen. Dann griff sie nach Sörens Hand und sah von ihm zu den beiden Frauen und wieder zurück. »Ich weiß, dass ihr mich lieb habt, und ich weiß auch, was ihr mitgemacht habt, aber ...«

Das »Aber« blieb in der Luft hängen. Niemals zuvor hatte Anne so deutlich gespürt, dass ihre Gefühle den anderen immer fremd bleiben würden. Vielleicht war das normal. Sie durfte vielleicht nicht mehr verlangen. Greta war für die anderen nur ein grauer Nebel. Ein lästiger Schatten, der ihr Leben immer begleitet hatte.

»Du hast recht«, sagte sie zu Tina, ohne es zu meinen. »Ich war ungerecht. Bitte entschuldigt.« Sie stand auf und warf ein verkrampftes Lächeln in die Runde. »Ich würde mich gern einen Moment hinlegen, bevor wir nach Itzehoe zurückfahren.«

Es war schon nach dreiundzwanzig Uhr, als sich die beiden Frauen von Sören und Kathrin verabschiedeten. Die Rückfahrt im Auto verlief fast schweigsam. Anne wollte nicht über Greta sprechen, und Tina wusste, dass sie keine Banalitäten hören wollte. Trotzdem war es eine unangenehme Stille.

Anne war froh, als Tina das Radio anmachte und R.SH einstellte.

»Ich hole dich morgen früh um neun Uhr ab«, sagte Tina, als sie nach Itzehoe hineinfuhren. »Ich möchte nicht, dass du allein durch Hamburg irrst.«

Als Anne sie überrascht ansah, fügte sie mit einem mauen Lächeln hinzu: »Du glaubst doch wohl nicht, dass ich dir abgekauft habe, dass du deine Krankenhausrecherche nicht fortsetzen willst. Das hast du doch nur gesagt, um Sören und Kathrin zu beruhigen.«

Anne strich mit der rechten Hand über Tinas Unterarm. »Danke. Du bist die Beste. Irgendwann mach ich das alles wieder gut.«

»Du musst nichts wiedergutmachen, Anne. Ich …« Sie brach ab, weil Anne einen Schreckenslaut von sich gab. »Was ist los?« Tina bremste automatisch ab.

Anne starrte auf das Autoradio und zeigte mit dem Finger darauf. »Das Lied!«

»Was ist damit?«, hakte Tina nach und fuhr rechts ran. »Es ist Mitternacht. Das ist das Schleswig-Holstein-Lied. R.SH spielt das doch immer um zwölf.«

»Eine Hymne«, murmelte Anne. »Ich weiß jetzt, dass es eine Hymne war, die ich gehört habe. Jemand hat gesprochen. Durch einen Lautsprecher. Und dann kam eine Hymne.« Aufgeregt wandte sie sich ihrer Freundin zu. »In diesem Raum, als ich aus dem Verlies raus war, da habe ich doch eine Melodie durch das Fenster gehört. Es war eine Nationalhymne. Ich bin mir sicher. Ich muss sie während der Fußball-WM gehört haben.«

»Ja, aber …« Hilflos sah Tina sie an. »Ich meine … kann die Polizei damit etwas anfangen?«

»Das hoffe ich. Fahr weiter, Tina. Ich muss nach Hause«, sagte Anne und setzte sich aufrecht in den Sitz. »Ich werde mir am PC die Hymnen aller Länder anhören, die bei der WM dabei waren. Wenn ich sie höre, werde ich sie erkennen.«

SIEBZEHN

»*Wo* fahren wir hin?«

Lyn sah im Rückspiegel, wie Sophie auf der Rückbank des Beetle bei ihrer Frage die Stirn krauste.

»In das Café Königsberg«, wiederholte Lyn. Eigentlich hatte sie das ihrer soeben aus Franken zurückgekehrten Tochter schon mitgeteilt. »Zu Hendriks Oma.«

»Die hat heute Geburtstag«, übernahm Charlotte das Wort und drehte sich vom Beifahrersitz zu ihrer Schwester um. »Und damit wir die Party noch erreichen, bevor alle Gäste weg sind, darf ich nicht fahren.« Ein böser Blick traf Lyn.

»Schneckenpost ist für Fahranfänger absolut okay und wünschenswert.« Lyn lächelte Charlotte zu. »Nur heute nun mal nicht.«

Zwanzig Minuten später auf der A 23 – Lyn hatte das Gaspedal trotz Tempolimits einhundert durchgedrückt – sagte Charlotte mit Grabesstimme: »Hoffentlich blitzen deine Kollegen heute. Hoffentlich. *Ich* kutschiere dich die nächsten vier Wochen nicht durch die Gegend.«

Dass Lyn nichts erwiderte, lag schlicht und ergreifend an der Tatsache, dass sie gedanklich bereits in Itzehoe war. Hendriks Oma feierte ihre Geburtstage seit Jahren im Café Königsberg. Im vergangenen Jahr hatte sie Hendrik dorthin begleitet. Die Mädchen waren ebenfalls eingeladen, zu der Zeit aber gerade bei ihrem Vater gewesen.

»Heute gibt's das ganze Paket, Oma Wolff«, murmelte Lyn vor sich hin. »Und für mich gibt es alles oder nichts.«

»Boah, jetzt wird's gruslig.« Charlotte drehte sich zu Sophie um. »Sie redet mit sich selbst. Gwendolyn Harms auf dem Weg zur Senilität.«

»Quatsch«, kam die Antwort von der Rückbank, »Mama ist voll die Milf, so wie sie heute aussieht.« An Lyn gewandt sagte sie etwas lauter: »Du siehst heute aus wie dreißig, Mama. Na ja, oder wie vierunddreißig oder so«, schwächte sie ab.

Lyn freute sich über das töchterliche Kompliment. Sie hatte sich outfitmäßig für das kniekurze rote Wickelkleid entschieden, das sie vor fünf Jahren in Rom gekauft hatte. Es gehörte immer noch zu ihrer Lieblingskleidung. »Danke, Krümel.« Sie lächelte in den Rückspiegel. »Wenn du mir jetzt noch verrätst, was eine Milf ist, freu ich mich vielleicht noch mehr.«

»Wohl eher nicht«, orakelte Charlotte grinsend an ihrer Seite.

»Milf ist eine Abkürzung, Mama«, klärte Sophie sie auf. »Für *Mother I like to fuck*. Sagen die Jungs immer, wenn sie 'ne richtig hübsche alte Frau sehen.«

Lyn brauchte zwei Sekunden, um das Gesagte zu verdauen. »Ah ja! Dann, äh, nehme ich das mal als Kompliment. Auch wenn's ein bisschen schwerfällt. Aber müsste es nicht eigentlich *Miltf* heißen?«

»Der hätte auch von mir sein können, Mama«, sagte Charlotte lachend, während Sophie nur aufstöhnte.

Als Lyn vor dem Café in der Itzehoer Beethovenstraße hielt, war ihr das Lachen vergangen. Einen winzigen Moment lang war sie in Versuchung, wieder Gas zu geben, aber sie stellte den Beetle aus. Sie legte die rechte Hand auf ihr Herz, das rasend schnell schlug, nachdem sie gesehen hatte, dass Hendriks Volvo auf dem Parkplatz stand. Sie waren nicht zu spät. Er war noch hier.

»Hoffentlich gibt's da drinnen leckere Torte«, sagte Sophie, die nach Charlotte ausstieg. »Ich hab mordsmäßig Hunger.«

Hoffentlich gibt's da drinnen kein Desaster, dachte Lyn und stieg endlich aus, als Charlotte an die Seitenscheibe der Beifahrertür hämmerte.

Als sie vor der Cafétür standen, sah Lyn ihre Töchter an. »Ihr bleibt hinter mir und sagt kein Wort, bevor ich gesagt habe, was ich sagen will. Verstanden?« Sie wechselte den großen Blumenstrauß, den sie für Hendriks Oma am Morgen bei »Blume am Fleth« in Glückstadt gekauft hatte, von der einen schwitzigen Hand in die andere und drückte ihn schließlich Charlotte in den Arm.

Die ignorierte Lyns Anweisung, hinter ihr zu bleiben, öffnete die Tür zum Gastraum und schob Lyn hinein, weil die keinerlei Anstalten machte. »Es wird alles gut, Mama«, flüsterte sie dabei.

Das Stimmenwirrwarr im Raum ebbte langsam ab. So, als drehe jemand einen Partysong im Radio langsam leiser. Bis Ruhe war. Absolute.

Lyns Blick wanderte über die Köpfe an der langen Tafel, ohne auch nur ein Gesicht richtig wahrzunehmen. Sie suchte Hendrik. Als er sich als einer der Letzten umdrehte, um zu sehen, wer für die plötzliche Ruhe im Raum verantwortlich war, verfing sich Lyns Blick mit seinem. Sie registrierte, wie seine Wangen die Farbe ihres Kleides annahmen.

»Lyn?«

Er stand langsam auf, während Omas Wolffs »Na, das ist ja eine Überraschung« durch das Lokal klang.

Leider konnte Lyn nicht heraushören, ob sie es für eine nette oder eine böse Überraschung hielt.

»Bitte, Hendrik.« Sie hob abwehrend die Hand, als er den Mund wieder öffnete. »Sag jetzt nichts. Hör mir einfach zu, ohne mich zu unterbrechen. Ich ... ich habe vor einigen, nein, eigentlich vor ganz vielen Dingen fürchterliche Angst: Dass meine Kinder krank werden könnten, dass ein Jumbo auf das Kernkraftwerk stürzt, dass ›Downton Abbey‹ nicht bis zur zehnten Staffel fortgesetzt wird ...« Sie machte eine kleine Pause, um zu sehen, ob ihr kläglicher Witz ein kleines Lächeln auf seine Lippen trieb. Ihr wurde heiß, als dem nicht so war. »Aber am allermeisten habe ich im Moment einfach nur Angst, dass ich dich verloren haben könnte. So wie ich schon unser Kind verloren habe. Ich werde mich nicht um hundertachtzig Grad drehen können, aber ich kann lernen. Ich kann vertrauen lernen.«

Lyns Stimme wollte wegbrechen, aber sie redete tapfer weiter. »Ich liebe dich, Hendrik Wolff. Für immer und ewig. Das, was ich dir jetzt sage, ist meine Hälfte der Brücke: Bitte, heirate mich. Ich möchte deine Frau sein.« Ihr Mund war staubtrocken. »Lyn Wolff.«

Die Stille nach diesen Worten wurde Sekunden später von Sophies durchaus anerkennendem »Krass!« durchbrochen.

Eine alte Dame am Ende des Tisches ließ ein wenig ermutigendes »Was hat sie gesagt?« hören. Oma Wolff wies sie mit einer energischen Handbewegung und einem lauten »Sei ruhig, Martha. Jetzt ist Hendrik dran« an, das Schauspiel nicht durch weitere Zwischenfragen zu unterbrechen.

Lyn wurde übel, als sie sah, dass Hendriks Gesichtsfarbe zu Milchig wechselte. Das war definitiv kein gutes Zeichen.

»Himmel! Ich ...« Er schluckte. »Ich kann das nicht. Ich ...« Lyns Knie wurden weich. Sie spürte, wie sie ihre eigene Farbe im Gesicht verlor.

»Ich kann nicht zulassen, dass du deinen Namen für mich aufgibst, Gwendolyn Harms. Weil du mir einmal gesagt hast, dass du das niemals wieder für einen Mann tun würdest. Aber ...«, ein breites Lächeln erschien auf seinen Lippen, »... auf den Rest nagele ich dich fest.«

Hendrik brauchte drei Schritte, bis er bei ihr war und sie in seine Arme riss. Gerade bevor sie glaubte, ihre Knie würden nachgeben.

»He, mach jetzt nicht schlapp«, sagte er leise an ihrem Ohr und küsste sie auf den Mund. Lange und zärtlich.

Lyn löste sich von ihm. Nicht, weil die Geburtstagsgesellschaft zu klatschen begann, sondern weil sie ihn einfach nur ansehen wollte. »Ich hab dich so vermisst«, flüsterte sie und legte ihren Kopf zurück an seinen Hals. Sie hörte seinen schnellen Puls, spürte seine Wärme durch den Stoff ihres Kleides und atmete seinen Duft ein. Sie war zu Hause. »Und ich hatte fürchterliche Angst, dass du ... dass wir nicht ...« Sie versuchte krampfhaft, die aufsteigenden Tränen zurückhalten.

»Ich hätte mich in der nächsten halben Stunde zu dir aufgemacht.« Er deutete zu einem Tischchen, das als Geschenkeablage diente. »Die Blumen links sind für dich. Sie sind schon ein wenig aufgeblüht, weil ich gestern schon einmal mein Glück an deiner Tür versucht habe.«

Lyns Blick verweilte auf den roten Baccararosen, die langstielig in einem Wasserkrug steckten, und spürte, wie ihre Wangen heiß wurden. Sie wollte in diesem glücklichen Moment nicht an die heikle Situation mit Thomas denken. Sie wandte den

Kopf, löste einen Arm von Hendrik und streckte die Hand nach Charlotte aus, die Tränen in den Augen hatte und etwas verloren im Raum herumstand.

»Du hattest recht, mein Schatz. Alles ist gut. ... Und jetzt lass uns Hendriks Oma gratulieren. Wo sind unsere Blumen?« Charlotte wies auf Hendriks Großmutter, die gerade den Blumenstrauß in Empfang nahm. »Herzlichen Glückwunsch, Frau Wolff«, sagte Sophie. »Ist, äh, noch ein Stück Torte da?« Lyn verdrehte die Augen, doch Hendriks Großmutter lachte. »Sag einfach Oma, wenn du magst, mein Kind. Und Torte ist noch jede Menge da.«

Es war acht Uhr morgens, als die Glocken der Wewelsflether Trinitatiskirche Lyn am Sonntag weckten. Sie erinnerten an den Gottesdienst, der anderthalb Stunden später beginnen würde. Hendrik brabbelte im Halbschlaf vor sich hin, als sie sich vorsichtig aus seinem Arm löste und im Bett aufsetzte. Sie betrachtete sein entspanntes Gesicht im Halbdunkel des Schlafzimmers, während er weiterschlief. Er war dünner geworden, und die Bartstoppeln ließen sein Gesicht noch blasser erscheinen.

Lyn schluckte, weil das Glücksgefühl, das sie durchströmte, so überaus mächtig und fast beängstigend war. Sie waren erst gegen vier Uhr eingeschlafen, nachdem sie die nächtlichen Stunden nur mit Kuscheln, Küssen und Reden, immer wieder Reden, verbracht hatten. Seine Hände hatten ihre Narbe am Bauch gestreichelt, und sie hatten zusammen geweint. Um ihr verlorenes Kind und um das, was mit ihm hätte sein können.

Wäre es ein Junge geworden, ein Mädchen? Wem hätte es ähnlich gesehen? Es war so überaus gut und erlösend gewesen, endlich, endlich darüber reden zu können. Lyns Hände streichelten zart über ihren Bauch. Mit dem Verstand hatte sie längst begriffen, dass da kein Leben mehr war. Aber ihr war, als könne sie das ungeborene Leben jetzt auch endlich mit dem Herzen gehen lassen.

Sie schlüpfte aus dem Bett und ging unter die Dusche. Das lauwarme Wasser weckte ihre Lebensgeister endgültig, und sie ließ den Nachmittag bei Oma Wolff noch einmal Revue passieren. Hendriks Familie hatte sie herzlich aufgenommen. Seine Mutter ein wenig verhaltener als alle anderen, aber Lyn konnte es ihr nicht verübeln. Wann hatte sie Hendriks Mutter je einen persönlichen Einblick in ihr Leben gewährt? Hendriks Schwester hatte sie in die Arme genommen. »Ein Glück. Jetzt wird mein liebes Bruderherz ja vielleicht nicht mehr wie eine wandelnde Leiche rumlaufen«, hatte sie gesagt.

Als Lyn sich abtrocknete, öffnete sich die Badtür nach einem leisen Klopfen. Hendrik spähte durch die Tür. Mit einem glücklichen Lächeln. »Kommst du noch mal ins Bett zurück? Es ist noch früh.«

Lyn warf das Handtuch auf den Badewannenrand, schlang wortlos ihre Arme um seinen Hals und küsste ihn zärtlich, dann immer gieriger. Seine Hände wanderten über ihren Rücken und Po, während er sie an sich presste.

»Hmm …«, murmelte Lyn an seinen Lippen, »das fühlt sich doch ganz danach an, als müsste ich noch mal ins Bett zurückkommen«, während ihre Finger die Boxershorts bereits von seinen Hüften streiften.

»Allerdings«, kam es leise zurück. Er beugte sich herunter und ließ seine Zunge sanft über ihre aufgerichteten Brustwarzen gleiten. Als sie aufstöhnte, hob er sie auf seine Arme und trug sie bis zur Treppe. Dort setzte er sie ab. »Ich würde dich ja rauftragen, wenn die Treppe nicht so schmal wäre.« Er grinste.

Sie stupste ihm an die Nase. »Du willst ja nur, dass ich einem Umzug zustimme«, flüsterte sie, um die Mädchen nicht zu wecken. »Aber darüber ist das letzte Wort noch nicht gesprochen.« Betont langsam lief sie – splitternackt – vor ihm die Treppe hinauf.

★★★

Dieser Stallgeruch! Carola schloss die Augen und atmete tief ein und aus. Genauso hatte Pauline immer gerochen, wenn sie von ihren Ausritten mit Fengur nach Hause gekommen war. Ach, wenn sie doch erst wieder so riechen würde! Carola öffnete die Augen und hob die Kamera, um sie im nächsten Moment wieder sinken zu lassen.

»Nun beweg deinen Kopf nicht immer.« Sie starrte das Pferd grimmig an, während sie einen Schritt von der Box wegtrat. Fengur schnaubte und warf den Kopf zurück. Carola massierte mit der freien Hand kurz ihren Nacken, weil ihr schwindlig war. Sie musste sich verlegen haben. Die Matratze ihres Bettes war vielleicht nicht in Ordnung. Sie brauchte eine neue.

»Was machst du da?«

Carola schrak zusammen, als sie die barsche Stimme hinter sich hörte. Sie drehte sich um und sah ihre Schwägerin an, die in Reithose, einem dicken Flanellhemd und Gummistiefeln den Stall betrat.

Majas Augenbrauen zogen sich zusammen, während sie von Carola zum Pferd und zurück schaute. »Was machst du hier, Carola? Es ist sieben Uhr morgens.«

»Ich fotografiere Fengur. Pauline braucht neue Fotos.«

»Pauline bekommt jede Woche Fotos von mir. Das weißt du doch.« Majas Stimme klang nicht mehr ganz so angestrengt. »Fotografiere lieber Fidus für sie. Ich glaube, sie hat nur ein einziges Foto von ihm im Krankenhaus und –«

»Sie ist *meine* Tochter, und *ich* bestimme, wann ich was mache.« Carola schrie so laut, dass Fengur in der Box ein paar nervöse Schritte machte, während das Pferd in der benachbarten Box zu schnauben begann. Mit drei schnellen Schritten war Carola bei Maja. Sie hob die Hände, als wolle sie sie packen, ließ sie aber wieder sinken. »Ist ... das ... klar?«

Majas Blick wanderte mitleidig über das Gesicht der Schwägerin. »Mein Gott, Carola«, kam es über ihre Lippen, »du brauchst Hilfe. Sieh dich doch nur mal an.«

»So hässlich wie du bin ich noch lange nicht«, spie Carola aus. »So blass und ... wie du guckst! Mit deinen großen unschuldigen Augen. Wie Schneewittchen. Mit deinen dunklen Haaren und der weißen Haut. Und ich bin die böse Hexe, was? Am liebsten wäre es euch allen doch, wenn ich tot wäre.«

Majas Körper versteifte sich. Das Mitleid in ihren Augen verschwand. »Carola. Merkst du denn nicht, was mit dir passiert? Du bist nicht mehr du selbst. Du ... ja, du verlierst den

Sinn für die Realität. Wir alle haben furchtbares Unrecht getan. Unsere Familie löst sich auf, du löst dich auf. Wir ... wir müssen handeln, Carola! Wir müssen unserem Gewissen folgen. Wir ... müssen uns stellen.«
 Sie packte Carola bei den Schultern. »Was wir auch getan haben, wir werden es gemeinsam durchstehen. In der Familie. Wir waren doch immer stark. Alle zusammen. Und es kann doch gar nicht schlimmer werden.« Sie begann zu weinen. »Wir sind doch alle am Ende.«
 Carola riss sich los und trat einen Schritt zurück. Alles begann sich zu drehen. »Ich bin am Ende, wenn Pauline stirbt«, schrie sie. Ihre Stimme überschlug sich. »Und wenn du zur Polizei gehst, wird sie sterben! Willst du eine Mörderin sein? Willst du das? Dann geh. Geh! Geh doch!« Ihr Gesicht verzerrte sich zur Fratze. »Dann bist du die Unschuld, die du sein willst. Dann bist du die Gute. Und ich die Böse! Dann hast du, was du willst. Aber Line ...«
 Weinend drehte sie sich um und lief wankend aus dem Stall, mit der Schulter an die Stalltür stoßend.
 »Carola! Du kannst nicht fahren«, rief Maja ihr hinterher. »Warte. Ich bring dich nach Hause.«
 Carola stolperte auf dem Weg zu ihrem Audi, aber sie fing sich. Ohne ihre Schwägerin noch einmal anzublicken, die aus dem Stall gelaufen kam, stieg sie ein, startete den Wagen und raste die Auffahrt hinunter. Sie konnte nicht fahren? Sie konnte alles, was sie wollte.

Die Buchstaben im Rezeptbuch verschwammen vor Carolas Augen. Drei Eier. Es waren doch drei Eier? Sie presste die Augen zusammen. Sie hatte doch schon so oft den Pflaumenkuchen mit Baiserhaube gebacken. Pauline liebte ihn. Sie musste doch wissen, wie viele Eier hineingehörten! Sie öffnete den Eierkarton, nahm eines heraus und teilte es. Als sie das zweite Ei teilte, wurde ihr schwindlig. Das Eigelb glitt mit in den Behälter, in dem sie den Eischnee schlagen wollte.
 »Verdammt!« Mit einer einzigen Bewegung fegte sie den Eierkarton von der Arbeitsfläche und stützte sich auf. Das war alles

Majas Schuld. Warum war sie auch heute Morgen in den Stall gekommen? Carola starrte auf den feuchten Fleck auf den blau glänzenden Bodenfliesen, den die kaputten Eier hinterließen. Sie war so müde und unkonzentriert. Vielleicht hätte sie mit der letzten Tablette noch warten sollen? Aber Maja hatte ihre Nerven so strapaziert! Carola stieß sich ab und ging zum Kühlschrank. Sie nahm eine der Dosen mit Energydrinks heraus, öffnete sie und goss die Hälfte des Inhalts in ein Glas. In langsamen Schlucken trank sie es leer. Als sie die zweite Hälfte einfüllte, kam Frau Klottmann in die Küche. Ihr Blick fiel auf den Küchenboden, dann verharrte er auf Carolas Gesicht.

»Was starren Sie mich so an?«, fuhr Carola die Haushälterin an und trank den Rest des aufputschenden Getränks aus. »Passiert Ihnen nie ein Missgeschick?«

»Du liebe Güte, Frau von Ahren. Ich ... ich mach Ihnen doch keinen Vorwurf. Ich wisch das kleine Malheur gleich weg. Ich mach mir doch nur Sorgen um Sie. Sie sehen gar nicht gut aus. Vielleicht sollten Sie sich noch ein bisschen hinlegen. Ich kann doch den Kuchen für das Paulinchen zu Ende backen und –«

Carola schmetterte das Glas vor den Küchentresen auf die Fliesen, wo es klirrend zerbrach. Frau Klottmann sprang erschrocken zur Seite.

»Ich backe Paulines Kuchen!« Carolas Stimme überschlug sich. »Sie ist *meine* Tochter, verstanden? *Meine!* Warum begreift das keiner? Alle wollen sie mir wegnehmen.« Sie stürzte auf die Haushälterin zu, packte sie bei den Schultern und schob sie rückwärts aus der Küche. »Ich lasse mir mein Kind nicht wegnehmen!«

Frau Klottmann wurde blass. Tränen traten in ihre Augen, während sie im Flur Carolas Hände von ihren Schultern nahm. »Frau von Ahren! Nun ist aber mal gut!« Ihre Stimme klang weinerlich und ärgerlich zugleich. »Soll ... soll ich vielleicht Ihren Mann anrufen? Oder Ihren Bruder? Ich glaube, Sie brauchen Hilfe.«

»Ich brauche meine Ruhe!«, schrie Carola. »Und wagen Sie es ja nicht, meinen Mann oder meinen Bruder anzurufen. Gehen Sie! Gehen Sie nach Hause. Ich will Sie heute nicht mehr sehen.«

Die Haushälterin öffnete den Mund zweimal wie ein nach Luft schnappender Karpfen, dann drehte sie sich auf der Stelle um und verließ das Haus durch den Wirtschaftsraum.

Carola presste die Handinnenflächen an die Schläfen. »Lasst mich einfach alle in Ruhe. Mehr will ich doch gar nicht.« Sie stürmte die Treppe hinauf und stolperte in das Arbeitszimmer ihres Mannes. Vor dem Gemälde von Jens Rusch blieb sie stehen. Sie nahm den knorrigen Johannisbrotbaum in Öl von der Wand.

»Und wenn du mich nicht in Ruhe lässt, Anne Jever, habe ich eine Überraschung für dich. Du nimmst mir mein Kind schon gar nicht weg.«

Sie brauchte einen zweiten Anlauf, um die richtige Zahlenkombination zu treffen, die den dahinter verborgenen Safe öffnete. Carola interessierte sich weder für die Papiere noch für die Geldscheinbündel oder Goldmünzen darin. Sie griff zielsicher in die hintere rechte Ecke. Dort lag Roberts Beretta, stets griffbereit und geladen, oben auf dem Waffenkoffer. Robert hatte die Pistole – außer bei Übungen – nie benutzt, aber er hatte, als er sie vor der Zeit in Afrika anschaffte, gesagt, dass er nicht zögern würde, sie zu benutzen, um seine Familie und sich zu schützen. Sie selbst besaß auf Roberts Wunsch hin ebenfalls einen Waffenschein.

»Dafür bist du ja da«, murmelte Carola und spürte dem Gewicht der schwarzen Pistole in ihrer Hand nach. »Um die Familie zu schützen.« Sie spannte den Hahn und zielte auf die schwere Bodenvase neben dem Mahagoniregal. »Pam-pam!«, imitierte sie Schussgeräusche, ohne abzudrücken. Sie begann zu kichern und zielte auf den Globus. »Pam! Weg bist du. Weg!« Als der Globus vor ihren Augen verschwamm, während sie versuchte, ein Auge zuzukneifen, ließ sie den Arm mit der Waffe sinken.

Sie presste den kühlen Stahl schließlich an ihre heiße Wange. So fühlte sich Sicherheit an. Sie schloss den Safe, hängte das Gemälde wieder an seinen Platz und ging mit der Waffe nach unten. Unentschlossen blieb sie vor der Garderobe stehen, an der zwei ihrer Handtaschen hingen. Sollte sie die Beretta in der Tasche deponieren? Oder in einer ihrer Jacken?

Würde Anne Jever hier auftauchen? Würde sie kommen, um Pauline zu holen?

Sie starrte auf die Waffe in ihrer Hand. »Oh Gott.« Sie riss die Schublade der Kommode mit den Tüchern und Schals auf und ließ die Beretta hineinfallen, als habe sie sich daran verbrannt. Hastig deckte sie die Waffe mit einem Tuch ab und schob die Schublade zurück.

»Jetzt beruhige dich erst mal.« Carola presste die Hände an die Schläfen und ging langsam Richtung Küche. War sie nicht vorhin aus der Küche gekommen? Ja. Sie hatte doch einen Kuchen gebacken. Für Pauline. Oder ... hatte sie ihn nicht gebacken? Vielleicht war es besser, wenn sie noch eine Tablette nahm und sich noch einen Moment hinlegte.

»Frau Klottmann!«, rief sie in die Stille. »Frau Klottmann, wo sind Sie? Sie müssen einen Kuchen für Pauline backen.«

★★★

»Ich liebe dich. Ich lass dich nie wieder los.« Hendrik hielt Lyn so fest in seinen Armen, dass sie den Kopf in den Nacken legen musste, um in seine grauen Augen blicken zu können.

Sie strahlte ihn an. »Und ich liebe dich. Für immer und ewig. Aber loslassen musst du mich in genau«, sie sah zur Seite auf die Leuchtanzeige im Fahrstuhl, »zwei Stockwerken. Als siamesische Zwillinge kann Wilfried uns schlecht einsetzen.«

Als sich die Fahrstuhltür im zehnten Stock des Itzehoer Polizeihochhauses öffnete, hielten Hendrik und Lyn sich immer noch umschlungen. Überrascht starrten sie auf Thilo Steenbuck. Der wiederum sah noch um ein Vielfaches überraschter aus. Er brauchte zwei Sekunden, um das Gesehene zu verarbeiten.

»Gott ... sei ... Dank!«, stieß er schließlich aus, nach jedem Wort eine Pause machend, drehte sich auf der Stelle um und riss die Tür zum K1 auf. Er ließ sie Lyn und Hendrik vor der Nase zufallen und marschierte über den Flur.

Als Lyn und Hendrik die Tür öffneten, hörten sie Thilo durch den Gang schmettern: »Ha-lleluja, Ha-lleluja, Ha-lle-he-lujaaa!«

»Ist ja gut, Kollege«, grinste Hendrik über beide Backen, den Arm um Lyns Schultern gelegt. »Krieg dich wieder ein.«

Karin Schäfer streckte neugierig ihren Kopf aus der Tür, als Thilo sich zu Hendrik umdrehte und sagte: »*Ich* soll mich wieder einkriegen? Ich bin froh, dass *ihr* euch wieder eingekriegt habt. Hier herrschte wochenlang 'ne Stimmung wie auf dem Friedhof nach 'ner Massenbeerdigung. Ich wollte mich schon auf Depression behandeln lassen. Da werde ich doch wohl mal meiner Freude angemessen Ausdruck verschaffen dürfen, wenn Romeo und seine Julia sich wiedergefunden haben.«

»Toller Vergleich.« Lyn verzog den Mund. »Romeo und Julia hat's dahingerafft, bevor sie glücklich miteinander leben konnten.«

»Dann eben Hänsel und Gretel. Ist mir egal. Hauptsache, mit der Zombie-Stimmung hat's ein Ende.«

»Was ist hier los?« Wilfried Knebel kam aus seinem Büro. Der Blick über die Brille wanderte von Thilo zu der lächelnden Karin und blieb schließlich auf Hendriks Arm um Lyns Schulter haften. »Oh, ach so, ja, schön«, murmelte er. »Dann herzlich willkommen zurück, Lyn. Du siehst, äh, gut aus. Also, äh, gesund.«

Lyn lächelte. Wilfrieds Eloquenz im zwischenmenschlichen Bereich war berüchtigt. »Danke, Chef. Mir geht es auch gut. Und ich bin froh, wieder arbeiten zu können.«

»Das freut mich. Dann sehen wir uns gleich bei der Frühbesprechung.« Mit einem Nicken in die Runde ging er an seinen Schreibtisch zurück.

»Und ich freue mich auch«, flüsterte Karin Schäfer und zwinkerte Lyn und Hendrik zu, bevor auch sie wieder in ihrem Büro verschwand.

Als Thilo in sein Büro ging, fragte Hendrik: »Wolltest du nicht gerade mit dem Fahrstuhl runterfahren?«

Thilo nickte. »Das mach ich auch gleich. Das Sachgebiet 1 braucht wohl Verstärkung. Wilfried meinte, ich soll mal schauen, worum es genau geht. Aber vorher muss ich Tessa noch simsen, dass ihr euch wieder eingekriegt habt. Sie löchert mich jeden Tag. Die wird sich mächtig freuen.«

»Wie schön, dass wir außer uns selbst so viele Menschen glücklich machen«, murmelte Hendrik.

Lyn löste sich von Hendrik und trat auf Thilo zu. »Das Sachgebiet 1? Ich glaube, ich weiß, was die wollen. Es geht da um den Entführungsfall Jever. Wärst du sehr unglücklich, Thilo, wenn ich die Verstärkung übernehme? Also, wenn Wilfried damit einverstanden ist?«

Thilo sah sie überrascht an. »Du kommst von der Kur und weißt mehr als wir? Krass. Du warst schon immer arbeitsgeil, Lyn. Der einzige unsympathische Zug an dir. Von mir aus kannst du gern runtergehen. Ich hab noch genug Aktenleichen in der Schublade, um die ich mich kümmern kann.«

»Danke.« Lyn warf einen Blick zu Hendrik. Sie hatte ihm gestern von Thomas Martens' Besuch in St. Peter-Ording erzählt, ebenso von dem Gespräch mit Anne Jever. Und er hatte wie erwartet reagiert. Wenig begeistert. Thomas Martens hatte auf ihn die gleiche Wirkung wie das rote Tuch auf einen Stier. Und genau aus dem Grund würde sie die Küchenszene mit Thomas mit ins Grab nehmen. So viel stand fest.

Auch jetzt zogen sich seine Augenbrauen zusammen, aber er sagte nichts. Lyn verabschiedete ihn mit einem Kuss in sein Büro, sie selbst klopfte an Wilfrieds Tür und trat ein.

Zehn Minuten später ging sie zufrieden wieder hinaus. Wilfried hatte sich einverstanden erklärt. Wahrscheinlich war er einfach froh, dass sie wieder so viel Engagement zeigte, auch wenn es einen Fall außerhalb ihres Kommissariats betraf.

Als sie im siebten Stock den Flur des Sachgebiets 1 betrat, hörte sie Thomas' Stimme durch die offene Tür seines Büros. Er telefonierte, als sie an den Türrahmen klopfte.

Mit einem Lächeln winkte er sie herein und deutete auf den Besucherstuhl vor seinem Schreibtisch. Er beendete das Gespräch zügig. Als er das Telefon ablegte, musterte er sie einen Moment. »Und?«, fragte er. Das Lächeln war aus seinem Gesicht verschwunden.

»Dir auch einen wunderschönen guten Morgen.«

»Es wird sich zeigen, ob er wunderschön ist, wenn du meine Frage beantwortest.«

Lyn versuchte gar nicht erst, das breite Lächeln, das auf ihre Lippen drängte, zu zügeln. »Ja«, sagte sie, »also, wenn ich deine Frage richtig interpretiere.«

Thomas schluckte. »Ja, also ...« Einen Moment lang starrte er seine Fingernägel an, bevor er sie wieder anlächelte. »Dann gratuliere ich dir. Du kennst doch Obelix? Der ist als Kind in den Zaubertrankkessel gefallen und hat darum Bärenkräfte. Hendrik Wolff muss als Kind in einen Glückskessel gefallen sein.«

»Thomas, ich –«

»Bitte keine Erklärungen, Lyn. Die bist du mir nicht schuldig.« Er stand auf. »Lass uns in den Besprechungsraum gehen. Oder bist du gar nicht die K1-Hilfsabordnung?«

»Doch, die bin ich.«

Der Besprechungsraum des Sachgebiets 1 war schon überfüllt, als sie eintrafen. Zwei Beamte standen an der Wand, weil keine Stühle mehr frei waren. Thomas und Lyn stellten sich zu den beiden. Lyn erkannte in einem der Männer einen Kollegen aus dem Kommissariat für Bandenkriminalität. Es gab also Hilfe aus mehreren Abteilungen.

»Guten Morgen, Frau Harms«, begrüßte Jürgen Winkler, der Chef des Sachgebiets 1, sie. »Schön, dass Wilfried Sie entbehren kann. Wir sind dankbar für Hilfe.« Er sah in die Runde. »Insbesondere, weil Anne Jever sich gemeldet hat. Sie erinnert sich an das Lied, das sie in ihrem Gefängnis gehört haben will. Sie ist sich zu fünfundneunzig Prozent sicher, dass es die uruguayische Nationalhymne war.«

Ungläubige Rufe und Nachfragen folgten. Winkler stoppte seine Leute, indem er mit den Armen wedelte. »Anne Jever hat die Hymne mehrfach bei der WM gehört. Und sie hat sich jetzt alle Hymnen noch einmal angehört, um sicherzugehen. Bei der uruguayischen hat es bei ihr ping gemacht.«

»Die WM ist lange vorbei. Wer spielt im September in Deutschland die uruguayische Nationalhymne?«, fragte einer der Kollegen zweifelnd. »Gab es Länderspiele an einem der Tage, als Frau Jever verschwunden war?«

»Nix Fußball. Wir haben etwas viel Besseres«, sagte Jürgen Winkler. »Ich habe einfach mal ein bisschen gegoogelt, mit den

Begriffen ›Nationalhymne‹ und ›Lautsprecher‹, weil Frau Jever ja auch eine verzerrte Lautsprecherdurchsage gehört haben will, und eine interessante Entdeckung gemacht.« Er lehnte sich in seinem Stuhl zurück. »Kennt jemand die Schiffsbegrüßungsanlage Willkomm-Höft in Schulau bei Wedel?«

Lyn konnte in das Nicken und die Ah-Rufe der Masse nicht mit einstimmen.

»Willkomm-Höft liegt an der Elbe bei Schulau«, erklärte Winkler den wenigen Ahnungslosen. »Schiffe, die den Hamburger Hafen anlaufen oder verlassen, werden dort begrüßt oder verabschiedet, je nachdem. Wenn sie die Begrüßungsanlage am Schulauer Fährhaus passieren, wird die jeweilige Nationalhymne des Heimathafens eingespielt. Pensionierte Kapitäne oder dergleichen geben dann per Lautsprecher Daten über das Schiff bekannt. Ist eine Touristenattraktion, und im Sommer ist da jede Menge los.«

Es hielt ihn nicht mehr auf seinem Stuhl. »Das würde perfekt zu dem passen, was Anne Jever gehört hat. Ich möchte Datum und Uhrzeit, ob und wann ein Schiff aus Uruguay die Begrüßungsanlage passiert hat. Und ich möchte, dass ihr mit so vielen Leuten wie möglich da rausfahrt und die Gegend um die Schiffsbegrüßungsanlage abklappert. Findet heraus, bis wohin die Lautsprecherdurchsagen zu hören sind. Nehmt einsame Gebäude, Ruinen, was weiß ich in Augenschein. Anne Jever ist uns da keine Hilfe. Sie hat nur die beiden Innenräume, in denen sie sich aufgehalten hat, in Erinnerung, keine Außenanlage.«

Jürgen Winkler teilte seine Mitarbeiter ein.

»Sie könnten eine Zeugenbefragung durchführen, Frau Harms«, sprach er Lyn an. »Wir haben den alten Herrn ...«, er ging zu seinem Platz zurück und blätterte durch seine Unterlagen, »Günther noch einmal hierhergebeten, nachdem er mit unserem Phantombild nicht einverstanden war. Er hat unsere Phantomfrau mehrfach im Wald gesehen. Hören Sie sich an, was er zu sagen hat. Wenn er wirklich noch Details hat, müssen wir den Phantombildzeichner noch mal nach Itzehoe beordern. Herr Günther wird in einer halben Stunde hier sein.«

»Na, das ist ja mal ein schnuckeliger Besuch«, begrüßte Lyn Herrn Günther und bückte sich zu seinem Dackel hinunter. »Ich bin wirklich kein Hundefan, aber Ihr Kleiner ist schon goldig.«

»Ja, der Seppi verzaubert alle Frauenherzen. Auch die der Hundedamen.«

Lachend bat Lyn ihn in das Vernehmungszimmer. Nach den Formalitäten schob sie das Phantombild zu dem alten Mann hinüber. »Was, meinen Sie, stimmt daran nicht, Herr Günther? Als die Kollegen es Ihnen vor einigen Tagen vorlegten, haben Sie Frau Jevers Erinnerung doch abgesegnet.«

»Seppi, sitz!«, sagte Herr Günther, als der Hund begann, das Zimmer schnüffelnd zu erkunden. Er griff nach dem Phantombild. »Ja, besser hätte ich's wohl auch nicht hingekriegt, aber in der Zeitung wirkte es irgendwie noch anders. Die Nase gefällt mir nicht. Oder vielleicht auch die Gesichtsform. Also, so in der Mitte. Das Kinn ist gut. Aber wie sie genau ausgesehen hat, kann ich auch nicht beschreiben.«

Lyn seufzte innerlich. Phantombildzeichnungen waren immer subjektiv. Anne Jevers Erinnerung war durch die Hand des Phantombildzeichners in das Computerprogramm eingegangen. Es gab keine perfekten Phantombilder. Und es war nur natürlich, dass Herr Günther sich daran störte, aber nicht genau sagen konnte, woran es lag.

»Glauben Sie, Sie könnten dem Phantombildzeichner ein genaueres Bild liefern, wenn er Ihnen am Computer verschiedene Möglichkeiten vorgeben würde?«

Herr Günther zog schnaubend die Schultern hoch. »Wohl eher nicht. Da würd ich mir ja noch eher zutrauen, ihren Hund zu beschreiben. Obwohl ich den ja nur ein einziges Mal gesehen hab.«

»Ihr Hund?« Lyn horchte auf. »Sie meinen, diese Frau«, sie deutete auf das Phantombild, »hatte einen Hund dabei? Davon hat Frau Jever meines Erachtens nie etwas erwähnt. Ich müsste die Unterlagen studieren.« Sie sah den alten Mann an. »Haben Sie denn den Hund schon den Kollegen gegenüber erwähnt, als Sie befragt wurden?«

Herr Günther schüttelte wie erwartet den Kopf. Hätte er es getan, wäre der Hund im Zeitungsartikel erwähnt worden.

»Da hat ja keiner nach gefragt. Und mir ist das in dem Moment, also bei der ganzen Fragerei durch Ihre Kollegen, auch nicht eingefallen. Wir waren da ja so auf die Frau eingeschossen. Da hab ich nicht an den Hund gedacht. Ist das denn wichtig?«

»Du meine Güte, ja«, rief Lyn. »Wann hatte sie denn diesen Hund dabei? Und wie sah er aus? Könnten Sie die Rasse zuordnen, wenn ich Ihnen am Computer Bilder von Hunden zeige?«

Herr Günther warf sich stolz in die Brust. »Da brauch ich keine Bilder, junge Frau. Mit Hunden kenn ich mich aus. Das war ein Cockerspaniel. Hundertpro. Schwarz wie die Nacht. Ganz drollig.«

Lyn sah ihn anerkennend an. »Das ist in der Tat höchst hilfreich. Wenn Sie jetzt auch noch den Hundenamen für mich haben, sind Sie der Held des Tages.« Gespannt musterte sie sein Gesicht. Aber schon seine Mimik sagte ihr, dass die Antwort negativ ausfallen würde. Es wäre ja auch zu schön gewesen.

»Nee, also das ...« Er dachte einen Moment lang nach. »Nee, den Namen weiß ich nicht. Ich glaub auch nicht, dass sie ihn gerufen hat, als wir uns trafen. Dann würde ich mich vielleicht erinnern.«

Lyn sprang auf. »Sie haben uns trotzdem sehr geholfen. Ich würde Ihnen gern am Computer ein paar Bilder mit schwarzen Cockerspaniels zeigen, damit wir ganz sicher sein können. Kommen Sie bitte mit.« Sie hielt ihm die Tür auf.

Lyn stieß Luft durch die Nase aus. Warum war ihm das erst jetzt eingefallen? Ein Foto eines schwarzen Cockerspaniels in Verbindung mit dem Phantombild würde garantiert die Telefone bei der Polizei heißlaufen lassen. So viele schwarze Cockerspaniel würde es schließlich nicht geben. Und irgendjemand würde die Besitzerin kennen.

Sie ging mit dem alten Herrn in das Büro von Thomas Martens. Thomas arbeitete selbst am PC.

»Darf ich einmal stören? Würdest du bitte für Herrn Günther ein paar Bilder mit schwarzen Cockerspaniels aufrufen?« Sie klärte ihn kurz auf, worum es ging.

»Genau so einer war's. Hab ich doch gesagt«, nickte Herr Günther schließlich mehrere Fotos ab. Er deutete auf eines, auf dem ein schwarzer Cocker auf einem Rasenstück saß und mit braunen Augen in die Kamera blickte. »Das ist perfekt«, sagte er. »Genauso hat er ausgesehen. Treudoof, wie er guckt, nicht?«
»Dann nehmen wir dieses Foto gleich für die Presse, oder?«, fragte Lyn Thomas.
»Das Puzzle nimmt langsam Form an.« Erleichtert nickte Thomas. »Ich habe auch interessante Neuigkeiten. Wenn du Herrn Günther verabschiedet hast, guck bei mir rein.«
Lyn bedankte sich bei dem alten Herrn und begleitete ihn und Seppi nach draußen, bevor sie mit dem Fahrstuhl in den siebten Stock zurückfuhr. Zufrieden atmete sie tief durch. Es war ein gutes Gefühl, wieder produktiv mitarbeiten zu können. Insbesondere an diesem hochinteressanten Fall. Das Leben begann wieder schön zu werden.

Thomas deutete auf den Bildschirm, als sie in sein Büro trat. Sie überflog den Inhalt der E-Mail der Schiffsbegrüßungsanlage Willkomm-Höft. Am dreißigsten Juli hatte tatsächlich ein Containerschiff aus Uruguay die Anlage Richtung Hamburger Hafen passiert.

Thomas stand auf. »Komm, lass uns mit den neuen Erkenntnissen zum Chef gehen. Winkler wird begeistert sein. Die Presseabteilung muss dafür sorgen, dass das Hundefoto morgen noch in sämtlichen norddeutschen Medien erscheint.«

Lyn sah Thomas an. »Wir kriegen sie am Arsch, die Phantomfrau.«

★★★

Mit zittrigen Fingern versuchte Carola, die Knöpfe ihrer Bluse zu schließen. Als sie vor einer halben Stunde aufgestanden war und sich angezogen hatte, war es ihr nur bei einem einzigen Knopf gelungen. Jetzt saß sie am Esszimmertisch, vor sich einen Apfelsinensaft und eine Banane, von der sie einmal abgebissen hatte, bevor ihr wieder übel geworden war. Ihr war nur noch übel. Und das war gut. Weil Pauline auch übel war. Schon viel länger und viel stärker. Und weil sie ihr so näher war. Weil sie mit ihr leiden wollte. Weil sie tragen wollte, was Pauline trug. Carola gab den Versuch auf, die Knöpfe in die Knopflöcher zu drücken. Ihr Blick verharrte auf dem Sideboard. Sie plierte durch ihre halb geschlossenen Lider. Sah die afrikanische Figur sie an? Starrten die Augen in dem übergroßen schwarzbraunen Kopf zu ihr herüber?

»Robert.« Carola begann zu weinen. Sie schob das halb leere Glas und die Banane von sich und legte den Kopf auf den schmierigen Streifen, den das Obst beim Wegschieben auf der blanken Mahagoniplatte des Tisches hinterlassen hatte. »Robert«, schluchzte sie, »komm nach Hause.«

Als das Telefon klingelte, ließ sie ihren Kopf auf der Tischplatte. Er war zu schwer, um ihn anzuheben. Sie hörte die Stimme der Haushälterin. Frau Klottmann war schon da? Es musste spät sein. Hatte sie verschlafen? Sie musste doch zu Pauline.

Sie hob den Kopf in dem Moment, als Frau Klottmann mit dem Telefon in der Hand rufend durch das Erdgeschoss lief. »Frau von Ahren? Sind Sie da? Ich habe Ihren Mann am Telefon.«

Carola blieb stumm, als Frau Klottmann in das Esszimmer sah.

»Ah, guten Morgen, Frau von Ahren.« Sie kam in das Zimmer, zögerte aber, als ihr Blick auf Carolas kaum geschlossene Bluse fiel. Sie reichte Carola das Mobilteil mit besorgtem Blick. »Ihr Mann ist am Telefon.«

»Robert!« Carola weinte in den Hörer. »Robert, kannst du nach Hause kommen? Ich ... mir ist nicht gut. Ich ... komm bitte nach Hause.« Sie horchte in den Hörer. »Ja. Ja, Frau Klottmann ist hier. ... Du kommst mit der nächsten Maschine? ... Ja. Nein, ich fahre nicht zu Pauline. Ich ... ich warte auf dich. Ja.« Sie legte das Telefon auf den Tisch, ohne den Ausknopf zu drücken.

»Soll ich ... soll ich Ihren Bruder anrufen, Frau von Ahren?« Unsicher sah die Haushälterin Carola an.

»Robert kommt«, schluchzte Carola leise, ohne auf die Worte

Frau Klottmanns einzugehen. »Das ist gut.« Sie legte den Oberkörper und den Kopf zurück auf die Tischplatte. Robert musste bei ihr sein. Falls Anne Jever kam. Er musste ihr helfen.

Als es an der Haustür schellte, riss Carola ihren Kopf wieder hoch. Panisch griff sie nach der Hand der Haushälterin. »Sie kommt!«

»Wer kommt?« Frau Klottmann blickte verwirrt zum Flur.

»Ich öffne die Tür, Frau von Ahren. Wenn es ein Besucher ist, werde ich –«

»Nein!« Carola stand auf. »Ich werde öffnen. Wenn sie es ist, werde ich ...« Sie beendete den Satz nicht, sondern ging mit langsamen Schritten über den Flur zur Eingangstür. Es klingelte noch einmal.

»Du«, stieß Carola dumpf aus, als sie die schwere Haustür aufzog.

»Ja, ich!«, fauchte Maja und drückte sich an Carola vorbei durch die Tür. Sie nahm keine Notiz von der Haushälterin, die in der Tür zum Esszimmer stand und herüberblickte. Irritiert starrte sie einen Moment auf Carolas offene Bluse.

»Siehst du das hier?« Maja riss die Zeitung auseinander, die sie in der Hand trug, und hielt sie Carola vor die Augen. »Es ist vorbei, Carola! Wir beide gehen jetzt zur Polizei, bevor die Kripo hier bei dir und Robert vor der Tür steht. Du machst jetzt reinen Tisch, bevor ein Zeuge Fidus erkennt und dir zuordnet. Es ist strafmildernd, wenn du dich freiwillig stellst. Wenn ... wenn *wir* uns freiwillig stellen.«

Carola gab keinen Ton von sich. Sie griff nach der Zeitung und starrte auf das Phantombild – ihr Bildnis. Daneben prangte das Bild eines schwarzen Cockerspaniels. Fidus. Sie konzentrierte sich darauf. Nein, das war nicht Fidus. Oder doch? Warum war er in der Zeitung?

Blass und mit zitternden Lippen nahm Maja ihr die Zeitung aus der Hand, legte ihre Arme um Carola und drückte sie an sich.

»Ich habe Joachim auf seine Mailbox gesprochen. Und ich habe seiner Sekretärin gesagt, dass er mich umgehend anrufen soll, sobald er aus dem OP-Saal raus ist. Er operiert gerade«, murmelte sie am Ohr ihrer immer noch stummen Schwägerin. »Wenn er zurückruft, werde ich ihm sagen, dass wir beide bei der Polizei sind.«

Sie ließ Carola wieder los und sah sie an. Tränen schimmerten jetzt in ihren Augen. »Er wird kommen und erlöst sein, Carola. Denn er ist fertig. Fix und fertig. Genau wie ich. Und genau wie du. Lass es uns endlich beenden. Pauline ist stark. Sie wird es überstehen, genauso wie sie die Leukämie überstehen wird.«

»Wir gehen nirgendwohin.« Carola fühlte sich seltsam ruhig. Wundervoll ruhig. Wie lange hatte sie sich nicht so gefühlt?

»Carola!« Majas Stimme klang jetzt ungleich schärfer. »Es ist genug. Du hast so viel Unheil über unsere Familie gebracht. Du hast deine eigenen, so verdammt egoistischen Bedürfnisse über alles gestellt, was menschlich ist. Ich will dir glauben, dass du Pauline liebst wie dein eigenes Kind, und ich will auch glauben, dass du das alles für sie getan hast. Aber dass du sie überhaupt als Baby ...«, Maja schüttelte sich, »... ihrer Mutter weggenommen hast und dass du nicht einmal jetzt, wo sie so schwer krank ist, zu deiner Tat gestanden hast, das ist für mich unbegreiflich. Sie hat Brüder! Deren Merkmale wären vielleicht optimaler gewesen. Ihre Abstoßungsreaktionen wären vielleicht nicht so stark ausgefallen, wenn sie deren Stammzellen bekommen hätte. Du bist so in deinem eigenen egoistischen Kosmos gefangen, dass du gar nicht mehr wahrnimmst, was Recht und was Unrecht ist. Und wenn du jetzt nicht mit mir kommst, dann gehe ich allein zur Polizei.«

Über Carolas Rücken zog eine Gänsehaut. Über den Hals hinaus, bis auf die Kopfhaut. Sie öffnete den Mund und stieß einen Schrei aus. Lang und anhaltend. Einen Schrei, der in ihren eigenen Ohren so fürchterlich klang, dass sie wieder verstummte.

Noch während Maja erschrocken zurückwich und Frau Klottmann auf sie zustürmte, sprang Carola zur Seite, riss die Schublade der Kommode auf, fegte durch die Tücher und hielt schließlich die Beretta in der rechten Hand.

»Du gehst nirgendwohin.« Mit beiden Händen hob sie die Pistole und zielte auf Majas Kopf. »Nirgendwo.«

Der Knall, als sie den Abzug drückte, absorbierte den grauenerregenden Schrei der Haushälterin.

Maja kam nicht mehr dazu, einen Schrei auszustoßen. Ihr Blut spritzte Carola auf die Hände, während sie stumm zusammenbrach. Mit aufgerissenen Augen, in denen das Leben mit dem Ausdruck von Unglauben erlosch.

Sekundenlang herrschte absolute Stille. Dann schrie Frau Klottmann. Sie schrie und schrie, und Carola drehte sich zu ihr um, die Hände mit der Waffe immer noch erhoben. Im Schreien wich die Haushälterin an die Wand zurück, bevor sie sich umdrehte und in das Esszimmer floh.

Carola wandte sich wieder um, starrte auf die größer werdende Blutlache um Majas Kopf. Dann ging sie zur Kommode und nahm ihren Autoschlüssel. Mit der Waffe in der Hand verließ sie das Haus, stieg in den Audi und fuhr die Auffahrt zur Elbchaussee hinunter.

»Dann kriegt Line eben die Zellen ihres Bruders«, brabbelte sie vor sich hin. »Ich bin nicht egoistisch. Nein, nein, nein. Ich mache alles. Für dich, Linchen.«

ACHTZEHN

»Ich behaupte mal ganz optimistisch, dass wir der Phantomfrau gerade die Schlinge um den Hals gelegt haben.« Kommissariatsleiter Jürgen Winkler hielt es mal wieder nicht auf seinem Stuhl. Er hatte seine Leute vor wenigen Minuten in den Besprechungsraum beordert, noch vor der Frühbesprechung. Lyn saß Thomas gegenüber am Tisch und wartete, wie alle anderen, gespannt auf die Neuigkeiten.

»Und ich hoffe, dass wir die Schlinge noch heute Morgen zuziehen und ihr die Luft abwürgen können – also, metaphorisch gesprochen.« Er sah Lyn beim Nachsatz an.

Lyn starrte zurück. Machte sie einen so dämlichen Eindruck auf ihn? Das war erschreckend. »Äh, ja, ich war nicht davon ausgegangen, dass Sie die Phantomfrau an der nächsten Eiche aufknüpfen, Herr Winkler.«

Er lächelte. »Natürlich nicht. Aber manchmal herrscht hier ein rauer Ton. Wir haben ja keine Frau bei uns im Kommissariat und sind vielleicht manchmal ein wenig grob.«

Lyn winkte ab. »Glauben Sie mir: Auch wenn sie weibliche Kollegen hätten, wäre der Ton der gleiche. Das K1 ist der lebende Beweis dafür.«

»Nun denn.« Jürgen Winkler räusperte sich. »Zur Sache: Die Telefone laufen heiß heute Morgen. Neben der Tatsache, dass die Anrufer uns mittlerweile wohl so ziemlich jeden Besitzer eines schwarzen Cockerspaniels als Verdächtigen genannt haben, gibt es doch eine Meldung, die sich häuft. Und die ist für uns mehr als interessant. Mehrere Anrufer wollen – nachdem das Hundefoto mit veröffentlicht wurde – in dem Phantombild die Frau eines Diplomaten aus Hamburg erkannt haben. Carola von Ahren ist ihr Name. Und zwei der Anrufer wussten zu berichten, dass die Tochter der von Ahrens schwer erkrankt ist.«

Lyns Herzschlag erhöhte sich. »Was hat sie?«

»Es ist natürlich noch nicht überprüft, aber beide Anrufer sprachen von Leukämie.«

Ein triumphierendes »Bingo!« und weitere Ausrufe aus der Runde ließen Winkler einen Moment innehalten. Er nickte. »Zu neunundneunzig Prozent sind wir auf der richtigen Spur. Wenn das nicht unsere Verdächtige ist, fress ich einen Staubsauger. Nichtsdestotrotz bewahren wir jetzt die Ruhe. Da es sich um einen Diplomaten handelt, sollten wir besser keinen Fehler machen und nicht voreilig falsche Verdächtigungen ausstoßen. Ich brauche weitere Fakten, bevor ich zum Staatsanwalt gehe. Also, Leute: auf an die Computer und Telefone! Ich will alles über die drei von Ahrens wissen. Von den Geburtsdaten bis zur Klopapiermarke, die sie benutzen. Und zwar *pronto*. Ich will die Frau bis heute Nachmittag festgenagelt haben.

Es dauerte keine Stunde, bis Jürgen Winkler das Kommissariat erneut zur Lagebesprechung zusammentrommelte.

»Der Staatsanwalt ist bereits auf dem Weg hierher. Wir haben so schnell so viele Fakten zusammenbekommen, dass es geradezu traumhaft ist. Ich fasse mal für alle zusammen, was ich von euch an einzelnen Informationen bekommen habe. Sie ergeben ein perfektes Bild: Pauline von Ahrens Geburtsdatum ist definitiv der zweite Mai 1997. Greta Jever wurde am sechzehnten April 1997 geboren und am zwanzigsten Mai im Alter von fünf Wochen geraubt. Das würde bedeuten, dass Frau von Ahren tatsächlich ein Mädchen geboren hat. Hat sie es – quasi – durch die geraubte Greta ausgetauscht? Aus welchen Gründen auch immer? Sollte es so sein, ist es schon verwunderlich, dass niemandem etwas aufgefallen ist.«

»Vielleicht haben die von Ahrens sich damals zurückgezogen mit dem Kind«, sagte Lyn. »Babys in dem Alter verändern sich rasend schnell. Außenstehende würden keinen Verdacht schöpfen. Und Greta Jever ist vier Wochen zu früh auf die Welt gekommen. Sie muss nicht größer oder schwerer als das wahre Kind der von Ahrens gewesen sein, obwohl sie zwei Wochen älter war.«

Jürgen Winkler nickte. »Irgendwie ist es ihnen jedenfalls gelungen, das fremde Kind als ihr eigenes auszugeben. Dann gibt es einen weiteren Punkt, der dem Staatsanwalt besonders gefällt:

Der Bruder der Verdächtigen ist Chefarzt Professor Dr. Joachim Ballmer. Die Privatklinik Ballmer hat ihren Sitz in Hamburgs Hafencity. Diese Klinik hat sich auf unsere schriftliche Anfrage bezüglich der eventuell in Behandlung befindlichen siebzehnjährigen Mädchen negativ geäußert. Mit ihm hätten wir einen perfekten Mittäter. Er könnte es sein, der die Hand von Anne Jever genäht hat. Und er hätte in seiner Klinik vielleicht die Möglichkeit gehabt, dem Kind die geraubten Stammzellen zu transplantieren.«

Das einsetzende Stimmengemurmel würgte er mit beschwichtigenden Handbewegungen ab.»Es kommt doch noch viel besser. Matthias ...«, er nickte einem Kollegen zu,»... hat gerade herausgefunden, dass sich die Privatklinik Ballmer erst seit wenigen Monaten in der Hafencity befindet. Vorher hat der Bruder von Frau von Ahren in seiner alten Klinik praktiziert. Und jetzt ratet mal, wo.« Er machte eine künstliche Pause.»In Wedel. Keine zwei Kilometer Luftlinie von der Schiffsbegrüßunganlage Schulau entfernt.«

Lyn stimmte in das Tischklopfen der Kollegen ein. Sie hatten die Phantomfrau!

Jürgen Winkler lehnte sich mit beiden Händen auf die Tischplatte.»Zwei Leute fahren sofort nach Wedel zu der ehemaligen Klinik. Oder ...«, er überlegte,»vielleicht sieht sich Anne Jever sogar in der Lage, mitzufahren und sich dort umzublicken? Sie würde die Räume wiedererkennen. Klärt das ab. Vielleicht ist sie auch einfach noch zu traumatisiert.«

Er grinste triumphierend.»Dann fahren zwei Leute zum Privathaus der von Ahrens in die Elbchaussee, ein weiteres Team in die Privatklinik in der Hafencity. Beide von Ahrens werden festgenommen. Und diesen Professor Doktor will ich hier auch umgehend sehen. Vorerst als Zeugen.«

»Anne Jever könnte ich übernehmen«, sagte Lyn.»Ich rufe sie an. Und dann fahre ich raus nach Wedel. Je nachdem, mit ihr oder ohne sie. Wir kriegen das auch mit der Spurensicherung hin.«

»Okay«, nickte Winkler. Er sah seine Leute an.»Wer möchte Frau Harms beglei...?«

»Ich«, meldete sich Thomas Martens, noch bevor Winkler seine Frage beendet hatte. Der Chef des Sachgebiets 1 nickte. »Dann auf mit euch. Die anderen Teams warten noch die paar Minuten, bis ich mit dem Staatsanwalt gesprochen habe.«

»Wir dürfen Ihnen noch keine Namen nennen, solange wir keine Beweise haben«, sagte Lyn eine halbe Stunde später zu Anne Jever im Dienstwagen. Sie hatten sie auf dem Handy erreicht. Anne Jever war gerade mit ihrer Freundin auf dem Weg ins Itzehoer Klinikum gewesen, weil sich die Schmerzen in ihrer Hand akut verschlimmert hatten. Als sie gehört hatte, warum Lyn anrief, hatte sie den Termin umgehend abgesagt. Jetzt löcherte sie – für Lyn sehr verständlich – Thomas und sie mit Fragen nach der Frau, die verdächtigt wurde, während sie über die A 23 fuhren.

»Ich muss Rainer anrufen«, fiel ihr jetzt ein. »Ich muss ihm sagen, dass wir Greta vielleicht bald ... endlich ... endlich wiederhaben werden.« Sie begann zu weinen, während sie ihr Handy aus der Handtasche herausfummelte. »Soll er auch nach Wedel kommen?«, fragte sie Lyn schluchzend, nachdem sie ihrem Mann aufgelöst berichtet hatte, wohin sie gerade fuhr.

»Nein, sagen Sie ihm, dass das nicht nötig ist«, antwortete Lyn. »Wir fahren Sie sofort nach Hause, sobald die Ortsbegehung abgeschlossen ist, Frau Jever. Wenn Sie die Räume dort wiedererkennen, haben wir die Täter. Sie können dann gemeinsam zu Hause auf weitere Nachrichten warten. Sie sind die Ersten, die es erfahren, wenn es sich bei dem Mädchen wirklich um Greta handelt. Und selbstverständlich auch, wenn es sich nicht bewahrheiten sollte. Das verspreche ich Ihnen.«

Anne Jever gab die Informationen schluchzend weiter. Als sie auflegte, weinte sie laut und presste das Gesicht in ihre Hände. Lyns Herz lief über vor Mitgefühl. Wie musste sich Anne Jever nur fühlen? Es war vielleicht so weit. Nein, es war bestimmt so weit. Sie würde ihr Kind wiedersehen. Nach siebzehn langen Jahren würde sie ein Mädchen zurückbekommen, das schwer krank war. Das ihr völlig fremd und doch ihre Tochter war.

Lyns Gedankengänge wurden unterbrochen, als Thomas' Handy klingelte. Er nahm es aus der Ablage im Auto. Nach einem Blick auf das Display gab er es an Lyn weiter.
»Das ist der Chef. Geh du bitte ran. Ich muss hier runter von der Autobahn.«
Sie fuhren Richtung Halstenbek ab, während Lyn dem Chef des Sachgebiets 1 lauschte.
»Mein Gott«, stieß Lyn aus. Sie hörte weiter zu. »Ja. ... Ja, okay. Wir sind noch nicht da. ... Okay, danke, Herr Winkler. Tschüs.«
»Was ist los?«, kam es gleichzeitig vom Fahrer- und vom Rücksitz. Thomas' Frage klang gespannt, Anne Jevers ängstlich.
»Fahr bitte kurz ran und steig aus«, sagte Lyn zu Thomas. Dann drehte sie sich nach hinten um und legte Anne eine Hand auf das Knie. »Keine Sorge. Es geht nicht um ... das Mädchen, Frau Jever. Ich muss nur kurz mit meinem Kollegen ein paar polizeiinterne Fakten austauschen. Wir fahren gleich weiter.«
Thomas hatte bereits rechts auf dem Grünstreifen gehalten.
»Was gibt's?«, fragte er Lyn, als er ihr ein paar Schritte vom Wagen entfernt gegenüberstand.
»Ich konnte dir schlecht mitteilen, was Winkler gesagt hat, während Anne Jever zuhört«, sagte sie. »Wie es aussieht, hat Carola von Ahren«, Lyn senkte ihre Stimme, obwohl sie weit genug vom Auto entfernt standen, »ihre Schwägerin erschossen. Winkler sagt, die Haushälterin hat eben völlig aufgelöst bei der Polizei angerufen und diese Meldung durchgegeben. Die Kollegen sind auf dem Weg dorthin. Carola von Ahren ist auf der Flucht. Sie soll die Waffe noch bei sich haben. Es ist also höchste Vorsicht geboten. Keiner weiß, wo sie hin ist. Ihr Wagen ist zur Fahndung ausgeschrieben. Wir sollen das ehemalige Klinikgelände nicht betreten, solange wir keine Verstärkung haben.«
»Scheiße. Wir sind also auf der richtigen Spur. Nur leider zu spät für das neue Opfer. Ob das die Frau vom Professor Ballmer ist?«
»Das werden die Kollegen klären. Aus der Haushälterin war wohl am Telefon nicht viel herauszuholen. Die steht vermutlich unter Schock.«

»Lass uns weiterfahren«, sagte Thomas. »Wir warten am Ortseingang Wedel auf die Verstärkung.«

★★★

»Was?«, schrie Carola dem Autofahrer hinterher, der hupend an ihr vorbeigefahren war, nachdem sie hinter dem Ortsschild Itzehoe abrupt rechts rangefahren war. »Was willst du von mir?« Sie legte den Kopf auf das Lenkrad. »Was ... wollt ... ihr ... alle ... von mir?« Mit einem Ruck kam sie wieder hoch und stellte das Navi an. Heute war doch ein Arbeitstag? Oder ... war Wochenende? Musste sie zu ihm nach Hause fahren oder zu seiner Arbeitsstelle?

»Ein Arbeitstag, ja. Konzentriere dich, Carola«, murmelte sie und presste die Handflächen an ihre Schläfen. »Du hast den Straßennamen doch auf dem Firmenwagen gelesen. Es war ein schöner Name. Großer ... Großer ... Ja!« Es gelang ihr beim ersten Anlauf, den Namen fehlerfrei einzugeben. »Großer Wunderberg«, murmelte sie zufrieden. Weil sie die Hausnummer nicht wusste, tippte sie eine Zehn ein. Sie würde einfach die Straße nach dem Geschäft absuchen.

Und wenn er nicht dort ist?

Wütend auf die Stimme in ihr, schrie sie gegen die Windschutzscheibe: »Er ist da, verdammt. Er ist da!«

Als Carola knapp fünfzehn Minuten später in Itzehoe in die Straße Großer Wunderberg einbog, trat sie auf die Bremse, weil sie nach kaum hundert Metern ihr Ziel vor sich sah. Sie riss das Steuer herum und parkte gegen die Fahrtrichtung vor einem großen Schaufenster. Sie hatte keinen Blick für die handgearbeiteten dänischen Holzartikel hinter den Scheiben des »Antik Hörn«, als sie ausstieg. Den Motor hatte sie nicht ausgestellt. Der rechte Arm, in dessen Hand sie die Beretta hielt, hing schlaff herunter, als sie die Straße überquerte und Kurs auf ein kleines Geschäft nahm. »Computer-Markt«, prangte in blauen Buchstaben auf einem gelben Schild. Das O war als lachendes Smiley dargestellt.

Carola achtete nicht auf die alte Frau mit dem Rollator, die stehen blieb und ihr mehr verwundert als ängstlich nachblickte, als sie die Tür zum Laden öffnete. Ein kurzer Piepton erklang, als sie eintrat, und die Gesichter zweier Männer wandten sich ihr zu. Sie saßen hinter den einzigen zwei Schreibtischen im Raum, der gleichzeitig Verkaufsraum und Büro war.

Das freundliche »Guten Morgen« des Mittvierzigers erstarb, als er die Waffe in Carolas Hand wahrnahm.

Carola beachtete ihn nicht. »Er ist da«, sagte sie zufrieden, hob den Arm mit der Waffe und zielte auf Thore Jever. »Mitkommen. Steh auf!«

Thore starrte entsetzt auf die Beretta. Nackte Angst stand in seinen Augen, als er hilfesuchend zu seinem Chef blickte und wieder zurück zu Carola. »Ich?« Er deutete mit dem Finger auf seine Brust, obwohl niemand anders in Frage kam.

»Wir haben hier kein Geld«, stieß Thores Chef aus. »Aber die Computer können Sie mitnehmen. Bitte, nehmen Sie die Waffe runter. Wir —«

Carolas Arm schwenkte herum. »Sei ruhig!«, schrie sie und zielte dann erneut auf Thore. »Steh auf, verdammt!« Sie senkte die Waffe ein Stück und schoss in Thores Schreibtisch.

Beide Männer sprangen erschrocken auf.

»Ich komm ... ich komm«, stammelte Thore, als Carola einen Schritt auf ihn zumachte und auf seine Brust zielte. Er stolperte hinter dem Schreibtisch hervor und ging rückwärts, den Blick unentwegt auf Carola gerichtet, zur Tür hinaus.

Carola nickte Richtung Wagen. »Steig in den Audi ein. Du fährst.«

Als Thore zitternd hinter dem Steuer Platz genommen hatte, fragte er weinerlich: »Wo soll ich denn hinfahren? Was ... was wollen Sie denn von mir?«

»Fahr los. Sofort. Auf die A 23, Richtung Hamburg. Schnell!« Sie bohrte ihm die Waffe in seine rechte Seite.

Thore fuhr den Wagen aus der Lücke. »Ich ... ich muss hier umdrehen. Oder ... ich fahre den Wunderberg runter und ...«

»Dreh um, verdammt«, schrie Carola. »Wir haben keine Zeit!«

Als Thore in den Sandberg einbog, begannen ihre Hände zu zittern, dann ihr ganzer Körper. Die Polizei! Der andere telefonierte wahrscheinlich bereits mit der Polizei. Er hatte ihren Wagen gesehen und das Kennzeichen. Sie musste sich etwas einfallen lassen. Ihr Herzrasen nahm zu.

»Dieser große Parkplatz ...«, stieß sie aus, als er auf die Ritterstraße fuhr, »der, der gleich kommt, da fährst du links rauf. Verstanden?«

»Den Parkplatz Malzmüllerwiesen meinen Sie?« Thore wagte einen ängstlichen Seitenblick.

»Ich weiß nicht, wie er heißt. Fahr einfach. Und wehe«, sie bohrte ihm die Waffe härter in die Seite, »du verhältst dich auffällig an einer Ampel.« Eine Hitzewelle überflutete Carola. Einen Moment verschwamm die Straße vor ihren Augen.

Sie brauchte eine Tablette, verdammt! Und sie hatte keine.

Als Thore links blinkte und unsicher »Hier?« fragte, nickte sie. »Ja, fahr langsam auf den Parkplatz.«

»Soll ... soll ich irgendwo einparken?«, kam es kurz darauf leise über seine Lippen.

»Nimm die zweite Einfahrt«, sagte sie. Dort standen weniger Wagen. »Aber lass den Motor an.«

Carola begann zu frieren, während sie warteten. Angestrengt hielt sie Ausschau und beobachtete die Leute, die vereinzelt zu den geparkten Autos zurückkamen oder sie verließen. Die Minuten verrannen nur langsam, und Carolas Hände begannen immer heftiger zu zittern.

»Die da!«, stieß sie schließlich erleichtert aus, als sie eine junge Frau in Jeans und bunter Strickjacke wahrnahm, die auf einen roten Polo – nur einige Wagen von ihnen entfernt – zusteuerte. Carola drehte sich hektisch um, um zu sehen, ob weitere Menschen in der Nähe waren. Nein. »Fahr neben den roten Polo. Schnell.«

Thore gab aufheulend Gas. »Das ... das wollte ich nicht«, entschuldigte er sich mit ängstlichem Seitenblick, als Carola die Waffe erneut tief in seine Seite drückte. Er parkte neben der jungen Frau ein, die gerade die Wagentür des Polos öffnete.

»Aussteigen. Schnell«, fuhr Carola ihn an. Sie selbst öffnete die Beifahrertür.

Die Frau stand jetzt direkt neben ihr. Sie war im Begriff einzusteigen, als sie einen kurzen Blick auf Carola warf. »Was ...?«, stieß sie erschrocken aus, als Carola ihr die Waffe vor die Brust hielt.

»Klettern Sie auf den Beifahrersitz rüber. Los!« Carola schwenkte die Waffe zu Thore, der blass und zitternd neben der Motorhaube des Audi stehen geblieben war. »Los, steig ein. Du fährst jetzt den Polo. Und Sie rutschen endlich rüber«, fauchte sie die junge Frau an, die wie erstarrt auf die Szenerie blickte. »Los!« Carola schwenkte die Waffe von einem zum anderen, während sie sich hektisch umblickte. Niemand durfte sie sehen! Niemand durfte sehen, dass sie jetzt in dem Polo weiterfuhren.

Carola stieg in den Wagenfond, als Thore auf dem Fahrersitz Platz nahm. Von der Mitte des Rücksitzes aus hielt sie die Waffe an seinen Hinterkopf. »Und jetzt fahr auf die Autobahn.« Als er losfuhr, nahm sie die Waffe herunter und starrte einen Moment auf ihre zitternde Hand. Was tat sie hier?

»Verhaltet euch ruhig«, murmelte sie. »Dann ... dann wird alles gut.«

Sie waren schnell auf der Autobahn. Die junge Frau auf dem Beifahrersitz hatte noch kein Wort gesagt. Sie wimmerte vor sich hin, die Hände in den Sitz gekrallt.

»Glaubst du, ich schieße?«, fragte Carola und drückte der Frau die Beretta an den Hals.

Als die laut aufschrie, nahm Carola die Waffe ein Stück zurück. »Das tue ich nicht. Was glaubst du denn? Ich will nicht, dass deine Mutter dich verliert. *Ich* bin Mutter. Mütter wollen ihre Kinder nicht verlieren. Ich will doch nur ein paar Zellen. Und dann kann Thore gehen.« Sie presste den Lauf der Waffe an Thores Hals. »Achim bringt dich auch nach Hause. In das Bushaltehäuschen.«

Aus Thores Mund kam ein Röcheln. Im Rückspiegel trafen sich Carolas und sein Blick. »Sie sind das! Sie ... Sie haben meine Mutter entführt!«

»Sie haben meine Mutter entführt«, äffte Carola ihn nach. »Ja, das habe ich! Aber ich habe ihr nichts getan. Ich habe nur etwas von ihr für mein Kind gebraucht. Und dann hat Achim

sie zurückgebracht. Also regt euch nicht so auf! Es ist doch alles gut.«
»Sie haben meine Mutter fast verdursten lassen.« Thore zitterte am ganzen Körper. »Sie musste sich ihren Daumen abschneiden, damit sie überlebt.«
Die junge Frau starrte ihn entsetzt von der Seite an, dann begann sie aus Leibeskräften zu schreien: »Ich will hier raus! Ich will hier sofort raus!« Sie hämmerte gegen die Seitenscheibe.
»Sei ruuu-hig!«, schrie Carola. Sie hob die Waffe und schoss in das Armaturenbrett.
Thore verriss mit einem Aufschrei den Lenker, behielt aber die Kontrolle über den Wagen, während die junge Frau kalkweiß wurde und ins Wimmern verfiel. Dann presste sie ihren Kopf mit geschlossenen Augen an die Kopfstütze, krallte die Hände wieder in den Sitz und begann leise murmelnd zu beten.
»Dein lieber Gott hilft dir nicht«, sagte Carola emotionslos von hinten. »Mir hat er auch nicht geholfen. Man muss sich selbst helfen.«

★★★

»Es kann losgehen, Frau Jever«, sagte Thomas Martens, nachdem er die Fahrertür des Dienstwagens geöffnet und Lyn zugenickt hatte.
»Dann wollen wir mal.« Lyn drehte sich zu Anne Jever um, die angespannt auf der Rückbank saß. Sie beide hatten im Mondeo gewartet, während Thomas gemeinsam mit den Kollegen das Areal des ehemaligen Krankenhausgeländes in Wedel gecheckt hatte.
Als Anne aus dem Wagen ausstieg, atmete sie tief durch. Sie sah Thomas an. »Es ist hier, nicht wahr? Hier wurde ich festgehalten?«
»Die Wahrscheinlichkeit ist groß«, nahm Lyn ihm die Antwort ab. Sie hatte Annes verwunderte Fragen, warum so viel Polizei vor Ort sei, bereits im Dienstwagen so beantwortet. Sie wollte ihr auf keinen Fall sagen, dass die verdächtige Carola

von Ahren eine Frau erschossen hatte, mit einer Waffe auf der Flucht war und darum das Gelände abgesucht wurde.

Während sie das Hauptgebäude von außen umrundeten, wurde Annes anfangs zögerlicher Schritt immer fester. Sie achtete nur auf die Fenster des Gebäudes. Die Fenster waren das einzige Merkmal, das von außen auf den Raum schließen lassen konnte, in den sie gelangt war, nachdem sie sich aus ihrem Verlies befreit hatte. Der Raum, in dem sie die Fetzen der Nationalhymne gehört hatte.

Lyn lauschte, während sie gingen. Würde gerade ein Schiff die Begrüßungsanlage in Schulau passieren, während sie hier draußen waren? Und selbst wenn, würden sie heute überhaupt etwas hören? Der Wind wehte nur leicht. Sie nickte zwei Kollegen der Schutzpolizei zu, die an ihrem Dienstwagen warteten, als sie zur rückwärtigen Längsseite der Klinik gelangten.

»Da! Dahinten«, rief Anne Jever plötzlich aus und lief los, bevor Lyn und Thomas überhaupt registrierten, was sie meinte. Sie rannten ihr hinterher, vorbei an der metallenen Eingangstür, an der ebenfalls ein Beamter stand. Anne blieb nach zwanzig Metern vor dem ersten von sechs circa zwei Meter breiten, aber nur dreißig Zentimeter hohen Fenstern zu ihren Füßen stehen, die auf Kellerräume hindeuteten.

»Zwei solcher Fenster waren in dem Raum mit den Matratzen«, erklärte sie aufgeregt. »Zwei oder drei, glaube ich. Die ... die Erinnerung ist so verschwommen. Aber Form und Größe der Fenster stimmen.« Sie ging vor dem Fenster in die Knie, um hineinzusehen.

Lyn hockte sich neben sie. Die Dunkelheit des Raumes gab nichts preis. Sie stand auf und legte Anne Jever eine Hand auf die Schulter. »Sind Sie wirklich sicher, dass Sie mit uns da reingehen wollen?« Sie deutete auf die Reihe der Untergeschossfenster. »Wenn wirklich einer dieser Räume der Raum ist, in dem Sie gefangen gehalten wurden, sollten Sie sich das vielleicht nicht antun. Die Spurensicherung würde –«

»Wenn es etwas gibt, das mir hilft, dann Gewissheit«, fiel Anne ihr ins Wort. »Ich *will* diesen Raum sehen.«

Lyn sah Thomas an. »Der Schlüsseldienst ist doch schon hier, oder?«

»Ja. Die Tür ist bereits geöffnet.« Thomas' Handy klingelte, während er sprach. Er sah auf das Display und nahm das Gespräch mit einem gemurmelten »Der Chef« an. »Geht ihr schon mal rein.«

Lyn und Anne hatten kaum ein paar Schritte gemacht, als Thomas' Ausruf sie stoppte. »Schei…«, er senkte die Stimme mit erschrockenem Blick auf Anne Jever umgehend, »…ße!«

Lyns Herz begann zu klopfen, weil er sich abrupt umdrehte und sich ein gutes Stück von ihr und Anne Jever entfernte, um weiter zu telefonieren. Irgendetwas war passiert. Etwas Schreckliches.

»Kommen Sie«, sagte sie zu Anne und deutete zu der metallenen Tür. »Kollege Martens kommt gleich hinterher.«

Anne fasste sich an die Brust und starrte zu Thomas hinüber. »Das klang nicht gut.« Sie sah Lyn an. »Sie würden mir doch sagen, wenn irgendetwas mit Greta ist?« Sie packte Lyns Arm. »Sie müssen es mir versprechen! Ich habe diese Ungewissheit lange genug mit mir herumgetragen. Sie müssen mir alles sagen!«

Lyn nickte. »Das werden wir, Frau Jever. Ich verspreche Ihnen, dass wir Ihnen alles sagen, was wir über Greta erfahren.« Sie machte eine kleine Pause. »Was es auch ist.«

Sie und Anne musterten sich einen Augenblick stumm. Beide wussten, dass darin auch Gretas möglicher Tod mit eingeschlossen war.

»Also gut«, sagte Anne nach einem Durchatmen tapfer. »Dann lassen Sie uns jetzt in dieses Loch gehen. Ich weiß, dass es das Verlies ist.«

Während sie sich der Eingangstür näherten, wandte Lyn sich noch einmal zu Thomas um. Er redete jetzt hektisch auf die Schutzpolizisten ein.

Sie öffnete die Tür für Anne. Langsam gingen sie über den langen Flur. Über Lyns Arme zog eine Gänsehaut, während ihre Hand sich automatisch auf ihren Unterleib legte. Es roch nach Krankenhaus, obwohl das Gebäude seit Monaten geräumt war. Diesen typischen Geruch konnte wohl auch die Zeit nicht ausmerzen. Sie fragte Anne, ob sie sich an den Geruch erinnern könne.

»Nein, es roch in dem Verlies nicht nach Krankenhaus. Aber es gab einen anderen eigenartigen Geruch. Das habe ich schon bei der Befragung gesagt. Er verlor sich während meiner Wachphasen, aber immer, wenn ich aufwachte, hatte ich ihn in der Nase. Ich konnte ihn aber nicht zuordnen. Irgendein Pflanzen- oder Gewürzgeruch.«

»Hier entlang.« Lyn deutete auf eine Treppe, die nach unten führte.

Anne Jever presste die rechte Hand auf ihre Brust, während sie Stufe um Stufe in das Untergeschoss nahmen. Ihren linken Arm hielt sie beim Gehen im Neunzig-Grad-Winkel, die Hand mit der Wunde nach oben. In dieser Position schien ihr die Hand am wenigsten Schmerzen zu bereiten.

Lyn öffnete die erste Tür zur rechten Seite, als sie unten angekommen waren. Es war ein Duschraum.

Anne schüttelte den Kopf, als sie ihn betrat. »Nein, es war schon ein gefliester Raum, aber nicht mit Duschen. Aber die Fenster ...« Sie durchquerte den Raum und stellte sich unter die Fenster. »Ja. Ja, genau so ein Fenster war es. Kommen Sie!« Sie drehte sich um und war vor Lyn wieder auf dem Flur. »Vielleicht ist es der nächste Raum.« Sie wartete nicht auf Lyn, sondern steuerte die nächste Tür an. Weil die keine Klinke hatte, lief sie gleich weiter zur nächsten.

»Oh Gott!« Sie blieb auf der Türschwelle stehen und starrte in den Raum. »Das ... das ist er.« Sie machte zwei zögerliche Schritte hinein, nickte Richtung Fenster, drehte sich um die eigene Achse und blieb stehen, den Blick auf eine weitere geschlossene Tür gerichtet.

Lyn trat neben sie. Es war ein gefliester Raum mit Metallschränken, genau wie Anne Jever ihn beschrieben hatte. Eine ehemalige Küche. Allerdings ohne die Matratzen, die Anne gesehen haben wollte. Aber die konnten natürlich fortgeräumt worden sein. »Sind Sie sicher?«

Anne sagte kein Wort. Langsam setzte sie einen Fuß vor den anderen und näherte sich der geschlossenen Tür. Sie legte ihre Hand auf die Klinke und zog die Tür langsam auf. Ein Wimmern begleitete die Aktion.

Lyn versuchte sich vorzustellen, was in Anne vorging. Befand sich hinter der Tür das Verlies, in dem sie um ihr Leben gefürchtet hatte? In dem sie fast elend zugrunde gegangen war? Anne starrte in den dunklen Raum, als sie die Tür vollständig aufgezogen hatte. Sicher erwartete sie, im hereinfallenden Licht das Bett zu sehen. Ihr Blut. Die Wasserschüssel. Sie hielt den Atem an, weil sie den Geruch ihres Urins und Blutes nicht einatmen wollte.

Aber ... da war nichts. Kein Bett. Kein Blut. Kein Uringeruch. Sie holte noch einmal tief Luft und zuckte zusammen, als Lyn in dem schmalen, länglichen Raum das Licht anknipste.

Nichts. Nur die beiden Metallschränke standen dort.

»Riechen Sie das?«, fragte Anne Lyn aufgeregt. »Diesen merkwürdigen Geruch?«

Lyn schnupperte. »Ja. Ein Gewürz, wie Sie gesagt haben.«

Anne nickte. »Es ... es war hier!« Sie trat ein und deutete an die Wand zu ihrer Linken. »Hier stand das Bett. Und hier, auf dem Schrank, stand die Wasserschüssel, aus der ich getrunken habe.« Sie drehte sich zur anderen Wand. »Auf diesem Schrank stand die Wasserflasche. Und darin ...«, sie schob die rechte Tür auf, »... darin lagen Handtücher und andere Dinge. Und noch mehr Wasserflaschen.« Sie starrte in die Leere des Schranks. »Ich schwöre Ihnen, dass diese Dinge hier waren.« Panisch sah sie Lyn an.

Lyn streichelte Annes Arm. »Keine Angst, das glaube ich Ihnen, Frau Jever. Ihre Entführer haben alles ausgeräumt. Sie wollten alle Spuren beseitigen.«

Lyn blickte sich um. Es gab hier keine Fenster, weil der Raum nur halb so breit war wie die Küche. Der benachbarte Duschraum musste von diesem Teil abgetrennt worden sein.

Lyn überlief es kalt. Hier also hatte Anne gelegen. Nächte, Tage. Angekettet an ein Bett. In völliger Dunkelheit. Es war unvorstellbar. »Wir werden sofort die Spurensicherung in Bewegung setzen«, sagte sie. »Und ein Kollege wird Sie nach Hause fahren.«

»Lyn?« Thomas' Stimme erklang auf dem Flur.
Lyn trat in die ehemalige Küche zurück. »Wir sind hier.« Als Thomas an der Tür auftauchte, fügte sie hinzu: »Am besten bleibst du draußen, damit wir der Spurensicherung nicht noch mehr Arbeit machen, denn dies sind definitiv die beiden Räume, in denen Frau Jever festgehalten wurde.«

Thomas nickte nur. Er schien gar nicht zugehört zu haben, blieb aber stehen. »Komm mal bitte.«

»Einen Moment«, sagte Lyn zu Anne. »Ich bin gleich wieder bei Ihnen. Warten Sie hier bitte.« Sie gab Anne keine Chance, ängstlich nachzufragen.

»Was ist los?«, fragte Lyn, als sie bei Thomas angelangt war.

Er nahm ihren Arm und führte sie ein Stück über den Flur.

»Carola von Ahren hat Anne Jevers Sohn Thore entführt«, sagte er leise.

»Wa…?« Lyn unterdrückte den Entsetzenslaut, indem sie eine Hand auf ihren Mund presste. Sie starrte zu der Tür, hinter der Anne wartete.

»Sie hat ihn mit vorgehaltener Waffe von seinem Schreibtisch in der Firma in ihr Auto gezwungen«, fuhr Thomas bereits fort. »Sein Chef hat sich das Kennzeichen aufgeschrieben, bevor er die Polizei alarmiert hat. Die Fahndung läuft, aber bisher sind sie unauffindbar. Das Ganze ist noch keine Stunde her.« Er schüttelte den Kopf. »Carola von Ahren soll völlig außer sich gewesen sein. Sie hat in den Schreibtisch geschossen.« Er sah Lyn an. »Die muss völlig irre sein. Was um Himmels willen bezweckt die Frau mit dieser Entführung?«

»Mein Gott. Was sollen wir denn jetzt Frau Jever sagen? Jetzt hat diese Frau nicht nur ihre Tochter, sondern auch noch ihren Sohn!« Lyn atmete tief durch, weil leichte Übelkeit in ihr aufstieg. Vielleicht war der Gedanke, sofort nach der Rückkehr aus St. Peter-Ording wieder zu arbeiten, doch nicht so gut gewesen?

Sie spürte Thomas' Blick auf ihrem Gesicht. Anscheinend war ihr das Unwohlsein anzusehen, denn er sagte: »Geh du schon mal nach oben an die frische Luft. Ich hole Anne Jever und sage es ihr. Oder …«, er hob die Schultern, »… sagen wir es ihr hier noch nicht? Vielleicht teilen wir es ihr und ihrem Mann besser gemeinsam mit?«

»Was?«, erklang Anne Jevers laute, bebende Stimme hinter Thomas' Rücken. »Was wollen Sie mir nicht sagen? Oh Gott, sie ist tot, nicht wahr?«

Thomas drehte sich abrupt herum. Sie hatten Anne beide nicht kommen hören.

Anne krallte die Finger ihrer Rechten in Thomas' Jacke. Ihre Stimme brach. »Ist ... Greta tot?«

»Frau Jever«, Thomas legte seine Hand über ihre, »es geht nicht um Greta. Niemand ist tot«, nahm er ihr die größte Angst, »aber ich möchte, dass Sie sich setzen und dass Sie versuchen, ruhig zu bleiben.«

Als sie stocksteif stehen blieb, ergriff er ihre Schultern, drückte sie sanft auf den Boden und ging vor ihr in die Knie. Er holte tief Luft. »Die Frau, die wir verdächtigen, Sie entführt zu haben, hat ... hat Ihren Sohn Thore in ihre Gewalt gebracht. Sie ist mit ihm in ihrem Wagen unterwegs. Wir wissen nicht, wohin, aber die Fahndung läuft. Sie werden nicht weit kommen.« Er hielt inne. »Frau Jever?«

Anne Jever war leichenblass geworden. Sich mit beiden Händen abstützend, presste sie Rücken und Kopf an die Flurwand. Sie schien keinen Schmerz in ihrer Hand zu spüren. Sie starrte nur Thomas an, den Mund öffnend und schließend. Immer wieder öffnend und schließend.

In dem Moment, in dem auch Lyn neben ihr in die Knie ging, begann sie zu schreien. Ihren Oberkörper weiter an die Wand gepresst, bewegte sie ihren Kopf wie rasend hin und her und schrie.

»Ruf einen Arzt«, sagte Thomas zu Lyn und ergriff Anne Jevers rechte Hand. »Frau Jever, wir wissen noch gar nichts. Vielleicht ist Ihr Sohn inzwischen schon wieder frei und —«

Er brach ab. Auch Lyn hielt in ihrer Bewegung inne, weil von oben eine aufgeregte Stimme nach ihnen rief. »Herr Martens? Frau Harms?«

Fußgetrappel auf der Treppe erklang, dann bog ein Schutzpolizist um die Ecke. Verwirrt starrte der Mann einen Moment auf die immer noch schreiende Frau am Boden. »Oben, auf dem Parkplatz ...«, sagte er schließlich. »Carola von Ahren, sie ist da! In einem Wagen. Die Kollegen, die vorne am Klinikgelände die Auffahrt überwachen, mussten sie durchlassen. Sie hatte eine Waffe auf eine der Geiseln gerichtet und gedroht, sie zu erschießen, wenn sie sie nicht in das Gebäude lassen.«

»Eine der *beiden* Geiseln?« Lyn starrte Thomas und dann wieder den Schutzpolizisten an. »Wo sind sie jetzt? Ist Thore Jever in ihrer Gewalt?« Sie musste ihre Stimme heben, um Anne Jever zu übertönen, die nicht mehr in dieser Welt zu sein schien. Darum nahm sie es Thomas nicht übel, als er tat, was das einzig Richtige in diesem Moment war. Er schlug Anne Jever heftig an die Wange.

Und sie verstummte. Mit weit aufgerissenen Augen starrte sie von Thomas zu dem uniformierten Beamten.

Der fuhr aufgeregt fort: »Ein junger Mann fährt den Polo. Auf dem Beifahrersitz sitzt eine junge Frau. Carola von Ahren sitzt hinten und hält die Waffe an den Hals der Frau. Sie stehen jetzt direkt vor der hinteren Eingangstür. Ich sag Ihnen, da oben ist der Teufel los. Das SEK ist informiert und unterwegs, aber das dauert natürlich. Und die von Ahren macht nicht den Eindruck, als wäre sie ansprechbar. Die schreit nur rum und will hier in das Gebäude rein. Die Kollegen werden sie durchlassen, um die Geiseln nicht zu gefährden. Was sollen wir sonst anderes tun?«

Thomas Martens überlegte einen Moment. »Packen Sie mit an«, sagte er zu dem Schutzpolizisten und griff einen Arm der versteinerten Anne. »Raus können wir nicht. Wir gehen hier unten erst einmal in Deckung.«

»Da rein?« Der Schutzpolizist nickte Richtung Küchentür.

»Nein!« Lyn schüttelte entschieden den Kopf. »Darin hatte sie Anne Jever versteckt. Vielleicht bringt sie den Jungen auch dort rein. Wir müssen hier schnell verschwinden.« Sie überlegte nicht lange. »In den Duschraum.« Sie ging voran, die Männer folgten mit der apathischen Anne Jever.

Thomas und der Kollege hatten Anne gerade an der Wand abgesetzt, als durch die Fenster ein Schuss und das Klirren von

Glas zu hören waren. Geschrei erklang, ebenso Rufe der Kollegen, die oben auf dem Parkplatz standen.

»Schließ die Tür«, wies Thomas Lyn an. »Und dann warten wir hier und verhalten uns alle ruhig.« Sein Blick hing an Anne Jevers weißem Gesicht, während er nach draußen lauschte.

Annes Gesicht war auch Richtung Fenster gewandt. »Thore. Thore!«, begann sie zu schreien, als Thomas ihr die Hand auf den Mund presste und das Schreien erstickte.

»Wenn Sie jetzt schreien, Frau Jever, gefährden Sie Ihren Sohn und die andere Geisel.« Er sprach leise, aber eindringlich. »Diese Frau dort oben steht unter enormem Stress. Und darum hat sie wahrscheinlich in die Autoscheibe geschossen.«

Lyn bewunderte ihn für seine Ruhe und Umsicht. Sie selbst war kaum in der Lage, einen vernünftigen Gedanken zu fassen. Dass er versuchte, den Schuss und das Scheibenklirren so zu erklären, sollte Anne Jever beruhigen. Doch entsprach es der Wahrheit? Oder gab es einen weiteren Toten?

»Wir wissen noch nicht, was sie will«, fuhr Thomas leise fort, auf Anne einzureden, »welche Forderungen sie eventuell hat. Aber fest steht, dass wir sie keinesfalls mehr reizen sollten als nötig, um Ihren Sohn zu schützen. Und darum müssen Sie jetzt aufhören zu schreien, Frau Jever. Sie soll nicht wissen, dass wir hier sind. Haben Sie mich verstanden?«

Thomas schüttelte Anne ein wenig und lockerte den Druck auf ihren Mund. »Werden Sie ruhig bleiben? Kann ich meine Hand wegnehmen?«

Sie nickte.

Erleichtert nahm er langsam die Hand von ihrem Gesicht und strich über ihre Schulter. »Wir werden jetzt alle die Ruhe bewahren.« Er sah zu Lyn und dem Kollegen. »Und überlegen, was wir tun können.«

Lyn tappte zum Fenster, als es oben ruhiger wurde. Die Ruhe währte allerdings nur Sekunden. Dann hörte man das Klappen von Autotüren und die hysterischen Schreie einer Frau, die gleich darauf leiser wurden und schließlich verstummten.

»Die Kollegen haben sie durchgelassen«, mutmaßte der Schutzpolizist. »Die ist jetzt hier drinnen.«

Lyn wandte sich an Thomas. »Wir sollten alle Handys lautlos stellen.« Ihre Hand glitt schon in die Jackentasche.

Der nickte. Da Anne Jever keine Regung zeigte, holte er ihr Handy aus der Handtasche und stellte es aus. »Wenn sie hier runterkommt, werden wir sie gleich hören«, flüsterte er. »Keinen Ton mehr. Von niemandem.«

Er behielt Anne Jever im Auge, während sie lauschten, ob vor der Tür zum Flur Geräusche zu hören waren. Was sich als nicht so einfach erwies, denn der Lärm von draußen nahm wieder zu. Motorengeräusche erklangen, und die Kollegen riefen sich hektisch Befehle zu.

»Pst!«, machte Lyn leise, als sie Fußtritte jenseits der Tür, vor der sie stand, wahrnahm. Jemand kam die Treppe herunter. Eine Frauenstimme erklang. »Weiter! Schneller! Nicht stehen bleiben!« Hektisch und laut hervorgepresst.

Es war eindeutig Carola von Ahren, die gesprochen hatte, denn Anne Jever begann zu wimmern, als sie die Stimme hörte. Thomas presste ihr vorsorglich die Hand auf den Mund, während Lyn den Atem anhielt, als die Schritte direkt vor der Tür zu hören waren. Der Kollege von der Schutzpolizei – der Einzige, der bewaffnet war – entsicherte seine SIG Sauer. Lyn verfluchte sich dafür, dass sie ihre Waffe nicht mitgenommen hatte, aber wer ahnte denn, dass eine Ortsbegehung so enden würde?

Sie atmete erst aus, als die Schritte sich entfernten, und blickte von dem uniformierten Kollegen zu Thomas, der seine Hand langsam von Annes Mund nahm. »Und nun?«, flüsterte sie.

Carola von Ahrens Stimme war noch einmal zu vernehmen, dann das Klappen einer Tür. Ihr Ziel schien wirklich die Küche gewesen zu sein. Sie waren jetzt durch die ehemalige Speisekammer von ihr getrennt. Wenn sie nicht sehr leise sprachen, würden sie zu hören sein. Das galt für beide Seiten.

Thomas hatte bereits sein Handy in der Hand. »Ich kläre ab, was da draußen passiert ist«, flüsterte er, »und ob wir von hier drinnen irgendetwas tun können.«

Lyn glaubte herauszuhören, dass er mit seinem Chef sprach. Der war mit Sicherheit auf dem Weg hierher. Als Thomas das

Gespräch beendet hatte, warf er einen Blick auf Anne Jever, die das Gespräch mit an den Mund gepressten Händen verfolgt hatte. Er schien sich nicht sicher zu sein, was er in ihrer Gegenwart sagen konnte.

»Den Schuss, den wir gehört haben, hat Carola von Ahren abgegeben, aber sie hat tatsächlich nur in die Scheibe geschossen«, sagte er schließlich leise. »Niemand ist verletzt, Frau Jever, Ihrem Sohn geht es gut«, fügte er schnell hinzu.

Anne nickte stakkatomäßig, während sie ihre rechte Hand auf ihr Herz legte und leise zu weinen begann. Lyn bewunderte sie dafür, dass sie sofort versuchte, ihre Tränen und das damit verbundene Schluchzen unter Kontrolle zu bringen.

Thomas stand auf und nickte dem Kollegen zu. Der verstand und setzte sich neben Anne, bereit, seine Hand auf deren Mund zu pressen, wenn es sein musste.

Mit zwei leisen Schritten war Thomas bei Lyn. »Carola von Ahren scheint völlig durchgeknallt zu sein«, flüsterte er ihr zu. »Sie hat bisher eine einzige Forderung gestellt: Ihr Bruder soll herkommen ... Sie hat gesagt, dass Achim, das muss ihr Bruder sein, Thore nach Hause bringt, wenn er ihm die Stammzellen entnommen hat. Als die Kollegen dann sagten, dass hier niemandem mehr irgendwas entnommen wird, hat sie in die Autoscheibe geschossen und gesagt, dass sie bestimmt, was getan wird. Sie hat Thore die Waffe wieder an den Hals gedrückt. Daraufhin haben die Kollegen sie und den Jungen in das Gebäude gehen lassen.«

»Was ist mit der zweiten Geisel?«, fragte Lyn.

»Die hat sie zum Glück im Auto zurückgelassen. Der Notarzt wird jeden Moment hier sein.«

Thomas starrte zur Tür. »Ich schicke Winkler eine SMS. Der soll dafür sorgen, dass die Kollegen uns zwei weitere Waffen durch das Fenster reichen. Dann fühle ich mich erheblich sicherer. Denn die von Ahren scheint nicht mehr Herrin ihrer Sinne zu sein.«

»Ja«, flüsterte Lyn und rieb sich die Schultern. »Und das macht mir definitiv Angst.«

»Wo ist das Bett?« Carola war so schockiert, dass sie die Waffe von Thores Hals nahm und ihn ein Stück von sich schubste. Er prallte gegen den Türrahmen der ehemaligen Speisekammer und starrte Carola ängstlich an, als die sich schreiend um ihre eigene Achse drehte. »Wo ist das Bett? Wo sind all die Sachen? Wir brauchen das doch noch!«
Ihr wurde schwindlig. Thore verschwamm vor ihren Augen. »Das war Maja«, stieß sie aus. »Maja hat das Bett weggenommen.«
Sie presste für einen winzigen Moment die Augen zusammen. Oder war es Joachim gewesen? Beweise vernichten ... Hatten sie nicht Beweise vernichten wollen?
Was war nur mit ihrem Kopf los? Warum konnte sie nicht klar denken? Sie brauchte ihre Tabletten. Dann würde es besser werden.
Sie richtete die Waffe auf Thore. »Achim. Achim soll kommen. Sofort. Geh ans Fenster, los!«, schrie sie ihn an. »Sag ihnen, dass Joachim kommen soll. Sofort. Hast du das verstanden?«
»Nicht ... nicht schießen!« Thore hob abwehrend die Hände. »Nicht schießen. Ich mach das!« Er ging rückwärts zu den Fenstern, um den Blick nicht von ihr abzuwenden. Seine Hände zitterten, als er den Hebel bewegte, um eine der Fensterklappen in der ehemaligen Küche zu öffnen. Carola folgte ihm.
»Hallo?« Seine Stimme schwankte, während er Richtung Öffnung rief: »Hallo, hört mich jemand?«
»Wir hören Sie gut, Herr Jever«, erklang eine laute, ruhige Stimme. »Frau von Ahren? Wir würden uns sehr gerne mit Ihnen unterhalten und —«
»Seien Sie ruhig, verdammt«, schrie Carola. »Ich will mich nicht unterhalten. Ich will mein Kind retten. Es braucht Stammzellen des Bruders. Denn die sind besser für sie. Ich ... ich muss das wiedergutmachen, was ... was ich getan habe. Ich habe ihr nicht das Beste gegeben.«
»Frau von Ahren, das ist kein Problem. Ihre Tochter bekommt diese Stammzellen«, erklang die ruhige Stimme erneut. »Wir können dazu in das Krankenhaus Ihres Bruders fahren, wenn Sie möchten. Dort regeln wir das. Warum kommen Sie nicht

heraus, und wir besprechen das in Ruhe? Oder ein Arzt kommt zu Ihnen hinein, und Sie besprechen mit ihm das weitere Vorgehen.«

»Ich will, dass mein Bruder kommt, verstanden!« Ihre Stimme wurde schrill. Sie ließ den Arm mit der Waffe leicht sinken und trat noch einen Schritt Richtung Fenster. Sie hob den Kopf zur Fensteröffnung. »Sofort. Er soll meine Tabletten mitbringen!«

Die ruhige Stimme antwortete ihr, aber der Inhalt der Worte erreichte sie nicht, denn im Augenwinkel nahm sie eine Bewegung wahr. Sie schnellte herum, die Hand mit der Waffe bereits hebend. »Bleib stehen!«, kreischte sie los und schoss. Sie verfehlte den fliehenden Thore knapp. Das Projektil landete im Türrahmen.

Sie rannte ihm hinterher. »Bleib stehen! Bleib stehen, verdammt!«

Sie musste ihn stoppen! Er durfte nicht weglaufen. Sie brauchte ihn doch. Pauline brauchte seine Zellen.

Thores Hilfeschrei hallte über den Flur.

Carolas Wutschreie vermischten sich damit. Gleich war er an der Treppe! Sie musste ihn stoppen. Sie blieb stehen und zielte auf seinen Rücken. Ihr Finger krümmte sich um den Abzug, als ein gellender Schrei hinter einer Tür sie zusammenfahren ließ.

»Thore!« Eine Frauenstimme.

Mit Carola war Thore Jever abrupt stehen geblieben und drehte sich ebenfalls um. »Mama?«, stieß er ungläubig aus und starrte über den Flur, auf dem außer Carola von Ahren niemand zu sehen war.

Lyn und Thomas hatten vor dem gekippten Fenster gestanden, beide mit erhobener Hand, um die Waffen entgegenzunehmen, die die Schutzpolizei ihnen reichen wollte, als ein Schuss und der Schrei einer dunklen Jungenstimme, gefolgt von einem hysterischen Schrei Carola von Ahrens, hinter der Tür verklangen. Sie starrten sich eine Sekunde erschrocken an.

Eine Sekunde, die Anne Jever bereits dazu genutzt hatte, aufzuspringen, während sie den Namen ihres Sohnes herausschrie. Thores verzweifelter Hilferuf ließ sie Kräfte entwickeln, mit denen der Schutzpolizist nicht rechnete. Sein Versuch, sie festzuhalten, misslang. Noch einmal Thores Namen schreiend, stürzte Anne Jever zur Tür und riss sie auf, bevor Lyn und Thomas es verhindern konnten.

»Frau Jever«, schrie Lyn, »bleiben Sie hier!« Sie bekam sie in der Tür zu fassen, die Anne aufgerissen hatte, um auf den Flur zu laufen.

Anne stieß sie unerwartet kraftvoll von sich. »Thore!«

Lyn, die kurz strauchelte, folgte Thomas auf den Flur, nachdem der sich an ihr vorbei durch die Tür geschoben hatte. Er hatte im Gegensatz zu Lyn seine Waffe in Empfang genommen und richtete sie jetzt auf Carola von Ahren, die ein paar Meter entfernt ihre Waffe an den Hals des Jungen presste. Sie musste ihren Arm dazu weit heben, denn der Junge war viel größer als sie.

Anne Jever stand wie erstarrt in der Mitte der beiden bewaffneten Parteien und wimmerte: »Oh bitte, bitte, tun Sie ihm nichts! Wir machen alles, was Sie wollen. Bitte, lassen Sie ihn gehen. Bitte!«

»Ich tue ihm nichts«, schrie Carola von Ahren, während sie Thore mit der linken Hand rückwärts Richtung Treppe zog. »Glauben Sie, ich tue ihm etwas? Pauline braucht ihn.«

Lyn schluckte. Die Frau war irre. In ihrem Wahn hatte sie auf Thore geschossen, obwohl sie seine Stammzellen wollte. Oder hatte der Schuss, den sie eben gehört hatten, nicht Thore gegolten? Hatte von Ahren nur in die Luft gefeuert?

»Lassen Sie die Waffe sinken, Frau von Ahren«, sagte Thomas mit fester Stimme. »Wir haben gehört, dass Sie Ihre Tabletten möchten. Das wird kein Problem sein. Wir besorgen sie Ihnen. Geben Sie uns ein paar Minuten, und Sie können Ihre Tabletten einnehmen.«

»Achim soll mir meine Tabletten bringen, verstanden? Ich ... ich will Achim sehen!« Carola von Ahren presste den Lauf der Waffe so fest an Thores Hals, dass der zu würgen begann.

»Sie wollen doch Thore nicht verletzen«, sagte Lyn mit nicht ganz so ruhiger Stimme, den Blick nicht von Carola von Ahrens

Gesicht lösend, deren Blick zu ihr wechselte. »Pauline braucht doch seine Stammzellen«, fuhr sie fort. »Wenn Sie Thore erschießen, dann kann Ihrer Tochter nicht geholfen werden. Und das wollen Sie doch nicht.«

Lyn hielt Carolas Blick, hoffend, dass Anne Jever ruhig blieb und Carola nicht mit einer unbedachten Aussage reizen würde. Aber Anne war entweder so klug, das nicht zu tun, oder aber sie fürchtete momentan einfach nur um das Leben ihres Sohnes. Bis auf ein erneutes Wimmern, weil Carola den Lauf der Waffe nicht einen Deut von Thores Hals zurückzog, rührte sich Anne nicht.

»Wir fahren jetzt aufs Dach«, zischte Carola, ließ Thores Arm los und drückte einen Knopf neben dem Fahrstuhl, vor dem sie stehen geblieben war. »Und Sie ...«, sie sah Lyn an, »... holen meinen Bruder. Und die Tabletten.«

Als die Fahrstuhltür sich öffnete, zog sie den Jungen mit sich hinein.

Lyns Herz lief über vor Angst und Mitgefühl mit dem großen weinenden Jungen, der »Mama«, wimmerte, bevor sich die Fahrstuhltür schloss.

»Scheiße!« Thomas Martens drehte sich zu dem Schutzpolizisten um. »Gehen Sie raus und informieren Sie die Kollegen draußen über die Sachlage. Das SEK ist wahrscheinlich noch unterwegs, aber von der Verhandlungsgruppe muss doch langsam mal jemand da sein. Wir brauchen die hier drinnen. Und sorgen Sie dafür, dass dieser Achim, der Bruder, so schnell es nur geht, hergebracht wird. Vielleicht kann er zu seiner Schwester durchdringen.«

Lyn stürzte auf Anne zu, deren Knie nachgaben. »Bleiben Sie stark, Frau Jever. Es wird alles gut. Ich verspreche es Ihnen. Die Verhandlungsgruppenmitglieder sind Experten bei Geiselnahmen. Ein Psychologe der Gruppe spricht gleich mit Frau von Ahren. Er wird sie überzeugen, Thore freizugeben.« Sie wusste selbst, dass ihre Worte schal klangen. Vielleicht, weil sie es selbst nicht glaubte?

Carola von Ahren war alles zuzutrauen. Sie war nicht zurechnungsfähig.

»Bleib bei ihr«, sagte Thomas zu Lyn und nickte Richtung Anne. »Ich nehme die Treppe und folge den beiden, werde allerdings nicht aufs Dach gehen, bevor die Fachleute da sind.« Er rannte bereits Richtung Treppe, ohne Lyns Antwort abzuwarten.

»Tho…re.« Anne weinte bitterlich, während sie sich aufrichtete.

Lyn streckte ihr die Hand entgegen, um ihr aufzuhelfen. Anne griff danach, aber statt sich mit Lyns Hilfe aufzurichten, zog sie sie mit einem Ruck herunter. Als Lyn auf die Knie fiel, stieß Anne Jever sie mit ihrem Knie um und sprintete zum Fahrstuhl.

Wild drückte sie auf der Ruftaste herum. »Ich lass meinen Sohn da nicht allein«, rief sie, als Lyn sich aufrappelte. Ein leichtes Sirren kündigte den nach unten kommenden Fahrstuhl an.

Lyn lief auf Anne zu. »Sie müssen hierbleiben! Sie bringen Ihren Sohn und sich selbst in Gefahr«, schrie sie Anne an und packte ihren Arm.

»Ich lasse nicht zu …«, Anne versuchte, ihren Arm aus Lyns Griff zu lösen, »… dass … dieses Monster … auch noch …«, sie trat nach Lyn, »meinen Sohn tötet.«

Lyn versuchte, Annes linken Arm auf deren Rücken zu drehen, aber als Anne vor Schmerz aufschrie, weil Lyn die verletzte Hand packte, ließ sie wieder los. Ein Fehler, denn Anne stieß sie erneut mit Macht von sich und sprang in den sich öffnenden Fahrstuhl.

Anne starrte hektisch auf das Bedientableau mit den Tasten, die die Etagen anzeigten, und drückte schließlich die mit einem D versehene obere Taste.

»Sie kommen jetzt …«, Lyn folgte ihr in den Fahrstuhl, »… da raus.« Ihre Stimme war hart vor Wut, als sie Annes gesunden Arm packte. »Seien Sie vernünftig, Frau Jever.«

»Das bin ich!« Sie ließ sich auf den Boden fallen.

Lyn war gezwungen, wieder einen Schritt auf sie zuzumachen. In diesem Moment schloss sich die Fahrstuhltür.

»Sie sind doch auch Mutter«, schrie Anne sie an und stemmte sich wieder hoch. »Sie würden genau das Gleiche tun.«

Bevor Lyn reagieren konnte, presste Anne sich mit dem Rücken an das Tableau, sodass Lyn keine der Tasten für die Stockwerke eins bis vier drücken konnte. Sie versuchte gar nicht erst, Anne dort wegzuzerren. Die Zeit lief davon. Der Fahrstuhl war gleich oben.

»Frau Jever«, sagte sie stattdessen mit ruhiger Stimme und trat einen Schritt zurück, um sie nicht zu provozieren. »Sie haben recht, ich bin Mutter. Und genau aus dem Grund würde ich das Beste für mein Kind wollen. Ich sage Ihnen jetzt etwas.« Sie machte den Schritt wieder auf Anne zu. »Diese Frau dort oben ist nicht zurechnungsfähig. Sie denkt nicht rational. Und wenn wir sie jetzt noch mehr reizen, könnte das fatale Folgen haben.« Der Fahrstuhl hielt. Lyn hoffte einen Moment lang, dass die Fahrt eine Etage unter dem Dach endete. Dass man zum Dach nur über eine Treppe gelangte. Aber ihre Hoffnung erfüllte sich nicht. Als die Tür sich öffnete, wehte ihnen ein frischer Luftzug entgegen. Blaue Fetzen Himmel blitzten durch ein graues Wolkenmeer. Das Dach entpuppte sich als ehemalige Dachterrasse. Riesige Kübel mit Koniferen, fest verankerte Bänke und Tische standen dort noch. Und Carola von Ahren starrte ihnen mit weit aufgerissenen Augen von einem Geländer am Ende des Daches entgegen.

»Wo ist mein Bruder?«, schrie sie ihnen entgegen, während sie Thore die Waffe an die Brust hielt.

»Sie halten jetzt den Mund«, zischte Lyn Anne Jever zu, als die mit einem wimmernden »Oh Gott!« auf Carola und ihren Sohn blickte.

»Ihr Bruder ist auf dem Weg«, rief Lyn und trat aus dem Fahrstuhl. »Er wird gleich hier sein.« Sie drückte das E in der Hoffnung, dass Anne Jever weiterhin stocksteif stehen bleiben würde und sie sie mit dem Fahrstuhl wieder hinunterschicken konnte, aber Anne trat durch die sich schließende Tür und folgte Lyn auf das Dach.

»Thore-Schatz, es wird alles gut«, rief Anne, obwohl Lyn ihr noch einmal zuflüsterte, ruhig zu sein.

Carola von Ahren starrte Anne Jever entgegen, die Lyns Hand einfach abschüttelte und langsam auf sie zutrat.

»Du willst sie zurückhaben«, kreischte Carola los. »Aber du kriegst sie nicht. Sie ist *meine* Tochter! *Meine*, hörst du? Mich hat sie lieb. Ich bin ihre Mamutsch. Mit mir knuddelt und kuschelt sie. Nicht mit dir!« Speichel flog aus ihrem Mund. »Sie kennt dich nicht einmal. Du ... du bist fremd und kalt für sie. Und gierig. Du machst ihr Angst, und sie wird sterben, wenn du sie holen willst.«

Anne Jever war stehen geblieben. Ein kehliger Laut kam ihr über die Lippen. Ihre dunkelblauen Augen sprühten in ihrem weißen Gesicht. »Du Monster!«, schrie sie. »Du nimmst mir nicht meinen Sohn!«

»Frau Jever«, flüsterte Lyn an ihrer Seite, »provozieren Sie sie nicht noch.«

»Ich nehme mir, was ich brauche.« Carola lachte gehässig und trat einen Schritt von Thore weg. »Los, geh da rüber«, sagte sie und patschte mit der Linken auf das hüfthohe Geländer.

»Was?« Thore sah sie entsetzt an. Sein Blick glitt in die Tiefe. »Ich ... warum ...?«

»Mach!«, schrie Carola und schoss ihm vor die Füße.

Thore sprang schreiend zur Seite, und Anne Jever kreischte, während Lyn zwei langsame Schritte auf Carola von Ahren zumachte. »Bitte, bleiben Sie ganz ruhig, Frau von Ahren. Gleich ist Ihr Bruder hier. Er hat Ihre Tabletten dabei. Und wir wollen doch nicht, dass Thore irgendetwas passiert.«

»Du gehst da jetzt rüber«, presste Carola heraus und bohrte Thore wieder den Lauf in die Rippen, »du läufst mir nicht weg. Und dann warten wir auf Achim.«

Lyn machte zwei weitere Schritte Richtung Carola und Thore, der jetzt ängstlich erst das eine, dann das andere lange Bein über das Geländer hob. Auf der anderen Seite blieben ihm gerade einmal zehn Zentimeter Beton, auf die er seine Füße längsseits stellte, während seine Finger sich um das Geländer krampften.

Anne Jever atmete hektisch, hielt sich jetzt aber zurück. Sie schien den Ernst der Lage endgültig begriffen zu haben.

Umso lauter klangen die Geräusche vom Parkplatz zu ihnen herauf. Der Notarztwagen für die weibliche Geisel war eingetroffen, gefolgt von einem weiteren Notarztwagen, von dem Lyn inständig hoffte, dass er nicht gebraucht werden würde. Für keinen der Beteiligten.

»Warum lassen wir Thore nicht wieder zurückklettern?«, fragte Lyn ruhig und sah Carola von Ahren an. »Er könnte ausrutschen, und Sie brauchen ihn doch ... Er wird nicht fortlaufen, nicht wahr, Thore?« Sie nickte ihm zu.

»Nein, ich ... ich lauf nicht weg.«

Carola hob die Hände und presste sie – mit der Waffe darin – an die Schläfen. »Seid ruhig! Seid jetzt alle ruhig!« Ihr Blick glitt, wie der Lyns, über die Polizisten und Fahrzeuge auf dem Parkplatz. »Wann kommt Joachim? Warum dauert das so lange?«

Lyn bemerkte, dass das SEK eintraf. Ihr Blick glitt zu der metallenen Tür neben dem Fahrstuhl. Sie bewegte sich minimal. Vielleicht war das Thomas, der durch das Treppenhaus gegangen war und sich bisher ruhig verhalten hatte. Oder es waren bereits Beamte des SEK.

»Die sollen alle verschwinden«, schrie Carola und starrte zum Parkplatz. »Alle! Ich will meine Ruhe!«

»Frau von Ahren«, erklang in diesem Moment eine Stimme durch ein Megafon. »Bitte bleiben Sie ruhig. Ihr Bruder wird in wenigen Minuten hier eintreffen. Er kommt zu Ihnen herauf.«

Das Geräusch weiterer heranfahrender Wagen war zu hören. Lyn atmete tief durch. Würde der Arzt seine Schwester beruhigen können? Sie überlegte einen Moment. Die Haushälterin hatte angegeben, dass Carola von Ahren ihre Schwägerin erschossen hatte. Es konnte sich bei der Toten natürlich um eine Schwester Robert von Ahrens handeln oder um die Frau eines weiteren Bruders. Lyn wusste nichts über die Familienverhältnisse. Aber was wäre, wenn es die Frau ihres Bruders Joachim war? Würde er überhaupt helfen wollen? Wäre er dazu dann überhaupt in der Lage?

Die Frage würde sich gleich klären, denn die Megafonstimme erklang wieder.

»Ihr Bruder ist jetzt im Fahrstuhl, Frau von Ahren. Ein Kollege bringt ihn zu Ihnen herauf.«

Vier Augenpaare richteten sich auf den Fahrstuhl, dessen

leises Sirren ankündigte, dass er wieder unterwegs nach oben war. Die Tür öffnete sich. Zwei Männer standen in der Kabine. Der größere der beiden schnappte hörbar nach Luft. Sein Gesicht wirkte wächsern, die Augen hinter der Brille glitten unruhig über die drei Frauen auf dem Dach und blieben an dem Jungen hängen, der sich mit vornübergebeugtem Oberkörper krampfhaft am Geländer festhielt.

In seiner rechten Hand hielt der Mann eine Tablettenpackung.

»Achim!« Carola von Ahrens Stimme klang erlöst, fast glücklich. »Oh Achim, endlich! Du musst mir helfen. Diese ... diese Menschen sollen verschwinden. Und dann ... dann machen wir bei Linchen eine neue Transplantation. Ich habe ihren Bruder geholt.«

Joachim Ballmer trat aus dem Fahrstuhl, als ihn der Mann neben ihm dazu aufforderte. Lyn war sich sicher, dass es ein Kollege aus der Verhandlungsgruppe war. Joachim Ballmer setzte langsam einen Schritt vor den anderen. Seine Augen bohrten sich in Carolas.

»Hast du meine Tabletten?« Sie sah auf seine Hand. »Oja.« Ihr Grinsen ließ ihr Gesicht zu einer Grimasse werden.

»Ca...rola.« Joachim Ballmers Stimme brach, als er zwei Schritte vor ihr stehen blieb und sein Blick von ihrem Gesicht zur Waffe und dann zu dem Jungen wechselte. »Du bist wahnsinnig.«

»Herr Ballmer!«, kam eine leise Mahnung vom Verhandlungsgruppenbeamten, der ein Stück entfernt stehen geblieben war. Zweifellos hatten sie Carolas Bruder eingeimpft, was er zu tun und zu sagen hatte. Die Aussage, dass er sie für wahnsinnig hielt, gehörte jedenfalls sicher nicht dazu.

Lyn wusste in diesem Moment, dass es seine Frau war, die Carola getötet hatte. Nicht nur seine Worte, auch seine rot verquollenen Augen verrieten ihn. Er hatte geweint. Lange. Sie schluckte. Vielleicht war es keine gute Idee gewesen, diesen Mann hier heraufzuholen, auch wenn Carola von Ahren es verlangt hatte.

»Lass den Jungen gehen, Carola.« Joachim Ballmers Stimme

klang weder eindringlich noch motivierend. Sie klang einfach nur müde. Er hob die Hand mit den Tabletten, zog einen Blister hervor und drückte eine Tablette heraus. »Hier, nimm eine Tablette, und dann lass uns gehen.«

»Gehen?« Carolas Augenbrauen zogen sich zusammen. »Wohin gehen? Wir ... wir müssen hierbleiben. Wir müssen sein Knochenmark herausholen.« Sie blickte kurz zu Thore, bevor sie einen Schritt zurückging und ihren Rücken gegen das Geländer presste. »Du willst nicht? Du willst, dass Pauline stirbt! Das ... das hat dir Maja eingeredet. Ich bringe sie um, wenn sie mir mein Kind wegneh...«

»Das ... hast ... du ... doch ... schon ... längst!«, schrie Joachim Ballmer. Er sprang auf seine Schwester zu und griff nach der Hand, in der sie die Waffe hielt. Carola schrie auf und krallte die Finger ihrer linken Hand in sein Gesicht.

Lyn und der Verhandlungsgruppenbeamte setzten sich gleichzeitig in Bewegung. Lyn kam es vor, als liefe eine Zeitlupe vor ihr ab. Mit jedem Schritt sog sie auf, was gleichzeitig geschah: Thore schrie hinter dem Geländer und machte rückwärts vorsichtige Schritte auf dem schmalen Betonvorsprung, weil Carola von Ahren und Joachim Ballmer ihm in ihrem Kampf um die Waffe gefährlich nahe kamen. Anne Jever rannte mit einem gellenden »Thore!« hinter Lyn los.

Kurz bevor Lyn und der Kollege bei dem kämpfenden Paar waren, fiel ein Schuss. Ein gespenstischer Moment der Stille trat ein. Nur eine Sekunde, in der jeder – auf dem Dach und unten auf dem Parkplatz – erwartete, einen Körper zu Boden gehen zu sehen.

Carola und Joachim waren beide mit dem Knall erstarrt. Mit aufgerissenen Augen stierte Carola ihrem Bruder ins Gesicht. »Achim? ... Achim!«, kreischte sie und ließ die Waffe los, die sie zwischen ihrer Brust und der ihres Bruders in der Hand hielt. Die Beretta fiel nicht zu Boden, so eng aneinander standen sie da. »Achim!« Sie krallte ihre Finger in sein Hemd, in der Angst, ihn fallen zu sehen. »Achim, das wollte ich nicht! Oh Gott, Achim, ich ... ich ...«

»Duuu!« Sein Wutschrei ließ alle aus der Starre erwachen.

Lyn registrierte eine Sekunde zu spät, dass das Projektil kein Ziel gefunden hatte. Dass Joachim Ballmer nicht getroffen war. Dass niemand getroffen war.

Er packte Carolas Schultern, schüttelte sie wild und stieß sie von sich, sodass sie gegen Thores Arm prallte. Joachim setzte nach, presste Carola gegen das Geländer und drückte ihren Oberkörper darüber, direkt neben Thore, der sich nur noch mit der linken Hand am Geländer halten konnte, und schrie. Carolas Füße lösten sich vom Boden. Ihr Schmerzensschrei wurde von einem Entsetzensschrei abgelöst, als sie langsam hintenüberkippte.

Joachim stand vor Entsetzen eine Zehntelsekunde steif da. Dann griff er mit einem »Carola!« zu. Er bekam ihren Arm kurz zu fassen, doch er konnte sie nicht halten.

Carolas linke Hand hatte allerdings einen Halt gefunden. Im Sturz griff sie nach Thores rechtem Bein. Mit einem wahnsinnigen Schmerzensschrei krallte der Junge sich an das Geländer, als sie im Fallen auch ihren rechten Arm um seinen Unterschenkel schlang und jetzt an seinem frei schwebenden Bein in der Luft hing. Schreiend vor Todesangst.

Thore hatte nur für Sekunden die Kraft, ihrem Gewicht entgegenzuwirken. Sie zog ihn nach unten. Sein noch auf dem Beton stehendes Bein knickte ein, seine Finger begannen sich vom Geländer zu lösen, als Joachim Ballmer zupackte und Thores Handgelenk griff. Gleichzeitig stürzten Lyn und der Kollege hinzu. Beide griffen nach dem anderen Arm Thores, der wie abgestochen brüllte, weil Carolas zappelnder Körper an seinem Bein hing.

»Sie reißt ihm das Bein aus«, schrie Anne Jever, nachdem sie auf der Seite neben Joachim Ballmer in die Knie gegangen war und die Arme durch die Geländerstäbe gesteckt hatte. Verzweifelt versuchte sie, mit der gesunden und der verletzten Hand das Bein ihres Sohnes zu stützen. »Oh Gott, sie muss loslassen!«

Carola von Ahren hatte das Schreien eingestellt. Wimmernd, mit zusammengepressten Augen, umklammerte sie Thores Bein. Ihre Arme, die Muskeln mussten von der Anstrengung schmerzen.

Dann erklang Joachims Stimme durch die grässlichen Schreie des Jungen. »Lass los, Carola. Lass los! Du ziehst ihn mit dir runter. Wir können ihn nicht halten, hörst du?« Seine Stimme brach. »Lass ihn los«, weinte er noch einmal.
»Lass ihn los, verdammt!«, schrie Anne Jever wie von Sinnen.
»Lass ihn los!«

Carola spürte, wie die Kraft sie verließ, aber sie durfte nicht loslassen. Niemals!
»Pauline stirbt, wenn er stirbt, Carola.« Joachim sprach nicht einmal laut, aber sie hörte seine Worte durch das Geschrei. »Wenn du ihn loslässt, kann sie leben.« Seine Stimme klang angestrengter. »Wir brauchen ... sein Knochenmark.«
In Carola war nur Schmerz. In den Armen. In ihrer Brust. Das Geschrei verblasste, auch die Stimmen von oben, die Rufe auf dem Parkplatz ...
Pauline. Da lief sie. Zu Hause auf dem Rasen. Hinter ihr die Elbe. Nicht schwarz, sondern glitzernd blau. Ihr langes blondes Haar wehte um ihren Kopf, und Fidus tobte um sie herum. »Mamutsch, guck, was ich ihm beigebracht habe.« Sie hielt ein Zuckerstück in die Höhe, und der Hund stellte sich auf die Hinterbeine und begann zu tanzen. Und Pauline tanzte mit. Sie drehte sich im Kreis. Lachend. Ihr Haar wehte höher und höher, und ein Windhauch brachte ihren Duft vorbei.
Carola löste ihre Finger und atmete tief ein. Limetten und Vanille.

NEUNZEHN

»Wäre ich nach der Kur bloß nicht gleich wieder arbeiten gegangen. Ich hätte noch ein paar Tage zu Hause bleiben sollen.« Mit blassen Wangen saß Lyn auf dem Sofa in ihrem Wohnzimmer. Sie zog die Beine, die wieder einmal zu zittern begannen, an ihren Körper und bohrte sich in Hendriks Arme. Zwei Tage waren seit dem Drama auf dem Dach in Wedel vergangen. Zwei Tage, an denen sie nicht gearbeitet hatte. Morgen würde sie wieder anfangen.

»Ich höre immer noch dieses Geräusch, als sie ...« Lyn schüttelte sich. Der Aufprall Carola von Ahrens auf dem gepflasterten Weg am Krankenhaus war durch die Schreie der Umstehenden hindurch zu hören gewesen. »Und sie selbst hat nicht einmal geschrien. Es war unheimlich. Sie hat einfach losgelassen. Ich frage mich, ob die Worte ihres Bruders der Auslöser waren oder ob sie einfach die Kraft verlassen hat.«

Hendrik küsste ihren Scheitel. »Das alles wird dich noch eine Weile beschäftigen.«

Lyn löste sich aus Hendriks Arm. Sie sah ihn an. »Wie muss sich erst Joachim Ballmer fühlen? Ich weiß, dass ich dich nerve, weil ich dir das gestern alles schon erzählt habe, aber ... du hättest ihn sehen sollen! Wie er geschrien hat, als sie ... unten aufschlug.«

Hendrik nahm ihre Hand. »Du nervst mich doch nicht damit. Friss nur nichts in dich rein.«

»Er hat so fürchterlich, so verzweifelt geweint. Und dann ist er zusammengesackt. Er hat Thores Arm losgelassen. Wenn Thomas und die SEK-Beamten nicht plötzlich da gewesen und zugepackt hätten, wäre der Junge vielleicht auch noch gefallen.«

»Absolut gruslig«, sagte Hendrik und griff nach dem Teebecher auf dem Tisch. Er gab ihn Lyn in die Hand. »Was passiert denn jetzt mit dem Mädchen? Die muss doch durchgedreht sein, als man ihr gesagt hat, was passiert ist. Sie kriegt zu hören, dass ihre Mutter tot ist. Dass ihre Mutter ihre Tante erschossen hat. Und vor allen Dingen: dass sie gar nicht ihre Mutter war, sondern die wahre Mutter entführt und misshandelt hat.« Er schüttelte den Kopf. »Wie willst du das einem so schwer kranken Mädchen beibringen?«

»Nicht zu vergessen, dass ihr Onkel verhaftet wurde. Und ihr Vater«, fügte Lyn hinzu. »Wobei es wohl tatsächlich so aussieht, als hätte Robert von Ahren von nichts gewusst. Carola von Ahren hat auch ihn getäuscht, so wie den Rest der Welt. Er wurde heute Morgen aus der Untersuchungshaft entlassen. Der Mann ist fix und fertig.«

Hendrik griff nach dem anderen Becher auf dem Tisch. »Woher weißt du das?«

»Thomas hat mich heute Nachmittag angerufen.«

»Wieso ruft der dich an?« Hendrik knallte den Kaffeebecher so auf den Tisch zurück, dass ein wenig Kaffee überschwappte. »Kann der nicht warten, bis du wieder arbeitest? Oder führt ihr neuerdings private Gespräche?«

Lyn sah ihn an. »Du bist doch nicht wirklich eifersüchtig auf Thomas Martens? *Ich heirate dich!* Er wollte sich nur erkundigen, wie es mir geht. Wir haben schließlich gemeinsam in diesem Schlamassel da unten im Keller gesteckt. Das hättest du doch wohl auch getan, wenn du das mit einer Kollegin erlebt hättest.«

Hendrik stand auf. Er musterte Lyns lächelndes Gesicht. »Irgendwann polier ich ihm die Fresse. Das ist so sicher wie das Amen in der Kirche.« Dann lächelte er auch und deutete auf den Kaffeefleck auf dem Tisch. »Und jetzt hole ich einen Lappen.«

Seufzend lehnte Lyn sich an den Sofarücken. Wie mochte es Anne Jever und ihrer Familie gehen? Thomas hatte nicht viel dazu sagen können. Nur, dass sie mit Psychologen im Gespräch waren. Dieser Fall war so speziell, dass eigentlich niemand genau wusste, wie man der schwer kranken Pauline die grausigen Gegebenheiten beibringen sollte und was für sie das Beste war. Sie war Greta Jever, nicht Pauline von Ahren. Wie würde das Gericht urteilen? Was sollte mit ihr passieren, wenn sie das Krankenhaus verlassen durfte? Auf jeden Fall stand fest, dass es für alle Beteiligten ein langer, steiniger und trauriger Weg sein würde.

Als hektisches Fußgetrappel und Sophies Ausruf »Sie kommen!« aus dem oberen Stockwerk erklangen, sah Lyn auf ihre Armbanduhr. Achtzehn Uhr dreißig. Charlotte hatte angekündigt, heute ihren Markus zum Abendessen mitzubringen. Und anscheinend lag Sophie oben vor ihrem Fenster auf der Lauer. Hendrik kam mit dem Lappen zurück. »Lotte ist im Anmarsch. Mit Markus Lindmeir. Kriegst du das hin? Heute?«

Sie stand auf, nahm ihm das Tuch aus der Hand und schlang die Arme um seinen Hals. »Ich habe einen Mann, den ich wahnsinnig liebe und der mich liebt. Ich habe zwei Töchter, die gesund und putzmunter sind. Also sag ich mir doch, gerade wenn ich an Greta Jever denke: Es gibt Schlimmeres als einen Schwiegersohn, der schon mal im Jugendknast war und dessen Vater —«

Sie brach ab, als Charlotte ein wenig unsicher »Hallöchen, wir sind da« durch den Flur rief.

Lyn griff nach Hendriks Hand und zog ihn mit sich auf den Flur. Sophie kam mit einem »Hi, ihr!« die Treppe herunter.

Charlotte stand Hand in Hand mit Markus neben der Küchentür. Lyn musterte ihn, während sie auf die beiden zuging. Er hatte sich verändert in den beiden Jahren, seit sie ihn zuletzt gesehen hatte. Er trug sein Haar etwas länger, aber auffällig war vor allem, dass alles Jugendliche aus seinem Gesicht verschwunden war. Er war ein gut aussehender junger Mann. Das, was er erlebt hatte, spiegelte sich in seinen Augen wider. Sie drückten Reife und Verletzlichkeit aus, und Lyn verstand, dass Charlotte sich in ihn verliebt hatte.

Nun, wenigstens die Unsicherheit konnte sie ihm nehmen. Mit einem Lächeln streckte sie die Hand aus. »Herzlich willkommen, Markus. Ich hoffe, du bist ein guter Esser, denn ich habe eine Riesenportion Bolognese gekocht.«

EPILOG

Anne Jever setzte sich auf den Esszimmerstuhl, den Robert von Ahren ihr hinschob, nachdem sie die Schokoladentorte in der Mitte des ovalen Tisches deponiert und die Kerzen darauf angezündet hatte. Ihr Blick hing an ihrer Tochter, die ihr gegenübersaß. Sie war noch blass, aber nicht mehr so hohlwangig. Sie hatte Lipgloss aufgelegt und ihre Augen mit Kajal und Mascara geschminkt. Das noch kurze blonde Haar war ein wenig strohig, aber pfiffig gestylt. Es war fast unheimlich, wie ähnlich sie Thore sah.

Anne schluckte.

Da saß sie. Pauline.

Greta war vor langer Zeit gegangen. Und sie würde nicht wiederkommen. Stattdessen war Pauline da. Pauline Jever. Sie hatten ihr ihren Vornamen gelassen. Standesamtlich war es seit Monaten beurkundet. Sie blieb Pauline, weil sie darum gebettelt hatte, weil es ihr Name war. Und Anne und Rainer hatten zugestimmt. Natürlich. Weil der Name zu einem Menschen gehörte wie seine Haut.

Als Pauline das Krankenhaus endlich verlassen durfte, hatten sie sie in dieses Haus zurückkehren lassen. Hierher, in die Villa in der Hamburger Elbchaussee. Weil sie das Beste für ihr Kind wollten. Weil Pauline dorthin wollte. Nur dorthin. Zu Robert von Ahren, zu dem Mann, der für sie ihr Papa war und es immer bleiben würde. Den sie über alles liebte und der ihr einziger Halt war.

Ja, sie hatten sich angenähert in den vergangenen Monaten. Es hatte anfangs wenige, dann häufigere Treffen gegeben. Aber Anne wusste, dass diese Treffen niemals auf Wunsch von Pauline zustande kamen, sondern nur auf das Drängen Robert von Ahrens hin oder weil sie selbst darum bat. Um ihr Kind sehen und besser kennenlernen zu dürfen. Und Anne wusste auch, dass Robert von Ahren Pauline aus Dankbarkeit drängte, weil sie, die Jevers, ihm das geliebte Kind gelassen hatten. Hinzu kam das Schuldgefühl, die Scham für das, was seine Frau getan hatte.

Auch Pauline hatte verstanden, was Carola von Ahren ihnen mit der Entführung angetan hatte. Es war in ihrem Verstand angekommen, aber nicht in ihrem Herzen. Der Schmerz um Carola hatte sie beinahe sterben lassen. Wochenlang hatte sie in der Psychiatrie gelegen. Doch die schnell anwachsenden gesunden Zellen und ihre Jugend hatten ihr geholfen. Sie wollte leben.

»Ja ...« Robert von Ahren blickte unsicher zu Pauline, da niemand etwas sagte. »Vielleicht möchtest du zuerst deine Geschenke auspacken?« Er deutete auf die Pakete, die Pauline von Anne und Rainer entgegengenommen und am Tischende abgelegt hatte. Thore, Sören und Kathrin hatten ebenfalls kleine Päckchen dazugelegt und sahen Pauline jetzt an.

Die schüttelte den Kopf und starrte auf die Torte. Achtzehn Kerzen steckten darin, und in der Mitte war aus Smarties eine bunte Achtzehn gelegt.

»Dann schneide doch deine Geburtstagstorte an«, sagte Anne mit einem Lächeln. Ein Lächeln, das Pauline in all den Monaten noch nicht ein einziges Mal von Herzen erwidert hatte. Sie reichte Pauline das Tortenmesser. »Ich hoffe, du magst meine Schokocremetorte.«

Von einer Sekunde zur anderen füllten sich Paulines Augen mit Tränen. Während sie aufsprang, rannen sie ihr über die Wangen. »Heute ist nicht mein Geburtstag«, schluchzte sie. »Ich habe am zweiten Mai Geburtstag. Und ... und dann gibt es keine Schokotorte.«

Mit einem lauten, gequälten Schluchzen stieß sie den Stuhl so heftig zurück, dass er umkippte. Wie gehetzt rannte sie durch das Esszimmer, riss die Terrassentür auf und stürmte über den Rasen. Der Cockerspaniel verließ seinen Platz neben dem Heizkörper und stürmte freudig kläffend hinterher.

Anne saß wie erstarrt. Sie schluckte krampfhaft die ebenfalls aufsteigenden Tränen hinunter, während Rainer und die Kinder sich betreten ansahen.

»Es tut mir schrecklich leid«, sagte Robert von Ahren

schließlich. »Es ist schwer für sie, zu akzeptieren, dass sie am sechzehnten April geboren wurde, und ... ihre Mutter hat an ihrem Geburtstag immer eine Marzipantorte für sie gebacken.« Anne stieß ein Wimmern aus. In ihr verkrampfte sich alles. Als sie Rainers Stimme neben sich hörte, war sie dankbar für die Festigkeit und Strenge darin. Und für den Inhalt.

»Nein, Herr von Ahren. *Ihre Mutter* hat an ihrem Geburtstag immer Schokocremetorte für sie gebacken. All die Jahre lang.«

Robert zuckte zusammen, als sei er geschlagen worden. »Ja ... Ja, entschuldigen Sie, das war unbedacht von mir.« Er sah von Rainer zu Anne. »Sie haben in all den Jahren so viel erlitten durch das, was Carola getan hat. Und dennoch haben Sie Line und mir hier etwas ermöglicht, das Ihre Liebe und Ihr Verständnis und Ihr Wohlwollen so deutlich macht.«

Sein Blick wanderte weiter über Thore, Sören und dessen Freundin. »Ich kann nicht in Worte fassen, wie groß meine Dankbarkeit ist. Und ich hoffe, dass ich lernen werde, meine Gefühle und Worte zuerst zu bedenken, bevor ich sie in Ihrer Gegenwart äußere und Sie unwillentlich damit verletze. Ich kann Sie nur von Herzen bitten, mir jedes unbedachte Wort nachzusehen. So wie Sie es Pauline immer wieder nachsehen.«

Als Anne den Mund öffnete, hob er die Hand. »Bitte, lassen Sie mich noch einen Satz sagen. Ich weiß, dass Sie keinerlei Gefühle für mich hegen. Das wäre auch zu viel verlangt. Verständnis ja, und das ist schon eine große Geste in Anbetracht der Umstände, in denen wir uns befinden. Aber vielleicht könnten Sie sich um Paulines willen doch dazu durchringen, mich zu duzen? Ich glaube, das würde es Pauline erleichtern, schnell Zugang zu Ihnen zu finden.«

Sein Lächeln berührte Anne, als er in einer hilflosen Geste die Schultern hob.

»Sie liebt mich nun einmal. So wie ich sie unendlich liebe. Und sie wird Sie alle«, er blickte jedem Einzelnen in der Runde in die Augen, »lieben lernen. Das Einzige, was sie braucht, ist Zeit. Und die«, seine Augen spiegelten sein Lächeln wider, »wird ihr, wie uns das letzte Testergebnis gezeigt hat, gegeben sein. Gott sei es gedankt.«

Anne schwieg. Robert von Ahren hatte recht mit seinem letzten Satz. Paulines Leukozytentest war sehr gut ausgefallen. Aber hatte er auch recht mit allem anderen? Würde Pauline sie wirklich lieben lernen? Annes Blick ging zu Rainer. Pauline würde ihn niemals so lieben, wie sie Robert von Ahren liebte. Nicht in hundert Jahren.

Und sie wird mich niemals so lieben, wie sie ... sie ... geliebt hat.

»Ich geh ihr mal hinterher.« Thore war aufgestanden.

Anne Jever und Robert von Ahren nickten gleichzeitig. Die wenigen Male, die Pauline während der Treffen von Herzen gelacht hatte, waren immer der Anwesenheit ihrer Brüder geschuldet gewesen.

»Sie hat einen Draht zu ihren Brüdern und Kathrin«, bestätigte Robert von Ahren ihre Gedanken. Er nickte Sören und seiner Freundin mit einem Lächeln zu, während Thore bereits auf der Terrasse war. »Ich glaube, sie findet es ganz wunderbar, Geschwister zu haben, auch wenn sie es noch nicht so zeigen kann.«

»Für uns ist es ja auch komisch«, sagte Sören. »Obwohl wir immer wussten, dass wir eine Schwester haben.«

Anne war aufgestanden und an die Terrassentür getreten. Ein Lächeln mischte sich mit ihren Tränen, als sie zu ihren Kindern auf dem Rasen sah. Der schlaksige Thore hatte gerade unsicher seine Arme ausgebreitet. Und seine weinende Schwester machte einen steifen Schritt auf ihn zu und ließ zu, dass er seine Arme um sie legte. So standen sie einfach da.

Anne faltete die Hände. Hoffentlich blieb ihnen allen die Zeit, sich kennen- und lieben zu lernen. Die Gefahr, dass der Krebs zurückkehrte, war nicht gering. Anne war sich dessen bewusst. Aber selbst wenn, gab es noch Sören, der helfen konnte. Ein Bluttest hatte gezeigt, dass seine Gewebemerkmale – im Gegensatz zu Thores – mit Paulines zu fast hundert Prozent übereinstimmten. Ein Joker, der hoffentlich niemals gebraucht werden würde.

Anne wischte sich über die feuchten Wangen. Pauline löste sich gerade von Thore. Sie sammelte etwas vom Boden auf und hielt es in die Luft. Fidus stellte sich auf die Hinterbeine und versuchte kläffend, danach zu schnappen. Das Lachen der beiden klang durch die Terrassentür herein.

Anne ging zum Tisch zurück und griff nach dem Tortenmesser. Sie lächelte in die Runde. An Robert von Ahren blieb ihr Blick haften. »Die Torte ist wirklich lecker. Darf ich dir ein Stück abschneiden, Robert?«

Ein paar Worte zum Abschluss ...

Die Recherche zum Thema Leukämie war erschütternd und hat mich sehr bewegt, und darum kann ich dieses Buch nicht enden lassen, ohne an Sie zu appellieren:
 Bitte, lassen Sie sich bei der DKMS, der Deutschen Knochenmarkspenderdatei, registrieren. Sie allein könnten der Mensch sein, der das Leben eines anderen Menschen retten kann und damit das Leben und das Glück einer ganzen Familie.
 Unter www.dkms.de erfahren Sie alles, was Sie zu diesem Thema wissen möchten.

Eine große Hilfe bei der Recherche waren Tino Reimers und Ulrike Baade-Heinrich. Ich danke euch herzlich dafür.
 Dem gesamten Emons-Team danke ich für die immer sehr gute Zusammenarbeit, Hilla Czinczoll für das unkomplizierte Lektorat und meinem Agenten Dirk R. Meynecke.
 Ich danke allen Lesern und Lyn-Harms-Fans, die ihre Begeisterung auf so vielfältige Weise zum Ausdruck bringen. Das motiviert mich ungemein und sorgt natürlich dafür, dass Lyn Harms noch nicht so schnell in Pension gehen wird, auch wenn ihr manchmal der Sinn danach steht.
 Das letzte und größte Dankeschön gilt meiner Mutter. Sie ist gestorben, als ich in der letzten Schreibphase war. Von meiner ersten veröffentlichten Zeile – einer Kurzgeschichte über einen Engel – bis zum unfertigen Manuskript dieses Krimis hat sie mein Autorendasein mit so viel Mitfreude und Stolz begleitet, wie nur eine Mutter es aufbringen kann.
 Ich war versucht, ihr dieses Buch zu widmen, weil sie Krimis geliebt hat und weil Mutterliebe eine große Rolle in »Schwarze Elbe« spielt. Aber die Versuchung war nur kurz, denn ihre Liebe zu mir und meinen Brüdern war niemals verzweifelt und destruktiv, sondern sie kam tief und rein aus ihrem großen Herzen.
 Ich werde dir ein Buch widmen, Mama. Eines über die Liebe. Mit Engeln.

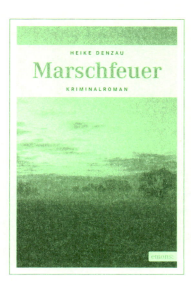

Heike Denzau
MARSCHFEUER
Broschur, 240 Seiten
ISBN 978-3-89705-919-1

»Denzau ist es wieder gelungen, die Spannung bis zum überraschenden Ende zu halten. Kein Geplänkel stört, keine Ungereimtheit verdirbt den Spaß. Wie schon im Debüt steht die Geschichte im Vordergrund und ist nicht bloßes Alibi für Land-und-Leute-Anekdoten aus Norddeutschland.« taz Nord

»Urlaubskrimi mit Atmosphäre!« Radio Berlin

www.emons-verlag.de

Heike Denzau
DIE TOTE AM DEICH
Broschur, 240 Seiten
ISBN 978-3-89705-826-2

»Der Roman lebt auch vom nordischen Flair: Der Leser sieht Landschaft und Einheimische durch Lyns Augen und nimmt so deren besonderen Charme wahr.« Frankfurter Rundschau

»Heike Denzau schreibt nicht nur spannend, wobei sie auf blutrünstige und reißerische Szenen verzichtet. Sie schreibt auch liebevoll und höchst amüsant über die Marsch und die angenehmen Schrulligkeiten der Menschen, die dort leben. Die detailreichen Kenntnisse der Polizeiarbeit erhielt die Autorin von ihrem Bruder, der selbst Kommissar in Itzehoe ist.« Norddeutsche Rundschau

www.emons-verlag.de

Heike Denzau
TOD IN WACKEN
Broschur, 256 Seiten
ISBN 978-3-95451-064-1

»Es ist ihr hervorragend gelungen, die Atmosphäre des Festivals einzufangen. Absolut empfehlenswert – auch für Nicht-Metal-Fans.« shz

»Der dritte Krimi mit Oberkommissarin Lyn Harms ist nicht nur spannend, sondern auch witzig.« Norddeutsche Rundschau

»Der Krimi rockt! Ein schlüssiger Krimi mit viel Lokalkolorit – ein Muss für Metalheads.« Lübecker Nachrichten

www.emons-verlag.de

Heike Denzau
TODESENGEL VON FÖHR
Broschur, 352 Seiten
ISBN 978-3-95451-251-5

»Ein uraltes Buch, ein mysteriöser Geheimbund und eine dreißigjährige Jungfrau – aus diesen Komponenten hat die Wewelsflether Krimi-Autorin Heike Denzau eine spannende und ebenso mystische Geschichte mit einem Schuss Humor geschaffen. Itzehoe und Föhr sind unter anderem Schauplätze dieser Story à la Dan Brown.« LandGang

www.emons-verlag.de